CONAN

O BÁRBARO

ROBERT E. HOWARD

Tradução de Alexandre Callari

PIPOCA & NANQUIM

CONAN, O BÁRBARO Livro 3
Robert Ervin Howard

Ilustração da capa: Frank Frazetta
Ilustrações: Mark Schultz, Gary Gianni e Gregory Manchess

Tradução: Alexandre Callari
Preparação de texto: Rodrigo Guerrino
Revisão: Luciane Yasawa e Audaci Junior
Diagramação, projeto gráfico e caligrafia de abertura: Arion Wu
Design de capa: Bruno Zago e Daniel Lopes
Editor: Alexandre Callari
Direção editorial: Alexandre Callari, Bruno Zago e Daniel Lopes
Impressão e acabamento: Ipsis Gráfica e Editora

1ª edição, agosto de 2019
2ª reimpressão, dezembro de 2023

Dados Internacionais de Catalogação na Publicação (CIP)

H848c Howard, Robert Ervin, 1906 - 1936
Conan, o bárbaro: livro 3 / Robert Ervin Howard; tradução de Alexandre Callari. – São Paulo: Pipoca & Nanquim, 2019.
516 p. : il.

ISBN: 978-85-93695-31-5

1. Literatura americana – contos fantásticos I. Callari, Alexandre II. Título

CDD: 82-344
CDU: 813

André Queiroz – CRB-4/P-1724

pipocaenanquim.com.br
youtube.com/pipocaenanquim
instagram.com/pipocaenanquim
editora@pipocaenanquim.com.br

Sumário

Uma Bruxa Nascerá

(A Witch Shall be Born)

História originalmente publicada em *Weird Tales* — dezembro de 1934.

I

Lua Crescente de Sangue

Taramis, rainha de Khauran, despertou de um sonho assombrado para uma quietude que parecia mais aquela de catacumbas à noite do que o habitual silêncio de um dormitório. Ela ficou encarando as trevas, perguntando-se por que as velas no candelabro dourado tinham se apagado. Um salpicar de estrelas marcava um caixilho com grades de ouro, sem levar iluminação para o interior do cômodo. Mas, ali deitada, Taramis percebeu um ponto radiante brilhando na escuridão à sua frente. Ela observou, intrigada. Ele cresceu e sua intensidade se aprofundou conforme se expandia; um disco de luz lúrida se alargando, planando, recortado contra as cortinas de veludo da parede oposta. Taramis prendeu o fôlego, pondo-se sentada. Um objeto escuro era visível naquele círculo de luz... *uma cabeça humana.*

Num pânico súbito, a rainha abriu os lábios para chamar suas camareiras; então, controlou-se. O brilho estava mais lúrido, a cabeça retratada mais vividamente. Era a cabeça de uma mulher, pequena, delicadamente moldada, com um soberbo equilíbrio e uma cabeleira preta brilhante amontoada no topo. O rosto ganhou melhor definição conforme ela observava, e foi a visão dele que congelou o grito na garganta de Taramis. As feições eram as suas próprias! Ela poderia estar olhando para um espelho que alterava sutilmente seu reflexo, emprestando-lhe um brilho de tigresa aos olhos, uma rancorosa curvatura aos lábios.

— Ishtar! — Taramis resfolegou. — Fui enfeitiçada!

Aterrorizante, a aparição falou, e sua voz era como veneno melado.

— Enfeitiçada? Não, doce irmã. Não existe feitiçaria aqui.

— Irmã? — Gaguejou a garota, perplexa. — Eu não tenho irmã.

— Você nunca teve uma irmã? — Disse a voz doce, zombeteira e insalubre. — Nenhuma irmã gêmea, cuja carne fosse tão macia quanto a sua, para acariciar ou ferir?

— Outrora tive uma irmã — Taramis respondeu, ainda convencida de que estava nas garras de algum tipo de pesadelo. — Mas ela morreu.

O belo rosto redondo se contorceu em um aspecto de fúria; sua expressão tornou-se tão infernal que Taramis, encolhendo-se, quase esperava ver cachos tornarem-se cobras e sibilarem acima daquela testa marmórea.

— Você mente! — A acusação foi rispidamente cuspida dos lábios vermelhos. — Ela não morreu, tola! Ah, chega desta palhaçada! Olhe... E que sua visão seja amaldiçoada!

A luz correu repentina ao longo das cortinas como serpentes flamejantes, e as velas no candelabro dourado inexplicavelmente tornaram a se acender. Taramis se acocorou em seu divã de veludo, as pernas delgadas flexionadas, os olhos arregalados diante da figura felina que pousava zombeteira à sua frente. Era como se visse outra Taramis, idêntica em todos os contornos de traços e membros, embora animada por uma personalidade maligna e estranha. A face daquela estranha pária refletia o oposto de todas as características denotadas no rosto da rainha. Luxúria e mistério faiscavam em seus olhos cintilantes, crueldade espreitava no sorriso dos grossos lábios rubros. Cada movimento do corpo delgado era sutilmente sugestivo. Seu penteado imitava o da rainha e seus pés traziam sandálias douradas como as que Taramis vestia em seu quarto privativo. A túnica de seda sem mangas e de gola baixa, com costuras de ouro na cintura, era uma duplicata da sua roupa de dormir.

— Quem é você? — Taramis perguntou, e um arrepio correu por sua espinha. — Explique sua presença antes que eu chame minhas damas de companhia e elas convoquem a guarda!

— Grite até as vigas do teto racharem — a estranha respondeu, insensível. — Suas vagabundas não acordarão antes da alvorada, nem mesmo se o palácio pegar fogo. Os guardas não escutarão seus guinchos; foram mandados para fora desta ala do palácio.

— Quê? — Bradou Taramis, enrijecendo numa majestade ultrajada. — Quem ousou dar essa ordem aos meus guardas?

— Eu ousei, doce irmã — divertiu-se a outra. — Há pouco, logo antes de entrar. Eles acharam que era a sua adorada rainha. Hah! Desempenhei magnificamente o papel! Com toda dignidade imperial, amolecida pela doçura feminina, me dirigi aos grandes idiotas, que se ajoelharam em suas armaduras e elmos emplumados.

Taramis sentiu como se uma rede sufocante de espanto tivesse sido lançada sobre ela.

— Quem é você? — Gritou desesperadamente. — Que loucura é esta? Por que veio aqui?

— Quem sou? — Havia o desprezo do sibilo de uma cobra na suave resposta. A garota caminhou até o divã, segurou os ombros brancos da rainha com dedos ferozes e curvou-se para encarar seus olhos pasmos. E, sob o feitiço daquele olhar hipnótico, Taramis esqueceu-se de se ressentir do ultraje sem precedentes de ter mãos violentas tocando sua, então imaculada, pele régia.

— Idiota! — Rugiu a aparição. — Precisa perguntar? Não consegue imaginar? Eu sou Salomé!

— Salomé! — Taramis repetiu a palavra, e seu couro cabeludo se arrepiou ao perceber a verdade incrível e entorpecedora daquela afirmação. — Pensei que tivesse morrido ao nascer — emendou debilmente.

— Como pensaram muitos — a mulher que se dizia Salomé respondeu. — Eles me levaram ao deserto para morrer, malditos sejam! Eu, um bebê indefeso chorando, cuja vida, de tão jovem, mal formava a chama de uma vela. E quer saber por que me levaram para a morte?

— Eu... eu ouvi a história... — Taramis titubeou.

Salomé deu uma gargalhada feroz e bateu no peito. A túnica de gola baixa desnudou seus seios firmes e, entre eles, brilhava uma curiosa marca... uma lua crescente, vermelha como sangue.

— A marca da bruxa! — Taramis gritou, se encolhendo.

— Sim! — A risada de Salomé foi afiada com ódio. — A maldição dos reis de Khauran! Sim... a história é contada nos mercados, acompanhada de olhos revirando e o sacudir de barbas, os tolos devotos! Eles contam como a primeira rainha de nossa linhagem comungou com um demônio das trevas e teve uma filha, que vive até hoje nas lendas imundas. Portanto, a cada século nasce uma garota na dinastia askhauriana com uma lua escarlate entre os seios, que marca o seu destino. A cada século, uma bruxa nascerá. Assim determina a antiga maldição e assim aconteceu. Algumas foram mortas ao nascer, como tentaram fazer comigo. Algumas caminharam pela Terra como bruxas, orgulhosas filhas de Khauran, com a lua do Inferno queimando entre os seios de mármore. Cada qual recebeu o nome de Salomé. Sempre foi Salomé, a bruxa. Sempre será Salomé, a bruxa, mesmo quando as montanhas de gelo tiverem deixado o polo e levado as civilizações à ruína, e um novo mundo tiver surgido das cinzas e do pó... mesmo assim, haverá Salomés para caminhar pela Terra, para apreender o coração dos homens com sua feitiçaria, para dançar diante dos reis do mundo, para ver a cabeça dos sábios cair a seu bel-prazer.

— Mas... mas você... — Taramis gaguejou.

— Eu? — Os olhos cintilantes queimaram como chamas sombrias e misteriosas. — Eles me levaram para o deserto, longe da cidade, e me deitaram nua na areia quente, sob o sol escaldante. A seguir, cavalgaram para longe, deixando-me para os chacais, abutres e lobos do deserto. Mas a vida em mim era mais forte do que a vida nas pessoas comuns, pois compartilha da essência de forças que fervilham nos golfos negros, além do conhecimento dos homens. As horas passaram e o sol me açoitou como as chamas do Inferno, mas eu não morri... Sim, recordo-me de parte daquele tormento de forma débil e distante, como alguém se lembra de um sonho turvo e amorfo. Então surgiram camelos e homens de pele amarela vestindo mantos de seda e falando uma língua estranha. Perdidos do trajeto das caravanas, passaram perto e seu líder me viu, reconhecendo a lua crescente escarlate em meu peito. Ele me acolheu e me deu a vida. Era um mago da distante Khitai que retornava ao seu reino nativo após uma jornada à Stygia. Levou-me consigo para Paikang, das torres púrpuras, suas mesquitas erguendo-se em meio às selvas enfeitadas com parreiras de bambu, onde cresci sob sua tutela até tornar-me mulher. A idade conferira uma sabedoria sombria a ele, sem enfraquecer seus poderes malignos. Ele me ensinou muitas coisas...

Ela fez uma pausa, sorrindo enigmática, com mistério malévolo cintilando em seus olhos escuros. Então, jogou a cabeça para trás.

— Enfim, ele me afastou, dizendo que, apesar de seus ensinamentos, eu não passava de uma bruxa comum e não estava apta a comandar a poderosa feitiçaria que ele teria me ensinado. Disse que me tornaria a rainha do mundo e governaria as nações através de mim, mas que eu não passava de uma meretriz das trevas. Mas e então? Jamais suportaria ficar enfiada dentro de uma torre dourada e passar horas a fio olhando dentro de um globo de cristal, balbuciando encantos escritos em pele de serpente com o sangue de virgens, debruçada sobre volumes registrados em línguas já esquecidas. Ele me disse que eu não passava de uma fada terrena, que nada sabia dos golfos mais profundos da feitiçaria cósmica. Bem, este mundo contém tudo que desejo... poder, pompa, ostentação cintilante e homens bonitos e mulheres macias para serem amantes e escravas. Ele me contou quem eu era, falou-me sobre a maldição e minha herança. Voltei para tomar aquilo sobre o qual possuo tanto direito quanto você. E que agora será meu pelo direito da posse.

— O que quer dizer? — Taramis ficou de pé e encarou a irmã, catapultada para fora do espanto e do medo. — Pensa que, por drogar algumas das minhas damas de companhia e enganar alguns guardas, firmou o direito de reivindicar o trono? Não se esqueça de que sou a rainha de Khauran! Como minha irmã, posso dar-lhe um lugar de honra, mas...

Salomé deu uma risada odiosa.

— Quanta generosidade da sua parte, querida irmã! Mas, antes que comece a me pôr no meu lugar, talvez queira me dizer de quem são os soldados acampados nas planícies, do lado de fora dos muros da cidade?

— São mercenários shemitas de Constantius, o voivoda kotico dos Companheiros Livres.

— E o que fazem em Khauran? — Salomé murmurou.

Taramis sentiu que ela estava sutilmente zombando, mas respondeu com aquela dignidade que dificilmente abandonava.

— Constantius pediu permissão para atravessar as fronteiras de Khauran em seu retorno para Turan. Ele próprio é refém em troca do bom comportamento deles enquanto estiverem em meus domínios.

— E Constantius... — Salomé continuou — ...não pediu a sua mão hoje?

Taramis disparou um olhar de superioridade.

— Como sabe disso?

Um insolente dar de ombros foi a única resposta.

— Você recusou, querida irmã?

— Claro que recusei! — Taramis exclamou, zangada. — Você, que é uma princesa askhauriana, supõe que a rainha de Khauran poderia tratar tal proposta com algo além de desdém? Casar-me com um aventureiro cujas mãos estão sujas de sangue, um exilado de seu próprio reino por causa de seus crimes, o líder de uma organização de saqueadores e assassinos profissionais? Jamais deveria ter permitido que ele trouxesse seus matadores de barba preta para Khauran. Mas ele é praticamente um prisioneiro na torre sul, guardado pelos meus soldados. Amanhã vou mandá-lo ordenar que suas tropas deixem o reino. Ele continuará prisioneiro até que cruzem a fronteira. Enquanto isso, meus soldados patrulham os muros da cidade, e eu o alertei de que terá de responder por quaisquer ultrajes perpetrados contra camponeses ou pastores pelos seus mercenários.

— Ele está confinado na torre sul? — Salomé perguntou.

— Foi o que eu disse. Por que pergunta?

Como resposta, Salomé bateu palmas e ergueu a voz com um gorgolejo de júbilo cruel, dizendo:

— A rainha lhe concede uma audiência, Falcão!

Uma porta com arabescos de ouro se abriu e uma figura alta adentrou o cômodo, arrancando um grito de ira de Taramis.

— Constantius! Você ousa entrar em meu quarto!

— Como pode ver, Majestade! — Ele curvou a cabeça de falcão em humildade zombeteira.

Constantius, a quem os homens chamavam de Falcão, era alto, de ombros largos, cintura estreita, magro e forte como aço flexível. Era bonito de uma maneira bruta e aquilina. Tinha o rosto bronzeado pelo sol, e os cabelos, que cresciam distantes da testa larga, eram pretos como um corvo. Seus olhos escuros eram penetrantes e alertas, e o ralo bigode preto não diminuía a rigidez dos lábios finos. Suas botas eram de couro kordavano, as calças e gibão de pura seda escura, manchada pelo desgaste dos campos e a ferrugem da armadura.

Torcendo o bigode, ele deixou o olhar viajar de cima a baixo pela rainha histérica com um descaramento que a fez estremecer.

— Por Ishtar, Taramis — disse suavemente. — Eu a acho mais atraente nas vestes de dormir do que nas roupas de rainha. Esta é, sem dúvida, uma noite auspiciosa!

O medo cresceu nos olhos escuros da rainha. Não era tola; sabia que Constantius jamais tentaria aquele ultraje se não estivesse seguro de si.

— Você ficou louco! — Exclamou. — Se estou em seu poder neste quarto, você também está em poder de meus súditos, que o farão em pedaços se me tocar. Vá embora de uma vez, se quiser viver.

Os dois riram com escárnio e Salomé fez um gesto impaciente.

— Chega dessa farsa; vamos para o próximo ato da comédia. Ouça, querida irmã... fui eu quem chamou Constantius aqui. Quando decidi tomar o trono de Khauran, procurei um homem que pudesse me auxiliar e escolhi o Falcão, que se mostrou completamente desprovido de todas as características que os homens chamam de boas.

— Estou consternado, princesa — Constantius murmurou sardonicamente, fazendo uma ampla saudação.

— Eu o enviei para Khauran e, com seus homens acampados nas planícies e ele dentro do palácio, entrei na cidade por aquele pequeno portão do lado oeste... os tolos que o guardavam acharam que fosse você, voltando de alguma aventura noturna.

— Sua maldita! — As bochechas de Taramis se inflamaram e o ressentimento levou a melhor sobre a postura régia.

Salomé deu um sorriso severo.

— Eles ficaram devidamente surpresos e chocados, mas me deixaram entrar sem questionar. E entrei no palácio do mesmo modo, dando ordens às sentinelas aturdidas para que partissem, assim como aos homens que guardavam Constantius na torre sul. Então, vim para cá, cuidando das damas de companhia no caminho.

Os dedos de Taramis se crisparam e ela empalideceu.

— Bem... e agora? — Perguntou com a voz trêmula.

— Ouça! — Salomé inclinou a cabeça. Pela armação da janela veio baixinho o retinir de homens de armadura marchando; vozes grosseiras disparadas em uma língua estranha e gritos de alarme misturados com berros.

— O povo desperta e tem medo — Constantius disse, sardônico. — É melhor ir lá tranquilizá-los, Salomé!

— Me chame de Taramis — Salomé respondeu. — Temos de nos acostumar a isso.

— O que você fez? — Taramis bradou. — O que você fez?

— Fui até os portões e ordenei que os soldados os abrissem — a bruxa explicou. — Eles ficaram pasmos, mas obedeceram. O que você escuta é o exército do Falcão, marchando para dentro da cidade.

— Maldita! — Taramis gritou. — Você traiu meu povo, disfarçada de mim! Me fez parecer uma traidora! Ah, devo ir a eles e...

Rindo, Salomé agarrou o punho dela e a puxou para trás. A prodigiosa flexibilidade da rainha era indefesa contra a força vingativa dos membros esguios de sua irmã.

— Sabe como chegar aos calabouços do palácio, Constantius? — A bruxa inquiriu. — Ótimo. Tranque esta esquentadinha na cela mais resistente. Todos os carcereiros estão dormindo, drogados. Cuidei disso. Mande um homem cortar o pescoço deles antes que acordem. Ninguém deve saber o que ocorreu esta noite. Assim, eu me torno Taramis, e Taramis, uma prisioneira sem nome em um calabouço desconhecido.

Constantius sorriu; os dentes brancos brilhando sob o bigode fino.

— Muito bom. Mas você não me negaria um pouco de... hã... diversão antes, não é?

— Não! Dome a vadia petulante como quiser. — Com uma gargalhada maligna, Salomé empurrou a irmã para os braços do kothiano e saiu pela porta que dava para o corredor.

O medo arregalou os olhos doces de Taramis; seu corpo macio lutando contra o abraço de Constantius. Ela se esqueceu dos homens marchando nas ruas e do ultraje contra o trono em face da ameaça à sua feminilidade. Esqueceu-se de todas as sensações, exceto o terror e a vergonha, enquanto encarava o cinismo completo nos olhos ardentes e zombeteiros de Constantius e sentia aqueles braços duros esmagando seu corpo.

Atravessando o corredor do lado de fora, Salomé abriu um sorriso de desprezo quando um grito desesperado e agonizante ecoou pelo palácio.

II
A Árvore da Morte

As calças e a camisa do jovem soldado estavam manchadas de sangue seco, molhadas de suor e cinzas por causa do pó. Sangue vertia de um ferimento profundo em sua coxa e dos cortes em seu peito e ombro. Perspiração brilhava no rosto lívido, e os dedos pressionavam a manta que cobria o divã onde estava deitado. Mas suas palavras refletiam um sofrimento mental superior à dor física.

— Ela só pode estar louca — ele repetia sem parar, como quem continua atordoado devido a algum acontecimento monstruoso e incrível. — Parece um pesadelo! Taramis, amada por todos os khauranos, traindo seu povo por aquele demônio de Koth! Ah, Ishtar, por que não fui morto? Era melhor morrer do que viver para ver nossa rainha se tornar uma traidora e meretriz!

— Fique parado, Valerius — implorou a garota que lavava seus ferimentos e aplicava bandagens com as mãos trêmulas. — Por favor, fique parado, querido! Vai agravar seus ferimentos. Não ouso trazer uma sanguessuga...

— Não — o jovem ferido murmurou. — Os demônios de barba azul de Constantius revistarão as acomodações em busca de khauranos feridos; vão enforcar qualquer homem com ferimentos que mostrem que os enfrentou. Ah, Taramis... como pôde trair o povo que a adorava? — Ele se contorceu em agonia feroz, chorando de raiva e de vergonha, e a assustada garota tomou-o nos braços, apertando a cabeça contra seu peito e implorando para que ele ficasse parado.

— Melhor a morte do que a terrível vergonha que recaiu sobre Khauran no dia de hoje — ele grunhiu. — Você viu, Ivga?

— Não, Valerius. — Os dedos suaves e ágeis da garota voltaram ao trabalho, limpando e fechando gentilmente as feridas abertas. — Fui despertada pelo barulho de luta nas ruas... Olhei pela janela, vi os shemitas massacrando o povo e então ouvi seu chamado no beco lateral.

— Tinha chegado aos limites da minha força — ele murmurou. — Caí no beco e não consegui me levantar. Sabia que, se ficasse lá, logo me encontrariam... matei três daquelas feras de barba azul, por Ishtar! Pelos deuses, eles jamais vão se vangloriar pelas ruas de Khauran! Os demônios estão padecendo no Inferno!

A trêmula garota cantarolou suavemente para ele, como que para uma criança ferida, e selou os lábios doloridos com sua própria boca doce. Mas o fogo que ardia na alma do homem não permitiria que permanecesse em silêncio.

— Eu não estava no muro quando os shemitas entraram — ele explodiu. — Dormia nas tendas, junto dos outros que estavam de folga. Pouco antes do amanhecer, nosso capitão entrou, e sua face estava pálida sob o capacete. "Os shemitas entraram na cidade", ele disse. A rainha foi ao portão sul e deu ordens para que os deixassem entrar. Ela fez os homens descerem dos muros, onde montavam guarda desde que Constantius adentrara o reino. Não consigo entender, assim como ninguém mais, porém escutei sua ordem e todos obedecemos, como de costume. Fomos instruídos a nos reunir na praça, em frente ao palácio. Formamos fileiras diante das tendas e marchamos... deixando as armas e armaduras lá. Só Ishtar saberia o porquê, mas foi ordem da rainha.

— Então — ele prosseguiu —, quando chegamos à praça, os shemitas estavam em formação no lado oposto do palácio, dez mil demônios de barba azul, totalmente armados, e vimos cabeças surgirem de cada porta e janela em volta do lugar. As ruas que davam para a praça ficaram lotadas de pessoas perplexas. Taramis estava de pé nos degraus do palácio, sozinha, exceto por Constantius, que ficou alisando seu bigode como um grande felino que acabara de devorar um pardal. Mas cinquenta shemitas com arcos em punho estavam em posição logo abaixo deles. Era ali que a guarda real deveria estar. Contudo, foram levados até as escadarias do palácio, tão intrigados quanto nós, ainda que tenham seguido plenamente armados, a despeito das ordens da rainha. A seguir, Taramis falou conosco e disse que havia reconsiderado a proposta feita por Constantius... sendo que ontem mesmo ela a jogara na cara dele em público... e que tinha decidido torná-lo seu consorte real. Não explicou por que permitiu a entrada dos shemitas na cidade de modo tão traiçoeiro, mas disse que, como Constantius controlava um corpo de guerreiros profissionais, o exército de Khauran não seria mais necessário e, portanto, seria desmanchado. Então ordenou que fôssemos em silêncio para nossos lares.

— Bem, obedecer a rainha é nossa segunda natureza — ele disse. — Mas fomos pegos de surpresa e não sabíamos como responder. Saímos da formação pouco antes de perceber o que estava acontecendo, como homens em transe. Porém, quando a guarda real também recebeu ordens de entregar as armas e debandar, o capitão da guarda, Conan, a interrompeu. Embora, segundo os homens, estivesse de folga e bêbado na noite anterior, ele se mostrava bem acordado naquela hora. Gritou para que os guardas ficassem no lugar até que recebessem ordens dele... e seu domínio sobre os homens é tal que o obedeceram, a despeito da rainha. Ele subiu os degraus do palácio e encarou Taramis... e a seguir rugiu, "Essa não é a rainha! Essa não é Taramis! É algum diabo mascarado!"... Foi quando o Inferno irrompeu! Não sei bem o que houve; acho que um shemita atacou Conan e o capitão o matou. No instante seguinte, a praça virou um campo de batalha. Os shemitas atacaram a guarda, e suas lanças e flechas atingiram vários soldados que já tinham debandado. Alguns de nós pegaram as armas que pudemos e revidamos. Mal sabíamos por que lutávamos, mas era contra Constantius e seus demônios... não contra Taramis, eu juro! Constantius ordenou que os traidores fossem mortos. Não somos traidores!

Desespero e perplexidade abalaram sua voz. A garota murmurou algo piedosamente, sem compreender tudo, mas sensibilizada com o sofrimento de seu amor.

— As pessoas não sabiam de que lado ficar — ele explicou. — Foi uma confusão louca. Nós, que lutamos, não tivemos chance; fora de formação, sem armadura e só com metade dos homens armados. A guarda estava equipada e em formação na praça, mas eram só quinhentos. Eles cobraram um preço alto antes de serem derrotados, mas só poderia haver um desfecho para aquela batalha. Enquanto o povo era massacrado na sua frente, Taramis ficou nos degraus do palácio, com o braço de Constantius envolvendo sua cintura, rindo igual a um belo demônio sem coração! Deuses, é uma loucura... Loucura! Nunca vi um homem lutar como Conan. Ele ficou de costas para a parede do pátio e, antes que conseguissem subjugá-lo, havia pilhas de mortos espalhados ao seu redor, alcançando à altura de suas coxas. Mas, enfim, o derrotaram, uma centena contra um. Quando o vi cair, arrastei-me para longe dali, sentindo como se o mundo tivesse ruído entre meus dedos. Escutei Constantius ordenar aos seus cães que pegassem o capitão com vida... acariciando seu bigode, com aquele sorriso odioso nos lábios!

Tal sorriso estava nos lábios de Constantius naquele momento. Ele montava seu cavalo em meio a um aglomerado de seus homens; shemitas corpulentos, de barba preta azulada e nariz curvo. O sol baixo cintilava em seus elmos pontudos e nos elos prateados dos corseletes. Mais de um quilômetro atrás, os muros e torres de Khauran se destacavam entre as pradarias.

Ao lado da estrada de caravanas, uma pesada cruz tinha sido plantada e, naquela sinistra árvore, um homem fora pendurado, pregado pelas mãos e pés com pontas de ferro. Nu, exceto por uma tanga, o homem tinha quase a estatura de um gigante, e seus músculos se destacavam como densas cordilheiras nos braços e tronco, os quais há muito haviam sido bronzeados pelo sol. A perspiração da agonia molhava seu rosto e o peito largo, mas, por baixo da cabeleira negra emaranhada que caía sobre sua fronte baixa, olhos azuis queimavam com um fogo inextinguível. Sangue vertia das lacerações em suas mãos e pés.

Constantius o saudou em tom de deboche:

— Sinto muito, capitão, por não poder permanecer para confortar suas horas finais, mas tenho deveres a cumprir na cidade... não posso deixar sua deliciosa rainha esperando! — Ele deu uma breve risada. — Assim, eu o deixarei por conta própria... e daquelas belezas! — Apontou para as sombras negras que pairavam de um lado para outro no céu. — Se não fosse por elas, imagino que um bruto forte como você sobreviveria por dias nessa cruz. Não alimente ilusões de resgate apenas porque o deixarei desguardado. Proclamei que qualquer um que busque tirar seu corpo da cruz, vivo ou morto, será esfolado vivo em praça pública, junto de todos os membros de sua família. Estou tão firmemente estabelecido em Khauran que minha ordem tem a força de um regimento de soldados. Não deixarei guarda porque os abutres não se aproximarão enquanto houver alguém por perto e não quero que se sintam tímidos. Foi por isso que o trouxe para tão longe da cidade. Esses abutres do deserto não chegam mais perto dos muros do que isso. Assim, adeus, bravo capitão! Vou me lembrar de você quando, dentro de uma hora, Taramis estiver aconchegada em meus braços.

Sangue voltou a escorrer pelas palmas perfuradas quando os poderosos punhos da vítima se cerraram convulsivamente nas cabeças dos pregos de ferro. Nós e feixes de músculos se destacaram dos braços maciços, e Conan, inclinando a cabeça para a frente, deu uma cusparada selvagem no rosto de Constantius. O voivoda riu com frieza, limpou a saliva da gorjeira e puxou as rédeas do cavalo.

— Lembre-se de mim quando os abutres estiverem devorando sua carne — ele escarneceu. — Os lixeiros do deserto são de uma estirpe particularmente voraz. Já vi homens ficarem horas pendurados na cruz, sem olhos, orelhas ou couro cabeludo, antes que os bicos afiados abrissem caminho até os órgãos vitais.

Ele cavalgou na direção da cidade sem olhar para trás; uma figura ágil e vertical, brilhando em sua armadura polida, seguida pelos estólidos capangas barbados. Uma tênue nuvem de poeira marcava sua passagem na desgastada trilha.

O homem na cruz era o único toque de vida senciente na paisagem desolada e deserta naquele fim de tarde. Khauran, a um quilômetro dali, poderia estar do outro lado do mundo e existindo em outra era.

Sacudindo o suor da vista, Conan fitou o terreno familiar com um olhar inexpressivo. Do outro lado da cidade e além, alongavam-se os prados férteis, com gado pastando ao longe, onde campos de cultivo e vinhedos se interpunham às pradarias. Os horizontes a norte e oeste eram pontilhados de vilarejos, miniaturizados pela distância. Menos afastado, ao sul, um brilho prateado marcava o curso de um rio e, para além dele, o deserto arenoso começava abruptamente, estendendo-se até depois do horizonte. Conan olhou para aquela expansão ocre vazia sob a luz do poente da mesma forma que um falcão em uma gaiola olha para o céu aberto. Uma revulsão o sacudiu quando viu as torres reluzentes de Khauran. A cidade o tinha traído... aprisionado em circunstâncias que o deixaram pendurado em uma cruz de madeira, como uma lebre pregada numa árvore.

Um desejo rubro de vingança varreu-lhe o pensamento. Pragas verteram dos lábios do homem. Todo seu universo se contraiu e focou, incorporando-se às quatro pontas de ferro que o privavam da vida e da liberdade. Os poderosos músculos estremeceram, torcendo-se como cabos de ferro. Com suor escorrendo, ele tentou fazer uma alavanca para arrancar os pregos da madeira. Foi inútil. Estavam fundos demais. A seguir, tentou arrancar as mãos dos pregos, e não foi a agonia abismal cortando-o como uma faca que o fez, enfim, desistir dos esforços, mas sim a futilidade deles. As cabeças das pontas de ferro eram largas e pesadas; ele não conseguia fazer com que passassem pelos ferimentos. Um surto de impotência aturdiu o gigante pela primeira vez na vida. Ficou pendurado, imóvel, a cabeça descansando sobre o peito, olhos fechados para protegê-los do brilho dolorido do sol.

O bater de asas o fez olhar, bem quando uma sombra mergulhava do céu. Um bico afiado estocando contra seus olhos cortou sua bochecha, fazendo-o virar a cabeça para o lado e fechar involuntariamente a vista. O cimério deu um grito desesperado de ameaça, e os abutres fizeram a volta e se afastaram, afugentados pelo som. Tornaram a circular acima de sua cabeça. Sangue escorreu sobre a boca de Conan e ele lambeu os lábios sem pensar, cuspindo ao sabor salgado.

A sede o atacava furiosamente. O excesso de vinho o inebriara na noite anterior, mas nenhuma água havia tocado seus lábios desde antes do confronto na praça, pela manhã. E matar era um trabalho que fazia suar e dava sede. Olhou para o distante rio como um homem no Inferno olha para seus portões abertos. Pensou em jorros de água clara banhando seus ombros em jade líquido. Lembrou-se de grandes canecas de cerveja espumante, cálices de vinho bebidos despretensiosamente ou derramados no chão das tavernas. Mordeu os lábios para impedi-los de gritar como um animal devido à intolerável angústia.

O sol se punha; uma bola lúrida num mar chamejante de sangue. Contra um baluarte carmesim que enfaixava o horizonte, as torres da cidade flutuavam irreais como num sonho. O próprio céu estava tingido de sangue sob o olhar turvo dele. Lambeu os lábios enegrecidos e encarou com olhos injetados o rio ao longe. Ele também lhe parecia vermelho-sangue, enquanto as sombras rastejando do leste eram pretas como ébano.

Em seus ouvidos atordoados soou o bater de asas. Ao erguer a cabeça, observou com olhar lupino as sombras guinando no alto. Sabia que seus gritos não tornariam a afugentá-las. Uma delas começou a descer... mais e mais. Conan recuou a cabeça o máximo que pôde, aguardando com terrível paciência. O abutre avançou rapidamente com um estrondo de asas. Seu bico reluziu, cortando o céu acima do queixo de Conan, que jogou a cabeça para o lado; então, antes que o pássaro pudesse se afastar, o bárbaro arremeteu a cabeça usando os largos músculos do pescoço, e seus dentes, abocanhando como os de um lobo, se trancaram no pescoço enrugado da ave.

No mesmo instante, o abutre explodiu em uma histeria de guinchos e agitação. O bater de suas asas cegava o homem e as garras rasgavam o peito, mas ele se manteve firme, os músculos se pronunciando como caroços em

sua mandíbula. E as vértebras da ave predadora se partiram entre aqueles dentes poderosos. Com um derradeiro espasmo, o pássaro amoleceu. Conan o soltou e cuspiu o sangue de sua boca. Os demais abutres, assustados com o destino do companheiro, voaram até uma árvore distante, na qual se apoleiraram como sombrios demônios em conclave.

Um triunfo feroz surgiu no cérebro entorpecido de Conan. A vida pulsou forte e selvagem em suas veias. Ainda era capaz de lidar com a morte; ainda estava vivo. Cada pontada de sensação, até mesmo a agonia, era uma negação da morte.

— Por Mitra! — Ou uma voz tinha falado ou ele estava alucinando. — Em toda a vida, nunca vi algo assim!

Sacudindo o suor e o sangue dos olhos, Conan viu quatro cavaleiros montando corcéis ante o crepúsculo, observando-o. Três eram, sem dúvida, membros da tribo dos zuagires, magros e de mantos brancos, nômades do outro lado do rio. O outro, como eles, vestia um *khalat* branco e um turbante esvoaçante sobre os ombros, atado em volta das têmporas por uma faixa tripla de lã de carneiro, mas não era shemita. A poeira não estava muito densa, nem a visão de águia de Conan enevoada a ponto de não conseguir perceber as feições do homem.

Era tão alto quanto o cimério, embora seus membros não fossem tão maciços. Os ombros eram largos, e a silhueta, rígida como aço e cartilagem de baleia. Uma barba curva e preta pouco fazia para ocultar a agressiva protuberância do maxilar e os olhos cinza, frios e penetrantes, enquanto uma espada reluzia da sombra do *kafieh*. Acalmando o inquieto garanhão com uma mão segura, o homem disse:

— Por Mitra, eu conheço esse homem!

— Sim! — Foi o sotaque gutural de um zuagir que respondeu. — É o cimério que era capitão da guarda da rainha!

— Ela deve estar descartando seus antigos prediletos — o cavaleiro murmurou. — Quem imaginaria isso da rainha Taramis? Eu preferiria uma guerra longa e sangrenta. Teria dado a nós, o povo do deserto, a oportunidade de pilhar. Da forma como está, chegamos assim tão perto das muralhas e só encontramos este cavalo... — ele olhou para um belo animal montado por um dos nômades — ...e esse cão moribundo.

Conan ergueu a cabeça ensanguentada.

— Se pudesse descer desta trave, mostraria a você quem é o cão, ladrão zaporoskano! — Ele rosnou com seus lábios enegrecidos.

— Mitra! O patife me conhece! — O outro exclamou. — Como me conhece, patife?

— Só há um da sua raça por estas bandas — Conan murmurou. — Você é Olgerd Vladislav, o líder fora da lei.

— Sim! E outrora comandante militar dos kozakis do Rio Zaporoskano, como adivinhou. Você gostaria de viver?

— Só um tolo faria tal pergunta — Conan resfolegou.

— Sou um homem duro — afirmou Olgerd —, e dureza é a única qualidade que respeito em um homem. Vou julgar se você é um homem ou um cão adequado a ficar aqui e morrer.

— Se nós o libertarmos, poderemos ser vistos das muralhas — um dos nômades objetou.

Olgerd meneou a cabeça.

— A poeira está densa demais. Aqui, pegue este machado, Djebal, e corte a base da cruz.

— Se ela cair para a frente, vai esmagá-lo — Djebal protestou. — Posso cortá-la de modo a fazer com que caia para trás, mas o choque pode rachar seu crânio e despedaçar suas entranhas.

— Se for digno de cavalgar ao meu lado, ele sobreviverá — Olgerd respondeu, inabalável. — Do contrário, não merece viver. Corte!

O primeiro impacto do machado de batalha contra a madeira e as vibrações que o acompanharam enviaram lancetas de agonia às mãos e aos pés inchados de Conan. O machado desceu repetidamente e cada golpe reverberou em seu cérebro ferido, fazendo os nervos torturados tremerem. Mas ele cerrou os dentes e não emitiu nenhum som. O machado cortou, a cruz oscilou na base partida e pendeu para trás. Conan transformou o corpo inteiro em um sólido nó de músculos duros como ferro, pressionou firme a cabeça contra a madeira e a manteve rígida no lugar. A viga atingiu o solo com força e ricocheteou de leve. O impacto abriu as feridas e o atordoou por um instante. Ele combateu a maré de escuridão, nauseado e tonto, mas percebeu que a musculatura ferrosa que envolvia seus órgãos o salvara de algum dano permanente.

Manteve-se em silêncio, embora sangue escorresse de seu nariz e seus músculos abdominais tremessem de náusea. Com um grunhido de aprovação, Djebal curvou-se sobre ele com um par de tenazes usadas para arrancar pregos de ferraduras, e as prendeu na cabeça do prego na mão direita de Conan, rasgando a pele para poder envolver o metal afundado na carne. As tenazes eram pequenas para aquele trabalho. Djebal suava e puxava, praguejando e lutando contra o ferro teimoso, movendo-o para frente e para trás... tanto na carne ferida quanto na madeira. O sangue escorria sobre os dedos do cimério. Ele permanecia tão estático que poderia estar morto, salvo o subir e descer espasmódico de seu peito. A ponta cedeu e Djebal segurou a coisa embebida em sangue com um grunhido de satisfação; então, jogou-a fora e se curvou sobre a outra.

O processo se repetiu e, a seguir, Djebal voltou sua atenção para os pés de Conan. Mas o cimério, lutando para se pôr em uma postura sentada, arrancou as tenazes das mãos dele e o fez cambalear para trás com um violento empurrão. As mãos de Conan haviam praticamente dobrado de tamanho, de tão inchadas. Seus dedos pareciam deformados, e a agonia que o invadiu ao cerrar os punhos fez com que sangue vertesse por baixo dos dentes cerrados. Porém, de algum modo, as mãos desajeitadas, juntas, conseguiram arrancar primeiro um prego e depois o outro. Não estavam tão enfiados na madeira quanto os demais.

Ergueu-se com o corpo rígido, apoiando-se nos pés inchados, oscilando como que bêbado, o suor pingando do rosto e do tronco. Câimbras o assolavam e ele premeu os maxilares para combater o desejo de vomitar.

Olgerd, que o observava com indiferença, fez um sinal para que fosse na direção do cavalo roubado. Conan titubeou para a frente, cada passo uma estocada infernal que salpicava seus lábios com espuma ensanguentada. Uma mão deformada tateou e postou-se desajeitadamente sobre a sela, e um pé cheio de sangue, de algum modo, encontrou o estribo. Cerrando os dentes, montou, quase desmaiando enquanto o fazia; mas sentou na sela e, ao fazê-lo, Olgerd atingiu firme o cavalo com seu chicote. A fera assustada empinou e o cimério oscilou e afundou na sela como um saco de areia, quase sendo arrancado dela. Conan tinha envolvido uma rédea em cada mão, travando-as firmemente com os dedões. Com a força dos bíceps, obrigou o cavalo a descer; a fera relinchou, as mandíbulas quase deslocadas.

Um dos shemitas ergueu um cantil de água, interrogativamente.

Olgerd balançou a cabeça.

— Deixe-o esperar até chegarmos ao acampamento. São só quinze quilômetros. Se estiver apto a viver no deserto, sobreviverá até lá sem beber.

Os homens cavalgaram como fantasmas velozes em direção ao rio; entre eles, Conan oscilava como um homem embriagado na sela, os olhos injetados e arregalados, a saliva seca nos lábios empretecidos.

III
Uma Carta para a Nemédia

O sábio Astreas, viajando pelo Oriente em sua incansável busca por conhecimento, escreveu uma carta para seu amigo e companheiro, o filósofo Alcemides, na sua nativa Nemédia, que constituía todo o conhecimento que as nações ocidentais tinham em relação aos eventos daquele período no Oriente; sempre uma região nebulosa e meio mítica na mente do povo ocidental.

Astreas escreveu, em parte: "Você mal pode conceber, caro amigo, as condições que existem agora neste pequeno reino desde que a rainha Taramis admitiu Constantius e seus mercenários, um evento que descrevi brevemente na minha última e apressada carta. Sete meses se passaram e, desde então, é como se o próprio demônio estivesse à solta neste reino desafortunado. Taramis parece ter enlouquecido; se no passado era afamada pela virtude, justiça e tranquilidade, agora é notória por qualidades que são precisamente opostas às que acabei de listar. Sua vida particular é um escândalo... ou, quem sabe, 'particular' não seja o termo correto, já que a rainha nem tenta ocultar a devassidão de sua corte. Ela se refestela constantemente nas mais infames orgias, às quais as infelizes damas de companhia são forçadas a se juntar, tanto as jovens recém-casadas quanto as virgens."

"Ela mesma não se deu ao trabalho de casar-se com seu amante, Constantius, que se senta ao lado dela no trono como consorte real, um exemplo seguido também pelos oficiais dele, que não hesitam em agarrar qualquer mulher que desejem, independentemente de função ou posição social. O desgraçado reino sofre de uma taxação exorbitante de impostos, as fazendas são dilapidadas até os ossos e os comerciantes estão em farrapos, que são tudo o que os cobradores de impostos lhes deixam. Se têm sorte, conseguem escapar com a própria pele."

"Pressinto sua incredulidade, meu caro Alcemides; vai recear que estou exagerando sobre as condições de Khauran. Admito que seriam impensáveis em qualquer país ocidental. Mas você há de perceber a vasta diferença existente entre Ocidente e Oriente, ainda mais nesta parte do leste. Em primeiro lugar, Khauran não é um reino de grandes proporções, mas um dos muitos principados que já constituíram a parte oriental do império de Koth, e que, mais tarde, obtiveram de volta a independência de outrora. Esta parte do mundo é constituída desses pequenos reinos, diminutos, se comparados aos grandes impérios do Ocidente ou aos grandes sultanatos do leste distante, mas são importantes para o controle das rotas de caravanas e pela riqueza que neles se concentra."

"Khauran é o principado mais ao sul, que faz fronteira com os desertos a leste de Shem. A cidade de Khauran é a única que possui qualquer magnitude no reino, e fica à vista do rio que separa as terras gramadas do deserto, como uma torre de vigilância a proteger as planícies férteis atrás de si. A terra é tão rica que gera três ou quatro colheitas por ano, e as planícies a norte e oeste da cidade são pontilhadas de vilas. Quem é acostumado às grandes plantações e rebanhos do Ocidente estranha ao ver esses pequenos campos e vinhedos; contudo, eles geram uma enorme riqueza em grãos e frutas. Os camponeses são agricultores, nada além disso. Oriundos da miscigenação com uma raça aborígene, são avessos à guerra, incapazes de se defender e proibidos de possuir armas. Dependendo totalmente da proteção dos soldados da cidade, estão indefesos diante das condições atuais. Deste modo, a revolta selvagem das áreas rurais, que seria uma certeza em qualquer nação ocidental, é impossível aqui."

"Eles labutam sob a mão de ferro de Constantius, e seus shemitas de barba negra cavalgam sem parar pelos campos portando chicotes, como os feitores dos escravos negros que sofrem nas plantações do sul da Zíngara."

"As pessoas da cidade não estão se saindo melhor. Tiveram sua riqueza arrancada e suas filhas mais belas levadas para saciar a luxúria de Constantius e seus mercenários. Esses homens são totalmente despidos de misericórdia ou compaixão, possuidores de todas as características que nossos exércitos aprenderam a abominar nas guerras travadas contra os aliados shemitas de Argos... crueldade inumana, lascívia e uma ferocidade animal. O povo da cidade é a casta dominante de Khauran, predominantemente hiboriana, valorosa e belicosa. Mas a traição da rainha a jogou nas garras de seus opressores. Os shemitas são a única força armada em Khauran e a punição mais infernal é infligida a qualquer cidadão que for pego com armamentos. Uma perseguição sistemática para acabar com os homens jovens, capazes de portar armas, foi selvagemente instaurada. Muitos foram massacrados sem piedade, outros acabaram vendidos como escravos para turanianos. Milhares fugiram do reino e se alistaram para servir ao exército de outros soberanos ou tornaram-se foragidos a espreitar as fronteiras em numerosos bandos."

"No momento, há uma possibilidade de invasão vinda do deserto, que é habitado por tribos de shemitas nômades. Os mercenários de Constantius são homens das cidades shemitas do oeste, Pelishtim, Anakim e Akkharim, fervorosamente odiados pelos zuagires e outras tribos errantes. Como sabe, bom Alcemides, os países desses bárbaros são divididos entre as planícies ocidentais, que vão até o longínquo oceano e onde ficam as cidades habitadas, e os distantes desertos, onde os nômades aguardam; as guerrilhas são incessantes entre os habitantes das cidades e o povo do deserto."

"Os zuagires enfrentam e pilham Khauran há séculos sem sucesso, porém se ressentem de sua conquista pelo povo ocidental. Diz-se que seu antagonismo natural está sendo fomentado pelo homem que anteriormente foi o capitão da guarda e que, de algum modo, escapou do ódio de Constantius, que chegou a pregar-lhe em uma cruz. Seu nome é Conan, ele em si um bárbaro, daqueles lúgubres cimérios, cuja ferocidade os nossos soldados conheceram em mais de uma ocasião a um preço amargo. Dizem que virou o braço direito de Olgerd Vladislav, o aventureiro kozaki vindo das estepes do norte e atual líder de um bando de zuagires. Também há rumores de que esse bando cresceu amplamente nos últimos meses e que Olgerd, sem dúvida atiçado pelo cimério, considera um ataque contra Khauran."

"Não pode ser nada além de um ataque, uma vez que os zuagires não têm máquinas para um cerco nem conhecimento para sitiar a cidade, e já foi provado várias vezes no passado que os nômades, em sua formação relaxada, ou melhor, sua falta de formação, não são páreo para o combate direto contra os guerreiros plenamente armados e disciplinados das cidades shemitas. Quem sabe os nativos de Khauran até apreciassem esta conquista, já que os nômades seriam menos brutais com eles do que os mestres atuais; de fato, talvez até o extermínio total seja preferível ao sofrimento que vêm suportando. Mas eles estão tão acuados e indefesos que não poderiam auxiliar os invasores."

"A situação deles é triste. Taramis, aparentemente possuída por um demônio, não se detém por nada. Aboliu a adoração a Ishtar e transformou o templo num santuário pagão. Destruiu as imagens de marfim da deusa que esses hiborianos do Oriente adoram (e que, por mais inferior que seja à verdadeira religião de Mitra, reconhecida pelas nações do Ocidente, ainda é superior à adoração diabólica dos shemitas) e encheu seu templo com imagens obscenas de toda estirpe... deuses e deusas da noite, retratados em poses perversas e devassas, com todas as características revoltantes que uma mente degenerada poderia conceber. Muitas dessas imagens podem ser identificadas como deidades sórdidas dos shemitas, turanianos, vendhyanos e khitaneses, mas outras são reminiscentes da hedionda e quase esquecida antiguidade; formas vis que são lembradas apenas nas lendas mais obscuras. Não faço ideia de como a rainha obteve conhecimento delas."

"Ela instituiu o sacrifício humano e, desde sua união com Constantius, mais de quinhentos homens, mulheres e crianças foram imolados. Alguns morreram no altar que ela estabeleceu no templo, sendo que ela mesma empunha o punhal sacrificial, mas muitos tiveram um destino mais pavoroso."

"Taramis pôs algum tipo de monstruosidade em uma cripta no templo. O que é e de onde veio, ninguém sabe. Mas, pouco depois de ter sufocado a revolta desesperada dos soldados contra Constantius, ela passou uma noite em um templo profanado, sozinha, exceto por uma dúzia de prisioneiros amarrados. E o povo assustado viu uma fumaça espessa e fedorenta sair do domo, escutou o cântico frenético da rainha durante a noite toda e os gritos agonizantes dos prisioneiros torturados. Próximo à alvorada, outra voz misturou-se aos sons... um coaxar estridente e inumano que congelou o sangue de todos que o escutaram."

"Ao amanhecer, Taramis saiu do templo cambaleando, os olhos ardendo num triunfo demoníaco. Os cativos nunca mais foram vistos, nem o coaxar ouvido. Mas existe um cômodo no templo onde ninguém além dela entra, empurrando um sacrifício humano à sua frente. E a vítima desaparece para sempre. Todos sabem que naquela câmara soturna espreita algum tipo de monstro da sombria noite de outrora, que devora os humanos histéricos levados por Taramis."

"Não consigo mais pensar nela como uma mulher mortal, apenas como um demônio raivoso, refestelando-se em seu covil em meio aos ossos e fragmentos das vítimas, com os dedos moldados como garras. O fato de os deuses permitirem que ela siga seu curso maldito quase abala minha fé na justiça divina."

"Ao comparar sua conduta atual com o comportamento que apresentava quando cheguei a Khauran, sete meses atrás, fico confuso, espantado e quase inclinado à crença que muitos possuem... de que o corpo da rainha foi possuído por um demônio. Um jovem soldado, Valerius, acredita em algo diferente. Ele acha que uma bruxa assumiu uma forma idêntica à da adorada soberana de Khauran. Para ele, Taramis foi raptada durante a noite e confinada em algum calabouço, e essa criatura que governa em seu lugar não passa de uma feiticeira. Ele jurou que encontraria a rainha verdadeira caso ela ainda estivesse viva, mas temo que ele próprio tenha sido vitimado pela crueldade de Constantius. Implicado na revolta dos guardas do palácio, fugiu e permaneceu escondido por um tempo, recusando-se teimosamente a procurar segurança no exterior. Foi quando o conheci e escutei suas opiniões."

"Porém, como tantos, ele desapareceu, e seu destino ninguém ousa conjecturar. Temo que tenha sido preso pelos espiões de Constantius."

"Mas devo concluir esta carta e tirá-la da cidade usando um veloz pombo-correio, que a levará até o posto onde o comprei, nas fronteiras de Koth. Em algum momento, ela o alcançará por meio de um comboio de camelos ou de um mensageiro. Devo me apressar, antes que amanheça. Já está tarde e as estrelas brilham sobre os tetos jardinados de Khauran. Um silêncio nervoso envolve a cidade, e, em meio a ele, escuto o soar de um tambor taciturno num templo distante. Não tenho dúvida de que Taramis esteja lá, elaborando mais perversidades."

O sábio, no entanto, estava incorreto em suas conjecturas a respeito do paradeiro da mulher que chamava de Taramis. A garota que o mundo conhecia como a rainha de Khauran estava em um calabouço, iluminado apenas por uma tocha trêmula que dançava em suas feições, delineando a crueldade diabólica de seu belo semblante.

No chão à frente dela havia uma figura agachada, cuja nudez mal era ocultada pelas vestes esfarrapadas.

Salomé tocou-a com desprezo, usando a ponta curva de sua sandália dourada, e sorriu vingativamente quando a vítima se encolheu.

— Não gosta de minhas carícias, querida irmã?

Taramis continuava bela, apesar dos trajes esfarrapados, do aprisionamento e dos abusos de sete penosos meses. Não respondeu à provocação da irmã, mas abaixou a cabeça, como quem está habituada à zombaria.

A resignação não agradou a Salomé. Ela mordeu o lábio vermelho e ficou batendo o pé no chão, enquanto olhava feio para a passiva figura. Estava trajada com o esplendor bárbaro de uma mulher de Shushan. Joias brilhavam sob a luz das tochas nas sandálias douradas, no justilho e nas finas correntes que o mantinham no lugar. Tornozeleiras douradas tilintavam conforme se movia e braceletes cravejados pesavam nos braços nus. O penteado alto era o de uma shemita, e pingentes de jade pendiam das argolas douradas em suas orelhas, cintilando e reluzindo a cada movimento impaciente da cabeça arrogante. Um cinturão com uma gema incrustada suportava a saia de seda, tão transparente que parecia uma zombaria cínica das convenções que exigiam que aquela nudez fosse ocultada.

Suspenso em seus ombros e se estendendo por suas costas, um manto escarlate se dobrava descuidado sobre o braço e o pacote que esse segurava.

Salomé curvou-se de repente, e sua mão livre agarrou a cabeça desgrenhada da irmã, forçando-a a encará-la. Taramis encontrou aquele olhar de tigre sem piscar.

— Não está tão disposta a chorar quanto antes, querida irmã — a bruxa murmurou.

— Você não vai mais arrancar lágrimas de mim — Taramis respondeu. — Já se empanturrou demais no espetáculo da rainha de Khauran soluçando e implorando clemência aos seus pés. Sei que só me poupou para me atormentar; por isso limitou as torturas a tormentos que não me mutilam ou desfiguram. Mas não a temo mais... Você me arrancou o derradeiro vestígio de esperança, medo e vergonha. Pode me matar e acabar com isso, pois derramei minha última lágrima para seu prazer, criatura do Inferno!

— Você se ilude, querida irmã — Salomé zombou. — Até agora, só causei dor ao seu belo corpo, ao seu orgulho e a sua autoestima. Se esquece de que, diferente de mim, é propensa ao tormento mental. Foi algo que observei quando me deleitei ao narrar as comédias que encenei com seus súditos estúpidos. Mas, desta vez, trouxe provas mais vívidas dessas farsas. Sabia que Krallides, seu fiel conselheiro, voltava de Turan às escondidas e foi capturado?

Taramis empalideceu.

— O q-q-que... o que fez com ele?

Em resposta, Salomé retirou o misterioso pacote de baixo do manto. Removeu as faixas de seda e segurou a cabeça de um jovem, as feições congeladas numa convulsão, como se a morte tivesse chegado no meio de uma agonia inumana.

Taramis gritou como se uma lâmina perfurasse o seu coração.

— Oh... Ishtar! Krallides!

— Sim! Ele buscava incitar o povo contra mim, pobre tolo, dizendo que Conan falava a verdade quando afirmou que eu não era Taramis. Como o povo se insurgiria contra os shemitas do Falcão? Com cajados e pedras? Bah! Cães devoram seu corpo sem cabeça no mercado e esta carniça será jogada nos esgotos para apodrecer.

Ela fez uma pausa e sorriu, olhando para sua vítima:

— Veja só, irmã... descobriu que ainda tinha lágrimas a derramar? Ótimo! Deixei o tormento mental para o final. Daqui em diante eu lhe mostrarei muitas coisas... como esta!

Ali, de pé, à luz da tocha, com a cabeça decepada na mão, ela não se parecia com nada que pudesse ter nascido de uma humana, apesar da beleza atordoante. Taramis não olhou para cima. Ficou encarando o chão repleto de limo, o corpo delgado estremecendo em espasmos de agonia, os punhos crispados esmurrando as pedras. Salomé se dirigiu para a porta, as tornozeleiras tilintando a cada passo, os brincos cintilando à luz da tocha.

Poucos instantes depois, emergiu de uma saída que ficava sob um arco e conduzia para um pátio que, por sua vez, desembocava em uma viela sinuosa. Um homem que lá estava virou-se em sua direção... um gigante shemita de olhos sombrios e ombros como os de um boi, a grande barba preta caindo sobre o poderoso peitoral de cota prateada.

— Ela chorou? — Seu ribombar foi como o de um touro, grave, profundo e tempestuoso. Ele era o general dos mercenários, um dos poucos associados de Constantius que conhecia o segredo das rainhas de Khauran.

— Sim, Khumbanigash. Há camadas inteiras da sensibilidade dela que ainda não toquei. Quando um sentido for entorpecido pela contínua laceração, eu descobrirei um tormento novo e mais pungente. Aqui, cão! — Uma figura trêmula e esfarrapada, de cabelos sujos e emaranhados, se aproximou. Era um dos mendigos que dormia nos becos e pátios abertos. Salomé entregou a cabeça para ele. — Pegue, surdo; jogue no esgoto mais próximo. Faça um sinal com as mãos, Khumbanigash. Ele não pode ouvir.

O general assentiu e a cabeça despenteada oscilou, ao que o homem virou-se dolorosamente.

— Por que mantém esta farsa? — Khumbanigash inquiriu. — Você está tão firmemente estabelecida no trono que nada poderia abalá-la. E daí se os tolos de Khauran souberem a verdade? Eles não podem fazer nada. Proclame sua verdadeira identidade! Mostre a eles sua amada antiga rainha... e corte a cabeça dela em praça pública!

— Ainda não, Khumbanigash...

A porta arqueada bateu, ocultando o sotaque forte de Salomé e as reverberações tempestuosas de Khumbanigash. O pedinte mudo se agachou no pátio e não havia ninguém para ver que as mãos que seguravam a cabeça decepada eram bronzeadas e musculosas, estranhamente incongruentes com aquele corpo curvado e as vestes imundas.

— Eu sabia! — Foi um sussurro feroz e vibrante, pouco audível. — Ela está viva! Oh, Krallides, seu martírio não foi em vão! Eles a trancaram em um calabouço! Ishtar... se realmente ama os homens, ajude-me agora!

IV

Lobos do Deserto

Olgerd Vladislav encheu seu cálice cravejado com o vinho carmesim de uma moringa e a empurrou pela mesa de ébano para Conan, o cimério. Os trajes de Olgerd teriam satisfeito a vaidade de qualquer líder zaporoskano.

Seu *khalat* era de seda branca, com pérolas costuradas no peito. Afivelado na cintura por um cinto bakhauriota, seu saiote era recuado para trás, revelando calças largas de seda, enfiadas nas botas baixas feitas de couro verde macio e adornadas com tiras de ouro. Trazia na cabeça um turbante verde de seda, enrolado como um capacete espiralado, gravado em ouro. Sua única arma era uma larga faca curva cherkee em uma bainha de marfim presa ao quadril esquerdo, à moda kozaki. Deixando-se recostar em sua cadeira dourada com águias esculpidas, Olgerd estendeu as pernas à frente e sorveu ruidosamente o vinho espumante.

O enorme cimério oferecia forte contraste ao esplendor dele, com a cabeleira preta de corte quadrado, rosto repleto de cicatrizes e ardentes olhos azuis. Vestia uma cota de malha preta, e o único brilho que trazia era o da larga fivela dourada de seu cinturão, que carregava a espada em uma bainha de couro.

Os dois estavam sós na tenda de seda, a qual trazia tapeçarias trabalhadas penduradas como enfeites, e tapetes e almofadas de veludo; as pilhagens das caravanas. Um murmurinho grave e incessante vinha de fora, aquele som que sempre acompanha uma grande multidão de homens, seja em um acampamento ou em outro lugar. Uma ocasional rajada de vento do deserto sacudia as palmeiras.

— Hoje à sombra, amanhã ao sol — Olgerd citou, afrouxando um pouco o cinturão e tornando a alcançar a moringa de vinho. — A vida é assim. Já fui um líder militar em Zaporoska; agora sou um chefe do deserto. Sete meses atrás, você estava pendurado em uma cruz nos arredores de Khauran. Agora é tenente do mais poderoso saqueador que há entre Turan e as campinas ocidentais. Deveria ser grato a mim!

— Por reconhecer minha utilidade? — Conan riu e ergueu a moringa. — Quando permite que um homem se eleve, é preciso ter a certeza de que lucrará com seu avanço. Tudo que obtive foi com meu sangue e suor. — Ele olhou para as cicatrizes em suas palmas. Seu corpo também tinha outras que não estavam lá sete meses atrás.

— Você luta como um regimento de demônios — Olgerd admitiu. — Mas não comece a pensar que teve algo a ver com os recrutas que engrossaram nossas fileiras. Foi o êxito dos nossos ataques, guiados pela minha astúcia, que os atraiu. Esses nômades estão sempre à procura de um líder de sucesso para seguir e têm mais fé em um estrangeiro do que em alguém da própria raça. Não há limites para o que podemos alcançar. Temos onze mil homens agora. Em um ano, poderemos ter três vezes esse número. Até hoje, nos contentamos com ataques a postos avançados turanianos e cidades-estados do oeste. Com trinta ou quarenta mil homens não vamos mais pilhar. Vamos invadir, conquistar e nos estabelecer como soberanos. Eu serei o imperador de toda Shem e você será meu vizir, desde que execute minhas ordens sem questionar. Enquanto isso, acho que cavalgaremos ao leste para atacar aquele posto turaniano em Vezek, onde as caravanas pagam pedágio.

Conan balançou a cabeça.

— Acho que não.

Olgerd arregalou os olhos, irritado.

— Como assim *você* acha que não? *Eu* acho as coisas neste exército!

— Há homens suficientes neste bando agora para que eu cumpra meu propósito — o cimério respondeu. — Estou cansado de esperar. Tenho contas a acertar.

— Ah! — Olgerd fez uma careta, bebeu o vinho e sorriu. — Continua pensando naquela cruz, é? Aprecio uma boa dose de ódio. Mas isso pode esperar.

— Você me disse certa vez que iria me ajudar a tomar Khauran — Conan afirmou.

— Sim, mas isso foi antes que eu começasse a perceber as possibilidades da nossa força — Olgerd respondeu. — Eu só estava pensando na pilhagem da cidade. Não quero desperdiçar força sem obter lucros. Khauran ainda é poderosa demais para nós. Quem sabe em um ano...

— Em uma semana — Conan afirmou, e o kozaki percebeu a certeza de sua voz.

— Ouça... — Olgerd falou. — Mesmo que eu estivesse disposto a desperdiçar homens em uma tentativa tão descerebrada... o que você espera? Acha que esses lobos são capazes de fazer um cerco e tomar uma cidade como Khauran?

— Não haverá cerco — o cimério explicou. — Sei como atrair Constantius para as planícies.

— E aí? — Olgerd gritou com um praguejo. — Na troca de flechas, os nossos cavaleiros levarão a pior, pois a armadura dos asshuris é superior e, quando chegarmos à luta franca de espadas, as fileiras deles, com espadachins melhores e em formação rígida, vão penetrar nossas linhas frouxas e espalhar os homens como palha ao vento.

— Não se houver três mil cavaleiros hiborianos desesperados combatendo em uma sólida formação de cunha, como só eu poderia ensinar — Conan respondeu.

— E onde você conseguiria três mil hiborianos? — Olgerd perguntou, sarcástico. — Vai conjurá-los do nada?

— Eu os *tenho* — o cimério respondeu, resoluto. — Três mil homens do acampamento de Khauran no oásis de Akrel, aguardando minhas ordens.

— *Quê?* — Olgerd o encarou como um lobo surpreendido.

— Sim. Homens que fugiram da tirania de Constantius. A maioria tem vivido à margem da lei nos desertos ao leste de Khauran, e são todos fortes, duros e desesperados como tigres comedores de gente. Um deles é páreo para três daqueles mercenários atarracados. É preciso opressão e privações para embrutecer os homens e atear fogo infernal em seus músculos. Estavam divididos em bandos pequenos; só o que precisavam era de um líder. Acreditaram nas palavras que lhes enviei por meio de meus cavaleiros e se reuniram no oásis, pondo-se ao meu dispor.

— Tudo isso sem que eu soubesse? — Um brilho ferino começou a reluzir nos olhos de Olgerd. Ele alcançou sua arma no cinto.

— Eles queriam seguir a mim, não a você.

— E o que disse a esses bandidos para ganhar sua obediência? — Havia um tom perigoso na voz de Olgerd.

— Disse que usaria esta horda de lobos do deserto para ajudá-los a destruir Constantius e devolver Khauran para as mãos dos cidadãos.

— Seu idiota! — Olgerd sussurrou. — Já se considera chefe?

Os homens estavam de pé, um de cada lado da mesa de ébano encarando o outro; luzes diabólicas dançando nos olhos cinza de Olgerd, e um sorriso cínico nos lábios duros do cimério.

— Farei com que seja despedaçado entre quatro palmeiras — o kozaki afirmou calmamente.

— Chame os homens e ordene que o façam! — Conan o desafiou. — Veja se o obedecerão!

Exibindo os dentes em um rosnado, Olgerd levantou a mão... e então se deteve. Algo na confiança estampada no rosto sinistro do cimério o abalou. Os olhos dele queimavam como os de um lobo.

— Seu verme das colinas do oeste — murmurou. — Ousou minar o meu poder?

— Não precisei — Conan respondeu. — Você mentiu ao dizer que eu não tinha nada a ver com a chegada dos novos recrutas. Eu tenho tudo a ver. Eles seguem suas ordens, porém, lutam por mim. Não há espaço para dois chefes entre os zuagires. Sabem que sou mais forte. Eu os entendo melhor do que você e eles a mim, porque também sou um bárbaro.

— E o que dirão quando você pedir que lutem por Khauran? — Olgerd inquiriu, sardônico.

— Eles me seguirão. Vou prometer-lhes um comboio de camelos cheio de ouro do palácio. Khauran estará disposta a pagar como recompensa por livrá-la de Constantius. Depois disso, eu os liderarei contra os turanianos, conforme você planejou. Eles querem pilhagem e enfrentariam Constantius por ela como o fariam com qualquer um.

Um reconhecimento de derrota cresceu nos olhos de Olgerd. Em seus sonhos imperiosos escarlates, deixara escapar o que ocorria à sua volta. Acontecimentos e eventos que antes pareciam insignificantes passavam por sua mente como relâmpagos, agora com seu verdadeiro significado, fazendo-o perceber que Conan não fazia meras bravatas. O gigante de malha à sua frente era o verdadeiro chefe dos zuagires.

— Não se você morrer! — Olgerd murmurou e sua mão foi na direção do cabo de sua arma. Porém, rápido como o bote de um felino, o braço de Conan cruzou a mesa e seus dedos se fecharam no antebraço de Olgerd. Houve um estalar de ossos se quebrando e, por um tenso instante, a cena se manteve: os homens se encarando como estátuas, suor escorrendo pela testa de Olgerd. Conan riu sem jamais afrouxar a pegada no braço quebrado.

— Você está apto a viver, Olgerd?

O sorriso não se alterou quando seus músculos se contraíram como cordilheiras ao longo do antebraço e os dedos mergulharam na pele trêmula do kozaki. O arranhar de ossos partidos soou no recinto e o rosto de Olgerd adquiriu a cor das cinzas; sangue escorreu pelos lábios onde os dentes afundaram, mas ele não emitiu ruído algum.

Conan deu uma gargalhada, soltou-o e recuou, e o kozaki cambaleou, segurou a beirada da mesa com a mão boa e pôs-se no prumo.

— Eu lhe dou a vida, Olgerd, como você deu a mim — Conan disse, com tranquilidade. — Ainda que tenha sido para seus próprios fins que me tirou da cruz. Na ocasião, me fez passar por uma provação amarga; você não teria sobrevivido a ela e nem ninguém, a não ser um bárbaro do oeste. Pegue seu cavalo e saia daqui. Ele está amarrado atrás da tenda, e há comida e água nas sacolas da sela. Ninguém o verá partir, mas vá rápido. No deserto, não há lugar para um chefe em desgraça. Se os guerreiros o virem, aleijado e deposto, não permitirão que saia vivo do acampamento.

Olgerd não respondeu. Devagar e sem nada dizer, virou-se e atravessou a tenda, indo em direção à abertura. Ainda em silêncio, subiu na sela do grande garanhão branco que estava à sombra de uma palmeira. Com o braço quebrado enfiado dentro de seu *khalat* e, sem falar, tocou o animal na direção leste, para o deserto aberto e para longe da vida dos zuagires.

Dentro da tenda, Conan esvaziou a moringa de vinho e estalou os lábios de satisfação. Jogando o vasilhame vazio num canto, apoiou os dedos no cinturão e saiu pela abertura frontal, detendo-se por um momento para deixar seu olhar varrer as linhas das tendas feitas de pelo de camelo que se espalhavam à sua frente e as figuras de mantos brancos que se moviam entre elas, discutindo, cantando, arreando cavalos ou afiando cimitarras.

Ele ergueu a voz em um trovão que alcançou os confins mais distantes do acampamento.

— Afiem seus ouvidos e ouçam, cães! Reúnam-se aqui. Tenho algo a lhes contar.

V

A Voz do Cristal

Em uma câmara dentro de uma torre próxima do muro da cidade, um grupo de homens escutava atentamente as palavras de um dos seus. Eram jovens, mas brutos e vigorosos, de expressões só encontradas em pessoas desesperadas em face de adversidades. Trajavam cotas de malha e couro; espadas pendendo nos cinturões.

— Sabia que Conan havia dito a verdade quando afirmou que aquela não era Taramis! — Exclamou o interlocutor. — Por meses vaguei pelas redondezas do palácio, bancando o pedinte surdo. Enfim descobri aquilo em que acreditava... nossa rainha é prisioneira nos calabouços contíguos ao palácio. Esperei pela oportunidade e capturei um carcereiro shemita... Eu o nocauteei quando saía da corte tarde da noite, arrastei para o porão mais próximo e o interroguei. Antes de morrer, ele me disse o que acabei de contar a vocês e o que suspeitamos por todo esse tempo... a mulher que governa Khauran é uma bruxa, Salomé. Segundo ele, Taramis é prisioneira no calabouço mais baixo da prisão.

— Esta invasão dos zuagires nos dá a oportunidade que buscávamos — ele prosseguiu. — Não sei o que Conan pretende fazer. Talvez ele apenas queira se vingar de Constantius. Talvez pretenda saquear a cidade e destruí-la. Ele é um bárbaro e ninguém pode compreender a mente deles. Mas eis o que nós temos que fazer: resgatar Taramis em meio à fúria do confronto! Constantius marchará para as planícies para lutar. Seus homens estão montando neste instante. Ele fará isso porque não há comida suficiente na cidade para aguentar o cerco. Conan irrompeu do deserto de modo tão repentino que não houve tempo de trazer suprimentos. E o cimério está equipado para sitiá-la. Batedores relataram que os zuagires têm máquinas de guerra, construídas, sem dúvida, sob as instruções de Conan, que aprendeu todas as artes da guerra entre as nações ocidentais. Constantius não quer um cerco longo, portanto, marchará com seus guerreiros para campo aberto, onde tentará dispersar as forças de Conan de uma só vez. Deixará apenas uma centena de homens na cidade, nas muralhas e torres, comandando os portões.

— A prisão vai estar sem guardas — ele observou. — Após libertarmos Taramis, nossas ações dependerão das circunstâncias. Se Conan vencer, nós a mostraremos para o povo e pediremos que as pessoas se insurjam... o que farão! Ah, elas farão! De mãos nuas são o bastante para superar os shemitas que restarem na cidade e fechar os portões contra os mercenários e nômades. Nenhum deles deve adentrar os muros! Então conversaremos com Conan. Ele sempre foi leal a Taramis. Se souber qual é a verdade e a rainha pedir, acredito que poupará a cidade. Se, o que é mais provável, Constantius prevalecer e Conan for vencido, devemos deixar a cidade e buscar segurança na fuga. Está tudo claro?

Eles responderam em uníssono.

— Então vamos afrouxar as lâminas nas bainhas, encomendar nossas almas a Ishtar e seguir para a prisão, pois os mercenários já estão marchando pelo portão sul.

Era verdade. A luz da alvorada reluzia sobre os elmos pontiagudos e armaduras que passavam num fluxo constante pelo amplo arco. Era um batalhão de cavaleiros do tipo que só seria possível nas terras do Oriente. Os montadores fluíam pelo portão como um rio de aço; figuras sombrias trajando cotas prateadas e pretas, de barba curva e nariz adunco, os olhos inexoráveis refletindo a fatalidade de sua raça e a completa ausência de dúvida ou misericórdia.

As ruas e muros traziam fileiras de pessoas que assistiam em silêncio aos guerreiros de uma raça estranha cavalgarem para defender sua cidade natal. Não havia som; observavam sem expressividade; aquelas pessoas magras de roupas esfarrapadas, segurando seus chapéus.

Em uma torre de frente para a larga rua que conduzia ao portão sul, Salomé descansava num divã de veludo, observando cinicamente Constantius afivelar o grande cinturão e vestir as manoplas. Estavam a sós no cômodo. Lá fora, o retinir musical das armaduras e dos cascos dos cavalos chegava até os caixilhos protegidos por grades de ouro.

— Antes do cair da noite — Constantius afirmou, enrolando seu bigode fino —, você terá alguns prisioneiros para alimentar aquele demônio no templo. Ele não se cansou da carne flácida do povo da cidade? Quem sabe aprecie os músculos duros de um homem do deserto.

— Cuidado para não se tornar presa de uma fera pior do que Thaug — a garota advertiu. — Não esqueça quem lidera esses animais do deserto.

— Não esqueci — ele respondeu. — É um dos motivos pelos quais estou avançando para encontrá-lo. O cão combateu no Ocidente e conhece a arte do cerco. Meus batedores tiveram alguma dificuldade de se aproximar das suas fileiras, pois seus vigias possuem olhos como os de falcões; mas chegaram perto o suficiente para ver as máquinas que ele arrasta em carros de boi puxados por camelos... catapultas, aríetes, balistas, manganelas... por Ishtar! Ele devia ter dez mil homens trabalhando dia e noite durante um mês. Onde foi que obteve material para a construção, não faço ideia. Talvez tenha feito um acordo com os turanianos e conseguido suprimentos com eles. Seja como for, não vai adiantar nada. Já enfrentei esses lobos do deserto... teremos uma troca de flechas para variar, e a armadura de meus guerreiros os protegerá. Daí, uma arremetida de meus esquadrões varre a formação dispersa daqueles nômades. Damos a volta e passamos novamente, espalhando-os aos quatro ventos. Estarei de volta pelo portão sul antes que o sol se ponha, com centenas de prisioneiros cambaleando à traseira de meu cavalo. Esta noite teremos uma celebração na grande praça. Meus soldados se deleitam em esfolar vivos seus inimigos... Nós vamos despelar por atacado e fazer esse povo fracote da cidade assistir. Quanto a Conan, será um imenso prazer para mim se ele for capturado com vida, para que eu possa empalá-lo nos degraus do palácio.

— Pode esfolar quantos quiser — Salomé respondeu, indiferente. — Eu gostaria de um vestido feito de pele humana. Mas você deve me dar ao menos uma centena de prisioneiros... para o altar e para Thaug.

— Assim será — Constantius respondeu, com a manopla escovando para trás os cabelos finos de sua testa calva e queimada pelo sol. — Pela vitória e pela honra de Taramis! — Afirmou sardonicamente e, tirando o elmo com visor de baixo do braço, ergueu a mão em saudação e saiu do quarto. Sua voz ressoou, dando ordens ásperas para seus oficiais.

Salomé se reclinou no divã, bocejou, se espreguiçou como uma grande gata e chamou:

— Zang!

Um sacerdote de pés leves e as feições de um pergaminho amarelado esticado sobre um crânio entrou sem fazer barulho.

Salomé virou-se para um pedestal de marfim sobre o qual havia dois globos de cristal e, apanhando o menor, entregou a reluzente esfera ao sacerdote.

— Cavalgue com Constantius — disse. — Me dê notícias sobre a batalha. Vá!

O homem com cara de caveira curvou-se e, escondendo o globo sob o manto escuro, deixou a câmara.

O único som do lado de fora da cidade era o dos cascos dos cavalos e, depois de um tempo, do portão sendo fechado. Salomé subiu por uma larga escadaria que conduzia até o telhado plano, com um dossel e ameia de mármore. Estava mais alta que todos os demais edifícios da cidade. As ruas estavam desertas, e a grande praça na frente do palácio, vazia. Em tempos normais, as pessoas evitavam o templo sombrio que se erguia do lado oposto da praça, mas, agora, a cidade parecia morta. Somente no muro sul e nos telhados de frente para ele havia algum sinal de vida. Lá, as pessoas se amontoavam. Não demonstravam se tinham esperança pela derrota ou pela vitória de Constantius.

A vitória significava mais miséria sob seu governo intolerante; a derrota provavelmente significava a pilhagem da cidade e um massacre escarlate. Nenhuma notícia chegara de Conan. Não sabiam o que esperar das mãos dele. Lembravam-se de que ele era um bárbaro.

Os esquadrões de mercenários cruzavam as planícies. Ao longe, deste lado do rio, outras massas escuras se moviam, mal discerníveis como homens montando cavalos. Objetos pontilhavam as margens distantes; Conan não tinha trazido as máquinas de cerco pelo rio, aparentemente por temer um ataque durante a travessia, mas tinha cruzado com a força completa de cavaleiros. O sol nasceu e lançou brilhos de fogo nas multidões escuras. Os esquadrões da cidade irromperam em galope; um rugido grave alcançou os ouvidos das pessoas nas muralhas.

As massas se fundiram, entremearam; de longe, era uma confusão emaranhada com detalhes indistintos. Ataque e contra-ataque não podiam ser identificados. Nuvens de poeira se ergueram nas planícies que os cascos pisoteavam, encobrindo a ação. Em meio àquelas nuvens rodopiantes, as massas de cavaleiros se avultavam, aparecendo e desaparecendo, enquanto lanças reluziam.

Salomé deu de ombros e desceu as escadas. O palácio estava em silêncio. Todos os escravos se encontravam nas muralhas ao lado dos cidadãos, olhando em vão para o sul.

Ela voltou para o quarto onde havia conversado com Constantius e se aproximou do pedestal, notando que o globo de cristal estava turvo, com riscas carmesins. Curvou-se sobre a esfera e arfou:

— Zang! Zang!

Brumas giraram dentro da esfera, transformando-se em nuvens de poeira ondulantes em meio às quais figuras pretas passavam irreconhecíveis e o aço reluzia como relâmpagos na escuridão. Então, a face de Zang surgiu com atordoante nitidez; era como se os olhos grandes encarassem Salomé diretamente. Sangue escorria de um ferimento da cabeça esquelética, a pele estava acinzentada, com suor coberto de pó. Os lábios se abriram, contorcidos; para ouvidos que não fossem os de Salomé, pareceria que o rosto dentro do cristal se movimentava em silêncio. Mas o som chegava com clareza, vindo daqueles lábios cinza, como se o sacerdote estivesse na mesma sala que ela, e não a quilômetros, gritando através do cristal menor. Só os deuses das trevas sabiam quais filamentos mágicos invisíveis ligavam aquelas duas esferas brilhantes.

— Salomé! — A cabeça ensanguentada gritou. — Salomé!

— Eu o escuto! — Ela respondeu. — Fale! Como está a batalha?

— A perdição caiu sobre nós! — Bradou a aparição. — Khauran está perdida. Meu cavalo caiu e não posso escapar! Homens morrem ao meu redor como moscas em suas armaduras prateadas.

— Pare de balbuciar e conte o que aconteceu! — Ela gritou, ríspida.

— Cavalgamos até os cães do deserto, que vieram ao nosso encontro — ladrou o sacerdote. — Flechas voaram nas nuvens entre as tropas, e os nômades vacilaram. Constantius ordenou o ataque. Nós caímos como uma tempestade sobre eles em fileiras iguais. Então, as massas da horda se abriram para a esquerda e a direita, e da fenda surgiram três mil cavaleiros hiborianos, de cuja presença nem desconfiávamos. Homens de Khauran, loucos de ódio! Homens de armadura completa, montando cavalos enormes. Eles nos arrasaram como um meteorito, atacando em formação de cunha! Dividiram nossas fileiras antes que nos déssemos conta do que estava acontecendo e os lobos do deserto nos atacaram de ambos os lados. Eles acabaram com nossas fileiras, nos tiraram de formação e nos espalharam! É um truque daquele diabo, Conan! As máquinas de guerra eram falsas... meras estruturas feitas de palmeiras e seda pintada que, vistas de longe, enganaram nossos batedores. Um truque para nos atrair para a perdição. Nossos guerreiros estão fugindo! Khumbanigash caiu... Conan o matou! Não vejo Constantius... os guerreiros de Khauran atacam nossas massas mitigadas como leões sedentos de sangue e os homens do deserto nos massacram com flechas. Eu... ahhh!

Houve o cintilar de um relâmpago ou do aço cortante, uma explosão de sangue... então, a imagem desapareceu de forma abrupta, como uma bolha que estoura, e Salomé viu-se olhando para um cristal vazio que apenas espelhava suas feições furiosas.

Ela ficou perfeitamente imóvel por alguns momentos, rígida e olhando para o vazio. Então, ao bater de suas palmas, outro sacerdote de aspecto esquelético entrou, tão silencioso e impassível quanto o anterior.

— Constantius foi derrotado — ela disse rapidamente. — Estamos perdidos. Conan arrebentará os portões em uma hora. Se me pegar, não tenho ilusões quanto ao que me espera. Mas, antes, vou garantir que minha maldita irmã nunca volte ao trono. Venha comigo! Haja o que houver, Thaug terá um banquete!

Conforme descia pelas escadas e galerias do palácio, ouviu um leve eco vindo das distantes muralhas. O povo começava a perceber que a batalha ia contra Constantius. Em meio às nuvens de poeira, avistavam-se massas de cavaleiros se dirigindo à cidade.

Palácio e prisão eram conectados por uma longa galeria fechada, cujo teto abobadado se curvava em arcos sinistros. Atravessando-a, a falsa rainha e seu escravo passaram por uma porta pesada na extremidade oposta que desembocava nos recessos mal iluminados da prisão. Eles saíram em um corredor largo e curvado, num ponto próximo a uma escadaria de pedra que descia para as trevas. Salomé recuou de repente, praguejando. Havia na escuridão uma forma imóvel... um carcereiro shemita, a barba curva inclinada na direção do teto devido à cabeça que pendia do pescoço, quase decepada. Quando vozes ofegantes vindas de baixo chegaram aos ouvidos da mulher, ela se encolheu nas densas sombras de um arco, empurrando o sacerdote, enquanto sua mão tateava o cinto.

VI

As Asas do Abutre

Foi a luz fumacenta de uma tocha que despertou Taramis, rainha de Khauran, do sono em que buscava o esquecimento. Erguendo-se sobre uma mão, puxou para trás os cabelos emaranhados e piscou, esperando encontrar as feições zombeteiras de Salomé, malignas, trazendo algum novo tormento. Em vez disso, um grito de piedade e horror alcançou seus ouvidos.

— Taramis! Minha rainha!

O som lhe pareceu tão estranho, que ela chegou a pensar que ainda estava sonhando. Por trás da tocha conseguia divisar figuras agora, o aço reluzindo, e cinco rostos curvaram-se sobre ela, não de pele morena e nariz adunco, mas aquilinos e delgados, bronzeados pelo sol. Ela recuou, observando-os com intensidade.

Uma das figuras se adiantou e abaixou-se, apoiando um joelho no chão à frente dela, os braços gentilmente estendidos em sua direção.

— Ah, Taramis! Graças a Ishtar a encontramos! Não se lembra de mim... Valerius? Certa vez você me elogiou, após a batalha de Korveka!

— Valerius! — Ela gaguejou. Súbito, lágrimas marejaram seus olhos. — Oh, estou sonhando! É outra magia de Salomé para me atormentar!

— Não! — O brado soou em exultação. — São seus vassalos fiéis que vieram ao seu resgate. Contudo, devemos nos apressar. Conan trouxe os zuagires do outro lado do rio e combate Constantius nas planícies, mas a cidade continua protegida por trezentos shemitas. Matamos o carcereiro e roubamos suas chaves, e não vimos outros guardas, mas temos de ir. Venha!

As pernas da rainha cederam, não de fraqueza, mas de emoção. Valerius a ergueu como uma criança e, seguindo o homem que portava a tocha, o grupo deixou o calabouço, subindo uma escadaria de pedra coberta por limo. Ela parecia se estender para sempre, mas, enfim, chegaram a um corredor.

Atravessavam um arco escuro quando a tocha foi subitamente atingida e seu portador deu um grito breve, porém feroz, de agonia. Uma explosão de fogo azul iluminou o corredor, e a face furiosa de Salomé foi momentaneamente delineada ao lado de uma figura de aspecto bestial agachada ao seu lado... A seguir, os olhos de todos foram embotados pela luz.

Valerius tentou seguir pelo corredor cambaleando, junto da rainha; desnorteado, escutou os sons de golpes fatais cortando fundo a carne, acompanhados de estertores mortais e grunhidos ferinos. Então, a rainha foi brutalmente arrancada de seus braços e um golpe selvagem contra seu elmo o levou ao chão.

Ele se levantou lentamente, balançando a cabeça em um esforço para livrar-se da luz azul que ainda parecia dançar diabolicamente diante de si. Quando a vista cega melhorou, viu que estava só no corredor... Só, exceto pelos mortos. Seus quatro companheiros jaziam deitados no sangue, cabeça e peito abertos. Sem conseguir ver e confusos por aquele brilho infernal, morreram sem ter oportunidade de se defender. A rainha havia desaparecido.

Valerius praguejou amargamente e apanhou a espada, arrancando o elmo rachado, que retiniu no chão; sangue escorria pela bochecha a partir de um corte em sua cabeça.

Cambaleando, frenético pela indecisão, escutou uma voz chamar seu nome com urgência desesperada:

— Valerius! Valerius!

Ele tropeçou em direção a ela, fazendo uma curva bem a tempo de segurar nos braços uma figura delgada e macia, que se jogou sobre ele convulsivamente.

— Ivga! Ficou louca?

— Eu tinha que vir! — Ela soluçou. — Segui você... me escondi atrás de um arco, no pátio externo. Agora mesmo eu a vi sair com um bruto que carregava uma mulher nos braços. Sabia que era Taramis e que, portanto, você tinha falhado. Oh... está ferido!

— Um arranhão! — Ele afastou as mãos ávidas da moça. — Rápido, Ivga, diga para onde eles foram!

— Cruzaram a praça em direção ao templo.

Ele empalideceu:

— Ishtar! O demônio! Ela pretende sacrificar Taramis para o demônio que adora! Diga a todos que a verdadeira rainha foi encontrada... e que a impostora a arrastou para o templo! Vá!

A garota partiu, soluçando, as sandálias finas pisando os paralelepípedos, e Valerius cruzou o pátio, a rua e chegou à praça, seguindo velozmente para a grande estrutura que se avultava do lado oposto.

Seus pés pareciam desprezar o mármore conforme subiam as largas escadarias em direção ao pórtico cercado por pilares. Era evidente que a prisioneira tinha oferecido resistência. Taramis, ao sentir qual seria seu destino, lutara contra ele com toda a força de seu esplêndido corpo. Chegara até a se livrar do sacerdote brutal, mas tornara a ser arrastada.

O grupo estava no meio do templo, na extremidade oposta, onde ficava o sombrio altar e, além dele, a grande porta de metal, obscenamente esculpida e pela qual muitos tinham passado, mas somente Salomé retornara. Taramis respirava com dificuldade; seus trajes esfarrapados tinham sido arrancados na luta. Ela se contorcia nas garras de seu captor simiesco como uma ninfa nua e branca nos braços de um sátiro. Salomé observava cinicamente, embora com impaciência, indo para a porta esculpida e, da escuridão que espreitava das paredes altas, deuses e gárgulas os assistiam, como que imbuídos de vida lasciva.

Sufocado pela fúria, Valerius correu pelo grande salão, espada em punho. Ante um grito agudo de Salomé, o sacerdote de rosto esquelético olhou para cima, largou Taramis e sacou uma faca já manchada de sangue, correndo de encontro ao khaurano.

Mas retalhar homens cegos pela chama demoníaca lançada por Salomé era diferente de enfrentar um jovem hiboriano em forma, incendiado pela raiva e pela ira.

A faca subiu, mas, antes que pudesse descerrar, a lâmina estreita de Valerius cortou o ar e a mão que segurava a faca foi desacoplada do pulso em um jato de sangue. Valerius, ensandecido, cortou a figura amarrotada repetidamente, antes que ela pudesse cair. A lâmina atravessou carne e ossos. A cabeça caiu em uma direção e o corpo em outra.

Valerius virou-se rápido e selvagem, como um felino das selvas, e encarou Salomé. Ela devia ter exaurido o pó combustor na prisão. Estava curvada sobre Taramis, segurando os cachos da irmã em uma mão e um punhal na outra. A seguir, em meio a um brado feroz, a espada de Valerius foi embainhada no peito dela com fúria tal que a ponta emergiu por entre seus ombros. A bruxa caiu com um grito pavoroso, debatendo-se em agonia, segurando a lâmina nua conforme era arrancada, fumegando e pingando. Seus olhos eram inumanos; com vitalidade sobre-humana, ela agarrou-se à vida que escorria pelo ferimento que partira a lua crescente carmesim em seu peito marmóreo. Rastejou pelo chão, arranhando as pedras nuas em meio à sua dor.

Nauseado pela visão, Valerius curvou-se e ergueu a rainha quase desacordada. Dando as costas para a figura contorcida no chão, ele correu para a porta, tropeçando na pressa. Cambaleou até o pórtico e parou diante dos degraus. A praça estava cheia de gente. Alguns tinham vindo por causa dos gritos incoerentes de Ivga; outros, descido das muralhas por medo das hordas que vinham do deserto, fugindo de modo irracional para o centro da cidade. A resignação tinha desaparecido. A multidão fervilhava e se acotovelava, gritando e berrando. Em algum lugar nas ruas ouviu-se o barulho de pedras e vigas se partindo.

Um bando de sinistros shemitas atravessava pela multidão; os guardas do portão norte, seguindo rápido para reforçar o portão sul. Estancaram ante a visão do jovem nos degraus, segurando nos braços a figura nua e mole. As cabeças da multidão voltaram-se para o templo; as pessoas ficaram boquiabertas, um novo espanto somado à confusão atordoante.

— Eis aqui sua rainha! — Valerius gritou, esforçando-se para se fazer escutar por cima da algaravia. O povo devolveu um rugido desnorteado. Eles não compreendiam e Valerius buscou, em vão, falar mais alto do que a balbúrdia. Os shemitas foram para os degraus do templo, abrindo caminho pela multidão na marra com suas lanças.

Então, um novo e lúgubre elemento se introduziu ao frenesi. Da escuridão dentro do templo atrás de Valerius, uma figura magra e branca surgiu, ornada de carmesim. O povo gritou; ali, nos braços de Valerius, estava a mulher que eles julgavam ser sua rainha, contudo, diante da porta do templo cambaleava outra figura que era como um reflexo da primeira. A mente dos presentes vacilou e Valerius sentiu o sangue gelar ao encarar a bruxa. Sua espada a tinha transpassado, dividido seu coração. Ela devia estar morta; por todas as leis da natureza, devia estar morta. Não obstante, lá estava, de pé, oscilando, agarrando-se horrivelmente à vida.

— Thaug! — Ela gritou diante da entrada. — Thaug!

Como em resposta à temível invocação, um tempestuoso coaxar ressoou dentro do templo, seguido do romper de madeira e metal.

— Aquela é a sua rainha! — Rugiu o capitão dos shemitas, erguendo o arco. — Matem o homem e a outra mulher!

Mas o uivo de uma alcateia de caça surgiu em meio à multidão; eles finalmente tinham descoberto a verdade, compreendido os apelos frenéticos de Valerius, e souberam que a garota nos braços dele era a verdadeira rainha. Com um brado de abalar a alma, caíram sobre os shemitas, rasgando e batendo com dentes, unhas e mãos nuas, valendo-se do desespero da fúria reprimida e, enfim, liberada. Acima deles, Salomé arfou e rolou as escadarias, morta afinal.

Flechas choveram sobre Valerius, que correu por entre os pilares do pórtico, protegendo o corpo da rainha com o seu. Com talhos e disparos implacáveis, os shemitas a cavalo se seguraram contra a multidão enlouquecida. Valerius voltou para a porta do templo, mas ao pôr o pé sobre a soleira, recuou com um grito de horror e desespero.

Saindo das trevas da extremidade oposta do salão, uma vasta forma emergiu, arremetendo contra ele com os saltos de um gigantesco sapo. Ele viu o brilho de olhos que não eram deste mundo, o reluzir de presas e garras. Recuou, mas o sibilo de uma flecha triscou sua orelha, alertando-o de que a morte também vinha por trás. Valerius virou-se em pânico. Quatro ou cinco shemitas tinham aberto caminho pela massa e esporeavam os cavalos nos degraus, arcos erguidos para abatê-lo. Ele pulou para trás de um pilar, contra o qual as flechas se partiram. Taramis estava desmaiada, mole em seus braços, como que morta.

Antes que os shemitas pudessem disparar novamente, a entrada foi bloqueada por um vulto gigantesco. Em meio a gritos de pavor, os mercenários deram meia-volta e tornaram a freneticamente abrir caminho na marra pela multidão, que recuou num horror repentino e inflamado, pisoteando uns aos outros em sua debandada.

Mas o monstro parecia observar Valerius e a garota. Espremendo o vasto corpanzil pela porta, curvou-se na direção do homem, que descia os degraus. Ele sentiu a criatura avolumar-se atrás de si, uma enorme coisa sombria, como uma caricatura da natureza oriunda do coração da noite, algo sombrio e disforme em que somente os olhos arregalados e as presas brilhantes se distinguiam.

Num súbito rufar de cascos, um grupo de shemitas ensanguentados e exauridos cruzou a praça vindo do lado sul, revolvendo às cegas pela multidão compacta. Atrás deles, uma horda de cavaleiros gritava em uma língua familiar, brandindo as espadas vermelhas... Os exilados retornavam! Junto deles cavalgavam cinquenta homens de barbas negras do deserto e, à frente, uma figura gigante, trajando uma armadura negra.

— Conan! — Valerius gritou. — Conan!

O cimério berrou uma ordem. Sem reduzirem o galope, os homens do deserto ergueram os arcos e dispararam. Uma chuva de flechas assobiou pela praça, passando sobre as cabeças agitadas da multidão e afundando até o talo no monstro negro. A criatura parou, oscilou e recuou, um borrão escuro contra os pilares de mármore. A nuvem afiada tornou a cantar, e depois mais uma vez, até que o horror caiu e rolou pelos degraus, tão morto quanto a bruxa que o invocara das noites de outrora.

Conan puxou as rédeas ao lado do pórtico e desceu. Valerius tinha deitado a rainha no mármore, afundando ao lado dela na mais profunda exaustão. As pessoas começaram a se aproximar, amontoando-se. O cimério praguejou, fazendo com que recuassem, e ergueu a cabeça dela, aninhando-a em seu ombro.

— Por Crom, o que é isto? A verdadeira Taramis! Mas quem é aquela ali?

— O demônio que usava a forma dela — Valerius resfolegou.

Conan reclamou com fervor. Tirando um manto dos ombros de um soldado, envolveu a rainha nua. Seus longos cílios estremeceram acima das bochechas; os olhos se abriram e encararam estupefatos o rosto coberto de cicatrizes do bárbaro.

— Conan! — Os dedos frágeis o tocaram. — Estou sonhando? Ela disse que você estava morto...

— Foi por pouco! — Ele deu um sorriso bruto. — Você não está sonhando. É a rainha de Khauran mais uma vez. Venci Constantius à beira do rio. A maior parte dos seus cães não viveu para chegar até as montanhas, pois dei ordem para que não fossem feitos prisioneiros... a não ser o próprio Constantius. A guarda da cidade fechou o portão nas nossas caras, mas invadimos com aríetes que tiramos das nossas selas. Deixei meus lobos do lado de

fora, exceto por esses cinquenta. Não confio neles aqui dentro e esses rapazes khauranos bastaram para os guardas do portão.

— Foi um pesadelo! — Ela choramingou. — Oh, meu pobre povo! Precisa me ajudar a compensá-los por tudo que sofreram, Conan, daqui por diante como conselheiro, além de capitão!

Conan riu, mas meneou a cabeça. Levantando-se, ele pôs a rainha de pé e acenou para um grupo de cavaleiros khauranos que não tinha ido atrás dos shemitas em fuga. Eles desceram de seus cavalos, ávidos para cumprir a vontade de sua rainha recém-encontrada.

— Não, moça, isso acabou. Sou o chefe dos zuagires agora e devo liderá-los para pilhar os turanianos, conforme prometi. Este rapaz, Valerius, será melhor capitão do que eu. De qualquer modo, não fui feito para viver entre paredes de mármore. Mas preciso deixá-la agora e terminar o que comecei... ainda há shemitas vivos em Khauran.

Valerius começou a seguir Taramis pela praça em direção ao palácio, passando por uma raia aberta pela multidão que ovacionava em alegria, quando sentiu uma mão macia deslizar timidamente pelos seus músculos vigorosos e virou-se para receber o corpo de Ivga em seus braços. Apertou-a com força e sorveu seus beijos com a gratidão de um lutador esgotado que, enfim, pode descansar após a tribulação e a tempestade.

Mas nem todos os homens buscam paz e descanso; alguns nascem com o espírito da tormenta nas veias, inquietos mensageiros da violência e do derramamento de sangue que não conhecem outro caminho...

O sol nascia. A antiga estrada de caravanas estava cheia de cavaleiros em mantos brancos, numa fileira que se estendia dos muros de Khauran até um ponto distante nas planícies. Conan, o cimério, sentava-se à frente da coluna, próximo ao toco denteado de uma viga de madeira enfiada no chão. Ao lado dela se erguia uma pesada cruz, onde um homem estava pendurado por pontas de ferro nos pés e nas mãos.

— Há sete meses, Constantius... — Conan afirmou — ...era eu quem estava pendurado ali e você quem se sentava aqui.

Constantius não respondeu; lambeu os lábios acinzentados, e seus olhos estavam vítreos de medo e dor. Músculos se contorciam como cordas pelo corpo magro.

— Você é mais apto a torturar do que a suportar — Conan disse, com tranquilidade. — Fiquei pendurado em uma cruz, tal qual você agora, e sobrevivi, graças às circunstâncias e uma peculiar resistência dos bárbaros. Mas vocês, homens civilizados, são frouxos; suas vidas não estão pregadas às suas espinhas como as nossas. Sua força consiste principalmente em causar tormento, não em aguentá-lo. Estará morto antes do pôr do sol. Assim, Falcão do deserto, eu o deixarei na companhia de outro pássaro.

Ele fez um sinal na direção dos abutres, cujas sombras passavam pelas areias conforme circulavam no alto. Dos lábios de Constantius, um grito inumano de desespero e horror eclodiu.

Conan ergueu as rédeas e cavalgou para o rio que brilhava como prata sob o sol matutino. Atrás dele, os cavaleiros de branco trotavam; o olhar de cada um ao passar por determinado ponto voltava-se com indiferença e a típica ausência de compaixão dos homens do deserto para a cruz e a figura magra nela pendurada, empretecida contra a alvorada. Os cascos dos cavalos ressoavam sobre a poeira. Os abutres famintos voavam cada vez mais baixo.

Os Servos de Bit-Yakin

(The Servants of Bit-Yakin)

História originalmente publicada como "*The Jewels of Gwahlur*" em *Weird Tales* — março de 1935.

I

Os Caminhos da Intriga

Os íngremes penhascos surgiam em meio à selva; enormes baluartes de pedra brilhando em tons de jade azul e de um monótono carmesim sob o sol nascente que se curvava ao longe, a leste e oeste, acima do oceano esmeralda de frondes e folhas. Parecia intransponível aquela gigantesca paliçada com suas cortinas de rocha sólida, nas quais pedaços de quartzo cintilavam. Mas o homem que abria seu tedioso caminho rumo ao alto já estava na metade da distância até o topo.

Ele vinha de uma raça montanhesa habituada a escalar penhascos inacessíveis, e era um indivíduo de força e agilidade incomuns. Sua única vestimenta era um par de calças vermelhas de seda e sandálias penduradas às costas, fora do seu caminho, assim como sua espada e punhal.

Tinha constituição poderosa, flexível como uma pantera. A pele era bronzeada pelo sol, e a cabeleira negra de corte quadrado estava amarrada por uma faixa prateada ao redor das têmporas. Seus músculos de ferro, olhos aguçados e pés seguros o serviam bem ali, pois era uma escalada que testava ao máximo as qualidades. Quarenta e cinco metros abaixo, a selva acenava. Acima, a essa mesma distância, estava o topo dos rochedos, recortado contra o céu da manhã.

Ele agia como que impelido pela urgência da pressa. Contudo, era obrigado a se mover a uma velocidade de lesma, agarrando-se como uma mosca à parede. Tateando, suas mãos e pés encontravam cavidades e saliências, precários apoios, e, às vezes, ele praticamente se pendurava pelas unhas. Mesmo assim, continuava subindo, agarrando, contorcendo-se, lutando por cada passo. De vez em quando, parava para descansar os músculos doloridos e, sacudindo o suor dos olhos, virava a cabeça para esquadrinhar a selva, examinando a expansão verde em busca de qualquer traço de vida humana ou movimento.

O topo já não estava mais tão no alto, e ele observou, poucos pés acima de sua cabeça, uma fenda na rocha uniforme do penhasco. Um instante depois a alcançou, uma pequena caverna logo abaixo da beirada. Quando pôs a cabeça acima da linha de sua base, ele grunhiu. Agarrou-se ali, os cotovelos enganchados na orla. A caverna, de tão apertada, não era mais do que um nicho recortado na pedra, mas trazia um ocupante: uma múmia parda e enrugada, sentada na pequena cavidade, com as pernas cruzadas e os braços dobrados sobre o peito murcho, em cima do qual a cabeça encolhida afundava. Os membros continuavam no lugar graças a tiras de couro que os envolviam, agora nada mais que meros fiapos podres. Se a figura tinha sido vestida alguma vez, a devastação do tempo reduzira as vestes a pó há muitos anos. Mas entre os braços cruzados e o peito murcho havia um pergaminho enrolado, amarelado pela idade até adquirir a cor de marfim antigo.

O escalador estendeu o longo braço e alcançou o cilindro. Sem examinar, enfiou-o em seu cinto e se lançou para o alto, até ficar de pé na abertura do nicho. Com um salto, agarrou o talude do penhasco, arrastando-se para o topo praticamente repetindo o movimento.

Lá fez uma pausa, ofegante, e olhou para baixo.

Era como olhar para o interior de uma vasta tigela guarnecida por uma muralha de pedra circular. Seu chão estava coberto de árvores e densa vegetação, embora local algum duplicasse a densidade da mata exterior. Os rochedos marchavam ao seu redor sem pausa e com altura uniforme. Era uma extravagância da natureza, talvez sem paralelos no globo; um anfiteatro vasto e natural, um pedaço circular de planície florestal, com três ou quatro milhas de diâmetro, separado do resto do mundo e anelado por aqueles rochedos estacados.

Mas o homem nos rochedos não devotou seus pensamentos ao espanto ante o fenômeno topográfico. Com ansiedade tensa, vasculhou o topo das árvores e exalou um suspiro tempestuoso ao avistar o brilho de cúpulas de mármore em meio ao bruxuleio verde. Não era mito, então; abaixo jazia o fabuloso e deserto palácio de Alkmeenon.

Conan, o cimério recém-egresso das Ilhas Barachas, na Costa Negra, e de muitos outros locais onde a vida corria selvagem, viera ao reino de Keshan seduzido por um mítico tesouro que ofuscaria as reservas dos reis turanianos.

Keshan era um reino bárbaro no desconhecido interior do lado oriental de Kush, onde as amplas terras gramadas se misturavam às florestas que vinham do sul. O povo era uma etnia miscigenada; uma nobreza morena soberana de uma população majoritariamente negra pura. Os governantes... príncipes e sacerdotes... afirmavam descender de uma raça branca que, numa era mítica, havia governado um reino cuja capital era Alkmeenon. Lendas conflitantes buscavam explicar a razão da derradeira queda da raça e o abandono da cidade por seus sobreviventes. Igualmente nebulosas eram as histórias sobre os Dentes de Gwahlur, o tesouro de Alkmeenon. Mas essas vagas lendas tinham bastado para atrair Conan a Keshan, fazendo-o cruzar vastas distâncias de planícies, selvas atadas por rios e montanhas.

Ele tinha encontrado Keshan, considerada mítica em si por muitas nações do norte e do oeste, e possuía o bastante para confirmar os rumores do tesouro que os homens chamavam de Dentes de Gwahlur. Mas não conseguia descobrir o local onde estavam escondidos, e se viu confrontado pela necessidade de explicar sua presença no reino. Estranhos autônomos não eram bem-vindos por lá.

Mas ele não era um tolo qualquer. Com álgida segurança, fez sua oferta para a imponente e pomposa corte, cheia de suspeitas. Ele era um guerreiro profissional. E, em busca de emprego (ele disse), chegara a Keshan. Por determinado preço, poderia treinar os exércitos da nação e liderá-los contra seu inimigo hereditário, Punt, cujos recentes sucessos em campo haviam despertado a fúria do irascível rei de Keshan.

A proposta não era tão audaciosa quanto podia parecer. A fama de Conan o precedia até mesmo na distante Keshan; seus feitos como chefe dos corsários negros, aqueles lobos das costas do sul, tornaram seu nome conhecido, admirado e temido por todos os reinos negros. Também não recusou os testes propostos pelos senhores de pele escura. As pelejas ao longo da fronteira eram incessantes, o que garantiu muitas oportunidades para o cimério demonstrar suas habilidades como líder, e os prospectos pareciam favoráveis. Tudo o que Conan desejava em segredo era uma ocupação que lhe desse uma desculpa legítima para permanecer em Keshan tempo o suficiente para localizar o esconderijo dos Dentes de Gwahlur. Então veio a interrupção. Thutmekri chegou ao reino encabeçando uma embaixada vinda de Zimbabo.

Thutmekri era stygio, aventureiro e trapaceiro, e sua perspicácia o levara até os reis gêmeos daquele grande reino híbrido de escambo, que fica a muitos dias de marcha para o leste. Ele trazia, como o cimério, uma proposta para a conquista de Punt, cujo reino, por acaso a leste de Keshan, tinha recentemente expulsado os zimbabos e queimado suas fortalezas.

A oferta superava até mesmo o prestígio de Conan. Ele planejava invadir Punt do leste com uma tropa de lanceiros negros, arqueiros shemitas e espadachins mercenários, e ajudar o rei de Keshan a anexar o reino hostil. Os benevolentes reis do Zimbabo queriam, em troca, apenas o monopólio do escambo de Keshan e seus tributos... e, como demonstração de boa-fé, alguns dos Dentes de Gwahlur. Estes seriam guardados sem uso, Thutmekri se apressou em explicar aos desconfiados chefes; seriam deixados no templo de Zimbabo, ao lado dos ídolos de ouro atarracados de Dagon e Derketo, convidados sagrados no santuário do reino. Isso selaria o acordo entre Keshan e Zimbabo. A declaração levou um sorriso selvagem aos lábios brutos de Conan.

O cimério nem sequer tentou equiparar a astúcia e as intrigas de Thutmekri e seu parceiro shemita, Zargheba. Sabia que, se Thutmekri ganhasse a discussão, insistiria no banimento imediato de seu rival. Só havia uma coisa para Conan fazer: encontrar as joias antes que o rei de Keshan se decidisse, e fugir com elas. Mas, àquela altura, tinha certeza de que elas não estavam escondidas em Keshan, na cidade real, formada por um enxame de palhoças aglomeradas ao redor do muro de barro que cercava o palácio feito de pedra, barro e bambu.

Enquanto se exasperava com nervosa impaciência, o sumo sacerdote Gorulga anunciou que, antes que qualquer decisão fosse tomada, a vontade dos deuses precisava ser consultada no tocante à aliança proposta pelo Zimbabo e à garantia de objetos há muito considerados sagrados e invioláveis. O oráculo de Alkmeenon precisava ser consultado.

Isso era algo assombroso que fez com que as línguas corressem em excitação no palácio e pelos cortiços. Já fazia um século desde a última visita dos sacerdotes à cidade silenciosa. O oráculo, os homens diziam, era a princesa Yelaya, a última governante de Alkmeenon, morta no pleno alvorecer da juventude e beleza, e cujo corpo tinha milagrosamente permanecido imaculado ao longo das eras. Desde os tempos antigos, os sacerdotes iam até a cidade assombrada e ela compartilhava sua sabedoria. O último a procurar o oráculo fora um homem perverso, que buscava roubar para si as joias lapidadas chamadas pelos homens de Dentes de Gwahlur. Mas alguma desgraça havia recaído sobre ele no palácio deserto, de onde seus acólitos, fugindo, contaram histórias de horror que aterrorizaram durante cem anos os sacerdotes da cidade.

Entretanto, Gorulga, o atual sumo sacerdote, confiante no conhecimento da própria integridade, anunciou que iria com um punhado de seguidores reviver o antigo costume. Naquela euforia, as pessoas discutiram sem discrição, e Conan captou a pista que buscava há semanas... escutou murmúrios de um reverendo inferior que levaram o cimério a sair de Keshan na noite da véspera da partida dos sacerdotes.

Cavalgando o mais firme que ousou por uma noite e um dia, chegou ao amanhecer aos rochedos de Alkmeenon, a sudoeste do reino, entre selvas inabitadas que eram um tabu para os homens comuns. Ninguém que não fosse do clero ousava se aproximar do vale assombrado a vários quilômetros de distância. E nem mesmo um sacerdote entrara em Alkmeenon nos últimos cem anos.

A lenda dizia que nenhum homem jamais tinha escalado aqueles rochedos, e só os sacerdotes conheciam a entrada secreta por dentro do vale. Conan não perdeu tempo procurando-a. Os despenhadeiros que impediam o povo negro, cavaleiros e habitantes das planícies e da floresta, não eram barreira para um homem nascido nas colinas escarpadas da Ciméria.

Já no topo dos rochedos, ele olhou para baixo, para o vale circular, e se perguntou que praga, guerra ou superstição teria levado os membros daquela antiga raça a deixarem sua fortaleza para se misturarem e serem absorvidos pelas tribos negras que os circundavam.

Aquele vale havia sido a sua cidadela. Lá estava o palácio, onde só a família real e sua corte residiam. A verdadeira cidade ficava do lado de fora dos rochedos. Aquelas massas ondulantes de vegetação escondiam suas ruínas. Mas os domos reluzentes acima das folhas eram os pináculos inviolados do palácio real de Alkmeenon, que havia desafiado a corrosão das eras.

Passando uma perna por cima da borda, desceu rapidamente. O lado interior dos rochedos era mais entrecortado e menos íngreme. Alcançou o chão relvado em menos da metade do tempo que levara para subir pela face externa.

Com uma mão na espada, olhou ao seu redor em alerta. Não tinha motivos para supor que havia homens ali quando todos diziam que Alkmeenon estava vazia e deserta, assombrada somente por fantasmas de um passado morto. Mas era da natureza de Conan ser precavido e desconfiado. O silêncio era primordial; nem mesmo uma única folha balançava nos galhos. Quando se inclinou para espiar por entre as árvores, não viu nada além de fileiras de troncos, recuando e se afastando para a penumbra azulada da floresta.

Não obstante, seguiu com cautela, espada em mãos, olhos atentos examinando as sombras de ambos os lados, sua pisada sem produzir som algum na relva. Em todos os lugares ao redor via sinais de uma antiga civilização; fontes de mármore, silenciosas e desmoronadas, eram envoltas por árvores finas e com um padrão exageradamente simétrico para ser acaso da natureza. A floresta e os arbustos haviam invadido os pomares aplainados uniformemente, mas seus contornos ainda podiam ser vistos. Pavimentos largos desapareciam sob as árvores, quebrados e com grama crescendo por entre as grandes rachaduras. Ele viu de relance paredes com cumeeiras ornadas, grades de pedra esculpida que outrora poderiam ter servido como muralhas para os pavilhões.

À frente, entre as árvores, as cúpulas brilhavam, e a corpulência das estruturas que as apoiavam ficava mais aparente conforme ele avançava. Então, empurrando uma tela de videira de galhos emaranhados, desembocou em um espaço comparativamente aberto, onde as árvores se espaçavam, livres de vegetação rasteira, e viu diante de si o enorme pórtico com pilares do palácio.

Enquanto subia os largos degraus de mármore, reparou que o edifício estava num estado bem melhor de conservação do que as estruturas menores que havia encontrado. As paredes espessas e os pilares maciços pareciam poderosos demais para ruírem diante do ataque do tempo e dos elementos. O mesmo silêncio encantado preenchia tudo. A pisada felina de sua sandália soava terrivelmente alta na quietude.

Em algum lugar daquele palácio jazia a efígie ou imagem que no passado servira como oráculo para os sacerdotes de Keshan. E, em algum lugar dele, a menos que o sacerdote indiscreto tivesse balbuciado uma mentira, estava o tesouro escondido dos reis esquecidos de Alkmeenon.

Conan atravessou um salão amplo e grandioso, com fileiras de colunas altas que formavam arcadas, suas portas há muito apodrecidas. Passou por elas sob uma luz crepuscular e, na extremidade oposta, atravessou uma grande porta de bronze dupla e valvulada, parcialmente aberta, como devia estar há séculos. Chegou a uma majestosa câmara abobadada, um provável salão de audiências para os reis de Alkmeenon.

Tinha formato octogonal, e o grande domo fazia uma curva numa soberba claraboia que tornava a câmara muito mais bem iluminada do que o salão que o levara até ali. No lado mais distante da sala havia um estrado de pedra com grandes degraus de lápis-lazúli e, sobre ele, uma cadeira maciça de braços ornamentados e encosto alto que, no passado, sem dúvida apoiara um dossel de pano dourado. Conan deu um grunhido explosivo e seus olhos brilharam. O trono dourado de Alkmeenon, mencionado em lendas imemoriais! Examinou-o com atenção. Ele em si já valia uma fortuna, se fosse possível carregá-lo dali. Sua riqueza acendeu a imaginação do cimério em relação ao próprio tesouro e o fez arder ansiosamente. Seus dedos coçavam para mergulhar nas gemas descritas pelos contadores de histórias nas praças de escambo de Keshan, que repetiam contos passados de boca em boca ao longo dos séculos; joias que não encontravam par no mundo, rubis, esmeraldas, diamantes, plasmas, opalas, safiras... frutos de saques do mundo antigo.

Ele esperava encontrar a efígie do oráculo sentada no trono, mas, uma vez que não a viu, ela provavelmente estava em outra parte do palácio, se é que existia de fato. Porém, depois de tantos mitos se mostrarem verdadeiros desde que saíra de Keshan, não duvidava de que encontraria algum tipo de imagem ou deus.

Atrás do trono havia uma estreita porta arqueada que certamente era mascarada por cortinas nos dias em que existia vida em Alkmeenon. Olhou por ela e viu que conduzia a uma alcova, vazia e com um corredor estreito que levava para fora do recinto em ângulos retos. Afastando-se, viu outro arco à esquerda do trono e, diferente dos demais, este tinha uma porta. Não se tratava de uma porta comum; era feita do mesmo metal rico do trono e esculpida com arabescos curiosos.

Ao seu toque ela se abriu prontamente, como se suas dobradiças tivessem sido lubrificadas recentemente. Lá dentro, ele parou e observou.

Estava em uma câmara quadrada de dimensões pequenas, cujas paredes de mármore tocavam um teto ornamentado, incrustado de ouro. Frisos dourados corriam da base até o topo das paredes, e não havia porta além daquela pela qual entrara. Mas esses foram detalhes que ele reparou de modo mecânico. Sua atenção estava centrada na forma deitada em um estrado de marfim à sua frente.

Ele esperava ver uma imagem, provavelmente esculpida com a habilidade esquecida dos artistas do passado. Mas nenhuma arte poderia imitar a perfeição daquela figura.

Não se tratava de uma efígie de pedra, metal ou marfim. Era o corpo verdadeiro de uma mulher, e por meio de qual arte sombria os antigos preservaram aquela forma inalterada por tantas eras, Conan não podia adivinhar. As próprias vestes que ela trajava estavam intactas... e o cimério a examinou com grande inquietação. As artes que preservaram o corpo não deveriam ter afetado as vestimentas; contudo, lá estavam elas... um bustiê de ouro decorado com círculos concêntricos de pequenas gemas, sandálias douradas e uma saia curta de seda, presa por um cinturão cravejado. Nenhuma roupa ou metal mostrava sinais de decadência.

Yelaya era friamente bela, mesmo na morte. Seu corpo era como um alabastro, magro, porém voluptuoso, e uma grande joia carmesim brilhava contra os cachos escuros empilhados em sua cabeça.

Conan ficou diante dela carrancudo e, a seguir, bateu no estrado com a espada. Pensou na possibilidade de haver alguma cavidade contendo o tesouro, mas o estrado era sólido. Deu meia-volta e andou pela câmara, indeciso. Onde deveria procurar primeiro, diante do tempo limitado de que dispunha? O sacerdote que escutara balbuciando para uma cortesã dissera que o tesouro estava escondido no palácio, mas isso incluía uma vastidão considerável. Perguntou-se sobre a necessidade de se esconder até que os sacerdotes viessem e partissem, para então recomeçar a busca. Mas havia uma forte chance de que levassem as joias consigo para Keshan, pois ele estava convencido de que Thutmekri corrompera Gorulga.

O bárbaro podia prever os planos de Thutmekri pelo que conhecia do homem. Sabia que ele é quem havia proposto aos reis do Zimbabo a conquista de Punt, mas também que isso não passava de um passo para sua verdadeira meta: apanhar os Dentes de Gwahlur. Aqueles reis cautelosos exigiriam provas de que o tesouro realmente existia antes de partirem para alguma ação e as joias que Thutmekri pediu como garantia as forneceriam.

Com evidências positivas da existência do tesouro, os reis de Zimbabo agiriam. Punt seria invadida simultaneamente a partir do leste e do oeste, mas os zimbabos cuidariam para que Keshan encarasse a maior parte do combate. Então, quando Punt e Keshan estivessem exaustos de tanto lutar, os zimbabos poderiam esmagar as duas raças, saquear Keshan e apanhar o tesouro à força, mesmo que precisassem destruir cada prédio e torturar cada ser humano vivo no reino.

Claro que havia outra possibilidade: se Thutmekri conseguisse pôr as mãos no tesouro, seria típico do homem trair seus empregadores, roubar as joias e levantar acampamento, deixando os emissários zimbabos de mãos vazias.

Conan acreditava que aquela consulta ao oráculo era só um ardil para persuadir o rei de Keshan a ceder aos desejos de Thutmekri, pois nem por um instante duvidou que Gorulga era tão astuto e transgressor quanto todos os demais envolvidos naquela grande vigarice. O cimério não havia abordado o sumo sacerdote por conta própria porque, no jogo do suborno, não teria chance contra Thutmekri, e tentar significaria cair diretamente nas mãos dos stygios. Gorulga poderia denunciá-lo ao seu povo, firmar sua integridade e livrar Thutmekri de seu rival, tudo com um mesmo golpe. Perguntou-se como Thutmekri havia corrompido o sacerdote e o que poderia ter oferecido como prêmio para o homem que tinha o maior tesouro do mundo em suas mãos.

De qualquer modo, tinha certeza de que o oráculo diria que era a vontade dos deuses que Keshan seguisse os desejos de Thutmekri. Também estava convicto de que faria algumas observações pontuais a seu respeito. Depois disso, Keshan seria muito perigosa para o cimério; não que Conan tivesse qualquer intenção de retornar quando saíra cavalgando na noite.

A câmara do oráculo não deu quaisquer pistas. Ele seguiu de volta ao grande salão real e pôs as mãos sobre o trono. Era pesado, mas podia ser movido. O chão abaixo, um grosso estrado de mármore, era sólido. Novamente voltou-se para a alcova, sua mente agarrada à ideia de uma cripta secreta próxima ao oráculo. Meticulosamente, começou a tatear ao longo das paredes, até que suas batidas soaram ocas em um ponto do lado oposto da boca do estreito corredor. Olhando mais atentamente, viu que ali havia uma rachadura no painel de mármore e que o seguinte era mais largo do que o normal. Inseriu nela a ponta de seu punhal e fez uma alavanca.

O painel se abriu silenciosamente, revelando um nicho na parede, mas nada além disso. Ele praguejou. A abertura estava vazia e não parecia ter servido como esconderijo para um tesouro. Inclinando-se no nicho, viu um sistema de pequenos buracos na parede, na altura da boca de um homem. Espiou e grunhiu sem entender. Aquela era a parede que formava a partição entre a alcova e a câmara do oráculo. Tais paredes não eram visíveis da câmara. Conan sorriu. Isso explicava o mistério do oráculo, mas era um pouco mais primitivo do que esperava. Gorulga ficaria ele próprio ou poria alguém de confiança naquele nicho, para falar através dos buracos, e os acólitos crédulos aceitariam a veracidade da voz de Yelaya.

Lembrando-se de algo, o cimério apanhou o rolo de pergaminho que tirara da múmia e o desenrolou com cuidado, pois ele parecia prestes a se desfazer por causa da idade. Esquadrinhou os caracteres sombrios que o recobriam. Em suas andanças pelo mundo, o gigante aventureiro havia adquirido um amplo conhecimento, particularmente sobre a leitura e fala de diversas línguas. Muitos escolásticos teriam ficado abismados com as habilidades linguísticas do cimério, pois ele tinha vivido várias aventuras em que o conhecimento de estranhas línguas fizera a diferença entre a vida e a morte.

Os caracteres eram, ao mesmo tempo, intrigantes, familiares e ininteligíveis, e ele logo descobriu o motivo. Eram caracteres da arcaica Pelishtim, que possuíam muitos pontos de diferença em relação à escrita moderna, com a qual ele estava acostumado, e que três séculos atrás haviam sido modificados por conta da conquista de uma tribo nômade. Aquela escrita velha e pura o deixou perplexo. Compreendeu, contudo, um termo recorrente que reconheceu como um nome próprio: Bit-Yakin. Percebeu que era o nome do escritor.

Com a testa franzida, os lábios movendo-se inconscientemente enquanto se debruçava sobre a tarefa, percorreu todo o manuscrito, verificando que era, em sua maior parte, obscuro.

Descobriu que o escritor, o misterioso Bit-Yakin, viera de longe com seus servos e adentrara o vale de Alkmeenon. Muito do que se seguia era indecifrável, intercalado por caracteres e frases desconhecidas. O que ele conseguia traduzir parecia indicar a passagem de um longo período de tempo. O nome de Yelaya era mencionado com frequência e, na última parte do manuscrito, ficou claro que Bit-Yakin tinha ciência de que a morte estava sobre si. Com um leve calafrio, Conan percebeu que a múmia na caverna tinha de ser o que restara do escritor do texto, o misterioso Bit-Yakin, de Pelishtim. O homem morrera conforme havia profetizado, e seus servos obviamente o colocaram naquela cripta aberta, no alto dos rochedos, de acordo com instruções dadas antes de sua morte.

Era estranho Bit-Yakin não ser mencionado em nenhuma das lendas de Alkmeenon. Ele obviamente chegara ao vale depois deste ter sido abandonado por seus habitantes originais, o manuscrito indicava isso, mas parecia peculiar que os sacerdotes que vinham consultar o oráculo antigamente não tivessem visto o homem ou seus servos. Conan estava certo de que a múmia e seu pergaminho tinham mais de cem anos de idade. Bit-Yakin residia no vale quando os antigos sacerdotes vinham se curvar diante de Yelaya; no entanto, as lendas o mantinham em segredo, falando somente sobre cidades desertas, assombradas pelos mortos.

Por que o homem jazia naquele ponto desolado, e para qual destino ignorado seus servos partiram após desovarem o cadáver do mestre?

Conan mostrou indiferença e enfiou o pergaminho de volta no cinturão... então, estremeceu violentamente, a pele nas costas das mãos formigando. Surpreendentemente, chocante no silêncio entorpecedor, o toque grave de um grande gongo havia soado!

Ele deu meia-volta, agachando-se como um grande felino, espada em punho, olhando para o estreito corredor de onde o som parecia ter vindo. Será que os sacerdotes de Keshan tinham chegado? Era improvável, ele sabia; não tiveram tempo para alcançar o vale. Mas aquele gongo era evidência incontestável da presença humana.

Conan era basicamente um homem de ações diretas. Qualquer requinte que possuía tinha sido adquirido pelo contato com raças mais desonestas. Quando pego de guarda baixa diante de alguma ocorrência inesperada, revertia instintivamente ao seu padrão. Portanto, agora, em vez de se esconder e fugir na direção oposta como um homem comum poderia ter feito, seguiu diretamente pelo corredor na direção do som. Suas sandálias não produziam som maior que as pisadas de uma pantera; os olhos eram fendas, os lábios rosnavam inconscientemente. Por um momento, o pânico havia tocado sua alma ante o choque daquela inesperada reverberação, e a ira vermelha dos primitivos, sempre à flor da pele no cimério, tinha sido despertada pela ameaça do perigo.

Ele saiu do corredor sinuoso para um pequeno pátio aberto. Alguma coisa tremeluzindo à luz do sol capturou sua visão. Era o gongo, um grande disco dourado, pendurado em uma treliça da mesma cor que se estendia da parede desintegrada. Um martelo de bronze jazia ao seu lado, mas não havia som ou sinal de vida humana. Os arcos ao redor estavam vazios. Conan agachou-se perto da porta de entrada pelo que pareceu ser um longo tempo.

Não havia som ou movimento em todo o palácio. Sua paciência, por fim, se exauriu, e ele deslizou ao redor da curva do pátio, espiando dentro dos arcos, pronto para saltar para qualquer lado como um feixe de luz ou para atacar para a direita ou esquerda como uma cobra faria.

Chegou até o gongo e adentrou o arco mais perto dele. Viu apenas uma câmara mal iluminada, repleta de escombros de decadência. Próximo ao gongo, os azulejos de mármore polido não mostravam pegadas, mas havia um odor no ar, um cheiro fétido e fraco que não podia ser classificado; suas narinas dilataram como as de feras selvagens enquanto buscava em vão identificá-lo.

Virou-se em direção ao arco... súbito, os azulejos que pareciam sólidos se estilhaçaram e cederam sob seus pés. Enquanto caía, abriu os braços e agarrou as beiradas da abertura que o engolfara. As bordas se desintegraram entre os seus dedos. Ele caiu naquela completa escuridão, atingindo uma água gelada e escura que o envolveu em um redemoinho a uma velocidade de tirar o fôlego.

II

Uma Deusa Desperta

A princípio, o cimério não tentou lutar contra a correnteza que o arrastou pela escuridão. Manteve-se flutuando, segurando entre os dentes a espada que não havia abandonado mesmo durante a queda, e não procurou adivinhar para qual destino era levado. De repente, um feixe de luz lançou-se sobre as trevas adiante. Ele viu a afluência efervescente da água em um turbilhão, como que perturbada por um monstro das profundezas, e viu as paredes íngremes de pedra do canal se curvarem para o alto em uma abóbada acima de sua cabeça. De cada lado havia uma estreita saliência, logo abaixo do teto arqueado, mas elas estavam fora de seu alcance. Em algum ponto aquele teto havia sido quebrado, provavelmente ruído, e a luz passava pela abertura. Além daquele eixo de luminosidade havia completo negror, e o pânico assaltou o cimério ao perceber que atravessaria o ponto de luz e voltaria a ser arremessado nas trevas.

Então ele notou outra coisa: escadas de mão feitas de bronze saíam das beiradas e chegavam à superfície das águas em intervalos irregulares, e havia uma bem à sua frente. Imediatamente tentou chegar a ela, lutando contra a correnteza que o arrastava para o meio do regato. Ela o puxava como mãos pegajosas, tangíveis, animadas, mas ele combateu as ondas com a força do desespero e se aproximou cada vez mais da margem, lutando furiosamente por cada polegada ganha. Agora estava ao lado da escada e, com um feroz mergulho, agarrou o degrau de mão mais baixo, ficando pendurado, sem poder respirar.

Poucos segundos depois, lutava para sair das águas agitadas, confiando duvidosamente seu peso aos degraus de mão corroídos. Eles cederam e entortaram, mas se sustentaram, e ele subiu na borda estreita abaixo do teto, que corria ao longo da parede a uma altura pouco menor que o comprimento de um homem. O alto cimério foi forçado a curvar a cabeça ao ficar de pé. Uma pesada porta de bronze aparecia na pedra em um ponto nivelado ao topo da escada, mas ela não cedeu aos esforços de Conan. Ele havia transferido a espada dos dentes para a bainha, cuspindo sangue, pois a lâmina cortara seus lábios na luta feroz ao longo do rio, e voltou sua atenção para o teto quebrado.

Conseguiu estender os braços pela fenda, segurar a beirada e testar com cuidado se ela aguentaria seu peso. Um instante depois, já havia passado pelo buraco e viu-se dentro de uma câmara ampla, num estado de extrema ruína. A maior parte do teto tinha desabado, assim como grandes porções do chão, sobreposto à abóbada do rio subterrâneo. Arcos quebrados levavam a outros cômodos e corredores, e Conan acreditava que ainda estava dentro do grande palácio. Perguntou-se com inquietação quantas câmaras ali tinham água subterrânea diretamente abaixo delas, e em que momento os antigos azulejos ou telhas poderiam ceder novamente e jogá-lo de volta na correnteza para fora da qual havia acabado de se arrastar.

E se questionou o quanto de acidente houvera na queda. Aqueles azulejos podres tinham simplesmente cedido ao seu peso, ou havia uma explicação mais sinistra? Ao menos uma coisa era óbvia: ele não era a única coisa viva no palácio. Aquele gongo não soara sozinho, quer o barulho tivesse sido feito para atraí-lo para sua morte ou não. O silêncio do palácio tornou-se repentinamente sombrio e repleto de ameaça.

Poderia ser alguém com o mesmo objetivo que ele? Um súbito pensamento lhe ocorreu diante da lembrança do misterioso Bit-Yakin. Seria possível que o homem tivesse encontrado os Dentes de Gwahlur durante sua longa estada em Alkmeenon, e que seus servos os tivessem levado consigo ao partir? A possibilidade de estar procurando um beco sem saída enfureceu o cimério.

Conan escolheu um corredor que acreditava levar de volta à parte do palácio por onde tinha entrado e, por ele, seguiu pisando com cautela sempre que achava que o rio negro espumante e fervilhante estava em algum lugar abaixo de seus pés.

Suas especulações revolviam recorrentemente à câmara do oráculo e sua ocupante enigmática. Em algum lugar na cercania tinha que estar a pista para o mistério do tesouro, se de fato ele ainda estivesse escondido naquele local imemorial.

O grande palácio permanecia tão silencioso como sempre, perturbado somente pelos passos velozes de suas sandálias. As câmaras e salões pelos quais passou estavam em ruínas, mas, conforme avançava, as devastações da decadência ficavam menos aparentes. Ele se perguntou brevemente qual o propósito de as escadas terem sido postas nas beiradas do rio subterrâneo, mas dispensou a questão com um dar de ombros. Tinha pouco interesse em especular sobre questões de tempos idos que não lhe trariam remuneração.

Não tinha certeza quanto à localização da câmara do oráculo a partir de onde estava. Contudo, havia desembocado em um corredor que levava de volta ao grande salão real sob um dos arcos. Conan havia tomado uma decisão: era inútil vagar pelo palácio sem uma meta, procurando o tesouro. Ele se esconderia em algum lugar ali, esperaria os sacerdotes de Keshan chegarem e, depois que tivessem passado pela farsa de consultar o oráculo, os seguiria até o local oculto das joias, para o qual certamente iriam. Talvez levassem apenas algumas consigo. Ele ficaria contente com as restantes.

Atraído por um fascínio mórbido, tornou a entrar na câmara do oráculo e olhou para a figura inerte da princesa que era adorada como uma deusa, em transe diante de sua beleza frígida. Que segredo insondável estava trancafiado naquela forma maravilhosamente moldada?

Conan teve um sobressalto violento; a respiração sugada através dos dentes, os pelos da nuca eriçados. O corpo continuava deitado da mesma forma que ele vira da primeira vez, silencioso, inerte, em adornos de ouro cravejados de joias, sandálias douradas e saia de seda. Mas agora havia uma sutil diferença. Os membros estavam flexíveis e não rígidos, uma coloração de pêssego tocava suas bochechas, os lábios estavam vermelhos...

Conan praguejou e sacou a espada em pânico.

— *Crom! Ela está viva!*

Ante suas palavras, os longos cílios negros da mulher se ergueram; os olhos se abriram e o fitaram inescrutavelmente, escuros, lustrosos, místicos. Ele a encarou congelado, sem fala.

Ela sentou-se com grande facilidade, ainda segurando o olhar enfeitiçado dele.

O bárbaro lambeu os lábios secos e encontrou a voz:

— Você é... Você é Yelaya? — Gaguejou.

— Eu sou Yelaya! — A voz era rica e musicada, e ele a admirou maravilhado. — Não tema. Não vou feri-lo se fizer minha vontade.

— Como uma morta pode ganhar vida após todos esses séculos? — Ele perguntou, como se duvidasse do que seus sentidos lhe diziam. Um curioso brilho começou a surgir em seus olhos.

Ela ergueu o braço em um gesto místico.

— Eu sou uma deusa. Há mil anos recaiu sobre mim uma maldição dos deuses superiores, os deuses das trevas além das fronteiras da luz. A mortal em mim morreu; a deusa em mim jamais pode morrer. Aqui tenho estado por muitos séculos, para despertar a cada noite após o ocaso e reger minha corte como outrora, porém com espectros tirados das sombras do passado. Homem, se não deseja contemplar aquela que arrasará sua alma para sempre, parta daqui imediatamente! Eu ordeno! Vá! — A voz tornou-se imperiosa, e o braço delgado se ergueu e apontou.

Conan, os olhos como fendas ardentes, lentamente embainhou a espada, mas não obedeceu à ordem. Deu um passo em sua direção, como que impelido por um poderoso fascínio e, sem aviso, segurou-a com a firmeza de um urso. Ela gritou, um grito nada parecido com o de uma deusa, e o som de seda sendo rasgada reverberou quando, com um rude movimento, ele despedaçou sua saia.

— Deusa! Hah! — O uivo dele estava pleno de desprezo furioso. Ignorou o contorcer frenético da cativa. — Achei mesmo estranho que a princesa de Alkmeenon falasse com sotaque corínthio! Assim que caí em mim, percebi que já a havia visto em algum lugar. Você é Muriela, a dançarina corínthia de Zargheba. Esta marca de nascença em forma de lua crescente no seu quadril é a prova. Eu a vi uma vez, sendo chicoteada por Zargheba. Deusa! Bah! — Ele deu um ressonante tapa de desprezo no quadril traidor e a garota ganiu copiosamente.

Toda sua impetuosidade havia desaparecido. Não era mais uma figura mística da antiguidade, mas uma dançarina aterrorizada e humilhada, daquelas que podem ser compradas em quase qualquer mercado shemita. Ela ergueu a voz e chorou sem vergonha. Seu captor a observou com um triunfo colérico.

— Deusa! Hah! Então era uma das mulheres vestindo véus que Zargheba trouxe para Keshan. Achou que poderia me enganar, sua pequena idiota? Um ano atrás eu a vi em Akbitana com aquele porco do Zargheba, e nunca me esqueço dos rostos... ou corpos das mulheres. Acho que vou...

Contorcendo-se em seu aperto, ela jogou os braços delgados em volta do pescoço maciço num ímpeto de terror; lágrimas rolaram por suas bochechas, e os soluços tremeram com uma nota de histeria.

— Oh, por favor, não me machuque! Não! Eu tive que fazer isso! Zargheba me trouxe aqui para fingir ser o oráculo!

— Por que, sua vigarista sacrílega? — Conan vociferou. — Não teme os deuses? Por Crom, não existe honestidade em lugar algum?

— Oh, por favor! — Ela implorou, tremendo de pavor abjeto. — Não podia desobedecer Zargheba. O que poderia fazer? Serei amaldiçoada por esses deuses pagãos!

— O que acha que os sacerdotes farão se descobrirem que é uma impostora? — Ele questionou.

Ao pensar no assunto, as pernas da moça se recusaram a apoiá-la, e ela caiu em uma pilha de tremedeiras, apertando os joelhos de Conan e balbuciando pedidos incoerentes de perdão e proteção, com protestos de piedade e de sua inocência isenta de qualquer intenção maligna. Era uma mudança vívida da pose de princesa da antiguidade, mas não de todo surpreendente. O medo que a fortalecera era agora sua desgraça.

— Onde está Zargheba? — Ele perguntou. — Pare de balbuciar, maldição, e responda!

— Fora do palácio — ela choramingou. — Esperando pelos sacerdotes.

— Quantos homens estão com ele?

— Ninguém. Ele veio sozinho.

— Hah! — A exclamação soou como o grunhido de satisfação de um leão caçando. — Você deve ter deixado Keshan algumas horas depois de mim. Escalou os rochedos?

Ela negou com a cabeça, muito engasgada com as lágrimas para falar coerentemente. Com uma imprecação impaciente, ele segurou seus ombros magros e a sacudiu até que ela ofegasse, tentando respirar.

— Vai parar com essa choradeira e me responder? Como foi que entrou no vale?

— Zargheba conhece o caminho secreto — ela engasgou. — O sacerdote Gwarunga contou a ele e Thutmekri. No lado sul do vale, há uma piscina larga ao pé dos penhascos. Existe uma gruta... sua entrada fica sob a superfície da água e não é visível a uma olhadela casual. Nós passamos submersos e entramos. A caverna sobe num aclive até sair da água e cobre toda a extensão dos penhascos. A abertura do lado de dentro do vale é mascarada por moitas densas.

— Eu escalei os rochedos pelo lado leste — ele murmurou. — Bem, e então?

— Viemos ao palácio e Zargheba me escondeu entre as árvores e veio procurar a câmara do oráculo. Não acho que confie totalmente em Gwarunga. Enquanto ele estava fora, pensei ter escutado o toque de um gongo, mas não tenho certeza. Logo Zargheba voltou, trouxe-me para dentro do palácio e até esta câmara, onde a deusa Yelaya estava deitada sobre este estrado. Nós despimos seu corpo e eu coloquei suas vestes e ornamentos. Então ele o escondeu e foi esperar pelos sacerdotes. Eu tive medo. Quando você entrou, queria saltar e implorar para que me levasse para longe deste lugar, mas tenho medo de Zargheba. Quando você descobriu que eu estava viva, achei que poderia afugentá-lo.

— O que você deveria dizer como oráculo? — Ele perguntou.

— Tinha de sugerir que os sacerdotes pegassem os Dentes de Gwahlur e dessem alguns para Thutmekri como garantia, e que colocassem o restante no palácio de Keshia. Deveria dizer-lhes que um destino terrível ameaçaria Keshan se eles não concordassem com a proposta de Thutmekri. E... oh, sim, tinha de dizer a eles que era para você ser esfolado vivo imediatamente.

— Thutmekri quer o tesouro para que ele e os homens do Zimbabo possam colocar as mãos facilmente — murmurou Conan, desprezando o comentário que dizia respeito a si próprio. — Ainda vou arrancar seu fígado... Gorulga, claro, tem um papel neste embuste?

— Não. Ele acredita nos deuses e é incorruptível. Não sabe nada sobre isso. Ele obedecerá o oráculo. O plano era todo de Thutmekri. Sabendo que os keshanis consultariam o oráculo, fez Zargheba me trazer com a embaixada do Zimbabo, velada e isolada.

— Bem, maldito seja eu! — Conan resmungou. — Um sacerdote que acredita honestamente em seu oráculo e não pode ser subornado. Crom! Pergunto-me se foi Zargheba quem tocou o gongo. Ele sabia que eu estava aqui? Poderia saber sobre aquele azulejo podre? Onde ele está agora, garota?

— Escondido num arvoredo de lótus, perto da velha avenida que leva do paredão sul dos rochedos ao palácio — ela respondeu. Então, renovou suas importunações. — Conan... tenha piedade de mim! Eu tenho medo deste palácio maldoso e antigo. Sei que ouvi passos furtivos ao meu redor... Ó, Conan, leve-me embora com você! Zargheba vai me matar quando eu tiver servido ao seu propósito aqui, eu sei! Os sacerdotes também me matarão se descobrirem que os enganei. Ele é um demônio... comprou-me de um mercador de escravos que tinha me roubado de uma caravana que ia em direção ao sul de Koth. Desde então, me tornou uma ferramenta para suas intrigas. Afaste-me dele! Você não pode ser tão cruel quanto ele. Não me deixe aqui para ser morta! Por favor! Por favor!

Ela estava de joelhos, agarrando-se histericamente a Conan, o rosto bonito e encharcado de lágrimas voltado para ele, o cabelo escuro e macio flutuando desordenado sobre seus ombros brancos. Conan a apanhou e colocou sobre seu joelho.

— Escute. Eu vou te proteger de Zargheba. Os sacerdotes não saberão de sua perfídia. Mas terá que fazer o que eu mandar.

Ela lançou promessas de obediência explícita, agarrando seu pescoço musculoso como se buscasse segurança no toque.

— Bom. Quando os sacerdotes chegarem, fará o papel de Yelaya, conforme Zargheba planejou. Vai estar escuro e, sob a luz das tochas, eles jamais notarão a diferença. Contudo, dirá a eles o seguinte: "É a vontade dos deuses que o stygio e seus cães shemitas sejam conduzidos para fora de Keshan. Eles são ladrões e traidores que planejam roubar os deuses. Que os Dentes de Gwahlur sejam colocados sob os cuidados do general Conan. Permitam que lidere os exércitos de Keshan. Ele é adorado pelos deuses".

Ela estremeceu com uma expressão de desespero, mas concordou.

— E Zargheba? — Choramingou. — Ele vai me matar!

— Não se preocupe com Zargheba — ele grunhiu. — Eu cuido do cão. Faça como lhe disse. Vamos, arrume seu cabelo novamente. Está todo espalhado sobre seus ombros. E a gema caiu de cima dele.

Ele recolocou a grande joia brilhante e fez um sinal de aprovação.

— Só ela já vale uma sala cheia de escravos. Aqui, ponha a saia de volta. Está rasgada na lateral, mas os sacerdotes não vão reparar. Limpe o rosto. Uma deusa não chora como uma garotinha chicoteada. Por Crom, de fato, você se parece com Yelaya... rosto, cabelo e todo o resto! Se bancar a deusa com os sacerdotes como fez comigo, vai enganá-los facilmente.

— Vou tentar — ela disse, tremendo.

— Ótimo. Eu vou encontrar Zargheba.

Então ela entrou em pânico novamente.

— Não, não me deixe sozinha! Este lugar é assombrado!

— Não há nada aqui que possa feri-la — ele a assegurou, impacientemente. — Nada além de Zargheba, e eu vou dar um jeito nele. Voltarei em pouco tempo. Ficarei observando de perto para o caso de algo dar errado durante a cerimônia; mas, se você desempenhar seu papel corretamente, vai ficar tudo bem.

E, virando-se, ele se apressou para fora da câmara do oráculo; deixada para trás, Muriela guinchou miseravelmente à sua saída.

O crepúsculo havia caído. As grandes salas e salões estavam obscuros e indistintos; frisos de cobre brilhavam fracamente no anoitecer. Conan caminhou como um fantasma silencioso, com uma sensação de estar sendo observado dos recessos escuros por espíritos invisíveis do passado. Não admirava-o que a garota estivesse nervosa entre aquelas cercanias.

Ele desceu as escadarias de mármore como uma pantera, retirando-se furtivamente, espada em punho. O silêncio reinava sobre o vale e, acima da borda das falésias, as estrelas começavam a surgir. Se os sacerdotes de Keshia tivessem entrado no vale, não havia nenhum som, nenhum movimento na folhagem que os traísse. Ele seguiu pelo pavimento quebrado da antiga avenida, indo na direção sul, perdido entre massas densas de frondes e arbustos de folhas grossas. Andou com cautela, próximo da beirada do pavimento onde as sombras dos arbustos eram mais densas, até ver adiante, vagamente na penumbra, um aglomerado de árvores de lótus; aquele cultivo estranho e peculiar das terras negras de Kush. Lá, de acordo com a garota, Zargheba deveria estar à espreita. Conan tornou-se a discrição personificada. Uma sombra com pés de veludo, ele se mesclou à vegetação.

Aproximou-se do arvoredo circundando-o e o farfalhar de folhas mal denunciou sua passagem. À beira das árvores, parou repentinamente, agachado como um felino desconfiado. Diante dele, em meio à folhagem cerrada, aparecia uma figura oval pálida, turva na luz oscilante. Poderia ser um dos grandes botões brancos que brilhavam entre os ramos, mas Conan sabia que era a face de um homem. E ela estava virada na sua direção. Ele se encolheu rapidamente nas sombras. Zargheba o tinha visto? O homem olhava diretamente para ele. Segundos se passaram. O rosto sombrio não se moveu. Conan podia distinguir o tufo escuro que era a barba curta do homem.

Súbito, percebeu algo que não era natural. Zargheba, bem sabia, não era alto. De pé, sua cabeça mal alcançava o topo dos ombros do cimério; contudo, aquela cabeça estava nivelada à altura de Conan. Estaria o homem em cima de alguma coisa? O bárbaro se abaixou e espiou o chão embaixo do local onde o rosto aparecia; a vegetação e grossos troncos de árvores bloqueavam a sua visão. Mesmo assim, viu algo mais e enrijeceu. Por uma abertura no mato, vislumbrou o tronco da árvore sob a qual, aparentemente, Zargheba estava postado. O rosto se encontrava diretamente alinhado a ela. Debaixo dele, deveria ter visto o corpo de Zargheba, não o tronco da árvore... mas não havia corpo ali.

Mais tenso do que um tigre a espreitar uma presa, o cimério se embrenhou no arbusto e, em seguida, afastou um galho, encarando a face que não se movia. E que jamais tornaria a se mover por vontade própria. Fitou a cabeça decepada de Zargheba, suspensa a partir de um galho da árvore pelos longos cabelos negros.

III

A Volta do Oráculo

Conan virou-se agilmente, varrendo as sombras com um feroz olhar de busca. Não havia sinal do corpo do homem assassinado; somente mais adiante a grama alta e viscosa havia sido pisoteada e quebrada, e a relva estava úmida com borrifos escuros. Conan permaneceu respirando espaçadamente enquanto projetava seus ouvidos para o silêncio. As árvores e arbustos, com seus grandes botões pálidos, continuavam escuros, sinistros e constantes, recortados contra o crepúsculo que se adensava.

Medos primitivos sussurravam na mente do cimério. Seria aquilo trabalho dos sacerdotes de Keshan? Se fosse, onde estavam eles? Teria sido Zargheba, no final das contas, quem tocara o gongo? Novamente foi açoitado pela lembrança de Bit-Yakin e seus misteriosos servos. Bit-Yakin estava morto, engelhado em uma casca de pele enrugada e confinado em sua cripta assombrada, de onde cumprimentaria o sol nascente para todo o sempre. Mas seus servos haviam desaparecido. *Não havia prova de que tinham saído do vale.*

Conan pensou na garota, Muriela, sozinha e indefesa naquele enorme palácio sombrio. Virou-se e correu de volta pela avenida ensombrada, movendo-se como uma pantera desconfiada, pronto para contra-atacar em qualquer direção, mesmo em plena marcha.

O palácio se avolumou entre as árvores, e ele viu algo mais... o brilho de fogo refletindo vermelho no mármore polido. Escondeu-se entre os arbustos alinhados à rua quebrada, passou pela sua parte mais densa e chegou ao limite do espaço aberto diante do pórtico. Vozes soaram em seus ouvidos; tochas oscilavam e seu brilho refletia nos ombros lustrosos de ébano. Os sacerdotes de Keshan haviam chegado.

Eles não avançaram pela avenida larga e encoberta, conforme Zargheba esperava. Obviamente, havia mais de uma entrada secreta para o vale de Alkmeenon.

Subiam os largos degraus de mármore, segurando as tochas no alto. Ele viu Gorulga liderando a parada, uma silhueta de cobre cinzelado gravada pela claridade da tocha. Os demais eram acólitos, homens negros gigantescos, cujas peles tinham seus contornos destacados pela luz do fogo. No final da procissão vinha um negro enorme com um incomum aspecto cruel, e a visão arrancou uma careta de Conan. Era Gwarunga, que Muriela dissera ter revelado os segredos da entrada da piscina para Zargheba. Conan se perguntou o quanto ele estava metido nas intrigas dos stygios.

Apressou-se em direção ao pórtico, circundando o espaço aberto para manter-se na guarnição das sombras. Eles não tinham deixado ninguém guardando a entrada. As tochas seguiram de forma constante para o grande salão real. Antes que chegassem à porta dupla valvulada na outra extremidade, Conan já havia subido os degraus externos e alcançado o salão. Movendo-se rapidamente ao longo da parede de colunas enfileiradas, chegou à grande porta no instante em que eles cruzavam a enorme sala do trono, suas tochas afastando as sombras. Eles não olharam para trás. Em fila única, com plumas de avestruz se inclinando e túnicas de leopardo contrastando curiosamente com o mármore e o metal arabesco do antigo palácio, moveram-se pela extensão da ampla sala e estancaram momentaneamente diante da porta dourada à esquerda do trono.

A voz de Gorulga soou assustadora e oca naquele grande espaço vazio, estruturada em frases sonoras ininteligíveis para o ouvinte incauto; então o sumo sacerdote abriu a porta dourada e entrou, curvando-se repetidamente a partir da linha da cintura. Atrás dele, as tochas subiam e desciam, derramando chuvas de faíscas, conforme os adoradores imitavam o mestre. A porta se fechou atrás do grupo, barrando o som e a visão, e Conan lançou-se pela câmara do trono para a alcova que ficava na parte de trás. O barulho de seus movimentos foi menor que um soprar de vento pela câmara.

Pequenos feixes de luz passavam pelas aberturas na parede quando ele fez uma alavanca para abrir o painel secreto. Entrando no nicho, espiou. Muriela sentava-se ereta no estrado, os braços dobrados, a cabeça inclinada contra a parede, a apenas algumas polegadas de seus olhos. O delicado perfume dos cabelos sedosos chegou às suas narinas. Ele não podia ver o rosto dela, claro, mas sua atitude parecia indicar que ela olhava tranquilamente para um distante golfo espacial, por cima e além das cabeças raspadas dos gigantes negros ajoelhados à sua frente. Conan sorriu em apreciação. "A pequena lasciva é uma atriz", disse a si mesmo. Sabia que ela estava tremendo de terror, mas não dava sinais disso. No brilho incerto das tochas, parecia exatamente a deusa que ele tinha visto deitada naquele mesmo estrado para qualquer um que concebesse a ideia de uma deusa ser imbuída de vida.

Gorulga entoava algum tipo de cântico com um sotaque pouco familiar a Conan e que provavelmente era uma antiga língua de invocação de Alkmeenon, passada de geração para geração de sumo sacerdotes. Parecia interminável. Conan começou a ficar irrequieto. Quanto mais aquilo durasse, mais terrível seria a tensão sobre Muriela. Se ela não aguentasse... ele pôs subitamente sua espada e punhal para a frente. Não suportaria ver a pequena desmazelada ser torturada e assassinada pelos homens negros.

Mas o cântico, profundo, grave e indescritivelmente ominoso, enfim se encerrou, e um brado de aclamação dos acólitos marcou seu término. Erguendo a mão e levantando os braços na direção da forma sobre o estrado, Gorulga implorou na rica e profunda ressonância que era um atributo natural dos sacerdotes de Keshan:

— Ó, grande deusa que habita com aquele nas trevas, permite que teu coração seja derretido, que teus lábios se abram para os ouvidos de teus escravos, cuja cabeça jaz no pó aos teus pés! Fala, grande deusa do vale sagrado! Tu conheces os caminhos que temos diante de nós; as trevas que nos molestam são como a luz do sol do meio-dia para ti. Derrama a irradiação de tua sabedoria sobre os caminhos dos teus servos! Dize-nos, porta-voz dos deuses: qual é tua vontade em relação a Thutmekri, o stygio?

A massa de cabelos sedosos que capturava a luz das tochas em um tímido brilho abronzeado tremeu ligeiramente. Um suspiro tempestuoso cresceu entre os negros, alguns maravilhados, outros amedrontados. A voz de Muriela chegou plenamente aos ouvidos de Conan, que permaneceu em silêncio total, e ela parecia gelada, destacada, impessoal, embora crispasse ante o sotaque coríntio.

— É a vontade dos deuses que o stygio e seus cães shemitas sejam levados para fora de Keshan! — Estava repetindo exatamente suas palavras. — Eles são ladrões e traidores que planejam roubar os deuses. Que os Dentes de Gwahlur sejam colocados sob os cuidados do general Conan. Que ele lidere os exércitos de Keshan. Ele é amado pelos deuses!

Sua voz oscilou no momento em que ela terminou, e Conan começou a suar, acreditando que a garota estava à beira da histeria. Mas os homens não perceberam, e tampouco repararam no sotaque coríntio, que nem sequer conheciam. Eles juntaram as palmas suavemente e um murmúrio de espanto e temor eclodiu do grupo. Os olhos de Gorulga brilhavam fanaticamente à luz das tochas.

— Yelaya falou! — Ele gritou numa voz exaltada. — É a vontade dos deuses! Há muito tempo, nos dias de nossos ancestrais, eles se tornaram um tabu e se esconderam ao comando dos deuses, que os salvaram das terríveis mandíbulas de Gwahlur, o senhor das trevas, no nascimento do mundo. Sob a ordem dos deuses os Dentes de Gwahlur foram escondidos; e agora, novamente ao comando deles, serão trazidos de volta. Ó, deusa nascida das estrelas, dá-nos a tua permissão para irmos ao esconderijo secreto dos Dentes para assegurá-los nas mãos daquele que os deuses amam!

— Têm minha permissão para partir! — Respondeu a falsa deusa, com um gesto imperial de dispensa que fez com que Conan sorrisse novamente e os sacerdotes recuassem, plumas de avestruz e tochas oscilando no ritmo de suas genuflexões. A porta de ouro fechou-se e, com um murmúrio, a deusa caiu flácida sobre o estrado.

— Conan! — Ela choramingou fraquinho. — Conan!

— Shhh! — Ele sibilou através das aberturas e, dando meia-volta, passou pelo nicho e fechou o painel. Um vislumbre ao cruzar o umbral da porta esculpida mostrou-lhe as tochas voltando para a grande sala do trono, mas, ao mesmo tempo, percebeu uma claridade que não emanava delas. Ficou surpreso, mas a resposta se apresentou instantaneamente. A lua havia saído no céu e sua luz atravessava o domo perfurado que, por alguma esmerada execução humana, intensificava a claridade. O domo brilhante de Alkmeenon não era uma fábula, então. Talvez seu interior fosse feito daquele curioso cristal flamejante branco, encontrado apenas nas colinas dos países negros. A luminosidade inundava a sala do trono e se infiltrava nas câmaras adjuntas.

Ao seguir para a porta que levava à sala do trono, porém, Conan percebeu um súbito barulho que parecia vir da passagem que conduzia para fora da alcova. Agachou-se até a entrada, observando-a, lembrando-se do soar do gongo que ecoara para atraí-lo a uma armadilha. A luz do domo incidia somente por uma pequena passagem dentro do estreito corredor e revelava um espaço vazio. Contudo, ele poderia jurar ter escutado um passo furtivo em algum lugar lá embaixo.

Enquanto hesitava, foi eletrizado por um grito feminino abafado vindo de trás. Entrando pela porta atrás do trono, viu um inesperado espetáculo sob a luz dos cristais. As tochas dos sacerdotes haviam desaparecido do grande salão exterior, mas um deles continuava no palácio: Gwarunga. Sua expressão cruel estava convulsionada em fúria, e ele segurava a aterrorizada Muriela pela garganta, estrangulando seus esforços de gritar e se explicar, enquanto a sacudia brutalmente.

— Traidora! — Entre os grossos lábios vermelhos, sua voz era o sibilar de uma serpente. — Que tipo de jogo está armando? Zargheba não disse o que deveria falar? Sim, Thutmekri me contou! Você está traindo seu mestre, ou é ele quem está traindo seus amigos usando você? Vagabunda! Vou torcer sua cabeça fingida, mas antes vou...

Os doces olhos arregalados da vítima que observavam por cima de seus ombros alertaram o gigantesco negro. Ele a soltou e virou-se no instante em que a espada de Conan lacerava. O impacto do golpe o jogou para trás de cabeça no chão de mármore, onde ele permaneceu se contorcendo, sangue escorrendo de um corte irregular em seu couro cabeludo.

Conan parou diante dele para terminar o serviço, pois sabia que o movimento súbito do homem tinha feito com que a lâmina não o atingisse com o gume, mas Muriela o abraçou convulsivamente.

— Eu fiz como você mandou! — Disse, histérica. — Leve-me daqui! Por favor, leve-me daqui!

— Não podemos ir ainda — ele grunhiu. — Quero seguir os sacerdotes para ver onde guardam as joias. Deve haver mais pilhagem escondida por aqui. Mas você pode vir comigo. Onde está aquela gema que estava usando no cabelo?

— Deve ter caído no estrado — ela gaguejou, apalpando o chão. — Eu estava tão assustada... quando os sacerdotes saíram, corri para encontrá-lo, mas este bruto enorme ficou para trás e me agarrou...

— Bom, vá pegá-la enquanto dou um fim nesta carcaça — ele ordenou. — Vá logo! Aquela joia vale uma fortuna.

Ela hesitou como se relutasse em tornar à câmara críptica; então, enquanto ele agarrava o cinto de Gwarunga e o arrastava para a alcova, virou-se e entrou na sala do oráculo.

Conan depositou o homem desacordado no chão e levantou a espada. O cimério havia vivido tempo demais em lugares selvagens para ter qualquer ilusão de misericórdia. O único inimigo seguro era aquele sem cabeça. Mas, antes que pudesse golpear, um grito apavorado vindo da câmara do oráculo reprimiu a lâmina erguida.

— Conan! Conan! *Ela voltou!* — O grito terminou em um gorgolejo e um som de evasão.

Conan praguejou e correu para fora da alcova, passou pelo estrado do trono e para a câmara do oráculo pouco antes de o som cessar. Lá, parou, olhando perplexo. Para todos os efeitos, Muriela estava deitada placidamente no estrado, os olhos fechados, como se dormisse.

— Que diabos você está fazendo? — Ele perguntou, acidamente. — Isso é hora de pregar peças...

Sua voz se extinguiu. Seu olhar correu ao longo da coxa de marfim moldada na saia de seda ajustada. Aquela saia deveria ter um rasgo da cintura até a borda. Sabia disso porque havia sido sua própria mão que a rasgara, quando puxara brutalmente as vestes do corpo contorcido da dançarina. Mas a saia não mostrava dano algum. Um único salto o levou até o estrado e sua mão tocou o corpo pálido, removendo-a como se tivesse encontrado ferro quente em vez da fria imobilidade da morte.

— Crom! — Murmurou. Seus olhos tornando-se duas fendas ardentes. — Não é Muriela! É Yelaya!

Ele entendeu, enfim, o grito agonizante que explodira dos lábios de Muriela quando ela adentrara a câmara. A deusa tinha retornado. O corpo havia sido despido por Zargheba para fornecer os apetrechos à farsante. Contudo, estava coberto de joias e seda agora, da mesma forma que Conan o vira pela primeira vez. Um formigamento peculiar se fez presente entre os pelos na base do couro cabeludo do cimério.

— Muriela! — Gritou subitamente. — *Muriela!* Onde diabos está você?

As paredes devolveram sua voz zombeteiramente. Não havia entrada à vista, exceto a porta dourada, e ninguém poderia ter passado por ali sem que ele tivesse percebido. Mas aquilo era irrefutável: Yelaya fora substituída no estrado entre os poucos minutos decorridos desde que Muriela saíra da câmara pela primeira vez, para ser apanhada por Gwarunga; embora os ouvidos do cimério ainda zumbissem com os ecos de seu grito, a garota corínthia desaparecera no ar. Só havia uma explicação, se ele rejeitasse a especulação sombria que sugeria o sobrenatural: em algum lugar na câmara devia haver uma passagem secreta. E, no instante em que o pensamento cruzou sua mente, ele a viu.

No que parecia ser uma tela de mármore sólido, uma fina rachadura perpendicular aparecia e, presa a ela, viu pendurado um retalho de seda. Num instante estava curvado sobre ele. Aquele farrapo era da saia rasgada de Muriela. A implicação era infalível. O trapo tinha ficado preso na porta quando esta se fechara e rasgado no momento em que a moça fora arrastada pela abertura por quaisquer seres sombrios que fossem seus captores. O pedaço de roupa havia impedido que a porta se encaixasse perfeitamente na moldura.

Espetando a ponta do punhal na rachadura, Conan fez uma alavanca com o antebraço. A lâmina envergou, contudo, era feita do rígido aço akbitano. A porta de mármore abriu. O bárbaro ergueu a espada enquanto espiava para dentro da abertura, mas não viu nenhuma forma de ameaça. A luz filtrada para dentro da câmara do oráculo revelava um breve lance de degraus talhados em mármore. Abrindo a porta ao máximo, ele a travou com seu punhal em uma ranhura que havia no chão, mantendo-a aberta. Então desceu os degraus sem embaraço. Não viu ou ouviu coisa alguma. Doze degraus abaixo, a escada culminava em um corredor estreito que seguia reto na penumbra.

Parou repentinamente como uma estátua aos pés da escada, olhando para as pinturas que afrescavam as paredes, pouco visíveis sob a fraca luz que incidia do alto. A arte era, sem dúvida, pelishtica; ele já tinha visto afrescos com características idênticas nas paredes de Asgalun. Entretanto, as cenas mostradas não tinham conexão com nada pelishtico, salvo por uma figura humana recorrente: um velho magro de barba branca, cujos traços étnicos eram inequívocos. Elas pareciam representar diversas áreas do palácio acima. Várias cenas mostravam uma câmara que ele reconheceu como sendo a do oráculo, com a imagem de Yelaya deitada sobre o estrado de marfim e enormes homens negros ajoelhados diante dela. E, atrás da parede, no nicho, os antigos espiavam. Também havia mais figuras... formas que se moviam pelo palácio deserto para fazer a vontade dos pelishticos, arrastando coisas inomináveis para fora do rio subterrâneo. Nos poucos segundos em que Conan permaneceu congelado, frases até então ininteligíveis do pergaminho se acenderam em seu cérebro com claridade arrepiante. As partes perdidas do manuscrito haviam sido decifradas. O mistério de Bit-Yakin não era mais um mistério, assim como a charada dos seus servos.

Conan virou-se e fitou as trevas, um arrepio gelado percorrendo sua espinha. Então, seguiu corredor adentro com pisadas felinas, movendo-se cada vez mais para dentro das sombras sem hesitar, afastando-se das escadas. O ar carregava aquele forte odor que sentira no pátio do gongo.

Agora, na mais profunda escuridão, ouviu um som à sua frente; se era o movimento de pés descalços ou o farfalhar de vestuário frouxo contra a pedra, não sabia dizer. Mas, um instante depois, sua mão estendida encontrou uma barreira que identificou como uma porta maciça de metal esculpido. Ele a empurrou inutilmente, e a ponta de sua espada buscou em vão por uma fresta. A porta se encaixava no peitoril e ombreiras como se tivesse sido moldada ali. Ele exerceu toda sua força, seus pés num esforço excessivo contra o chão, as veias saltadas nas têmporas. Foi inútil; talvez nem uma manada de elefantes teria abalado aquele portal titânico.

Enquanto estava ali inclinado, captou um som do lado oposto que seus ouvidos identificaram de imediato; era o atrito de metal enferrujado, como uma alavanca raspando em sua fenda. A ação seguiu o reconhecimento de forma tão espontânea e instintiva que impulso e ação foram praticamente simultâneos. E, no instante em que um salto prodigioso o levou para trás, uma grande massa se agitou no alto, e um choque estrondoso preencheu o túnel com vibrações ensurdecedoras. Pedaços de lascas voando o atingiram. Um enorme bloco de pedra, reconhecível pelo som, caiu sobre o local em que estava. Um segundo mais lento, pensamento ou ação, e ele teria sido esmagado como uma formiga.

Conan recuou. Em algum lugar do outro lado daquela porta de metal, Muriela era uma prisioneira, se ainda estivesse viva. Mas ele não conseguia passar e, se permanecesse no túnel, outro bloco poderia cair, e talvez não tivesse tanta sorte de novo. Em nada ajudaria a garota se fosse esmagado numa massa de polpa roxa. Não podia seguir a busca por aquela direção. Tinha que voltar ao térreo e procurar outro caminho para fazer sua abordagem.

Deu meia-volta e seguiu para as escadas, suspirando na medida em que emergia para uma luminosidade relativa. Porém, quando colocou o pé no primeiro degrau, a luz foi bloqueada e, no alto, a porta de mármore bateu com uma reverberação ressonante.

Uma sensação semelhante ao pânico invadiu o cimério, preso naquele túnel escuro, e ele virou de costas para a escada, erguendo a espada e encarando bravamente as trevas ao redor, esperando um ataque de aterradores inimigos. Mas não havia som ou movimento no túnel. Será que os homens do outro lado da porta, se é que eram homens, acreditaram que ele havia sido soterrado pela queda da pedra, sem dúvida, liberada por algum tipo de mecanismo?

Então por que a entrada tinha sido fechada? Abandonando a especulação, Conan subiu os degraus, sua pele formigando em antecipação a uma facada nas costas a cada passo que dava, ansioso para transformar seu quase pânico em uma explosão bárbara de derramamento de sangue.

Empurrou a porta de cima e blasfemou com fervor ao descobrir que ela também não cedia aos seus esforços. Então, ao que ergueu a espada com a mão direita prestes a talhar o mármore, sua mão esquerda, tateando, encontrou uma trava de metal que evidentemente voltava para o lugar quando a porta era fechada. Ao puxá-la, a porta cedeu ante seu empurrão. Tornou à câmara com os olhos premidos, rosnando numa encarnação de fúria, desejando ferozmente confrontar qualquer inimigo que o perseguisse.

O punhal tinha desaparecido do chão. A câmara estava vazia, assim como o estrado. Mais uma vez Yelaya havia sumido.

— Por Crom! — Praguejou o cimério. — Afinal, ela está viva?

Ele voltou para a sala do trono, atônito, e então, golpeado por um súbito pensamento, foi para trás do trono e espiou dentro da alcova. Havia sangue no mármore liso onde deixara o corpo inerte de Gwarunga, mas isso era tudo. O negro havia desaparecido tão completamente quanto Yelaya.

IV
A Cúpula dos Dentes de Gwahlur

Ira desorientadora confundia o cérebro de Conan, o cimério. Ele não tinha a menor noção de onde procurar por Muriela, assim como não soubera onde procurar os Dentes de Gwahlur. Só uma ideia lhe ocorreu: seguir os sacerdotes. Talvez alguma pista lhe fosse revelada no esconderijo do tesouro. Era uma chance pequena, mas melhor do que vagar sem direção.

Enquanto passava rapidamente pelo grande salão que levava ao pórtico, ele praticamente esperava que as sombras criassem vida atrás de si com presas e garras que o lacerassem. Mas só a batida de seu próprio coração acelerado o acompanhou para a luz do luar que incidia sobre o mármore cintilante.

Ao pé das largas escadarias, lançou um olhar em busca de algo que mostrasse a direção que devia tomar. E encontrou... Pétalas espalhadas na relva diziam onde um braço ou uma vestimenta havia se esfregado em um botão pendurado num ramo. A grama tinha sido pressionada por pés pesados. Conan, que rastreava lobos em sua terra natal, não teve dificuldades em seguir a trilha dos sacerdotes de Keshan.

Ela levava para fora do palácio, por entre massas de arvoredos com aromas exóticos, nas quais belas flores pálidas espalhavam suas pétalas trêmulas por sobre emaranhados de arbustos verdejantes que choviam botões ao toque. Enfim, em um ponto próximo à fortaleza, ele alcançou um aglomerado rochoso que se projetava dos penhascos como o castelo de um titã, quase escondido da vista por vinhedos entrelaçados. Era evidente que o sacerdote de língua solta em Keshan se enganara quando disse que os Dentes estavam escondidos dentro do palácio. A trilha o havia levado para longe do local em que Muriela desaparecera, ainda que dentro de Conan crescesse uma crença de que todas as partes do vale estavam conectadas ao paço por meio de passagens subterrâneas.

Agachando-se nas profundas sombras aveludadas dos arbustos, ele examinou a grande projeção rochosa que se destacava em alto relevo à luz do luar. Ela estava coberta por estranhos e grotescos entalhes, mostrando homens, animais e criaturas semibestiais que poderiam ter sido deuses ou demônios. O estilo da arte diferia tão notavelmente de todo o resto no vale, que Conan se questionou se ele não representava uma era e raça diferentes, e se não era em si uma relíquia de uma época perdida e esquecida de qualquer que fosse a longínqua data em que o povo de Alkmeenon encontrara e entrara no vale assombrado.

Havia uma grande porta aberta na cortina íngreme do rochedo, envolta por uma gigantesca cabeça de dragão esculpida, de forma que a entrada fazia as vezes da boca escancarada da fera. A porta em si era feita de bronze moldado e parecia pesar muitas toneladas. Não havia fechadura visível, mas uma série de trincos aparentes ao longo da borda do portal maciço aberto denotava existir algum tipo de tranca; um sistema, sem dúvida, conhecido apenas pelos sacerdotes de Keshan.

A trilha mostrava que Gorulga e seus capangas haviam entrado por ali. Conan hesitou. Esperar até que saíssem provavelmente significaria ver a porta trancada em sua cara, e ele poderia não ser capaz de resolver o mistério de como abri-la. Por outro lado, se os seguisse, eles poderiam sair e trancá-lo na caverna.

Desprezando a cautela, passou pelo portal aberto. Os sacerdotes estavam em algum lugar lá dentro, junto dos Dentes de Gwahlur e talvez de uma pista sobre o destino de Muriela. Riscos pessoais jamais o tinham impedido de atingir seus propósitos.

A luz da lua iluminava por alguns metros o largo túnel em que estava. À sua frente conseguia ver um brilho fraco e escutar o eco de estranhos cânticos. Os sacerdotes não estavam tão distantes quanto pensara. O túnel desembocava em uma sala ampla antes que a iluminação natural desaparecesse, uma caverna vazia de dimensões medianas, mas de teto alto e abaulado, brilhando com uma incrustação fosforescente que, Conan sabia, era um fenômeno comum naquela parte do mundo. Ela criava uma luz fantasmagórica, sob a qual ele era capaz de ver uma imagem bestial de cócoras em um santuário e as bocas negras de seis ou sete túneis levando para fora do local. Abaixo do mais amplo deles, diretamente atrás da imagem que olhava em direção à abertura, captou o brilho de tochas oscilando em contraste com a luz fosforescente fixa e escutou o cântico aumentar de volume.

Adentrou-o negligentemente, e logo se viu espreitando uma caverna ainda maior do que a que acabara de deixar. Não havia fosforescência ali, mas a luz das tochas caía sobre um altar mais amplo e um deus mais obsceno e repulsivo, agachado como um sapo. Diante daquela deidade repugnante, Gorulga e seus dez acólitos se ajoelhavam e curvavam a cabeça até o chão, enquanto cantavam monotonamente. Conan percebeu por que o progresso deles tinha sido tão lento. Evidentemente aproximar-se da cripta secreta dos Dentes era um ritual elaborado e complicado.

Ele se remexeu em nervosa impaciência antes que a cantoria e as saudações acabassem, mas eles enfim se levantaram e seguiram para o túnel que se abria atrás do ídolo. As tochas desapareceram dentro do escuro jazigo, e ele as seguiu ligeiramente. Não havia muito risco de ser descoberto. Planava pelas sombras como uma criatura da noite e os sacerdotes estavam completamente absortos em seu ritual ancestral. Eles nem ao menos pareciam ter notado a ausência de Gwarunga.

Emergindo em uma caverna de proporções enormes, em cujas paredes curvas os rebordos se enfileiravam como camadas, eles recomeçaram a adoração diante de um altar que era maior e pertencente a um deus mais nojento do que todos os que havia visto até então.

Conan rastejou pela boca negra do túnel, olhando para as paredes que refletiam o brilho lúrido das tochas. Viu uma escadaria esculpida em pedra que conduzia por cada um dos rebordos enfileirados; o teto estava perdido nas trevas.

Ele parou abruptamente e o cântico cessou quando os negros ajoelhados jogaram a cabeça para o alto. Uma voz inumana reverberou acima deles. Eles congelaram, as faces voltadas para cima com uma medonha tonalidade azul, refletindo o brilho súbito de uma estranha luz que, de repente, eclodiu de algum ponto do teto elevado e, a seguir, queimou com um brilho latejante. Aquele brilho iluminou a galeria e um grito emergiu do sumo sacerdote, ecoado de forma arrepiante por seus acólitos. No clarão que brevemente os expusera, uma figura branca e magra estava de pé no resplendor de seda e de ouro incrustado de joias. Então, o brilho esmoreceu para uma luminosidade pulsante e palpitante sob a qual nada era distinto, e aquela forma magra não era mais do que um borrão turvo de marfim.

— *Yelaya!* — Gorulga gritou com suas feições pardas pálidas. — Por que nos seguiu? O que deseja?

A estranha voz inumana rolou teto abaixo, ressoando pela cripta arqueada, que a ampliava e alterava além da percepção.

— Infortúnio para os que não acreditam! Infortúnio para os filhos falsos de Keshia! Desgraça para aqueles que negam a sua deidade!

Um grito de horror eclodiu entre os sacerdotes. Gorulga parecia um abutre em choque sob a luz das tochas.

— Eu não entendo... — ele gaguejou. — Nós somos fiéis. Na câmara do oráculo você disse...

— Não dê atenção ao que ouviu na câmara do oráculo! — Bradou aquela terrível voz, multiplicando-se até virar uma miríade de sons trovejando e ribombando o mesmo aviso. — Cuidado com falsos profetas e falsos deuses! Um demônio disfarçado falou com você no palácio, dando uma profecia falsa. Agora escute e obedeça, pois só eu sou a verdadeira deusa, e lhes dou uma única chance de se salvar da destruição! Apanhem os Dentes de Gwahlur da cripta onde foram depositados muito tempo atrás. Alkmeenon não é mais sagrado, pois foi profanado por blasfemadores. Entregue-os nas mãos de Thutmekri, o stygio, para que os ponha no santuário de Dagon e Derketo. Somente isso pode salvar Keshan do destino que os demônios da noite planejam. Peguem os Dentes de Gwahlur e partam; retornem imediatamente a Keshia; lá, entreguem as joias a Thutmekri, apanhem o demônio estrangeiro, Conan, e o esfolem vivo na grande praça.

Não houve hesitação em obedecer. Tremendo de medo, os sacerdotes correram para a porta que havia atrás do deus bestial. Gorulga foi na frente. Eles emperraram brevemente na entrada, ganindo em descontrole quando as tochas desgovernadas tocavam seus corpos contorcidos; mergulharam pela abertura e o aranzel dos velozes pés minguou túnel adentro.

Conan não os seguiu. Estava consumido por um furioso desejo de descobrir a verdade por trás daquele fantástico ocorrido. Seria aquela Yelaya de fato, como o suor frio nas costas de sua mão lhe dizia, ou será que a doce Muriela havia se revelado uma traidora, afinal? Se fosse o caso...

Antes que a última tocha tivesse desaparecido no túnel escuro, ele já subia vingativamente os degraus de pedra. O brilho azul estava morrendo, mas ele conseguia perceber que a figura de marfim permanecia inerte na galeria. Seu sangue gelou conforme se aproximava, contudo, não hesitou. Seguiu com a espada erguida, avultando-se como uma ameaça mortal sobre a forma inescrutável.

— Yelaya! — Falou rispidamente. — Morta... como tem estado há milhares de anos! Hah!

Da boca escura do túnel atrás dele, uma figura sombria se precipitou. Mas o repentino movimento de pés descalços chegara mais rápido aos ouvidos do cimério. Ele virou como um gato e bloqueou o golpe assassino que mirava suas costas. Ao que o aço reluzente empunhado por uma mão escura passou assobiando, Conan deu um contragolpe com a fúria de um píton despertado, e a longa lâmina reta empalou seu agressor, emergindo quarenta centímetros entre seus ombros.

— Veja só! — Conan libertou a espada enquanto a vítima ia ao chão, ofegante e gorgolejando. O homem se contorceu brevemente e enrijeceu. Sob o brilho azul mortificante, o bárbaro viu um corpo negro de feições medonhas. Ele havia matado Gwarunga.

Voltou-se para o cadáver da deusa. Laços em seus joelhos e peito a mantinham ereta, atada contra um pilar de pedra, e seus cabelos grossos, amarrados à coluna, seguravam a cabeça para o alto. A alguns metros de distância e sob a luz incerta, os laços não eram visíveis.

— Ele deve ter vindo depois que desci pelo túnel. Deve ter suspeitado que eu estava lá dentro e removeu o punhal. — Conan se agachou, tirou a arma idêntica dos dedos rijos, a examinou e colocou no próprio cinturão. — E então fechou a porta. Depois pegou Yelaya para enganar esses idiotas. Era ele gritando lá atrás. Não seria possível reconhecer sua voz neste teto que provoca ecos. E essa chama azul... Achei mesmo familiar. É um truque dos sacerdotes stygios. Thutmekri deve ter dado um pouco dela para Gwarunga. Ele pode ter chegado facilmente a esta caverna antes de seus companheiros. Evidentemente a conhecia por boatos ou por mapas entregues no sacerdócio. Entrou antes dos outros carregando a deusa, seguiu uma rota alternativa pelos túneis e câmaras, e se escondeu no balcão, enquanto Gorulga e os demais acólitos estavam envolvidos em seus rituais sem fim.

O brilho azul havia desaparecido, mas Conan agora estava ciente de outra iluminação, emanando da entrada de um dos corredores que se abria a partir da saliência. Em algum lugar corredor abaixo havia outro campo de fosforescência, pois reconheceu a fraca e constante iluminação. O corredor levava na direção que os sacerdotes tinham tomado, e ele decidiu segui-lo, em vez de descer para as trevas da grande caverna abaixo. Sem dúvida, esse se conectava com outra galeria de alguma câmara distinta, que poderia ser o destino dos sacerdotes. Ele se apressou, a luminosidade ficando cada vez mais forte conforme avançava, até que pôde discernir o chão e as paredes do túnel. À sua frente e abaixo, tornou a escutar os sacerdotes cantando.

Súbito, uma porta na parede do lado esquerdo foi delineada pelo brilho fosforescente, e seus ouvidos escutaram o som de soluços histéricos e suaves. Ele parou e olhou para a porta.

Estava mais uma vez mirando uma câmara de rocha sólida talhada, não uma caverna natural como as demais. O teto abobadado brilhava com a luz, e as paredes estavam quase totalmente cobertas com arabescos de ouro batido.

Próximo à parede mais distante, em um trono de granito, olhando fixamente para a porta arqueada, sentava-se o monstruoso e obsceno Pteor, o deus de Pelishtim, forjado em latão, com exagerados atributos que refletiam a grosseria de seu culto. E em seu colo estava deitada uma figura alva e límpida.

— Ora, que os diabos me carreguem! — Conan murmurou. Olhou ao redor da câmara desconfiado, observando que não havia outra entrada ou evidência de ocupação, e então avançou em silêncio, examinando a garota cujos ombros magros tremiam com soluços de miséria abjeta, o rosto afundado nos braços. De grossos braceletes de ouro nos membros do ídolo, finas correntes douradas corriam até braceletes menores nos pulsos dela. Ele pousou a mão no ombro nu da moça e ela teve um sobressalto, gritou e virou o rosto molhado de lágrimas na direção dele.

— Conan! — Ela fez um esforço espasmódico para abraçá-lo, mas foi impedida pelas correntes. Ele cortou o ouro macio o mais próximo dos punhos que pôde, grunhindo:

— Vai ter que usar esses braceletes até encontrarmos um cinzel ou uma lima. Me solte, droga! Vocês atrizes são muito emotivas. Afinal, o que aconteceu com você?

— Quando voltei à câmara do oráculo — ela choramingou —, a deusa estava deitada no estrado igualzinho da primeira vez em que a vi. Eu chamei por você e corri para a porta, mas algo me agarrou por trás, tapando minha boca e me arrastando por um painel oculto na parede. Nós descemos alguns degraus até um salão escuro. Não conseguia ver o que me segurava até passarmos por uma grande porta de metal e chegarmos a um túnel cujo teto brilhava, como o desta câmara. Oh, eu quase desmaiei quando os vi! Eles não são humanos! São demônios peludos e cinzentos, que andam como homens e emitem sons inarticulados que nenhum humano pode entender. Ficaram ali parados e pareceram aguardar, e acho que cheguei a escutar alguém forçar a porta. Uma daquelas coisas puxou uma alavanca de metal na parede, e algo se espatifou do outro lado. Então me carregaram por túneis sinuosos e escadarias de pedra, até chegarmos a esta câmara, onde me acorrentaram aos pés deste ídolo abominável, e foram embora. Ó, Conan, o que são eles?

— Os servos de Bit-Yakin — ele rosnou. — Encontrei um manuscrito que me revelou muitas coisas, e tropecei em alguns afrescos que me contaram o resto. Bit-Yakin era um pelishtico que veio ao vale com seus servos após a partida do povo de Alkmeenon. Ele encontrou o corpo da princesa Yelaya, e descobriu que os sacerdotes retornavam de tempos em tempos para lhe trazer oferendas, pois já naquela época ela era adorada como uma deusa. Ele a tornou um oráculo e agia como sua voz, falando de um nicho que abriu na parede atrás do estrado de marfim. Os sacerdotes jamais suspeitaram. Nunca viram nem ele nem seus servos, porque sempre se escondiam quando os homens vinham. Bit-Yakin viveu e morreu aqui sem jamais ter sido descoberto pelos sacerdotes. Só Crom sabe quanto tempo ele morou no vale, mas deve ter sido por séculos. Os sábios de Pelishtim sabem como prolongar sua vida por centenas de anos. Eu mesmo já vi alguns deles. Por que viveu aqui sozinho, e por que desempenhou o papel de um oráculo, um homem comum não pode adivinhar, mas eu diria que o oráculo servia para manter a cidade inviolável e sagrada, de forma que ele pudesse viver sem perturbações. Ele comia a comida que os sacerdotes traziam como doação a Yelaya, mas seus servos comiam outras coisas... Sempre soube que há um rio subterrâneo oriundo de um grande lago, onde as pessoas das terras altas de Puntish jogam seus mortos. Esse rio passa por baixo deste palácio. Há escadas presas nas paredes onde eles podem se pendurar e pescar os cadáveres que atravessam flutuando. Bit-Yakin gravou tudo em um pergaminho e nas paredes pintadas.

— Mas, afinal, ele morreu — Conan prosseguiu — e seus servos o mumificaram de acordo com instruções deixadas antes de sua morte, e o meteram em uma caverna nos rochedos. O resto é fácil de adivinhar. Os servos, que eram quase mais imortais do que ele, continuaram a morar aqui, mas na ocasião seguinte em que um sumo sacerdote veio consultar o oráculo, sem um mestre para contê-los, eles o despedaçaram. Deste então, até Gorulga, ninguém veio falar com o oráculo. É óbvio que continuaram renovando as vestes e ornamentos da deusa, como viam Bit-Yakin fazer. Deve existir uma câmara selada em algum lugar onde as sedas são mantidas a salvo da decadência. Eles vestiram a deusa e a levaram de volta à sala do oráculo após Zargheba tê-la roubado. E, a propósito, arrancaram a cabeça de Zargheba e penduraram em um galho.

Ela estremeceu, mas, ao mesmo tempo, deu um suspiro de alívio.

— Ele nunca mais vai me chicotear.

— Não deste lado do Inferno — concordou Conan. — Mas vamos... Gwarunga arruinou minhas chances com a deusa roubada. Vou seguir os sacerdotes e me arriscar a roubá-los após pegarem o saque. E fique próxima a mim. Não posso gastar todo meu tempo cuidando de você.

— Mas e os servos de Bit-Yakin? — Ela suspirou, temerosa.

— Vamos ter que nos arriscar — ele grunhiu. — Não sei o que se passa na cabeça deles, mas, até o momento, não mostraram nenhuma disposição de sair e lutar abertamente. Vamos.

Apanhando-a pelo punho, conduziu-a para fora da câmara e pelo corredor. Enquanto avançavam, escutaram o cântico dos sacerdotes e, misturado a ele, o som grave de águas turbulentas. A luz foi ficando mais forte até que saíram na vasta galeria de uma caverna colossal e olharam para baixo, contemplando uma cena fantástica.

Acima deles o teto fosforescente reluzia; uma centena de pés abaixo se estendia o piso liso da caverna. Em um dos extremos, aquele andar era cortado por um riacho profundo e estreito transbordando de seu canal rochoso. Surgindo da escuridão impenetrável, ele manava sinuoso pela caverna e novamente desaparecia nas trevas. A superfície visível refletia a luminosidade do alto, e as águas negras fervilhantes brilhavam como se salpicadas de joias vivas: azul congelante, verde escabroso, vermelho cintilante, uma irradiação em constante mudança.

Conan e sua companheira estavam sobre uma daquelas saliências que pareciam galerias aneladas à curva da elevada parede e, daquela beirada, uma ponte de pedra natural subia em um arco de tirar o fôlego através do vasto abismo da caverna, unindo-se a outra saliência bem menor no lado oposto, por cima do rio. Dez pés abaixo dela, outro arco mais largo calibrava a caverna. De ambos os lados, uma escadaria esculpida unia as extremidades desses arcos suspensos.

O olhar de Conan, seguindo a curva do arco que passava pela proeminência onde estava, capturou um brilho de luz que não vinha da fosforescência lúrida da caverna. Naquela pequena elevação oposta a eles havia uma abertura na parede da guarida pela qual as estrelas podiam ser vistas.

Mas sua atenção plena foi atraída para a cena abaixo. Os sacerdotes tinham chegado ao seu destino. Em um ângulo circular do covil havia um altar de pedra, mas, desta vez, sem nenhum ídolo em cima. Se existia um na parte de trás, Conan não podia dizer ao certo, porque alguma ilusão da luz, ou a curvatura da parede, deixava o espaço atrás do altar na mais completa escuridão.

Os sacerdotes haviam colocado as tochas em buracos no chão pedregoso, formando um semicírculo de fogo em frente ao altar, a uma distância de vários metros. Então, os próprios sacerdotes formaram outro semicírculo dentro do crescente de tochas, e Gorulga, após erguer os braços em invocação, se curvou sobre o altar e jogou as mãos sobre ele. Sua borda se ergueu e inclinou para trás, como a tampa de um baú, revelando uma pequena cripta.

Estendendo o braço comprido para dentro do recesso, Gorulga trouxe à tona uma pequena arca de metal. Colocando o altar de volta no lugar, postou a arca sobre ele e retirou a tampa. Para os ávidos observadores no alto da galeria, a ação parecia ter liberado labaredas de fogo vivo, que latejavam e tremiam dentro da arca aberta. O coração de Conan disparou e sua mão agarrou a empunhadura da arma. Os Dentes de Gwahlur, finalmente! O tesouro que faria daquele que o possuísse o homem mais rico do mundo! Sua respiração acelerou entre os dentes crispados.

Súbito, ele tomou ciência de um novo elemento permeando a luz das tochas e o teto fosforescente, tornando ambos vazios. Trevas assolaram o entorno do altar, exceto por aquele foco brilhante de luz terrível lançado pelos Dentes de Gwahlur, e aquilo cresceu e cresceu. Os negros congelaram em estátuas de basalto, suas sombras aumentando grotescas e gigantes atrás deles.

O altar estava lavado pela incandescência agora, e as feições perplexas de Gorulga se destacaram num relevo acentuado. Então, o misterioso espaço atrás do altar foi banhado pela crescente iluminação e, lentamente, junto da luz rastejante, figuras tornaram-se visíveis, como formas crescendo da noite e do silêncio.

A princípio, aquelas formas imóveis, peludas, antropoides, mas horrendamente humanas, pareciam estátuas de pedra cinzenta; contudo, seus olhos estavam vivos, faíscas geladas de fogo cinza glacial. E, conforme o estranho brilho iluminou suas feições bestiais, Gorulga gritou e caiu para trás, jogando os longos braços para cima em um gesto de horror delirante.

Mas um braço ainda mais longo disparou por cima do altar e uma mão disforme agarrou a garganta dele. Berrando e lutando, o sumo sacerdote se viu arrastado; um punho o esmagou como um martelo e os gritos de Gorulga foram selados. Flácido e quebrado, vergou sobre o altar; o cérebro escorrendo para fora do crânio esmigalhado. Como uma explosiva enchente oriunda do Inferno, os servos de Bit-Yakin caíram sobre os sacerdotes negros, estáticos como imagens rebentadas pelo horror.

Então houve matança, crueldade e pavor.

Conan viu os corpos serem atirados como coisas sem valor pelas mãos inumanas dos assassinos, cuja força horrível tornava inútil seus punhais e espadas. Viu os corpos dos homens serem erguidos e cabeças esmagadas contra a pedra do altar. Viu uma tocha flamejante, agarrada por uma mão monstruosa, ser enfiada inexoravelmente pela goela de um desgraçado agonizante que se contorcia em vão contra os braços que o desmembravam. Viu um homem ser rasgado ao meio, como alguém faria com um frango, e os restos ensanguentados serem arremessados por toda a caverna. O massacre foi tão rápido e devastador quanto a passagem de um furacão. Em uma explosão de ferocidade rubra abismal, tudo estava acabado, exceto por um coitado que fugiu gritando pelo caminho que os sacerdotes haviam usado, perseguido por um enxame de terríveis formas salpicadas de sangue que ansiavam pôr as mãos vermelhas nele. Fugitivo e perseguidores desapareceram no túnel escuro, e os gritos do humano ecoaram fracos e confusos ao longe.

Muriela estava de joelhos agarrada às pernas de Conan; o rosto apertado contra o joelho dele, os olhos fechados com força. Era um molde trêmulo de terror abjeto. Mas Conan estava eletrizado. Uma olhadela rápida para a abertura onde as estrelas brilhavam, uma olhadela para o baú que ainda queimava aberto sobre o altar manchado de sangue, e ele vislumbrou e pesou a aposta desesperada.

— Eu vou pegar aquela arca! — Garantiu. — Fique aqui!

— Por Mitra, não! — Em uma agonia de pavor, ela caiu no chão e agarrou suas sandálias. — Não! Não vá! Não me deixe aqui!

— Fique deitada e mantenha a boca fechada! — Ele disse, desvencilhando-se do abraço desvairado.

O cimério dispensou a escadaria tortuosa. Pendurou-se de saliência em saliência com pressa negligente. Não havia sinal dos monstros quando seus pés tocaram o chão. Algumas tochas ainda queimavam nas cavidades, o fulgor fosforescente latejava e tremia, e o rio fluía com um murmúrio quase articulado, com sua irradiação cintilante. O brilho que tinha anunciado o aparecimento dos servos desaparecera com eles. Somente as joias na arca de metal continuavam vibrantes.

Ele agarrou o baú, observando seu conteúdo num vislumbre ganancioso; pedras estranhas e curiosamente modeladas que ardiam com um fogo gelado sobrenatural. Fechou a tampa, colocou a arca embaixo do braço e voltou correndo pelos degraus. Não tinha o menor desejo de encontrar os servos infernais de Bit-Yakin. O vislumbre que teve deles em ação havia dispersado qualquer ilusão sobre suas habilidades de luta. A razão por terem esperado tanto tempo antes de atacar os invasores, ele não sabia dizer. Que homem era capaz de adivinhar as motivações ou pensamentos daquelas monstruosidades? Que eles possuíam habilidade e inteligência igual às dos seres humanos estava claro. E ali, naquele chão da caverna, jazia a prova escarlate de sua ferocidade bestial.

A garota corínthia ainda soluçava na galeria onde ele a havia deixado. Pegou-a pelo pulso e a colocou de pé, grunhindo:

— Acho que é hora de ir!

Muito estupefata de terror para estar totalmente ciente do que acontecia, ela se deixou conduzir em sofrimento ao longo de todo o atordoante vão. Foi só quando estavam sobre as águas correntes que olhou para baixo, soltou um ganido assustado e teria caído, se não fosse pelo braço musculoso de Conan ao redor de sua cintura. Rosnando uma injúria na orelha dela, meteu-a embaixo do braço livre e arremeteu dali numa onda de braços e pernas agitados, passando pelo arco e por dentro da abertura que desembocava na extremidade oposta. Sem se dar ao trabalho de colocá-la de pé, correu pelo pequeno túnel que seguia pela abertura. Um instante depois, a dupla emergiu em uma estreita saliência do lado exterior dos rochedos que circundavam o vale. Menos de trinta metros abaixo, a selva ondulava sob a luz das estrelas.

Conan olhou para baixo e deu um suspiro de alívio. Acreditava que conseguiria descer, mesmo com o fardo da garota e as joias, embora duvidasse que teria conseguido chegar ao topo, com fardo ou não. Pôs a arca ainda manchada pelo sangue de Gorulga e coberta com o cérebro do sumo sacerdote sobre a beirada, e estava prestes a tirar seu cinturão, a fim de prendê-la nas costas, quando foi alertado por um som vindo de trás de si; um som sinistro e inequívoco.

— Fique aqui! — Bradou para a desnorteada garota. — Não se mova! — E, sacando a espada, foi até o túnel e olhou de volta para a caverna.

Na metade do caminho ao longo do vão superior avistou uma deformada figura cinzenta. Um dos servos de Bit-Yakin estava em seu encalço. Não havia dúvida de que o bruto o havia visto e seguido. Conan não hesitou. Poderia ser mais fácil defender a boca do túnel, mas aquela luta tinha que acabar rápido, antes que os demais servos retornassem.

Correu pelo vão, direto na direção da monstruosidade. Não era um macaco, mas também não era humano. Era alguma cria horrorosa das misteriosas e inomináveis selvas do sul, onde formas de vida estranhas fervilhavam e fumegavam na podridão sem a dominância do homem, e tambores rufavam em templos que jamais conheceram a pegada de humanos. De que maneira o antigo pelishtico obtivera o domínio sobre eles, e com isso seu exílio eterno da humanidade, era uma charada imunda sobre a qual Conan não se importava em especular, mesmo que tivesse a oportunidade.

Homem e monstro se encontraram no arco mais alto da extensão, onde centenas de pés abaixo corria a furiosa água negra. Quando a forma monstruosa avançou sobre ele, com seu corpo leproso cinzento e as feições de um ídolo inumano esculpido, Conan atacou com toda sua fúria, como um tigre ferido reagiria. Aquele golpe decerto teria despedaçado um corpo humano, mas os ossos do servo de Bit-Yakin pareciam aço temperado. No entanto, nem mesmo aço temperado poderia ter permanecido incólume diante daquele golpe furioso. As costelas e o osso do ombro se partiram e sangue espirrou do enorme rasgo.

Não houve tempo para um segundo golpe. Antes que o cimério pudesse erguer a lâmina novamente ou fugir, o impacto de um braço gigante o arremessou do vão como uma mosca é derrubada de uma parede. Conforme mergulhava, o barulho do rio era como uma sentença em seus ouvidos, mas seu corpo retorcido bateu pela metade no arco mais baixo. Dependurou-se precariamente nele por um instante de gelar o sangue, então seus dedos se engancharam sobre a beirada mais ampla e ele subiu para a segurança, a espada na mão oposta.

Conforme escalava, viu o monstro cuspir sangue hediondamente e ir em direção ao rochedo que ficava no final da ponte, obviamente com a intenção de descer a escadaria que conectava os arcos e recomeçar a luta. Mas, na saliência, o bruto fez uma pausa no meio da descida. Ele havia visto Muriela, com a arca de joias debaixo do braço, observando estática na boca do túnel.

Com um rugido de triunfo, o monstro a colocou sob a pata, apanhou o baú com as joias usando a mão livre quando ela o derrubou no chão, e, fazendo meia-volta, arrastou-se pesadamente pela ponte. Conan praguejou e também correu para o outro lado. Ele não sabia se conseguiria escalar a escadaria até o arco mais alto a tempo de alcançar o bruto antes que este mergulhasse no labirinto de trevas que eram os túneis na extremidade oposta.

Mas o monstro estava mais lento, como um relógio com a corda acabando. Sangue vertia daquele terrível ferimento, e ele oscilava como um bêbado de um lado para o outro. Súbito, tropeçou, cambaleou e caiu de lado... mergulhando de cabeça de cima do arco. A garota e as joias caíram de suas mãos inertes e o grito de Muriela ecoou terrivelmente, mais alto do que o rugido das águas abaixo.

O bárbaro estava quase embaixo do ponto em que a criatura despencara. O monstro resvalou no arco mais baixo e disparou em queda livre, mas a figura contorcida da moça bateu na pedra e conseguiu se agarrar, enquanto a arca ficou à beira do vão próximo a ela. Cada qual estava de um lado de Conan; ambos ao alcance de seus braços. Pela fração de um segundo o baú balançou na beirada da ponte e Muriela ficou pendurada por um braço, o rosto virado em pânico na direção de Conan, os olhos dilatados por medo da morte, os lábios separados em um grito assombroso de desespero.

Conan não hesitou, nem mesmo olhou na direção do baú que continha a riqueza de uma era. Com uma rapidez que teria envergonhado o salto de um jaguar faminto, ele a alcançou, agarrou o braço no exato instante em que os dedos escorregavam da pedra lisa, e a trouxe de volta ao vão com um explosivo hasteamento. A arca caiu e atingiu a água vinte e cinco metros abaixo, onde o corpo do servo de Bit-Yakin já havia submergido. Um borrifo e um rápido jato de espuma marcaram o ponto em que os Dentes de Gwahlur desapareceram para sempre da vista do homem.

O cimério mal desperdiçou uma olhadela para baixo. Disparou ao longo da extensão e subiu pela escadaria do rochedo tal qual um felino, carregando a garota como se fosse uma criança. Uma ululação hedionda fez com que ele olhasse por cima dos ombros assim que chegou ao arco mais alto, para ver os demais servos voltarem à caverna, sangue pingando das presas nuas. Eles correram pela escadaria que cortava saliência por saliência, rugindo vingativamente; mas ele jogou sem cerimônia a moça por cima do ombro, cruzou o túnel e desceu os rochedos como um símio, caindo e pulando por cada apoio com precipitada imprudência. Quando as ferozes criaturas olharam de cima da beirada do penhasco, foi para ver o cimério e a garota desaparecerem na floresta que cercava os rochedos.

— Bem... — disse Conan, colocando a garota de pé, seguro dentro dos ramos que lhes davam abrigo. — Podemos descansar agora. Não acho que aqueles monstros vão nos seguir para fora do vale. Seja como for, tenho um cavalo amarrado junto a uma cacimba próxima daqui, se os leões não o comeram. Demônios de Crom! Por que você está chorando agora?

Ela cobriu o rosto manchado de lágrimas, e os ombros magros balançaram pelos soluços.

— Eu perdi as joias — gemeu miseravelmente. — Foi minha culpa. Se tivesse obedecido e ficado fora da saliência, aquela criatura não teria me visto. Você devia ter pegado as gemas e deixado que eu me afogasse!

— Sim, acho que deveria — ele concordou. — Mas esqueça. Nunca se preocupe com o que ficou para trás. E pare de chorar, tudo bem? Assim é melhor. Venha.

— Quer dizer que vai ficar comigo? Vai me levar com você? — ela perguntou, esperançosa.

— O que mais acha que eu faria com você? — Ele correu um olhar de aprovação sobre a silhueta dela e sorriu diante da saia rasgada que revelava uma generosa porção de curvas tentadoras. — Uma atriz como você pode ser útil. Não adianta voltar ao palácio de Keshia. Não há nada em Keshan agora que eu queira. Iremos para Punt. O povo de Punt adora uma donzela de marfim, e eles tiram ouro de seus rios com cestos de vime. Vou dizer a eles que Keshan está de intrigas com Thutmekri para escravizá-los, o que é verdade, e que os deuses me enviaram para protegê-los... em troca de uma casa cheia de ouro. Se eu puder te infiltrar no templo para trocar de lugar com a deusa de marfim deles, vamos arrancar até os dentes de suas mandíbulas antes que percebam o que está acontecendo!

Além do Rio Negro

(Beyond the Black River)

História originalmente publicada em duas partes, em *Weird Tales* — maio e junho de 1935.

I

Conan Perde seu Machado

A quietude da trilha da floresta era tão primitiva que o passo suave de um pé calçado causava um enorme distúrbio. Ao menos é o que parecia aos ouvidos do viajante, apesar de se mover pelo caminho com a precaução que deveria ser exercida por todo homem que se aventura além do Rio do Trovão. Era um jovem de altura mediana, de semblante franco e cabelos desgrenhados que não estavam presos por elmo ou capacete. Suas vestes eram bastante comuns para aquele país; uma túnica grosseira, afivelada na cintura, calções de couro até os joelhos e botas macias de camurça, que chegavam à altura do joelho. O cabo de uma faca se projetava do topo de uma das botas. O largo cinto de couro sustentava uma espada curta e pesada e uma bolsa de camurça. Não havia perturbação nos olhos largos a esquadrinhar as paredes verdes que franjavam a trilha. Apesar de não ser alto, era bem constituído, e os braços, que as mangas curtas da túnica deixavam à mostra, eram grossos e musculosos.

Ele caminhava inabalável, embora a última cabana de colonizadores estivesse quilômetros atrás de si e cada passo o levasse para mais perto do perigo sinistro que pairava como uma terrível sombra sobre a antiga floresta.

Não fazia tanto barulho quanto lhe parecia, apesar de saber muito bem que os passos suaves de seus pés calçados seriam como um toque de alarme para os ferozes ouvidos possivelmente à espreita na traiçoeira vastidão verde. Sua atitude negligente não era genuína; seus olhos e ouvidos estavam plenamente alertas, especialmente os ouvidos, visto que nenhum olhar conseguiria penetrar no emaranhado de galhos mais do que alguns pés em qualquer direção.

Mas foi o instinto, mais do que qualquer aviso de seus sentidos externos, que o alertou subitamente; a mão sobre a empunhadura. Permaneceu estático no centro da trilha, prendendo a respiração, perguntando-se sobre o que havia escutado e se, de fato, havia escutado algo. O silêncio parecia absoluto. Nenhum esquilo murmurava e nenhum pássaro chilreava. Então, seu olhar fixou-se em uma massa de arbustos ao lado da trilha, alguns metros adiante. Não havia brisa e, ainda assim, tinha visto um galho tremer. Seus pelos se eriçaram e, por um instante, ele hesitou, certo de que um movimento em qualquer direção traria a morte saída dos arbustos.

Um pesado triturar soou por detrás das folhas. Os arbustos se sacudiram violentamente e, com o barulho, uma flecha surgiu, descrevendo um arco irregular e desaparecendo entre as árvores do lado oposto. O viajante viu a trajetória dela enquanto dava um salto exaltado para se proteger.

Agachando-se atrás de um caule grosso, a espada tremendo nos dedos, viu os arbustos se abrirem e uma figura alta pisar vagarosamente na trilha. O viajante encarou, surpreso. O estranho vestia botas e calças como as dele, embora fossem de seda, em vez de couro, mas trajava uma cota de malha escura sem mangas no lugar da túnica e um elmo que cobria a cabeleira escura. Aquela peça capturou o olhar do outro; ele não tinha crista, mas era adornado por pequenos chifres de búfalo. Nenhuma mão civilizada forjaria um elmo como aquele. Nem era a face debaixo dele a de um homem civilizado; parda, com cicatrizes e olhos azuis ardentes — um rosto tão imaculado quanto a floresta primitiva que constituía seu pano de fundo. O homem trazia uma espada larga na mão direita, e a ponta estava manchada de vermelho.

— Pode sair! — Ele disse, com um sotaque que não era familiar ao viajante. — Você está seguro agora. Só havia um desses cães. Pode sair.

O outro emergiu desconfiado e encarou o estranho. Sentiu-se curiosamente indefeso e fútil ao olhar para as proporções do homem da floresta; o peito de ferro maciço e o braço que portava a espada vermelha, bronzeado, sulcado e cordado de músculos. Ele se movia com a facilidade letal de uma pantera; também era ferozmente flexível para ser produto da civilização, mesmo aquele arremedo de civilização que compunha as distantes fronteiras.

Dando meia-volta, recuou até os arbustos e os separou. Ainda incerto sobre o que havia acabado de acontecer, o viajante do leste avançou e olhou para baixo, para o meio da moita. Havia um homem caído, baixo, moreno e de músculos grossos, nu, exceto por um trapo cobrindo o lombo, um colar de dentes humanos e um bracelete de latão. Uma espada curta estava enfiada no cinturão de sua tanga e a outra mão ainda apertava um pesado arco negro. O homem tinha cabelos longos e escuros; era tudo o que o viajante podia dizer sobre sua cabeça, pois suas feições eram uma máscara de sangue e cérebro. Seu crânio havia sido partido ao meio.

— Pelos deuses, um picto! — Exclamou o viajante.

Os intensos olhos azuis voltaram-se para ele.

— Você está surpreso?

— Me disseram em Velitrium e nas cabanas dos colonos ao longo da estrada que esses demônios às vezes se esgueiram pela fronteira, mas não esperava encontrar um deles aqui tão longe, no interior.

— Você está só a seis quilômetros a leste do Rio Negro — informou o estranho. — Eles têm sido vistos a um quilômetro de Velitrium. Nenhum colonizador entre o Rio do Trovão e o Forte Tuscelan está realmente seguro. Rastreei este cão cinco quilômetros ao sul do forte esta manhã, e o tenho seguido desde então. Vim por trás dele no exato momento em que disparava uma flecha contra você. Um instante depois e haveria outro estranho no Inferno. Mas eu atrapalhei a pontaria dele.

O viajante observava o homem com os olhos arregalados, emudecido pela percepção de que ele tinha realmente rastreado um dos demônios da floresta e matado-o sem que este o percebesse. Aquilo implicava uma habilidade impensada, até mesmo para a região de Conajohara.

— Você faz parte das guarnições do forte? — Perguntou.

— Não sou soldado. Recebo o pagamento e as rações como um oficial autorizado, mas faço meu trabalho nas matas. Valannus sabe que sou mais útil vagando ao longo do rio do que entocado no forte.

O assassino empurrou o corpo casualmente mais para dentro dos arbustos com o pé, ajuntou-os e começou a descer a trilha. O outro o seguiu.

— Meu nome é Balthus — disse. — Estava em Velitrium na noite passada. Ainda não decidi se vou buscar um quinhão de terra ou se me alisto para o serviço no forte.

— As melhores terras próximas ao Rio do Trovão já estão ocupadas — resmungou o outro. — Há muitas terras boas entre a Enseada do Escalpo... você a cruzou alguns quilômetros atrás... e o forte, mas está ficando infernal próximo ao rio. Os pictos vêm para queimar e matar, igual àquele ali. Nem sempre estão sozinhos. Algum dia vão tentar expulsar os colonizadores de Conajohara. E podem até conseguir; provavelmente conseguirão. De qualquer modo, esse negócio de colonização é uma loucura. Há muitas terras boas a leste das regiões bossonianas. Se os aquilonianos diminuíssem um pouco as grandes propriedades de seus barões e plantassem trigo onde agora há somente caça a veados, não precisariam cruzar a fronteira e tomar as terras dos pictos.

— É uma conversa estranha para um homem a serviço do governador de Conajohara — objetou Balthus.

— Isso não significa nada para mim — devolveu o outro. — Sou um mercenário. Vendo a minha lâmina pelo preço mais alto. Nunca plantei trigo e jamais o farei, enquanto existirem colheitas que possam ser feitas com a espada. Mas vocês, hiborianos, expandiram o máximo que puderam. Cruzaram territórios, queimaram algumas vilas, exterminaram uns poucos clãs e levaram suas fronteiras até o Rio Negro; porém, duvido que sejam capazes de manter o que conquistaram, e jamais conseguirão empurrar as fronteiras para além, a oeste. Seu rei idiota não entende as condições daqui. Ele não lhes enviará reforços suficientes e não há colonizadores o bastante para suportar o choque de um ataque combinado vindo do outro lado do rio.

— Mas os pictos estão divididos em pequenos clãs — persistiu Balthus. — Jamais se unirão. Podemos aniquilar cada clã isoladamente.

— Ou mesmo três ou quatro clãs — admitiu o matador. — Entretanto, qualquer dia, um homem vai surgir e unir trinta ou quarenta clãs, assim como foi feito entre os cimérios, quando os gunderlandeses tentaram empurrar nossa fronteira para o norte, anos atrás. Eles tentaram colonizar os territórios cimérios do sul; destruíram alguns pequenos clãs e construíram um forte, Venarium... você já deve ter ouvido a história.

— De fato — replicou Balthus, se encolhendo. A lembrança daquele desastre vermelho era um borrão negro nas crônicas de um povo orgulhoso e guerreiro. — Meu tio estava em Venarium quando os cimérios subiram pelas muralhas. Ele foi um dos poucos que escaparam da matança. Escutei-o contar a história diversas vezes. Os bárbaros desceram pelas colinas em uma horda devoradora, sem aviso, e trovejaram sobre Venarium com tamanha fúria que ninguém pôde fazer frente a eles. Homens, mulheres e crianças foram massacrados. Venarium foi reduzido a uma massa de ruínas carbonizadas, e assim permanece até hoje. Os aquilonianos foram empurrados de volta e, desde então, nunca mais tentaram colonizar o país dos cimérios. Mas você fala de Venarium com familiaridade. Talvez tenha estado lá?

— Estive — grunhiu o outro. — Fiz parte da horda que se amontoou sobre as muralhas. Não tinha visto quinze invernos ainda, mas meu nome já era repetido ao redor das fogueiras, nos conselhos.

Balthus involuntariamente recuou, encarando-o. Parecia incrível que o homem andando tranquilamente ao seu lado tivesse sido um daqueles demônios ensandecidos que polvilharam as muralhas de Venarium naquele dia, muito tempo atrás, tingindo as ruas de vermelho.

— Então você também é um bárbaro! — Exclamou sem querer.

O outro assentiu sem se ofender.

— Sou Conan, da Ciméria.

— Já ouvi falar de você — um interesse renovado correu no olhar de Balthus. Não era surpresa que o picto tivesse sido vitimado por seu próprio tipo de artimanha!

Os cimérios eram bárbaros tão ferozes quanto os pictos, e muito mais inteligentes. Era óbvio que Conan tinha passado bastante tempo entre os homens civilizados, ainda que aquele contato não tivesse amolecido ou enfraquecido qualquer um de seus instintos primitivos. A apreensão de Balthus transformou-se em admiração, enquanto observava as passadas felinas e o silêncio sem esforço com que o cimério se movia ao longo da trilha. Os elos lubrificados de sua armadura não tilintavam, e Balthus soube que Conan poderia passar pelo mais denso arvoredo ou pelo bosque mais emaranhado tão silenciosamente quanto qualquer picto nu que já tivesse vivido.

— Você não é gunderlandês? — Foi mais uma assertiva do que uma questão. Balthus balançou a cabeça:

— Eu sou de Tauran.

— Vi bons mateiros vindos de Tauran. Mas os bossonianos abrigaram vocês, aquilonianos, da natureza selvagem por séculos demais. Precisam endurecer.

Era verdade; os grupamentos bossonianos, com suas vilas fortificadas lotadas de arqueiros determinados, já há bastante tempo eram como um amortecedor para a Aquilônia contra os bárbaros da periferia. Agora, entre os colonizadores que viviam além do Rio do Trovão, crescia uma raça de homens da floresta capaz de enfrentar os bárbaros em seu próprio jogo, mas seus números ainda eram escassos. A maior parte dos homens das fronteiras era como Balthus; mais do tipo colonizador do que mateiro.

O sol ainda não tinha se posto, mas não estava mais à vista, escondido atrás da densa parede da floresta. As sombras se estendiam, se aprofundando nas matas às suas costas conforme os companheiros desciam a trilha.

— Vai escurecer antes de chegarmos ao forte — comentou Conan casualmente. — *Ouça!*

Ele fez uma pausa, agachando-se ligeiramente, de espada pronta, transformado em uma figura selvagem desconfiada e ameaçadora, pronto para lutar e dilacerar. Balthus também havia escutado; um grito bravio que irrompera em sua nota mais aguda. Era o berro de um homem em terrível medo ou agonia.

Num instante, Conan havia disparado pela trilha, cada passo aumentando a distância entre ele e seu esforçado companheiro. No entanto, esbaforiu uma maldição. Entre os colonizadores de Tauran, ele era tido como um bom corredor, mas Conan o deixou para trás com facilidade desvairada. Mas Balthus esqueceu-se de sua exasperação quando seus ouvidos foram ultrajados pelo mais assustador grito que jamais escutara. Aquilo não era humano; era um miado demoníaco de triunfo hediondo, que parecia exultar sobre a humanidade caída e ecoar nos golfos sombrios, além do alcance da vista humana.

Os passos de Balthus vacilaram e um suor pegajoso ensopou sua pele. Mas Conan não hesitou; desapareceu em uma curva na trilha, deixando Balthus em pânico ao ver-se sozinho, com aquele grito horrível ainda estremecendo pela floresta em ecos aterradores. Imprimindo uma explosão extra de velocidade, mergulhou atrás do cimério.

O aquiloniano deslizou aos tropeções, quase colidindo com o cimério parado na trilha sobre um corpo amassado. Mas Conan não olhava para o cadáver que jazia no chão empapado de vermelho. Estava observando as matas profundas de ambos os lados da trilha.

Balthus murmurou uma horrível blasfêmia. Era o corpo de um homem que estava no caminho; um homem baixo, gordo, vestindo botas decoradas com fios de ouro e, apesar do calor, usando a túnica de arminho de um rico mercador. Seu rosto rechonchudo e pálido estava paralisado em petrificante horror; a grossa garganta havia sido cortada de orelha a orelha pelo que aparentava ser uma lâmina afiada como uma navalha. A espada curta ainda na bainha parecia indicar que tinha sido atacado sem ter a chance de lutar por sua vida.

— Um picto? — Balthus sussurrou, enquanto virava-se para espreitar as sombras compactas da floresta.

Conan balançou a cabeça e se endireitou para examinar o morto.

— Um demônio da floresta. Este é o quarto, por Crom!

— O que quer dizer?

— Já escutou falar de um mago picto chamado Zogar Sag?

Balthus negou com a cabeça, irrequieto.

— Ele vive em Gwawela, a vila mais próxima depois do rio. Três meses atrás, escondeu-se ao lado desta estrada e roubou de um comboio um grupo de mulas, destinadas ao forte... de alguma forma drogou os condutores. As mulas pertenciam a este homem — Conan casualmente indicou o cadáver com o pé — Tiberias, um mercador de Velitrium. Elas estavam carregadas com barris de cerveja, e o velho Zogar parou para se embebedar antes que cruzasse o rio. Um mateiro chamado Soractus o rastreou e conduziu Valannus e três soldados até onde ele estava deitado, bêbado em uma moita. Por causa das importunações de Tiberias, Valannus jogou Zogar Sag em uma cela, que é o pior insulto que você pode cometer a um picto. Ele deu um jeito de matar o guarda, fugiu e espalhou a notícia de que pretendia matar Tiberias e os quatro homens que o capturaram de uma forma que faria os aquilonianos estremecerem por séculos. Bem, Soractus e os soldados estão mortos. Soractus foi assassinado no rio, os soldados nas próprias sombras do forte, e agora Tiberias está morto. Nenhum picto os matou. Cada vítima, exceto Tiberias, como pode ver, tinha perdido a cabeça... e elas, sem dúvida, agora enfeitam o altar do deus particular de Zogar Sag.

— Como sabe que eles não foram mortos pelos pictos? — Balthus perguntou.

Conan apontou para o cadáver do mercador.

— Acha que isso foi feito com uma faca ou espada? Olhe mais de perto e verá que somente uma *garra* poderia causar um ferimento assim. A carne está rasgada, não cortada.

— Talvez uma pantera... — Balthus começou a dizer, sem convicção.

Conan balançou a cabeça impacientemente.

— Um homem de Tauran não pode confundir a marca das garras de uma pantera. Não... é um demônio da floresta convocado por Zogar Sag para perpetrar sua vingança. Tiberias foi um tolo de ir a Velitrium sozinho, e tão perto do ocaso. Mas cada uma das vítimas parecia acometida pela loucura pouco antes de a desgraça se abater sobre si. Olhe aqui; os sinais são claros o bastante. Tiberias veio cavalgando ao longo da trilha em sua mula, talvez com um feixe de peles de lontra para vender em Velitrium, e a coisa saltou sobre ele por detrás daquele arbusto. Veja onde os galhos estão amassados. Tiberias deu um grito e teve a garganta rasgada. Agora está vendendo suas peles de lontra no Inferno. A mula fugiu para as matas. Ouça! Mesmo agora dá para escutá-la se debatendo sob as árvores. O demônio não teve tempo de pegar a cabeça de Tiberias; ele fugiu à nossa chegada.

— À sua chegada — consertou Balthus. — Não deve ser uma criatura muito terrível, se fugiu de um homem armado. Mas como sabe que não era um picto com algum tipo de gancho que rasga, em vez de cortar? Você a viu?

— Tiberias era um homem que andava armado — grunhiu Conan. — Se Zogar Sag pode trazer demônios para auxiliá-lo, pode dizer a eles qual homem devem matar e qual devem deixar em paz. Não, eu não vi nada. Apenas arbustos balançarem à esquerda da trilha. Mas, se precisa de mais provas, olhe aqui!

O matador havia pisado na poça de sangue sobre a qual o morto estava esparramado. Sob os ramos na beirada do caminho havia uma pegada, feita em sangue no barro duro.

— Um homem fez isso? — Conan perguntou.

Balthus sentiu seu couro cabeludo se arrepiar. Nenhum homem ou qualquer fera que conhecia poderia ter deixado aquela estranha e monstruosa pegada de três dedos, que era curiosamente uma combinação de pássaro e réptil, mas, ao mesmo tempo, nem um tipo nem outro. Ele espalhou os dedos ao longo da impressão, com cuidado para não tocá-la, e grunhiu explosivamente. Sua palma não conseguia cobrir a marca.

— O que é isto? — Sussurrou. — Nunca vi uma fera que deixasse um rastro como esse.

— Nem qualquer homem são — respondeu Conan sinistramente. — É um demônio dos pântanos. Eles são compactos como os morcegos dos pântanos além do Rio Negro. É possível escutá-los uivando como almas condenadas quando o vento sopra forte do sul nas noites quentes.

— O que faremos? — O aquiloniano perguntou, mirando desconfortavelmente as profundas sombras azuladas. O medo congelado nas feições do morto o assustara. Ele se perguntou que imagem hedionda o infeliz havia visto saltar do meio das árvores a ponto de fazer seu sangue gelar com tamanho terror.

— Não adianta tentar seguir um demônio — Conan grunhiu, apanhando uma pequena machadinha do cinturão do morto. — Tentei rastreá-lo após a morte de Soractus. Perdi o rastro em doze passos. Ele pode ter criado asas e voado, ou afundado nas profundezas do Inferno. Não sei. Também não vou atrás da mula. Vou voltar para o forte ou para alguma cabana de colonizadores.

Enquanto falava, Conan se ocupava na beirada da trilha com seu machado. Com alguns poucos golpes, ceifou um par de mudas de nove ou dez pés de comprimento e desnudou-as dos ramos. Depois cortou uma quantidade de vinhas que serpenteavam entre arbustos próximos e, atando uma extremidade a uma das hastes, a poucos pés do final, passou uma vinha sobre a outra, entrelaçando-as para frente e para trás. Em poucos instantes, tinha uma maca bruta, porém forte.

— O demônio não vai pegar a cabeça de Tiberias se eu puder evitar — ele rosnou. — Vamos carregar seu corpo até o forte. Não são mais do que quatro quilômetros. Nunca gostei do tolo, mas não podemos ter demônios pictos fazendo livremente maldições com a cabeça de homens brancos.

Os pictos eram uma raça branca, embora de pele morena, mas os homens das fronteiras nunca se referiam a eles dessa forma.

Balthus segurou a parte de trás da maca, sobre a qual Conan depositou sem cerimônia o desafortunado mercador, e eles seguiram pela trilha o mais rápido possível. O cimério não fez mais barulho carregando o sinistro fardo do que quando não estava sobrecarregado. Ele havia feito um laço com o cinto do mercador em uma extremidade e levava a sua parte da carga com uma mão, enquanto a outra empunhava a espada nua; o olhar incansável examinando as matas escuras ao redor deles. As sombras estavam ficando mais densas. Uma bruma azul borrava os contornos da folhagem. A floresta parecia mais profunda no crepúsculo, tornando-se um assombro azulado de mistério, abrigando coisas inimagináveis.

Eles haviam percorrido mais de um quilômetro, e a musculatura dos braços de Balthus já estava doendo um pouco, quando um grito soou estridente das matas, cujas sombras azuis começavam a mudar para um tom púrpura.

Conan parou convulsivamente, e Balthus quase soltou as hastes da maca.

— Uma mulher! — Berrou o jovem. — Sagrado Mitra, foi um grito de mulher!

— A esposa de um colono perdida nas selvas — rosnou Conan, pondo sua extremidade da maca no chão. — Provavelmente procurando por uma vaca. Fique aqui!

Ele mergulhou na parede de folhas como um lobo caçando. Os pelos de Balthus se eriçaram.

— Ficar aqui junto deste cadáver enquanto um demônio se esconde nas matas? — Ele ganiu. — Eu vou com você!

E, transformando as palavras em ações, seguiu o cimério. Conan deu uma olhadela para trás, mas não fez objeções, embora não moderasse suas passadas para se acomodar às pernas curtas do companheiro. Balthus desperdiçava seu fôlego praguejando, enquanto o cimério tornava a abrir distância dele, como um fantasma entre as árvores. Então, Conan irrompeu em uma clareira e estancou, agachando-se, seus lábios rosnando e a espada erguida.

— Por que paramos? — Balthus indagou, limpando o suor da vista e apertando sua espada curta.

— O grito veio desta clareira ou de perto daqui — respondeu Conan. — Nunca erro a localização de sons, mesmo nas matas. Mas onde...

Súbito, o som eclodiu novamente... *atrás deles,* na direção da trilha que haviam acabado de deixar. Ele cresceu penetrante e agudo, o grito de uma mulher em terror frenético, modificando-se a seguir, de modo chocante, para o som de uma gargalhada zombeteira que poderia ter irrompido dos lábios de um demônio inferior do Inferno.

— O que em nome de Mitra... — O rosto de Balthus era um borrão pálido nas trevas.

Com um praguejo abrasador, Conan deu meia-volta e correu pelo caminho por onde tinham vindo, seguido aos tropeções pelo perplexo aquiloniano. Ele andou cegamente atrás do cimério até que este parou, e ele ricocheteou em seus ombros musculosos como se fossem uma estátua de ferro. Ofegante pelo impacto, escutou a respiração de Conan sibilar por seus dentes. O cimério parecia congelado no lugar.

Olhando por cima de seus ombros, Balthus se arrepiou. Algo estava se movendo em meio aos densos arbustos que franjavam a trilha, algo que não andava ou voava, parecendo deslizar como uma serpente. Mas não era uma serpente. Seus contornos eram indistintos, mas era mais alto do que um homem, e não muito volumoso. Ele emanava um brilho de uma estranha luz, como uma fraca flama azul. De fato, o fogo lúgubre era a única coisa tangível naquilo tudo. Poderia ter sido uma flama encarnada, movendo-se com razão e propósito pelas matas escuras.

Conan rosnou uma maldição selvagem e arremessou seu machado com vontade feroz. Mas a coisa deslizou para frente sem alterar o curso. Na verdade, foram apenas alguns instantes de vislumbre que tiveram dela... uma coisa alta e sombria, de chamas místicas, flutuando entre as moitas. Então, ela se foi, e a floresta caiu em uma quietude ofegante.

O bárbaro rugiu, mergulhando na folhagem que se interpunha, e pegou a trilha. Suas blasfêmias, quando Balthus chafurdou atrás dele, eram lúridas e exaltadas. O cimério estava de pé ao lado da maca onde jazia o corpo de Tiberias. E aquele corpo não possuía mais uma cabeça.

— A coisa nos enganou com seu miado amaldiçoado! — Tresvariou Conan, brandindo furiosamente a espada acima da cabeça. — Eu devia ter percebido! Devia ter adivinhado o truque! Agora haverá cinco cabeças decorando o altar de Zogar.

— Mas o que é essa coisa que pode chorar como uma mulher e rir como um demônio, e brilha como fogo de bruxa enquanto desliza sobre as árvores? — Resfolegou Balthus, enxugando o suor do rosto pálido.

— Um demônio do pântano — Conan respondeu com morosidade. — Segure essas hastes. Vamos levar o corpo mesmo assim. Pelo menos nossa carga está um pouco mais leve.

E, com aquela sinistra filosofia, ele apanhou o laço de couro e seguiu trilha abaixo.

II

O Mago de Gwawela

O Forte Tuscelan ficava na orla ao leste do Rio Negro, cujas águas lavavam os pés da paliçada. Esta era feita de toras, assim como todos os edifícios internos, incluindo a torre principal, para dignificá-la com tal alcunha, onde ficavam os alojamentos do governador, com vista para a paliçada e para o rio soturno. Além do rio, existia uma enorme floresta, com vegetação densa como a de uma selva, próxima às margens porosas. Os homens andavam pelas rampas ao longo do parapeito dia e noite, vigiando a densa muralha verde. Raramente uma figura ameaçadora aparecia, mas as sentinelas sabiam que elas próprias também eram vigiadas, ferozmente, vorazmente, com a impiedade do ódio antigo. A floresta além do rio podia parecer desolada e carente de vida ao olhar do ignorante, mas a vida fervilhava ali; não apenas de pássaros, feras e répteis, como também de homens, o mais perigoso de todos os predadores.

Ali, no forte, a civilização acabava. Ele era o último posto do mundo civilizado; representava a arremetida mais a oeste das raças hiborianas dominantes. Além do rio, o primitivo ainda reinava nas florestas sombrias, em cabanas feitas de sapê, decoradas com crânios sorridentes de homens pendurados, e em recintos com paredes feitas de lama, onde fogueiras brilhavam, tambores ressoavam e lanças eram afiadas por homens escuros e silenciosos, de cabelos negros emaranhados e olhos de serpente. Aqueles olhos com frequência brilhavam nos arbustos de frente para a fortificação, do outro lado do rio. No passado, homens de pele morena construíram suas cabanas onde estava o forte, e elas se estendiam até onde agora ficavam os campos e cabanas dos colonos louros, muito além daquela cidade fronteiriça crua e turbulenta nas margens do Rio do Trovão, Velitrium, até as margens daquele outro rio que delimita as regiões bossonianas. Mercadores vieram, assim como sacerdotes de Mitra, de pés descalços e mãos vazias, e a maioria foi morta de forma horrorosa. Mas, a seguir, vieram os soldados, homens empunhando machados, e mulheres e crianças em vagões puxados por bois. Para além do Rio do Trovão e depois para além do Rio Negro, os aborígenes foram empurrados, sendo mortos e massacrados. Mas o povo de pele negra não se esqueceu de que, certa vez, Conajohara pertencera a eles.

O guarda na parte interna do portão leste berrou um desafio. Através de uma abertura gradeada, luzes de tochas tremulavam, cintilando no capacete de aço e nos olhos desconfiados logo abaixo dele.

— Abra o portão — Conan rosnou. — Está vendo que sou eu, não?

A disciplina militar o deixava num estado irritadiço.

O portão abriu para dentro, e Conan e seu companheiro passaram. Balthus notou que o portão era flanqueado dos dois lados por torres cujo topo era mais alto do que a paliçada. Ele viu aberturas para flechas.

Os guardas grunhiram ao ver o fardo trazido pelos homens. Suas lanças altercaram umas contra as outras quando eles deram impulso para fechar o portão, queixo sobre o ombro, e Conan perguntou de mau humor:

— Nunca viram um corpo sem cabeça?

O rosto dos soldados estava pálido à luz das tochas.

— É Tiberias — proferiu um deles, abruptamente. — Reconheço essa túnica de pele. Valerius aqui me deve cinco lunas. Eu disse a ele que Tiberias tinha escutado o grasnar do mergulhão quando saiu pelo portão em sua mula, com o olhar vítreo. Apostei que voltaria sem a cabeça.

Conan grunhiu enigmaticamente, fez um sinal para que Balthus colocasse a maca no chão e seguiu na direção dos aposentos do governador, com o aquiloniano nos seus calcanhares. O jovem despenteado olhava ao seu redor avidamente e com curiosidade, reparando nas fileiras de cabanas ao longo das muralhas, nos estábulos, nas pequenas barracas de mercadores, na fortificação imponente e nos outros prédios. No pátio quadrado ao centro, onde os soldados treinavam, labaredas agora dançavam e homens de folga descansavam. No momento, esses se apressavam para se juntar à multidão mórbida que se reunia em torno da maca no portão. As figuras esguias dos lanceiros aquilonianos e desbravadores da floresta se misturavam às formas baixas e troncudas dos arqueiros bossonianos.

O cimério não se surpreendeu quando o governador em pessoa os recebeu. A sociedade autocrática, com suas rígidas leis de castas, ficava muitas marchas a leste. Valannus ainda era um homem jovem, bem-vestido, de semblante cinzelado, esculpido em um molde sóbrio devido ao trabalho e à responsabilidade.

— Me disseram que você deixou o forte antes do nascer do sol — ele falou para Conan. — Comecei a temer que os pictos, afinal, o tivessem apanhado.

— Quando defumarem minha cabeça, o rio inteiro saberá — Conan resmungou. — E as mulheres pictas serão ouvidas velando seus mortos até Velitrium. Empreendi uma missão solitária. Não conseguia dormir. Ficava escutando tambores falando do outro lado do rio.

— Eles falam todas as noites — lembrou-se o governador, seus olhos finos enegrecendo, enquanto olhava atentamente para Conan. Havia aprendido a estupidez que era desmerecer os instintos de homens selvagens.

— A noite passada foi diferente — afirmou o cimério. — Tem sido assim desde que Zogar Sag voltou pelo rio.

— Nós deveríamos ter lhe dado presentes e mandado para casa... ou então enforcado — suspirou o governador. — Você avisou, mas...

— Mas é difícil para vocês, hiborianos, aprenderem o modo de ser das fronteiras — Conan afirmou. — Bem, não adianta reclamar agora. Mas não haverá paz na fronteira enquanto Zogar viver e se lembrar da cela onde suou. Eu estava seguindo um guerreiro disposto a colocar mais alguns entalhes em seu arco. Depois de abrir sua cabeça, encontrei este garoto chamado Balthus, que veio de Tauran para ajudar a assegurar a fronteira.

O olhar de Valannus aprovou as feições francas do jovem e sua estrutura forte.

— É um prazer recebê-lo, jovem senhor. Gostaria que mais gente de seu povo viesse. Precisamos de homens habituados à vida na floresta. Muitos de nossos soldados e alguns dos colonos vêm das províncias do leste e nada sabem sobre as matas, ou mesmo sobre a vida de agricultor.

— Não há muitos desse tipo deste lado de Velitrium — disse Conan. — Já aquela cidade está cheia deles. Mas escute, Valannus, encontramos Tiberias morto na trilha.

Em poucas palavras, ele relatou o terrível ocorrido. Valannus empalideceu.

— Não sabia que ele havia deixado o forte. Devia estar louco!

— E estava — respondeu Conan. — Como os outros quatro. Todos, quando sua hora chegou, ficaram malucos e correram para as matas de encontro à morte, como uma lebre que vai para dentro da goela de um píton. *Algo* chamou por eles das profundezas da floresta, algo que os homens chamam de mergulhão, na falta de nome melhor, mas que somente os amaldiçoados são capazes de escutar. Zogar Sag criou uma magia que a civilização aquiloniana não consegue superar.

Valannus não respondeu àquela insinuação; ele limpou a testa com a mão trêmula.

— Os soldados sabem disso?

— Deixamos o corpo no portão leste.

— Você deveria ter ocultado o fato, escondido o cadáver em algum lugar na floresta. Os soldados já estão bastante nervosos.

— Eles o encontrariam de qualquer forma. Se eu tivesse escondido o corpo, ele teria sido devolvido ao forte como o cadáver de Soractus, amarrado do lado de fora do portão, para ser encontrado pela manhã.

Valannus estremeceu. Virou-se, caminhou até uma janela e observou em silêncio além do rio, negro e reluzente sob o brilho das estrelas. Atrás deste, a selva se erguia como uma muralha sinistra. O rugido distante de uma pantera rompeu a quietude. A noite avançava, borrando os sons dos soldados fora da torre, escurecendo as fogueiras. Um vento sussurrou por entre os ramos opacos, formando ondulações na água escura. Em suas asas veio um pulso grave e ritmado, tenebroso como os passos de um leopardo.

— No final das contas — disse Valannus, como se expressasse seus pensamentos em voz alta —, o que nós sabemos... o que qualquer um sabe... sobre as coisas que a selva pode esconder? Temos rumores obscuros de grandes pântanos e rios, e uma floresta que se alonga continuamente por infinitas planícies e colinas para culminar, enfim, nas margens do oceano a oeste. Mas que coisas estão entre este rio e o oceano, nós nem sequer ousamos adivinhar. Nenhum homem branco jamais mergulhou profundamente na densidade e retornou vivo para nos contar o que encontrou. Somos sábios em nosso conhecimento civilizado, mas nosso conhecimento chega só até certo ponto... à orla ocidental daquele antigo rio! Quem sabe que formas, terrenas ou não, podem espreitar além do turvo círculo de luz que nossa sabedoria moldou? Quem sabe quais deuses são adorados entre as sombras daquela floresta pagã, ou quais demônios rastejam para fora do lodo preto dos pântanos? Quem pode ter a certeza de que todos os habitantes daquele sinistro país são naturais? Zogar Sag... um sábio das cidades orientais zombaria de suas magias primitivas como a múmia de um faquir; ainda assim, ele tem levado os homens à loucura e matou cinco dos nossos de uma forma que ninguém pode explicar. Pergunto-me se ele próprio é inteiramente humano.

— Se eu puder chegar a uma distância para atirar meu machado, encerraria a questão — rosnou Conan, servindo-se do vinho do governador e empurrando um copo em direção a Balthus, que o apanhou hesitante e com um olhar incerto voltado para Valannus.

O governador dirigiu-se a Conan e o encarou pensativo:

— Os soldados, que não acreditam em fantasmas ou demônios, estão quase entrando em pânico de tanto medo. Você, que acredita em fantasmas, espíritos, duendes e toda sorte de coisas estranhas, não parece temer nenhuma delas.

— Não há nada no universo que o aço gelado não corte — Conan respondeu. — Atirei meu machado no demônio e ele não se feriu, mas posso ter errado o alvo, pois foi durante o entardecer, ou um galho pode ter defletido seu voo. Não me desvio de meu caminho procurando demônios, mas não sairia do meu caminho para deixar um passar.

Valannus ergueu a cabeça e encontrou o olhar de Conan a encará-lo.

— Conan... isto depende mais de você do que percebe. Você conhece a fraqueza desta província... uma pequena cunha, empurrada para a vastidão selvagem. Sabe que a vida de todos os povos a oeste das marchas depende deste forte. Se ele cair, machados vermelhos fragmentarão os portões de Velitrium antes que um cavaleiro consiga cruzar os territórios. Sua Majestade, ou seus conselheiros, ignoraram meu pedido de mais tropas para guardarem a fronteira. Nada sabem sobre as condições daqui e têm aversão de gastar mais dinheiro nesta direção. O destino da fronteira depende dos homens que cá estão. Você sabe que a maior parte do exército que conquistou Conajohara já se retirou. Sabe que a força deixada é inadequada, ainda mais depois que o demônio Zogar Sag conseguiu envenenar nosso suprimento de água e quarenta homens morreram em um dia. Muitos dos outros estão doentes, ou foram picados por serpentes, ou atacados por bestas selvagens que parecem vagar em números cada vez maiores nos arredores do forte. Os soldados acreditam no ensejo de Zogar de que poderia reunir todas as feras da floresta para acabar com seus inimigos. Tenho trezentos lanceiros, quatrocentos arqueiros bossonianos e talvez cinquenta homens que, como você, são habilidosos na selva. Eles valem dez vezes mais que os soldados, mas são poucos. Francamente, Conan, minha situação está se tornando precária. Soldados falam em deserção; eles estão abatidos, acreditando que Zogar Sag liberou demônios sobre nós. Temem a peste negra que ele usou para nos ameaçar... a terrível morte negra dos pântanos. Quando vejo um soldado doente, suo de temor de vê-lo enegrecer, tremer e morrer diante de meus olhos.

— Conan, se a peste for liberada sobre nós — ele prosseguiu —, soldados vão desertar. A fronteira permanecerá desguarnecida e nada impedirá o movimento das hordas de pele morena para os portões de Velitrium... talvez até além. Se não pudermos manter a fortificação, como eles manterão a cidade? Conan, Zogar Sag tem que morrer, se quisermos assegurar Conajohara. Você já penetrou mais fundo no desconhecido do que todos os homens do forte; sabe onde Gwawela fica, e conhece as trilhas da floresta ao longo do rio. Você levaria um grupo de homens esta noite e faria um esforço para matá-lo ou capturá-lo? Sei que é loucura. Não há uma chance maior do que uma em mil de que qualquer um de vocês retorne com vida. Mas, se não o apanharmos, será a morte para todos. Pode levar quantos homens quiser.

— Doze homens são melhores para um trabalho assim do que um regimento — o bárbaro respondeu. — Quinhentos homens não conseguiriam abrir caminho até Gwawela e voltar, mas uma dúzia pode deslizar para dentro dela e sair. Deixe-me escolher meus homens. Não quero nenhum soldado.

— Deixe-me ir — exclamou ansiosamente Balthus. — Cacei cervos a minha vida inteira em Tauran.

— Tudo bem. Valannus, vamos comer na tenda em que os caçadores se reúnem, e escolherei meus homens. Sairemos daqui a uma hora, desceremos o rio em um bote até um ponto abaixo da vila e penetraremos na mata. Se sobrevivermos, devemos estar de volta ao raiar do dia.

III
Os Rastejadores na Escuridão

O rio era um traço vago entre paredes de ébano. Os remos que impulsionavam o comprido bote que se movia lentamente ao longo da sombra densa da orla leste mergulhavam com suavidade, fazendo tanto barulho quanto o bico de uma garça. Os ombros largos do homem na frente de Balthus estavam azulados na densa escuridão. Ele sabia que nem mesmo os olhos astutos do bárbaro ajoelhado na proa podiam discernir mais do que alguns pés à sua frente. Conan seguia a rota por instinto e pela intensa familiaridade que tinha com o rio.

Ninguém falava. Balthus havia dado uma boa olhadela em seus companheiros no forte antes de eles deslizarem pelas paliçadas até a orla e para dentro da canoa que lhes aguardava. Eram de uma nova casta que crescia no mundo naquela beirada bruta de fronteira; homens cuja necessidade impiedosa ensinara o modo de ser das selvas. Tinham muitos pontos em comum com os aquilonianos das províncias do oeste; vestiam-se da mesma forma, com botas de camurça e calças de couro, camisas de camurça e cinturões largos que sustentavam seus machados e espadas curtas; eram magros, cheios de cicatrizes e de olhares austeros; musculosos e taciturnos.

Eram homens selvagens, de certa forma; contudo, ainda havia uma enorme distância entre eles e o cimério. Eram filhos da civilização revertidos a um quase barbarismo. Ele era um bárbaro que vinha de mil gerações de bárbaros. Eles tinham adquirido discrição e astúcia, mas ele nascera com ambas. Superava-os até mesmo na ágil economia de movimentos. Eles eram lobos, enquanto ele era um tigre.

Balthus admirava tanto os companheiros quanto seu líder, e sentiu um ímpeto de honra por ter sido admitido naquela equipe. Estava orgulhoso por seu remo não fazer mais ruído que os deles. Ao menos naquele tocante, era igual a eles, embora a experiência nas matas adquirida em Tauran jamais pudesse se equiparar àquela estrutura existente na alma dos homens que viviam na selvagem fronteira.

Abaixo do forte, o rio fazia uma curva ampla. As luzes do posto desapareceram rapidamente, mas a canoa seguiu seu caminho por aproximadamente um quilômetro, evitando raízes e troncos flutuantes com incrível precisão.

Então, ante um grunhido grave de seu líder, eles a viraram e deslizaram em direção à margem oposta. Emergir das sombras dos arbustos que margeavam a orla e ganhar a correnteza aberta do rio gerava uma ilusão peculiar de exposição. Mas as estrelas iluminavam pouco, e Balthus sabia que, a não ser que alguém os estivesse vigiando, seria quase impossível até mesmo ao olho mais hábil divisar a forma envolta em sombras da canoa cruzando o rio.

Eles alcançaram os arbustos da margem ocidental e Balthus tateou até encontrar uma raiz se projetando, a qual agarrou. Nenhuma palavra foi dita. Todas as instruções haviam sido dadas previamente, quando os batedores deixaram o forte. Tão silencioso quanto uma grande pantera, Conan desceu pela lateral e desapareceu na mata. Igualmente silenciosos, nove homens o seguiram. Para Balthus, agarrando a raiz com o remo em torno do joelho, parecia incrível que dez homens pudessem desvanecer no emaranhado da floresta sem emitir um som sequer.

Ele se pôs a esperar. O aquiloniano e o homem que ficara consigo permaneceram mudos. Em algum lugar, um quilômetro a noroeste ou algo assim, ficava a vila de Zogar Sag, anelada por selvas densas. Balthus compreendia suas ordens; ele e seu companheiro deveriam esperar pelo retorno da comiti-

va invasora. Se Conan e seus homens não voltassem até o primeiro matiz do alvorecer, deveriam retornar rapidamente pelo rio e reportar que mais uma vez a floresta havia cobrado seu pedágio imemorial da raça conquistadora. O silêncio era opressivo. Nenhum som vinha das matas escuras, invisíveis além das massas negras que eram os arbustos emaranhados. Balthus não escutava mais os tambores. Eles haviam silenciado há horas. Ele ficou piscando, tentando inconscientemente ver através das trevas profundas. O cheiro úmido e frio do rio e da floresta nebulosa o oprimiam. Em algum lugar próximo, escutou um ruído, como se um grande peixe tivesse saltado e respingado água. Balthus pensou que ele devia ter saltado tão próximo da canoa, que tinha acertado a lateral, pois um leve tremor vibrou a embarcação. A popa do barco começou a virar, lentamente se distanciando da margem. O homem atrás dele devia ter soltado da raiz que estava agarrando. Balthus girou a cabeça para sibilar um aviso, e mal podia divisar a figura do companheiro, um volume ligeiramente mais negro na escuridão.

O homem não respondeu. Perguntando-se se ele havia adormecido, Balthus se esticou e tocou seu ombro. Para seu assombro, o homem se desequilibrou ao toque e caiu na canoa. Virando o corpo pela metade, Balthus o apalpou, seu coração querendo sair pela boca. Os dedos desajeitados deslizaram até a garganta do homem e foi só o aperto convulsivo das mandíbulas do jovem que sufocou o grito que emergiu de seus lábios. Seus dedos encontraram uma ferida escancarada e escorrendo; a garganta do companheiro havia sido cortada de orelha a orelha.

Naquele instante de horror e pânico, Balthus congelou; então, um musculoso braço saído das trevas trancou-se ferozmente em torno de seu pescoço, estrangulando o grito. A canoa balançou selvagemente. A faca de Balthus estava em suas mãos, embora não se recordasse de tê-la sacado da bota, e ele estocou furiosamente às cegas. Sentiu a lâmina afundar profundamente, e um berro infernal tocou seus ouvidos; um berro que foi horrivelmente respondido. As trevas pareceram ganhar vida ao seu redor. Um clamor bestial surgiu de todos os lados, e outros braços o agarraram. Estremecida pela massa de corpos em choque, a canoa virou de lado, mas, antes que ele fosse parar debaixo dela, algo acertou sua cabeça e a noite foi brevemente iluminada por uma explosão cegante de fogo, cedendo a seguir lugar às trevas em que nem mesmo as estrelas brilhavam.

IV
As Feras de Zogar Sag

Fogueiras voltaram a ofuscar Balthus quando ele lentamente recobrava os sentidos. Piscou e sacudiu a cabeça. O brilho delas feria seus olhos. Um misto de sons confusos crescia ao seu redor, ficando mais distinto conforme seus sentidos clareavam. Ele ergueu a cabeça e olhou estupidamente ao redor. Figuras negras o acossavam, recortadas contra labaredas de fogo vermelho.

Lembrança e entendimento vieram-lhe num instante. Estava em pé, amarrado a um poste num espaço aberto, cercado por figuras ferozes e terríveis. Além do anel, fogueiras queimavam, cuidadas por mulheres nuas de pele negra. Ele viu cabanas colmadas, feitas de lodo e vime. Atrás delas, uma paliçada com um largo portão. Mas viu tudo isso de forma apenas incidental. Até mesmo as enigmáticas mulheres com seus curiosos penteados foram notadas por ele distraidamente. Toda a sua atenção estava fixa num terrível fascínio pelos homens à frente que o encaravam.

Eram homens baixos de ombros largos, peito profundo e cintura magra. Estavam nus, salvo por panos escassos nos quadris. A luz do fogo realçava seus músculos inchados. Os rostos escuros estavam imóveis, mas os olhos estreitos ardiam com o mesmo fogo que queima nos olhos de um tigre à espreita. As cabeleiras embaraçadas eram presas com fitas cor de cobre. Portavam espadas e machados. Ataduras rudes enfaixavam os membros de alguns, e manchas de sangue estavam secas nas peles. Tinha havido luta, recente e mortal.

Seus olhos se afastaram do olhar constante de seus captores e ele reprimiu um grito de horror. A alguns pés de distância erguia-se uma pirâmide pequena e hedionda, feita de cabeças humanas ensanguentadas. Olhos mortos e vítreos fitavam o céu escuro. Entorpecido, reconheceu as feições dos que estavam virados em sua direção. Eram as cabeças dos homens que haviam seguido Conan pela floresta. Não sabia dizer se o cimério estava entre eles. Somente algumas faces eram visíveis para si. Parecia-lhe haver dez ou onze cabeças, pelo menos. Uma náusea mortal o assolou. Lutou contra o desejo de vomitar. Além das cabeças, os corpos de meia dúzia de pictos estavam estirados, e ele sentiu uma feroz exultação àquela visão. Ao menos os caçadores da floresta haviam cobrado sua taxa.

Desviando o olhar daquele pavoroso espetáculo, percebeu outro poste próximo de si, uma estaca pintada de preto, tal qual aquela em que se encontrava amarrado. Lá estava um homem vergado em suas amarras, nu, exceto pelas calças de couro, a quem Balthus reconheceu como sendo um dos homens de Conan. Sangue pingava de sua boca e escorria lentamente de um corte na lateral. Erguendo a cabeça enquanto lambia os lábios lívidos, ele murmurou, fazendo-se ouvir com dificuldade acima do clamor feroz dos pictos:

— Então, pegaram você também!

— Se esgueiraram pela água e cortaram a garganta do outro homem — rosnou Balthus. — Não os escutamos até que estavam sobre nós. Mitra, como algo pode se mover tão silenciosamente?

— Eles são demônios — resmungou o homem da fronteira. — Deviam estar nos vigiando desde o momento em que saímos da correnteza principal. Fomos direto para uma armadilha. Antes que percebêssemos, flechas vindas de todos os lados caíam sobre nós. A maioria tombou no primeiro ataque. Três ou quatro fugiram para os arbustos e tentaram lutar corpo a corpo, mas eles eram muitos. Conan deve ter escapado. Não vi sua cabeça. Teria sido melhor para nós se eles tivessem nos matado de imediato. Não posso culpar Conan. Deveríamos ter chegado até a vila sem sermos descobertos, pois eles não mantêm espiões nas margens do rio num ponto tão distante como onde atracamos. Há alguma diabrura aqui. Pictos demais. Esses não são todos gwawelis; há homens das tribos do oeste e de outras partes do rio aqui.

Balthus fitou as formas selvagens. Por menos que soubesse sobre o comportamento dos pictos, estava ciente de que o número de homens agrupado ao redor deles não correspondia ao tamanho da vila. Não havia cabanas suficientes para acomodar todos ali. Então, reparou na diferença entre os desenhos tribais bárbaros pintados nos rostos e peitos.

— Algum tipo de artimanha — murmurou o caçador da floresta. — Devem ter se reunido aqui para ver Zogar fazer a sua magia. Ele vai elaborar alguma feitiçaria bizarra com nossas carcaças. Bem, um homem da fronteira não espera morrer na cama, mas gostaria que tivéssemos partido com os demais.

O uivo lupino dos pictos aumentou em volume e exultação, e pelo movimento em suas fileiras, uma afluência ansiosa e uma aglomeração, Balthus deduziu que alguém importante estava vindo. Olhando ao redor, viu que as estacas estavam posicionadas diante de uma grande construção, maior do que as outras cabanas, decorada com cabeças humanas penduradas no beiral. Pela porta daquela estrutura, uma fantástica figura agora dançava.

— Zogar! — Murmurou o mateiro, sua expressão sedenta de sangue emoldurada em linhas ferozes, enquanto tensionava as cordas inconscientemente. Balthus viu uma figura delgada de altura mediana, quase escondida por plumas de avestruz, presas a um traje de couro e cobre, similar a arreios. Do meio das plumas, uma face medonha e malévola espiava. As plumas intrigaram Balthus. Sabia que vinham de um lugar que ficava do outro lado do mundo ao sul. Elas flutuavam e farfalhavam perversamente, enquanto o xamã saltava e pinoteava.

Com galopes e ressaltos fantásticos, ele adentrou o anel e rodopiou diante de seus cativos silenciosos. Se fosse outro homem, aquilo teria parecido ridículo; um selvagem tolo dando saltos sem sentido em um turbilhão de penas. Mas o rosto feroz que espreitava por trás daquela massa ondeante dava à cena um significado terrível. Nenhum homem com uma face como aquela poderia parecer ridículo ou qualquer outra coisa além do demônio que era.

De repente, ele congelou à quietude de uma estátua; as plumas rodaram uma vez e afundaram à sua volta. Os guerreiros pararam de uivar. Zogar Sag permaneceu de pé e estático, e pareceu aumentar de tamanho; crescer e se expandir. Balthus experimentou a ilusão de que o picto se avolumava à sua frente, olhando com desdém de uma enorme altura, embora soubesse que o xamã não era mais alto do que ele próprio. Desvencilhou-se da ilusão com dificuldade.

O feiticeiro estava falando agora, numa entonação bruta e gutural, que carregava em si o sibilo de uma cobra. Ele estocou sua cabeça na direção do prisioneiro ferido na estaca; seus olhos brilharam vermelhos como sangue à luz das fogueiras. O homem da fronteira cuspiu em seu rosto.

Com um uivo feroz, Zogar curvou-se convulsivamente no ar, e os guerreiros emitiram um brado que estremeceu até as estrelas. Arremeteram contra o homem na estaca, mas o xamã fez com que voltassem. Um comando ríspido enviou alguns homens ao portão. Eles o abriram, deram meia-volta e correram para o círculo. O anel de homens se dividiu numa pressa desesperada para direita e esquerda. Balthus viu as mulheres e crianças nuas debandarem para as cabanas, de onde ficaram espiando pelas portas e janelas. Uma ampla raia foi deixada aberta até o portão, além do qual estava a floresta negra, apinhada taciturnamente por trás das luzes inconstantes das fogueiras.

Um silêncio tenso reinou enquanto Zogar Sag virou-se para a floresta, ergueu-se na ponta dos pés e emitiu um chamado inumano que sacudiu a noite. Em algum lugar no denso matagal, um rugido mais profundo respondeu. Balthus estremeceu. Pelo timbre do som, sabia que jamais poderia ter vindo de uma garganta humana. Lembrou-se do que Valannus havia dito, que Zogar afirmava ser capaz de reunir feras sob seu comando. O caçador estava lívido por trás de sua máscara de sangue. Lambia os lábios espasmodicamente.

A vila prendeu o fôlego. Zogar Sag permaneceu parado como uma estátua, as plumas tremendo ligeiramente em torno de si. Súbito, o portão não estava mais vazio.

Um suspiro de medo varreu toda a vila e os homens se amontoaram apressadamente, comprimindo uns aos outros contra as cabanas. Balthus sentiu seus pelos eriçarem no couro cabeludo. A criatura que aparecera no portão era como o pesadelo personificado de uma lenda. Sua cor era um pálido curioso que lhe dava um aspecto espectral e irreal sob a fraca luz. Mas não havia nada de irreal naquela cabeça selvagem que pendia para baixo nem nas grandes presas curvas que brilhavam refletindo as chamas. Com passadas silenciosas, aproximou-se do homem como um fantasma saído do passado. Era um sobrevivente de uma era mais antiga e tenebrosa, um ogro de muitas lendas anciãs, um tigre dentes-de-sabre. Há séculos nenhum caçador hiboriano punha os olhos em uma dessas criaturas primordiais. Mitos imemoriais emprestavam a elas uma qualidade sobrenatural, induzida por sua cor espectral e ferocidade diabólica.

A fera que deslizou até os homens nas estacas era maior e mais pesada do que um tigre listrado comum, e quase tão volumosa quanto um urso. Suas pernas e ombros dianteiros eram tão maciços e poderosamente musculosos que passavam a curiosa impressão de que o tronco era mais pesado, embora seus quadris fossem mais fortes que os de um leão. As mandíbulas eram compactas, mas a cabeça era brutalmente moldada. Sua capacidade cerebral era pequena. Não tinha espaço para instintos que não fossem os de destruição. Era uma aberração do desenvolvimento carnívoro, a evolução furiosa de um horror de presas e garras.

Esta era a monstruosidade que Zogar Sag havia convocado da floresta. Balthus não duvidava mais da verdade por trás da magia do xamã. Somente as artes sinistras poderiam dominar aquele poderoso monstro de cérebro pequeno. No fundo de sua consciência, como se fosse um murmúrio, brotou uma vaga memória do nome de um antigo deus das trevas e do medo primordial, a quem outrora homens e bestas se curvaram e cujos filhos, diziam os homens, ainda espreitavam nos cantos escuros do mundo. Um novo horror tingiu o olhar que ele fixou em Zogar Sag.

O monstro passou pela multidão de corpos e pela pilha de cabeças coaguladas sem demonstrar ter reparado em nenhuma delas. Ele não era um necrófago. Caçava apenas os vivos, numa existência dedicada tão somente à matança. Uma fome terrível queimava em seus olhos verdes, largos e que jamais piscavam; não só a fome de uma barriga vazia, mas a luxúria de lidar com a morte. Suas mandíbulas escancaradas babavam. O xamã deu um passo para trás e sua mão acenou em direção ao caçador.

O grande felino se abaixou para dar o bote e Balthus lembrou-se, trôpego, de histórias sobre sua ferocidade inacreditável, de como saltava sobre um elefante e enfiava tão fundo as presas no crânio do titã, que elas não podiam mais ser removidas, permanecendo cravadas em sua vítima e fazendo-o morrer de fome. O xamã deu um grito estridente e, com um rugido de ferir os tímpanos, o monstro atacou.

Balthus jamais sonhara ver um salto como aquele, um choque de destruição encarnado naquele gigante maciço de afiadas garras de ferro. Ele acertou em cheio o peito do homem, e a estaca curvou-se e partiu na base, batendo no chão sob o impacto. Então, o dentes-de-sabre seguiu para o portão, meio arrastando, meio carregando uma hedionda massa carmesim que só vagamente lembrava um homem. Balthus observou quase paralisado, seu cérebro se recusando a dar crédito ao que havia visto.

Naquele salto, a grande fera não só quebrara a estaca, como também rasgara o corpo mutilado da vítima do poste ao qual estivera atada. Naquele instante, as enormes garras tinham desentranhado e parcialmente desmembrado o homem, e as presas arrancaram o topo de sua cabeça, podando o crânio tão facilmente quanto fizeram com a carne. Tiras de couro cru haviam cedido como papel; onde as tiras tinham aguentado, carne e ossos não o fizeram. Balthus vomitou repentinamente. Ele havia caçado ursos e panteras, mas jamais sonhou que existisse uma fera capaz de causar tamanho dano ao corpo de um homem, num piscar de olhos.

O dentes-de-sabre desapareceu pelo portão e, alguns momentos depois, um profundo rugido ecoou na floresta, desaparecendo ao longe. Mas os pictos ainda se espremiam contra as cabanas, e o xamã continuava olhando para o portão, que era como um portal soturno permitindo a entrada da noite.

Suor frio explodiu subitamente na pele de Balthus. Que nova forma de horror atravessaria o portão para transformar seu corpo em carniça? Um pânico doentio o assaltou e ele lutou futilmente contra suas amarras. A noite oprimia negra e horrível do lado de fora, longe das fogueiras. As próprias chamas em si queimavam lúridas como labaredas do Inferno. Ele sentiu os olhares dos pictos sobre si; centenas de olhos cruéis e famintos que refletiam a lascívia de almas completamente sem humanidade, conforme ele compreendia. Eles não se pareciam mais com homens; eram demônios daquela selva escura, tão inumanos quanto as criaturas para as quais o diabo de plumas flutuantes gritava em meio às trevas.

Zogar enviou outro chamado estarrecedor pela noite; tão singular quanto o anterior. Havia um sinistro sibilo nele, e Balthus gelou com a implicação. Se uma serpente pudesse sibilar naquela altura, tal seria o som que ela produziria.

Desta vez não houve resposta, somente um período de silêncio de tirar o fôlego, em que as batidas do coração de Balthus o estrangularam; então, um açoite pôde ser ouvido do lado de fora do portão, um ruído seco que enviou calafrios pela espinha do homem. Novamente a entrada trazia um medonho ocupante.

Balthus também reconheceu o monstro de lendas antigas. Ele viu e conhecia a maléfica serpente que ali rastejava, a cabeça em forma de cunha, grande como a de um cavalo, tão alta quanto a cabeça de um homem, e o corpo de tambor reluzindo palidamente, propagado atrás de si. Uma língua bifurcada projetava-se para dentro e para fora, e a luz das fogueiras era refletida nas presas aparentes.

O aquiloniano tornou-se incapaz de sentir emoções. O horror de seu destino o paralisou. Aquele era o réptil que os antigos chamavam de Serpente Fantasma, o terror descorado e abominável que desde antigamente invadia as cabanas durante a noite para devorar famílias inteiras. Como o píton, esmagava suas vítimas, mas, diferente de outros constritores, suas presas continham um veneno que levava à loucura e à morte. Também era considerada extinta há muito tempo, mas Valannus dissera a verdade. Nenhum homem branco sabia quais formas assombravam as grandes florestas além do Rio Negro.

Ela veio em silêncio, rastejando, a terrível cabeça no mesmo nível, o pescoço levemente curvado para trás para dar o bote. Balthus encarou com um olhar hipnotizado dentro daquele esôfago repugnante para o qual logo seria engolfado, e não tinha outra sensação, exceto por uma vaga náusea.

Então, algo brilhou à luz das fogueiras e se precipitou das sombras das cabanas, e o grande réptil começou a chicotear em convulsões instantâneas. Como em um sonho, Balthus viu uma lança curta atravessada naquele pescoço poderoso, logo abaixo das mandíbulas escancaradas; o eixo se projetava de um lado, a ponta de aço do outro.

Enrolando-se e atando de forma hedionda, o réptil ensandecido rolou para dentro do círculo de homens que recuava ante sua presença. A lança não despedaçara sua espinha, apenas atravessara os músculos do pescoço. A cauda furiosa deu uma chicotada que ceifou uma dúzia de homens, e as mandíbulas mordiam convulsivamente, espirrando veneno que queimava os demais como fogo líquido. Uivando, amaldiçoando, gritando, em frenesi, eles se dispersaram, derrubando uns aos outros durante a fuga, pisoteando os caídos, irrompendo por entre as cabanas. A cobra gigante rolou para dentro de uma fogueira, arremessando fagulhas e brasas, e a dor a levou a mais esforços frenéticos. A parede de uma cabana ruiu ante o impacto de sua cauda, que parecia um aríete, expelindo as pessoas que gritavam.

Os homens corriam pelas fogueiras, espalhando toras por todos os lados. As chamas saltitaram, e então esmoreceram. Um fraco brilho vermelho era tudo que iluminava aquele pesadelo em que o réptil gigante se sacudia em espasmos, e os homens se arranhavam e tremiam numa evasão frenética.

Balthus sentiu algo sacudir seus punhos e, milagrosamente, estava livre, sendo puxado para trás do poste por uma mão firme. Desorientado, viu Conan e sentiu a pegada de ferro do homem da floresta em seu braço.

Havia sangue na malha do cimério, sangue coagulado na espada que trazia na mão direita; ele parecia opaco e gigantesco naquela luz turva.

— Vamos! Antes que eles superem o pânico!

Balthus sentiu o punho de um machado em sua mão. Zogar Sag havia desaparecido. Conan arrastou Balthus atrás de si até que o cérebro narcotizado do jovem despertasse e suas pernas começassem a se mover em conformidade. Então, o bárbaro soltou-o e correu para dentro do prédio onde os crânios estavam pendurados. Balthus o seguiu. Ele teve o vislumbre de um soturno altar de pedra, vagamente iluminado pelo brilho que vinha de fora; cinco cabeças humanas sorriam sobre o altar, e havia uma familiaridade sinistra nos traços da mais recente; era a cabeça do mercador Tiberias. Atrás do altar havia um ídolo obscuro, indistinto e bestial, embora tivesse breves contornos de um homem. Quando a silhueta repentinamente se moveu com um som estridente de correntes, erguendo os longos braços deformados na penumbra, um novo horror sacudiu Balthus.

A espada de Conan atacou, triturando carne e ossos, e logo o cimério já arrastava Balthus em volta do altar, passando pelo amontoado corpulento e peludo no chão, até uma porta na parte de trás da cabana. Atravessaram-na e novamente saíram ao ar livre, mas a paliçada estava a poucos metros de distância.

Estava escuro atrás da cabana do altar. O estampido enlouquecido dos pictos não os levara naquela direção. No muro, Conan parou, agarrou Balthus e o levantou no ar, na altura do braço estendido, como o teria feito com uma criança. O jovem alcançou as extremidades das toras, assentadas na lama seca pelo sol, e subiu por elas, ignorando os danos que causavam em sua pele. Estendeu a mão para o cimério quando, do canto da cabana, surgiu um picto correndo. Ele parou no lugar, fitando o homem na paliçada sob a luminosidade turva. Conan arremessou seu machado com uma mira mortal, mas a boca do guerreiro já estava aberta para soar o alarme, e este ecoou alto acima do barulho, só sendo abreviado quando ele caiu com o crânio partido.

O terror cego não havia sufocado todos os instintos arraigados. Quando aquele berro selvagem se ergueu acima do clamor, houve um instante de intervalo. A seguir, centenas de gargantas ladraram respostas ferozes, e os guerreiros vieram saltando para repelir o ataque pressagiado pelo alarme.

Conan deu um pulo, agarrou-se não na mão de Balthus, mas em uma parte de seu braço próxima ao ombro, e subiu a paliçada. O aquiloniano cerrou os dentes por causa da tensão, e então o cimério estava no muro ao seu lado, e os fugitivos desceram pela face oposta.

V
Os Filhos de Jhebbal Sag

— Para qual lado fica o rio? — Balthus estava confuso.

— Não vamos nos arriscar a seguir pelo rio agora — grunhiu Conan. — As matas entre a vila e o rio estão infestadas de guerreiros. Venha! Seguiremos na direção que eles menos esperam... oeste!

Olhando para trás enquanto adentravam a mata densa, Balthus contemplou a paliçada pontilhada por cabeças negras que os espreitavam. Os pictos estavam desnorteados. Não tinham chegado ao muro a tempo de ver os fugitivos se abrigarem. Correram para a parede esperando repelir uma força de ataque. Tinham visto o corpo do guerreiro morto, mas não havia inimigo à vista.

Balthus percebeu que ainda não sabiam que seu prisioneiro havia escapado. Por causa de outros sons, ele acreditava que os guerreiros, dirigidos pela voz estridente de Zogar Sag, estavam acabando com a serpente ferida com suas flechas. O monstro estava fora do controle do xamã. Um instante depois, o tom dos gritos mudou. Rugidos de raiva se elevaram na noite.

Conan deu um sorriso sombrio. Conduzia Balthus por uma trilha estreita que ia para oeste, coberta por ramos negros, caminhando com tanta rapidez e segurança quanto se atravessasse uma via pública bem iluminada.

O jovem tropeçava atrás dele, orientando-se pela densa parede que se erguia de ambos os lados.

— Eles estão atrás de nós agora. Zogar descobriu que você se foi e sabe que minha cabeça não estava na pilha diante da cabana do altar. Aquele cão! Se eu tivesse outra lança, teria arremessado nele antes de mirar na cobra. Fique na trilha. Eles não podem nos rastrear à luz de tochas, e há vários caminhos que partem da vila. Vão tomar os que levam ao rio primeiro... farão um cordão de guerreiros por quilômetros ao longo da margem, esperando que nós apareçamos. Não vamos adentrar a floresta até sermos obrigados. Ganharemos tempo nesta trilha. Agora atenha-se a ela e corra como jamais correu.

— Eles superaram seu maldito pânico bem rápido! — Balthus ofegou, imprimindo uma nova explosão de velocidade.

— Faz muito tempo que não temem nada — Conan resmungou.

Por um hiato, nada foi dito entre os dois. Os fugitivos dedicaram toda sua atenção para cobrir a distância. Mergulharam cada vez mais fundo na mata selvagem, ficando mais longe da civilização a cada passo, mas Balthus não questionava a sabedoria de Conan. O cimério, enfim, disse:

— Quando estivermos longe o bastante da aldeia, voltaremos ao rio fazendo uma grande curva. Não há nenhuma outra vila a milhas de Gwawela. Todos os pictos se reúnem naqueles arredores. Daremos uma volta ampla em torno deles. Não conseguirão nos rastrear até o dia nascer. Aí, apanharão nosso rastro, mas, antes que amanheça, sairemos da trilha e seguiremos pela selva.

Seguiram em frente. Os gritos atrás deles morreram. Balthus ofegava entredentes. Sentiu uma dor no flanco, e correr tornou-se uma tortura. Tropeçava contra os arbustos de ambos os lados da trilha. Conan parou repentinamente, voltou-se e olhou o escuro caminho atrás deles.

Em algum lugar a lua surgia, um brilho fraco entre o emaranhado de arbustos.

— Devemos entrar na floresta? — Balthus indagou.

— Dê-me seu machado — Conan murmurou. — Há algo bem próximo atrás de nós.

— Então é melhor sairmos da trilha! — Exclamou Balthus. Conan balançou a cabeça e arrastou seu companheiro até uma moita densa. A lua subiu mais alta, derramando sua débil luz sobre a trilha.

— Não podemos enfrentar a tribo inteira! — Balthus sussurrou.

— Nenhum ser humano poderia ter encontrado nossa trilha tão rapidamente — o bárbaro afirmou. — Fique quieto.

Seguiu-se então um tenso silêncio no qual Balthus sentiu como se seus batimentos pudessem ser ouvidos a quilômetros de distância. Logo, abruptamente, sem qualquer som para anunciar sua vinda, uma cabeça selvagem apareceu no caminho escuro. O coração de Balthus deu um salto até sua garganta; numa primeira olhadela, ele temeu estar encarando a terrível cabeça do dentes-de-sabre. Mas essa era menor, mais estreita; era um leopardo que estava ali, rosnando e olhando trilha abaixo. O vento soprava na direção dos homens amoitados, escondendo seu odor. Um calafrio percorreu a espinha de Balthus. A fera, sem dúvida, os rastreara.

E estava desconfiada. Ergueu a cabeça, os olhos brilhando como bolas de fogo e um rosnado grave em sua garganta. E, naquele instante, Conan arremessou o machado.

Todo o peso do braço e do ombro estava por trás daquele arremesso, e a arma tornou-se um risco prateado na escuridão. Antes de perceber o que havia acontecido, Balthus viu o leopardo rolar no chão em espasmos mortais, o cabo do machado postado reto em sua cabeça. A arma partira seu crânio ao meio.

Conan saiu de trás dos arbustos, tirou o machado e arrastou o cadáver flácido para o meio das árvores, ocultando-o de uma olhadela casual.

— Agora vamos, e depressa! — Ele grunhiu, mostrando o caminho para o sul, longe da trilha. — Haverá guerreiros vindo atrás deste felino. Assim que recuperou o juízo, Zogar o enviou atrás de nós. Os pictos o seguiram, mas ele os deixou para trás. Circulou a vila até apanhar nossa trilha e, então, nos perseguiu como a uma presa. Eles não poderiam acompanhá-lo, mas teriam ideia da nossa posição original. Seguiriam seus rosnados. Bem, isso não vão mais escutar, mas podem encontrar o sangue na trilha e o cadáver escondido no arbusto. Se puderem, vão apanhar nosso rastro ali. Caminhe com cuidado.

Ele evitou, sem esforço, galhos baixos e aglomerações de espinheiros, passando por entre as árvores sem tocar no caule e sempre plantando os pés em lugares calculados para mostrar o mínimo de evidência de sua passagem. Porém, com Balthus, era mais lento e trabalhoso.

Nenhum som vinha de trás deles. Tinham coberto mais de um quilômetro quando Balthus disse:

— Zogar Sag apanha filhotes de leopardo e os treina como cães de caça?

Conan balançou a cabeça.

— Aquele era um leopardo que ele chamou das matas.

— Mas... — Balthus insistiu — ...se ele pode forçar as bestas a cumprirem seus comandos, por que não reúne todas para que venham atrás de nós? A floresta está repleta de leopardos; por que enviar apenas um?

Conan não respondeu por algum tempo, mas quando o fez foi com curiosa reticência.

— Ele não pode comandar todos os animais. Só aqueles que se lembram de Jhebbal Sag.

— Jhebbal Sag? — Balthus repetiu hesitante o nome ancião. Nunca o havia escutado mais do que três ou quatro vezes na vida.

— No passado, todas as criaturas vivas o adoravam. Isso foi há muito tempo, quando feras e homens falavam a mesma língua. Os homens esqueceram-se dele; e até mesmo as feras. São poucas as que se recordam. Homens e feras que se lembram de Jhebbal Sag são irmãos e falam a mesma língua.

Balthus não respondeu; ele tinha sido amarrado a uma estaca picta e visto a selva noturna entregar seus horrores mortais à convocação do xamã.

— Os homens civilizados riem — Conan prosseguiu. — Mas nenhum pode dizer como Zogar Sag consegue chamar pítons, tigres e leopardos da selva e fazer com que o obedeçam. Diriam que tudo não passa de uma grande mentira, se ousassem. Assim é a civilização. Quando não pode explicar algo por meio de sua ciência imatura, recusa-se a acreditar.

O povo de Tauran era mais próximo dos primitivos do que a maioria dos aquilonianos; superstições, com suas fontes perdidas na antiguidade, persistiam. E Balthus vira episódios que ainda faziam sua pele formigar. Não podia refutar a monstruosidade implicada nas palavras de Conan.

— Ouvi falar que existe um antigo arvoredo sagrado para Jhebbal Sag em algum lugar desta floresta — disse Conan. — Não sei. Nunca o vi. Mas sei que há mais feras que se recordam dele neste país do que em qualquer outro lugar.

— Então haverá outras em nosso encalço?

— Já há — foi a resposta inquietante de Conan. — Zogar não deixaria nossa perseguição para uma única fera.

— E o que vamos fazer? — Balthus perguntou ansioso, apertando o machado enquanto olhava para os arcos sombrios acima de si. Sua pele formigava com a expectativa momentânea de garras e presas pulando das trevas.

— Espere!

Conan virou-se, agachou e, com a faca, começou a desenhar um símbolo estranho no chão. Inclinando-se para olhar por cima dos ombros dele, Balthus estremeceu sem saber o motivo. Não havia vento contra seu rosto, mas folhas farfalhavam no alto e um estranho gemido varria os galhos de forma espectral. Conan olhou inescrutável para cima, então se levantou e, austero, encarou o símbolo que desenhara.

— O que é isso? — Balthus murmurou. Parecia arcaico e sem sentido aos seus olhos. Supôs que fosse sua ignorância sobre arte que o impedia de identificar aquele como sendo um desenho convencional de alguma cultura dominante. Mas, ainda que fosse o mais erudito artista do mundo, nem sequer chegaria perto da solução.

— Vi isso esculpido na pedra de uma caverna que nenhum homem havia visitado por um milhão de anos — Conan afirmou. — Nas montanhas desabitadas além do Vilayet, a meio mundo de distância de onde estamos. Depois vi um caçador negro de bruxas desenhá-lo na areia de um rio sem nome. Ele me contou parte do seu significado... é sagrado para Jhebbal Sag e as criaturas que o adoram. Observe!

Eles voltaram para a densa folhagem a alguns metros de distância e esperaram em apreensivo silêncio. A leste tambores falavam e, em algum ponto no norte, outros respondiam. Balthus estremeceu, embora soubesse que longos quilômetros de mata o separavam dos tenebrosos homens que tocavam aqueles tambores, cujo pulsar maçante era a sinistra introdução que preparava o palco para um drama sangrento.

Balthus pegou a si próprio prendendo a respiração. Então, com um leve balançar de folhas, os ramos se abriram e uma magnífica pantera apareceu. A luz da lua, salpicando por entre as folhas, brilhou em sua pelagem grossa, delineando os grandes músculos sob ela.

Com a cabeça baixa, ela foi até eles. Estava farejando seu rastro. Então, fez uma pausa como se congelasse, o focinho quase tocando o símbolo talhado no solo. Por um longo tempo permaneceu agachada, imóvel; estendeu o longo corpo e deitou a cabeça no chão diante da marca. Balthus teve calafrios. Pois a atitude do grande carnívoro era de temor e adoração.

A seguir, a pantera se levantou e retrocedeu cuidadosamente, a barriga quase tocando o chão. Com os quadris largos entre os arbustos, deu meia-volta como se em súbito pânico e desapareceu tal qual um relâmpago.

Balthus limpou a testa com a mão tremendo e olhou para Conan.

Os olhos do bárbaro exibiam um fogo latente que jamais se acendeu nos olhos de homens criados com ideias civilizadas. Naquele instante, ele era inteiramente selvagem, havia se esquecido do companheiro ao seu lado. Em seu olhar ardente, Balthus vislumbrou e vagamente reconheceu imagens imaculadas e memórias meio encarnadas, sombras do alvorecer da vida, esquecidas e repudiadas pelas raças sofisticadas... fantasmas antigos e primitivos, sem nome e inomináveis.

Então as chamas profundas foram mascaradas e Conan mostrou em silêncio o caminho mata adentro.

— Não temos mais nada a temer dessas feras — disse, após um período. — Mas deixamos um sinal para os homens lerem. Não será fácil de seguir nossa trilha e, até que encontrem aquele símbolo, não saberão ao certo que viramos para o sul. Mesmo assim, não será fácil nos farejar sem o auxílio das feras. Só que a selva ao sul da trilha estará infestada de guerreiros nos procurando. Se continuarmos nos movendo após o nascer do sol, certamente encontraremos alguns. Assim que acharmos um bom lugar, vamos nos esconder e esperar até que a noite caia para chegar ao rio. Temos que avisar Valannus, mas não será de utilidade alguma para ele se formos mortos.

— Avisar Valannus?

— Inferno, as matas ao longo do rio estão com um enxame de pictos. Foi por isso que nos pegaram. Zogar está preparando uma guerra com sua magia; não é um mero ataque desta vez. Ele fez algo que não me recordo de picto algum ter feito... uniu mais de cinquenta ou sessenta clãs. Sua feitiçaria fez isso. Eles seguirão um mago... muito mais do que o fariam com um chefe de guerra. Você viu a multidão na vila; e havia centenas escondidos nas margens do rio que você não viu. Outros estão vindo de vilas mais afastadas. Ele terá pelo menos três mil guerreiros. Deitei nos arbustos e os escutei conversando enquanto passavam. Pretendem atacar o forte... quando, eu não sei, mas Zogar não se atreverá a adiar demais. Ele os reuniu e conduziu a um estado de frenesi. Se não os levar à batalha rapidamente, começarão a lutar uns contra os outros. São como tigres loucos por sangue.

— Não sei se podem tomar o forte — ele continuou. — Seja como for, temos que voltar pelo rio e dar o aviso. Os colonos na estrada para Velitrium precisam ir ou para lá ou para o forte. Enquanto os pictos estiverem sitiando o forte, grupos de guerra tomarão a estrada para o leste, talvez até cruzem o Rio do Trovão e ataquem os colonizadores que ficam antes de Velitrium.

Enquanto falava, Conan se aprofundava mais e mais dentro da selva, seguindo na frente. Logo, deu um grunhido de satisfação. Haviam chegado a um ponto onde os ramos eram mais dispersos, e um afloramento de rochas que rumava para o sul se fez visível. Balthus sentiu-se mais seguro quando seguiram por ele. Nem mesmo um picto poderia rastreá-los sobre rocha nua.

— Como você escapou? — Ele questionou.

Conan bateu em sua malha e capacete.

— Se mais pessoas na fronteira usassem armaduras, haveria menos crânios pendurados nos altares das cabanas. Mas a maior parte dos homens é barulhenta vestida de armadura. Eles estavam esperando de ambos os lados do caminho, inertes. E quando um picto fica imóvel, as próprias feras da floresta passam por ele sem vê-lo. Eles nos viram cruzar o rio e assumiram suas posições. Se tivessem armado uma emboscada logo que saímos da embarcação, eu poderia ter percebido, mas estavam à espera e nem sequer uma folha tremia. O próprio Diabo não teria desconfiado de nada. Minha primeira suspeita foi quando escutei uma flecha sendo raspada em um arco ao ser estirado. Abaixei e gritei para os homens fazerem o mesmo, mas eles foram muito lentos, surpreendidos daquela forma. A maioria caiu no primeiro voleio que nos atingiu de ambos os lados. Algumas das flechas cruzaram a trilha e acertaram pictos do lado oposto. Eu escutei seus uivos — ele sorriu de satisfação e prosseguiu:

— Alguns de nós ficaram mergulhados nas matas, próximos deles. Quando vi que os outros tinham sido abatidos ou pegos, fugi e despistei os demônios pintados na escuridão. Estavam todos ao meu redor. Corri, rastejei, me esgueirei e cheguei a me deitar de barriga sob os arbustos enquanto eles passavam de ambos os lados. Tentei chegar até a margem, mas a encontrei ladeada por homens, justamente esperando por isso. Eu teria aberto caminho e arriscado nadar, se não tivesse escutado os tambores rufando na aldeia e soubesse que tinham apanhado alguém com vida. Estavam todos tão embasbacados com a magia de Zogar que fui capaz de escalar o muro atrás da cabana do altar. Um guerreiro deveria permanecer de vigia, mas estava de cócoras atrás da cabana, espiando a cerimônia de um canto. Cheguei por trás dele e quebrei seu pescoço com as mãos antes que percebesse o que estava acontecendo. Eram dele a lança que atirei na cobra e o machado que você carrega.

— Mas o que era aquela... aquela coisa que você matou no altar? — Balthus perguntou, estremecendo ante a lembrança do horror que havia visto.

— Um dos deuses de Zogar. Um dos filhos de Jhebbal que não se lembrava dele e tinha que ser mantido acorrentado no altar. Um macaco-touro. Os pictos acreditam que ele é sagrado para o Peludo que vive na Lua... o deus gorila Gullah.

— Está ficando mais claro. Aqui é um bom lugar para nos escondermos até vermos o quanto seguiram de nosso rastro. Provavelmente teremos que esperar o cair da noite para tentarmos chegar ao rio.

Uma pequena colina se erguia, anelada e coberta por árvores e moitas. Próximo ao topo, Conan se esgueirou até um conjunto de pedras salientes, coroado por densos arbustos. Deitados ali, eles conseguiam ver a selva abaixo sem serem vistos. Era um bom lugar para se esconder e defender. Balthus acreditava que nem mesmo um picto conseguiria rastreá-los por aqueles cinco ou seis quilômetros de solo rochoso, porém, temia as feras que obedeciam Zogar Sag. Sua fé naquele curioso símbolo havia enfraquecido um pouco agora. Mas Conan dispensara a possibilidade de terem sido rastreados pelos animais.

Uma brancura espectral se espalhava através dos galhos densos; os trechos visíveis do céu alteravam seu matiz de rosa para azul. Balthus sentiu a fome corroê-lo, apesar de ter abrandado sua sede em um riacho que tinham contornado. O silêncio era completo, exceto pelo canto ocasional de um pássaro. Os tambores não podiam mais ser ouvidos. Os pensamentos de Balthus voltaram-se para a terrível cena diante da cabana do altar.

— Aquelas eram plumas de avestruz que Zogar Sag usava — disse. — Eu as vi em elmos de cavaleiros que cavalgaram do Oriente para visitar os barões nas marchas. Não há avestruzes nesta floresta, há?

— Elas vieram de Kush — Conan respondeu. — O litoral fica a oeste daqui, a muitas marchas. Navios da Zíngara ocasionalmente vêm e comercializam armas, vinhos e ornamentos com as tribos costeiras em troca de peles, cobre e ouro. Às vezes, trocam plumas de avestruzes adquiridas dos stygios que, por sua vez, as obtêm com as tribos negras de Kush, que ficam ao sul da Stygia. Os pictos são muito propensos a tentar apreender um navio. E a costa é perigosa para embarcações. Velejei ao longo dela quando fui um pirata das Ilhas Barachas, que ficam a oeste da Zíngara.

Balthus olhou com admiração para o companheiro.

— Sabia que não tinha passado a vida nesta fronteira. Você mencionou diversos lugares distantes. Já viajou bastante?

— Eu fui longe; mais longe do que qualquer outro homem de minha raça. Vi todas as grandes cidades dos hiborianos, shemitas, stygios e hirkanianos. Atravessei países desconhecidos ao sul dos reinos negros de Kush e a leste do Vilayet. Fui mercenário, capitão, corsário, kozaki, um vagabundo sem um centavo, general... Inferno, já fui de tudo, exceto rei de um país civilizado, e ainda o serei antes de morrer — a fantasia o agradou e ele abriu um largo sorriso. Então encolheu os ombros e estendeu sua poderosa figura por sobre as rochas. — Esta é uma vida tão boa quanto qualquer outra. Não sei quanto tempo ficarei na fronteira; uma semana, um mês, um ano. Tenho um pé errante. Mas é tão bom aqui quanto em qualquer outro lugar.

Balthus se posicionou para observar a floresta abaixo. Por um momento esperou ver ferozes rostos pintados apontando para fora das folhas. Mas, conforme as horas passavam, nenhum passo furtivo perturbava o silêncio. Ele acreditava que os pictos tinham perdido o rastro e desistido da caçada. Conan ficava impaciente.

— Deveríamos ter avistado grupos vasculhando as matas atrás de nós. Se desistiram da perseguição é porque estão atrás de algo maior. Pode ser que estejam se reunindo para cruzar o rio e acossar o forte.

— Eles viriam tão longe ao sul, caso tivessem perdido nosso rastro?

— Eles perderam o rastro, com certeza. Do contrário, já estariam sobre nossos pescoços. Em circunstâncias normais, varreriam estas matas por quilômetros em todas as direções. Alguns deles deveriam ter passado por esta colina. Devem estar se preparando para cruzar o rio. Vamos ter que nos arriscar e tentar chegar lá.

Ao descer as rochas, Balthus sentiu a pele se arrepiar entre os ombros, esperando por um instante que uma explosão fulminante de flechas saísse das massas verdes sobre eles. Temia que os pictos os tivessem descoberto e preparado uma emboscada. Mas Conan estava convencido de que não havia inimigos por perto, e ele estava certo.

— Estamos quilômetros ao sul da vila — grunhiu. — Temos que seguir direto até o rio. Não sei o quanto se espalharam rio abaixo. Só podemos torcer para alcançá-los fora da linha de alcance deles.

Com uma pressa que pareceu negligência para Balthus, eles foram para o leste. As matas pareciam despidas de vida. Conan acreditava que todos os pictos se reuniriam nas cercanias de Gwawela se, de fato, ainda não tivessem cruzado o rio. Contudo, não acreditava que o fariam durante o dia.

— É certeza que algum caçador os veria e daria o alarme. Eles vão cruzar abaixo e acima do forte, fora da vista das sentinelas. Então, outros entrarão nas canoas e seguirão diretamente para a murada do rio. Assim que atacarem, os que estiverem escondidos nas matas na orla leste vão assaltar o forte de ambos os lados. Eles já tentaram isso e tiveram as tripas arrancadas, mas, desta vez, têm homens suficientes para causar um verdadeiro estrago.

Seguiram em frente sem parar, embora Balthus olhasse avidamente para os esquilos que passavam serelepes pelos galhos, os quais ele poderia ter derrubado com um movimento de seu machado. Com um suspiro, deixou-o em seu cinturão. O silêncio eterno e a penumbra da primitiva floresta estavam começando a oprimi-lo. Pensou nos pomares abertos e prados ensolarados de Tauran, na alegria franca da casa de telhado de palha e vidros diamantinos de seu pai, nas vacas gordas vagando pela grama alta e suculenta, e na verdadeira camaradagem de lavradores e pastores musculosos e desarmados.

Apesar da companhia, sentiu-se solitário. Conan era tão parte daquela imensidão quanto Balthus era estranho a ela. O cimério podia ter passado anos entre as grandes cidades do mundo; podia ter caminhado com os soberanos da civilização; podia até mesmo realizar seu capricho selvagem algum dia e reinar sobre uma nação civilizada; coisas mais estranhas já haviam acontecido. Mas não era menos bárbaro por causa disso. Preocupava-se apenas com os fundamentos básicos da vida. As intimidades aconchegantes das pequenas coisas, os sentimentos e deliciosas trivialidades que compunham uma parte tão grande da vida dos homens civilizados, não faziam sentido para ele. Um lobo não é menos lobo porque um capricho circunstancial o tenha feito correr entre um grupo de cães de caça. Derramar sangue, violência e selvageria eram os elementos naturais da vida que Conan conhecia; ele jamais entenderia as pequenas coisas que são caras aos homens e mulheres civilizados.

As sombras estavam se estendendo quando chegaram ao rio e espiaram por detrás de arbustos que os mascaravam. Podiam ver um quilômetro acima e abaixo dele. A soturna correnteza jazia nua e vazia. Conan esquadrinhou a margem oposta.

— Vamos ter que nos arriscar. Temos que atravessar o rio a nado. Não sabemos se vão cruzá-lo ou não. As matas do outro lado podem estar apinhadas deles, mas precisamos tentar. Estamos a aproximadamente oito quilômetros de Gwawela.

Ele se virou e abaixou quando a corda de um arco vibrou. Algo semelhante a um raio branco de luz riscou por entre os arbustos. Balthus sabia que se tratava de uma flecha. Então, com a ferocidade de um tigre, Conan investiu contra a folhagem. Balthus viu de relance o brilho do aço enquanto ele brandia a espada e escutou um grito agonizante. No instante seguinte, irrompeu para dentro da mata atrás do cimério.

Um picto com o crânio partido estava caído de cara no chão, os dedos apertando espasmodicamente a grama. Meia dúzia de outros cercava Conan, machados e espadas erguidos. Eles tinham largado os arcos, inúteis naquela distância mortal. Suas arcadas inferiores estavam pintadas de branco, contrastando vividamente com os rostos escuros, e os desenhos dos peitos musculosos diferiam de qualquer um que Balthus já havia visto.

Um deles arremessou o machado em Balthus e investiu com uma faca erguida. Balthus esquivou-se e segurou o punho que conduzia a lâmina triscando sua garganta. Eles caíram juntos no chão, rolando repetidamente. O picto era uma fera selvagem, sua musculatura rígida como cordas de aço.

Balthus lutava para manter a pegada no punho do homem e trazer seu próprio machado para o jogo, mas a luta foi tão rápida e furiosa que cada tentativa de atacar foi bloqueada. O picto se debatia furiosamente para libertar a mão da faca, tentava apanhar o machado de Balthus e dava joelhadas na virilha do rapaz. Súbito, ele tentou trocar a lâmina para a mão livre e, num instante, Balthus se libertou com uma joelhada e partiu a cabeça pintada com um golpe desesperado do machado.

Ele se levantou e olhou amplamente ao redor, procurando o companheiro, esperando vê-lo superado pelos números. Foi quando percebeu a força e ferocidade plenas do cimério. Conan transpôs dois de seus atacantes, cortando-os ao meio com aquela terrível espada larga. Balthus viu o bárbaro defender a estocada de uma lâmina e evitar com agilidade felina o golpe de um machado com um movimento lateral, o qual deixou um selvagem que se inclinava para fazer uma esquiva dentro do alcance de seus braços. Antes que o picto pudesse se endireitar, a espada vermelha moveu-se para baixo e o cortou do ombro ao externo medial, onde emperrou. Os guerreiros remanescentes investiram, um de cada lado. Balthus arremessou seu machado com uma precisão que reduziu os atacantes a um, e Conan, abandonando seus esforços de soltar a espada, virou-se para encarar o picto restante de mãos vazias. O atarracado guerreiro, uma cabeça mais baixo que seu inimigo, saltou, golpeando com o machado e desferindo simultaneamente uma punhalada fatal com sua faca. A lâmina quebrou-se contra a malha do cimério e o machado foi interrompido em pleno voo quando os dedos de Conan se fecharam como ferro no braço que descia. Um osso estalou alto, e Balthus viu o picto estremecer e vacilar. No instante seguinte, ele foi arrancado do chão e erguido acima da cabeça do cimério; contorceu-se no ar por um instante, chutando e debatendo-se, e então foi arremessado no chão de cabeça com tamanha força que quicou antes de ficar inerte; a postura flácida indicando que os membros estavam partidos e a espinha quebrada.

— Vamos! — Conan liberou sua espada e apanhou um machado. — Pegue um arco, um punhado de flechas e se apresse! Temos que confiar em nossos calcanhares novamente. Aquele berro foi ouvido. Estarão aqui em pouco tempo. Se tentássemos nadar agora, eles nos alvejariam com suas flechas antes que chegássemos na metade da correnteza!

VI
Machados Vermelhos da Fronteira

Conan não se aprofundou demais na floresta. A algumas centenas de metros do rio, mudou seu curso enviesado e correu paralelo a ele. Balthus reconheceu uma determinação severa para não se afastarem demais do rio que teriam que cruzar se quisessem avisar os homens no forte. Atrás deles, escutaram os gritos dos seus perseguidores. O aquiloniano acreditava que os pictos haviam chegado à clareira onde os corpos jaziam mutilados. Então, outros rugidos pareciam indicar que os selvagens estavam se embrenhando nas matas em perseguição. A dupla havia deixado uma trilha que qualquer picto seguiria.

Conan aumentou a velocidade, e Balthus apertou firme os dentes e manteve-se nos calcanhares dele, apesar de sentir que, a qualquer instante, poderia desmaiar. Parecia fazer séculos desde a última vez que tinha comido. Manteve-se em movimento mais por força de vontade do que por qualquer outra coisa. Seu sangue corria tão furiosamente nos seus tímpanos que nem ao menos percebeu os gritos morrerem atrás de si.

Conan deteve-se de repente. Balthus se inclinou contra uma árvore e ofegou.

— Eles desistiram — o bárbaro grunhiu, carrancudo.

— Estão... nos... espreitando! — Balthus disse, sem fôlego.

Conan meneou a cabeça.

— Uma caçada curta como essa... eles berrariam a cada passo do caminho. Não. Eles voltaram. Pensei ter escutado alguém gritando atrás deles alguns segundos antes de o barulho começar a diminuir. Foram mandados de volta. O que é bom para nós, mas péssimo para os homens na fortificação. Significa que os guerreiros estão sendo reunidos na selva para o ataque. Os guerreiros com quem topamos eram de uma tribo da parte baixa do rio. Estavam, sem dúvida, indo para Gwawela para juntarem-se ao ataque contra o forte. Maldição, estamos mais longe do que nunca agora. *Temos* que cruzar o rio.

Virando para o leste, ele passou apressadamente pelo matagal sem qualquer tentativa de se ocultar. Balthus foi atrás, pela primeira vez sentindo pontadas de laceração no peito e no ombro, onde os dentes selvagens do picto o haviam ferido. Estava passando pelos densos arbustos que se articulavam à margem quando Conan o puxou para trás. Então, escutou um borrifo de água ritmado e, espiando pelas folhagens, viu uma canoa subindo o rio, seu único ocupante remando firme contra a correnteza. Era um picto forte, com uma pena branca de garça-real enfiada em uma tira cor de cobre que atava sua juba quadrada.

— É um homem de Gwawela — murmurou Conan. — Emissário de Zogar. A pluma branca mostra isso. Ele levou um aviso de paz às tribos por todo o rio e agora retorna para ocupar seu posto na matança.

O embaixador solitário estava quase paralelo ao local onde se escondiam e, de repente, Balthus quase pulou para fora da própria pele. Os guturais ásperos de um picto haviam soado em seus ouvidos. Então percebeu que era Conan quem havia chamado o remador na língua dele. O homem parou, esquadrinhou os arbustos e disse algo em resposta, então lançou um olhar assustado sobre o rio, curvou-se e enviou a canoa direto para a margem ocidental. Sem entender, Balthus viu Conan tirar de sua mão o arco que havia apanhado na clareira e encaixar uma flecha.

O picto conduziu a canoa até próximo da margem e, olhando para os arbustos, disse alguma coisa. A resolução veio na vibração da corda do arco e no voo reto da flecha, que afundou até as penas em sua testa larga. Com uma arfada sufocada, ele caiu para o lado e rolou para a água rasa. Num instante, Conan desceu da margem e pulou na água para agarrar a canoa à deriva. Balthus o seguiu até a canoa, um pouco atordoado. Conan subiu, apanhou o remo e enviou a embarcação rapidamente em direção à margem oriental. Balthus notou com admiração invejosa o movimento da musculatura poderosa sob a pele bronzeada. O cimério parecia um homem feito de ferro, que não sabia o que era fadiga.

— O que você disse ao picto? — Perguntou.

— Disse para ele encostar; falei que tinha um batedor da floresta na beirada oposta que estava tentando mirar nele.

— Isso não me parece justo — Balthus contestou. — Ele pensou que fosse um amigo falando. Você imitou um picto com perfeição...

— Precisamos do bote — grunhiu Conan, sem pausar seus esforços. — Era a única forma de atraí-lo à orla. O que é pior... trair um picto que adoraria nos despelar vivos ou trair os homens do outro lado do rio, cujas vidas dependem da nossa chegada?

Balthus ponderou sobre aquela delicada questão ética por um momento, depois deu de ombros e perguntou:

— A que distância estamos do forte?

Conan apontou para um afluente que desembocava do leste no Rio Negro, algumas centenas de metros à frente deles.

— Aquele é o Afluente do Sul; sua nascente fica a quinze quilômetros do forte. É a fronteira sul de Conajohara. Há quilômetros de pântanos ao sul dele. Não há perigo de uma invasão vinda de lá. Treze quilômetros acima do forte, o Afluente do Norte constitui a outra fronteira. Há pântanos além daquele ponto também. Por isso, um ataque terá que vir do oeste, pelo Rio Negro. Conajohara é como uma lança, com uma ponta de trinta quilômetros de largura enfiada dentro da imensidão picta.

— Por que não ficamos na canoa e vamos pela água?

— Porque, considerando a correnteza que teremos de enfrentar e as curvas do rio, iremos mais rápido a pé. Fora isso, lembre que Gwawela fica ao sul do forte; se os pictos estiverem cruzando o rio, daremos de cara com eles.

O crepúsculo estava chegando quando pisaram na orla oriental. Sem pausa, Conan rumou para o norte, num ritmo que fez as pernas tenazes de Balthus doerem.

— Valannus queria um forte construído nas bocas dos afluentes norte e sul — grunhiu o cimério. — Assim, o rio poderia ser patrulhado constantemente. Mas o governador não faria isso. Aqueles imbecis de barriga flácida, sentados em almofadas de veludo com garotas peladas de joelhos lhes dando vinho gelado... Conheço essa raça. Eles não conseguem ver além das paredes de seu palácio. Diplomacia... Inferno! Eles lutariam contra os pictos com teorias de expansão territorial. Valannus e homens como ele têm que obedecer às ordens de um grupo de tolos miseráveis. Jamais obterão mais terras pictas, não mais do que reconstruirão Venarium. Vai chegar a hora em que verão os bárbaros infestando as muralhas das cidades ao leste!

Uma semana antes, Balthus teria dado risada diante daquela disparatada sugestão. Agora, não respondeu. Tinha visto a ferocidade inconquistável dos homens que viviam além das fronteiras.

Estremeceu, lançando olhares para o taciturno rio, só visível através dos arbustos nos arcos das árvores que se amontoavam próximo às margens. Continuava imaginando que os pictos poderiam ter cruzado o rio e estariam preparando uma emboscada entre eles e a fortaleza. Escurecia rapidamente.

Um leve som adiante fez seu coração disparar, e a espada de Conan reluziu no ar. Ele a abaixou quando um cão, um grande animal magro e com cicatrizes, saiu dos arbustos e ficou encarando a dupla.

— Esse cão pertencia a um colono que tentou construir sua cabana à beira do rio, alguns quilômetros ao sul do forte — rosnou Conan. — Os pictos se esgueiraram e o mataram, claro, e queimaram sua cabana. Encontramos o corpo entre as brasas, e o cão deitado desmaiado entre três pictos que havia matado. Ele quase foi feito em pedaços. Nós o levamos ao forte e cuidamos de suas feridas, mas, após se recuperar, ele retornou às matas e tornou-se selvagem. E aí, Matador... está caçando os homens que acabaram com seu dono?

A cabeça enorme pendeu de um lado para o outro e os olhos brilharam verdejantes. Ele não rosnou nem latiu. Silencioso como um fantasma, deslizou para trás deles.

— Deixe-o vir — Conan murmurou. — Ele pode farejar os demônios antes que os vejamos.

Balthus sorriu e estendeu a mão para acariciar a cabeça do animal. Os lábios se retraíram involuntariamente para exibir as presas reluzentes; então a grande fera inclinou a cabeça timidamente, e seu rabo moveu-se com incerteza irregular, como se seu dono quase tivesse se esquecido do sentimento de amizade. Balthus mentalmente comparou aquele grande corpo magro com os cães gordos e elegantes caindo vorazmente uns sobre os outros no canil do jardim de seu pai. Ele suspirou. A fronteira não era menos cruel para animais do que era para homens. Aquele cão havia praticamente esquecido o significado de gentileza e afabilidade.

Matador deslizou à frente, e Conan deixou que ele tomasse a liderança. A última tintura do crepúsculo havia desaparecido nas trevas. Os quilômetros eram deixados para trás ante os pés firmes. Matador parecia não ter voz. De repente, parou tenso, as orelhas erguidas. Um instante depois, os homens escutaram uma gritaria demoníaca rio acima, débil como um suspiro.

Conan praguejou como louco.

— Eles atacaram o forte! Chegamos tarde demais! Vamos!

Ele acelerou o passo, confiando no cão para rastrear emboscadas à frente. Em uma torrente de tensa excitação, Balthus se esqueceu da fome e do cansaço. Os gritos ficavam mais altos conforme avançavam e, acima do alarido infernal, podiam escutar as vozes graves dos soldados. Tal qual Balthus temia, eles iriam direto contra os selvagens que pareciam uivar adiante. Conan se afastou do rio em um amplo semicírculo que os levou até uma baixa colina da qual podiam olhar por cima da floresta. Viram o forte, iluminado por tochas enfiadas nos parapeitos das longas estacas. Elas lançavam uma luminosidade incerta sobre a clareira e, naquela luz, eles viram multidões de figuras nuas e pintadas ao longo dos limites dela. O rio estava repleto de canoas. Os pictos haviam cercado completamente o forte.

Uma chuva incessante de flechas vinda da floresta e do rio caía contra a paliçada. A forte vibração das cordas dos arcos era mais alta que os uivos. Como lobos, várias centenas de guerreiros nus empunhando machados saíram de baixo das árvores e investiram contra o portão leste. Estavam a cento e cinquenta metros de seu objetivo quando uma intimidadora explosão de flechas vinda do forte espalhou cadáveres pelo chão e fez com que os sobreviventes voltassem correndo para o arvoredo. Os homens nas canoas conduziram suas embarcações até a margem do rio e foram recebidos por outra chuva de virotes e uma saraivada de pequenas balistas, que ficavam nas torres daquele lado da paliçada. Pedras e toras rodopiaram pelo ar e estilhaçaram e afundaram meia dúzia de canoas, matando seus ocupantes, enquanto os outros botes saíam do seu alcance. Um grande clamor de triunfo elevou-se de dentro do forte, respondido por uivos bestiais de todos os lados.

— Devemos tentar passar? — Balthus perguntou, tremendo de ansiedade.

Conan balançou a cabeça. Permaneceu de braços cruzados, a cabeça levemente inclinada, uma figura sombria e meditativa.

— O forte está condenado. Os pictos estão sedentos de sangue e não vão parar até que todos estejam mortos. E seu número é muito grande para os homens do forte matarem todos. Não conseguiríamos passar pela linha e, se conseguíssemos, não poderíamos fazer nada além de morrer com Valannus.

— Não há nada que possamos fazer para salvar nossas próprias peles, então?

— Sim. Temos que avisar os colonos. Você sabe por que os pictos não estão tentando queimar o forte com flechas incendiárias? Porque não querem que as chamas avisem as pessoas que estão a leste. Eles planejam acabar com o forte e depois ir para o leste, antes que qualquer um saiba da sua queda. Podem inclusive cruzar o Rio do Trovão e tomar Velitrium antes que as pessoas percebam o que está ocorrendo. No mínimo, vão destruir todas as coisas vivas entre o forte e o Rio do Trovão.

— Falhamos em avisar o forte e percebo agora que não teria adiantado nada se tivéssemos conseguido. O forte não tem tropas suficientes. Mais alguns ataques e os pictos estarão nas muradas e rompendo os portões. Mas podemos avisar os colonos. Vamos! Estamos fora do círculo que os pictos demarcaram em torno do forte. Vamos nos manter assim.

Eles contornaram em um largo arco, escutando o volume dos gritos aumentar e diminuir, marcando cada ataque e rechaço. Os homens no forte estavam mantendo sua posição, mas a selvageria nos gritos dos pictos não diminuía. Eles vibravam com um timbre que assegurava a vitória final.

Antes de Balthus perceber que eles estavam prestes a conseguir seu intento, o trio desembocou em uma estrada que levava para o leste.

— Agora, corra! — Conan bradou. Balthus cerrou os dentes. Eram trinta quilômetros até Velitrium, uns bons oito até a Enseada do Escalpo, além da qual começavam as colônias. Parecia ao aquiloniano que eles estavam lutando e correndo há séculos. Mas a excitação nervosa que revolvia seu sangue o estimulava a esforços hercúleos.

Matador correu à frente deles, a cabeça próxima ao chão rosnando grave, o primeiro som que eles escutaram dele.

— Pictos adiante! — Conan afirmou, abaixando-se em um joelho e examinando o chão à luz das estrelas. Ele balançou a cabeça, confuso. — Não posso dizer quantos. É provável que seja só um pequeno grupo. Alguns que não conseguiram esperar a tomada do forte. Vieram na frente para assassinar os colonos em suas camas! Venha!

Eles logo avistaram mais à frente uma pequena chama entre as árvores, e escutaram um feroz e selvagem cântico. A trilha fazia uma curva ali e, ao sair dela, eles cortaram por entre os arbustos. Poucos instantes depois, depararam-se com uma visão hedionda. Um carro de boi na estrada carregando uma pilha de parcos utensílios domésticos; ele ardia em chamas; os bois estavam ali perto, com as gargantas cortadas. Um homem e uma mulher jaziam na estrada, nus e mutilados. Cinco pictos dançavam ao redor deles com saltos e pulos fantásticos, erguendo machados ensanguentados; um deles balançava o vestido da mulher manchado de vermelho.

Diante da visão, uma névoa escarlate envolveu Balthus. Erguendo o arco, alinhou a figura que fazia cabriolas, um vulto negro contra o fogo, e disparou. O assassino saltou convulsivamente e caiu morto com uma flecha atravessada no coração. Então os dois homens brancos e o cão estavam sobre os assustados sobreviventes. Conan era animado meramente pelo espírito de combate e por um antigo, muito antigo, ódio racial, mas Balthus estava incendiado pela ira.

Foi de encontro ao primeiro picto que se interpunha a ele com uma violenta pancada que dividiu o crânio pintado, e saltou por sobre o seu corpo caído para pelejar com os demais. Mas Conan já havia matado um dos dois homens que havia escolhido, e o pulo do aquiloniano foi um segundo atrasado. O guerreiro caía com a longa espada atravessando-o no instante em que o machado de Balthus era erguido. Voltando-se para o picto remanescente, Balthus viu Matador sobre sua vítima, as grandes mandíbulas gotejando sangue.

Nada disse ao olhar para as formas deploráveis na estrada ao lado da carroça em chamas. Ambas eram jovens, a mulher pouco mais do que uma garota. Por algum capricho do destino, os pictos haviam deixado o rosto dela incólume, e mesmo na agonia de uma morte horrível, ele era belo. Mas seu corpo macio havia sido terrivelmente lacerado por diversas facadas. Uma bruma enevoou os olhos de Balthus e ele engoliu em seco. A tragédia o superou momentaneamente. Sentiu vontade de cair no chão, chorar e golpear a terra.

— Um casal jovem vindo da cidade — Conan disse, enquanto limpava a espada sem emoção. — Estavam indo para o forte quando os pictos os encontraram. Talvez o garoto fosse entrar para o serviço militar; talvez fossem buscar terras à beira do rio. Bem, isso é o que acontecerá com todos os homens, mulheres e crianças deste lado do Rio do Trovão se não chegarmos rapidamente a Velitrium.

Os joelhos de Balthus tremiam enquanto seguia Conan, mas não havia sinal de fraqueza nas longas passadas do cimério. Existia afinidade entre ele e o grande bruto que corria ao seu lado. Matador não rosnava mais com a cabeça apontada para a trilha. O caminho diante deles estava desobstruído. A gritaria no rio mal chegava até eles, mas Balthus acreditava que o forte seguia aguentando. Conan parou repentinamente, com um praguejo.

Mostrou a Balthus uma trilha que levava na direção norte da estrada. Era uma trilha antiga, parcialmente tomada por joviais gramíneas, as quais tinham sido recentemente quebradas. Balthus percebeu o fato mais por ins-

tinto do que por visão, embora Conan parecesse enxergar no escuro como um gato. O cimério mostrou onde rastros largos de vagões se desligavam da trilha principal, profundamente recortados nos húmus da floresta.

— Colonos indo para as salinas — disse. — Elas ficam na beira do brejo, a quinze quilômetros daqui. Maldição! Eles serão retalhados e massacrados até o último homem! Ouça! Um de nós pode ir avisar as pessoas na estrada. Vá em frente, acorde-os e leve-os para Velitrium. Eu vou até os homens nas salinas. Estarão acampados próximos aos pântanos. Não iremos retornar pela estrada. Seguiremos reto através das matas.

Sem mais nenhum comentário, Conan saiu da trilha e seguiu pelo caminho turvo, e Balthus, após observá-lo por alguns momentos, continuou ao longo da estrada. O cão ficara com ele e seguiu suavemente seus passos. Quando já tinha cruzado algumas dezenas de metros, escutou o animal rosnar. Virando-se, examinou a trilha por onde viera e assustou-se ao ver um brilho vil e espectral desaparecer dentro da floresta na direção que Conan havia tomado. Matador ribombou profundamente em sua garganta, o corpo rígido e os olhos como duas bolas de fogo verde. Balthus lembrou-se da sombria aparição que havia arrancado a cabeça do mercador Tiberias não muito longe dali e hesitou. A coisa devia estar seguindo Conan. Mas o gigantesco cimério havia demonstrado repetidamente sua habilidade em tomar conta de si próprio, e Balthus sentiu que seu dever era para com os colonos indefesos que dormiam no trajeto do furacão vermelho. O horror do fantasma reluzente foi eclipsado pelo horror daqueles corpos murchos e violados, deitados junto ao carro em chamas.

Ele correu pela estrada, cruzou a Enseada do Escalpo e avistou a primeira cabana dos colonizadores, uma estrutura baixa e longa de toras lavradas. Num instante, estava espancando a porta. Uma voz sonolenta perguntou o que ele queria.

— Levante-se! Os pictos estão vindo pelo rio!

Aquilo alavancou uma resposta imediata. Um grito baixo ecoou as palavras dele e a porta foi aberta por uma mulher vestindo poucas roupas. Seu cabelo pendia desarrumado sobre os ombros nus; ela segurava uma vela em uma mão e um machado na outra. O rosto estava sem cor, os olhos arregalados de terror.

— Entre! — Ela implorou. — Vamos defender a cabana.

— Não. Temos que ir para Velitrium. O forte não vai detê-los. Talvez até já tenha caído. Não dá tempo de se vestir. Pegue suas crianças e vamos.

— Mas meu homem foi buscar sal com os outros! — Ela argumentou, abrindo as mãos. Atrás dela, três jovens despenteados espiavam, piscando desnorteados.

— Conan foi atrás deles. Ele os levará em segurança. Temos que nos apressar pela estrada para chegar até as outras cabanas.

Alívio inundou as feições dela.

— Mitra seja abençoado! — Ela bradou. — Se o cimério foi atrás deles, então estarão salvos, caso possam ser salvos por algum homem mortal!

Em um rompante de energia, ela apanhou a criança menor e arrebanhou os outros pela porta à sua frente. Balthus pegou a vela e a colocou no chão junto ao seu calcanhar. Escutou por um instante. Nenhum som vinha da estrada escura.

— Você tem algum cavalo?

— No estábulo — ela grunhiu. — Oh, rápido!

Ele a empurrou de lado enquanto ela tateava as trancas com mãos trêmulas. Pôs o cavalo para fora e colocou as crianças em seu lombo, orientando para que segurassem em sua crina e umas nas outras. Elas o encararam seriamente, sem choros. A mulher apanhou o cabresto do cavalo e seguiu para a trilha. Ainda segurava firme o machado, e Balthus sabia que, se fosse encurralada, lutaria com a coragem desesperada de uma pantera.

Ele ficou para trás, escutando. Sentia-se oprimido pela crença de que o forte havia sido assolado e tomado, e que a horda de pele escura já subia pela estrada em direção a Velitrium, ébrios pela matança e sedentos de sangue. Viriam com a velocidade de lobos famintos.

Logo eles viram outra cabana surgir adiante. A mulher ameaçou dar um grito de alerta, mas Balthus a impediu. Correu até a porta e bateu. Uma voz feminina respondeu. Ele repetiu seu aviso e, em instantes, a moradia expeliu seus ocupantes; uma idosa, duas jovens e quatro crianças. Tal qual o marido da outra, os homens delas tinham ido para as salinas no dia anterior, sem suspeitarem de perigo algum. Uma das jovens parecia atordoada, a outra beirava a histeria. Mas a senhora, uma antiga e severa veterana da fronteira, calou-as abruptamente; ela ajudou Balthus a tirar os dois cavalos que estavam na estrebaria atrás da cabana e a colocar as crianças neles. Balthus queria que ela própria montasse em um deles, mas a velha balançou a cabeça e fez com que uma das moças cavalgasse.

— Ela está grávida — grunhiu a anciã. — Eu posso andar... e lutar, se chegar a tanto.

Conforme saíam, uma das moças disse:

— Um casal de jovens passou pela estrada ao pôr do sol; aconselhamos que pernoitassem em nossa casa, mas estavam muito ansiosos para chegar ainda esta noite ao forte. Eles...

— Eles encontraram os pictos — respondeu Balthus brevemente, e a mulher soluçou, horrorizada.

Estavam quase fora da vista da cabana quando, em algum ponto atrás deles, um grito longo e agudo reverberou.

— Um lobo! — Exclamou uma das mulheres.

— Um lobo pintado e empunhando um machado — Balthus murmurou. — Vão! Acordem os outros colonos e levem-nos com vocês. Eu vou proteger a retaguarda.

Sem nada dizer, a velha tocou o comboio adiante. Enquanto ele desaparecia na escuridão, Balthus podia ver as figuras ovaladas e pálidas que eram o rosto das crianças olhando por cima dos ombros em sua direção. Lembrou-se de seu próprio povo, em Tauran, e um momento de vertiginosa náusea se abateu sobre ele. Com uma fraqueza momentânea, ele grunhiu e ajoelhou-se na estrada, seu braço musculoso caído sobre o pescoço maciço de Matador, e ele sentiu a língua quente e úmida tocar seu rosto.

Ergueu a cabeça e sorriu com um esforço doloroso.

— Vamos, garoto — murmurou, pondo-se de pé. — Temos trabalho a fazer.

Súbito, um brilho vermelho tornou-se evidente por entre as árvores. Os pictos haviam incendiado a última cabana. Ele sorriu. Como Zogar Sag espumaria se soubesse que seus guerreiros haviam permitido que sua natureza destrutiva levasse a melhor. O fogo avisaria as pessoas ao longo da estrada. Elas estariam despertas e alertas quando as moças chegassem. Porém, seu rosto ficou sinistro. As mulheres estavam viajando lentamente, a pé e com cavalos sobrecarregados. Os pictos eram rápidos e as alcançariam dentro de dois quilômetros, a não ser... ele assumiu sua posição atrás de uma pilha de toras caídas ao lado da trilha. A estrada a oeste dele estava iluminada pela residência em chamas, e quando os pictos chegaram, ele os viu primeiro; silhuetas escuras e furtivas, delineadas contra o brilho distante.

Levando uma flecha à altura da cabeça, ele a liberou e uma das figuras caiu. As demais se misturaram às matas de ambos os lados da estrada. Matador choramingou com o desejo de matança próximo de si. De repente, uma figura surgiu na beira da trilha, sob as árvores, e deslizou pela vegetação. A corda do arco de Balthus reverberou e o picto gritou, cambaleou e caiu nas sombras com a flecha atravessada na coxa. Matador saiu da pilha de madeira e saltou para dentro dos arbustos. Eles sacudiram violentamente e, quando o cão retornou para o lado de Balthus, suas mandíbulas estavam vermelhas.

Mais nenhum apareceu na trilha; Balthus começou a temer que estivessem passando por ele através das matas e, quando escutou um som fraco à esquerda, disparou às cegas. Praguejou ao ouvir a flecha se partir contra uma árvore, mas Matador se esgueirou silencioso como um fantasma, e logo Balthus escutou um choque e um gorgolejar; o cão retornou a seguir por entre os arbustos e aconchegou sua grande cabeça manchada no braço de Balthus. Sangue escorria de uma ferida em seu ombro, mas os sons na mata haviam cessado para sempre.

Os homens espreitando na lateral da estrada evidentemente perceberam o destino de seus companheiros e decidiram que um ataque aberto era preferível a serem dragados para o escuro por uma fera demoníaca que não podia ser vista ou ouvida. Talvez tivessem notado que só havia um homem atrás das toras e vieram com um súbito ímpeto, surgindo de ambos os lados da trilha. Três tombaram atravessados por flechas, e a dupla restante hesitou. Um deles deu meia-volta e correu estrada abaixo, mas o outro deu um bote por sobre a proteção de toras, os olhos e dentes brilhando, o machado erguido. O pé de Balthus escorregou quando ia saltar, mas isso foi o que salvou sua vida. O golpe do machado cortou alguns cachos de seu cabelo, e o picto rolou pelas toras por causa da força do golpe perdido. Antes que pudesse se recuperar, Matador rasgou sua garganta.

Seguiu-se então um tenso período de espera, no qual Balthus se perguntou se o homem que havia fugido fora o único sobrevivente da contenda. Obviamente aquele era um grupo pequeno que ou tinha deixado a luta no forte ou vinha fazer reconhecimento do terreno à frente da unidade principal. Cada minuto que passava aumentava as chances de as mulheres e crianças chegarem em segurança a Velitrium.

Então, sem aviso, uma chuva de flechas assobiou em sua retaguarda. Um uivo selvagem surgiu das matas ao longo da trilha. Ou o sobrevivente tinha ido buscar ajuda, ou outro bando juntara-se ao primeiro. A cabana em chamas ainda queimava, emprestando um pouco de luz. Então, eles estavam sobre ele, surgindo dentre as árvores na lateral da trilha. Ele disparou três flechas e jogou o arco longe. Como se sentissem sua situação difícil, eles investiram, sem gritos desta vez, mas num silêncio mortífero, exceto pelas passadas rápidas de vários pés.

Ele abraçou ferozmente a grande cabeça do cachorro rosnando ao seu lado e murmurou:

— Tudo bem, garoto... vamos dar a eles o Inferno! — E se levantou, sacando o machado. Então, as figuras negras inundaram por cima das pilhas de toras e os cercaram em uma tempestade de machados sanguinários, facas pontiagudas e dentes ferozes.

VII
O Demônio no Fogo

Quando Conan saiu da estrada para Velitrium, ele esperava uma corrida de mais ou menos quinze quilômetros e se preparou para a tarefa. Porém, não havia coberto nem sete quando escutou um grupo de homens à sua frente. Pelo barulho que faziam conforme avançavam, sabia que não eram pictos. Ele os saudou.

— Quem está aí? — Inquiriu uma voz áspera. — Fique onde está até que possamos vê-lo ou vou disparar uma flecha em você.

— Você não conseguiria acertar um elefante nessa escuridão — Conan respondeu, impaciente. — Vamos, tolos, sou eu... Conan. Os pictos cruzaram o rio.

— Nós suspeitávamos — respondeu o líder à medida que se aproximavam; homens altos e esguios, de rostos severos, portando arcos. — Um de nós feriu um antílope e o rastreou até próximo do Rio Negro. Ele os escutou gritando e voltou para o acampamento. Deixamos o sal e os vagões, libertamos os bois, e viemos o mais rápido possível. Se os pictos estão acossando o forte, grupos de guerra seguirão em direção às nossas cabanas.

— Suas famílias estão a salvo — o cimério grunhiu. — Meu companheiro foi na frente para levá-las a Velitrium. Se voltarmos pela estrada principal, podemos dar de frente com a horda inteira. Vamos na direção sudeste, pelos bosques. Sigam na frente. Eu protegerei a retaguarda.

Alguns momentos depois o bando inteiro rumava apressadamente para sudeste. Conan os seguia mais devagar, mantendo-os ao alcance dos ouvidos. Ele amaldiçoou o barulho que faziam, afinal, muitos pictos ou cimérios teriam se movido pela floresta sem fazer mais ruído que o vento ao soprar entre os ramos negros. Havia acabado de cruzar uma pequena clareira quando se virou, respondendo às convicções de seus instintos primitivos que lhe diziam estar sendo seguido. Permanecendo imóvel atrás dos arbustos, ouviu os sons de retirada dos colonos minguarem. Então, uma voz chamou fraca ao longo do caminho por onde ele tinha vindo:

— Conan! Conan! Espere por mim, Conan!

— Balthus! — Ele praguejou perplexo. Com precaução, disse — Estou aqui!

— Espere por mim, Conan! — A voz se tornou mais distinta. O bárbaro saiu das sombras com cara feia.

— Que diabos está fazendo aqui...? *Crom!*

Ele arqueou o corpo, sentindo calafrios na espinha. Não era Balthus quem emergia do outro lado da clareira. Um brilho estranho queimava por entre as árvores e investiu na direção dele, tremulando misteriosamente; um fogo verde enfeitiçador que se movia com propósito e intenção.

Ele parou a alguns pés de distância e Conan o examinou, tentando discernir seus enevoados contornos flamejantes. As chamas palpitantes tinham um centro sólido; eram uma vestimenta que mascarava algum animal ou entidade do mal, mas o cimério era incapaz de divisar suas formas ou aparência. Então, surpreendentemente, uma voz falou de dentro da coluna de fogo.

— Por que você fica como uma ovelha esperando o açougueiro, Conan?

A voz era humana, mas carregava estranhas vibrações que diziam outra coisa.

— Ovelha? — A ira do cimério superou seu espanto momentâneo. — Acha que temo um maldito demônio picto dos pântanos? Um amigo me chamou.

— Eu o chamei na voz dele — o outro respondeu. — Os homens que você segue pertencem ao meu irmão; eu não privaria sua faca do sangue deles. Mas você é meu. Ah, seu tolo, saiu das colinas cinzentas da Ciméria para encontrar sua sina nas florestas de Conajohara.

— Você já teve uma chance comigo — rosnou Conan. — Por que não me matou então, se podia?

— Meu irmão não tinha pintado uma caveira negra para você e a atirado no fogo que queima eterno, no altar negro de Gullah. Ele não tinha sussurrado seu nome aos fantasmas negros que assombram as colinas das Terras Sombrias. Mas um morcego voou sobre as Montanhas dos Mortos e gravou sua imagem em sangue na pele do tigre branco pendurada diante da grande cabana, onde dormem os Quatro Irmãos da Noite. A grande serpente se enrola aos pés deles e as estrelas queimam como vaga-lumes em seus cabelos.

— Por que os deuses das trevas me escolheram para morrer? — Conan rosnou.

Algo... não podia dizer se era uma mão, um pé ou uma garra, saiu de dentro do fogo e marcou rapidamente a terra. Um símbolo queimou ali, gravado com fogo, e se apagou, mas não antes que ele o reconhecesse.

— Você se atreveu a fazer o sinal que somente um sacerdote de Jhebbal Sag poderia. O trovão ribombou nas obscuras Montanhas dos Mortos e a cabana altar de Gullah foi derrubada por um vento vindo do Golfo dos Fantasmas. O mergulhão, que é o mensageiro dos Quatro Irmãos da Noite, voou rapidamente e sussurrou seu nome em meus ouvidos. Sua hora chegou. Você já é um homem morto. Sua cabeça será pendurada no altar de meu irmão. Seu corpo será comido pelas Crianças de Jhil, de asas negras e bicos afiados.

— Quem diabos é seu irmão? — perguntou Conan. Sua espada estava em punho, e ele sutilmente soltava o machado do cinto.

— Zogar Sag; um filho de Jhebbal Sag que ainda visita sua floresta de tempos em tempos. Uma mulher de Gwawela dormiu em um arvoredo sagrado de Jhebbal Sag. O filho dela foi Zogar Sag. Eu também sou um filho dele, saído do fogo de um reino distante. Zogar Sag me convocou das Terras da Neblina. Com encantos, feitiçaria e seu próprio sangue, ele me materializou em carne em seu planeta. Somos um só, unidos por mãos invisíveis. Seus pensamentos são meus pensamentos; se ele é golpeado, eu sou ferido. Se eu sou cortado, ele sangra. Mas já falei demais. Logo seu fantasma conversará com os fantasmas das Terras Sombrias, e eles lhe contarão sobre os antigos deuses que não estão mortos, mas adormecidos nos abismos externos, e que, de tempos em tempos, despertam.

— Gostaria de ver sua aparência — Conan murmurou, liberando seu machado. — Você, que deixa um rastro como o de um pássaro, que queima como uma chama e, no entanto, fala com voz humana.

— Você verá — respondeu a voz nas flamas. — Verá e levará tal conhecimento para as Terras Sombrias.

As chamas saltaram e afundaram, diminuindo e escurecendo. Um rosto começou a tomar uma forma sombria. A princípio, Conan pensou que fosse o próprio Zogar Sag que estava envolto pelo fogo verde. Mas o rosto era maior que o seu, e havia um aspecto demoníaco em relação a ele. Conan tinha reparado em diversas anormalidades nas feições de Zogar Sag... uma obliquidade dos olhos, uma agudeza das orelhas, uma magreza lupina nos lábios. Essas peculiaridades eram exageradas na aparição que oscilava diante dele. Os olhos eram vermelhos como brasas de fogo vivo.

Mais detalhes tornaram-se visíveis; um dorso magro e coberto por escamas ofídias que, apesar de tudo, tinha um formato de homem da cintura para cima, com braços humanos; já para baixo, pernas longas como as de garças culminavam em pés largos e achatados, com três dedos, como os de um grande pássaro. Ao longo dos membros monstruosos, o fogo esverdeado palpitava e corria. Ele viu a coisa através de uma névoa brilhante.

Súbito, a criatura estava se avolumando, embora Conan não a tivesse visto mover-se em sua direção. Um braço longo que, pela primeira vez, ele reparou estar armado com garras curvas como foices, se agitou no alto e atacou seu pescoço. Com um grito feroz, ele quebrou o feitiço e pulou para o lado, arremessando o machado. O demônio evitou o golpe com um movimento inacreditavelmente rápido de sua estreita cabeça e logo estava sobre ele novamente, com uma arremetida veloz de flamas saltitantes.

Mas o medo lutara ao seu lado quando ele matara as demais vítimas, e Conan não estava com medo. Ele sabia que qualquer ser vivo revestido de carne material poderia ser morto por armas materiais, por mais sinistra que fosse sua forma.

Um membro armado com garras arrancou o elmo de sua cabeça. Um pouco mais baixo e o teria decapitado. Mas uma alegria feroz irrompeu nele quando sua espada afundou profundamente na virilha do monstro. O cimério se esquivou de um golpe fatal, removendo a espada enquanto saltava. As garras triscaram seu peito, rasgando os elos da malha como se fossem feitos de tecido. Porém, seu contragolpe foi como o de um lobo faminto. Ele estava dentro da linha dos braços, enfiando a espada na barriga do monstro... sentiu os membros o envolverem e as garras rasgarem a malha nas suas costas, buscando seus pontos vitais... Foi envolvido e desnorteado pela luz azul, que queimava como gelo; então, se libertou brutalmente do abraço que lhe roubava as forças e sua espada cortou o ar em um tremendo golpe.

O demônio cambaleou e caiu de lado, a cabeça pendurada somente por uma fina tira de pele. Os fogos que o velavam faiscaram ferozmente, agora vermelhos como sangue jorrando, escondendo a figura da vista. Um odor de carne queimada preencheu as narinas de Conan. Limpando o sangue e suor dos olhos, deu meia-volta e correu titubeante pelas matas. Sangue escorria por seus braços. Em algum lugar, quilômetros ao sul, viu o brilho débil de chamas que talvez marcassem uma cabana queimada. Atrás de si, na direção da estrada, ergueu-se um uivo distante que o estimulou a se esforçar ainda mais.

VIII
O Fim de Conajohara

Houve um combate no Rio do Trovão; uma luta feroz diante das muralhas de Velitrium. Machados e tochas encheram as orlas, e muitas cabanas de colonos terminaram em cinzas antes que a horda pintada fosse rechaçada.

Uma estranha quietude se seguiu à tempestade, na qual o povo se reuniu e conversou em voz baixa, e homens com bandagens manchadas de vermelho beberam sua cerveja em silêncio nas tavernas ao longo da margem do rio.

Lá, foi até Conan, o cimério, bebendo em silêncio com grandes goles um copo de vinho, um mateiro magro com uma atadura na cabeça e o braço em uma tala. Era o único sobrevivente do Forte Tuscelan.

— Você foi com os soldados até as ruínas do forte?

Conan assentiu.

— Eu não pude — murmurou o outro. — Não houve luta?

— Os pictos recuaram pelo Rio Negro. Algo deve ter abalado seus nervos, mas somente o diabo que os criou sabe o que foi.

O mateiro olhou para seu braço machucado e suspirou.

— Dizem que não havia corpos para eliminar.

Conan balançou a cabeça:

— Cinzas. Os pictos os empilharam no forte e atearam fogo antes de cruzarem o rio. Seus próprios mortos e os homens de Valannus.

— Ele foi um dos últimos a ser morto... em combate corpo a corpo, quando eles romperam as defesas. Tentaram levá-lo com vida, mas ele fez com que o matassem. Levaram dez de nós como prisioneiros quando estávamos muito enfraquecidos pelo combate e incapazes de nos defender. Massacraram nove aqui e ali. Foi quando Zogar Sag morreu que tive a chance de me libertar e fugir.

— Zogar Sag está morto? — indagou Conan.

— Sim. Eu o vi morrer. Foi por isso que os pictos não pressionaram a luta contra Velitrium tão brutalmente quanto o fizeram contra o forte. Foi estranho. Ele não foi ferido em batalha. Estava dançando entre os mortos, agitando um machado que tinha acabado de usar para abrir a cabeça do último de meus companheiros. Veio em minha direção, uivando que nem um lobo... e então parou, largou a arma e começou a cambalear em círculos, gritando como jamais escutei homem ou fera gritar. Ele caiu entre mim e a fogueira que haviam feito para me assar, engasgando e espumando pela boca, e de uma só vez enrijeceu. Os pictos gritaram que estava morto. Durante a confusão, escapei de minhas amarras e corri para a mata. — Ele hesitou, aproximou-se de Conan e falou baixinho: — Eu o vi deitado à luz do fogo. Nenhuma arma o tinha tocado, mas havia marcas vermelhas como feridas de uma espada em sua virilha, barriga e pescoço... a última foi como se sua cabeça tivesse quase sido decepada do corpo. O que você acha disso?

Conan não respondeu, e o homem, ciente da reticência dos bárbaros sobre certos assuntos, prosseguiu:

— Ele vivia pela magia e, de algum modo, por ela morreu. Foi o mistério de sua morte que acabou com o ímpeto dos pictos. Nenhum homem que viu isso acontecer estava na luta em Velitrium. Eles voltaram para o Rio Negro. Os que atacaram o Rio do Trovão eram guerreiros que tinham vindo antes de Zogar Sag morrer. Não estavam em número suficiente para tomarem sozinhos a cidade. Segui pela estrada atrás da força principal deles, e sei que ninguém me seguiu do forte. Esgueirei-me pelas linhas deles e entrei na cidade. Você trouxe os colonos em segurança, mas as mulheres e crianças tinham chegado a Velitrium um pouco antes daqueles demônios pintados.

Se o jovem Balthus e o velho Matador não as tivessem protegido, eles teriam massacrado todas as mulheres e crianças de Conajohara. Passei pelo local onde Balthus e o cachorro fizeram sua resistência. Estavam deitados entre uma pilha de pictos mortos... eu contei sete decepados por seu machado ou desentranhados pelas presas do cão, e havia outros na estrada crivados por flechas. Deuses, que luta deve ter sido aquela!

— Ele era um homem — disse Conan. — Bebo em sua memória e à do cachorro, que não conhecia o medo — ele deu um gole do vinho, esvaziou o resto no chão, com um gesto pagão curioso e então quebrou a taça. — As cabeças de dez pictos vão pagar pela dele, e sete pelo cachorro, que era melhor guerreiro que muitos homens.

E o mateiro, encarando aqueles olhos ardentes e taciturnos, sabia que o juramento do bárbaro seria cumprido.

— Eles não vão reconstruir o forte?

— Não, Conajohara está perdida para a Aquilônia. A fronteira foi empurrada para trás. O Rio do Trovão será a nova fronteira.

O homem suspirou e olhou para as mãos calejadas do cimério, desgastadas pelo contato com cabos de machados e espadas. Conan estendeu seu longo braço para alcançar o jarro de vinho. O mateiro o observou, comparando-o com os homens que estavam ao seu redor, com os homens que haviam morrido ao longo do rio perdido, comparando-o com aqueles outros selvagens, do outro lado do rio. Conan parecia não estar ciente do olhar dele.

— O barbarismo é o estado natural da humanidade — o homem afirmou, ainda olhando de forma sombria para o cimério. — A civilização não é natural. Não passa de um capricho circunstancial. E, no final, o barbarismo deverá sempre triunfar.

As Negras Noites de Zamboula

(The Man-Eaters of Zamboula)

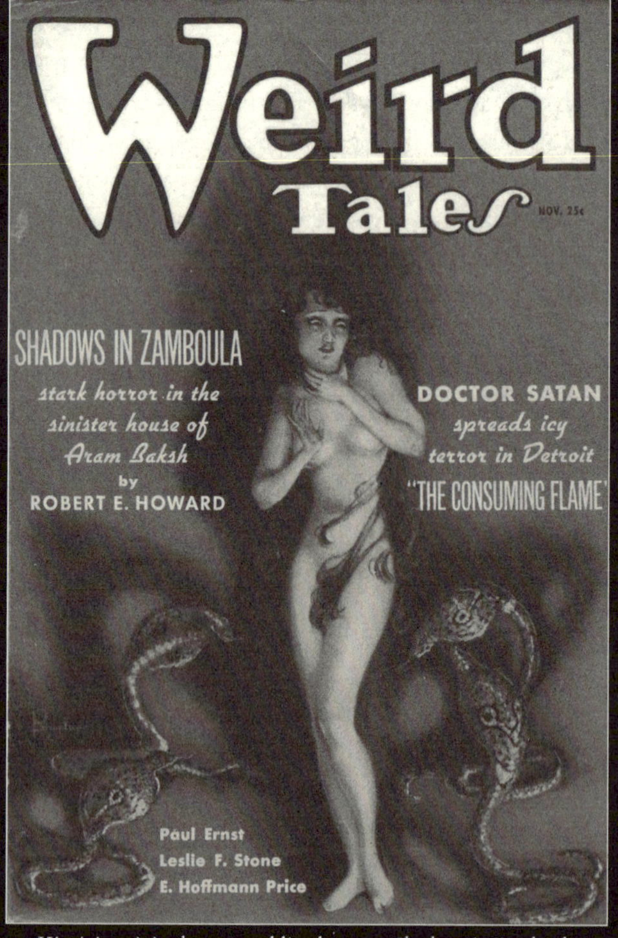

História originalmente publicada como *Shadows in Zamboula* em *Weird Tales* — novembro de 1935.

I

Um Tambor Começa

— O perigo se esconde na casa de Aram Baksh!

A voz do interlocutor tremia de ansiedade, e seus dedos magros com unhas negras cravaram-se no poderoso braço massudo de Conan ao grasnar a advertência. Era um homem magro, bronzeado pelo sol, com uma enorme barba negra e roupas esfarrapadas que o denunciavam como um nômade. Parecia menor e mais delgado do que nunca em comparação ao gigantesco cimério de sobrancelhas escuras, peito largo e membros fortes. Estavam em uma esquina do Mercado de Forjadores de Espadas e, de ambos os lados, passava uma multidão de indivíduos de múltiplas raças e dialetos das ruas zamboulanas, que eram exóticas, híbridas, gritantes e glamorosas.

Conan desviou o olhar que seguia uma garota de Ghanara, de olhos audazes e lábios vermelhos, cuja saia curta deixava à mostra as coxas morenas a cada novo passo dado, e olhou com a testa franzida para o companheiro que o importunava.

— O que quer dizer com perigo? — O cimério perguntou.

O homem do deserto espiou furtivamente por sobre o ombro antes de responder e baixou o tom de voz:

— Quem sabe? Mas homens do deserto e viajantes têm dormido na casa de Aram Baksh e nunca mais são vistos novamente. O que acontece com eles? Ele jurou que eles acordaram e seguiram seus caminhos... e é verdade que nenhum morador da cidade jamais desapareceu em sua casa. Mas ninguém tornou a ver esses viajantes, e os homens dizem que seus bens e equipamentos foram vistos depois no mercado. Se Aram não os vendeu após ter dado um fim em seus proprietários, como foram parar lá?

— Eu não tenho bens — rosnou o cimério, tocando o cabo marroquim da enorme espada que trazia pendurada no quadril. — Tive até que vender meu cavalo.

— Mas não são só estrangeiros ricos que desapareceram à noite na casa de Aram Baksh! — Acrescentou o zuagir. — Não... homens pobres do deserto também pernoitam, porque seu preço é menor que o de outras tavernas, e jamais voltaram a ser vistos. Uma vez, um chefe dos zuagires cujo filho também havia desaparecido queixou-se para o sátrapa Jungir Khan, que ordenou que seus soldados fizessem uma busca pela casa.

— E encontraram um sótão cheio de cadáveres? — Conan perguntou, ironicamente.

— Não! Eles não encontraram nada! E o chefe foi expulso da cidade, com ameaças e maldições! Mas... — ele se aproximou de Conan e estremeceu — ...outra coisa foi encontrada! Nos limites do deserto, além das casas, existe um oásis com palmeiras e, dentro dele, há uma fossa. E nela foram achados ossos humanos, chamuscados e escurecidos. Não uma vez, mas muitas!

— E isso prova o quê? — Grunhiu o cimério.

— Aram Baksh é um demônio! Nesta cidade maldita, construída pelos stygios e mais tarde governada pelos hirkanianos, onde gente branca, marrom e negra se mistura para produzir híbridos de todos os matizes e raças profanas... quem pode distinguir quem é homem e quem é um demônio disfarçado? Aram Baksh é um demônio em forma de homem! À noite, ele assume sua verdadeira aparência e leva seus hóspedes para o deserto, onde seus companheiros demônios se reúnem em um conclave.

— E por que ele leva sempre estrangeiros? — Conan perguntou, com ceticismo.

— O povo da cidade não toleraria que assassinassem seus conterrâneos, mas não se importa com os estrangeiros que caiam em suas mãos. Conan, você é do Ocidente e não conhece os segredos desta terra antiga. Mas, desde o começo dos tempos, os demônios do deserto têm adorado Yog, Senhor das Moradas Vazias, com fogo... fogo que devora vítimas humanas. Esteja avisado. Você viveu por muitas luas nas tendas dos zuagires e é nosso irmão! Não vá à casa de Aram Baksh!

— Desapareça da vista! — Disse Conan, repentinamente. — Um pelotão de guardas da cidade está vindo daquela direção. Se o virem, podem se lembrar de um cavalo que foi roubado do estábulo do sátrapa.

O zuagir arfou e se afastou rapidamente. Ele se agachou entre uma tenda e um cavalo de pedra, detendo-se somente por tempo suficiente para acrescentar:

— Tenha cuidado, irmão! Há demônios na casa de Aram Baksh! — Em seguida, desapareceu correndo por uma ruela estreita.

Conan ajustou ao seu gosto o largo cinto que sustentava a espada e devolveu calmamente as encaradas desferidas pelo grupo de guardas que passava ao seu lado. Eles o olhavam com curiosidade e suspeita, pois ele era um homem que se destacava na multidão, mesmo nas sinuosas ruas abarrotadas de Zamboula. Seus olhos azuis e feições estranhas o distinguiam dos povos orientais, e a espada reta que trazia à cintura também acentuava a diferença racial.

Os vigias não o abordaram e continuaram descendo a rua, enquanto a multidão lhes abria caminho. Eram de Pelishtim, baixos, de nariz em forma de gancho e barbas negras que caíam sobre os peitos cobertos com malhas; mercenários contratados pelos governantes turanianos em benefício próprio, e não menos odiados pelo povo mestiço por causa disso.

Conan olhou em direção ao sol, que começava a se esconder atrás das casas de tetos planos no lado oeste do mercado e, puxando mais uma vez o cinto, dirigiu-se à taverna de Aram Baksh.

Com passadas de montanhês, avançou pelas ruas multicoloridas, onde as túnicas esfarrapadas dos mendigos se misturavam às luxuosas *khalats* de arminho dos mercadores e aos vestidos de seda adornados com pérolas das ricas cortesãs. Gigantescos escravos se moviam abatidos, acotovelando-se com vagabundos de barba escura das cidades shemitas, nômades do deserto esfarrapados, comerciantes e aventureiros de todas as terras do Oriente.

A população nativa não era menos heterogênea. Ali, séculos atrás, os exércitos da Stygia tinham chegado para erigir um império no deserto oriental. Zamboula era um pequeno burgo de comerciantes na época, circundado por um anel de oásis e habitado pelos descendentes dos nômades. Os stygios o transformaram em uma cidade e a povoaram com sua própria raça e com escravos shemitas e kushitas. As incessantes caravanas que cruzavam o deserto de leste a oeste, e vice-versa, trouxeram riquezas e mais miscigenação. Então, do Oriente vieram os conquistadores turanianos para reduzir as fronteiras da Stygia, e, já há uma geração, Zamboula havia se transformado no posto fronteiriço mais a oeste de Turan, governada por um sátrapa turaniano.

A babel de uma miríade de línguas chegava aos ouvidos do cimério, assim como o padrão incansável de suas ruas agitadas, nas quais ocasionalmente aparecia um grupo de cavaleiros destemidos, os guerreiros altos e esbeltos de Turan, de rostos morenos de falcão, metal tilintante e espadas curvas. A massa se afastava ao escutar os cascos de seus cavalos, pois eram os lordes de Zamboula. Porém, stygios altos e taciturnos os observavam furiosos das sombras, recordando-se de suas antigas glórias. À população híbrida pouco importava se o rei que controlava seus destinos vivia na escura Khemi ou na brilhante Aghrapur. Jungir Khan governava Zamboula e o povo sussurrava que Nafertari, a amante do sátrapa, governava Jungir Khan; mas as pessoas seguiam em frente, exibindo sua abundância de cores na rua, comercializando, disputando, jogando, bebendo e amando, conforme o povo de Zamboula fazia há séculos, desde que suas torres e mesquitas foram erguidas sobre as areias do Kharamun.

As lanternas de bronze com sinistros dragões esculpidos haviam sido acesas nas ruas antes que Conan chegasse à morada de Aram Baksh. A taverna era a última casa habitada da rua, que descia para o oeste. Um muro, que cercava um extenso jardim de grandes palmeiras, a separava das casas ao redor. A oeste havia outra pequena alameda de palmeiras, pela qual a rua se transformava em estrada e seguia para o deserto. Do outro lado da taverna havia uma fileira de cabanas vazias, sob a sombra de algumas palmeiras e habitadas somente por morcegos e chacais. Enquanto Conan descia a estrada, perguntou-se por que os mendigos, tão numerosos em Zamboula, não tinham ocupado aquelas casas vazias para passarem a noite. As luzes haviam terminado ao longe atrás de si. Ali não havia lanternas, exceto pela que pendia no portão de entrada da taverna; somente estrelas, a fina poeira da estrada sob os pés e o farfalhar das folhas das palmeiras na brisa do deserto.

O portão de Aram não abria de frente para a estrada, mas sim para uma estreita ruela situada entre a taverna e o jardim de palmeiras. Conan puxou com firmeza a grossa corda que pendia do sino ao lado da lanterna, intensificando seu clamor ao bater à porta de madeira com o cabo da espada. Uma fresta se abriu e um rosto negro espiou por ela.

— Abra, desgraçado! — Exigiu Conan. — Sou um hóspede. Paguei a Aram por um quarto e, por Crom, um quarto eu terei!

O negro estendeu um pouco o pescoço para observar a estrada atrás de Conan; a seguir, abriu o portão sem tecer comentários e fechou-o atrás do cimério, trancando e passando um ferrolho. O muro era peculiarmente alto, mas havia muitos ladrões em Zamboula, e uma casa situada nos limites do deserto tinha que ser defendida contra os ataques noturnos dos nômades. Conan passou por um jardim cujas flores brancas balançavam à luz das estrelas e adentrou a sala de estar, onde um stygio de cabeça raspada como a de um aprendiz sentava-se à mesa, meditando sobre mistérios insondáveis e, mais além, em um canto, alguns indivíduos de aspecto sinistro jogavam dados.

Aram Baksh veio em sua direção, caminhando suavemente; um homem corpulento, com uma barba negra que lhe cobria o peito, nariz proeminente e pequenos olhos negros que jamais ficavam parados.

— Você quer comer? — Perguntou. — Beber?

— Eu comi um naco de carne e um pedaço de pão no mercado — Conan resmungou. — Traga uma caneca de vinho de Ghazan... sobrou-me o suficiente para pagar por ela. — Ele jogou uma moeda de cobre sobre a mesa manchada de vinho.

— Você não ganhou nas cartas?

— Como poderia, com tão poucas moedas de prata para começar? Eu paguei o quarto essa manhã porque sabia que provavelmente perderia. Queria estar seguro de ter um teto sobre minha cabeça esta noite. Notei que ninguém dorme nas ruas de Zamboula. Os próprios mendigos buscam um local para se abrigar antes do escurecer. A cidade deve estar infestada de algum grupo de ladrões particularmente sedento de sangue.

O cimério bebeu o vinho barato de um gole só e acompanhou Aram para fora da sala de estar. Atrás dele, os jogadores de dados interromperam a partida para observá-lo com uma especulação incompreensível nos olhos. Não disseram nada, mas o stygio riu; uma gargalhada zombeteira de cinismo inumano. Os demais baixaram o olhar, evitando fitar uns aos outros. As artes estudadas por um escolástico stygio não são calculadas para que ele compreenda os sentimentos de um ser humano normal.

Conan seguiu Aram por um corredor iluminado por lamparinas de cobre, e não lhe agradou nada reparar que seu anfitrião caminhava sem fazer o menor barulho. Os pés de Aram calçavam chinelos macios e o corredor era coberto por tapetes turanianos, mas havia uma desagradável sugestão furtiva no zamboulano.

No final do sinuoso corredor, Aram parou diante de uma porta na qual uma pesada barra de ferro descansava sobre fortes suportes de metal. Ele a levantou e mostrou para o cimério um quarto de aspecto agradável, cujas janelas, Conan instantaneamente notou, eram pequenas e tinham grades de ferro, pintadas num tom dourado de bom gosto. Havia tapetes no chão, um divã de estilo oriental e bancos de madeira entalhada. Era um quarto muito mais elaborado do que o outro que Conan tinha visto pelo mesmo valor próximo ao centro da cidade, algo que lhe atraíra bastante quando, naquela manhã, descobrira o quão escassa sua bolsa estava por conta das farras nos últimos dias. Ele tinha chegado a Zamboula, vindo do deserto, há apenas uma semana.

Aram havia acendido uma lamparina de bronze e agora chamava a atenção de Conan para as duas portas. Ambas tinham fortes ferrolhos de ferro.

— Esta noite você pode dormir seguro, cimério — disse sob o umbral, piscando por detrás de sua barba espessa.

Conan grunhiu e jogou sua espada sobre o sofá.

— Seus ferrolhos e barras de ferro são fortes, mas eu sempre durmo com aço ao meu lado.

Aram não respondeu. Permaneceu em pé, imóvel, acariciando a barba por um momento e observando a perigosa arma. Então, retirou-se em silêncio e fechou a porta atrás de si. Conan colocou a tranca no local, cruzou o quarto, abriu a porta oposta e olhou para fora. O quarto ficava na lateral da casa, de frente para a estrada a oeste da cidade. A porta dava para um pequeno pátio, cercado por um muro. As paredes de trás, que o separavam do resto da taverna, eram altas e sem entradas, mas a parede que ladeava a estrada era baixa e não havia fechaduras no portão de entrada.

Conan permaneceu na porta por um momento com o brilho das lamparinas de cobre atrás de si, observando a estrada até onde ela se perdia entre as densas palmeiras. As folhas sussurravam sob a brisa suave; além delas, jazia o deserto. Na parte alta da rua, na direção contrária, as luzes brilhavam e os ruídos da cidade chegavam debilmente até ele, mas ali só havia a luz das estrelas, o sussurro das folhas das palmeiras e, depois daquele muro baixo, a estrada poeirenta e as cabanas desertas de tetos baixos. Em algum lugar além dos bosques de palmeiras, um tambor começou a tocar.

As truncadas advertências do zuagir voltaram-lhe à mente, parecendo de alguma maneira menos fantasiosas do que nas ruas lotadas e iluminadas pelo sol. Perguntou-se de novo que significado teriam as cabanas vazias. Por que os mendigos as evitavam? Voltou a entrar no quarto, fechou a porta e passou o trinco.

A luz começou a tremeluzir e, ao investigar o motivo, ele praguejou quando viu que o óleo de palmeira que alimentava a lamparina tinha quase terminado. Pensou em chamar Aram, mas então deu de ombros e apagou a chama com um forte sopro. Acomodou-se no divã naquela suave escuridão, a mão instintivamente buscando e se apoiando no cabo da grande espada. Olhando à toa para as estrelas enquadradas pelas janelas gradeadas, com o farfalhar das folhas das palmeiras aos seus ouvidos, mergulhou num sono profundo, com uma vaga consciência do rufar dos tambores lá fora, no deserto; o ribombar grave de um tambor de peles, com toques suaves e ritmados de mão negra espalmada...

II
Espectros Noturnos

Foi o abrir furtivo de uma porta que acordou o cimério. Ele não costumava despertar como os homens civilizados, aturdidos, entorpecidos e estúpidos. Conan despertou em um instante, com a mente clara reconhecendo o som que havia interrompido seu sono. Permanecendo imóvel e tenso na escuridão, divisou a porta exterior se abrindo devagar. Por uma fenda larga de céu estrelado, viu uma enorme silhueta escura, de ombros largos e cabeça disforme, delineada contra a luz das estrelas.

Conan sentiu a pele se arrepiar entre os ombros. Ele tinha passado o trinco na porta. Como era possível que ela se abrisse agora, senão através de poderes sobrenaturais? E como um ser humano poderia ter uma cabeça como aquela, delineada pelas estrelas? Todas as histórias que escutara nas tendas dos zuagires sobre demônios e fantasmas voltaram para ensopar sua pele com um suor pegajoso. O monstro deslizou sem fazer barulho para dentro do quarto, com uma postura agachada e arrastando os pés; um odor familiar assaltou as narinas do cimério, mas não o tranquilizou, já que as lendas zuagires representavam os demônios como sendo fedorentos daquela maneira.

Sem o menor ruído, Conan encolheu as pernas longilíneas sob o corpo; trazia a espada na mão direita e, quando ele atacou, foi tão repentino e mortal quanto um tigre saltando para fora da escuridão. Nem mesmo um demônio poderia ter evitado aquele ataque catapultado. A espada cravou-se em carne e osso, e algo caiu pesadamente no chão, com um estranho grito. Conan se agachou na escuridão sobre aquilo, a espada gotejando em sua mão. Fosse demônio, animal ou homem, a coisa estava morta no chão. Sentiu a morte como qualquer criatura selvagem. Lançou um olhar pela porta entreaberta em direção ao pátio, iluminado pela luz das estrelas. O portão estava destrancado, mas o pátio estava vazio.

Conan fechou a porta, mas não passou a tranca. Tateando na escuridão, encontrou a lamparina e a acendeu. Havia óleo suficiente para queimar por mais um ou dois minutos. No instante seguinte, estava se inclinando sobre o corpo esparramado no chão em uma piscina de sangue.

Era um negro gigantesco, completamente nu, exceto por uma pequena tanga. Em uma das mãos ainda segurava uma grossa clava nodosa. O crespo cabelo do indivíduo estava armado no formato de chifres, com espetos, ramos e lama seca. A cabeleira primitiva havia dado à cabeça seu aspecto monstruoso à luz das estrelas. Tendo recebido uma pista para resolver a charada, Conan abriu os grossos lábios vermelhos do homem e grunhiu ao contemplar dentes pontiagudos.

Compreendia agora o mistério dos forasteiros que tinham desaparecido da casa de Aram Baksh; o enigma dos tambores negros que soavam além das palmeiras e da fossa cheia de ossos chamuscados; aquela fossa onde uma carne estranha talvez fosse assada sob as estrelas, enquanto feras negras sentavam-se ao seu redor para saciar sua fome monstruosa. O homem que estava estendido no chão era um escravo canibal de Darfar.

Havia muitos como ele na cidade. Canibalismo não era algo tolerado abertamente em Zamboula, mas Conan sabia agora o motivo pelo qual as pessoas se trancavam em suas casas à noite e por que até os mendigos evitavam as ruelas abertas e as cabanas desertas. Ele grunhiu com repúdio ao visualizar sombras negras selvagens perambulando pelas ruas à noite, em busca de presas humanas, e homens como Aram Baksh, que lhes abria as portas. O estalajadeiro não era um demônio, mas algo pior. Os escravos de Darfar eram ladrões conhecidos; não havia dúvida de que parte de suas pilhagens ia parar nas mãos de Aram Baksh. Em troca, ele lhes vendia carne humana.

Conan voltou a apagar a luz, caminhou até a porta, a abriu e correu a mão por sobre os ornamentos do lado exterior. Um deles era móvel e punha em funcionamento o ferrolho do lado de dentro. O quarto era uma arapuca para apanhar seres humanos como se fossem coelhos. Mas, desta vez, no lugar de um coelho, confinara um tigre.

O bárbaro retornou até a outra porta, levantou o ferrolho e fez pressão sobre ele, que permaneceu imóvel, o que o lembrou de que havia um trinco do outro lado. Aram não corria riscos nem com suas vítimas nem com os homens com quem lidava. Afivelando o cinto de sua espada, Conan saiu para o pátio, fechando a porta atrás de si. Não tinha intenção de atrasar mais seu acerto de contas com Aram Baksh. Perguntou-se quantos pobres-diabos haviam sido assassinados dormindo e arrastados para fora daquele quarto e estrada abaixo pela alameda de palmeiras, até chegarem à fossa.

Ele se deteve no pátio. O tambor ainda murmurava, e ele percebeu o reflexo de um brilho avermelhado através das palmeiras. Canibalismo era mais do que um apetite perverso para os negros de Darfar, era parte integral de seu terrível culto. Os abutres já estavam reunidos em um conclave, mas qualquer que fosse a carne que encheria suas barrigas naquela noite, não seria a sua.

Para chegar até Aram Baksh, ele tinha que escalar um dos muros que separavam o pátio do resto da casa. Eles eram altos, destinados a manter os canibais do lado de fora, mas Conan não era daquela raça criada nos pântanos; seus músculos tinham sido forjados durante a infância, nas colinas escarpadas de sua terra natal. Encontrava-se ao pé do muro mais próximo, quando ouviu um grito ecoar atrás das árvores.

Em um instante, Conan já estava escondido junto ao portão de entrada, espreitando a estrada. O som viera das sinistras cabanas, do outro lado da rua. Ele ouviu um engasgo abafado, como o que poderia resultar de uma tentativa desesperada de gritar sob a pressão de uma mão apertando a boca. Uma aglomeração de figuras surgiu das sombras que haviam além das cabanas e avançou pela estrada; três negros enormes que carregavam um corpo delgado se debatendo entre eles. Conan distinguiu a palidez dos membros retorcendo--se sob a luz das estrelas quando o prisioneiro, fazendo um esforço convulsivo, escapou da pressão dos dedos brutais de seus captores e começou a subir a alameda correndo. Era uma bela mulher, nua como no dia em que nasceu. Conan a viu com clareza antes que ela saísse da estrada, em direção às sombras das cabanas. Os negros a perseguiram, mergulhando de volta nas sombras, e um grito insuportável de angústia e horror foi ouvido.

Rubro de raiva pela monstruosidade do episódio, o bárbaro atravessou correndo a via.

Nem a vítima nem seus sequestradores estavam cientes de sua presença, até que o suave ruído de seus passos sobre o caminho poeirento os alertou; mas, então, ele já estava quase sobre eles, vindo com a tempestuosa fúria de um vendaval. Dois dos negros se viraram para ir a seu encontro, as clavas erguidas, mas falharam em estimar corretamente a velocidade de seu ataque. Um deles caiu estripado antes que pudesse agir e, com a rapidez de um felino, Conan evitou a clava do outro e o dilacerou com um contragolpe que assobiou no ar. A cabeça do negro voou pelos ares; o corpo deu três passos cambaleantes sem ela, jorrando sangue e agarrando horrivelmente o ar com as mãos, caindo a seguir sobre a poeira.

O canibal restante recuou com um grito abafado e deixou a prisioneira escapar. A mulher tropeçou e rolou no chão, e o negro correu em pânico para a cidade. Conan partiu em seu encalço. O medo deu asas aos pés do negro, mas, antes que chegasse à cabana situada mais a leste, sentiu a morte em suas costas e gritou como um boi indo para o abate.

— Cão maldito do Inferno! — Conan estocou a lâmina entre os ombros morenos com tamanha fúria vingativa, que metade da larga lâmina saiu do outro lado, pelo peito do homem. Com um grito surdo, a vítima caiu de cabeça, e Conan apoiou os pés no solo e arrancou a espada.

Somente a brisa perturbava as folhas das árvores. O bárbaro sacudiu a cabeça como um leão que agita a juba e grunhiu ante sua sede de sangue ainda não satisfeita. Mas nenhuma outra sombra surgiu das árvores e, diante das cabanas, a estrada iluminada pelas estrelas estava vazia. Ele voltou-se ao ouvir o ruído de passos atrás de si, mas tratava-se apenas da garota, correndo para se atirar em seus braços, abraçando-lhe o pescoço com ambas as mãos e chorando desesperadamente, aterrorizada pelo destino do qual acabara de escapar.

— Calma, garota — ele murmurou. — Está tudo bem agora. Como foi que a pegaram?

Ela resmungou algo ininteligível. Ele se esqueceu de Aram Baksh enquanto a examinava sob a fraca luminosidade das estrelas. Ela era clara, embora de cabelos definitivamente negros; era obviamente uma das muitas misturas de raças de Zamboula. Era alta, de aspecto delgado e esbelto, e ele estava numa boa posição para observá-la. A admiração queimou nos olhos ferozes do cimério, quando olhou para os esplêndidos seios e as pernas torneadas, que ainda tremiam de medo e esforço. Conan passou o braço em volta do quadril dela e reafirmou:

— Pare de tremer, garota. Você está a salvo.

O toque pareceu tranquilizá-la. Jogou para trás os cachos espessos e sedosos e lançou um olhar temeroso por sobre o ombro, enquanto apertava mais seu corpo ao do cimério, como quem busca segurança por meio do contato.

— Eles me pegaram na rua — ela murmurou, estremecendo. — Estavam me esperando, escondidos sob um arco escuro... homens negros, enormes como gorilas! Que Set tenha piedade de mim! Creio que sonharei com isso!

— O que você estava fazendo na rua a esta hora da noite? — Inquiriu Conan, fascinado pela sensação acetinada da pele macia sob os dedos que a acariciavam.

Ela jogou o cabelo para trás e olhou inexpressiva para o rosto dele. Parecia não estar ciente das carícias que ele lhe fazia.

— Meu amante — disse. — Meu amante me levou às ruas. Ele ficou louco e tentou me matar. Quando fugi, fui agarrada por essas feras.

— Uma beleza como a sua pode enlouquecer qualquer homem — Conan afirmou, correndo os dedos pelas madeixas brilhantes.

Ela balançou a cabeça, como se despertasse de um torpor. Já não tremia, e sua voz ficou mais firme.

— Foi a maldição de um sacerdote... Totrasmek, o sumo sacerdote de Hanuman, que me desejava para si próprio... aquele cachorro!

— Não precisa insultá-lo por isso — sorriu Conan. — A velha hiena tem gosto melhor do que eu pensava.

Ela ignorou o elogio. Estava recuperando o equilíbrio rapidamente.

— Meu amante é... é um jovem soldado turaniano. Para me castigar, Totrasmek lhe deu uma droga que o deixou louco. Esta noite ele desembainhou sua espada e veio atrás de mim para me matar em sua loucura, mas fugi para as ruas. Os negros me pegaram e me trouxeram para este... *O que foi isto?*

Conan já tinha se virado. Silencioso como uma sombra, ele arrastou a jovem para trás da cabana mais próxima, além da linha de palmeiras. Permaneceram em tensa imobilidade, enquanto os murmúrios que tinham ouvido ficavam cada vez mais altos, até tornarem-se vozes distinguíveis. Um grupo de negros, nove ou dez, avançava pela estrada, vindo da cidade. A garota apertou o braço de Conan e ele sentiu o corpo dela tremer aterrorizado. Agora já podiam ouvir claramente as vozes deles:

— Nossos irmãos já estão reunidos junto à fossa — um deles afirmou. — Não tivemos sorte. Espero que eles tenham tido o suficiente por nós.

— Aram nos prometeu um homem — murmurou outro, enquanto Conan prometia mentalmente outra coisa a Aram.

— Aram mantém sua palavra — grunhiu mais um. — Muitos foram os que conseguimos em sua taverna. Mas lhe pagamos bem. Eu mesmo lhe entreguei dez fardos de seda que roubei do meu mestre. Por Set, era uma boa seda!

Eles passaram rapidamente, pés descalços arrastando a poeira, e suas vozes desapareceram estrada abaixo.

— Bom para nós que esses cadáveres estão atrás das cabanas — murmurou Conan. — Se procurarem no quarto mortal de Aram Baksh, encontrarão outro morto. Vamos sair daqui.

— Sim, vamos nos apressar! — A garota suplicou, quase histérica novamente. — Meu amante está em algum lugar, vagabundeando sozinho pelas ruas. Os negros podem pegá-lo.

— Esse é um costume infernal! — Conan exclamou, enquanto liderava o caminho em direção à cidade, seguindo em paralelo à estrada, mas escondido pelas cabanas e palmeiras. — Por que os cidadãos não acabam com esses cães?

— Eles são escravos valiosos — a jovem murmurou. — São tantos que poderiam se rebelar, caso lhes fosse negada a carne que tanto desejam. O povo de Zamboula sabe que vagam à noite pelas ruas e todos são cuidadosos, permanecendo atrás de portas trancadas, exceto quando um imprevisto acontece, como foi comigo. Os negros atacam qualquer um que possam pegar, mas raramente apanham alguém que não seja estrangeiro. O povo de Zamboula não se preocupa com forasteiros que estejam de passagem. Homens como Aram Baksh vendem os estrangeiros para os negros. Ele não se atreveria a fazer o mesmo com um nativo.

Conan cuspiu enojado e logo a seguir conduziu sua acompanhante à estrada, que já se transformava em uma rua, ainda com casas sombrias de ambos os lados. Esconder-se nas sombras não combinava com sua natureza.

— Aonde quer ir? — Ele perguntou. A jovem não parecia contestar o fato de Conan abraçá-la pela cintura.

— À minha casa, despertar meus criados — respondeu. — Para fazer com que procurem meu amante. Não quero que a cidade, nem os sacerdotes nem ninguém saiba de sua loucura. Ele é um jovem oficial com um futuro promissor. Talvez possamos afastar a loucura dele se pudermos achá-lo.

— Se *pudermos?* — Conan ladrou. — O que a faz pensar que estou disposto a passar a noite procurando um lunático pelas ruas?

Ela deu uma olhadela em seu rosto e interpretou imediatamente o brilho nos olhos azuis. Qualquer mulher teria compreendido que o cimério a seguiria aonde quer que fosse... ao menos por um tempo. Mas, sendo mulher, ocultou seu conhecimento do fato.

— Por favor — suplicou com um começo de choro na voz. — Não tenho mais ninguém a quem pedir ajuda. Você foi gentil comigo.

— Está bem! — Ele grunhiu. — Está bem! Qual o nome desse jovem patife?

— Alafdhal. Eu sou Zabibi, uma dançarina. Dancei muitas vezes para o sátrapa, Jungir Khan, e sua amante Nafertari, e diante de todos os nobres e damas de Zamboula. Totrasmek me desejava e, como o recusei, me transformou na ferramenta inocente de sua vingança contra Alafdhal. Pedi uma poção de amor a Totrasmek, sem suspeitar da profundidade de seu ódio e astúcia. Ele me deu uma droga para misturar com o vinho de meu amante e jurou que, quando Alafdhal a bebesse, me amaria mais apaixonadamente que nunca e satisfaria todos os meus desejos. Em segredo, joguei a droga no vinho dele. Mas, ao bebê-lo, meu amante enlouqueceu e as coisas ocorreram conforme relatei. Maldito Totrasmek, aquela cobra híbrida! *Ahhhh!*

Ela apertou o braço dele convulsivamente e os dois logo se detiveram. Tinham chegado ao distrito das barracas, deserto e escuro, pois já era bem tarde. Passavam por uma ruela e, na boca dela, havia um homem de pé, imóvel e silencioso. Sua cabeça estava abaixada, mas Conan percebeu o estranho brilho de seus olhos, que o encaravam sem piscar. Sua pele se arrepiou, não por medo da espada que o homem segurava, mas por causa da incomum sugestão de sua postura e do silêncio. Ambos sugeriam loucura. Conan afastou a garota e desembainhou sua espada.

— Não o mate! — Ela suplicou. — Em nome de Set, não o mate! Você é forte... Subjugue-o!

— Veremos — ele resmungou, com a espada na mão direita e cerrando o punho esquerdo.

Deu um passo cauteloso até a ruela e, com uma terrível gargalhada lamuriosa, o turaniano atacou. Conforme ele vinha, brandiu a espada e ficou na ponta dos pés, depositando toda a força de seu corpo nos golpes. Faíscas azuis saltaram quando Conan bloqueou a lâmina e, no instante seguinte, o lunático estava estirado, inconsciente devido a um trovejante soco que o cimério desferira com a mão esquerda.

A garota correu até ele.

— Oh, ele não está... ele não está...

Conan se curvou, virou o corpo do homem de lado e o examinou com os dedos.

— Não está muito machucado — rosnou. — O nariz está sangrando, mas isso poderia acontecer com qualquer um após um golpe desses na mandíbula. Ele logo voltará a si, e é até possível que recupere a razão. Enquanto isso, vou amarrar seus pulsos com o cinto da espada... assim. Agora, aonde quer que eu o leve?

— Espere! — Ela se ajoelhou ao lado da figura desacordada, tomou suas mãos amarradas e examinou-as avidamente. Então, balançando a cabeça desapontada, pôs-se de pé. Aproximou-se do gigantesco cimério e apoiou as mãos magras sobre seu peito largo. Seus olhos escuros, como duas joias úmidas refletindo o luar, o encararam.

— Você é um homem de verdade! Ajude-me! Totrasmek deve morrer. Mate-o por mim!

— E meter meu pescoço em uma forca turaniana? — Ele grunhiu.

— Não! — Os braços delgados, fortes como aço flexível, envolveram o pescoço musculoso. O corpo maleável pulsava contra o dele. — Os hirkanianos não amam Totrasmek. Os sacerdotes de Set o temem. É um mestiço, que governa os homens por meio do medo e da superstição. Eu adoro Set e os turanianos se curvam a Erlik, mas Totrasmek faz sacrifícios diante de Hanuman, o maldito. Os lordes turanianos temem suas artes sombrias e o poder que ele tem junto à população mestiça. Por isso o odeiam. Até mesmo Jungir Khan e sua amante Nafertari o temem e odeiam. Se ele fosse assassinado em seu templo durante a noite, ninguém buscaria com muito afinco o responsável.

— E quanto à magia dele? — Reverberou Conan.

— Você é um guerreiro — ela respondeu. — Arriscar a vida faz parte de sua profissão.

— Por um preço — ele admitiu.

— Haverá um preço! — Ela exclamou, ficando nas pontas dos pés para mirá-lo nos olhos.

A proximidade de seu corpo vibrante fez as veias dele se incendiarem. O perfume de seu hálito lhe subiu à cabeça. Porém, quando seus braços envolveram aquele corpo esbelto, ela os evitou com um movimento rápido e disse:

— Espere! Primeiro sirva-me nesse assunto.

— Diga seu preço — ele falou com alguma dificuldade.

— Apanhe meu amante — ela ordenou. O cimério abaixou-se e pôs o corpo do homem sobre o ombro. Naquele momento, sentiu como se pudesse derrubar o palácio de Jungir Khan com a mesma facilidade. A garota murmurou algumas carícias ao ouvido do homem inconsciente, e não havia qualquer hipocrisia em sua atitude. Obviamente amava Alafdhal com sinceridade. Qualquer que fosse o trato que fizesse com Conan, não influenciaria em nada suas relações com ele. Nessas coisas, as mulheres são mais práticas que os homens.

— Siga-me! — Ela o apressou ao longo da rua, e o cimério a seguiu facilmente, de forma alguma se sentindo desconfortável pela carga extra que carregava. Ele se manteve atento a sombras negras espreitando sob os arcos, mas não viu nada suspeito. Provavelmente, os homens de Darfar estavam reunidos na fossa. A garota virou em uma rua estreita e bateu cautelosamente a uma porta em forma de arco.

Quase imediatamente, um postigo abriu no painel superior e uma face negra olhou para fora. Ela se inclinou até perto da abertura e murmurou algo brevemente. Os trincos soaram nas cavidades e a porta foi aberta. Um gigantesco negro foi delineado contra a débil luz de uma lamparina de cobre. Um exame rápido mostrou a Conan que o homem não era de Darfar. Seus dentes eram tortos, e o cabelo crespo, cortado rente ao crânio. Era de Wadai.

Zabibi disse algo e Conan depositou o corpo do homem nos braços do negro, observando o jovem oficial ser deitado em um divã de veludo. Ele não dava sinais de que recobraria a consciência. O golpe que o havia desacordado poderia ter derrubado um boi. Zabibi curvou-se sobre ele por um instante, os dedos se retorcendo e esfregando nervosamente. Então, ela se endireitou e chamou o cimério.

A porta se fechou suavemente, os trincos clicaram atrás deles, e o postigo cerrado fez sumir o brilho das lamparinas. Sob o céu estrelado na rua, Zabibi tomou a mão de Conan. A sua própria mão tremia um pouco.

— Você não falhará comigo?

Ele balançou a juba negra contra as estrelas.

— Então, siga-me até o santuário de Hanuman e que os deuses tenham piedade de nossas almas!

Avançaram em silêncio como dois fantasmas pelas ruas silenciosas. Talvez a garota estivesse pensando no amante, desacordado no divã sob as lâmpadas de cobre; ou talvez estivesse tremendo de medo pelo que os esperava no demoníaco templo de Hanuman. O bárbaro só pensava na mulher que se movia formosamente ao seu lado. O perfume dos cabelos chegava até suas narinas, a aura sensual de sua presença enchia-lhe o cérebro e não deixava espaço para quaisquer outros pensamentos.

Em dado momento, eles ouviram o ruído de passos na grama e esconderam-se sob as sombras de uma escura arcada, enquanto um esquadrão de guardas pelishticos passava. Havia quinze deles; marchavam em formação cerrada, lanças em riste, e os homens na retaguarda traziam largos escudos de latão nas costas, para protegê-los de punhaladas vindas por trás. Os canibais negros eram uma terrível ameaça até mesmo para homens armados.

Assim que o som estridente de suas sandálias se perdeu no final da rua, Conan e a garota saíram de seu esconderijo e apertaram o passo. Pouco depois, viram o edifício quadrado e de teto baixo que buscavam surgir adiante.

O templo de Hanuman encontrava-se solitário no meio de uma grande praça, deserto e silencioso sob as estrelas. Um muro de mármore cercava o santuário, com uma larga abertura de frente para o pórtico. Essa abertura não tinha portas ou qualquer tipo de barreira.

— Por que os negros não buscam suas presas aqui? — Conan murmurou. — Não há nada que os mantenha fora do templo.

Ele podia sentir o corpo de Zabibi tremer, pressionado contra o dele.

— Eles temem Totrasmek, assim como todos em Zamboula, inclusive Jungir Khan e Nafertari. Venha! Venha rápido, antes que minha coragem escoe como água para fora de mim!

O medo da garota era evidente, mas ela não hesitou. Conan desembainhou a espada e tomou a dianteira ao atravessarem o umbral do templo. Ele conhecia os terríveis hábitos dos sacerdotes orientais e estava ciente de que um invasor do templo de Hanuman podia esperar encontrar quase qualquer tipo de pesadelo horrível. Sabia que havia uma boa chance de que ele e a garota jamais saíssem vivos dali, mas já arriscara a vida vezes demais para gastar muitos pensamentos com essa possibilidade.

Chegaram a um pátio com chão de mármore que emanava um brilho branco sob as estrelas. Um pequeno trecho de largos degraus levava à entrada principal, cercada por colunas. As grandes portas de bronze estavam abertas, como haviam ficado por séculos. Mas nenhum fiel queimava incensos lá dentro. Durante o dia, homens e mulheres podiam ir timidamente ao santuário e deixar oferendas para o deus-macaco ao pé do altar negro. À noite, o povo evitava o templo de Hanuman como a lebre evita o rastro de uma serpente.

Incensários queimando banhavam o interior com uma luz suave e estranha, que criava uma sensação de irrealidade. Próximo à parede do fundo, atrás do altar de pedra escura, sentava-se o deus, com o olhar sempre fixo na porta aberta, pela qual suas vítimas haviam entrado por séculos, arrastadas por correntes de rosas. Um pequeno sulco seguia da soleira até o peitoril do altar e, quando os pés de Conan o sentiram, ele os afastou rapidamente, como se tivesse pisado numa serpente. Aquele sulco fora desgastado pelos pés vacilantes dos incontáveis que haviam morrido gritando sobre o terrível altar.

Bestial sob a luz incerta, ali estava Hanuman, encarando através de sua máscara entalhada. Ele se sentava não como um macaco, mas com as pernas cruzadas feito um homem. Contudo, seu aspecto não era menos simiesco por causa disso. Estava esculpido em mármore negro, mas seus olhos eram rubis que brilhavam com um resplendor vermelho e luxurioso, como as brasas das mais profundas fossas infernais. As mãos enormes apoiavam-se sobre o colo, palmas para cima, as garras abertas. Na ênfase exagerada de seus atributos e no olhar de sátiro que seu semblante exibia, estava refletido o abominável cinismo do culto degenerado que o deificava.

A jovem contornou a imagem, indo em direção à parede traseira, e, quando um de seus quadris roçou um dos joelhos esculpidos do macaco, ela se encolheu e estremeceu, como se tocada por um réptil. Havia um espaço de vários pés entre as costas largas do ídolo e a parede de mármore, cujo friso era folheado a ouro. Em ambos os lados, uma porta de marfim flanqueava o ídolo sob um arco dourado.

— Essas portas dão para um corredor em forma de ferradura — ela disse apressadamente. — Estive no interior do templo uma vez. Só uma! — Ela sentiu um arrepio e contraiu os ombros diante da lembrança ao mesmo tempo horrível e obscena. — O corredor se dobra como uma ferradura, com cada extremidade culminando neste quarto. Os aposentos de Totrasmek ficam na curva do corredor e abrem para ele. Mas há uma porta secreta nesta parede que liga diretamente a uma câmara interna.

Ela começou a passar as mãos pela superfície lisa, em que não se via rachaduras ou aberturas. Conan, ao seu lado, com a espada em punho, olhava cuidadosamente ao redor. O silêncio, o vazio do santuário e a sua imaginação visualizando o que poderia haver atrás da parede fizeram-no sentir-se como uma fera selvagem farejando uma armadilha.

— Ah! — A garota, enfim, encontrou uma mola oculta; uma abertura quadrada se revelou na parede. Então, ela gritou. — Set! — Conan saltou na direção dela ao ver uma enorme mão deformada agarrá-la pelos cabelos. Ela foi arrancada do chão e puxada pela abertura, a cabeça primeiro. O bárbaro, segurando-a de forma ineficaz, sentiu os dedos escorregarem pela perna nua e, num instante, ela desapareceu, a parede mostrando-se lisa como antes. Do outro lado, ouviram-se os ruídos abafados de luta, um grito esmorecer e uma gargalhada grave, que fez o sangue de Conan congelar nas veias.

III
O Aperto das Mãos Negras

O cimério praguejou e desferiu um golpe terrível contra a parede com o cabo de sua espada, rachando e lascando o mármore. Mas a porta secreta não cedeu, e a razão lhe disse que, sem dúvida, ela havia sido trancada pelo outro lado. Virando-se, ele correu ao longo da câmara para uma das portas de marfim.

Ergueu a espada para quebrar os painéis, mas, por capricho, primeiro empurrou a porta com a mão esquerda. Ela se abriu com facilidade e ele desembocou em um longo corredor que fazia uma curva sob a estranha luz dos incensários, semelhantes aos que iluminavam o altar. Um pesado ferrolho de ouro aparecia no umbral da porta, e o cimério tocou-o ligeiramente com as pontas dos dedos. O levíssimo calor do metal só podia ser detectado por um homem cujas faculdades se equiparassem às de um lobo. Aquele ferrolho havia sido tocado… e há apenas alguns segundos. O caso estava ficando cada vez mais parecido com uma armadilha. Ele deveria ter suspeitado que Totrasmek saberia se alguém adentrasse o templo.

Entrar no corredor seria indubitavelmente caminhar para qualquer que fosse a armadilha preparada pelo sacerdote, mas Conan não vacilou. Em algum lugar daquele interior lúgubre, Zabibi era prisioneira e, pelo que sabia sobre os sacerdotes de Hanuman, tinha certeza de que ela precisava de ajuda imediatamente. O cimério ganhou o corredor com uma postura felina, pronto para atacar para quaisquer lados.

À esquerda, portas arqueadas de marfim davam para o corredor, e ele tentou abrir uma a uma. Estavam todas trancadas. Já tinha avançado por volta de vinte metros, quando o corredor dobrou abruptamente para a esquerda, descrevendo a curva que a garota mencionara. Havia uma porta nela, que cedeu sob sua mão.

Ele desembocou em um enorme cômodo quadrado, um pouco mais iluminado que o corredor. As paredes eram de mármore branco, o chão de marfim e o teto de prata talhada. Ele viu ricos divãs de seda, banquetas de marfim trabalhadas em ouro para apoiar os pés e uma mesa redonda e maciça, feita de algum material parecido com metal. Sobre um dos divãs um homem se reclinava, olhando em direção à porta. Ele riu ao ver o brilho ameaçador nos olhos do cimério.

O homem estava nu, salvo pela tanga que lhe cobria o lombo e pelas sandálias de amarras altas. Sua pele era morena, os cabelos negros curtos, e os olhos escuros, inquietos, realçando aquela face larga e arrogante. Em perímetro e largura ele era enorme, com membros poderosos cujos músculos se inchavam ao menor movimento. Suas mãos eram as maiores que Conan vira em toda a vida. A segurança que lhe conferia aquela força titânica coloria cada uma de suas ações e inflexões.

— Por que não entra, bárbaro? — Ele disse num tom trocista, com um exagerado gesto de convite.

Os olhos de Conan começaram a arder ameaçadores, mas ele entrou com cautela no cômodo, a espada de prontidão.

— Quem diabos é você? — Grunhiu.

— Sou Baal-Pteor — o homem respondeu. — Outrora, há muito tempo e em outra terra, tinha um nome diferente. Mas este é um bom nome, e por que Totrasmek o deu para mim, qualquer garota do templo poderia explicar-lhe.

— Então você é o cão dele — Conan exclamou. — Bem, pois maldito seja seu couro marrom, Baal-Pteor. Onde está a mulher que agarrou pela parede?

— Meu mestre a está entretendo! — Riu Baal-Pteor. — Escute!

Do outro lado da porta oposta àquela pela qual Conan entrara, ouviu-se o grito de uma mulher, débil e apagado pela distância.

— Maldita seja sua alma! — Conan deu um passo em direção à porta, então girou sobre os calcanhares com a pele formigando. Baal-Pteor ria dele; um riso encoberto por uma ameaça que fez os pelos do cimério se arrepiarem na nuca e lançou uma onda vermelha sedenta de sangue para seu campo de visão.

Ele avançou em direção a Baal-Pteor, os nós nos dedos da mão que segurava a espada brancos de tanto apertá-la. Com um movimento rápido, o homem lançou algo... uma esfera de cristal brilhante que reluzia sob a estranha luz das lâmpadas.

Conan desviou por instinto, mas, milagrosamente, a esfera parou no ar, a poucos passos de seu rosto. Ficou como que suspensa por fios invisíveis, a mais ou menos cinco pés acima do chão. Sob o olhar atônito dele, a esfera começou a girar em velocidade crescente. Ao fazê-lo, cresceu, aumentou de tamanho e se transformou numa nebulosa que preencheu a sala. A esfera o envolveu, apagou a mobília, as paredes e o sorridente semblante de Baal-Pteor. Conan viu-se perdido no meio de um borrão cegante que girava velozmente. Ventos terríveis o açoitaram, puxando-o, forçando-o a quase perder o equilíbrio, arrastando-o para o vórtice que girava freneticamente diante de si.

Com um berro sufocado, Conan recuou cambaleando e sentiu a sólida parede que havia às suas costas. Ao contato com ela, a ilusão desapareceu. A titânica esfera girando foi varrida como uma bolha que estoura. O cimério titubeou no cômodo de teto prateado com uma bruma cinza rodeando seus pés, e viu Baal-Pteor estendido no divã, seu corpo balançando por causa de gargalhadas silenciosas.

— Filho de uma cadela! — Conan avançou sobre ele. Mas a bruma se elevou do chão, fazendo com que a gigantesca figura morena desaparecesse. Tateando na espessa nuvem que o cegara, o bárbaro experimentou uma estranha sensação de deslocamento. Então, a sala, a neblina e o homem no divã desapareceram. Ele estava só em meio aos juncos altos de um pântano, onde um búfalo o atacava com a cabeça baixa. Ele pulou para o lado, evitando os chifres no formato de cimitarras curvas do furioso animal, e afundou sua espada atrás de uma de suas patas dianteiras, atravessando as costelas e o coração. Então, não era o búfalo morrendo na lama, mas Baal-Pteor. Praguejando em voz alta, Conan decepou sua cabeça, que se elevou do solo e exibiu presas afiadas e bestiais que tentaram rasgar sua garganta. Apesar de toda sua tremenda força física, ele não conseguia se libertar, estava sufocando, estrangulando-se; então ouviu-se um rugido através do espaço, o choque deslocado de um impacto imensurável, e ele estava de volta à câmara com Baal-Pteor, cuja cabeça continuava firme sobre os ombros. Deitado no divã, ele riu silenciosamente do bárbaro.

— Hipnotismo — Conan grunhiu, agachando-se e cravando os dedos no chão de mármore.

Seus olhos queimavam. Aquele cão estava brincando com ele, fazendo dele sua diversão! Mas aquela palhaçada, aquele truque infantil de brumas e sombras, não podia causar-lhe dano algum! Bastava que ele saltasse e atacasse, e o acólito negro seria um cadáver desfigurado sob seus pés. Desta vez, ele não se deixaria enganar pelas sombras da ilusão... contudo, o fez.

Um rosnado de coalhar o sangue soou atrás de si. Ele se virou e atacou como um raio a pantera agachada, pronta para saltar sobre ele da mesa de metal colorida. Quando ele golpeou, a aparição desvaneceu, e a lâmina chocou-se num ruído ensurdecedor contra a duríssima superfície metálica. No mesmo instante ele percebeu algo anormal. A lâmina ficara grudada à mesa! O bárbaro a puxou com firmeza. Ela não cedia. Aquilo não era um truque de hipnotismo. A mesa era um gigantesco ímã. Ele agarrou o cabo com ambas as mãos, quando o instinto o fez dar meia-volta e ficar frente a frente com o homem que, afinal, levantara-se do divã.

Ligeiramente mais alto do que Conan e muito mais corpulento, Baal-Pteor se avolumava como uma massa dantesca de desenvolvimento muscular. Seus poderosos braços eram exageradamente longos, e as grandes mãos abriam-se e fechavam-se convulsivamente. Conan soltou a empunhadura da espada grudada à mesa e ficou em silêncio, observando seu inimigo através das pálpebras entreabertas.

— Sua cabeça, cimério! — Baal-Pteor disse, com sarcasmo. — Eu a arrancarei com minhas mãos nuas, torcendo-a de seus ombros como se fosse a de um frango! É assim que os filhos de Kosala oferecem sacrifícios a Yajur. Bárbaro, você está olhando para um Estrangulador de Yota-Pong. Fui escolhido pelos sacerdotes de Yajur quando criança e, durante toda a infância e adolescência, fui treinado na arte de matar com as mãos, pois é só assim que os verdadeiros sacrifícios são encenados. Yajur ama o sangue e nós não desperdiçamos nem uma gota das veias das vítimas. Quando eu era menino, eles me entregavam bebês para praticar; na adolescência, estrangulava garotas e, na juventude, o fazia com mulheres, velhos e jovens garotos. Mas, quando alcancei plena maturidade, me entregaram um homem forte para sacrificar no altar de Yota-Pong. Durante anos, ofereci sacrifícios a Yajur. Centenas de pescoços foram partidos por estes dedos — ele os agitou diante dos olhos furiosos do cimério. — O motivo pelo qual escapei de Yota-Pong para me tornar criado de Totrasmek não é da sua conta. Em um instante você estará além da curiosidade. Os sacerdotes de Kosala, os Estranguladores de Yajur, são mais fortes do que qualquer homem pode imaginar. E eu era o mais forte de todos. Com minhas mãos, bárbaro, quebrarei seu pescoço!

E, como o bote de cobras gêmeas, as enormes mãos se fecharam na garganta de Conan. O cimério não fez o menor esforço para desviá-las ou afastá-las, mas suas mãos também dispararam para o pescoço taurino do kosalano. Os olhos negros de Baal-Pteor se arregalaram ao sentir os poderosos feixes de músculos que protegiam a garganta do bárbaro. Com um grunhido, exerceu toda sua força inumana, e os nós, nódulos e tendões de seus músculos se delinearam nos poderosos braços. Então, deu um explosivo suspiro de asfixia quando os dedos de Conan trancaram-se em sua garganta. Por um instante, eles permaneceram imóveis como estátuas; seus rostos eram máscaras de esforço, veias azuladas começando a se destacar nas têmporas. Os lábios finos de Conan recuaram ante um sorriso selvagem. Os olhos de Baal-Pteor estavam dilatados e, dentro deles, crescia uma expressão terrível de surpresa e medo. Os dois homens continuaram imóveis como pinturas, com exceção das contrações musculares dos braços rígidos e do apoio das pernas, mas uma força além da concepção comum se desenrolava ali; uma força que poderia ter arrancado árvores ou esmagado crânios de bois.

Súbito, o ar sibilou por entre os dentes entreabertos de Baal-Pteor. Seu rosto ficou roxo. Medo inundou seu olhar. Os tendões pareciam prestes a explodir dos braços e ombros, mas os músculos do poderoso pescoço do cimério não vacilavam; eram como uma massa de cabos de ferro sob os dedos desesperados do gigante. Contudo, a sua própria carne cedia sob a pressão dos dedos de ferro do bárbaro, que afundavam mais e mais nos músculos da garganta, esmagando-os na jugular e na traqueia.

A imobilidade estatuária dos homens cedeu lugar a um repentino e veloz movimento, ao que o kosalano começou a arfar e se contorcer, tentando recuar para escapar da pegada. Ele soltou a garganta de Conan e agarrou seus punhos, buscando afastar aqueles dedos inexoráveis.

Com uma rápida investida, Conan forçou-o para trás, até que a lombar do gigante batesse contra a mesa. E, ainda sobre sua beirada, o cimério continuou dobrando-o para trás e para trás, até que sua coluna vertebral estivesse a ponto de partir.

A gargalhada grave de Conan foi impiedosa como o ruído metálico de duas espadas.

— Tolo! — Exclamou o cimério. — Acho que você nunca tinha visto um homem do oeste. Você se achava forte porque torcia o pescoço de homens civilizados, pobres-diabos com músculos feito cordas podres? Maldito! Quebre o pescoço de um touro selvagem da Ciméria, antes de chamar a si mesmo de forte. Foi o que fiz antes de me tornar um homem adulto… assim!

E, com um movimento selvagem, ele retorceu a cabeça de Baal-Pteor até que seu rosto medonho mirasse o ombro esquerdo e as vértebras estalassem como um ramo podre.

Conan jogou o corpo inerte no chão, voltou-se para a espada novamente e agarrou o cabo com as mãos, apoiando firmemente os pés no chão. Sangue escorria de seu peito largo por causa das feridas que as unhas do gigante causaram ao redor de seu pescoço. Os cabelos negros estavam úmidos, suor escorria pelo rosto e o tronco arfava. Apesar de toda zombaria sobre a força de Baal-Pteor, quase havia sido batido pelo inumano kosalano. Mas, sem parar para recuperar o fôlego, imprimiu toda sua força em um poderoso puxão que arrancou a espada do ímã ao qual estava grudada.

Um instante depois, já havia aberto a porta atrás da qual o grito soara, e estava olhando para um corredor longo e retilíneo, forrado de portas de marfim. A extremidade oposta estava ocultada por uma cortina de veludo e, além dela, projetava-se uma demoníaca melodia, como Conan jamais ouvira nem mesmo em seus piores pesadelos. Ela o fez ter calafrios em volta do pescoço, arrepiando seus pelos. Misturados a ela estavam ofegos e soluços histéricos de mulher. Segurando firme a espada, seguiu velozmente pelo corredor.

IV

Dance, Garota, Dance!

Quando Zabibi teve a cabeça puxada pela abertura que surgiu na parede atrás do ídolo, seu primeiro pensamento, confuso e desconecto, foi o de que sua hora havia chegado. Ela fechou os olhos por instinto e esperou pelo golpe fatal. Mas, em vez disso, foi jogada sem cerimônia contra o chão duro e polido de mármore, machucando os joelhos e o quadril. Ao abrir os olhos, examinou assustada ao redor, no mesmo instante em que um impacto abafado pôde ser ouvido do outro lado da parede. Viu um gigante de pele escura e tanga à sua frente e, na direção oposta da câmara, um homem sentado em um divã, com as costas voltadas para uma cortina de veludo; era um indivíduo corpulento, de mãos gordas e brancas, e olhos esbugalhados. A garota estremeceu, pois tratava-se de Totrasmek, o sacerdote de Hanuman, que durante anos tecera suas teias viscosas de poder por toda a cidade de Zamboula.

— O bárbaro busca forçar seu caminho através da parede — disse Totrasmek, ironicamente. — Mas a tranca vai aguentar.

A garota viu que um pesado ferrolho dourado havia sido passado na porta secreta que, daquele lado da parede, era perfeitamente visível. O ferrolho e seus suportes resistiriam até mesmo ao ataque de um elefante.

— Vá abrir uma das portas para ele, Baal-Pteor — Totrasmek ordenou. — Mate-o na sala quadrada, do outro lado do corredor.

O kosalano fez uma saudação e saiu por uma porta na parede lateral do cômodo. Zabibi se levantou e encarou temerosa o sacerdote, cujos olhos corriam avidamente por sua esplêndida silhueta. Ela se mostrou completamente indiferente a isso. Uma dançarina de Zamboula estava habituada à nudez. Mas a crueldade nos olhos dele fez com que os membros dela estremecessem.

— Mais uma vez, você vem até mim em meu retiro, minha bela — disse com hipocrisia cínica. — É uma honra inesperada. Você pareceu ter desfrutado tão pouco da visita anterior, que não esperava que fosse repeti-la. No entanto, fiz tudo ao meu alcance para lhe proporcionar uma experiência interessante.

Era impossível fazer uma dançarina de Zamboula corar, mas um ardor de raiva se misturava ao medo nos olhos arregalados de Zabibi.

— Seu porco gordo! Você sabe que não vim até aqui por amor a você.

— Não — divertiu-se Totrasmek. — Você veio como uma tola, rastejando-se à noite na companhia de um bárbaro estúpido para cortar-me a garganta. Por que quer tomar a minha vida?

— Você sabe por quê! — Ela gritou, ciente que seria inútil dissimular.

— Está pensando no seu amante — gargalhou ele. — O fato de estar aqui, querendo minha vida, indica que ele tomou a droga que dei. Bem, não foi você quem a pediu? E não mandei o que me solicitou, sem pedir nada em troca, meu amor?

— Eu pedi uma substância que o fizesse dormir inofensivamente por algumas horas — a jovem respondeu com amargura. — E você... você enviou seu servo com um preparado que o enlouqueceu! Fui uma imbecil por confiar em você. Devia ter percebido que suas alegações de amizade eram mentiras para disfarçar seu ódio e desprezo.

— Por que queria que seu amante dormisse? — Ele perguntou. — Para que pudesse roubar a única coisa que ele jamais lhe daria... o anel com a joia que os homens chamam de Estrela de Khorala; a estrela roubada da rainha de Ophir, que pagaria um quarto cheio de ouro para tê-la de volta. Ele não a daria para você de boa vontade, pois sabia que ela encerra em si poderes mágicos que, devidamente controlados, podem escravizar o coração de qualquer ser humano do sexo oposto. Você queria roubá-la, por medo de que seus magos descobrissem como acessar essa magia e ele se esquecesse de você, quando tentasse conquistar as rainhas do mundo. Você a venderia de volta para a rainha de Ophir, que conhece seu poder e a utilizaria para me escravizar, como já fez antes que a joia fosse roubada.

— E pra que você a quer? — Ela perguntou, taciturna.

— Eu entendo os seus poderes. Ela aumentaria minhas forças.

— Bem... Você a tem agora! — Disse Zabibi.

— *Eu* tenho a Estrela de Khorala? Não, você se engana.

— Por que mentir? — Ela rebateu, amarga. — Ele a segurava quando me fez sair correndo pelas ruas. E não a tinha quando o reencontrei. Seu servo devia estar vigiando a casa, e tomou-a dele, depois que eu tive que fugir. Para o diabo com ela! Quero meu amante de volta são e salvo. Você tem o anel; puniu a nós dois. Por que não lhe restaura a mente? Pode fazê-lo?

— Eu poderia — ele a assegurou, claramente desfrutando do sofrimento dela. Tirou um pequeno frasco de sua túnica e acrescentou. — Isto contém o sumo do lótus dourado. Se seu amante beber, recuperará a sanidade. Sim, terei piedade dele. Ambos me frustraram e enganaram, não uma, mas muitas vezes; ele tem se oposto constantemente aos meus interesses. Mas serei misericordioso. Venha e pegue o frasco de minha mão.

A garota encarou Totrasmek, tremendo de ansiedade para apanhar o frasco, mas, ao mesmo tempo, esperando tratar-se de uma brincadeira cruel. Avançou timidamente, com uma mão estendida, e ele gargalhou como se não tivesse coração, afastando de seu alcance o recipiente. No instante em que ela abriu os lábios para amaldiçoá-lo, seu instinto fez com que erguesse os olhos. Do teto dourado, quatro vasos de jade estavam caindo. Ela desviou, de forma que os objetos não a acertaram. Eles se despedaçaram no chão ao redor dela, formando as quatro pontas de um quadrado. E ela gritou, e gritou novamente. Porque de dentro de cada fragmento quebrado surgiu a cabeça de uma cobra, e uma delas atacou-lhe a perna nua. O rápido movimento que fez para escapar a colocou ao alcance da serpente do lado oposto e, novamente, ela teve que fugir com a rapidez de um raio para evitar o bote terrível.

Zabibi estava presa em uma armadilha mortal. As quatro serpentes se contorciam e investiam contra seus pés, tornozelos, panturrilhas, joelhos, coxas, quadril, qualquer parte do voluptuoso corpo que estivesse próxima; e a garota não conseguia saltar ou passar por entre elas para se salvar. Só o que podia fazer era dar voltas e pular em todas as direções, retorcendo o corpo para evitar os ataques. Cada vez que desviava de uma serpente, o movimento a punha ao alcance de outra, obrigando-a a continuar se movendo na velocidade da luz. Ela tinha apenas um pequeno espaço para cada direção, e as apavorantes cabeças a ameaçavam a cada segundo. Só uma dançarina de Zamboula poderia ter sobrevivido naquele quadrilátero mortal.

Ela própria virou um borrão de movimentos desconcertantes. As cabeças erravam por fios de cabelo, mas erravam, enquanto ela punha os pés céleres e o olhar aguçado para competir contra a alucinante velocidade dos demônios escamosos conjurados do nada por seu inimigo.

Em algum lugar, uma melodia estranha e tênue se misturava ao silvo terrível das serpentes, como um malévolo vento noturno, soprando através dos orifícios ocos de um crânio. Mesmo na alta velocidade de seus movimentos, ela percebeu claramente que as investidas dos répteis não eram aleatórias. Atacavam com um ritmo horrível, desempenhando seu contorcer, balançar e girar de corpo em conformidade com esse ritmo. As frenéticas manobras da garota se fundiam nos passos de um balé que fazia as danças mais obscenas de Zamora parecerem contidas e sãs. Abalada pela vergonha e horror, Zabibi ouviu a odiosa risada implacável de seu impiedoso torturador.

— A Dança das Cobras, minha amada! — Riu Totrasmek. — Assim as donzelas dançavam nos sacrifícios para Hanuman, séculos atrás... mas nunca com tanta beleza e suavidade. Dance, garota, dance! Por quanto tempo conseguirá evitar as presas do Povo Venenoso? Minutos? Horas? No final, você se cansará. Seus pés rápidos e seguros tropeçarão, as pernas falharão, a rotação do quadril diminuirá aos poucos. Então, as presas começarão a afundar profundamente em sua pele de marfim.

Atrás dele, a cortina se agitou como se movida por uma lufada de vento, e Totrasmek gritou. Seus olhos se dilataram, e as mãos agarraram convulsivamente a lâmina de aço polido que se projetara repentinamente de seu peito.

A melodia parou. A garota cambaleou vertiginosamente em meio à dança, gritando em terrível antecipação diante da ameaça das presas cintilantes... mas apenas quatro inofensivas colunas curvas de fumaça azulada estavam à sua frente no chão, enquanto Totrasmek caiu de bruços sobre o divã.

Conan saiu de trás da cortina, limpando a lâmina larga de sua espada. Olhando por entre os panos, tinha visto a garota dançar desesperadamente em meio aos quatro espirais de fumaça, mas percebeu que, para ela, a aparência delas devia ser de algo bem diferente. Sabia que havia matado Totrasmek.

Zabibi desabou ofegante, mas, quando Conan foi em sua direção, ela se colocou de pé, apesar de suas pernas ainda tremerem de exaustão.

— O frasco! — Ela exclamou. — O frasco!

Totrasmek ainda o segurava nas mãos rijas. Ela o arrancou de forma brusca dos dedos fechados e começou a revistar freneticamente as roupas dele.

— Que diabos está procurando? — Conan perguntou.

— Um anel... ele o roubou de Alafdhal. Deve tê-lo feito enquanto meu amante caminhava enlouquecido pelas ruas. Pelos demônios de Set!

Ela logo se convenceu de que a joia não estava com Totrasmek. Começou a vasculhar toda a câmara, rasgando as tapeçarias do divã e as cortinas, e derrubando vasos.

Enfim fez uma pausa e afastou um cacho de cabelo da frente dos olhos.

— Esqueci-me de Baal-Pteor.

— Ele está no Inferno, com o pescoço quebrado — assegurou-a Conan.

Ela expressou uma gratificação vingativa diante da notícia, mas, um segundo depois, praguejou expressivamente.

— Não podemos ficar aqui. Logo amanhecerá. Os sacerdotes menores costumam visitar o templo a qualquer hora da noite e, se formos descobertos com este cadáver, o povo nos fará em pedaços. Os turanianos não poderão nos salvar.

Ela levantou a tranca da porta secreta e, poucos momentos depois, ambos estavam nas ruas, afastando-se rapidamente da praça silenciosa onde ficava o antigo santuário de Hanuman.

Numa rua quieta perto dali, Conan se deteve e segurou com a pesada mão o ombro nu de sua acompanhante.

— Não se esqueça de que havia um preço...

— Não me esqueci! — Ela disse, desvencilhando-se. — Mas temos que ir... Primeiro até Alafdhal!

Pouco depois, o escravo negro os deixou passar pela porta dos fundos. O jovem turaniano estava deitado no divã, braços e pernas amarrados por grossas cordas de veludo. Seus olhos estavam abertos, mas eram como os de um cachorro louco, e uma espuma grossa escorria por seus lábios. Zabibi se encolheu.

— Abra suas mandíbulas à força! — Ela ordenou, e os dedos de ferro de Conan cumpriram a tarefa.

Zabibi esvaziou o frasco na goela do louco. O efeito foi como mágica. Imediatamente, ele ficou quieto. O fulgor desapareceu de seus olhos; ele olhou para a garota de forma intrigada, mas com reconhecimento e inteligência. Então, caiu em um sono normal.

— Quando despertar, ele estará são — sussurrou, fazendo um sinal para o escravo negro.

Com uma ampla reverência, ele entregou nas mãos dela uma pequena bolsa de couro, e colocou um manto de seda sobre seus ombros. O comportamento dela havia mudado sutilmente quando fez um gesto para que Conan a seguisse para fora do quarto.

Numa arcada que levava à rua, virou-se para ele, vestindo-se com uma nova realeza.

— Devo dizer-lhe a verdade — ela exclamou. — Não sou Zabibi. Sou Nafertari. E ele *não* é Alafdhal, um pobre capitão da guarda. É Jungir Khan, o sátrapa de Zamboula.

Conan não fez nenhum comentário; seu rosto moreno coberto de cicatrizes não moveu um músculo sequer.

— Menti para você porque não ouso contar a verdade a ninguém — ela disse. — Estávamos sós quando Jungir Khan ficou louco. Ninguém sabia além de mim. Se viesse a público que o sátrapa de Zamboula enlouquecera, teria havido uma revolta imediata, conforme Totrasmek, que planejou nossa destruição, queria. Entende por que é impossível que eu lhe dê a recompensa que esperava? A amante do sátrapa não é... não pode ser para você. Mas receberá uma recompensa. Aqui está uma bolsa de ouro.

Ela lhe entregou a bolsa que havia recebido do escravo.

— Agora parta e, quando o sol nascer, venha ao palácio. Farei com que Jungir Khan o nomeie capitão da guarda. Mas receberá ordens minhas em segredo. Sua primeira missão será levar um pelotão de homens até o templo de Hanuman, aparentemente para buscar pistas sobre o assassinato do sacerdote. Na verdade, deverá procurar a Estrela de Khorala. Deve estar escondida em algum lugar lá. Quando encontrá-la, traga-a para mim. Tem minha permissão para partir agora.

Conan assentiu e, ainda em silêncio, se afastou. A jovem, ao vê-lo partir, os ombros largos oscilando, estranhou não haver nada em seu semblante denunciando que ele se sentia, de alguma maneira, contrariado ou enganado.

Quando dobrou a esquina, o bárbaro deu uma olhada para trás e rapidamente mudou de direção, apressando o passo. Pouco depois, estava no distrito da cidade onde ficava o Mercado de Cavalos. Lá, bateu a uma porta até que, da janela sobre ela, um rosto barbudo apareceu para perguntar o motivo da algazarra.

— Um cavalo — Conan disse. — O mais rápido que tiver.

— Eu não abro meus portões a esta hora da noite — respondeu com um grunhido, o mercador de cavalos. Conan fez suas moedas tilintarem.

— Filho de uma cadela! Não vê que também sou branco e estou só? Abra a porta antes que eu a ponha abaixo!

Pouco depois, Conan cavalgava um corcel baio em direção à casa de Aram Baksh.

Saiu da estrada principal para a pequena ruela que havia entre a taverna e o jardim de palmeiras, mas não se deteve no portão. Avançou até a esquina nordeste do muro, fez a curva e cavalgou paralelo a ela, até finalmente parar a alguns passos do ângulo noroeste. Nenhuma árvore crescia próxima à parede, mas havia alguns pequenos arbustos. Amarrou o cavalo a um deles, e estava prestes a subir na sela de novo, quando ouviu um murmúrio de vozes além da quina do muro.

Tirando o pé do estribo, ele se aproximou da esquina e espiou do outro lado. Três homens avançavam pela rua em direção ao pequeno bosque de palmeiras e, a julgar pelo modo como caminhavam, sabia que eram negros. Pararam quando ele os chamou baixinho, acotovelando-se receosos ao vê-lo caminhar em sua direção, com a espada em punho. Os olhos dos homens brilhavam sob a luz das estrelas. Um desejo brutal transparecia

em seus rostos, mas tinham ciência de que seus três porretes de madeira não podiam prevalecer contra a espada, assim como o cimério também o sabia.

— Aonde vocês vão? — Ele inquiriu.

— Avisar nossos irmãos para que apaguem o fogo no poço além das palmeiras — foi a resposta áspera e gutural. — Aram Baksh nos prometeu um homem, mas mentiu. Encontramos um de nossos irmãos morto na câmara da armadilha. Esta noite passaremos fome.

— Não creio — respondeu Conan com um sorriso. — Aram Baksh lhes entregará um homem. Veem esta porta?

Apontou para uma pequena porta de ferro, localizada no centro da parede oeste.

— Esperem ali. Aram Baksh lhes dará seu homem.

Recuando cautelosamente até ficar fora do alcance de um possível golpe de porrete, Conan deu meia-volta e dobrou pelo ângulo noroeste do muro. Ao chegar a seu cavalo, deteve-se por um momento para se assegurar de que os negros não o haviam seguido e subiu na sela, permanecendo ereto em pé e tranquilizando o corcel com algumas palavras suaves. Estendeu as mãos e, ao alcançar a beirada do muro, escalou-o e passou para o outro lado. Lá dentro, estudou o terreno por um instante. A taverna fora construída no ângulo sudoeste e o restante do terreno era ocupado por hortos e jardins. Não viu ninguém. A taverna estava escura e silenciosa, e ele sabia que todas as portas e janelas estavam fechadas e trancadas por dentro.

Conan também sabia que Aram Baksh dormia num quarto que dava para uma vereda rodeada por ciprestes, a qual levava ao acesso do lado oeste do muro. Como uma sombra, passou por entre árvores e, logo depois, bateu suavemente à porta do quarto.

— Quem é? — Perguntou uma voz estrondosa e sonolenta, vinda de dentro.

— Aram Baksh! — Sibilou Conan. — Os negros estão pulando o muro!

A porta se abriu quase que instantaneamente, emoldurando o taverneiro, que vestia apenas uma camisa e trazia uma adaga na mão. Ele esticou o pescoço para olhar o rosto do cimério.

— Que história é essa...? *Você!*

Os dedos vingativos de Conan estrangularam o grito em sua garganta. Os dois homens foram juntos ao chão e o cimério arrancou a adaga das mãos de seu inimigo. A lâmina reluziu à luz das estrelas e sangue jorrou. Aram Baksh emitiu sons hediondos, ofegando e engasgando com a boca cheia de sangue. Conan o pôs de pé e a adaga tornou a cortar, e a maior parte da barba crespa do homem caiu no chão.

Agarrando a garganta de seu cativo, pois um homem pode gritar incoerentemente até mesmo com a língua cortada, Conan o arrastou do quarto escuro e por todo o caminho de ciprestes, até a porta de ferro do muro exterior. Com uma mão ergueu o ferrolho e abriu a porta, revelando as três figuras sombrias que esperavam do lado de fora como abutres. Em seus braços ansiosos, Conan atirou o estalajadeiro.

Um horrível grito afogado em sangue surgiu da garganta de Aram Baksh, mas não houve resposta alguma da taverna silenciosa. O povo estava acostumado a gritos próximos aos muros. Aram Baksh lutou como um selvagem, seus olhos arregalados encarando desesperadamente o rosto do cimério. Ele não encontrou misericórdia ali. Conan pensava na quantidade de desgraçados que deviam seu destino sangrento à ganância daquele homem.

Satisfeitos, os negros o arrastaram pela estrada, zombando de seus lamentos incoerentes. Como poderiam reconhecer Aram Baksh naquela figura seminua, coberta de sangue, com a barba grotescamente raspada, emitindo balbucios ininteligíveis? Os ruídos da luta alcançavam Conan, ao lado do portão, mesmo após as silhuetas desaparecerem entre as palmeiras.

Fechando a porta atrás de si, Conan retornou ao seu cavalo, montou e foi para oeste, em direção ao deserto, fazendo um longo desvio para evitar o sinistro bosque de palmeiras. Enquanto cavalgava, tirou do cinto um anel no qual brilhava uma joia que refletia a luz das estrelas com iridescência cintilante. Segurou-a no alto para admirá-la, virando-a de um lado para outro. A compacta bolsa de moedas de ouro tilintava no arco de sua sela, como uma promessa de grandes riquezas vindouras.

— Pergunto-me o que ela diria se soubesse que a reconheci como Nafertari, e ele como Jungir Khan, desde o primeiro momento em que os vi — ele divertiu-se. — Também sabia sobre a Estrela de Khorala. Seria uma bela cena se ela adivinhasse que eu a tirei do dedo dele enquanto o amarrava com o cinto de sua espada. Mas jamais me pegarão, com essa vantagem que estou tendo.

Olhou para trás, para as palmeiras sombrias, por entre as quais surgia um clarão vermelho. Um canto cresceu em meio à noite, vibrando com júbilo selvagem. E outro som se misturou a este, um grito enlouquecido e incoerente, uma colérica algaravia da qual nenhuma palavra podia ser entendida. O barulho seguiu Conan em seu cavalgar para oeste, sob a luz pálida das estrelas.

A Hora do Dragão

(The Hour of the Dragon)

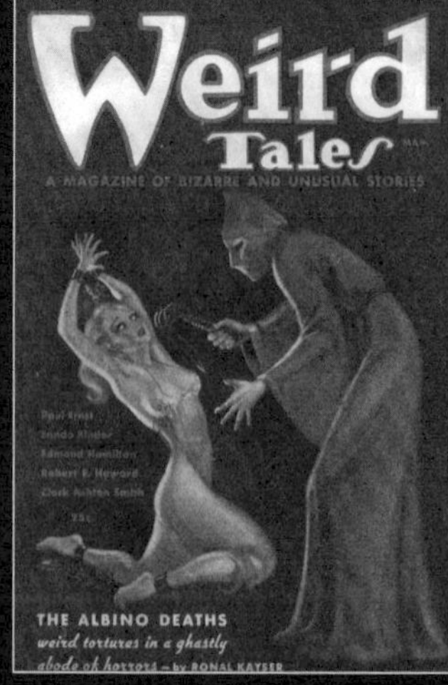

História originalmente publicada em cinco partes, em *Weird Tales* — dezembro de 1935 a abril de 1936.

I

Ó Adormecido, Desperte!

A bandeira do Leão oscila e cai nas trevas assombradas pelo horror;

Um Dragão escarlate sussurra, nascido dos ventos da dor.

Onde as lanças pontiagudas irrompem, brilhantes cavaleiros jazem amontoados;

E nas arrepiantes montanhas, os deuses perdidos da escuridão são despertados.

Mãos mortas apalpam nas sombras, as estrelas empalidecem em dissabor,

Pois esta é a Hora do Dragão, o triunfo da Escuridão e do Pavor.

As longas velas bruxulearam, fazendo sombras negras ondularem ao longo das paredes, e os tapetes de veludo se agitaram. Mas não havia vento na câmara. Quatro homens circundavam a mesa escura na qual se encontrava o sarcófago verde, que brilhava como jade esculpido. Na mão direita erguida de cada homem, uma curiosa vela preta queimava com uma estranha luz esverdeada. Lá fora era noite, e um vento perdido soprava por entre as árvores escuras.

Dentro da câmara, um tenso silêncio e o ondular das sombras, enquanto quatro pares de olhos ardiam com intensidade, fixos no longo invólucro verde sobre o qual hieróglifos crípticos se retorciam, como se tomassem emprestados a vida e o movimento da luz inconstante. O homem aos pés do sarcófago se inclinou e moveu sua vela como se escrevesse com uma pena, desenhando um símbolo místico no ar. Então, acomodou a vela em um castiçal dourado aos pés do envoltório e, murmurando alguma fórmula ininteligível para seus companheiros, enfiou a mão larga e branca em seu manto feito de pele de arminho aparada. Ao retirá-la, a mão em forma de concha parecia segurar uma bola de fogo vivo.

Os outros três respiravam acentuadamente, e o homem forte e sombrio que estava diante do sarcófago murmurou:

— O Coração de Ahriman!

O outro ergueu rapidamente a mão, pedindo silêncio. Em algum lugar, um cão uivou tristemente, e um passo furtivo fez-se ouvir do lado de fora da porta trancada e aferrolhada. Mas ninguém desviou o olhar do invólucro onde a múmia estava e sobre o qual o homem com o manto de arminho movia agora a bela joia flamejante, murmurando um encantamento que já era antigo quando a Atlântida afundou. O brilho da gema ofuscava a vista de todos, de modo que eles não tinham certeza do que viam; mas, com um estrondo, a tampa cravejada do sarcófago se estilhaçou numa forte explosão, como se uma pressão irresistível tivesse sido aplicada de seu interior. Os quatro homens, inclinando-se ansiosos, viram o ocupante; uma forma encolhida, murcha e encarquilhada, os membros marrons ressequidos como madeira morta, aparecendo por baixo das bandagens emboloradas.

— Trazer *essa coisa* de volta? — Murmurou o pequeno homem moreno que estava à direita, com uma sardônica gargalhada curta. — Ela está pronta para ruir ao menor toque. Somos tolos...

— Shhh! — Foi um urgente silvo de comando do homem alto que portava a joia. Perspiração escorria pela testa ampla e branca, e seus olhos estavam dilatados. Ele se inclinou e, sem tocar a coisa, depositou no peito da múmia a joia chamejante. Então, se afastou e a observou com intensidade feroz, seus lábios movendo-se em uma invocação silenciosa.

Foi como se um globo de fogo vivo tremulasse e queimasse sobre o peito morto e murcho. E o quarteto cerrou os dentes num sibilo, perdendo o fôlego, pois, diante de seus olhos, uma horrível transmutação tornou-se aparente. A forma seca no sarcófago começou a se expandir, crescer e alongar. As bandagens queimaram e caíram em um pó marrom. Os membros enrugados incharam e se endireitaram. A tonalidade escura começou a desaparecer.

— Por Mitra! — Sussurrou o homem alto de cabelos amarelos à esquerda. — Ele *não* era stygio. Essa parte ao menos era verdadeira.

Novamente um dedo trêmulo exigiu silêncio. O cão não estava mais uivando do lado de fora. Ele choramingou, como em um sonho ruim, e então, aquele som também morreu no silêncio; foi quando o homem de cabelos amarelos ouviu claramente a pesada porta ser forçada, como se alguma coisa do lado de fora a empurrasse com furor. Ele deu meia-volta, a espada em punho, mas o homem com o manto de pele sussurrou um aviso urgente:

— Fique! Não quebre a corrente! E, por sua vida, não vá até a porta!

O loiro encolheu os ombros, retornou e ficou estático, encarando. No sarcófago de jade estava um homem vivo: um homem alto e vigoroso, nu, de pele branca, cabelos escuros e barba. Ele permaneceu imóvel, os olhos bem abertos, vazios e ignorantes, como os de um recém-nascido. Em seu peito, a grande joia ardia e brilhava, latente.

O homem vestindo peles suspirou, como se colocasse para fora uma tensão extrema.

— Ishtar! — Ele arfou. — É Xaltotun! E ele vive! Valerius! Tarascus! Amalric! Vocês veem? Estão vendo isso? Duvidaram de mim... mas não falhei! Estivemos próximos dos portões escancarados do Inferno esta noite, e as formas da escuridão caminharam ao nosso lado... sim, elas o seguiram até a porta... mas trouxemos o grande mago de volta à vida.

— E condenamos nossas almas ao eterno purgatório — resmungou Tarascus, o homem mais baixo.

Valerius, o homem de cabelos amarelos, riu com severidade.

— E que purgatório seria pior do que a vida em si? Estamos todos amaldiçoados desde o nascimento. Além disso, quem não venderia sua miserável alma por um trono?

— Não há inteligência no olhar dele, Orastes — disse o homem grande.

— Ele esteve morto por muito tempo — Orastes respondeu. — Acabou de ser despertado. Sua mente está vazia após o longo sono, ou melhor, ele estava *morto*, não dormindo. Trouxemos seu espírito de volta do vazio abismal da noite e do esquecimento. Vou falar com ele.

Ele se inclinou sobre o pé do sarcófago e, firmando a vista nos olhos escuros e penetrantes, disse lentamente:

— Desperte, Xaltotun!

Os lábios do homem se moveram mecanicamente.

— Xaltotun! — Repetiu num sussurro vacilante.

— Você é Xaltotun! — Orastes exclamou, como um hipnotizador dirigindo sugestões. — Você é Xaltotun de Python, em Acheron.

Uma chama turva cintilou em seus olhos negros.

— Eu fui Xaltotun — sussurrou. — Eu estou morto.

— Você *é* Xaltotun — bradou Orastes. — Você não está morto! Está vivo!

— Eu sou Xaltotun — disse o lúgubre sussurro. — Mas estou morto. Na minha casa, em Khemi, na Stygia... lá eu morri.

— E os sacerdotes que o envenenaram mumificaram seu corpo usando magia negra, mantendo todos os seus órgãos intactos — Orastes exclamou. — Mas, agora, você torna a viver! O Coração de Ahriman lhe devolveu a vida, arrastou seu espírito para fora do espaço e da eternidade.

— O Coração de Ahriman! — A flama da lembrança crescia. — Os bárbaros o roubaram de mim!

— Ele se lembra — murmurou Orastes. — Tirem-no do sarcófago.

Os demais obedeceram hesitantes, como se relutassem em tocar o homem que haviam recriado, e suas mentes não aceitaram melhor a ideia ao sentirem sob os dedos a carne muscular firme, vibrante com sangue e vida. Mas o puseram sobre a mesa, e Orastes o vestiu com um curioso manto de veludo escuro, salpicado com estrelas douradas e luas crescentes, e amarrou uma fita dourada em volta das têmporas, prendendo os cachos escuros que caíam sobre os ombros. O homem permitiu que agissem da forma como queriam, sem nada dizer, nem mesmo quando o colocaram em uma cadeira esculpida no formato de trono, com um alto recosto de ébano, longos braços prateados e pés como garras douradas. Sentou-se impávido, enquanto lentamente a inteligência crescia em seus olhos escuros, deixando-os profundos, estranhos e luminosos. Era como se luzes bruxuleantes há muito submersas flutuassem de volta à superfície de piscinas negras como a meia-noite.

Orastes lançou um olhar furtivo para seus companheiros, que encaravam seu estranho convidado com mórbido fascínio. Seus nervos de ferro resistiram a uma provação que teria levado homens mais fracos à loucura. Ele sabia que não havia conspirado com fracotes, mas com homens cuja coragem era tão profunda quanto suas ambições desenfreadas e a capacidade para fazer o mal. Voltou a atenção para a figura na cadeira preta que, enfim, se pronunciou.

— Eu me lembro — afirmou com uma voz forte e ressonante, falando em nemédio com um sotaque arcaico e estranho. — Eu sou Xaltotun, o mais alto sacerdote de Set em Python, que ficava em Acheron. O Coração de Ahriman... sonhei que o havia encontrado novamente. Onde ele está?

Orastes o pôs em sua palma e ele suspirou profundamente ao encarar as profundezas da terrível joia que ardia em suas mãos.

— Eles o roubaram de mim há muito tempo. Ele é o coração vermelho da noite, forte o suficiente para salvar ou condenar. Veio de longe, de um passado longínquo. Enquanto o possuí, ninguém esteve à minha altura. Mas ele me foi roubado, e Acheron caiu. Eu fugi, buscando exílio na sombria Stygia. Lembro-me de muito, mas também me esqueci de muito. Estive em uma terra distante, entre vácuos nebulosos, abismos e oceanos escuros. Em que ano estamos?

— É o minguante do Ano do Leão, três mil anos depois da queda de Acheron — Orastes respondeu.

— Três mil anos! — Murmurou o outro. — Tanto assim? Quem é você?

— Eu me chamo Orastes, outrora um príncipe de Mitra. Este homem é Amalric, barão de Tor, na Nemédia; este outro é Tarascus, irmão mais jovem do rei da Nemédia; e aquele homem alto é Valerius, verdadeiro herdeiro do trono da Aquilônia.

— Por que me devolveram a vida? — Xaltotun perguntou. — O que querem de mim?

Agora o homem estava plenamente vivo e desperto, seus olhos afiados refletindo o trabalho de um cérebro lúcido. Não havia hesitação ou incerteza em seu comportamento. Foi direto ao ponto, como quem sabe que nenhum homem oferta a outro sem querer algo em troca. Orastes respondeu com o mesmo candor:

— Abrimos as portas do Inferno esta noite para libertar sua alma e trazê-la de volta ao corpo porque precisamos de seu auxílio. Queremos colocar Tarascus no trono da Nemédia e conquistar a coroa da Aquilônia para Valerius. Com sua necromancia, pode nos ajudar.

A mente de Xaltotun era diabólica e cheia de intenções inesperadas.

— Você deve ter um grande domínio das artes, Orastes, para ser capaz de devolver-me a vida. Como um sacerdote de Mitra sabe sobre o Coração de Ahriman e os encantamentos de Skelos?

— Não sou mais um sacerdote de Mitra — Orastes respondeu. — Fui expulso da ordem por causa do meu envolvimento com magia negra. Se não fosse por Amalric, eu poderia ter sido queimado como um feiticeiro. Mas isso me deixou livre para avançar em meus estudos. Viajei para Zamora, Vendhya, Stygia e para as selvas assombradas de Khitai. Li os livros encadernados em ferro de Skelos e falei com criaturas invisíveis em poços profundos, e com rostos sem forma em selvas negras e fumegantes. Tive um lampejo do seu sarcófago nas criptas assombradas por demônios sob o gigantesco templo negro de Set, nos sertões da Stygia, e aprendi as artes que devolveriam a vida ao seu cadáver enrugado. A partir de manuscritos mofados, conheci o Coração de Ahriman e, durante um ano, procurei seu local oculto, até finalmente encontrá-lo.

— E por que o trabalho de me ressuscitar? — Questionou Xaltotun, com seus olhos aguçados fixos no sacerdote. — Por que não empregar o Coração para ampliar o seu próprio poder?

— Porque não há homem vivo que conheça os segredos do Coração — Orastes respondeu. — Nem em lendas sobreviveram as artes pelas quais poderíamos libertar seus poderes plenos. Sabia que ele conseguiria lhe restaurar a vida; mas, de seus profundos segredos, sou ignorante. Usei-o apenas para ressuscitá-lo. É o seu conhecimento que buscamos. Quanto ao Coração, só você compreende seus horríveis mistérios.

Xaltotun balançou a cabeça, encarando pensativo as profundezas flamejantes.

— Meu conhecimento necromântico é maior que a soma de todo o conhecimento dos demais homens — ele disse. — Mesmo assim, não conheço o poder completo da joia. Não o invoquei na antiguidade... só a guardava para que não fosse utilizada contra mim. Enfim, ela foi roubada e, nas mãos de um xamã bárbaro emplumado, derrotou toda minha poderosa feitiçaria. Então, desapareceu, e eu fui envenenado pelos invejosos sacerdotes da Stygia antes que pudesse descobrir onde ela estava.

— Estava escondida em uma caverna sob o templo de Mitra, em Tarantia — Orastes revelou. — Descobri isso de maneiras tortuosas, depois de encontrar seus restos no templo subterrâneo de Set, na Stygia. Ladrões zamoranos, parcialmente protegidos por feitiços que aprendi com fontes que é melhor não mencionar, roubaram na calada da noite o seu sarcófago debaixo das barbas daqueles que o guardavam, que foi trazido até a cidade por uma caravana de camelos e bois. Aqueles mesmos ladrões, ou melhor, os que ainda estavam vivos após a sua terrível busca, roubaram o Coração de Ahriman da caverna assombrada sob o templo de Mitra, e, mesmo com toda a habilidade deles e com os encantos dos feiticeiros, quase falharam. Um daqueles homens viveu o suficiente para chegar até mim e entregar a joia, antes de morrer babando e balbuciando o que havia visto dentro da cripta maldita. Os ladrões de Zamora são os homens mais fiéis para se confiar. Mesmo com meus feitiços, somente eles poderiam ter roubado o Coração do local onde repousava, guardado pelos demônios das trevas desde a queda de Acheron, três mil anos atrás.

Xaltotun ergueu sua cabeça leonina e olhou fixamente para o espaço, como se medisse os séculos perdidos.

— Três mil anos! — Resmungou. — Por Set! Diga-me o que mudou no mundo.

— Os bárbaros que derrubaram Acheron fundaram novos reinos — relatou Orastes. — Onde outrora existia o império, agora há reinos chamados Aquilônia, Nemédia e Argos, a partir das tribos que os fundaram. Os antigos reinos de Ophir, Coríntthia e Koth Ocidental, que haviam sido subjugados por Acheron, reconquistaram a independência com a queda do império.

— E quanto ao povo de Acheron? — Xaltotun perguntou. — Quando fui para a Stygia, Python estava em ruínas, e todas as belas cidades com torres púrpuras de Acheron foram maculadas de sangue e pisoteadas pelas sandálias dos bárbaros.

— Nas colinas ainda há alguns pequenos grupos que descendem de Acheron — Orastes respondeu. — Quanto ao resto, a maré de meus ancestrais bárbaros os atingiu e varreu do mapa. Eles, meus ancestrais, haviam sofrido muito por causa dos reis de Acheron.

Um sorriso terrível e cheio de dentes contornou os lábios do pythoniano.

— Sim! Muitos bárbaros, homens e mulheres, morreram aos berros no altar sob esta mão. Cuidei para que suas cabeças fossem empilhadas para formarem uma pirâmide na grande praça de Python quando os reis voltavam do oeste, trazendo espólios de guerra e nativos capturados.

— Certo... E, quando o dia do acerto de contas chegou, a espada não foi economizada. Então Acheron deixou de existir, e Python das torres púrpuras tornou-se uma memória de dias esquecidos. Mas os reinos jovens se ergueram sobre as ruínas imperiais e se engrandeceram. Agora, o trouxemos de volta para nos ajudar a governá-los, reinos que, embora menos estranhos e maravilhosos que a antiga Acheron, são ricos e poderosos, pelos quais vale a pena lutar. Veja!

Orastes desenrolou diante do estranho um mapa desenhado cuidadosamente em um pergaminho. Xaltotun o examinou e então meneou a cabeça, perplexo:

— Os próprios contornos da terra mudaram. É como algo familiar visto em um sonho, fantasticamente distorcido.

— Todavia — respondeu Orastes, traçando com o dedo indicador —, aqui está Belverus, a capital da Nemédia, onde estamos. Estas são as fronteiras da Nemédia. Ao sul e sudeste ficam Ophir e Coríнthia; a leste, a Britúnia e, a oeste, a Aquilônia.

— É o mapa de um mundo que desconheço — Xaltotun comentou suavemente, mas Orastes não deixou de perceber a lúgubre faísca de ódio que cintilou naqueles olhos escuros.

— É um mapa que você nos ajudará a mudar — completou Orastes. — Primeiro, desejamos colocar Tarascus no trono da Nemédia. Queremos fazer isso sem luta e de forma que as suspeitas não recaiam sobre ele. Não queremos que a terra seja dilacerada por guerras civis, mas, sim, guardar todo seu poder para a conquista da Aquilônia. Se o rei Nimed e seus filhos morrerem naturalmente, por uma praga, por exemplo, Tarascus subirá ao trono como herdeiro de forma pacífica e sem oposição.

Xaltotun assentiu sem responder, e Orastes prosseguiu:

— A tarefa seguinte será mais difícil. Não podemos colocar Valerius no trono da Aquilônia sem guerra, e aquele reino é um adversário formidável. O seu povo é uma raça robusta e belicosa, embrutecida por guerras contínuas contra os pictos, zíngaros e cimérios. Por quinhentos anos a Aquilônia e a Nemédia travaram uma guerra intermitente, e a derradeira vantagem sempre esteve ao lado dos aquilonianos. Seu atual rei é o guerreiro mais renomado entre as nações ocidentais. É um forasteiro, um aventureiro que tomou a coroa à força quando uma guerra civil eclodiu, estrangulando o rei Namedides com as próprias mãos, bem diante do trono. Seu nome é Conan e nenhum homem o supera em batalha.

— Valerius é o legítimo herdeiro do trono — ele continuou. — Foi exilado por seu parente real, Namedides, e tem estado longe de seu reino nativo há anos, mas possui o sangue da antiga dinastia e, por causa disso, muitos barões organizariam secretamente a derrubada de Conan, que é um ninguém, sem sangue real ou mesmo nobre. Mas a plebe é leal a ele, assim como a nobreza das províncias periféricas. No entanto, se suas forças forem derrotadas em batalha e o próprio Conan for assassinado, acho que não seria difícil levar Valerius ao poder. Na verdade, com Conan morto, o único governo central seria varrido. Ele não faz parte de uma dinastia; pelo contrário, é um aventureiro solitário.

— Gostaria de ver esse rei — ponderou Xaltotun, olhando na direção de um espelho prateado que constituía um dos painéis da parede. O espelho não tinha reflexo, mas a expressão no rosto de Xaltotun mostrava que compreendia o propósito da peça, e Orastes meneou com o orgulho que qualquer bom artesão demonstra ao ver seus feitos serem reconhecidos por um mestre na arte.

— Tentarei mostrá-lo a você — disse. Sentando-se diante do espelho, fitou hipnoticamente suas profundezas, onde uma sombra turva começou a se formar.

Era algo misterioso, mas aqueles que observavam sabiam se tratar do reflexo da imagem do pensamento de Orastes, manifestado no espelho tal qual os pensamentos de um mago se personificam em um cristal místico. A imagem pairou como uma nuvem turva até mostrar com surpreendente clareza um homem alto, de ombros poderosos, peito largo, pescoço maciço e membros incrivelmente musculosos. Vestia seda e veludo, os leões reais da Aquilônia trabalhados em ouro sobre seu rico colete, e a coroa do reino brilhando sobre sua juba negra de corte quadrado. Mas a larga lâmina ao seu lado lhe parecia mais natural do que os acessórios régios. Sua testa era baixa e ampla, os olhos um azul vulcânico que ardiam como se tivessem fogo interior. A face coberta de cicatrizes, quase sinistra, era a de um combatente, e as ricas vestes de veludo não conseguiam ocultar as linhas brutas e perigosas de seus braços.

— Este homem não é hiboriano! — Exclamou Xaltotun.

— Não. Ele é cimério, uma das tribos selvagens que vivem nas colinas do norte.

— Lutei contra seus ancestrais — Xaltotun murmurou. — Nem mesmo os reis de Acheron puderam conquistá-los.

— Eles continuam sendo um terror para as nações do sul — respondeu Orastes. — Ele é um autêntico filho daquela raça selvagem e se mostrou, até agora, invencível.

Xaltotun não respondeu. Ficou sentado, encarando a piscina de fogo vivo que brilhava em sua mão. Lá fora, o cão tornou a uivar, um uivo longo e arrepiante.

II
Um Vento Negro Sopra

O Ano do Dragão nascera em guerra, pestilência e inquietação. A peste negra espreitava nas ruas de Belverus, atingindo o mercador em sua tenda, o servo em sua moradia miserável e o cavaleiro na mesa de banquetes. As habilidades dos médicos eram inúteis diante dela. Os homens disseram que ela havia sido enviada do Inferno como punição pelos pecados do orgulho e da luxúria. Ela foi rápida e mortal como o bote de uma víbora. O corpo da vítima ficava roxeado, então negro e, em poucos minutos, sucumbia, e o fedor da própria putrefação alcançava as narinas da vítima antes mesmo que a morte arrancasse sua alma do corpo podre. Um vento quente e trovejante soprou incessantemente do sul, as colheitas murcharam nos campos e o gado feneceu nos pastos.

Os homens imploravam a Mitra e reclamavam do rei porque, de alguma forma, por todo o reino espalhou-se o boato de que ele estava secretamente viciado em práticas abomináveis e orgias perversas na reclusão de seu palácio sombrio. Portanto, naquele palácio, a morte espreitava sorrindo aos pés de quem era engolfado pelos vapores monstruosos da praga. Em uma noite, o rei morreu com seus três filhos, e os tambores que ribombaram sua lamentação suplantaram os sinos sombrios e ameaçadores que soavam nas carroças, recolhendo os mortos apodrecidos das ruas.

Naquela noite, pouco antes do alvorecer, o vento quente que soprara por semanas parou de roçar maldosamente as cortinas de seda das janelas. Do norte elevou-se um grande vento que rugiu por entre as torres, e houve trovões cataclísmicos, ofuscantes relâmpagos e chuva pesada. Mas o amanhecer brilhou limpo, claro e verdejante; a terra arrasada velou a si própria na grama, as colheitas sedentas floresceram revigoradas, e a peste desapareceu, seu miasma varrido da terra pelo poderoso vento.

Os homens disseram que os deuses estavam satisfeitos, pois o maligno rei e sua cria estavam mortos, e quando seu jovem irmão Tarascus foi coroado no grande salão real, a população aplaudiu até que as torres tremessem, aclamando o monarca para quem os deuses haviam sorrido.

Essa onda de entusiasmo e alegria varrendo a terra é normalmente o sinal para uma guerra de conquista. Então, ninguém se surpreendeu quando foi anunciado que o rei Tarascus declarara vazia a trégua feita pelo finado monarca com seus vizinhos do oeste e começara a reunir seus compatriotas para invadir a Aquilônia. Suas razões eram claras; sua motivação, altamente proclamada, dourava as ações com um pouco do glamour de uma cruzada. Ele expôs a todos o caso de Valerius, legítimo herdeiro do trono. Tarascus veio e proclamou, não como inimigo da Aquilônia, mas como amigo, que era hora de libertar o povo da tirania de um estrangeiro e usurpador.

Se houve sorrisos cínicos em determinados bairros e sussurros preocupados com o bom amigo do rei, Amalric, cuja vasta riqueza pessoal parecia fluir para o esgotado tesouro real, eles passaram despercebidos pelo fervor e zelo gerais causados pela popularidade de Tarascus. Se qualquer indivíduo astuto suspeitou que Amalric era o verdadeiro governante da Nemédia nos bastidores, foi cuidadoso o suficiente para não dar voz a tamanha heresia. E a guerra seguiu com entusiasmo.

O rei e seus aliados se moveram para oeste encabeçando cinquenta mil cavaleiros de armaduras brilhantes, com seus penachos tremulando sobre os capacetes, lanceiros vestindo elmos e couraças de aço, e arqueiros com coletes de couro. Eles cruzaram a fronteira, tomaram um castelo fronteiriço e queimaram três vilas de montanheses, e então, no vale de Valkia, quinze quilômetros a oeste da fronteira, encontraram as forças de Conan, rei da Aquilônia; quarenta e cinco mil cavaleiros, arqueiros e guerreiros, a nata aquiloniana do exército e da cavalaria. Somente os cavaleiros de Poitain, sob o comando de Próspero, ainda não tinham chegado, pois tiveram que cavalgar da extremidade sul do reino. Tarascus atacara sem aviso. Sua invasão viera nos calcanhares da proclamação real, sem que houvesse uma declaração formal de guerra.

Os dois exércitos se encontraram ao longo de um vale pouco profundo e escarpado, com um córrego raso e sinuoso entre as massas de caniços e salgueiros que havia ao centro. Os seguidores campais que apoiavam ambos os exércitos iam até o riacho em busca de água, e gritavam insultos e atiravam pedras uns nos outros. Os últimos raios de sol brilharam sobre a bandeira da Nemédia estampada com o dragão escarlate, desfraldada ao vento acima do pavilhão do rei Tarascus, montado em uma protuberância próxima aos rochedos orientais. Mas a sombra dos rochedos caiu como uma grande mortalha púrpura sobre as tendas do exército da Aquilônia e sobre a bandeira negra que balançava com seu leão dourado acima do pavilhão do rei Conan.

Durante toda a noite, as chamas iluminaram a extensão do vale, e o vento trouxe o chamado de trombetas, o clamor das armas e os perigosos desafios das sentinelas que montavam seus corcéis ao longo da fila de salgueiros que crescia na beirada do riacho.

Foi nas trevas antes do amanhecer que o rei Conan se mexeu em seu divã, que não era nada além de uma pilha de seda e peles jogadas sobre um estrado, e despertou. Ele deu um grito alto e agudo e agarrou sua espada. Pallantides, seu comandante, adentrou a tenda por causa do grito e viu o rei sentado, a mão sobre a empunhadura da arma e suor pingando de sua face estranhamente pálida.

— Majestade! — Exclamou Pallantides. — Há algo errado?

— Como está o acampamento? — Perguntou Conan. — Os guardas estão lá fora?

— Quinhentos homens patrulham a beira do riacho, senhor — respondeu o general. — Os nemédios não pretendem se mover contra nós durante a noite. Vão esperar amanhecer, assim como nós.

— Por Crom — murmurou Conan. — Acordei com a sensação de que a morte estava me rondando esta noite.

Ele olhou fixamente para a lamparina dourada que derramava seu suave brilho sobre as cortinas e tapetes de veludo da tenda. Eles estavam a sós; nem mesmo um escravo ou um pajem dormia no chão acarpetado, mas os olhos de Conan queimavam como se estivessem nas garras de um grande perigo, e a espada estremeceu em suas mãos. Pallantides o observou com desconforto. Conan parecia escutar algo.

— Ouça! — Sussurrou o rei. — Você escutou isso? Um passo furtivo!

— Sete cavaleiros guardam a sua tenda, Majestade — Pallantides afirmou. — Ninguém poderia se aproximar sem ser visto.

— Não é do lado de fora — Conan rugiu. — Pareceu soar *dentro* da tenda.

Pallantides lançou um olhar rápido e assustado ao redor. As cortinas de veludo se fundiam às sombras nos cantos, mas, se houvesse alguém no pavilhão além deles, o general teria visto. Novamente, meneou com a cabeça.

— Não há ninguém aqui, com certeza. O senhor dormiu no centro de seu exército.

— Já vi a morte derrubar um rei em meio a milhares — resmungou Conan. — Algo que caminha com pés invisíveis e não pode ser visto...

— Talvez o senhor estivesse sonhando, Majestade — Pallantides disse, ligeiramente perturbado.

— Então eu estava — o rei grunhiu. — E foi um sonho maldito. Voltei a andar por todas as longas e exaustivas estradas que tive de percorrer em minha jornada até tornar-me um monarca.

Ele se calou e Pallantides ficou a observá-lo, em silêncio. O rei era um enigma para o general, assim como para a maioria dos seus súditos civilizados. Pallantides sabia que Conan atravessara inúmeras veredas estranhas em sua vida selvagem e agitada, e que tinha feito muitas coisas antes que uma guinada do destino o levasse ao trono da Aquilônia.

— Eu vi novamente o campo de batalhas onde nasci — Conan disse, descansando o queixo no punho maciço. — Vi a mim mesmo vestindo uma tanga feita de pele de pantera, arremessando uma lança nas feras das montanhas. Voltei a ser um espadachim mercenário, um comandante militar dos kozakis, que vivem ao longo do Rio Zaporoska, um corsário pilhando a costa de Kush, um pirata das Ilhas Barachas, um chefe dos homens himelianos das colinas. Todas essas coisas eu fui, e com todas elas sonhei; todos os perfis que *eu* já assumi desfilaram como uma procissão sem fim, e o bater de seus pés entoou um canto fúnebre na poeira ressonante. Mas, durante o sonho, estranhas figuras veladas e sombras fantasmagóricas se moviam, e uma voz distante e assustadora zombava de mim. Por fim, pareci ver a mim mesmo flutuando neste estrado, em minha tenda, e uma forma se inclinou sobre mim, trajando manto e capuz. Fiquei deitado, incapaz de me mover, quando o capuz subitamente caiu e um crânio apodrecido sorriu. Então acordei.

— Foi um pesadelo horrível, Majestade — Pallantides comentou, suprimindo um arrepio. — Mas já acabou.

Conan balançou a cabeça, mais em dúvida do que em negação. Ele vinha de uma raça bárbara, e as superstições e instintos de sua herança espreitavam próximos à superfície da consciência.

— Já tive muitos pesadelos — disse —, e a maior parte deles foi desprovida de significado. Mas, por Crom, este não foi como a maioria dos sonhos! Gostaria que esta batalha fosse lutada e ganha, porque venho tendo esta premonição sinistra desde que o rei Nimed morreu de peste negra. Por que ela cessou após a morte dele?

— Os homens dizem que ele pecou...

— Como sempre, os homens são tolos — grunhiu Conan. — Se a peste atingisse todos os que pecaram, então, por Crom, não sobraria o suficiente para contar os sobreviventes! Por que os deuses, que os sacerdotes me dizem ser justos, mataram quinhentos camponeses, comerciantes e nobres antes de dar cabo do rei, se toda a pestilência mirava nele? Os deuses estavam ferindo às cegas, como espadachins na neblina? Por Mitra, se eu mirasse meus ataques dessa forma, a Aquilônia teria um novo rei há muito tempo. Não! A peste negra não foi uma praga comum. Ela se esconde nas tumbas da Stygia e é tirada de lá somente por feiticeiros. Eu fui espadachim no exército do rei Almuric que invadiu a Stygia, e dos seus trinta mil homens, quinze mil morreram pelas flechas stygias e o resto por causa da peste negra, que caiu sobre nós como um vento vindo do sul. Fui o único que sobreviveu.

— Mas só quinhentos morreram na Nemédia — retrucou Pallantides.

— Quem quer que a tenha conjurado, sabia como detê-la à sua vontade — Conan respondeu. — Assim como eu sabia que havia algo planejado e diabólico a respeito de tudo isso. Alguém a invocou e alguém a baniu quando o trabalho estava completo, quando Tarascus estava seguro no trono, aclamado como o salvador do povo da ira dos deuses. Por Crom, sinto um cérebro obscuro e velado por trás disso tudo. E quanto a esse estranho que os homens dizem dar conselhos a Tarascus?

— Ele usa um véu — respondeu Pallantides. — Dizem que é um estrangeiro, vindo da Stygia.

— Um estrangeiro da Stygia! — Conan repetiu, com cara feia. — Um estrangeiro do Inferno, me parece! Hah! O que foi isso?

— As trombetas dos nemédios! — Exclamou Pallantides. — E ouça... nosso próprio clangor logo segue o deles. O amanhecer chegou e os capitães estão marchando com os exércitos para a batalha! Que Mitra esteja com eles, pois muitos não verão o sol se pôr atrás do penhasco.

— Mande meus escudeiros! — Conan afirmou, levantando-se com entusiasmo e tirando suas vestes noturnas de veludo; parecia ter se esquecido dos pressentimentos na iminência da ação. — Vá até os capitães e veja se está tudo pronto. Estarei com vocês assim que vestir minha armadura.

Grande parte da forma de ser de Conan era inexplicável para as pessoas civilizadas que ele governava, e isso incluía sua insistência em dormir sozinho em seu quarto ou tenda. Pallantides apressou-se para fora do pavilhão, tilintando na armadura que havia vestido à meia-noite, após algumas horas de sono. Deu uma rápida olhadela para o campo, que começava a fervilhar em atividade, cotas de malha ressoando e homens se deslocando sob a luz incerta entre as longas fileiras de tendas. Estrelas ainda brilhavam pálidas no céu a oeste, mas longas faixas rosadas despontavam no horizonte ao leste, e contra elas a bandeira do dragão da Nemédia esvoaçava com suas dobras de seda.

Pallantides foi em direção a uma tenda menor próxima, onde dormiam os escudeiros reais. Estes já estavam acordados, despertos pelas trombetas. E, ao que Pallantides pedia que se apressassem, seu discurso foi congelado por um grito profundamente feroz e o impacto de um duro golpe dentro da tenda do rei, seguido pelo barulho de um corpo caindo, capaz de parar o coração. Lá ressoou uma gargalhada que fez gelar o sangue do general.

Ecoando o grito, Pallantides correu de volta para o pavilhão. Berrou novamente ao ver o poderoso corpo de Conan estirado no tapete. A grande espada de dois gumes do rei estava próxima de sua mão, e uma parte despedaçada da tenda parecia demonstrar onde a lâmina havia acertado. De lâmina em punho, Pallantides olhou ao redor, mas não viu nada. Exceto pelo rei e por ele próprio, a tenda estava vazia, da mesma forma que a deixara ao sair.

— Majestade! — Pallantides se atirou de joelhos ao lado do gigante caído.

Os olhos de Conan estavam abertos; eles brilhavam com inteligência e reconhecimento. Seus lábios se retorceram, mas nenhum som saiu. Parecia incapaz de se mover.

Vozes soaram do lado de fora. Pallantides se levantou rapidamente e foi até a porta. Os escudeiros reais e um dos cavaleiros que guardavam a tenda estavam lá.

— Escutamos um barulho aí dentro — disse o cavaleiro, constrangido. — Está tudo bem com o rei?

Pallantides o esquadrinhou:

— Ninguém entrou ou saiu deste pavilhão esta noite?

— Ninguém, exceto o senhor, meu lorde — respondeu o cavaleiro, e Pallantides não duvidou de sua honestidade.

— O rei tropeçou e derrubou sua espada — disse com brevidade. — Retorne ao seu posto.

Enquanto o cavaleiro se afastava, o general confidencialmente gesticulou para os cinco escudeiros reais e, quando eles o seguiram para dentro da tenda, fechou a entrada rapidamente. Eles empalideceram ante a visão do rei caído, mas um sinal de Pallantides inibiu suas exclamações.

O general se inclinou novamente sobre o rei, que voltou a tentar falar. As veias em suas têmporas e os tendões do pescoço incharam com seus esforços, e ele levantou a cabeça do chão. Finalmente a voz veio, murmurosa e pouco inteligível.

— A coisa... a coisa no canto!

Pallantides levantou a cabeça e olhou temerosamente ao redor. Viu o rosto pálido dos escudeiros à luz da lamparina e as sombras aveludadas que espreitavam ao longo das paredes do pavilhão. E isso era tudo.

— Não há nada aqui, Majestade — disse.

— Estava lá, no canto — murmurou o rei, sacudindo a cabeça com a cabeleira de leão de um lado para outro em seus esforços para se erguer. — Um homem... pelo menos parecia um... envolto em panos como ataduras de uma múmia, e num manto podre, com capuz. Tudo que pude ver foram seus olhos, enquanto se agachava nas sombras. Eu achei que ele próprio fosse uma sombra, até ver aqueles olhos. Eram como joias negras. Fui até ele e brandi minha espada, mas não o acertei. Como, só Crom sabe, mas em vez disso rasguei aquela parte da tenda. Ele agarrou meu punho quando perdi o equilíbrio, e seus dedos queimavam como ferro quente. Toda minha força deixou meu corpo, e o chão se ergueu e me atingiu como uma clava. Então, ele se foi, e eu estava caído, e... maldito seja! Não posso me mover! Estou paralisado!

Pallantides ergueu a mão do gigante, e ficou arrepiado. O pulso do rei mostrava marcas arroxeadas de dedos longos e magros. Que mão poderia agarrar com tanta força a ponto de deixar marcas naquele pulso grosso? Pallantides lembrou-se da gargalhada grave que escutara enquanto se apressava em direção à tenda e começou a suar frio. Não fora Conan quem rira.

— Isso é algo diabólico — cochichou um escudeiro apavorado. — Os homens dizem que as crianças das trevas batalham em nome de Tarascus!

— Silêncio! — Pallantides ordenou com firmeza.

Lá fora, o amanhecer diminuía a luz das estrelas. Uma leve brisa soprava dos penhascos e trazia consigo a fanfarra de mil trombetas. Ao som delas, uma chuva de convulsões caiu sobre a forma poderosa do rei. Mais uma vez as veias de suas têmporas saltaram enquanto ele lutava para quebrar os grilhões invisíveis que o haviam derrubado.

— Vistam minha armadura e me amarrem na sela — ele suspirou. — Eu ainda liderarei o ataque!

Pallantides balançou a cabeça e um escudeiro disse corajosamente:

— Meu senhor, estaremos perdidos se o exército souber que o rei foi ferido! Somente ele poderia nos levar à vitória no dia de hoje.

— Ajudem-me a colocá-lo sobre o estrado — disse o general.

Eles obedeceram, deitaram o indefeso gigante sobre as peles e o cobriram com uma capa de seda. Pallantides se voltou para os cinco escudeiros e examinou os rostos pálidos por um tempo, antes de falar.

— Nossos lábios precisam permanecer selados para sempre sobre o que aconteceu nesta tenda — disse, enfim. — Disso depende o reino da Aquilônia. Um de vocês vá buscar Valannus, o capitão dos lanceiros pellianos.

O escudeiro indicado se curvou e correu para fora da tenda. Pallantides continuou a fitar o rei ferido, enquanto do lado de fora trombetas retumbavam, tambores eram como trovões e o rugido das multidões crescia ao desvelar da alvorada. Logo o escudeiro retornou com o oficial que Pallantides havia solicitado, um homem alto, forte e largo, com uma estrutura física similar à do rei. Também como ele, tinha cabelos grossos e escuros, mas seus olhos eram cinzentos e as feições não lembravam as de Conan.

— O rei foi acometido por um estranho mal — Pallantides explicou rapidamente. — Você receberá uma grande honra; usará a armadura real e cavalgará à frente do exército hoje. Ninguém deve saber que não é o rei quem cavalga.

— Essa é uma honra pela qual um homem daria de bom grado sua vida — balbuciou o capitão, estupefato pela incumbência. — Que Mitra garanta que eu não falhe diante desta poderosa tarefa!

E, sob o olhar fixo e ardente do rei caído, que refletia a amarga ira e humilhação que devoravam seu coração, o escudeiro despiu Valannus de sua camisa, elmo e peças que cobriam as pernas, e o vestiu com a armadura de Conan, feita de uma malha prateada escura e um capacete com visor e plumas negras na crista. Por cima, eles vestiram a túnica de seda com o leão real trabalhado em ouro na altura do peito, e o cingiram com um cinturão largo, de fivela dourada, que guardava uma larga espada com uma joia incrustada, numa bainha de pano dourado. Enquanto eles trabalhavam, trombetas soaram do lado de fora, e por todo o riacho ergueu-se um profundo rugido conforme esquadrão após esquadrão assumia posição.

Plenamente armado, Vallanus caiu de joelhos e curvou suas plumas diante da figura deitada no estrado.

— Senhor, meu rei. Que Mitra garanta que eu não desonre a armadura que visto hoje!

— Traga-me a cabeça de Tarascus e farei de você um barão! — Em sua hora de angústia, o verniz de civilização de Conan caiu. Com os olhos pegando fogo, ele apertou os dentes com fúria e sede de sangue, tão bárbaro quanto qualquer homem de sua tribo nas colinas da Ciméria.

III
A Queda do Penhasco

As forças aquilonianas estavam em posição, longas fileiras serrilhadas de lanceiros e cavaleiros em aço brilhante, quando uma figura gigante trajando uma armadura negra emergiu do pavilhão real. Ao subir na sela do garanhão negro que seus quatro escudeiros seguravam, um clamor que sacudiu as montanhas partiu do exército. Eles brandiram lâminas e trovejaram em aclamação diante de seu rei guerreiro; cavaleiros em armaduras douradas, lanceiros em malhas de ferro e capacetes de aço, arqueiros em coletes de couro empunhando arcos longos na mão esquerda.

As tropas do lado oposto do vale estavam em movimento, trotando pela encosta longa e suave em direção ao rio; aço brilhava através da neblina da manhã que rodeava as patas dos cavalos.

O exército aquiloniano se movia vagarosamente de encontro a elas. O pisar calculado dos cavalos blindados fazia o chão tremer. As bandeiras flutuavam com suas longas pregas de seda sopradas pelo vento matutino; lanças balançavam como uma floresta eriçada, submergindo e afundando, seus penachos movendo-se com elas.

Dez guerreiros, veteranos taciturnos e rudes, guardavam o pavilhão real. Um escudeiro permaneceu na tenda, espiando por uma abertura na entrada.

Mas, exceto pelos poucos que conheciam o segredo, ninguém sabia que não era Conan quem montava o grande garanhão negro à frente do exército.

As tropas aquilonianas assumiram a formação padrão: a parte mais forte ao centro, composta em sua totalidade de cavaleiros fortemente armados; nas laterais havia destacamentos menores de homens a cavalo, guerreiros montados em sua maioria, apoiados por lanceiros e arqueiros. Os últimos eram os bossonianos das terras ocidentais, homens de estatura média e constituição forte trajando casacos de couro e elmos de ferro.

O exército nemédio vinha em formação similar e as duas forças se moveram para o rio, as facções um pouco à frente dos centros. No meio da tropa aquiloniana, a bandeira do leão esvoaçava, formando vagalhões com suas pregas pretas acima da figura revestida de aço, montada no corcel negro.

Mas, em seu estrado no pavilhão real, Conan grunhiu com o espírito angustiado e praguejou com estranhos juramentos pagãos.

— Os exércitos se movem ao mesmo tempo — narrou o escudeiro, observando da entrada. — Ouça o soar das trombetas! Hah! O amanhecer fulmina com fogo os elmos e as pontas das lanças, deslumbrando minha visão. Faz com que o rio se torne carmesim... sim, estará de fato carmesim antes que o dia finde! O inimigo chegou ao rio. Flechas voam entre as armadas como nuvens de tormentas escondendo o sol. Hah! Bom disparo, arqueiro. Os bossonianos levaram a melhor! Escute o brado deles!

Vagamente, acima do barulho das trombetas e do retinir do aço, chegava aos ouvidos do rei o grito grave e feroz dos bossonianos, enquanto estes puxavam e soltavam seus arcos em perfeito uníssono.

— Os arqueiros deles tentam manter os nossos ocupados enquanto seus cavaleiros atravessam o rio — disse o escudeiro. — As margens não são íngremes; elas ficam no nível da água. Os cavaleiros entraram e colidiram em meio aos salgueiros. Por Mitra, nossas flechas encontram todas as brechas na armada deles! Cavalos e homens caem se debatendo e contorcendo na água. Ela não é profunda, nem a correnteza é rápida, mas os homens estão se afogando, arrastados para baixo pelas armaduras e pisoteados pelos frenéticos cavalos. Agora os cavaleiros da Aquilônia avançam. Eles cavalgam pelo riacho e confrontam os cavaleiros da Nemédia. A água forma um redemoinho bem na altura da barriga dos cavalos e o som de espada contra espada é ensurdecedor.

— *Crom!* — Os lábios de Conan explodiram em agonia. A vida estava lentamente voltando às suas veias, mas ele ainda não conseguia erguer sua poderosa estrutura do estrado.

— As asas estão se fechando — disse o escudeiro. — Os lanceiros e espadachins lutam corpo a corpo na correnteza e, atrás deles, os arqueiros continuam a disparar. Por Mitra, os arqueiros nemédios foram arrasados por completo, e os bossonianos curvam seus arcos para derrubar as fileiras de trás. O centro deles não consegue avançar nem um pé, e as laterais estão sendo forçadas a recuar pelo riacho.

— Crom, Ymir e Mitra! — Rosnou Conan. — Deuses e demônios, se ao menos eu pudesse chegar até a luta, nem que fosse para morrer no primeiro golpe!

Lá fora, ao longo do dia quente e interminável, a batalha retumbou e tempestuou. O vale estremecia a cada ataque e contra-ataque, ante o assobio das flechas e o choque dos escudos se rasgando e lanças se fragmentando. Mas a armada da Aquilônia manteve o controle. Eles chegaram a ser forçados de volta à margem, mas um contra-ataque, com a bandeira negra flutuando acima do corcel negro, recuperou o terreno perdido. Como uma muralha de ferro, manteve a margem direita do riacho e, enfim, o escudeiro deu a Conan a notícia de que os nemédios recuavam pelo rio.

— As fileiras deles estão confusas — ele berrou. — Seus cavaleiros se afastam do confronto direto. Mas o que é isto? A nossa bandeira está em movimento... o centro do exército está cruzando o rio! Por Mitra, Valannus está liderando as tropas através do riacho!

— Tolo! — Conan rugiu. — Pode ser um truque. Ele deveria manter a posição; ao amanhecer, Próspero estará aqui com o destacamento de poitanianos.

— Os cavaleiros cavalgam para dentro de uma saudação de flechas! — Gritou o escudeiro. — Mas não vacilaram. Continuam a varredura... eles cruzaram! Estão investindo contra a encosta! Pallantides avançou os flancos ao longo do rio para lhes dar cobertura! É só o que pode fazer. A bandeira do leão mergulha e cambaleia acima do tumulto. Os cavaleiros nemédios armaram uma resistência. Estão arruinados e recuam! O flanco esquerdo parte totalmente em fuga, e nossos lanceiros os dilaceram enquanto correm! Estou vendo Valannus, cavalgando e golpeando como um louco. Ele foi arrebatado além de seu ser pelo delírio da batalha. Os homens não olham mais para Pallantides. Eles seguem Valannus, julgando que é Conan, pois ele cavalga com o visor fechado.

— Mas veja! — Ele prosseguiu. — Há método em sua loucura! Ele contorna a frente nemédia com cinco mil cavaleiros, a nata do exército. A armada principal dos nemédios está confusa... e olhe! O flanco deles está protegido pelos rochedos, mas há uma passagem desguarnecida! É como uma grande fissura em uma parede que se abre bem atrás das linhas inimigas. Por Mitra, Valannus a viu e vai aproveitar a oportunidade! Ele dirigiu a fileira deles à sua frente e lidera seus cavaleiros em direção a ela. Eles desviaram da batalha principal, cortaram por uma linha de lanceiros e investem para a passagem.

— Uma emboscada — berrou Conan, lutando para se colocar de pé.

— *Não!* — O escudeiro gritou, exultante. — O exército nemédio inteiro está à vista! Eles se esqueceram da passagem! Jamais pensaram que seriam forçados a recuar tanto. Ah, Tarascus, que tolo, tolo... cometer tamanho descuido! Vejo lanças e bandeiras polvilharem a boca do desfiladeiro além das linhas nemédias. Elas vão esmagar as fileiras por trás. *Mitra, o que é aquilo?*

Ele cambaleou quando as paredes da tenda balançaram como um bêbado. Ao longe, acima do trovejar do combate, ergueu-se um rugido grave, incrivelmente sinistro.

— Os rochedos tremem! — O escudeiro berrou. — Ah, deuses, o que é isso? O rio está espumando para fora do canal, enquanto os picos caem! A terra oscila, e cavalos e cavaleiros de armadura vão ao chão. O penhasco! O penhasco está desmoronando!

Com as palavras vieram um estrondo retumbante e uma concussão trovejante, e o chão tremeu. Mais altos que os rugidos da batalha soaram gritos alucinados de terror.

— Os rochedos despencaram — bradou o escudeiro, lívido. — Caíram pela passagem e esmagaram cada criatura viva que estava em seu caminho! Eu vi a bandeira do leão ondular por um instante em meio ao pó e as pedras e, então, desaparecer! Os nemédios gritam em triunfo! E podem gritar, pois a queda das rochas varreu do mapa cinco mil de nossos mais bravos cavaleiros... ouça!

Chegou aos ouvidos de Conan uma torrente imensa de som, crescendo e crescendo em frenesi: *"O rei está morto! O rei está morto! Fujam! Fujam! O rei está morto!"*

— Mentirosos! — Ofegou Conan. — Cães! Patifes! Covardes! Ah, Crom, se ao menos pudesse levantar e arrastar-me até o rio com minha espada entre os dentes! Como podem fugir, garoto?

— Sim! — Soluçou o escudeiro. — Eles correm para o rio; estão quebrados, abatidos como espuma diante de uma tempestade. Vejo Pallantides tentando resistir à torrente... ele caiu e os cavalos o pisoteiam! Eles investem contra o rio, cavaleiros, arqueiros, lanceiros, todos misturados em uma louca onda de destruição. Os nemédios estão logo atrás, cortando-os como milho.

— Mas eles resistirão do lado de cá da margem! — Bradou o rei. Com um esforço que fez suor pingar de suas têmporas, pôs-se sobre os cotovelos.

— Não! — Respondeu o escudeiro. — Eles não poderão! Estão quebrados! Derrotados! Ó, deuses, tive que viver para ver este dia! — Então, ele se lembrou de seus deveres e gritou para os guerreiros que observavam impassíveis a fuga dos conterrâneos — Peguem um cavalo, rápido, e ajudem-me a colocar o rei sobre ele. Não vamos ousar esperar aqui.

Porém, antes que os homens pudessem fazer o que fora pedido, a primeira onda da tempestade já estava sobre eles. Cavaleiros, lanceiros e arqueiros correram por entre as tendas, tropeçando nas cordas e bagagens. Misturados a eles estavam os guerreiros nemédios, dilacerando-os de todos os lados. As cordas das tendas foram cortadas, fogo se espalhou por centenas de lugares e os saques já haviam começado! Os sombrios guarda-costas da tenda de Conan morreram bem onde estavam, ferindo e apunhalando, e sobre seus cadáveres desfigurados pulsavam os cascos dos conquistadores.

Mas o escudeiro havia fechado a porta e, na louca confusão da matança, ninguém se deu conta de que havia um ocupante no pavilhão. Logo a fuga e a perseguição passaram por eles e seguiram em direção ao vale, e o escudeiro observou um grupo de homens se aproximar da tenda real com um propósito evidente.

— Aí vem o rei da Nemédia com quatro companheiros e seu escudeiro — descreveu. — Ele aceitará sua rendição, meu senhor.

— Para o diabo com a rendição! — Rosnou o rei.

Ele havia se forçado a uma postura sentada. Moveu dolorosamente as pernas para fora do estrado e ficou de pé, titubeando como um bêbado. O escudeiro correu para ajudá-lo, mas Conan o afastou.

— Dê-me aquele arco! — Ele berrou, indicando um arco longo e uma aljava cheia de flechas que estava pendurada em um dos postes da tenda.

— Mas, Majestade! — Implorou o escudeiro, profundamente perturbado. — A batalha está perdida! Faz parte da magnificência render-se com a dignidade daqueles que têm sangue real.

— Eu não tenho sangue real — Conan grunhiu. — Sou um bárbaro e filho de um ferreiro.

Apanhando o arco e uma flecha, ele cambaleou até a abertura do pavilhão. Sua aparência era tão formidável — nu, exceto por uma tanga de couro e uma camisa sem mangas aberta para revelar o largo peito peludo, com membros enormes e flamejantes olhos azuis sob a juba negra emaranhada —, que o escudeiro se afastou, com mais medo de seu rei do que do exército nemédio inteiro.

Com as largas pernas bambas, Conan rasgou a porta basculante e cambaleou para fora, sob o dossel. O rei da Nemédia e seus companheiros haviam desmontado e pararam próximos, encarando com surpresa a aparição que os confrontava.

— Aqui estou, chacais! — Rugiu o cimério. — Eu sou o rei! Morte a vocês, filhos de um cão!

Ele levou o arco até a cabeça e disparou, e a flecha cravou no peito do cavaleiro que estava ao lado de Tarascus. Conan arremessou o arco no rei da Nemédia.

— Maldita seja minha mão trêmula! Venha e me pegue, se tiver coragem!

Cambaleando para trás sobre pernas instáveis, ele tombou com o ombro na parede da tenda, usando-a de apoio, e apanhou sua espada, segurando-a com ambas as mãos.

— Por Mitra, é o rei! — Praguejou Tarascus. Ele lançou uma olhadela ao redor e gargalhou. — Aquele outro era um chacal vestindo sua armadura! Vamos, cães, arranquem sua cabeça!

Os três guerreiros usando o emblema da guarda real investiram contra o rei, e um deles derrubou o escudeiro com o golpe de uma maça. Os outros dois não se saíram tão bem. Quando o mais rápido se aproximou, erguendo a espada, Conan foi de encontro a ele com um golpe arrebatador que cortou os elos da malha como se fossem pano e separou o braço e o ombro do nemédio do corpo. Seu cadáver, lançado para trás, caiu aos pés do companheiro. O homem tropeçou e, antes que pudesse se recuperar, a grande espada já o transpassava.

Conan resfolegou, arrancou o aço do corpo e cambaleou para trás contra a tenda. Seus braços tremiam, o peito arfava e suor escorria por seu rosto e pescoço. Mas os olhos queimavam com exultante selvageria e ele arquejou:

— Por que permanece distante, cão de Belverus? Não consigo alcançá-lo; aproxime-se e morra!

Tarascus hesitou, olhou para o guerreiro restante e seu escudeiro, um homem raquítico e de aspecto melancólico, vestindo uma malha preta, e deu um passo à frente. Era bem inferior em tamanho e força ao gigante Conan, mas trajava armadura completa e tinha fama entre as nações ocidentais de ser um grande espadachim. Mas o escudeiro segurou seu braço.

— Não, Majestade, não desperdice sua vida. Vou buscar arqueiros para abater este bárbaro como abatemos leões.

Nenhum deles havia reparado que uma carruagem se aproximara durante o curso da luta e agora estacionava diante deles. Mas Conan a viu, olhando por cima dos ombros deles, e uma estranha e arrepiante sensação percorreu sua espinha. Havia algo vagamente sobrenatural na aparência dos cavalos negros que puxavam o veículo, mas foi o ocupante da carruagem que mais chamou sua atenção.

Era um homem alto, soberbamente bem constituído, vestido com um longo roupão de seda, sem enfeites. Usava um adorno shemita na cabeça, e as vestes escondiam suas feições, exceto pelos magnéticos olhos escuros. As mãos que seguravam as rédeas, puxando os cavalos para trás, eram brancas, porém fortes. Conan olhou fixamente para o estranho e todos seus instintos primitivos entraram em alerta. Sentiu uma aura de ameaça e poder emanar da figura velada, uma ameaça tão decisiva quanto a ondulação da grama alta em um dia sem vento, que marca o caminho de uma serpente.

— Salve, Xaltotun! — Exclamou Tarascus. — Eis aqui o rei da Aquilônia! Ele não morreu no deslizamento conforme pensávamos.

— Eu sei — respondeu o outro, sem se dar ao trabalho de dizer como. — Qual é sua intenção?

— Vou chamar os arqueiros para matá-lo — respondeu o nemédio. — Enquanto estiver vivo, sempre será um perigo para nós.

— Contudo, mesmo um cão tem sua utilidade — Xaltotun afirmou. — Peguem-no vivo.

Conan deu uma risada áspera e desafiou:

— Venham tentar! Se não fossem por minhas pernas traidoras, eu o deceparia dessa carruagem como um lenhador corta uma árvore. Mas vocês jamais me pegarão vivo, malditos!

— Temo que ele diz a verdade — Tarascus observou. — O homem é um bárbaro, com a mesma ferocidade de um tigre ferido. Permita que eu chame os arqueiros.

— Observe e aprenda a ser sábio — aconselhou Xaltotun.

Sua mão mergulhou em seu manto e emergiu segurando uma esfera brilhante, que ele arremessou repentinamente contra Conan. O cimério a defletiu com desprezo, mas, no instante do contato, houve uma explosão aguda, uma labareda branca e cegante, e Conan caiu no chão, desacordado.

— Está morto? — O tom de Tarascus era mais assertivo que questionador.

— Não, só desacordado. Ele vai recuperar os sentidos em algumas horas. Mande seus homens amarrarem seus braços e pernas e colocá-lo em minha carruagem.

Tarascus fez um gesto e eles puseram o rei desmaiado na carruagem, resmungando por causa da tarefa. Xaltotun cobriu seu corpo com um manto de veludo, escondendo-o completamente de qualquer um que pudesse vê-lo. Segurava as rédeas.

— Estou indo para Belverus — disse. — Diga a Amalric que estarei com ele se precisar de mim. Mas, com Conan fora do caminho e seu exército debandado, lanças e espadas devem ser suficientes para o resto da conquista. Próspero não deve trazer mais do que dez mil homens a campo, e indubitavelmente recuará até Tarantia quando ouvir as notícias da batalha. Não diga nada a Amalric, Valerius ou a qualquer outro sobre nosso prisioneiro. Deixe-os pensar que Conan morreu na queda dos rochedos.

O feiticeiro olhou para o guerreiro por um longo período, até que este se moveu irrequieto, nervoso sob seu escrutínio.

— O que é isso em sua cintura? — Perguntou Xaltotun.

— É meu cinturão, meu senhor. — Respondeu o guarda gaguejando.

— Você mente! — A gargalhada de Xaltotun foi impiedosa como o gume de uma espada. — É uma serpente venenosa. Que tolo é você de usar um réptil na cintura!

Com olhos distendidos, o homem mirou para baixo e, para seu mais profundo horror, viu a fivela de seu cinto virar-se para ele. *Era* a cabeça de uma cobra! Viu os olhos malignos e as presas gotejantes, escutou o sibilar e sentiu o contato repugnante contra seu corpo. Deu um grito hediondo, golpeou-a com a mão nua, sentiu presas cravarem-se contra a própria palma e então enrijeceu, caindo pesadamente. Tarascus olhou para ele desprovido de expressão. Só o que viu foi o cinto de couro e a fivela, a lingueta pontiaguda enfiada na palma do guarda. Xaltotun voltou seu olhar hipnótico para o escudeiro de Tarascus, que empalideceu e começou a tremer, mas o rei interveio:

— Não! Podemos confiar nele.

O feiticeiro esticou as rédeas e virou os cavalos.

— Cuide para que esta obra permaneça secreta. Se eu for necessário, permita que Altaro, servo de Orastes, me chame conforme o ensinei. Estarei em seu palácio, em Belverus.

Tarascus ergueu a mão em sinal de saudação, mas sua expressão não estava nada feliz enquanto observava a partida do hipnotizador.

— Por que ele quer poupar o cimério? — Sussurrou o assustado escudeiro.

— É o que estou me perguntando — resmungou Tarascus.

Ao fundo do som da carruagem, o entorpecedor rugido da perseguição esvanecia ao longe; o sol poente coroava os ruídos com uma chama escarlate, e a carruagem se movia para dentro das sombras vastas e azuis que flutuavam vindas do leste.

IV

"De Qual Inferno Você Rastejou?"

Daquela longa cavalgada na carruagem de Xaltotun, Conan não se lembra de nada. Ele permaneceu estirado, como que morto, enquanto as rodas douradas se chocavam contra pedras da estrada montanhosa e açoitavam a grama alta dos vales férteis, até que finalmente saíram dos picos escarpados e ressoaram ritmicamente ao longo da ampla estrada branca que seguia sinuosa entre ricas pastagens até os muros de Belverus.

Pouco antes do amanhecer, um fraco lampejo de vida o tocou. Ele ouviu um murmúrio de vozes e o gemido de pesadas dobradiças. Por um furo do manto que o cobria, viu sob o brilho lúrido de tochas o grande arco negro de um portão e as faces barbadas de guerreiros, o fogo refletido nas pontas de suas lanças e elmos.

— Como foi a batalha, meu senhor? — Perguntou uma voz ávida, na língua nemédia.

— De fato, boa — foi a curta resposta. — O rei da Aquilônia está morto e suas tropas foram debandadas.

Um balbucio de vozes excitadas cresceu, sufocado no instante seguinte pelas rodas da carruagem girando sobre os ladrilhos. Faíscas voaram sob os aros rotativos quando Xaltotun chicoteou seus corcéis e passou pelo arco. Mas Conan escutou um dos homens murmurar: "De além da fronteira até Belverus num espaço do pôr do sol até o amanhecer! E os cavalos mal estão cansados! Por Mitra, eles..." Então, o silêncio sorveu as vozes e ouviu-se apenas o barulho de cascos e rodas ao longo da rua sombria.

O que Conan escutara ficou registrado em seu cérebro, mas não lhe dizia nada. Ele era como um autômato sem mente que escuta e vê, mas não entende. Visões e sons fluindo não tinham significado. Ele tornou a cair em uma profunda letargia, e estava só vagamente consciente quando o veículo parou em um pátio amplo, cercado por paredes altas, e seu corpo foi erguido por muitas mãos e conduzido para baixo através de uma sinuosa escadaria de pedra e por um longo e mal iluminado corredor. Sussurros, passos furtivos e sons diversos ondulavam ou farfalhavam ao redor, irrelevantes e distantes.

Por fim, seu despertar definitivo foi abrupto e nítido. Lembrava-se perfeitamente da batalha nas montanhas e suas sequências, e tinha uma boa ideia de onde estava.

Jazia deitado em um sofá de veludo, coberto por um pano como no dia anterior, mas com seus membros presos por grilhões que nem mesmo ele poderia romper. A sala onde se encontrava era mobiliada com magnificência, as paredes cobertas por tapeçarias de veludo escuro e o chão por pesados tapetes roxos. Não havia sinal de porta ou janela, e um lustre dourado curiosamente esculpido, balançando no teto cinzelado, derramava uma luminosidade lúrida sobre tudo.

Sob aquela luz, a figura sentada diante dele em uma cadeira prateada no formato de um trono parecia irreal e fantástica, com uma ilusão de contornos intensificada por um manto de seda transparente. Mas suas feições eram distintivas... não naturais sob aquela luz incerta. Era quase como se uma estranha auréola brincasse acima da cabeça daquele homem, dando relevo ao rosto barbudo, de forma que fosse a única realidade definitiva naquela câmara mística e fantasmagórica.

Era um rosto magnífico, com traços fortemente cinzelados de uma beleza clássica. Havia, sem dúvida, algo inquietante em seu aspecto calmo e tranquilo; uma sugestão de algo mais do que conhecimento humano, de uma profunda certeza que ia além da presunção humana. Conan também sentiu uma estranha pontada de familiaridade no fundo de sua consciência. Nunca vira aquele rosto, ele bem sabia; contudo, suas feições lembravam algo ou alguém. Era como encontrar em carne uma imagem onírica que tivesse assombrado uma pessoa em seus pesadelos.

— Quem é você? — Inquiriu o rei beligerante, lutando para sentar-se, a despeito das correntes.

— Os homens me chamam de Xaltotun — foi a resposta, numa voz forte e brilhante.

— Que lugar é este? — O cimério questionou a seguir.

— Uma câmara no palácio do rei Tarascus, em Belverus.

Conan não se surpreendeu. Belverus, a capital, era tanto a maior cidade da Nemédia quanto a mais próxima da fronteira.

— E onde está Tarascus?

— Com o exército.

— Bem — Conan grunhiu —, se você quer me matar, por que não o faz e acaba logo com isso?

— Não o salvei dos arqueiros do rei para matá-lo em Belverus — respondeu Xaltotun.

— Que diabos fez comigo? — Conan exigiu saber.

— Eu amaldiçoei sua consciência — Xaltotun respondeu. — Bem, você não entenderia. Pode chamar de magia negra, se preferir.

Conan já havia chegado àquela conclusão e estava remoendo outra coisa.

— Acho que sei por que poupou minha vida. Amalric quer me manter como um seguro contra Valerius, no caso de o impossível acontecer e ele se tornar o rei da Aquilônia. É notório que o barão de Tor está por trás desta ação para pôr Valerius em meu trono. E, se conheço Amalric, ele não pretende que Valerius seja nada além de um títere, como é Tarascus agora.

— Amalric nada sabe sobre sua captura — Xaltotun revelou. — Nem Valerius. Ambos pensam que você morreu em Valkia.

Os olhos de Conan se espremeram, enquanto encarava o homem em silêncio.

— Sinto um cérebro por trás de tudo isso — ele murmurou. — Mas achava que era Amalric. São Amalric, Tarascus e Valerius só marionetes dançando em suas cordas? Quem é você?

— Que diferença faz? Se eu lhe contasse, você não acreditaria. E se eu lhe dissesse que poderia colocá-lo de volta no trono da Aquilônia?

Os olhos de Conan o fulminaram como um lobo.

— Qual é o preço?

— Obediência a mim.

— Para o Inferno com sua oferta! — Conan rosnou, rangendo os dentes. — Não sou uma marionete. Conquistei a coroa com minha espada. Além disso, está além do seu poder comprar e vender o trono da Aquilônia ao seu bel-prazer. O reino não está conquistado; uma batalha não decide uma guerra.

— Você luta contra mais do que espadas — respondeu Xaltotun. — Foi a espada de um mortal que o derrubou em sua tenda antes da luta? Não, foi um filho das trevas, um pária do espaço sideral, cujos dedos queimavam com a frieza congelante dos abismos sombrios, que resfriou o sangue em suas veias e o tutano dos seus ossos. Frio tão gelado que queimou a sua carne como se fosse ferro quente. Foi o acaso que levou o homem usando sua armadura a liderar os cavaleiros por aquele desfiladeiro? Que levou os rochedos a desabar sobre eles?

Conan fitou-o sem falar, sentindo um arrepio na espinha. Magos e feiticeiros abundavam em sua mitologia bárbara, e qualquer homem poderia dizer que aquele não era um indivíduo comum. O cimério sentiu algo inexplicável nele, algo que o distinguia dos demais; uma aura estranha ao Tempo e Espaço, um senso tremendo e sinistro de antiguidade. Mas seu espírito teimoso se recusava a recuar.

— A queda dos rochedos foi acaso — murmurou de forma truculenta. — A investida ao desfiladeiro é o que qualquer homem teria feito.

— Nem tanto. Você não teria liderado um ataque para dentro dele. Teria suspeitado de uma armadilha. Para começar, jamais teria cruzado o rio até ter certeza de que a fuga dos nemédios era real. Sugestões hipnóticas não teriam invadido sua mente, mesmo na loucura da batalha, e o instigado a ir de encontro à armadilha preparada contra você, como fizeram com aquele homem inferior, mascarado com sua identidade.

— Então, se tudo isso foi planejado... — Conan grunhiu em ceticismo. — Se foi só uma trama para atraiçoar meu exército, por que o "filho das trevas" não me matou em minha tenda?

— Porque eu queria mantê-lo vivo. Não foi preciso magia para prever que Pallantides mandaria outro homem utilizar sua armadura. Eu o queria vivo e ileso. Você pode se enquadrar no meu esquema de fazer as coisas. Há um poder vital em sua pessoa maior do que as artimanhas e astúcia de meus aliados. É um inimigo terrível, mas pode se tornar um ótimo vassalo.

Conan deu uma cusparada selvagem ante a palavra, e Xaltotun, ignorando sua fúria, apanhou um globo de cristal de uma mesa próxima e posicionou-o diante do outro. Não o apoiou sobre coisa alguma, mantendo-o pendurado no ar tão firmemente quanto se estivesse em um pedestal de ferro. Conan bufou perante a demonstração de feitiçaria, mas estava impressionado.

— Você quer saber o que se passa na Aquilônia? — O mago perguntou.

Conan não respondeu, mas a súbita rigidez de seu comportamento deixou transparecer o seu interesse. Xaltotun olhou fixamente para dentro das profundezas nebulosas e disse:

— É a noite do dia posterior à batalha de Valkia. Na noite passada, o corpo principal do exército acampou em Valkia, enquanto esquadrões de cavaleiros perseguiam os aquilonianos que haviam fugido. Ao amanhecer, as tropas levantaram acampamento e seguiram para oeste pelas montanhas. Próspero, com dez mil homens poitanianos, estava a quilômetros do campo de batalha, quando encontrou os fugitivos que sobreviveram ao dia anterior. Tinham cavalgado a noite inteira na esperança de chegar ao campo de batalha antes que ela irrompesse. Incapaz de reorganizar as tropas destroçadas dos remanescentes, ele voltou a Tarantia. Cavalgando sem parar, substituindo seus corcéis cansados por outros apreendidos na zona rural, chegou ao seu destino. Vejo seus cavaleiros desgastados, as armaduras cinzentas, cobertas de pó, os penachos inclinando-se ao conduzirem os cavalos exaustos ao longo da planície. Também vejo as ruas de Tarantia. A cidade está em tumulto. De alguma forma, as notícias sobre a derrota do rei Conan chegaram ao povo. A plebe está enlouquecida de medo, berrando que o rei está morto e que não há ninguém para liderá-los contra os nemédios. Sombras gigantes rumam para a Aquilônia do leste e o céu está coberto de abutres.

Conan praguejou profundamente.

— O que é isso além de palavras? O mendigo mais esfarrapado nas ruas pode profetizar tanto quanto você. Se diz que viu tudo isso nessa bola de vidro, então é tão mentiroso quanto canalha, do que eu não tenho a menor dúvida! Próspero resistirá em Tarantia, e os barões vão apoiá-lo. O conde Trócero, de Poitain, comandará o reino na minha ausência e mandará esses cães nemédios uivando de volta aos seus canis. O que são cinquenta mil nemédios? A Aquilônia os engolirá. Jamais tornarão a ver Belverus. Não foi a Aquilônia a ser conquistada em Valkia, apenas Conan.

— A Aquilônia está condenada — Xaltotun respondeu, imóvel. — Lanças, machados e tochas a conquistarão. Ou, caso falhem, poderes das eras sombrias marcharão contra ela. Assim como os rochedos caíram em Valkia, as cidades muradas e montanhosas também cairão se necessário, os rios transbordarão de seus canais e afogarão todas as províncias. Mas é melhor que arcos e aço prevaleçam sem ajuda de magia, pois o uso constante de feitiços poderosos às vezes coloca em movimento forças que podem abalar o próprio universo.

— De qual Inferno você rastejou, cão noturno? — Conan murmurou, encarando o homem. Involuntariamente, o cimério tremeu, sentindo algo incrivelmente antigo e maligno.

Xaltotun levantou o rosto, como se escutasse sussurros ao longo do vazio. Parecia ter se esquecido do prisioneiro. Então balançou a cabeça impacientemente e fitou Conan de forma impessoal:

— O quê? Se eu contasse, você não acreditaria. Mas cansei de falar com você. É menos desgastante destruir uma cidade murada do que estruturar pensamentos em palavras que um bárbaro sem cérebro possa entender.

— Se minhas mãos estivessem livres — afirmou Conan —, faria de você um cadáver sem cérebro.

— Não duvido disso, se eu fosse tolo o suficiente para lhe dar essa oportunidade — respondeu Xaltotun, batendo palmas. Seu comportamento tinha mudado; havia um tom de impaciência e certo nervosismo em seus maneirismos, apesar de Conan não achar que essa atitude tivesse algo a ver consigo.

— Considere minhas palavras, bárbaro — o mago afirmou. — Terá bastante tempo. Ainda não decidi o que farei com você. Dependerá das circunstâncias que estão para surgir. Mas entenda uma coisa... caso eu decida utilizá-lo em meu jogo, será melhor que se submeta sem resistir a sofrer a minha ira.

Conan cuspiu uma maldição no instante em que tapeçarias que encobriam uma porta se abriram e quatro negros gigantescos entraram. Cada um deles vestia apenas uma tanga de seda, os trapos apoiados por cintos, dos quais pendiam uma grande chave.

Xaltotun acenou impacientemente na direção do rei e deu as costas, como se tivesse dispensado por completo o assunto da mente. Seus dedos se contorceram. De uma caixa de jade verde tirou um punhado de um pó negro cintilante e colocou em um braseiro que estava em um tripé de ouro, próximo ao seu cotovelo. O globo de cristal, do qual parecia ter se esquecido, caiu repentinamente no chão, como se seu suporte invisível tivesse sido removido.

Então os negros levantaram Conan, que, de tão pesado por causa das correntes, não conseguia caminhar sozinho para fora da câmara. Uma olhada para trás, antes que a pesada porta dourada feita de teca fosse fechada, mostrou-lhe Xaltotun recostando-se em sua cadeira, os braços dobrados, enquanto um curvilíneo fio de fumaça subia do braseiro. O couro cabeludo de Conan se arrepiou. Na Stygia, aquele reino antigo e maléfico que ficava longe ao sul, já havia visto uma névoa escura como aquela. Era o pó da lótus negra, que criava um sono como a morte e sonhos monstruosos; e ele sabia que somente os magos mais sombrios do Anel Negro, que era o nadir do mal, buscavam voluntariamente os pesadelos escarlates da lótus negra para reanimar seus poderes necromânticos.

O Anel Negro era uma fábula e uma mentira para a maioria dos povos do mundo ocidental, mas Conan sabia de sua medonha realidade e dos seus sombrios adeptos que praticavam feitiçarias abomináveis entre as abóbadas negras da Stygia e os domos noturnos da amaldiçoada Sabatea.

Tornou a olhar para a críptica porta dourada, estremecendo com o que ela escondia.

Se era dia ou noite, o rei não podia dizer. O palácio do rei Tarascus parecia um lugar escuro e sombrio, que carecia de iluminação natural. O espírito das sombras e das trevas pairava sobre ele, e aquele espírito, Conan sentiu, estava incorporado ao estranho Xaltotun. Os negros carregaram o cimério ao longo de um corredor sinuoso tão pouco iluminado que se moviam por ele como fantasmas sombrios de homens mortos; a seguir, desceram por uma escadaria de pedra em caracol que parecia não ter fim. Uma tocha na mão de um deles mostrava grandes sombras deformadas movendo-se pelas paredes; era como a descida ao Inferno de um cadáver nascido de demônios crepusculares.

Enfim, chegaram ao final da escada e cruzaram um longo corredor retilíneo, com uma parede em branco de um lado, transpassada por uma pontual porta em arco e uma escada atrás dela. Do lado oposto, outra parede exibia pesadas portas lacradas em intervalos irregulares de poucos pés.

Parando diante de uma dessas portas, um dos negros introduziu a chave pendurada em seu cinto e a girou na fechadura. Então, abrindo a grade, eles entraram com o prisioneiro. Estavam em um pequeno calabouço de chão, teto e paredes feitos de pedra; na extremidade oposta, outra porta gradeada. O que havia atrás dela, Conan não podia dizer, mas não acreditava que seria só mais um corredor. A luz fraca da tocha, cintilando por entre as grades, se insinuava pelo espaço sombrio e ecoava nas profundezas.

Em um canto do corredor, próximo à porta pela qual entraram, havia um conjunto de correntes penduradas a partir de um grande anel de ferro preso na pedra. Um esqueleto pendia delas. Conan o observou curiosamente, notando o estado dos ossos nus, a maior parte quebrada em pedacinhos; o crânio, que havia caído das vértebras, estava esmagado como se tivesse sofrido um golpe de uma força tremenda.

Tranquilamente, um dos negros, não o que havia aberto a porta, removeu as correntes do anel, usando sua chave na fechadura maciça, e empurrou a massa de metal enferrujado e ossos quebrados para o lado. Então, fixaram as correntes de Conan ao anel, e o terceiro negro girou *sua* chave na fechadura da outra porta, grunhindo quando se assegurou de que estava trancada.

Eles encararam Conan soturnos, gigantes de ébano, os olhos como fendas, a tocha destacando os contornos da pele lustrosa. Aquele que segurava a chave da porta mais próxima foi compelido a advertir num tom gutural:

— Este é o seu palácio agora, rei cachorro branco. Ninguém, além do mestre e da gente, sabe disso. Todo o palácio dorme. Nós manteremos segredo. Você viverá e morrerá aqui, talvez. Como ele! — E chutou desdenhosamente o crânio despedaçado, e o barulho reverberou no chão de pedra.

Conan não se dignou a responder ao insulto, e o negro, talvez irritado pelo silêncio do prisioneiro, praguejou, se inclinou e cuspiu no rosto do cativo. Foi um movimento infeliz. Conan estava sentado, as correntes sobre sua cintura; tornozelos e punhos presos ao anel na parede. Ele não podia se levantar ou se mover mais de uma jarda além da parede, mas havia uma folga considerável nas correntes que algemavam seus pulsos e, antes que aquela cabeça pequena e redonda pudesse sair de seu alcance, o rei aproveitou a negligência e atingiu o negro na cabeça com elas. O homem tombou como um cervo abatido e seus companheiros congelaram ao vê-lo caído com o crânio aberto e sangue gotejando do nariz e ouvidos.

Eles não tentaram qualquer represália, nem aceitaram o convite imediato de Conan para entrarem no alcance da corrente ensanguentada em suas mãos. Na verdade, grunhindo de forma bestial, ergueram o homem desacordado e levaram-no para fora como um saco de trigo, braços e pernas dependurados. Usaram a chave dele para trancar a porta, mas não a removeram da corrente dourada que a mantinha presa em seu cinto. Levaram a tocha consigo e, conforme atravessavam o corredor, as trevas os seguiram como uma coisa animada. O som suave dos passos feneceu com a luz da tocha, e a escuridão e o silêncio mantiveram-se incontestáveis.

V

O Espírito dos Poços

Conan ficou quieto, suportando o peso das correntes e o desespero da situação com o mesmo estoicismo dos selvagens que o haviam criado. Ele não se moveu, pois o barulho das correntes quando o fazia soava assustadoramente alto na escuridão e quietude, e seu instinto, nascido de mil ancestrais selvagens, dizia para não trair a sua indefesa posição. Não era um processo lógico de raciocínio; ele não se manteve quieto por ter imaginado que as trevas ocultavam perigos furtivos que poderiam descobri-lo em seu desamparo. Xaltotun assegurou-o de que não seria ferido, e Conan acreditou que era interesse do homem preservá-lo, ao menos por um tempo. Mas os instintos selvagens estavam lá, os mesmos que em sua infância o fizeram manter silêncio e se esconder enquanto feras selvagens rondavam seu esconderijo.

Nem mesmo seus aguçados olhos conseguiam penetrar na sólida escuridão, mas, após um período que foi incapaz de estimar, um fraco brilho tornou-se aparente; um tipo de feixe cinza oblíquo, pelo qual Conan pôde divisar vagamente as barras da porta na altura do cotovelo e até mesmo o esqueleto da grade mais além. Aquilo o intrigou até que, enfim, percebeu a explicação. Estava bem abaixo do solo, nos poços sob o palácio; mas, por algum motivo, uma abertura havia sido construída a partir de algum ponto no alto. Lá fora, a lua estava em uma posição que fazia sua luz incidir vagamente pela abertura. Ele refletiu que, daquela maneira, poderia determinar a passagem dos dias e das noites. Talvez o sol também pudesse brilhar por lá, ainda que, por outro lado, quem sabe a abertura fosse fechada de dia. Poderia ser um método sutil de tortura, permitindo que um prisioneiro tivesse um vislumbre da luz do dia ou do luar.

Seu olhar caiu sobre os ossos quebrados no canto mais distante, levemente iluminados. Ele não sobrecarregou seu cérebro com especulações sem sentido sobre quem fora aquele infeliz ou o motivo que o levara a ser condenado, mas se perguntou sobre a condição despedaçada dos ossos. Eles não tinham sido quebrados sob tortura. Então, enquanto observava, outro detalhe repugnante ficou evidente. Os ossos do queixo haviam sido separados na longitudinal, e só havia uma explicação: tinham sido quebrados daquela forma para que a medula fosse obtida. Ainda assim, que criatura além do homem poderia quebrar ossos por causa da medula? Talvez aqueles restos fossem a evidência muda de um horrível banquete canibal, de desgraçados levados à loucura pela fome. Conan divagou se seus ossos seriam encontrados no futuro, pendurados nas correntes enferrujadas. Lutou contra o pânico irracional como um lobo aprisionado.

O cimério não praguejou, gritou, choramingou ou se enfureceu como um homem civilizado teria feito, mas a dor e a turbulência em seu peito eram ferozes. Seus membros poderosos estremeceram com a intensidade das emoções. Em algum lugar, longe a oeste, pelo coração de seu reino, o exército nemédio abria caminho retalhando e queimando. A pequena tropa dos poitanianos não podia fazer frente a eles. Próspero talvez fosse capaz de manter Tarantia por semanas ou meses; mas, a certa altura, se não fosse auxiliado, teria de se render ao inimigo, que estaria em número muito superior. Os barões certamente se juntariam a ele contra os invasores, mas, nesse ínterim, Conan tinha que ficar quieto e indefeso em uma cela escura, enquanto outros erguiam as lanças e lutavam por seu reino. O rei cerrou os dentes em uma ira rubra.

Ele enrijeceu quando, do lado de fora da porta mais distante, escutou um passo furtivo. Forçando os olhos, identificou uma indistinta figura arqueada fora da grade de ferro. Metal raspou contra metal e ele ouviu um tilintar, como uma chave sendo girada na fechadura. A seguir, a figura moveu-se silenciosamente para fora do seu campo de visão. Algum guarda, ele supôs, checando a tranca. Pouco depois, o cimério tornou a escutar o som fracamente ao longe, seguido pela suave abertura de uma porta e pelo andar rápido e furtivo de pés calçados recuando. Então, o silêncio voltou a cair.

Conan ficou escutando pelo que pareceu ser um longo período, embora, na verdade, não tenha sido, já que a lua ainda brilhava pela abertura escondida, mas não percebeu nenhum outro som. Enfim, mudou de posição, e suas correntes retiniram. Então, ouviu outras passadas leves; uma pisada suave do lado de fora da porta mais próxima, aquela pela qual ele havia entrado na cela. Um instante depois, uma figura esguia foi delineada pela escassa luz cinzenta.

— Rei Conan! — A voz branda entoou com urgência. — Oh, meu senhor, está aí?

— Onde mais? — Ele respondeu cauteloso, virando a cabeça para encarar a aparição.

Era uma garota que segurava as barras com seus dedos magros. O fraco brilho atrás dela bosquejava sua silhueta flexível através do pano de seda trançado sobre seus lombos e reluziu ligeiramente no corselete cravejado. Seus olhos escuros cintilavam nas trevas, e os membros brancos brilhavam suavemente, como alabastro. Seu cabelo era uma massa de espuma escura, lampejando de forma amena ante a insinuação da fraca luz.

— As chaves de suas algemas e da porta oposta — ela sussurrou, e uma mão branca e delgada passou pelas grades e jogou três objetos que tilintaram ao cair nas lajes, próximo a ele.

— Que jogo é esse? — Ele inquiriu. — Você fala em nemédio mas eu não tenho amigos na Nemédia. Que diabrura seu mestre está tramando agora? Ele a enviou aqui para zombar de mim?

— Não é zombaria! — A garota tremia violentamente. Seus braceletes e prataria tilintaram contra as barras. — Juro por Mitra! Roubei as chaves dos carcereiros. São os guardiões dos poços, e cada um tem uma chave que abre apenas um conjunto de fechaduras. Eu os embebedei. O que teve a cabeça aberta por você foi levado a um médico e não pude pegar a chave dele. Mas as dos outros, eu roubei. Por favor, não perca tempo! Além destes calabouços ficam os poços que são as portas para o Inferno.

Um pouco impressionado, Conan testou as chaves ceticamente, esperando encontrar apenas fracasso e uma afiada gargalhada zombeteira. Mas ficou eletrizado ao descobrir que uma das chaves, de fato, libertou-o das algemas, encaixando não só na fechadura que o ligava ao anel, como também nas que prendiam seus membros. Alguns segundos depois, pôs-se de pé, exultando ferozmente em sua relativa liberdade. Um rápido movimento o levou até a grade, e seus dedos se fecharam sobre uma barra e o punho delgado que a pressionava, aprisionando sua proprietária, que levantou a face valentemente diante do olhar feroz.

— Quem é você, garota? — Ele indagou. — Por que está fazendo isso?

— Eu sou apenas Zenóbia — ela murmurou com um resfolegar, como em um susto. — Sou só uma garota do harém do rei.

— A não ser que este seja algum truque maldito — Conan resmungou —, não vejo motivo para me trazer estas chaves.

Ela baixou a cabeça escura, erguendo-a em seguida para encarar profundamente os olhos desconfiados dele. Lágrimas brilharam como joias em seus cílios longos. Repetiu com certa humildade:

— Sou só uma garota do harém do rei. Ele nunca olhou para mim e, provavelmente, jamais o fará. Sou menos que um de seus cães que roem os ossos no salão de banquetes. Mas não sou um brinquedo; sou de carne e osso. Eu respiro, odeio, temo, regozijo e amo. E tenho amado você, rei Conan, desde que o vi cavalgando à frente de seus cavaleiros ao longo das ruas de Belverus quando visitou o rei Nimed, anos atrás. Meu coração pulsava para saltar de meu seio e cair na rua poeirenta sob os cascos de seu cavalo.

Um rubor inundou seu semblante enquanto falava, mas seus olhos escuros não vacilaram. Conan não respondeu nem uma única vez; selvagem, apaixonado e indomável que era. Ainda assim, até o mais bruto dos homens é tocado com certa maravilha e espanto ao contemplar a alma desnudada de uma mulher.

Ela se inclinou e pressionou os lábios vermelhos contra os dedos que prendiam seu punho magro. Então, jogou a cabeça para cima ao lembrar repentinamente da situação em que ambos estavam, e seus olhos negros faiscaram de terror.

— Rápido! — Sussurrou urgentemente. — Já passou da meia-noite. Você precisa ir.

— Mas eles não vão esfolá-la viva por ter roubado estas chaves?

— Jamais saberão. Mesmo se os negros lembrarem pela manhã quem foi que lhes deu o vinho, não ousarão admitir que as chaves foram roubadas enquanto estavam bêbados. A chave que não pude obter é aquela que destranca esta porta. Você precisa abrir caminho para sua liberdade através dos poços. Que horríveis perigos espreitam além daquela porta, não consigo adivinhar. Mas um grande perigo o aguarda se permanecer nesta cela. O rei Tarascus retornou...

— O quê? Tarascus?

— Sim! Ele retornou em segredo, e há pouco desceu até essas fossas e voltou pálido e tremendo, como quem encarou um enorme perigo. Eu o escutei sussurrar para o seu escudeiro Arideus que você deve morrer, a despeito do que Xaltotun pensa.

— E quanto a Xaltotun? — Murmurou Conan.

Ele a sentiu se arrepiar.

— Não fale dele! — Ela sussurrou. — Demônios são invocados com frequência pelo som de seus nomes. Os escravos dizem que ele fica em sua câmara, atrás da porta aferrolhada, mergulhado nos sonhos da lótus negra. Acredito que até Tarascus o teme em segredo, ou já teria matado você abertamente. Mas ele esteve aqui esta noite, e o que fez, só Mitra sabe.

— Pergunto-me se foi Tarascus quem tateou minha cela há pouco — resmungou Conan.

— Eis aqui um punhal! — Ela sussurrou, passando algo através das barras. Os ansiosos dedos de Conan sentiram um objeto familiar ao toque. — Vá rápido por aquela porta, vire à esquerda e siga ao longo das celas até chegar a uma escadaria de pedra. Por sua vida, não se desvie da linha das celas! Suba as escadas e abra a porta que estará no topo; uma das chaves servirá. Se for a vontade de Mitra, eu o esperarei lá.

Então ela se foi, com o tamborilar dos leves pés calçados com chinelos.

Conan encolheu os ombros e se virou na direção da grade mais distante. Aquilo poderia ser alguma armadilha diabólica planejada por Tarascus, mas entrar de cabeça em uma arapuca era menos irritante para o temperamento do bárbaro do que se sentar e esperar docilmente por sua morte. Inspecionou a arma que a garota lhe entregara e deu um sorriso sombrio. O que quer que ela fosse, havia provado através do punhal que era uma pessoa de inteligência prática. Aquele não era nenhum punhal de lâmina fina, selecionado por causa de um cabo cravejado ou de uma bainha de ouro, feito para senhoritas delicadas usarem para cometer assassinatos em seus vestiários privativos; era um punhal reto, a arma de um guerreiro, de lâmina larga, quinze polegadas de comprimento, afinando até uma ponta rígida e afiada.

Ele grunhiu, satisfeito. A sensação do cabo o animou e lhe conferiu uma aura de confiança. Quaisquer que fossem as teias de conspiração desenhadas sobre ele, quaisquer que fossem os truques e traições enredados, aquela faca era real. Os grandes músculos de seu braço direito se inflaram em antecipação aos golpes assassinos.

Ele testou a porta oposta, tilintando as chaves nas mãos enquanto o fazia. Ela não estava trancada, mas ele se recordava de ter visto o negro trancando-a. Aquela figura furtiva e encolhida, então, não era nenhum carcereiro checando se tudo estava correto. Pelo contrário, ela destrancara a porta. Havia uma sugestão sinistra na ideia da porta sendo aberta, mas Conan não hesitou. Abriu a grade e deu um passo para fora do calabouço e para dentro das trevas exteriores.

Conforme havia pensado, a porta não desembocava em outro corredor. O chão de lajes se alargava aos seus pés, e a linha de celas se estendia para a direita e a esquerda, mas ele não conseguia divisar os outros limites do local. Também não era possível ver o teto nem nenhuma outra parede. O luar era filtrado para dentro daquela vastidão somente através das grades das celas, e quase se perdia em meio às trevas. Olhos menos hábeis que os dele mal teriam discernido os feixes de luz acinzentados que flutuavam acima da porta de cada cela.

Virando à esquerda, ele se moveu rápida e silenciosamente ao longo da linha de calabouços, seus pés descalços sem fazer som algum nos ladrilhos. Olhava brevemente para cada calabouço que passava. Estavam todos vazios, porém trancados. Em alguns, ele vislumbrou ossos nus brancos. Aqueles poços eram relíquias de uma era sombria, construídos há muito tempo, quando Belverus era mais uma fortaleza do que uma cidade. Mas o uso recente deles certamente havia sido mais extensivo do que o mundo poderia supor.

À frente, viu naquele instante o suave contorno de uma íngreme escadaria e soube que ela tinha de ser o que procurava. Então, virou-se de repente, agachando nas profundas sombras em sua base.

Em algum lugar atrás dele, algo se movia; uma coisa volumosa e furtiva que caminhava sobre pés que não eram humanos. O cimério observou o longo corredor de celas, à frente das quais uma luz mortiça e cinza se derramava que, na verdade, não fazia nada além de tornar as trevas um pouco menos densas naqueles trechos. Foi quando viu algo se mover por aqueles esquadros. Não sabia o que era, mas tratava-se de uma coisa pesada e enorme; contudo, ela movia-se com facilidade e rapidez superior à humana. Ele a vislumbrava conforme se movia pelos feixes cinzentos, então a perdia quando se fundia às projeções das sombras que estavam entre eles. Era estranho; em seu avanço furtivo, ela aparecia e desaparecia, como uma vista embaçada.

Ele escutou as barras chacoalharem conforme a coisa forçava porta por porta. Agora havia chegado à cela da qual ele acabara de sair, e a porta se abriu ao ser testada. Ele viu uma grande forma volumosa ser delineada fraca e brevemente sob o umbral cinzento, então a coisa desapareceu dentro do calabouço. Suor pingava do rosto e das mãos de Conan. Agora ele sabia por que Tarascus fora tão sutilmente até sua cela, e depois fugira com tanta rapidez. O rei havia destrancado a porta interna do calabouço e, em algum lugar daqueles poços infernais, havia aberto a jaula que abrigava aquela monstruosidade.

A coisa saiu da cela e tornou a avançar pelo corredor, a cabeça disforme próxima ao chão. Não deu mais atenção às celas trancadas. Estava rastreando a sua presa. Conan a via com mais clareza agora; a luz cinza mostrava um corpo gigantesco antropomórfico, de volume e circunferência mais vastos do que qualquer homem. Caminhava sobre duas pernas, embora inclinada para a frente, e era cinzenta e despenteada, os pelos grossos com feixes prateados. A cabeça era uma farsa sinistra de um ser humano, os braços longos pendurados quase até o chão.

Enfim, Conan entendeu o significado daqueles ossos quebrados e esmagados nos calabouços, e reconheceu quem assombrava os poços. Tratava-se de um macaco cinzento, um dos horrendos comedores de homens das florestas que ficavam nas margens montanhosas do lado oriental do Mar Vilayet. Meio míticos e completamente pavorosos, esses macacos eram os demônios das lendas hiborianas e, na realidade, os ogros do mundo natural, assassinos e canibais das florestas noturnas.

Ele sabia que a coisa tinha farejado sua presença, pois vinha rápido agora, impulsionando o corpo de tambor com suas poderosas pernas curtas e arqueadas. O rei lançou um rápido olhar para a longa escadaria, mas sabia que a coisa estaria sobre ele antes que pudesse alcançar a porta distante. Optou por ir de encontro a ela, cara a cara.

Conan adentrou o quadrado mais próximo a receber a luz do luar, de forma a aproveitar ao máximo a vantagem da iluminação; sabia que a besta enxergava melhor do que ele no escuro. A fera o viu instantaneamente; suas grandes presas amareladas brilharam nas sombras, mas ela não emitiu som algum. Criaturas da noite e o silêncio; os macacos cinzentos de Vilayet eram desprovidos de voz. Mas suas feições escuras e hediondas, que eram a farsa bestial de um rosto humano, traziam uma exultação medonha.

O bárbaro se preparou, observando a aproximação do monstro sem ao menos um tremor. Sabia que tinha que apostar a vida em uma punhalada; não haveria chance para outra nem tempo para atacar e fugir. O primeiro golpe tinha que matar, e matar de imediato, se esperava sobreviver àquelas garras horríveis. Ele lançou o olhar para a pequena e atarracada garganta, a proeminente barriga, o poderoso peito, inchando em arcos gigantes como dois escudos. Tinha que ser no coração; melhor arriscar que a lâmina fosse defletida pelas pesadas costelas do que estocar onde não fosse instantaneamente fatal. Com plena ciência das chances, Conan comparou a velocidade do seu olhar, da mão e da força de seus músculos com a capacidade brutal e a ferocidade do devorador de homens. Ele tinha que colidir peito contra peito, dar um golpe fatal e confiar na robustez de sua estrutura para sobreviver ao castigo que receberia como consequência de seu ataque.

Quando o macaco investiu, balançando amplamente os terríveis braços, ele mergulhou entre eles e golpeou com toda sua força desesperada. O bárbaro sentiu a lâmina afundar até o cabo no peito peludo e, soltando-a imediatamente, abaixou a cabeça e comprimiu todo o corpo em uma massa compacta de músculos entrelaçados; no mesmo instante, agarrou os braços que se fechavam sobre ele e dirigiu uma joelhada feroz contra a barriga do monstro, firmando-se contra o abraço que procurava esmagá-lo.

Por um vertiginoso instante, sentiu como se estivesse sendo desmembrado pela força de um terremoto; então, de repente, se viu livre, esparramado no chão, e o monstro estava sobre ele, ofegando o restante de vida que possuía; os olhos vermelhos revirados, o cabo do punhal cravado em seu peito. A punhalada desesperada havia atingido o alvo.

Conan arquejava como se tivesse estado em um longo conflito, com todos os membros tremendo. Algumas juntas pareciam deslocadas, e sangue pingava de arranhões onde as garras do monstro haviam rasgado; seus músculos e tendões tinham sido desconjuntados e torcidos brutalmente. Se a fera tivesse mais um único segundo de vida, decerto o teria desmembrado. Mas a fantástica força do cimério resistira; pois aquela convulsão derradeira do macaco no instante fugaz em que aguentara teria arrancado os membros de um homem menos capaz.

VI
A Estocada de uma Faca

Conan arrancou a faca do peito do monstro e subiu rapidamente as escadas. Que outras formas amedrontadoras as trevas escondiam, ele não poderia dizer, mas não tinha vontade de encontrar mais nenhuma. Aquele tipo de luta de contato era muito extenuante, até mesmo para o gigantesco cimério. A luz da lua estava desaparecendo, as trevas o envolviam, e alguma coisa parecida com o pânico o perseguiu enquanto subia os degraus. Ele exalou um suspiro tempestuoso quando chegou ao topo e sentiu que a terceira chave destravava a fechadura. Abriu a porta um pouquinho e esticou o pescoço para espiar, de certa forma esperando ser atacado por algum inimigo humano ou bestial.

Viu um corredor de pedras polidas mal iluminado e uma figura magra parada em frente à porta.

— Majestade! — Foi um brado grave e vibrante, meio de alívio, meio de medo. A garota pôs-se ao seu lado, e a seguir hesitou, como se estivesse envergonhada.

— Você está sangrando — ela disse. — Foi ferido!

Ele descartou a implicação com uma mão impaciente.

— Arranhões que não machucariam um bebê. Mas seu punhal veio a calhar. Se não fosse por ele, o macaco de Tarascus estaria partindo os ossos de meu queixo neste instante, buscando minha medula. E agora?

— Venha comigo — ela sussurrou. — Vou levá-lo para fora dos muros da cidade. Tenho um cavalo escondido lá.

Ela virou-se para mostrar o caminho pelo corredor, mas ele pousou uma mão pesada sobre o ombro desnudo da moça.

— Ande ao meu lado — ele a instruiu gentilmente, passando o braço maciço ao redor de sua cintura. — Você foi honesta comigo até aqui e estou inclinado a acreditar em você; mas só vivi este tanto porque nunca confiei demais em ninguém, homem ou mulher. Então, se me enganar, não viverá para desfrutar da brincadeira.

Ela não vacilou ante a visão do punhal avermelhado ou do contato dos músculos do bárbaro contra seu corpo macio.

— Corte-me sem misericórdia se eu o enganar — respondeu. — A mera sensação de seu braço envolvendo meu corpo, mesmo em tom de ameaça, é a concretização de um sonho.

O corredor sombrio culminava em uma porta, a qual ela abriu. Do lado de fora estava outro negro deitado, um gigante vestindo turbante e uma tanga de seda, com uma espada curva nos ladrilhos, ao seu alcance. Ele não se moveu.

— Eu droguei seu vinho — ela sussurrou, desviando-se para evitar a figura reclinada. — É o último guarda dos poços. Ninguém jamais escapou deles, e ninguém nunca tentou encontrá-los. Por isso, esses homens eram seus guardiões. Só eles sabiam que era o rei Conan que Xaltotun trouxera como prisioneiro em sua carruagem. Eu estava observando, sem sono, de uma armação superior que dá vista para o pátio, enquanto todas as outras garotas dormiam... sabia que uma batalha estava sendo travada no Ocidente, ou que já o tinha sido, e temia por você. Vi os negros carregarem-no escadaria acima, e o reconheci sob a luz das tochas. Vim até esta ala do palácio esta noite em tempo de vê-los levando-o para os poços. Não ousei voltar antes do cair da noite. Você deve ter permanecido deitado drogado e desacordado na câmara de Xaltotun o dia inteiro.

— Oh, precisamos ter cautela! — Ela prosseguiu. — Coisas estranhas estão em curso no palácio esta noite. Os escravos dizem que Xaltotun dorme como de costume, entorpecido pela lótus da Stygia, mas Tarascus está no palácio. Ele entrou secretamente pela porta traseira, enrolado em um manto empoeirado como que de uma longa viagem, acompanhado apenas de seu escudeiro, o silencioso Arideus. Não consigo entender, mas tenho medo.

Eles saíram no sopé de uma escada apertada e sinuosa, subiram-na e passaram por um painel estreito, que a garota deslizou para o lado. Quando já haviam atravessado, ela o pôs de volta no lugar, e ele se tornou meramente uma parte da parede ornada. Estavam agora em um corredor mais amplo, com tapetes sobre os quais lamparinas penduradas derramavam um fraco brilho dourado.

Conan escutou atentamente, mas não captou som algum por todo o palácio. Não sabia em que parte da construção estava, ou em que direção ficava a câmara de Xaltotun. A garota tremia enquanto o levava pelo corredor, até se deter ao lado de uma alcova mascarada por cortinas de cetim. Puxando-a para o lado, fez um gesto para que ele entrasse no nicho e sussurrou:

— Espere aqui! Além daquela porta no final do corredor, é possível que encontremos escravos ou eunucos a qualquer hora do dia ou da noite. Vou ver se o caminho está livre antes de passarmos por ele.

Imediatamente, o gatilho de suspeitas dele foi acionado.

— Você está me levando para uma armadilha?

Lágrimas verteram dos olhos negros. Ela caiu de joelhos e agarrou a mão musculosa do cimério.

— Oh, meu rei, não desconfie de mim agora! — A voz estremecia com um senso desesperado de urgência. — Se você duvidar e hesitar, estaremos perdidos! Por que eu o traria aqui, longe dos poços, para traí-lo agora?

— Tudo bem — ele resmungou. — Vou confiar em você; mas, por Crom, os hábitos de uma vida inteira não são deixados de lado com facilidade. Seja como for, não a feriria agora nem se jogasse todos os homens da Nemédia sobre mim. Se não fosse por você, o macaco amaldiçoado de Tarascus teria me apanhado desarmado e acorrentado. Faça como quiser, garota.

Ela beijou as mãos dele, saltou com leveza e correu pelo corredor, desaparecendo por uma porta pesada.

Ele ficou a olhá-la, se perguntando se havia sido um tolo por confiar nela; então, deu de ombros e puxou de volta as cortinas de cetim que mascaravam seu esconderijo. Não era estranho que uma bela jovem apaixonada arriscasse a vida por ele; coisas assim já haviam acontecido bastante em sua vida. Muitas mulheres o haviam agraciado com favores nos seus dias de peregrinação e em seu reinado.

Ainda assim, ele não ficou parado na alcova esperando pelo retorno dela. Seguindo seus instintos, explorou o nicho em busca de outra saída, e logo achou: uma estreita passagem, mascarada por tapeçarias, que dava para uma porta incrustada com ornamentos, pouco visível com a luminosidade mínima que vinha do corredor externo. E, enquanto a observava, em algum lugar além daquela porta trabalhada, escutou o som de outra porta sendo aberta e fechada, seguido de murmúrios abafados. O som familiar de uma voz fez com que seu rosto fosse cortado por uma expressão sinistra. Sem hesitar, atravessou a passagem e se agachou ao lado da porta como uma pantera à espreita. Ela não estava trancada e, manipulando-a delicadamente, ele abriu uma fresta, com plena negligência ante as possíveis consequências, algo que só ele mesmo poderia ter explicado ou defendido.

Estava oculto da visão a partir do outro lado por tapeçarias, mas, através de um pequeno rasgo no veludo, viu uma câmara iluminada por uma vela em uma mesa de ébano. Havia dois homens lá dentro; um rufião de aparência sinistra e rosto cheio de cicatrizes, trajando calças de couro e capa esfarrapada, e o outro era Tarascus, rei da Nemédia.

Tarascus parecia pouco confortável. Estava ligeiramente pálido, e ficava olhando o tempo todo ao redor, como se estivesse esperando e temendo escutar algum som ou passos.

— Vá rápido e de uma vez — disse. — *Ele* está profundamente drogado e adormecido, mas não sei quando vai despertar.

— É estranho escutar palavras de medo saindo dos lábios de Tarascus — ruminou o outro em um tom de voz grave e ríspido. Tarascus franziu a testa.

— Não temo nenhum homem comum, como você bem sabe. Mas, quando vi os rochedos despencarem em Valkia, sabia que o demônio que tínhamos ressuscitado não era um charlatão. Temo seus poderes porque não conheço a extensão deles. Mas sei que, de alguma maneira, estão conectados a esta coisa maldita que roubei dele. Ela o trouxe de volta à vida, então deve ser a fonte de sua feitiçaria. Ele a tinha escondido bem, mas, seguindo uma ordem secreta minha, um escravo o viu colocá-la em uma arca dourada, e viu onde a escondeu. Mesmo assim, eu não ousaria roubá-la se o próprio Xaltotun não tivesse mergulhado na dormência da lótus negra.

— Acredito que ela é o segredo de seus poderes — ele explicou. — Com ela, Orastes lhe devolveu a vida. E, com ela, ele fará de todos nós escravos, se não formos cautelosos. Então pegue-a e atire-a no mar conforme instruí. E certifique-se de estar longe o bastante da terra, que nem a maré nem tempestades possam devolvê-la à praia. Você está sendo pago para isso.

— Sim, estou — grunhiu o rufião. — E devo mais do que ouro a você, rei; tenho um débito de gratidão. Mesmo ladrões podem ser gratos.

— Qualquer que seja o débito que sinta ter comigo — Tarascus respondeu —, ele será pago quando tiver arremessado esta coisa no mar.

— Cavalgarei até a Zíngara e pegarei um navio em Kordava — prometeu o outro. — Não ouso mostrar meu rosto em Argos por causa de um assunto relacionado a um assassinato ou algo parecido...

— Isso não me importa, mas que assim seja. Aqui está ela; um cavalo o espera no pátio. Vá, e vá rápido!

Algo foi passado entre eles, algo que queimava como fogo vivo. Conan teve apenas um breve relance do que era; então, o rufião puxou um chapéu sem abas até a altura dos olhos e se apressou para fora da câmara. Assim que a porta se fechou atrás dele, Conan moveu-se com a fúria devastadora do desejo de sangue libertado. Tinha se contido o máximo que pudera. A visão tão próxima de seu inimigo fez com que seu sangue fervesse e varreu toda cautela e moderação.

Tarascus estava se virando em direção à porta interna quando Conan rasgou as tapeçarias penduradas e saltou como um felino sanguinário para dentro do quarto. Tarascus virou-se, mas, antes mesmo que pudesse reconhecer seu atacante, o punhal de Conan o rasgou. Porém, o golpe não foi mortal, como Conan percebeu no momento do ataque. Seu pé ficara preso em uma prega das cortinas e o fizera tropeçar ao saltar. A ponta penetrou no ombro de Tarascus, abriu um sulco até suas costelas e arrancou um grito do rei da Nemédia.

O impacto do golpe e o empurrão do corpo de Conan fizeram-no bater as costas contra a mesa, derrubando-a, e a vela se apagou. Os dois foram ao chão pela violência do ataque do cimério, e a barra da tapeçaria dificultou a ação de ambos com suas dobras. Conan esfaqueava às cegas no escuro, enquanto Tarascus gritava em um frenesi de pânico e terror. Como se o medo lhe emprestasse energia sobre-humana, libertou-se e fugiu, tropeçando nas trevas aos berros:

— Socorro! Guardas! Arideus! Orastes! *Orastes!*

Conan se levantou, chutando o emaranhado de tapetes e a mesa quebrada, blasfemando com o amargor de sua sede de sangue frustrada. Confuso, não sabia em que parte do palácio estava. Os gritos de Tarascus ainda ressoavam ao longe, e um fulgor selvagem começou a irromper em resposta. O nemédio desaparecera nas trevas, e Conan não sabia para onde ele tinha ido. A erupção vingativa do cimério havia falhado, e restava-lhe apenas a tarefa de salvar a própria pele, se pudesse.

Praguejando escabrosamente, Conan correu de volta para a passagem dentro da alcova, observando o corredor iluminado no exato instante em que Zenóbia chegava correndo, os olhos escuros dilatados pelo terror.

— Oh, o que aconteceu? — Ela indagou. — O palácio acordou! Eu juro que não o traí...

— Não, fui eu quem despertou o ninho de vespas — ele resmungou. — Tentei cobrar uma dívida. Qual é o caminho mais rápido para fora daqui?

Ela agarrou seu punho e eles se apressaram corredor adentro, mas, antes que chegassem até a pesada porta na outra extremidade, gritos abafados vieram de trás dela e os portais do lado oposto começaram a tremer como se estivessem sendo golpeados. Zenóbia esfregou as mãos e gemeu.

— Estamos encurralados! Tranquei aquela porta quando voltei por ela, mas eles vão arrebentá-la em um minuto. O caminho para o portão traseiro fica depois dela.

Conan virou-se. Corredor acima, ainda que fora de vista, escutou um alto clamor que lhe disse haver inimigos tanto atrás quanto à sua frente.

— Rápido! Entre aqui! — Gritou desesperadamente a garota, correndo ao longo do corredor e abrindo a porta de uma câmara.

Conan a seguiu e fechou a passagem dourada atrás de si. Saíram em uma câmara com mobília ornamentada, vazia, exceto por eles próprios, e ela o levou até uma janela com grades de ouro, pela qual ele pôde ver árvores e um matagal.

— Você é forte — ela pontuou. — Se conseguir arrancar essas grades, ainda poderá escapar. O jardim está cheio de guardas, mas os arbustos são densos e você será capaz de evitá-los. O muro ao sul é também o muro externo da cidade. Uma vez lá, terá a chance de escapar. Um cavalo está escondido para você nos arbustos do lado da estrada que segue para oeste, algumas centenas de passos ao sul da fonte de Thrallos. Sabe onde fica?

— Sim! E você? Eu tinha intenção de levá-la comigo.

Uma inundação de alegria iluminou a bela face da moça.

— Então o meu cálice transborda de felicidade! Mas não vou atrapalhar sua fuga. Tendo que me carregar, você falhará. Não, não tema por mim. Eles jamais suspeitarão que eu o auxiliei de boa vontade. Vá! O que acabou de dizer vai glorificar minha vida através dos longos anos.

Ele a puxou para seus braços de ferro, apertando seu corpo delgado e vibrante, e a beijou ferozmente nos olhos, pescoço e lábios, até que ela estivesse ofegante em seu abraço; explosivo e tempestuoso como um furacão, até mesmo o seu amor era violento.

— Eu vou — ele disse. — Mas, por Crom, virei buscá-la um dia!

Dando meia-volta, segurou as barras douradas e arrancou-as de suas bases com um tranco tremendo; jogou uma perna pelo parapeito e desceu rapidamente, agarrando-se aos ornamentos nas paredes. Chegou ao chão num instante e se misturou como uma sombra ao labirinto de roseiras altas e árvores espalhadas. A única olhadela que lançou por cima dos ombros mostrou-lhe a moça se inclinando sobre o peitoril da janela, os braços estendidos sobre este em um silencioso e abdicado adeus.

Guardas corriam por todo o jardim, convergindo em direção ao palácio, onde o clamor ficara momentaneamente mais elevado; homens altos em couraças polidas e elmos de bronze com cristas. Em meio às árvores, suas armaduras refletiam a luz das estrelas, traindo cada movimento que faziam; mas o som da aproximação deles chegava antes dos próprios. Para Conan, criado na natureza, a busca deles pelos arbustos era como o estouro de uma boiada. Alguns passavam a poucos pés de onde estava, em uma moita densa, sem suspeitar de sua presença ali. Com o palácio em mente, estavam cegos para todo o resto ao redor. Quando se foram gritando, ele se levantou e correu pelo jardim tão silencioso quanto um felino.

Chegou rapidamente ao paredão sul e subiu os degraus que levavam até o parapeito. O muro fora feito para deixar as pessoas do lado de fora, e não dentro. Nenhuma sentinela patrulhando as ameias estava à vista. Arrastando-se pelas canhoneiras, deu uma olhada para o grande palácio acima dos ciprestes atrás de si. Luzes queimavam de todas as janelas, e era possível ver figuras andando para a frente e para trás por elas, como marionetes em cordas invisíveis. Ele deu um sorriso forçado, balançou seu punho em sinal de adeus e ameaça e deixou-se cair da borda externa do parapeito.

Uma árvore pequena, alguns metros abaixo da murada, amorteceu o peso de Conan, que desceu sem produzir som pelos galhos. Um instante depois, ele estava correndo por entre as sombras na marcha dos homens das montanhas, que devorava longas extensões rapidamente.

Jardins e casas de prazer cercavam os muros de Belverus. Escravos sonolentos, deitados ao lado dos vigias, não viram a figura ágil e furtiva que escalava paredes, cruzava as ruelas feitas pelos galhos curvados das árvores e traçava seu caminho silencioso por pomares e vinhedos. Cães de guarda acordaram e dirigiram seu rosnado grave para a sombra que deslizava, meio farejando, meio sentindo, e então, ela já se havia ido.

Em uma câmara do palácio, Tarascus se contorcia e praguejava em uma cama manchada de sangue, sob os dedos rápidos e ágeis de Orastes. O palácio estava repleto de servos trêmulos e de olhos arregalados, mas a câmara onde o rei estava permanecia vazia, exceto por ele e seu sacerdote renegado.

— Tem certeza de que ele continua adormecido? — Tarascus perguntou novamente, pressionando os dentes ante o ardor causado pelas ervas medicinais emplastadas na bandagem usada por Orastes para enfaixar o corte longo e esgarçado que ia do ombro às costelas. — Ishtar, Mitra e Set! Isto arde como piche derretido do Inferno!

— Que você estaria experimentando agora, se não fosse por sua boa sorte — relembrou Orastes. — Quem quer que tenha brandido aquela faca, atacou para matar. Sim, eu já disse que Xaltotun ainda dorme. Por que está tão preocupado? O que ele tem a ver com isso?

— Você não sabe nada sobre o que aconteceu no palácio esta noite? — Tarascus examinou o semblante do sacerdote com intensidade ardente.

— Nada. Como sabe, estou dedicado à tradução de manuscritos para Xaltotun há alguns meses, transcrevendo volumes esotéricos escritos em línguas atuais para outras que ele consiga ler. Ele era bem versado na maioria das línguas e escritas de sua época, mas ainda não aprendeu todas as linguagens mais novas e, para poupar tempo, pediu-me que traduzisse esses trabalhos, para verificar se algum novo conhecimento foi descoberto desde seus tempos. Eu não sabia que ele havia retornado na noite passada até que me procurou e contou-me sobre a batalha. Então retomei meus estudos. Também não sabia que você havia voltado até o tumulto no palácio me tirar de meu quarto.

— Então não sabe que Xaltotun trouxe o rei da Aquilônia como prisioneiro para este palácio?

Orastes balançou a cabeça, sem demonstrar particular surpresa.

— Xaltotun disse apenas que Conan não se oporia mais a nós. Eu supus que ele havia caído, mas não perguntei detalhes.

— Xaltotun salvou a vida dele quando eu o teria matado — rosnou Tarascus. — Compreendi o seu propósito na mesma hora. Ele manteria Conan prisioneiro para usar como uma clava contra nós... contra Amalric, Valerius e contra mim mesmo. Enquanto Conan viver, é uma ameaça, um fator unificador para a Aquilônia que pode ser usado para nos compelir em direções que, de outra maneira, não tomaríamos. Desconfio daquele pythoniano morto-vivo. E, ultimamente, passei a temê-lo. Eu o segui algumas horas após ter partido para o leste. Queria ver o que pretendia fazer com Conan. Descobri que o havia aprisionado nos poços. Queria me certificar de que o bárbaro morresse, a despeito de Xaltotun. E cumpri minha missão.

Uma batida cautelosa soou à porta.

— É Arideus — grunhiu Tarascus. — Deixe-o entrar.

O melancólico escudeiro entrou, seus olhos brilhando com uma excitação reprimida.

— E então, Arideus? — Tarascus perguntou. — Encontrou o homem que me atacou?

— Você não o viu, meu senhor? — Arideus inquiriu, como alguém que quer se assegurar de um fato que já sabe. — Não o reconheceu?

— Não. Aconteceu rápido demais e a vela apagou... tudo o que consegui pensar foi que algum demônio havia sido lançado sobre mim pela magia de Xaltotun.

— O pythoniano dorme em seu quarto trancado. Mas eu estive nos poços. — Arideus contraiu seus ombros delgados temerosamente.

— Bem, fale, homem! — Exclamou Tarascus, perdendo a paciência. — O que encontrou lá?

— Um calabouço vazio — suspirou o escudeiro. — E o cadáver de um grande macaco!

— *O quê?* — Tarascus endireitou o corpo e sangue jorrou da ferida aberta.

— Sim! O comedor de homens está morto, esfaqueado no coração... e Conan se foi!

O rosto de Tarascus empalideceu, e ele mecanicamente permitiu que Orastes o forçasse a se prostrar novamente para que tornasse a trabalhar sobre a carne mutilada.

— Conan! — Ele repetiu. — Não é um cadáver esmagado... mas livre! Mitra! Ele não é um homem; é o próprio demônio! Pensei que Xaltotun estivesse por trás deste ferimento. Percebo agora. Deuses e demônios! Foi Conan quem me esfaqueou! Arideus!

— Sim, Majestade!

— Vasculhe cada canto do palácio. Ele pode estar espreitando nos corredores escuros neste momento, como um tigre faminto. Não deixe nada escapar da varredura, e tenha cuidado. Não é um homem civilizado que caça, mas um bárbaro sedento de sangue, cuja força e ferocidade são as de uma fera selvagem. Procure no palácio e na cidade. Verifique os muros. Se descobrir que ele fugiu da cidade, como é bem possível que faça, pegue uma tropa de cavaleiros e siga-o. Uma vez que ele tenha passado pelas muralhas, será como caçar um lobo nas colinas. Mas apresse-se e talvez ainda possa encontrá-lo.

— Este é um assunto que requer mais do que um julgamento humano comum — disse Orastes. — Talvez devamos buscar os conselhos de Xaltotun.

— Não! — Tarascus exclamou bruscamente. — Que as tropas persigam Conan e o matem. Xaltotun não poderá guardar mágoa contra nós se matarmos um prisioneiro para evitar sua fuga.

— Bem... — Orastes comentou. — Não sou nenhum aquerônio, mas sou versado em algumas artes e no controle de certos espíritos que se camuflam de substância material. Talvez possa ajudá-lo neste assunto.

A fonte de Thrallos ficava em um anel de carvalhos agrupados ao lado da estrada, a um quilômetro dos muros da cidade. O seu tinido melodioso chegou aos ouvidos de Conan através do silêncio da noite estrelada. Ele bebeu profundamente de seu veio e se apressou na direção sul, indo até um pequeno e denso matagal que avistou. Rodeando-o, viu um belo cavalo branco amarrado junto aos arbustos. Com um profundo e tempestuoso suspiro, alcançou-o com uma passada, quando uma gargalhada de escárnio brotou.

Uma figura apática vestida com uma malha cintilante saiu das sombras para a luz das estrelas. Não se tratava de um dos guardas polidos e emplumados do castelo. Era um homem alto, com elmo de quartzo escuro e cota cinza feita de elos; um dos Aventureiros, uma peculiar classe guerreira da Nemédia; homens que não haviam conquistado a riqueza e o posto de cavaleiros ou que haviam perdido essa posição; lutadores ferozes, que dedicavam a vida à guerra e às aventuras. Faziam parte de uma classe própria, às vezes comandando tropas, e não respondiam a ninguém, exceto ao rei. Conan sabia que não podia ter sido descoberto por adversário mais perigoso.

Uma rápida olhadela entre as sombras o convenceu de que o homem estava sozinho, e Conan inflou o peito largo, escavando seus dedos na relva enquanto os músculos se contraíam de tensão.

— Eu estava cavalgando para Belverus a mando de Amalric — disse o homem, avançando com cautela. A luz das estrelas resplandecia sobre a grande espada de dois gumes que portava. — Um cavalo relinchou para o meu do matagal. Investiguei e achei estranho um animal ser deixado amarrado aqui. Esperei... e eis que obtive um prêmio raro!

Os Aventureiros viviam por suas espadas.

— Eu conheço você — murmurou o nemédio. — É Conan, rei da Aquilônia. Pensei tê-lo visto morrer no vale de Valkia, mas...

Conan saltou como um tigre moribundo o faria. Apesar da experiência, o oponente não percebeu a desesperada velocidade que espreitava nos tendões do bárbaro. Foi pego com meia guarda, a pesada espada apenas parcialmente levantada. Antes que pudesse golpear ou desviar, o punhal do rei foi cravado em sua garganta acima do gorjal, inclinando-se para baixo até o coração. Com um sufocante gorgolejo, ele recuou e foi ao chão, e Conan rudemente arrancou a lâmina da vítima caída. O cavalo branco relinchou e recuou violentamente ante a visão e o cheiro do sangue na relva.

Olhando para seu inimigo inerte, o punhal gotejante em mãos, suor brilhando no peito, o rei parecia uma estátua, escutando intensamente ao redor. Nas matas não havia som algum, exceto pelo piar sonolento de pássaros que despertavam. Mas, na cidade, a um quilômetro e meio dali, escutou o estridente soar de um trompete.

Curvou-se rapidamente sobre o homem desfalecido, e poucos segundos de busca o convenceram de que, qualquer que fosse a mensagem que estivesse trazendo, seria entregue em palavra falada. Mas não se deteve por muito tempo. Faltavam poucas horas para o amanhecer. Minutos depois, o cavalo branco galopava para oeste ao longo da estrada esbranquiçada, e seu cavaleiro usava a malha cinzenta de um aventureiro nemédio.

VII
A Ruptura do Véu

Conan sabia que sua única chance de escapar estava na velocidade. Nem sequer considerou esconder-se em algum lugar próximo a Belverus até que a caçada se acalmasse; tinha certeza de que o estranho aliado de Tarascus seria capaz de encontrá-lo. Fora isso, não era do tipo que se escondia; uma luta ou perseguição abertas satisfaziam melhor seu temperamento. Sabia que tinha uma boa vantagem e que levaria seus perseguidores a uma extenuante corrida até a fronteira.

Zenóbia escolhera bem o cavalo branco. Sua velocidade, tenacidade e resistência eram óbvias. A garota entendia de armas e cavalos, e Conan refletiu, com alguma satisfação, que entendia de homens. Seguiu para oeste em uma marcha que devorava os quilômetros.

Cavalgou por uma terra adormecida, passou por vilarejos abrigados em bosques e quintas de muros brancos em meio a campos espaçosos e pomares, que ficavam cada vez mais esparsos conforme rumava para oeste. Ao que as aldeias minguaram, a terra ficou mais acidentada, e as fortalezas que se avolumavam ao longe testemunharam séculos de guerras nas fronteiras. Mas ninguém saiu delas para desafiá-lo ou interpelá-lo. Os senhores dos castelos estavam seguindo a bandeira de Amalric; os brasões que costumavam esvoaçar nas torres agora flutuavam sobre as planícies aquilonianas.

Quando o último amontoado de aldeias ficou para trás, Conan saiu da estrada, que começava a fazer uma curva para noroeste, em direção a passagens distantes. Manter-se na estrada significaria passar pelas torres fronteiriças, guardadas por homens armados que não lhe permitiriam atravessar sem que fosse questionado. Ele sabia que não haveria patrulhas rondando os dois lados da fronteira como em tempos comuns, mas havia aquelas torres e, com a alvorada, provavelmente cavalgadas de soldados retornando com homens feridos em carros de bois.

Aquela estrada para Belverus era a única que cruzava a fronteira num raio de oitenta quilômetros de norte a sul. Ela seguia uma série de passagens por entre as colinas e era cercada de ambos os lados por uma grande e desabitada cadeia de montanhas. Ele se manteve na direção oeste, pretendendo cruzar a fronteira no lado selvagem das colinas, ao sul das passagens. Era uma rota mais curta, mais árdua, porém mais segura para um fugitivo. Um homem em um cavalo poderia atravessar locais que um exército consideraria intransitável.

Mas, ao amanhecer, ele ainda não tinha alcançado as colinas; elas eram uma ampla muralha azul se estendendo ao longo do horizonte. Ali não havia fazendas ou vilarejos, nenhuma quinta com muros brancos postada entre aglomerações de árvores. O vento da manhã agitou a grama alta, e não havia nada além da longa e ondulada expansão marrom de terra, coberta por relva seca, e, ao longe, as desoladas muralhas de uma fortaleza em uma pequena colina. Muitos cavaleiros aquilonianos haviam cruzado as montanhas em tempos não muito distantes, rumo ao interior, a fim de colonizá-lo como no leste.

O amanhecer surgiu como uma pradaria de fogo por toda a terra gramada e, do alto, ouviu-se um som estranho, quando uma cunha dispersa de gansos selvagens passou voando rumo ao sul. Conan parou em uma campina pantanosa e tirou a sela de sua montaria. Os flancos e dorso dela estavam molhados de suor. Ele a havia forçado sem piedade pelas horas que precederam o amanhecer.

Enquanto ela mastigava o capim frágil e laminado, ele deitou-se na crista da escarpa baixa, mirando para o leste. Ao longe, no norte, viu a estrada de onde viera, sinuosa como um laço branco sobre uma distante ladeira. Nenhum ponto escuro se movia por aquele laço brilhante. Ao menos de onde estava, nada no castelo indicava que os vigias haviam reparado no viajante solitário.

Uma hora depois, a terra continuava desnuda. O único sinal de vida era um brilho de aço sobre as ameias distantes e um corvo no céu que planava de um lado para outro, mergulhando e subindo como se procurasse por algo. Conan selou o animal e cavalgou para oeste em uma marcha mais vagarosa.

Quando chegou à crista superior da escarpa, um grito estridente explodiu acima de sua cabeça e, olhando para o alto, viu o corvo batendo asas e grasnando sem parar. Ao que o cimério continuou a viagem, ele o seguiu, mantendo sua posição e tornando a manhã medonha com seus gritos agudos, ignorando os esforços do bárbaro para espantá-lo.

Isso prosseguiu por horas, até que os nervos de Conan chegaram ao limite, e ele sentiu que daria metade de seu reino se pudesse torcer aquele pescoço negro.

— Demônios do Inferno! — Gritou em fúria inútil, balançando o punho para o pássaro frenético. — Por que me atormenta com seus grasnados? Vá embora, cria nefasta da perdição... vá bicar o trigo nos campos dos fazendeiros!

Ele estava subindo o pé da serra, e pareceu escutar um eco do clamor do pássaro atrás de si. Voltando-se para a direção de onde viera, divisou ao longe outro ponto preto suspenso no azul. Mais além, viu o brilho do sol da tarde refletindo em aço. Aquilo só podia significar uma coisa: homens armados. E não estavam cavalgando ao longo da estrada batida, que se encontrava fora de sua vista, além do horizonte. Eles o seguiam. Sua face ficou sombria e estremeceu levemente ao encarar o corvo que manobrava acima de sua cabeça.

— Então isso é algo mais do que o capricho de um animal sem cérebro? — Murmurou. — Os cavaleiros não podem ver você, cria do Inferno; mas aquele outro pássaro consegue, e eles podem vê-lo. Você me segue, ele segue você e eles o seguem. Xaltotun o colocou em meu rastro? Você é Xaltotun?

Um grasnado estridente foi a única resposta, um grasnado vibrante com ar zombeteiro.

Conan não desperdiçou mais o fôlego com seu traidor sombrio. Lançou-se para a longa colina escarpada, sem se atrever a exigir demais do cavalo; o descanso permitido não fora o suficiente para que se recuperasse. Ainda estava bem à frente de seus perseguidores, mas eles abreviariam aquela distância consistentemente. Era quase certo que os cavalos deles estavam mais descansados que o seu, pois deviam ter trocado de montarias no castelo pelo qual haviam passado.

O trajeto ficou mais difícil, o cenário mais escarpado, encostas relvadas lançando-se até colinas densamente arborizadas. Ele sabia que lá poderia enganar seus caçadores, se não fosse por aquele pássaro infernal que gritava incessantemente acima de si. Não conseguia mais vê-los naquele terreno irregular, mas tinha certeza de que ainda o perseguiam, guiados com precisão pelo seu aliado de penas. A forma negra era como um íncubo demoníaco, caçando-o pelos infernos desmedidos. As pedras que Conan arremessou vociferando passaram longe ou caíram inofensivas, apesar de, em sua juventude, ele ter acertado falcões em pleno voo.

O cavalo se cansava rapidamente. Conan reconheceu a fragilidade de sua posição. Sentia um destino inexorável por trás de tudo aquilo. Ele não podia escapar. Continuava um prisioneiro tanto quanto nos poços de Belverus. Contudo, não era um filho do Oriente para se render passivamente ao que parecia inevitável. Se não podia escapar, ao menos levaria alguns inimigos para a eternidade consigo. Ele virou para um grande matagal de coníferas que mascaravam uma encosta, procurando um lugar para se acuar.

Então, adiante, escutou um grito estranho e estridente, humano, mas com um timbre bizarro. Um instante depois, já havia atravessado uma tela de galhos e viu a fonte do lamento sobrenatural. Em uma pequena clareira mais abaixo, quatro soldados trajando malhas nemédias passavam um nó em torno do pescoço de uma velha magra, com roupas de camponesa. Uma pilha de lentilhas no chão, atadas com corda, mostrava o que ela fazia quando fora surpreendida por aqueles retardatários.

Conan sentiu a fúria inchar lentamente seu coração enquanto olhava para baixo em silêncio, e viu os rufiões arrastá-la até uma árvore cujos galhos mais baixos certamente seriam usados como uma forca. Já havia cruzado a fronteira há uma hora. Estava em seu próprio solo, observando o assassinato de um de seus súditos. A mulher resistia com força e energia surpreendentes e, diante de seus olhos, ergueu a cabeça e liberou novamente o estranho grito que ele escutara antes. Foi ecoado como que por zombaria pelo corvo batendo asas acima das árvores. Os soldados riram brutalmente e um deles a golpeou na boca.

Conan desmontou seu corcel cansado e desceu pela face das rochas, aterrissando sobre a grama com um som estridente produzido pela armadura. Os quatro se viraram ao ouvirem o barulho e sacaram suas lâminas, boquiabertos diante do gigante que os encarava com a espada em mãos.

Conan riu cruelmente. Seus olhos eram duros como sílex.

— Cães! — Disse sem paixão ou misericórdia. — Os chacais nemédios se estabelecem como executores e enforcam meus súditos a bel-prazer? Primeiro precisam arrancar a cabeça do rei. Aqui estou, aguardando deleite tão nobre!

Os soldados o encararam com incerteza quando ele avançou em sua direção.

— Quem é esse louco? — Um rufião barbado gritou. — Ele veste uma armadura nemédia, mas fala com sotaque aquiloniano.

— Não interessa — respondeu o outro. — Esquartejem-no e depois vamos enforcar a velha.

E, dizendo isso, ele correu em direção a Conan, a espada erguida. Mas, antes que pudesse atacar, a lâmina do rei cortou, rachando o capacete e o crânio. O homem caiu diante dele, mas os demais eram canalhas destemidos. Uivando como lobos, investiram contra a figura solitária de malha cinza, e o choque e o estrondo do aço afogaram os grasnados do corvo que os circulava.

Conan não gritou. Seus olhos eram brasas de fogo azul e os lábios sorriam friamente; ele cortou para a direita e esquerda com sua espada de dois gumes. Era rápido para seu tamanho, ágil como um gato, e permanecia em movimento constante; um alvo que jamais ficava estático, de forma que estocadas e ataques cortavam o ar. Ainda assim, quando atacava, estava em perfeito equilíbrio, e seus golpes eram devastadores. Três dos quatro homens haviam tombado, morrendo afogados no próprio sangue, e o quarto sangrava por meia dúzia de feridas, tropeçando durante uma retirada precipitada numa tentativa desenfreada de escapar, quando o esporão de Conan ficou preso na túnica de um dos homens caídos.

O rei tropeçou e, antes que pudesse se recuperar, o nemédio, movido pelo desespero, foi em sua direção tão selvagemente que Conan cambaleou e caiu por cima do cadáver. O nemédio rosnou em triunfo e saltou para a frente, erguendo a espada com ambas as mãos acima do ombro esquerdo, enquanto firmava as pernas para desferir o golpe. Então, sobre o rei prostrado, algo enorme e peludo atingiu o peito do soldado como um raio, e aquele grito de triunfo se transformou em um lamento de morte.

Conan, pondo-se de pé, viu o homem caído com a garganta arrancada. Sobre ele, um enorme lobo cinzento, a cabeça afundada no sangue que formava uma poça na grama.

O rei se virou quando a velha falou com ele. Ela estava de pé mais atrás e, a despeito dos trajes maltrapilhos, seus traços fortes e aquilinos e seus olhos penetrantes não eram os de uma camponesa qualquer. A mulher chamou o lobo, que foi até o lado dela como um grande cachorro e encostou seu gigantesco ombro no joelho dela, enquanto encarava Conan com olhos verdes cintilantes. Distraída, ela deitou a mão sobre o poderoso pescoço e assim permaneceram diante do rei da Aquilônia. Ele achou o olhar de ambos inquietante, apesar de não haver hostilidade impressa.

— Os homens dizem que o rei Conan morreu soterrado por pedras e sujeira quando os rochedos caíram em Valkia — ela afirmou em uma voz forte e ressonante.

— É o que dizem — ele respondeu. Não estava com humor para desentendimento, e pensava naqueles cavaleiros armados que se aproximavam a cada instante que passava. O corvo crocitou estridentemente e ele lançou um olhar involuntário para o alto, apertando os dentes em um espasmo de irritação.

Mais acima, no parapeito, o cavalo branco pendia a cabeça de cansaço. A velha olhou para ele, e então para o corvo; e emitiu um som estranho igual ao anterior. Como se reconhecesse o chamado, o corvo deu meia-volta, subitamente mudo, e rumou para o leste. Mas, antes que saísse de vista, a sombra de asas poderosas caiu sobre ele. Uma águia saiu de um emaranhado de árvores e, ascendendo, voou e atacou o mensageiro negro, levando-o ao solo. A voz estridente da traição foi calada para sempre.

— Crom! — Conan resmungou, encarando a velha. — Você também é uma feiticeira?

— Eu sou Zelata — ela disse. — O povo dos vales diz que sou uma bruxa. Aquele filho da noite estava guiando homens em seu encalço?

— Sim. — Ela não pareceu achar a resposta fantástica. — Eles não devem estar muito longe.

— Apanhe seu cavalo e venha comigo, rei Conan — ela falou com brevidade.

Sem comentários, ele escalou as rochas e trouxe o cavalo para baixo por uma trilha sinuosa. No caminho, viu a águia reaparecer no céu, descer preguiçosamente e descansar um instante no ombro de Zelata, abrindo um pouco as grandes asas, para não esmagá-la com seu peso.

Em silêncio, ela mostrou o caminho, o grande lobo trotando ao seu lado, a águia planando acima de sua cabeça. Levou-o por matas densas e elevações tortuosas ao longo de ravinas, até finalmente chegarem a um estreito precipício que beirava um caminho até uma curiosa habitação de pedra, metade cabana, metade caverna, debaixo de um rochedo escondido entre os desfiladeiros e penhascos. A águia voou até o pináculo dele e se empoleirou como uma sentinela imóvel.

Ainda em silêncio, Zelata deixou o cavalo em uma caverna próxima, com folhas e grama empilhadas para provisões, e uma minúscula nascente borbulhante nos recessos mais escuros.

Na cabana, pediu que o rei se sentasse em um banco rude coberto por peles, e ela própria sentou-se em um banquinho baixo diante de um pequeno fogareiro, enquanto acendia o fogo com pedaços de tamargueiras e preparava uma refeição frugal. O grande lobo dormitava ao seu lado, de frente para o fogo, sua enorme cabeça descansando sobre as patas, as orelhas se contraindo com os sonhos.

— Não teme sentar-se na cabana de uma bruxa? — Ela perguntou, quebrando, enfim, o silêncio.

Um impaciente dar de ombros cobertos pela malha cinzenta foi a única resposta. Ela lhe entregou um prato de madeira com frutas secas, queijo e pão de trigo, e um grande caneco de uma intoxicante cerveja da montanha, cuja cevada era cultivada nos vales mais altos.

— Tenho achado o silêncio melancólico das ravinas mais agradável do que o murmúrio das ruas da cidade — ela disse. — Os filhos da natureza são mais gentis que os dos homens. — A mão dela acariciou gentilmente a pelagem do lobo adormecido. — Meus filhos estavam longe de mim hoje, ou sua espada não teria sido necessária, meu rei. Estavam respondendo ao meu chamado.

— O que aqueles cães nemédios tinham contra você? — Conan indagou.

— Batedores do exército invasor extraviam-se por todo o país, da fronteira até Tarantia — ela respondeu. — Os tolos camponeses dos vales lhes disseram que eu tinha um estoque de ouro escondido, para desviar a atenção deles das vilas. Eles pediram meus tesouros e minha resposta os irritou. Mas nem batedores, nem os homens que o perseguem, nem corvo algum, o encontrarão aqui.

Ele sacudiu a cabeça, comendo vorazmente.

— Estou indo para Tarantia.

Ela balançou a cabeça.

— Você confia seu pescoço às mandíbulas do dragão. Melhor seria buscar refúgio no exterior. O coração de seu reino se foi.

— O que quer dizer? — Ele inquiriu. — Batalhas já foram perdidas antes, mas as guerras foram ganhas. Um reino não é perdido por uma simples derrota.

— E você vai para Tarantia?

— Sim. Próspero comandará a resistência contra Amalric.

— Tem certeza?

— Diabos, mulher — ele exclamou irado. — O que mais?

Ela meneou.

— Eu acho que é o contrário. Vamos ver. O véu não deve ser rasgado de modo leviano; ainda assim irei rasgá-lo um pouco e mostrar-lhe sua capital.

Conan não viu o que ela atirou ao fogo, mas o lobo choramingou em seus sonhos e uma fumaça verde se acumulou e subiu até o teto da cabana. E, diante de seus olhos, as paredes e o teto pareceram se alargar, crescer remotamente e desaparecer, misturando-se a imensidões infinitas; a fumaça se enrolou nele, apagando todas as demais coisas. E se moveu e desbotou, até estancar numa claridade espantosa.

Ele observou as ruas e torres de Tarantia que lhe eram familiares, onde uma massa fervilhava e gritava. Ao mesmo tempo, de alguma forma, foi capaz de ver as bandeiras da Nemédia se movendo inexoravelmente ao leste através das chamas e fumaça de uma terra pilhada. Na grande praça de Tarantia a frenética multidão brigava e reclamava, berrando que o rei estava morto, que os barões estavam se reunindo para dividir as terras entre si e que o reinado de um rei, mesmo Valerius, era melhor que a anarquia. Próspero, reluzente em sua armadura, cavalgou entre eles tentando pacificá-los, pedindo que confiassem no conde Trócero, instando-os a guarnecer o muro e auxiliar seus cavaleiros na defesa da cidade. Eles se voltaram contra ele, com raiva e medo irracional, gritando que ele era o açougueiro de Trócero, um inimigo mais maléfico que o próprio Amalric. Restos de comida e pedras foram atirados em seus cavaleiros.

Um leve borrão na imagem, que decerto denotava uma passagem de tempo, e Conan viu Próspero e seus cavaleiros passarem pelos portões, indo para o sul. Atrás dele, a cidade estava em pleno tumulto.

— Tolos! — Conan resmungou, brutalmente. — Tolos! Por que não confiaram em Próspero? Zelata, se você estiver fazendo joguetes ou algum tipo de truque...

— Tudo isso já aconteceu — ela respondeu, sem se abalar, embora de forma sombria. — Foi durante a noite do dia anterior, quando Próspero deixou Tarantia, com as tropas de Amalric quase à vista. Das muralhas, os homens avistavam a fumaça de suas pilhagens. Foi o que li na fumaça. Ao pôr do sol, os nemédios adentraram Tarantia sem oposição. Veja! Mesmo agora, no salão real de Tarantia...

Súbito, Conan olhava para o grande salão do trono. Valerius estava no palanque régio, com vestes de arminho, e Amalric, ainda trajando sua armadura empoeirada e manchada de sangue, colocava um aro rico e brilhante nos cabelos amarelos do outro... a coroa da Aquilônia! As pessoas ovacionavam;

enormes filas de guerreiros nemédios de armadura assistiam taciturnos, e nobres que há muito se opunham à corte de Conan se exibiam e pavoneavam com o emblema de Valerius nas mangas.

— Crom! — Foi com uma explosiva imprecação saída de seus lábios que Conan se levantou, os fortes punhos cerrados como martelos, as veias nas têmporas atadas, as feições em convulsão. — Um nemédio colocando a coroa da Aquilônia naquele renegado... no salão real de Tarantia!

Como que dispersada por sua violência, a fumaça esvaneceu, e ele viu os olhos negros de Zelata observando-o através da névoa.

— Você viu... o povo de sua capital perdeu a liberdade que você conquistou para eles com muito sangue e suor. Eles se venderam aos escravocratas e açougueiros. Mostraram que não confiam em seu destino. Pode confiar neles para recuperar seu reino?

— Eles pensaram que eu estava morto — ele rugiu, recuperando parte da pose. — Eu não tenho filhos. Homens não podem ser governados por uma memória. E daí que os nemédios tomaram Tarantia? Ainda restam as províncias, os barões e os povos no interior. Valerius conquistou uma glória vazia.

— Você é teimoso, como convém a um lutador. Não posso mostrar-lhe o futuro, e não posso mostrar-lhe todo o passado. Não, eu não mostro coisa alguma. Apenas o faço ver por janelas abertas no véu por poderes desconhecidos. Você olharia para o passado para saber mais sobre o presente?

— Sim. — Ele se sentou abruptamente.

A fumaça verde tornou a se erguer e formou ondas. Imagens voltaram a se desnudar diante dele, desta vez, estranhas e aparentemente irrelevantes. Viu grandes torres negras, pedestais meio escondidos nas sombras com imagens de horríveis deuses semibestiais. Os homens se moviam nas trevas, homens magros e escuros, vestindo tangas de seda vermelhas. Carregavam um sarcófago de jade verde ao longo de um corredor gigantesco. Mas, antes que Conan pudesse compreender melhor o que via, a cena mudou. Ele viu uma caverna escura, sombria e assombrada, com um estranho horror intangível. Em um altar de pedra negra havia um curioso vaso dourado, moldado como uma concha. Na caverna entraram alguns dos homens magros que haviam trazido o sarcófago da múmia. Eles apanharam o vaso dourado, e então as sombras formaram um círculo ao seu redor. O que aconteceu a seguir, ele não soube dizer, mas viu um lampejo em um redemoinho de trevas, como uma bola de fogo vivo. Então, a fumaça tornou-se apenas fumaça, derivando dos pedaços de tamargueira, diluindo e enfraquecendo.

— Mas o que significa isso? — Ele perguntou, confuso. — O que vi em Tarantia posso entender. Mas o que quer dizer essa visão de ladrões zamoranos em um templo subterrâneo de Set, na Stygia? E aquela caverna... nunca vi ou ouvi falar de nada igual em todas as minhas andanças. Se você pode me mostrar isso, esses farrapos de visão que nada significam, desarticulados, por que não pode me revelar tudo o que vai ocorrer?

Zelata mexeu no fogo sem responder.

— Essas coisas são governadas por leis imutáveis — disse, enfim. — Não posso fazer com que entenda; eu mesma não entendo tudo, embora tenha buscado sabedoria nos silêncios de lugares altos há mais anos do que consigo lembrar. Não posso salvá-lo, ainda que o faria, se pudesse. Os homens devem, afinal, trabalhar em prol da própria salvação. Ainda assim, talvez a sabedoria venha a mim em sonhos e, pela manhã, quem sabe possa lhe dar uma pista sobre esse enigma.

— Que enigma? — Ele perguntou.

— O mistério que o confronta, pelo qual perdeu um reino — ela respondeu. Então espalhou um tecido de lã de carneiro no chão em frente ao fogo. — Durma — disse brevemente.

Sem nada dizer, Conan se deitou e mergulhou em um sono profundo, porém turbulento, no qual fantasmas se moviam silenciosamente e sombras disformes e monstruosas rastejavam. A certa altura, pintadas contra um horizonte púrpura sem sol, ele viu as portentosas muralhas e torres de uma grande cidade, de coloração mais rosa do que já havia visto em qualquer outro lugar da Terra. Suas torres colossais e mesquitas púrpuras se erguiam em direção às estrelas e, acima delas, flutuando como uma miragem gigante, pairava o semblante barbudo de Xaltotun.

Conan despertou na brancura fria do amanhecer e viu Zelata agachada ao lado do fogo mirrado. Ele não havia acordado nenhuma vez durante a noite, e o som do grande lobo entrando e saindo deveria tê-lo despertado. Contudo, o lobo estava lá, ao lado do fogo, com sua pelagem desgrenhada molhada de orvalho e outras coisas mais. Sangue ainda úmido brilhava no couro grosso e havia um corte em seu ombro.

Zelata assentiu sem olhar ao redor, como se lesse os pensamentos de seu hóspede real.

— Ele caçou antes do amanhecer, e a caçada foi vermelha. Acho que os homens que procuravam um rei não vão caçar mais, nem homens ou feras.

Conan olhou para a enorme fera com fascínio enquanto esta ia buscar a comida que Zelata oferecia.

— Quando retomar meu trono, não me esquecerei disto — disse brevemente. — Você foi minha amiga... por Crom, não consigo lembrar a última vez em que me deitei e dormi à mercê de homem ou mulher como fiz na noite passada. Mas e quanto à charada que iria me esclarecer pela manhã?

Um longo silêncio se seguiu, em que o crepitar das tamargueiras era alto na lareira.

— Encontre o coração de seu reino — ela disse, por fim. — Nele está sua derrota e seu poder. Você enfrenta mais do que homens mortais. Não se sentará no trono novamente a menos que encontre o coração de seu reino.

— Você quer dizer a cidade de Tarantia?

Ela balançou a cabeça.

— Sou só um oráculo, cujos lábios os deuses usam para falar. Meus lábios foram selados por eles para que não fale demais. Você deve encontrar o coração de seu reino. Não posso dizer nada mais. Meus lábios são abertos e fechados pelos deuses.

O amanhecer ainda estava branco nos picos quando Conan seguiu para oeste. Uma olhadela para trás revelou Zelata parada na porta da cabana, inescrutável como sempre, o grande lobo junto dela.

Um céu cinzento se arqueava no alto e um vento frio trazia a promessa do inverno. Folhas marrons flutuavam lentamente, caídas de galhos carecas, passando pelo crivo da armadura em seus ombros.

Durante todo o dia ele cavalgou pelas colinas, evitando estradas e vilas. Ao cair da noite, começou a descer das alturas, camada por camada, e viu as amplas planícies da Aquilônia se estenderem adiante.

Vilas e fazendas ficavam próximas ao sopé das colinas do lado oeste das montanhas, pois, por meio século, a maioria das incursões através da fronteira havia sido feita pelos aquilonianos. Agora só cinzas e brasas restaram onde antes havia cabanas de fazendas e vilas.

Conan cavalgou lentamente pelas trevas que o acercavam. Havia pouco medo de ser descoberto, fosse por amigos ou inimigos. Os nemédios se lembraram de antigas rinchas conforme rumavam para oeste, e Valerius não fez qualquer tentativa de conter seus aliados. Não se preocupou em tentar ganhar o amor do povo. Uma vasta faixa de desolação atravessava todo país a partir da base das montanhas, na direção oeste. Conan amaldiçoou enquanto cavalgava por extensões enegrecidas que haviam sido campos ricos, e viu as extremidades finas e empenadas de casas queimadas projetadas contra o céu. Moveu-se por uma terra vazia e deserta como um fantasma de um passado esquecido e desgastado.

A velocidade com que o exército cruzara a terra denotava a pouca resistência que havia encontrado. Se Conan estivesse liderando os aquilonianos, o exército invasor teria sido forçado a pagar cada passo dado com sangue. A amarga percepção permeou sua alma; ele não era o representante de uma dinastia. Era apenas um aventureiro solitário. Até mesmo a gota do sangue dinástico que Valerius ostentava fazia mais parte da memória dos homens do que Conan e o poder e a liberdade que levara ao reino.

Nenhum perseguidor o seguiu pelas colinas. Procurou tropas nemédias que estivessem vagando ou retornando, mas não encontrou nenhuma. Desertores lhe abriram caminho, supondo que era um dos conquistadores, por causa da armadura. Os bosques e rios eram em maior número no lado oeste das montanhas, e lugares para se esconder não faltavam.

Ele passou pela terra pilhada, só parando para descansar o cavalo, economizando a comida que Zelata havia dado, até que, numa manhã, deitado em um banco de areia em um rio onde carvalhos e salgueiros cresciam, avistou ao longe, além das grandes planícies pontilhadas de bosques ricos, as torres azuis e douradas de Tarantia.

Não estava mais em uma terra deserta, e sim em uma abundante em formas de vida. Seu progresso daquele ponto em diante foi lento e cauteloso, por matas densas e estradas secundárias pouco frequentadas. Anoitecia quando chegou à plantação de Servius Galannus.

VIII
Brasas Moribundas

O interior da Tarantia havia escapado da assustadora assolação que afligira as províncias mais ao leste. Havia evidências da marcha de um exército conquistador em cercas quebradas e campos e celeiros saqueados, mas tochas e aço não tinham sido usados indiscriminadamente.

Havia só uma mancha sinistra sobre a extensão da paisagem, uma expansão carbonizada de cinzas e pedra enegrecida, onde Conan sabia que outrora existira a majestosa vivenda de um de seus maiores defensores.

O rei não ousou se aproximar da fazenda de Galannus abertamente, que ficava a apenas alguns quilômetros da cidade. No crepúsculo, cavalgou por uma ampla mata fechada até avistar, das árvores, a cabana de um caseiro. Desmontando e amarrando seu cavalo, aproximou-se da grossa porta em formato de arco com a intenção de mandar o empregado em busca de Servius. Não sabia quais inimigos a casa principal poderia estar abrigando. Não tinha visto tropas, mas elas podiam estar acasteladas por todo o interior. Mas, ao se aproximar, viu a porta ser aberta e uma figura compacta vestindo um gibão de seda ricamente bordado sair caminhando, tomando uma vereda que cortava pelo meio da floresta.

— Servius!

Ante o chamado baixo, o mestre da plantação voltou-se com expressão assustada. Sua mão voou para a espada curta na cintura e ele recuou, afastando-se da alta figura cinzenta que estava à sua frente, na escuridão.

— Quem é você? — Ele perguntou. — Qual é seu... *Mitra!*

Sua respiração sibilou para dentro e o rosto corado empalideceu.

— Parta daqui! — Ele gritou. — Por que voltou das terras cinzentas da morte para me aterrorizar? Sempre fui seu verdadeiro seguidor em vida...

— Como ainda espero que seja — respondeu Conan. — Pare de tremer, homem; sou de carne e osso.

Suando de incerteza, Servius se aproximou e encarou o rosto do gigante de armadura e, então, convencido da realidade do que via, se ajoelhou e tirou o chapéu emplumado.

— Majestade! Este é, de fato, um milagre maior do que eu poderia acreditar! O grande sino na cidadela entoou o seu hino fúnebre dias atrás. Os homens disseram que o senhor havia caído em Valkia, esmagado debaixo de milhares de toneladas de terra e granito quebrado.

— Era outro que vestia minha armadura — Conan grunhiu. — Mas vamos conversar depois. Se houver algo como um pedaço de carne à sua mesa...

— Perdoe-me, meu senhor! — Implorou Servius, ficando de pé. — Sua malha está cinza pelo pó da viagem e eu mantenho o senhor aqui, em pé, sem descanso ou comida! Mitra! Vejo muito bem agora que está vivo, mas juro que, quando me virei e o vi parado, todo cinzento e soturno sob a escuridão, o tutano dos meus ossos virou água. É algo indesejável encontrar um homem que você julgava estar morto no meio da floresta à noite.

— Peça que o caseiro cuide de meu cavalo que está amarrado além do carvalho — pediu Conan, e Servius assentiu, levando o rei pela trilha. O patrício, recuperando-se de seu susto sobrenatural, ficou extremamente nervoso.

— Vou enviar um servo de minha casa — disse. — O caseiro está em sua cabana, mas não ouso confiar nem mesmo em meus empregados nestes dias. É melhor que apenas eu saiba de sua presença.

Aproximando-se da grande casa que refulgia sombriamente por entre as árvores, ele virou em um pequeno caminho que passava por um conjunto de carvalhos, cujo entrelaçamento dos galhos formava uma abóbada acima da cabeça, impedindo a passagem da luminosidade nuviosa do crepúsculo.

Servius se apressou por entre as trevas sem falar, com algo que parecia um tipo de pânico em seus gestos, e conduziu Conan para uma pequena porta lateral que desembocava em um corredor escuro e estreito. Eles o atravessaram rapidamente e em silêncio, e Servius levou o rei para uma câmara espaçosa com um teto alto feito de madeira de carvalho e paredes com belos painéis. Toras queimavam na lareira, pois havia uma brisa gelada no ar, e uma grande torta de carne em um prato de pedra estava defumando em uma larga placa de mogno. Servius trancou a porta maciça e apagou as velas que estavam em um candelabro prateado sobre a mesa, deixando a câmara iluminada apenas pelo fogo da lareira.

— Perdão, Majestade — ele se desculpou. — Esses são tempos perigosos; espiões estão por todos os lados. Seria melhor se ninguém pudesse olhar pela janela e reconhecê-lo. Entretanto, esta torta acabou de sair do forno, pois pretendia jantar quando retornasse de minha conversa com o caseiro. Se sua Majestade se dignar...

— A luz é suficiente — Conan afirmou, sentando-se sem fazer cerimônia e sacando seu punhal.

Ele deglutiu vorazmente o delicioso prato e o engoliu com grandes goles de vinho feito das uvas cultivadas nas vinícolas de Servius. Parecia não ter consciência de qualquer senso de perigo, mas Servius estava irrequieto em seu assento próximo ao fogo, mexendo nervosamente na pesada corrente de ouro que trazia no pescoço. Ele olhava sem parar para os vidros diamantinos da janela que refletiam vagamente a luz do fogo e erguia a orelha em direção à porta, como se esperasse escutar o ruído de passos furtivos no corredor.

Terminando a refeição, Conan se levantou e foi sentar-se em outro local, próximo ao fogo.

— Não vou ameaçá-lo por mais tempo com minha presença, Servius — ele disse abruptamente. — O amanhecer me encontrará longe de sua plantação.

— Meu senhor... — Servius ergueu suas mãos em contestação, mas Conan debandou os protestos.

— Sei de sua lealdade e coragem. Ambas estão acima de reprovação. Mas, se Valerius usurpou meu trono, você será morto por ter me dado abrigo, caso seja descoberto.

— Eu não sou forte o suficiente para desafiá-lo abertamente — Servius admitiu. — Os cinquenta homens armados que poderia levar para a batalha seriam nada além de um punhado de varetas. O senhor viu as ruínas da plantação de Emilius Scavonus?

Conan assentiu, franzindo a testa com amargura.

— Ele era o mais forte patrício destas províncias, como o senhor bem o sabe. Ele se recusou a jurar aliança a Valerius. Os nemédios o queimaram nas ruínas da própria fazenda. Após isso, o resto de nós viu a futilidade de resistir, especialmente quando o povo de Tarantia se recusou a lutar. Submetemo-nos e Valerius poupou nossas vidas, apesar de ter estabelecido impostos que vão arruinar muitos de nós. Mas o que podíamos fazer? Achávamos que o senhor estivesse morto. Muitos barões foram massacrados, outros foram feitos prisioneiros. O exército foi destroçado e espalhado. O senhor não tem herdeiro para reivindicar a coroa. Não havia ninguém para nos liderar...

— Não havia o conde Trócero, de Poitain? — Conan perguntou, severamente.

Servius abriu as palmas das mãos, indefeso.

— É verdade que seu general Próspero estava em campo com um pequeno exército. Recuando diante de Amalric, ele convocou os homens para lutarem por sua bandeira. Mas, com sua Majestade morta, os homens se lembraram de velhas guerras e lutas civis, e da forma como Trócero e seus poitanianos outrora cavalgaram por estas províncias exatamente como Amalric está fazendo agora, com tochas e espadas. Os barões tinham ciúme de Trócero. Alguns homens, talvez espiões de Valerius, gritaram que o conde de Poitain cobiçava a coroa. Antigos ódios locais ressurgiram. Se tivéssemos um único homem com sangue dinástico nas veias, nós o teríamos coroado e seguido contra a Nemédia. Mas não havia ninguém. Os barões que o seguiam lealmente não acompanhariam um dos seus, pois cada qual se julgava tão bom quanto seu próximo, cada qual temendo a ambição dos demais. O senhor era a corda que os mantinha unidos. Quando a corda foi cortada, tudo ruiu. Se o senhor tivesse um filho, os barões teriam jurado lealdade a ele. Mas não havia um aspecto em que o patriotismo deles pudesse se focar.

— Os mercadores e pessoas comuns — ele prosseguiu —, temendo a anarquia e um retorno aos dias feudais, quando cada barão fazia a própria lei, gritaram que qualquer rei era melhor do que nenhum, até mesmo Valerius, que ao menos tinha o sangue da antiga dinastia. Não havia ninguém para opor-se quando ele chegou liderando as tropas montadas, com o dragão escarlate da Nemédia flutuando acima de sua cabeça, e tocou com sua lança os portões de Tarantia. O povo abriu os portões e se ajoelhou no chão poeirento diante dele. Recusaram-se a ajudar Próspero a manter a cidade. Disseram que preferiam ser governados por Valerius a Trócero. Disseram, o que era verdade, que os barões não confiariam em Trócero, mas que muitos aceitariam Valerius. Disseram que, ao se juntarem a Valerius, escapariam da devastação de uma guerra civil e da fúria dos nemédios. Próspero cavalgou para o sul com dez mil cavaleiros, e as tropas dos nemédios entraram na cidade algumas horas depois. Elas não o seguiram. Ficaram para ver Valerius ser coroado em Tarantia.

— Então a fumaça da velha bruxa mostrou a verdade — murmurou Conan, sentindo um estranho arrepio na espinha. — Amalric coroou Valerius?

— Sim, no salão real, com o sangue da matança ainda pingando das mãos.

— E as pessoas prosperaram diante de sua governança benevolente? — Perguntou Conan, num furioso tom de ironia.

— Ele vive como um príncipe estrangeiro em meio a uma terra conquistada — respondeu Servius, amargamente. — Sua corte está repleta de nemédios, assim como as tropas do palácio, e uma enorme guarnição ocupa a cidadela. Sim, a Hora do Dragão afinal chegou. Nemédios pavoneiam-se como senhores pelas ruas. As mulheres são ultrajadas e mercadores pilhados diariamente, e Valerius não pode, ou não fará, tentativa alguma de refreá-los. Não, ele nada mais é do que a marionete deles, sua pessoa representativa. Homens de bom senso sabiam que seria assim, e o povo está começando a descobrir o mesmo. Amalric cavalgou com um exército poderoso para reduzir as províncias periféricas onde alguns dos barões o desafiaram. Mas não existe unidade entre eles. O ciúme que têm uns dos outros é mais forte que o medo de Amalric. Ele os esmagará um a um. Muitos castelos e cidades, ao perceberem isso, enviaram sua submissão. Quem resiste, padece miseravelmente. Os nemédios estão saciando seu antigo ódio. E suas fileiras são encorpadas com aquilonianos cujo medo, desejo de riqueza ou necessidade de se ocupar os obriga a fazer parte do exército. É uma consequência natural.

Conan acenou com a cabeça de forma sombria, observando os reflexos vermelhos da luz do fogo nos belos vitrais.

— A Aquilônia tem um rei em vez da temida anarquia — Servius disse, por fim. — Valerius não protege seus súditos de seus aliados. Centenas que não podiam pagar a tarifa imposta foram vendidos a mercadores de escravos kothianos.

A cabeça de Conan se ergueu e uma chama letal iluminou seus olhos azuis. Ele proferiu ofensas com fervor, as mãos pressionadas a ponto de se tornarem martelos de ferro.

— Sim, brancos vendendo homens e mulheres brancas como nos dias feudais. Nos palácios de Shem e Turan eles viverão como escravos por toda sua vida. Valerius é o rei, mas a unidade que as pessoas buscaram, a despeito da espada, não está completa. A Gunderlândia no norte, e Poitain ao sul, ainda não foram conquistados, e há províncias que não foram subjugadas no oeste, onde os barões da fronteira têm o apoio dos arqueiros bossonianos. Contudo, essas províncias periféricas não representam ameaça real para Valerius. Elas precisam ficar na defensiva, e terão sorte se conseguirem manter sua independência. Aqui, Valerius e seus cavaleiros estrangeiros são supremos.

— Que ele tenha o melhor disso tudo, então — disse Conan, com severidade. — Seu tempo se abrevia. O povo se levantará quando souber que estou vivo. Retomaremos Tarantia antes que Amalric possa retornar com seu exército. Então, vamos varrer esses cães do reino.

Servius ficou em silêncio. Os estalos do fogo soavam altos na quietude.

— Bem! — Exclamou Conan, impacientemente. — Por que se sentou com a cabeça baixa, olhando para a lareira? Duvida do que eu disse?

Servius evitava os olhos do rei.

— O que um homem puder fazer, o senhor fará, Majestade — ele respondeu. — Já cavalguei ao seu lado na batalha e sei que nenhum mortal pode fazer frente à sua espada.

— Então o que foi?

Servius puxou seu saiote de pele, cobrindo-se, e tremeu apesar das chamas.

— Os homens dizem que sua queda foi causada por feitiçaria — ele disse após uma pausa.

— E daí?

— O que mortais podem fazer contra feitiçaria? Quem é aquele homem coberto por um véu que comunga no meio da noite com Valerius e seus aliados, e que aparece e desaparece tão misteriosamente? Os homens sussurram que se trata de um grande feiticeiro falecido há milhares de anos, que retornou das terras cinzentas da morte para destronar o rei da Aquilônia e restaurar a dinastia da qual Valerius é o herdeiro.

— E o que me importa isso? — Conan exclamou, zangado. — Fugi dos poços assombrados por demônios de Belverus e do diabolismo nas montanhas. Se o povo se insurgisse...

Servius balançou a cabeça.

— Seus defensores mais fervorosos no leste e nas províncias centrais estão mortos, fugiram ou foram feitos prisioneiros. A Gunderlândia fica muito ao norte, Poitain muito ao sul. Os bossonianos marcharam para o oeste. Levaria semanas para juntar e concentrar essas forças e, antes que isso pudesse ser feito, cada recrutamento de soldados seria atacado e destruído em separado por Amalric.

— Mas um levante nas províncias centrais penderia a balança para nosso lado! — Afirmou Conan. — Nós poderíamos nos apoderar de Tarantia e assegurá-la contra Amalric até que os poitanianos e gunderlandeses chegassem.

Servius hesitou, e sua voz tornou-se um suspiro.

— Os homens dizem que o senhor morreu amaldiçoado. Dizem que este estrangeiro vestido com véus lançou um feitiço para matá-lo e destruir seu exército. O grande sino cantou sua marcha fúnebre. Os homens acreditam que o senhor está morto. E as províncias centrais não vão se rebelar, nem mesmo se souberem que o senhor ainda vive. Não ousariam. A feitiçaria o derrotou em Valkia. Feitiçaria foi o que levou as notícias à Tarantia, pois naquela mesma noite, os homens já gritavam nas ruas. Um sacerdote nemédio tornou a liberar magia negra nas ruas de Tarantia para dar cabo dos homens que ainda eram leais à sua memória. Eu vi com meus próprios olhos. Homens armados caíam como moscas e morriam nas ruas de uma maneira que ninguém seria capaz de entender. E o esguio sacerdote riu e disse: "Sou apenas Altaro, não passo de um acólito de Orastes, que nada mais é do que um acólito daquele que veste o véu. O poder não é meu; ele apenas atua através de mim".

— Bem... — Conan disse com rispidez. — Não é melhor morrer com honra do que viver em infâmia? A morte é pior que opressão, escravidão e, em última instância, destruição?

— Quando o medo da bruxaria se instaura, a racionalidade fica de fora — respondeu Servius. — O medo que as províncias centrais têm é demasiado grande para permitir que se insurjam por você. As províncias periféricas lutariam, porém, a feitiçaria que destruiu seu exército em Valkia agiria novamente. Os nemédios possuem os maiores e mais ricos setores povoados da Aquilônia, e eles não podem ser derrotados pelas forças que reuniria sob seu comando. O senhor sacrificaria seus súditos leais sem razão. Com tristeza eu digo, mas é verdade: rei Conan, o senhor é um rei sem reino.

Conan encarou o fogo sem responder. Um tronco ardente se desmontou entre as chamas com uma chuva de faíscas. Poderia ser a ressonante ruína de seu reino.

O cimério tornou a sentir a presença de uma realidade sombria por trás do véu da ilusão material. Ele sentiu mais uma vez a direção inexorável de um destino impiedoso. Uma sensação furiosa de pânico puxou sua alma com força, um sentimento de estar preso em uma armadilha, e um ódio escarlate que queimava com ânsia de matar e destruir.

— Onde estão os oficiais da minha corte? — Ele perguntou afinal.

— Pallantides foi seriamente ferido em Valkia. Ele foi resgatado por sua família e agora está em seu castelo, em Attalus. Terá sorte se voltar a cavalgar. Publius, o chanceler, fugiu do reino disfarçado, nenhum homem sabe para onde. O conselho foi disperso. Alguns foram aprisionados, outros banidos. Muitos de seus súditos leais foram condenados à morte. Esta noite, por exemplo, a condessa Albiona morrerá pelo machado do executor.

Conan parou e olhou para Servius com tanta raiva latente nos olhos azuis que o patrício se encolheu.

— Por quê?

— Porque ela não quis se tornar amante de Valerius. Suas terras foram confiscadas, os lacaios vendidos como escravos e, à meia-noite, sua cabeça vai rolar na Torre de Ferro. Esteja avisado, meu rei, para mim o senhor sempre será meu rei... Fuja antes que seja descoberto. Hoje em dia, ninguém está a salvo. Espiões e informantes se esgueiram entre nós, entendendo a menor ação ou palavra de descontentamento como traição e rebelião. Se o senhor se revelar aos seus súditos, será simplesmente capturado e morto. Meus cavalos e todos os homens em quem posso confiar estão ao seu dispor. Antes do amanhecer, podemos estar longe de Tarantia e seguros, rumo à fronteira. Se não posso ajudá-lo a recuperar seu reino, posso ao menos segui-lo para o exílio.

Conan balançou a cabeça. Servius olhou para ele de soslaio enquanto sentava-se encarando o fogo, o queixo descansando sobre o poderoso punho. A luz da lareira reluzia vermelha na malha de aço e nos olhos sinistros, que queimavam como os olhos de um lobo. Servius estava novamente ciente, conforme o estivera no passado, e agora, mais do que nunca, de que havia algo distintivo em seu rei. A grande estrutura sob a malha era muito bruta e flexível para um homem civilizado; o fogo elemental dos primitivos abrasava naqueles olhos. Agora, a presença do bárbaro no rei estava mais pronunciada, como se, em sua extremidade, os aspectos externos da civilização tivessem sido despidos para revelar o núcleo primordial. Conan revertia ao seu tipo primitivo. Ele não estava agindo conforme um homem civilizado o faria diante das mesmas condições, nem seus pensamentos percorriam os mesmos canais. Ele era imprevisível. Apenas um passo separava o rei da Aquilônia do matador vestido com peles das colinas da Ciméria.

— Cavalgarei para Poitain, se assim tiver que ser — Conan disse, enfim. — Mas o farei sozinho. Ainda tenho mais uma tarefa para desempenhar como rei da Aquilônia.

— O que o senhor quer dizer, Majestade? — Perguntou Servius, sacudido por uma premonição.

— Vou para Tarantia atrás de Albiona esta noite — o rei respondeu. — Parece-me que falhei com todos os meus outros súditos leais; se eles levarem a cabeça dela, podem ficar com a minha também.

— Isso é loucura — implorou Servius, ficando de pé e segurando a própria garganta, como se já sentisse os laços da forca fechando em volta dela.

— Há segredos para chegar à Torre que poucos conhecem — Conan explicou. — Seja como for, eu seria um cão se deixasse Albiona morrer por sua lealdade a mim. Posso ser um rei sem reino, mas não sou um homem sem honra.

— Isso arruinará todos nós! — Servius sussurrou.

— Não arruinará ninguém além de mim, caso eu falhe. Você já se arriscou o suficiente. Só quero que faça o seguinte: arranje-me um tapa-olho, um cajado e vestimentas como as que os viajantes usam.

IX

"É o Rei ou seu Fantasma!"

Muitos homens passavam pelos grandes portões arqueados de Tarantia entre o pôr do sol e a meia-noite; viajantes atrasados, mercadores vindos de longe com mulas carregadas, trabalhadores livres das fazendas e vinhedos nos arredores. Agora que Valerius era supremo nas províncias centrais, não havia escrutínio rígido dos indivíduos que fluíam naquela correnteza constante pelos amplos portões. A disciplina havia relaxado. Os soldados nemédios que ficavam de guarda estavam meio bêbados e muito ocupados observando camponesas bonitas e mercadores ricos que poderiam ser intimidados, para reparar em trabalhadores ou viajantes empoeirados, mesmo um que fosse alto demais, cuja capa não conseguia ocultar as linhas brutas da larga estrutura corporal.

Tal homem andava com uma atitude altiva e agressiva que lhe era demasiada natural para dar-se conta, quanto mais disfarçá-la. Um tapa-olho cobria uma das vistas, e uma touca de couro postada sobre as sobrancelhas escondia as feições. Com um cajado longo na bronzeada mão musculosa, ele atravessou o arco devagar, passando pelas tochas que ardiam e gotejavam, e, ignorado pelos guardas embriagados, ganhou as amplas ruas de Tarantia.

Nessas vias bem iluminadas, as multidões de sempre cuidavam da própria vida, e lojas e barracas permaneciam abertas, com suas mercadorias à mostra. Um segmento que mantinha um padrão constante. Soldados nemédios, sozinhos ou em grupos, vagavam por entre a massa, abrindo caminho à força com arrogância deliberada. Mulheres saíam da sua frente e homens andavam de lado com fisionomia enlutada e punhos apertados. Os aquilonianos eram uma raça orgulhosa, e aqueles eram seus inimigos hereditários.

As juntas do alto viajante pressionaram firme o bastão, mas, como os demais, ele abriu alas para permitir que os homens vestindo armaduras seguissem caminho. Em meio à multidão multicolorida e variada, ele não chamava muita atenção naqueles trajes empoeirados e pesados. Mas, em uma ocasião, ao passar pela barraca de um vendedor de espadas, a luz que vinha de uma porta larga caiu diretamente sobre si, e ele sentiu como se estivesse sendo intensamente observado. Voltando-se rapidamente, viu um homem vestindo o casaco marrom de um trabalhador livre olhando-o fixamente. O homem deu meia-volta com pressa indevida e desapareceu na multidão. Conan dobrou em uma estreita rua lateral e apertou o passo. Poderia ter sido só uma mera curiosidade inofensiva, mas ele preferia não arriscar.

A sinistra Torre de Ferro ficava à parte da cidadela, em meio a um labirinto de ruelas e casas amontoadas, onde estruturas mais pobres invadiam uma porção da cidade normalmente estranha a elas, apropriando-se de um espaço desprezado pelos mais exigentes. A Torre era, na realidade, um castelo, uma antiga e formidável pilha de pesadas rochas e ferro negro que servira como cidadela em um século anterior e mais rústico.

Não muito distante dela, perdida em um emaranhado de cortiços e armazéns parcialmente desertos, havia uma velha torre de vigia, tão antiga e ignorada que não aparecia nos mapas da cidade há cem anos. Seu propósito original havia sido esquecido, e ninguém reparou que a fechadura aparentemente velha, que evitava que ela fosse ocupada por mendigos e ladrões como dormitório para passar a noite, era, na verdade, comparativamente nova e forte, porém astuciosamente disfarçada com uma aparência velha e enferrujada. Nem meia dúzia de homens no reino chegou a conhecer o segredo daquela torre.

Não havia fechadura no maciço cadeado esverdeado, mas os habilidosos dedos de Conan pressionaram aqui e ali protuberâncias invisíveis a olho nu.

A porta se abriu silenciosamente para dentro e ele ganhou as trevas sólidas, fechando-a atrás de si. Uma luz teria mostrado que a torre estava vazia, um eixo cilíndrico nu de rocha sólida.

Tateando em um canto com a certeza da familiaridade, ele encontrou as projeções que procurava em uma laje da pedra que compunha o chão. Levantou-a rapidamente e, sem hesitar, abaixou-se dentro da abertura. Seus pés sentiram degraus de pedra descendo pelo que ele sabia ser um túnel que levava diretamente para as fundações da Torre de Ferro, a três ruas dali.

O sino da cidadela, que só soava à meia-noite ou pela morte de um rei, ressoou repentinamente. Em uma câmara mal iluminada na Torre de Ferro, uma porta se abriu e uma forma surgiu num corredor. O interior da torre era tão desagradável quanto sua aparência externa. As paredes de pedra maciça eram brutas, sem adornos. As lajes do chão tinham sido desgastadas por gerações de pés titubeantes, e a abóbada do teto era tenebrosa sob a luz fraca das tochas postadas nos nichos.

A aparência do homem que andava penosamente pelo corredor coadunava com o ambiente. Ele era alto, de constituição poderosa, vestindo uma malha de seda negra. Um capuz escuro com dois buracos para os olhos cobria a cabeça até a altura dos ombros, nos quais um manto preto folgado estava pendurado. Trazia sobre um dos ombros um pesado machado cujo formato oscilava entre ferramenta e arma.

Enquanto atravessava o corredor, uma figura veio mancando até ele, um velho ranzinza e tenso, curvado sob o peso de sua lança com ponta de aço e de um lampião que trazia em uma das mãos.

— Você não é tão pontual quanto seu predecessor, mestre executor — ele resmungou. — A meia-noite acabou de soar, e homens mascarados foram até a cela da donzela. Eles o esperam.

— As badaladas do sino ainda ecoam entre as torres — respondeu o executor. — Posso não ser tão rápido para correr e pegar aquilonianos pelo pescoço, como o cão que desempenhava esta função antes de mim, mas verão que meu braço não é menos preparado que o dele. Atente aos seus afazeres, velho vigia, e deixe-me com os meus. Acho que meu trabalho é mais doce, por Mitra, porque você percorre longos corredores frios e espia por portas enferrujadas de calabouços, enquanto eu cortarei a cabeça mais bela de Tarantia esta noite.

O vigia seguiu coxeando pelo corredor, ainda resmungando, e o executor retomou seu caminho. Poucos passos o levaram até onde o corredor fazia uma curva, e ele notou distraidamente que uma porta à sua esquerda fora deixada parcialmente aberta. Se tivesse raciocinado, saberia que aquela porta tinha sido aberta depois que o vigia passara; mas raciocinar não era o seu forte. Estava ao lado dela antes de perceber que havia algo errado, e então já era tarde demais.

Um passo suave como o de um tigre e o ruído de um manto o alertaram, mas, antes que pudesse se virar, um braço pesado o agarrou pelas costas na altura da garganta, esmagando o grito que tentava chegar aos lábios. No breve instante que lhe foi permitido, ele percebeu com um surto de pânico a força de seu atacante, contra a qual seus músculos vigorosos foram inúteis. Não conseguiu ver, mas sentiu o punhal aprumado.

— Cão nemédio! — Resmungou uma voz bruta e colérica em sua orelha. — Você cortou a sua última cabeça aquiloniana!

E foi a última coisa que ouviu.

Em um calabouço úmido, iluminado apenas por uma tocha gotejante, três homens estavam de pé em volta de uma jovem mulher ajoelhada nas incômodas lajes e que os mirava de um modo selvagem. Trajava apenas o mínimo; seus cabelos dourados caíam em brilhantes ondulações sobre o ombro, e os punhos estavam atados às costas. Mesmo na luz incerta da tocha, e a despeito de sua condição desgrenhada e palidez por causa do medo, sua beleza era arrebatadora. Ela se ajoelhava em silêncio, encarando seus torturadores com olhos beluínos. Os homens usavam máscaras fechadas e mantos. Uma ação como aquela requeria máscaras, mesmo em uma terra conquistada. Não obstante, ela reconhecia todos, ainda que tal conhecimento não poderia prejudicar ninguém após aquela noite.

— Nosso misericordioso soberano oferece mais uma chance, condessa — disse o mais alto dos três, e ele falou em aquiloniano, sem sotaque. — Ele ordenou que eu dissesse que, se você amainar o orgulho e espírito rebelde, ainda lhe abrirá os braços. Do contrário... — Ele fez um gesto na direção de um sinistro bloco de madeira que estava no centro da cela. Tinha manchas negras e muitos talhos profundos, como se uma borda afiada, atravessando alguma substância subjugada, tivesse afundado na madeira.

Albiona estremeceu e ficou pálida, se encolhendo. Cada fibra de seu corpo jovem vigoroso tremeu com o impulso de viver. Valerius também era jovem e bonito. Muitas mulheres o amavam, ela disse a si própria, lutando consigo por sua vida. Mas ela não poderia dizer as palavras que salvariam seu corpo esbelto do bloco de madeira e do machado encharcado. Não conseguia racionalizar o assunto. Só sabia que, quando cogitava estar nos braços dele, sua pele se arrepiava com uma aversão maior que o medo da morte. Ela balançou a cabeça indefesa, compelida por um impulso mais irresistível que o instinto de viver.

— Então não há mais nada a ser dito! — Um dos outros exclamou impacientemente, e o fez com sotaque nemédio. — Onde está o executor?

Como que convocado pela palavra, a porta do calabouço se abriu silenciosamente, e uma grande figura surgiu delineada, como uma sombra vinda do submundo.

Albiona deixou escapar um gemido baixo e involuntário ante a visão da imagem sombria, e os outros a encararam calados por um momento, talvez eles próprios intimidados por um temor supersticioso diante da taciturna figura encapuzada. Debaixo do capuz, os olhos queimavam como brasas de fogo azul, e ao que esses olhos fitaram um homem por vez, cada qual sentiu um curioso arrepio descer pela espinha.

Então o alto aquiloniano segurou a moça e a arrastou brutalmente até o bloco. Ela gritou e lutou em desespero contra ele, tremendo de terror, mas, impiedosamente, ele a obrigou a ficar de joelhos e inclinou sua cabeça sobre o bloco ensanguentado.

— Por que a demora, executor? — Indagou, zangado. — Faça seu trabalho!

A resposta foi uma gargalhada curta e tempestuosa, que era indescritivelmente ameaçadora. Todos dentro do calabouço congelaram, encarando o encapuzado; as duas figuras de manto, o homem mascarado inclinado sobre a moça, e ela, por sua vez, ajoelhada e virando a cabeça aprisionada para olhar para cima.

— O que significa essa alegria indecorosa, cão? — Inquiriu o aquiloniano, desconfortável.

O homem de preto arrancou o capuz da cabeça e o arremessou no chão; ficou de costas para a porta fechada e ergueu o machado do executor.

— Sabem quem sou, cães? — Rugiu. — Vocês me conhecem?

O silêncio sem fôlego foi quebrado por um grito.

— O rei! — Albiona bradou, libertando-se das garras de seu captor que haviam afrouxado.

— Mitra, *o rei!*

Os três homens ficaram como estátuas, e então, o aquiloniano falou, como um homem que duvida dos próprios sentidos:

— Conan! — Disse. — *É* o rei ou seu fantasma! Que trabalho infernal é este?

— Trabalho do Inferno para combater demônios! — Conan zombou, seus lábios rindo, mas os olhos ardendo diabolicamente. — Venham, me enfrentem, senhores. Vocês têm espadas, e eu, este cutelo. Não, acho que esta ferramenta de açougueiro serve muito bem para o trabalho, meus caros senhores!

— Peguem-no — gritou o aquiloniano, desembainhando a espada. — É Conan, e temos que matá-lo, ou seremos mortos!

Como homens despertos de um transe, os nemédios puxaram suas lâminas e investiram contra o rei.

O machado do executor não havia sido feito para aquele tipo de ação, mas o rei empunhou a pesada e desajeitada arma com a leveza de uma machadinha, e a velocidade de seus pés, que se movimentavam sem parar, vencia o propósito deles de envolvê-lo em uma luta de três contra um.

Ele bloqueou a espada do primeiro homem com a cabeça do machado e esmagou o peito de seu portador com um contragolpe letal antes que este pudesse se afastar ou se defender. O nemédio restante, ao errar uma pancada violenta e selvagem, teve o cérebro arrancado antes que pudesse recuperar o equilíbrio; um instante depois, o aquiloniano estava encurralado em um canto, defendendo desesperadamente a chuva de golpes que não lhe dava oportunidade nem mesmo de gritar por ajuda.

De repente, o braço esquerdo de Conan se alongou e arrancou a máscara da cabeça do homem, revelando os traços pálidos.

— Cão! — Ralhou o rei. — Pensei mesmo que o conhecia. Traidor! Maldito renegado! Até mesmo esta base de aço é honrada demais para a sua cabeça. Não... morra como morrem os ladrões!

O machado descreveu um arco devastador, e o aquiloniano gritou e caiu de joelhos, agarrando o toco do braço direito decepado, do qual sangue jorrava. Ele havia sido cortado na altura do cotovelo, e o machado, sem parar o movimento, rasgou profundamente a lateral do tronco, de modo que suas entranhas caíram para fora.

— Deite-se e sangre até morrer — rosnou Conan, jogando o machado longe, enojado. — Venha, condessa!

Ele se inclinou, cortou as cordas que atavam os pulsos dela e, erguendo-a como se fosse uma criança, deixou o calabouço. Ela soluçava histericamente, com seus braços enlaçando o musculoso pescoço num abraço desvairado.

— Calma — ele murmurou. — Não estamos a salvo ainda. Se pudermos alcançar a masmorra onde a porta secreta se abre para as escadas que levam ao túnel... Maldição, mesmo com essas paredes eles escutaram o barulho.

No final do corredor, braços tilintaram e o som de passos pesados e gritaria ecoou sob o teto abobadado. Uma figura curvada veio mancando rapidamente, com um lampião erguido, e sua luz iluminou totalmente Conan e a moça. Maldizendo, o cimério saltou sobre ele, mas o velho vigia, largando o lampião e sua lança, saiu correndo pelo corredor, berrando por socorro o mais alto que sua voz rachada conseguia. Gritos distantes responderam.

Conan deu uma guinada e correu na direção oposta. Ele havia sido isolado da masmorra onde ficava a porta secreta pela qual entrara e por onde esperava sair, contudo, conhecia aquela sinistra construção muito bem. Antes de se tornar rei, estivera aprisionado lá dentro.

Virou por uma passagem lateral e rapidamente desembocou em outro corredor mais amplo, que seguia em paralelo àquele pelo qual viera, e que no momento estava deserto. Seguiu por ele só por alguns metros, então tornou a dobrar em outra passagem lateral. Isso o levou de volta ao corredor do qual havia saído, mas num ponto estratégico. Alguns passos à frente havia uma porta com uma pesada tranca e, diante dela, um nemédio barbado, vestindo colete e elmo, de costas para Conan, espiava o corredor na direção do crescente tumulto e das luzes que se agitavam.

Conan não hesitou. Pondo a garota no chão, correu velozmente e em silêncio até o guarda, com a espada em punho. O homem virou-se no exato instante em que o rei o alcançava, berrou de susto e surpresa e ergueu a lança; mas, antes que pudesse colocar a desajeitada arma em uso, Conan desferiu contra o capacete do homem um poderoso golpe que teria derrubado um boi. Elmo e crânio romperam-se juntos e o guarda desabou.

Num instante o bárbaro já havia removido a tranca maciça que barricava a porta, pesada demais para um homem comum mover sozinho, e chamou Albiona, que correu hesitante até ele. Apanhando-a sem cerimônia com um braço, levou-a pela porta e para dentro das trevas.

Chegaram a uma viela estreita, escura como piche, que fazia divisa com a parede da torre de um lado e, do outro, com as costas de pedra de uma fileira de edifícios. Conan, atravessando a escuridão o mais rápido que ousava, tateou a parede em busca de portas e janelas, mas não encontrou nenhuma.

A grande porta emitiu um som estridente atrás deles e homens polvilharam para fora, com tochas fazendo reluzir as armaduras e espadas. Eles olharam ao redor, berrando, incapazes de enxergar nas trevas além dos poucos pés que suas tochas iluminavam em todas as direções. E então desceram a viela aleatoriamente, indo na direção oposta à que Conan e Albiona haviam tomado.

— Logo vão perceber que se enganaram — ele sussurrou, apertando o passo. — Se encontrarmos alguma abertura nesta parede infernal... Maldição! Sentinelas!

À frente, um fraco brilho tornou-se aparente na parte em que a viela se abria para uma rua mais ampla, e ele viu figuras indistintas agitando-se em sua direção com o brilho do aço. Eram, sem dúvida, sentinelas investigando o barulho que ecoava ao longo da viela.

— Quem vem aí? — Gritaram, e Conan cerrou os dentes diante do odiado sotaque nemédio.

— Fique atrás de mim — ordenou à garota. — Temos que abrir caminho antes que os guardas da prisão voltem e nos encurralem.

Segurando firme a espada, Conan arremeteu contra as figuras que vinham em sua direção. Tinha a vantagem da surpresa. Ele podia vê-los, delineados contra o brilho distante, mas eles não podiam enxergá-lo saindo das profundezas escuras da viela. Antes que percebessem, o cimério já estava entre eles, golpeando com a fúria de um leão ferido.

Sua única chance era passar por eles retalhando antes que se dessem conta do ocorrido. Estavam em meia dúzia, armaduras completas, veteranos ferrenhos das guerras das fronteiras, cujo instinto de luta poderia substituir a perplexidade. Três já haviam caído antes de perceber que se tratava de apenas um homem atacando-os, mesmo assim, sua reação foi instantânea. O clangor do aço ergueu-se ensurdecedor, e faíscas voaram quando a espada de Conan colidiu com bacinete e cota. Ele podia ver melhor que eles na penumbra, e sua figura em rápido movimento era um alvo incerto. Espadas cortavam o ar ao acaso ou resvalavam na lâmina dele, mas, quando ele golpeava, era com a fúria e a certeza de um furacão.

Atrás dele ressoaram os gritos dos guardas da prisão, que subiam a ruela em um pinote, mas as figuras armadas diante de Conan ainda impediam seu avanço com uma parede eriçada de aço. Logo os guardas estariam às suas costas e, em desespero, ele redobrou os ataques, golpeando como um ferreiro faz com uma bigorna, quando percebeu uma divergência. Subitamente, vindo de trás das sentinelas, um grupo de figuras vestidas de preto surgiu e houve um som de golpes mortais. Aço reluziu e os homens gritaram, atingidos pelas costas. Em um instante a viela estava cheia de formas que se contorciam. Uma figura sinistra envolta em um manto arremeteu até Conan, que ergueu sua espada. O outro, por sua vez, estendeu a mão vazia e sussurrou com urgência:

— Por aqui, Majestade! Rápido!

Com uma jura resmungada em sinal de surpresa, Conan agarrou Albiona com um braço e seguiu seu benfeitor desconhecido. Não estava disposto a hesitar, com trinta guardas da prisão se aproximando.

Cercado por indivíduos misteriosos, desceu a viela, carregando a condessa como se fosse uma criança. Não podia dizer coisa alguma de seus salvadores, exceto que vestiam capotes e capuzes pretos. Dúvida e suspeita passaram pela sua mente, mas ao menos eles haviam abatido seus inimigos, e ele não viu opção melhor senão segui-los. Como se percebesse sua dúvida, o líder tocou seu braço levemente e disse:

— Não tema, rei Conan; somos súditos leais.

A voz não era familiar, mas o sotaque era oriundo das províncias centrais da Aquilônia.

Atrás deles, os guardas gritavam ao tropeçarem nos cadáveres na lama e desciam pela viela, sedentos de vingança, vendo a vaga massa escura que se movia entre eles e a luz da rua distante. Mas os homens encapuzados viraram subitamente em direção ao que parecia uma parede vazia, e Conan viu uma porta se abrir. Ele praguejou. Havia passado por aquela viela várias vezes no passado durante o dia e jamais reparara naquela porta. Passaram por ela, e a porta fechou-se atrás do grupo com o barulho de uma tranca. O som não foi tranquilizador, mas seus guias continuaram a apressá-lo, movendo-se com a precisão de quem conhece o recinto, guiando Conan com uma mão em cada cotovelo seu. Era como atravessar um túnel, e o cimério sentiu os membros delgados de Albiona tremerem em seus braços. Então, em algum ponto adiante, uma abertura mostrou-se parcamente visível, apenas um arco levemente menos enegrecido naquela escuridão, e por ele o grupo passou.

Logo após, seguiu-se uma desconcertante sucessão de paços escuros, ruelas sombrias e corredores tortuosos, todos transpostos em completo silêncio, até que eles chegaram a uma câmara ampla e iluminada, cuja localização Conan jamais poderia imaginar, uma vez que a rota sinuosa havia confundido até mesmo seu primitivo senso de direção.

X
Uma Moeda de Acheron

Nem todos os seus guias entraram na câmara. Quando a porta se fechou, Conan tinha apenas um homem diante de si, uma figura magra, coberta por um manto negro e capuz, o qual ele removeu, revelando uma face pálida e oval, de feição calma e delicadamente cinzelada.

O rei pôs Albiona de pé, mas ela permaneceu agarrada a ele, olhando apreensiva ao redor. A câmara era vasta, com paredes de mármore parcialmente cobertas por cortinas de veludo negras e grossas, e caros carpetes no chão de mosaicos, banhados pelo suave brilho de lamparinas de bronze.

Por instinto, Conan deixou a mão sobre o cabo da arma. Ela estava suja de sangue, e havia sangue coagulado sobre a boca da bainha, pois ele tinha embainhado a lâmina sem tê-la limpado.

— Onde estamos? — Ele inquiriu.

O estranho respondeu com uma profunda reverência, na qual o desconfiado rei não detectou traço algum de ironia.

— No templo de Asura, Majestade.

Albiona soltou um fraco gemido e apertou-se mais contra Conan, encarando temerosamente as portas pretas arqueadas como se esperasse a entrada de alguma figura macabra das trevas.

— Não tema, minha dama — disse o guia. — Não há nada aqui que possa feri-la, diferente da superstição vulgar. Se o seu monarca foi suficientemente convencido da inocência de nossa religião a ponto de nos proteger da perseguição dos ignorantes, então decerto um de seus súditos não precisa sentir apreensão.

— Quem é você? — Conan perguntou.

— Eu sou Hadrathus, sacerdote de Asura. Um dos meus seguidores o reconheceu quando o senhor entrou na cidade e trouxe a notícia até mim.

Conan grunhiu profanamente.

— Não tema que outros descubram sua identidade — Hadrathus lhe garantiu. — Seu disfarce teria enganado qualquer um, exceto um fiel de Asura, cujo culto busca ver além do aspecto ilusório. O senhor foi seguido até a torre de vigia, e alguns de meu povo entraram no túnel para ajudá-lo, caso retornasse por aquela rota. Outros, inclusive eu, cercaram a torre. Agora, rei Conan, ela é sua para comandar. Aqui, no templo de Asura, o senhor ainda é rei.

— Por que arriscariam suas vidas por mim? — Perguntou o rei.

— O senhor foi nosso amigo quando se sentou ao trono — respondeu Hadrathus. — Protegeu-nos quando os sacerdotes de Mitra quiseram nos escorraçar para fora da terra.

Conan o fitou com curiosidade. Nunca havia visitado o templo de Asura, nem sabia com certeza se ele, de fato, existia em Tarantia. Os sacerdotes daquela religião tinham o hábito de esconder seus templos de maneiras notáveis. A adoração a Mitra era bem predominante nas nações hiborianas, mas o culto a Asura persistia, apesar do banimento oficial e do antagonismo popular. Conan havia escutado histórias sombrias sobre templos onde a fumaça de incensos flutuava sem parar sobre altares negros, onde homens raptados eram sacrificados diante de uma grande serpente enrolada, cuja assustadora cabeça oscilava para sempre nas trevas assombradas.

As perseguições fizeram com que os seguidores de Asura escondessem seus templos astuciosamente e velassem seus rituais na obscuridade; tal reserva, por sua vez, evocou mais suspeitas monstruosas e histórias maléficas.

Mas Conan tinha a grande tolerância dos bárbaros e havia se recusado a perseguir os seguidores de Asura ou permitir que o povo o fizesse diante das parcas evidências que eram apresentadas contra eles, rumores e acusações que não podiam ser provados. "Se eles são feiticeiros que lidam com magia negra", ele dissera, "por que permitirão que vocês os atormentem? Se não forem, então não há maldade neles. Demônios de Crom! Deixem os homens adorarem o deus que quiserem!".

Ante um respeitoso convite de Hadrathus, ele se sentou em uma cadeira de marfim e sinalizou para que Albiona sentasse em outra, mas ela preferiu ficar em um banquinho dourado aos pés de Conan, apertada contra sua coxa, como se buscasse segurança pelo contato. Como a maior parte dos seguidores ortodoxos de Mitra, ela tinha um horror intuitivo aos adoradores e ao culto de Asura, instilado em sua infância e adolescência por relatos selvagens sobre sacrifícios humanos e deuses antropomórficos que transformavam templos sombrios em matadouros.

Hadrathus ficou diante deles, sua cabeça careca revelada.

— O que o senhor deseja, Majestade?

— Primeiro, comida — ele rosnou, e o sacerdote bateu em um gongo de ouro com uma varinha de prata.

As notas suaves mal haviam parado de ecoar quando quatro figuras encapuzadas passaram por uma porta fechada por uma cortina, segurando uma bandeja de prata de quatro pés com pratos fumegantes e recipientes de cristal. Puseram-na diante de Conan, curvando-se, e o rei limpou as mãos em um tecido adamascado e estalou os lábios com indisfarçável prazer.

— Cuidado, Majestade! — Sussurrou Albiona. — Esses homens comem carne humana!

— Aposto meu reino que isto não é nada além de uma boa carne assada — respondeu Conan. — Vamos, moça, coma! Você deve estar faminta após sua estadia na prisão.

Assim aconselhada, e tendo como exemplo aquele cuja palavra era a derradeira lei, a condessa obedeceu e comeu vorazmente, embora com delicadeza, enquanto seu soberano rasgava as peças de carne e se esbaldava no vinho com tanto gosto como se ainda não tivesse comido nada naquela noite.

— Seus sacerdotes são sagazes, Hadrathus — ele disse, com um grande osso de carne nas mãos e a boca cheia. — Seus serviços serão bem-vindos em minha campanha para reaver meu reino.

Lentamente, Hadrathus balançou a cabeça, e Conan esmagou o osso contra a mesa em uma explosão de ira impaciente.

— Demônios de Crom! O que aflige os homens da Aquilônia? Primeiro Servius, agora você! Não conseguem fazer nada além de menear suas cabeças imbecis quando falo em acabar com aqueles cães?

Hadrathus suspirou e respondeu demoradamente:

— Meu senhor, é difícil explicar, e quisera eu dizer o contrário, mas a liberdade da Aquilônia está no fim! Não, a liberdade do mundo inteiro pode estar para terminar! Na história do mundo, uma era segue a outra, e agora entramos em uma de horror e escravidão, como foi há muito tempo.

— O que quer dizer? — Perguntou o rei, irrequieto.

Hadrathus acomodou-se em uma cadeira e descansou os cotovelos nos braços dela, olhando para o chão.

— Não são apenas os senhores rebeldes da Aquilônia e os exércitos da Nemédia que estão contra o senhor — respondeu. — É a sinistra magia negra vinda da época em que o mundo era jovem. Uma forma horrível surgiu das sombras do passado, e ninguém pode fazer frente a ela.

— O que você quer dizer? — Conan repetiu.

— Falo de Xaltotun, de Acheron, que morreu três mil anos atrás, embora caminhe na terra hoje.

Conan ficou em silêncio, enquanto em sua mente uma imagem flutuava; um rosto barbado de uma serena beleza inumana. Ele tornou a ser assombrado por uma sensação de estranha familiaridade. Acheron... o som da palavra despertou vibrações instintivas de lembranças e associações em sua mente.

— Acheron — ele repetiu. — Xaltotun, de Acheron... Enlouqueceu, homem? Acheron é um mito há mais séculos do que posso dizer. Com frequência me pergunto se chegou ao menos a existir.

— Foi uma realidade sinistra — Hadrathus respondeu. — Um império de feiticeiros das sombras, embebidos em um mal agora há muito esquecido. O reino foi finalmente destronado pelas tribos hiborianas do oeste. Os magos de Acheron praticavam abominável necromancia, taumaturgia do tipo mais maligno e magia tenebrosa ensinada por demônios. E de todos os feiticeiros daquele reino amaldiçoado, nenhum era maior que Xaltotun, de Python.

— Então como ele foi derrotado? — Conan perguntou, cético.

— Por uma espécie de poder cósmico que ele guardava com zelo, que foi roubado e usado contra ele. Essa fonte retornou para ele agora, e o tornou invencível.

Albiona, apertando o manto do executor que a cobria, olhava do sacerdote para o rei sem entender a conversa. Conan balançou a cabeça, nervoso.

— Você está brincando comigo — ele grunhiu. — Se Xaltotun morreu há três mil anos, como pode ser ele? Trata-se de algum patife que assumiu o nome do antecessor.

Hadrathus se inclinou sobre uma mesa de marfim e abriu um pequeno baú de ouro que se encontrava lá. De dentro, tirou algo que brilhava fracamente à luz suave, uma larga moeda de ouro de cunhagem antiga.

— O senhor viu Xaltotun sem o véu? Então dê uma olhada nisto. É uma moeda que foi cunhada na antiga Acheron, antes da queda. Aquele império negro era tão permeado por feitiçaria, que até mesmo esta moeda tem seus usos mágicos.

Conan a apanhou e examinou. Não havia dúvida sobre sua idade avançada. O cimério lidara com muitas moedas em seus anos de pilhagens e possuía um bom conhecimento prático delas. As beiradas estavam desgastadas e a inscrição quase apagada, mas o semblante estampado em uma face ainda era claro e distinto. E a respiração de Conan foi cortada por entre seus dentes cerrados. Não estava frio na câmara, mas ele sentiu o couro cabeludo se arrepiar, uma contração gelada de sua pele. O semblante era de um homem barbado, inescrutável, de serena beleza inumana.

— Por Crom! É ele! — Murmurou. Agora Conan entendia a sensação de familiaridade que a visão do homem barbado despertara desde o início. Ele já havia visto uma moeda como aquela, há muito tempo, numa terra distante. Mostrando indiferença, rosnou:

— A semelhança é apenas coincidência... se ele é sagaz o bastante para assumir o nome de um mago esquecido, é também para assumir sua aparência. — Mas a frase foi dita sem convicção. A visão da moeda havia abalado as fundações de seu universo. Sentiu que realidade e estabilidade estavam caindo em um abismo de ilusão e feitiçaria. Um mago era aceitável; mas aquilo era diábolico para além da sanidade.

— Não podemos duvidar que, de fato, trata-se de Xaltotun, de Python — disse Hadrathus. — Foi ele quem derrubou os rochedos em Valkia, por meio de feitiços que escravizam os elementos da terra. Foi ele quem enviou a criatura das trevas à sua tenda antes do amanhecer.

Conan fez uma cara feia para ele.

— Como sabe disso?

— Os seguidores de Asura têm canais secretos de conhecimento. Isso não interessa. Percebe agora a futilidade de sacrificar seus súditos em uma tentativa vã de recuperar a coroa?

Conan descansou o queixo em seu punho e olhou sombriamente para o vazio. Albiona o observava com ansiedade, sua mente tateando confusa pelos labirintos do problema que o confrontava.

— Não há mago no mundo cuja magia faria frente à de Xaltotun? — Ele perguntou, por fim.

Hadrathus balançou a cabeça.

— Se houvesse, nós de Asura saberíamos. Os homens dizem que nosso culto é um sobrevivente dos antigos adoradores de serpentes da Stygia. É mentira. Nossos ancestrais vieram de Vendhya, além do Mar Vilayet e das montanhas himelianas azuis. Somos filhos do leste, não do sul, e temos conhecimento de todos os magos orientais, que são maiores que os do Ocidente. E nenhum deles seria nada além de um bambu ao vento ante a magia negra de Xaltotun.

— Mas ele foi derrotado uma vez — Conan insistiu.

— Sim. Sua fonte cósmica foi voltada contra ele. Mas agora que ela está mais uma vez em suas mãos, ele cuidará para que não seja roubada novamente.

— E o que é essa fonte maldita? — O bárbaro inquiriu, irritado.

— Ela é chamada de Coração de Ahriman. Quando Acheron caiu, os sacerdotes primitivos que o haviam roubado e voltado contra Xaltotun o esconderam em uma caverna assombrada e construíram um pequeno templo em cima. Posteriormente, ele foi reconstruído por três vezes, em cada uma delas com tamanho maior e mais elaborado, mas sempre no local do terreno original, apesar de as pessoas terem esquecido o porquê disso. A lembrança do símbolo escondido desapareceu da mente dos homens comuns, e foi preservada apenas em livros dos sacerdotes e volumes esotéricos. Ninguém sabe de onde ele veio. Alguns dizem que é o autêntico coração de um deus, outros, que é uma estrela que caiu tempos atrás. Até ser roubado, ninguém o vira por três mil anos. Quando a magia dos sacerdotes de Mitra falhou contra a de Altaro, o acólito de Xaltotun, eles se recordaram da antiga lenda do Coração. O alto sacerdote e um de seus discípulos desceram até a terrível cripta escura embaixo do templo, onde ninguém havia descido nos últimos três mil anos. Nos antigos volumes com lacres de ferro que falam do Coração em um simbolismo enigmático, comenta-se a respeito de uma criatura das trevas deixada lá pelos antigos sacerdotes para guardá-lo.

— Lá embaixo — ele continuou —, em uma câmara quadrada com uma entrada arqueada que conduz ao negrume imensurável, o sacerdote e seu acólito encontraram um altar feito de pedra negra, que emitia um brilho vago e inexplicável. Sobre ele havia uma curiosa vasilha de ouro no formato de uma concha do mar dividida em duas partes que se agarrava à pedra como uma craca. Mas ela estava aberta e vazia. O Coração de Ahriman tinha desaparecido. Enquanto olhavam com horror, o guardião da cripta, a criatura das trevas, os atacou e mutilou o alto sacerdote, que morreu. Mas o acólito lutou contra a entidade, uma coisa desprovida de mente ou alma, trazida há muito dos poços para guardar o Coração. Ele fugiu, subindo as longas e estreitas escadarias, e levou o corpo moribundo do sacerdote que, antes de morrer, explicou a seus seguidores o ocorrido, ordenou que se submetessem a um poder que não poderiam superar e exigiu segredo. Mas as notícias têm sido sussurradas pelos sacerdotes, e nós, de Asura, as escutamos.

— E Xaltotun extrai seu poder desse símbolo? — Conan perguntou, ainda cético.

— Não. Seu poder vem do abismo negro. Mas o Coração de Ahriman veio de algum universo distante de luz flamejante e, contra ele, uma vez nas mãos de um iniciado, as forças das trevas não conseguem prevalecer. É como uma espada que pode feri-lo, mas que não pode ser usada para ferir. Ele restaura a vida e pode destruí-la. O mago o roubou, não para utilizá-lo contra seus inimigos, mas para garantir que eles não o usem contra si.

— Uma vasilha de ouro no formato de concha em um altar negro, numa caverna profunda — murmurou Conan, franzindo a testa, enquanto tentava capturar a imagem ilusória. — Isso me lembra algo que escutei ou vi. Mas o que, em nome de Crom, é esse notável Coração?

— Ele tem a forma de uma grande joia, como um rubi, mas pulsa com uma chama ofuscante com a qual nenhum rubi jamais queimou. Ele brilha como flamas vivas...

Conan ficou de pé repentinamente e bateu com o punho direito na palma esquerda.

— Crom! — Ele rugiu. — Que imbecil eu fui! O Coração de Ahriman! O coração de meu reino! Encontre o coração de meu reino, Zelata disse. Por Ymir, foi a joia que vi na fumaça verde, a joia que Tarascus roubou de Xaltotun enquanto ele dormia o sono da lótus negra!

Hadrathus também havia se levantado, sua calma despida de si como uma peça de vestuário.

— O que está dizendo? O Coração foi roubado de Xaltotun?

— Sim! — Conan reafirmou. — Tarascus temia Xaltotun e queria diminuir seu poder, que ele pensava derivar do Coração. Talvez pensasse que o feiticeiro morreria se o Coração fosse perdido. Por Crom... ahhh! — Com uma careta selvagem de decepção e desgosto, ele baixou a mão crispada. — Esqueci. Tarascus a deu para que um ladrão atirasse no mar. A esta altura, o homem deve estar quase em Kordava. Antes que possa segui-lo, ele pegará um navio e jogará o Coração no fundo do oceano.

— O mar não o guardará! — Exclamou Hadrathus, tremendo de empolgação. — O próprio Xaltotun o teria lançado nas águas há muito tempo se não soubesse que, na primeira tempestade, ele seria levado para a orla. Mas ele poderia ir parar em qualquer praia!

— Bem — Conan estava recuperando parte de sua confiança resiliente. — Não há certeza de que o ladrão vai se desfazer da joia. Se conheço ladrões, e deveria, já que fui um deles em Zamora na minha juventude, ele não a jogará fora. Vai vendê-la a algum mercador rico. Por Crom! — Ele andou para a frente e para trás em crescente excitação. — Vale a pena procurá-lo! Zelata me disse para encontrar o coração de meu reino, e todo o resto que me mostrou provou ser verdade. Será que o poder para derrotar Xaltotun jaz naquela bugiganga carmesim?

— Sim! Aposto minha cabeça nisso! — Gritou Hadrathus, sua face iluminada pelo fervor, os olhos faiscando, punhos cerrados. — Com ele em mãos, podemos desafiar os poderes de Xaltotun! Eu juro! Se o recuperarmos, temos uma chance de recuperar também sua coroa e pôr os invasores para fora de nossos portais. Não são as espadas da Nemédia que a Aquilônia teme, mas as artes sombrias de Xaltotun.

Conan olhou para ele por um tempo, impressionado pelo ímpeto do sacerdote.

— É como uma busca em um pesadelo — o rei falou por fim. — Mas suas palavras ecoam o pensamento de Zelata, e tudo o que ela me disse era verdade. Buscarei essa joia.

— Ela encerra o destino da Aquilônia — Hadrathus falou com convicção. — Enviarei homens para ir com você...

— Não! — O rei exclamou impacientemente, não querendo ser impedido por sacerdotes em sua busca, independentemente de sua habilidade nas artes esotéricas. — Isso é tarefa para um guerreiro. Eu vou sozinho. Primeiro para Poitain, onde deixarei Albiona com Trócero. Depois para Kordava e para o mar além, se necessário. Pode ser que, mesmo que o ladrão pretenda cumprir a ordem de Tarascus, terá alguma dificuldade em encontrar um navio zarpando nesta época do ano.

— E, se encontrar o Coração — bradou Hadrathus —, prepararei o caminho para sua conquista. Antes que volte à Aquilônia, espalharei a notícia por canais secretos de que o senhor está vivo e retornando com uma magia superior à de Xaltotun. Terei homens prontos para se insurgir ao seu retorno. Eles o *farão* se tiverem certeza de que estarão protegidos contra a magia negra do feiticeiro. E vou ajudá-lo em sua jornada!

Ele tocou o gongo.

— Um túnel secreto vai deste templo para além dos muros da cidade. O senhor deve ir para Poitain no bote de um peregrino. Ninguém ousará molestá-lo.

— Como quiser. — Com um propósito definido em mente, Conan estava queimando de impaciência e energia vibrante. — Cuide apenas para que seja feito rapidamente.

Enquanto isso, eventos também se desenrolavam num ritmo veloz em outro lugar da cidade. Um mensageiro esbaforido havia entrado no palácio onde Valerius divertia-se com suas dançarinas e, jogando-se aos seus joelhos, narrou a truncada história sobre uma fuga da prisão e a escapada de uma adorável prisioneira. Também trazia as notícias de que o conde Thespius, a quem a execução de Albiona havia sido confiada, estava à beira da morte e implorando para falar com Valerius antes que sua hora chegasse. Valerius vestiu-se rapidamente e acompanhou o homem por várias passagens sinuosas, chegando à câmara onde Thespius se encontrava. Não havia dúvida de que o conde estava morrendo; uma borbulha sangrenta escapava de seus lábios, estremecendo a cada suspiro. O braço decepado havia sido costurado para impedir o fluir do sangue, mas, mesmo sem isso, a ferida em seu dorso era mortal.

Sozinho na câmara com o moribundo, Valerius disse suavemente.

— Por Mitra, acreditava que só existiu um homem capaz de desferir um golpe como esse.

— Valerius! — Resfolegou o homem. — Ele vive! Conan vive!

— O que está dizendo? — Bradou o outro.

— Eu juro por Mitra! — Thespius grunhiu, engasgando com o sangue que jorrava de seus lábios. — Foi ele quem levou Albiona! Ele não está morto... não foi um fantasma vindo do Inferno para nos assombrar. É de carne e osso, e mais terrível do que nunca. A viela atrás da torre está cheia de homens mortos. Cuidado, Valerius... ele voltou... para matar todos nós...

Uma forte convulsão balançou a figura manchada de sangue, e o conde Thespius amoleceu.

Valerius franziu o rosto diante do morto, lançou um breve olhar ao redor da câmara vazia e, indo rapidamente até a porta, abriu-a de supetão. O mensageiro e um grupo de guardas nemédios estavam ao longo do corredor. Valerius murmurou algo que poderia ter indicado satisfação.

— Todos os portões foram fechados? — Perguntou.

— Sim, Majestade.

— Triplique o número de guardas em cada um. Que ninguém entre ou saia da cidade sem ser rigidamente investigado. Ponha homens vasculhando as ruas e os quarteirões. Uma prisioneira valiosa escapou com a ajuda de um aquiloniano rebelde. Alguém aqui reconheceu o homem?

— Não, Majestade. O velho vigia teve um vislumbre dele, mas só pôde dizer que era um gigante vestindo as roupas negras do executor, cujo corpo nu encontramos em uma cela vazia.

— É um homem perigoso — Valerius afirmou. — Não se arrisquem com ele. Todos conhecem a condessa Albiona. Procurem-na e, se a encontrarem, matem-na e a seu companheiro imediatamente. Não tentem pegá-los com vida.

Voltando ao seu quarto no palácio, Valerius convocou quatro homens de aspecto curioso e incomum. Eram altos, magros, de pele amarelada e semblante imóvel. Eram bastante similares em aparência, vestidos com longos mantos negros idênticos sob os quais apenas seus pés calçando sandálias eram visíveis. Seus traços eram ocultados pelos capuzes. Postaram-se diante de Valerius com as mãos enfiadas nas mangas largas; os braços dobrados. Valerius os encarou, insatisfeito. Em suas longas jornadas, havia conhecido homens de muitas etnias estranhas.

— Quando os encontrei famintos nas selvas de Khitai — disse, abruptamente —, exilados de seu reino, juraram me servir. E o fizeram bem, à sua própria maneira abominável. Preciso de mais um serviço e, então, os libertarei de seu juramento. Conan, da Ciméria, rei da Aquilônia, ainda está vivo, apesar da feitiçaria de Xaltotun... ou talvez por causa dela. Não sei dizer. A mente sombria daquele demônio ressuscitado é diabólica e sutil demais para que um mortal a compreenda. Mas, enquanto Conan viver, eu não estarei a salvo. O povo me aceitou como o menor dos males ao achar que ele estava morto. Se Conan reaparecer, o trono sacudirá sob meus pés em revolução antes mesmo que eu possa erguer a mão. Talvez meus aliados o usem para me substituir, se decidirem que já servi ao meu propósito. Não sei. Só sei que este planeta é pequeno demais para dois reis da Aquilônia.

Procurem o cimério. Usem seus talentos singulares para apanhá-lo onde quer que esteja escondido. Ele possui muitos amigos em Tarantia. Decerto, teve ajuda quando fugiu com Albiona. É preciso mais de um homem, mesmo sendo alguém como Conan, para deflagrar toda aquela matança na ruela do lado de fora da torre. Mas agora chega. Levem seu pessoal e sigam a trilha dele. Onde ela os levará, eu não sei. Mas encontrem-no! E quando o fizerem, matem-no!

Os quatro homens de Khitai se curvaram juntos e, ainda em silêncio, se viraram e saíram da câmara sem emitir um único som.

XI
Espadas do Sul

O amanhecer que surgiu nas colinas distantes brilhou sobre as velas de uma pequena embarcação descendo o rio, que fazia uma curva a um quilômetro e meio das muralhas de Tarantia e serpenteava na direção sul. Aquele bote diferia das naus comuns que operavam no amplo Khorotas, barcaças de pescadores e mercadores carregadas com bens valiosos. Ele era longo e esguio, de proa alta e curva, negro como ébano, com caveiras brancas pintadas ao longo das bordas. À meia-nau se erguia uma pequena cabine, as janelas rigorosamente ocultadas. Outra embarcação manteve uma boa distância do barco de pintura sinistra, pois ele era obviamente uma daquelas "naus viajantes" que levavam um fiel sem vida de Asura em sua derradeira e misteriosa peregrinação para o sul, onde, muito além das montanhas poitanianas, o rio desaguava no oceano azul. Naquela cabine jazia indubitavelmente o cadáver do adorador. Todos estavam familiarizados com a visão da tenebrosa embarcação, e o mais fanático devoto de Mitra não ousaria tocar ou interferir naquelas sombrias viagens.

Qual era seu destino final, os homens não sabiam. Alguns diziam ser a Stygia; outros, uma ilha sem nome que ficava além da linha do horizonte; havia os que falavam ser a terra glamorosa e cheia de mistérios de Vendhya, na qual os mortos finalmente chegavam ao lar. Mas ninguém sabia de fato. Só o que sabiam é que, quando um seguidor de Asura morria, o cadáver rumava para o sul descendo o grande rio em um barco negro remado por um escravo gigantesco, e nem o bote, cadáver ou escravo tornavam a ser vistos; a não ser que certos contos terríveis mostrassem ser reais e fosse sempre o mesmo escravo que remava os botes para o sul.

O homem que propelia aquela embarcação em particular era grande e mulato como os outros, embora um escrutínio mais acurado revelasse que a nuance era o resultado de pigmentos cuidadosamente aplicados. Ele vestia uma tanga de couro e sandálias, e manejava os remos e o grande leme com habilidade e força incomuns. Mas ninguém se aproximou do bote, pois sabia-se que os seguidores de Asura eram amaldiçoados e que aquelas naus viajantes estavam carregadas de magia negra. Então, os homens tiravam seus barcos da frente e resmungavam um encantamento quando a embarcação negra passava, sem jamais sonhar que estavam, desta forma, auxiliando na fuga do rei e da condessa Albiona.

Era uma jornada estranha descer o rio naquele bote preto e delgado por quase trezentos quilômetros até o ponto em que o Khorotas pendia para o leste, contornando as montanhas poitanianas. Como num sonho, o panorama em constante mutação ficou para trás. Durante o dia, Albiona ficava pacientemente dentro da pequena cabine, tão silenciosa quanto o cadáver que fingia ser. Só tarde da noite, após os barcos de recreação, com seus ocupantes ricos descansando em almofadas de seda sob a luz de tochas mantidas por escravos já terem saído do rio, e antes que o amanhecer trouxesse os apressados barcos pesqueiros, é que a garota se arriscava a sair. Então, ela segurava o grande leme, engenhosamente preso no lugar por cordas para ajudá-la, enquanto Conan tirava algumas horas de sono. Mas o rei precisava de pouco descanso. O ardor de seu desejo o conduzia implacavelmente, e sua poderosa estrutura corporal estava à altura do teste brutal. Sem descansar ou parar, eles seguiram para o sul.

Foram rio abaixo, por noites em que a correnteza espelhava as milhares de estrelas do céu, e por dias de luz dourada, deixando o inverno para trás ao que aceleravam para o sul. Passaram por cidades à noite, em que pulsavam e latejavam o reflexo de uma miríade de luzes, por casas de senhores próximas ao rio e pomares férteis. Até que, enfim, as montanhas azuladas de Poitain ergueram-se diante deles, uma após a outra, como baluartes dos deuses, e o grande rio, desviando-se daqueles penhascos que pareciam torres, guinava trovejantemente por entre os morros com uma catarata rápida e espumante.

Conan esquadrinhou a linha da margem atentamente e finalmente virou o leme, dirigindo-se para um ponto da costa onde uma fatia de terra se projetava para dentro da água e abetos cresciam em um anel curiosamente simétrico sobre uma pedra cinzenta estranhamente modelada.

— Nem imagino como estes botes descem por aquelas quedas que escutamos rugindo à frente — ele grunhiu. — Hadrathus disse que o fazem, mas vamos parar aqui. Ele afirmou que um homem nos esperaria com cavalos, mas não vejo ninguém. Como a notícia de nossa vinda teria nos precedido, também não faço ideia.

Ele atracou e amarrou a proa em uma raiz curvada que havia na parte baixa da orla. A seguir, mergulhou, lavou a tinta marrom da pele e emergiu gotejando, em sua cor natural. Apanhou na cabine uma malha aquiloniana que Hadrathus havia dado e sua espada. Enquanto isso, Albiona vestiu roupas adequadas para uma viagem pelas montanhas. Quando Conan estava plenamente armado e voltou-se para olhar em direção à costa, ficou estático, e sua mão buscou a espada. Lá, sob as árvores, havia uma figura vestindo um manto negro segurando as rédeas de um palafrém branco e um cavalo de batalha baio.

— Quem é você? — O rei inquiriu.

O outro curvou-se.

— Um seguidor de Asura. Uma ordem veio. Eu obedeci.

— Como assim “veio”? — Conan perguntou, mas o outro apenas curvou-se de novo.

— Devo guiá-lo pelas montanhas até a primeira fortaleza poitaniana.

— Não preciso de guia — Conan respondeu. — Conheço bem essas montanhas. Agradeço pelos cavalos, mas a condessa e eu atrairemos menos atenção sozinhos do que acompanhados por um acólito de Asura.

O homem fez uma profunda saudação e, dando as rédeas a Conan, entrou no bote. Desfazendo o nó, deslizou pela correnteza em direção ao rugido distante das quedas, que ainda não estavam à vista. Com um perplexo menear de cabeça, Conan pôs a condessa na sela do palafrém e montou o cavalo de batalha, indo para as cimeiras que acastelavam o céu.

A terra que se estendia ao sopé das altas montanhas era agora uma zona fronteiriça em um estado de tumulto, onde os barões haviam revertido às práticas feudais e bandos de fora da lei vagavam desimpedidos. Poitain não havia declarado formalmente sua separação da Aquilônia, mas era agora, para todos os efeitos, um reino independente, governado por seu conde hereditário, Trócero. O sul tinha se submetido nominalmente a Valerius, mas ele não tentara tomar as passagens guardadas por fortalezas onde a bandeira carmesim do leopardo de Poitain oscilava desafiadora ao vento.

O rei e sua bela companheira subiram as longas encostas azuis sob a noite suave. Ao que chegavam mais alto na montanha, a terra se espalhava como um enorme manto púrpura muito além deles, granulado pelo reflexo de rios e lagos, o brilho amarelado de grandes prados e o reluzir branco das torres distantes. À frente e bem mais no alto, eles vislumbraram a primeira das fortalezas poitanianas; um sítio poderoso dominando uma estreita passagem, a bandeira carmesim em contraste com o céu azul.

Antes que chegassem a ela, um grupo de cavaleiros em armaduras polidas cavalgou por entre as árvores, e seu líder repreendeu os viajantes ordenando-os a parar. Eram homens altos, de olhos escuros e cabelos pretos como corvos, típicos do sul.

— Pare, senhor, e diga a que veio e por que cavalga para Poitain.

— Tamanha é a revolta em Poitain — perguntou Conan, observando o outro atentamente —, que um homem em trajes aquilonianos é parado e interrogado como se fosse um estrangeiro?

— Muitos trapaceiros cavalgam da Aquilônia nos dias de hoje — respondeu o outro, com frieza. — Quanto à revolta, se quer dizer o repúdio a um usurpador, então Poitain está em revolta. Nós preferimos servir a memória de um homem morto do que ao cetro de um cão vivo.

Conan tirou o elmo e, jogando a juba negra para trás, encarou o interlocutor. O poitaniano estancou e ficou lívido.

— Santos dos céus! — Ele ofegou. — É o rei... *vivo!*

Os demais o encararam desvairadamente; então, um brado de espanto e alegria explodiu. Foram como um enxame até Conan, gritando seus hinos de guerra e brandindo as lâminas em emoção extrema. A aclamação de guerreiros poitanianos era algo de aterrorizar um homem tímido.

— Ah, Trócero há de chorar de alegria ao ver o senhor! — Disse um deles.

— Sim, e Próspero! — Gritou outro. — O general tem estado envolto em um manto de melancolia, e amaldiçoa a si próprio dia e noite por não ter chegado a Valkia a tempo de morrer ao lado do rei!

— Agora lutaremos pelo império! — Bradou outro, girando sua enorme espada acima da cabeça. — Salve Conan, *Rei de Poitain!*

O clangor do aço brilhante sobre ele e o trovão de aclamação assustaram os pássaros, que voaram como nuvens de tons vivos, saindo das árvores que os cercavam. O sangue quente do sul estava em chamas, e eles ansiavam ser guiados para a batalha e pilhagem pelo seu recém-descoberto soberano.

— Qual é sua ordem, senhor? — Perguntaram. — Permita que um de nós cavalgue na frente e leve as notícias de sua vinda até Poitain! Bandeiras tremularão de todas as torres, rosas forrarão a estrada sob as patas do seu cavalo, e toda a beleza e cavalheirismo do sul concederão ao senhor a honra que lhe é devida...

Conan balançou a cabeça.

— Quem pode duvidar de sua lealdade? Mas ventos sopram destas montanhas até os países onde estão meus inimigos e prefiro que não saibam que estou vivo... ainda. Leve-me a Trócero e mantenha minha identidade em segredo.

Assim, o que os cavaleiros teriam tornado uma procissão triunfal foi mais parecido com uma fuga secreta. Viajaram com presteza, sem falar com ninguém, exceto por um murmúrio ao capitão de plantão em cada passagem; e Conan cavalgou entre eles com seu visor abaixado.

As montanhas eram desabitadas, exceto por foragidos e guarnições de soldados que guardavam as passagens. Os poitanianos que amavam o prazer não tinham o desejo ou a necessidade de gozar de uma vida escassa e difícil em seu cerne austero. Ao sul, as planícies ricas e belas de Poitain se estendiam até o rio Alimane; mas além do rio estava a terra de Zíngara.

Mesmo agora, quando o inverno ressecava as folhas além das montanhas, a grama rica e alta se ondulava sobre as planícies onde pastavam os cavalos e gado pelos quais Poitain era famosa. Palmeiras e laranjeiras sorriam sob o sol, e belíssimas torres púrpuras, vermelhas e douradas de castelos e cidades refletiam a luz dourada. Era uma terra de calor e fartura, de belas mulheres e ferozes guerreiros. Não são apenas as áreas rígidas que dão à luz homens brutos. Poitain era cercada por vizinhos ambiciosos, e os filhos dela aprenderam a ser intrépidos por conta de guerras incessantes. Ao norte, a terra era guardada pelas montanhas, mas, ao sul, só o Alimane separava as planícies de Poitain das de Zíngara, e não uma, mas mil vezes aquele rio tornou-se vermelho. Ao leste ficava Argos e, além, Ophir, reinos orgulhosos e avarentos. Os cavaleiros de Poitain mantinham suas terras por intermédio do peso e da lâmina de suas espadas, e conheciam pouco de comodismo e preguiça.

Então, Conan se apresentou diante do castelo do conde Trócero.

Ele se sentou em um divã de seda em uma rica câmara, cujas cortinas transparentes esvoaçavam com a brisa morna. Trócero chegou andando como uma pantera, um homem ágil e inquieto, em forma para sua idade, com cintura de mulher e ombros de espadachim.

— Permita-nos proclamá-lo rei de Poitain! — Disse o conde, com urgência. — Que aqueles porcos do norte ponham o laço em volta do pescoço para quem se curvaram. O sul ainda pertence ao senhor. Viva aqui e nos governe, entre as flores e as palmeiras.

Mas Conan balançou a cabeça:

— Não há terra mais nobre no mundo do que Poitain. Mas ela não pode se sustentar sozinha, por mais audazes que sejam seus filhos.

— Ela *se* sustentou por gerações — replicou Trócero, com o rápido orgulho ciumento de sua raça. — Nem sempre fizemos parte da Aquilônia!

— Eu sei. Mas as condições não são mais como eram, quando todos os reinos estavam divididos em principados que guerreavam uns com os outros. Os dias do domínio de duques e cidades livres se foram. Os dias dos impérios estão sobre nós. Governadores têm sonhos imperiais e a força reside apenas na unidade.

— Então, vamos unir a Zíngara a Poitain — Trócero argumentou. — Meia dúzia de príncipes lutam entre si, e o país está assolado por guerras civis. Poderemos conquistá-la, uma província por vez, e adicioná-la aos seus domínios. Então, com a ajuda dos zíngaros, conquistaremos Argos e Ophir. Construiremos um império...

Novamente Conan balançou a cabeça.

— Que outros tenham sonhos imperiais. Não quero nada além do que é meu. Não desejo governar um império consolidado com sangue e fogo. Uma coisa é tomar um trono com a ajuda de seus súditos e governá-lo com o consentimento deles. Outra é subjugar um reinado estrangeiro e governá-lo através do medo. Não quero ser outro Valerius. Não, Trócero, serei o senhor da Aquilônia e nada mais, ou então não serei senhor de coisa alguma.

— Então, nos lidere pelas montanhas e esmagaremos os nemédios.

Os olhos ferozes de Conan brilharam com estima.

— Não... seria um sacrifício em vão, Trócero. Eu disse o que preciso fazer para recuperar meu reino. Preciso encontrar o Coração de Ahriman.

— Mas isso é loucura — o conde protestou. — As divagações de um padre herético, os murmúrios de uma feiticeira louca.

— Você não estava em minha tenda, em Valkia — Conan respondeu lugubremente, olhando de forma involuntária para seu punho direito, no qual as marcas roxas ainda apareciam de leve. — Não viu os rochedos caírem como trovões e esmagarem a nata de meu exército. Não, Trócero, estou convencido. Xaltotun não é um simples mortal, e somente com o Coração de Ahriman posso fazer frente a ele. Portanto, vou para Kordava sozinho.

— Mas é perigoso demais — Trócero afirmou.

— Viver é perigoso — respondeu o rei. — Não irei como rei da Aquilônia, ou mesmo como cavaleiro de Poitain, mas como um mercenário errante, tal qual cavalguei pela Zíngara nos velhos tempos. Sim, tenho inimigos suficientes além do Alimane, nas terras e águas ao sul. Muitos que não me reconhecerão como rei da Aquilônia se lembrarão de mim como Conan, dos piratas barachos, ou Amra, dos corsários negros. Mas tenho amigos também, e homens que me ajudarão por motivos pessoais.

Uma leve evocação de sorriso tocou seus lábios. Trócero deixou as mãos caírem em desconsolo e olhou para Albiona, que estava sentada em um divã próximo a ele.

— Entendo suas dúvidas, meu senhor — ela disse. — Mas também vi a moeda no templo de Asura, e veja só, Hadrathus disse que ela datava de quinhentos anos *antes* da queda de Acheron. Então, se Xaltotun é o homem retratado na moeda, como vossa Majestade jura, isso significa que ele não é um mago comum, mesmo em sua outra vida, pois os anos de sua existência foram numerados por séculos, diferente da vida dos homens.

Antes que Trócero pudesse responder, uma batida respeitosa foi ouvida na porta e uma voz chamou:

— Meu senhor, capturamos um homem espreitando o castelo que diz que deseja falar com seu convidado. Aguardo suas ordens.

— Um espião da Aquilônia! — Trócero sibilou, buscando seu punhal, mas Conan ergueu a voz e ordenou:

— Abram a porta e me deixem vê-lo.

A porta foi aberta e um homem foi emoldurado por ela, ambas as mãos contidas por homens armados. Ele era magro, vestido com um manto escuro e capuz.

— Você é um seguidor de Asura? — Conan perguntou.

O homem assentiu e os guerreiros robustos pareceram chocados e olharam hesitantes para Trócero.

— A notícia veio do sul — disse o homem. — Depois do Alimane, não podemos ajudá-lo, pois nossa seita não vai além dele no sul, estendendo-se para leste com o Khorotas. Mas isto foi o que escutei: o ladrão que pegou o Coração de Ahriman de Tarascus nunca chegou a Kordava. Nas montanhas de Poitain ele foi morto por bandidos. A joia caiu nas mãos do chefe deles, que, sem saber de sua verdadeira natureza e tendo sido perseguido após a destruição de seu grupo por cavaleiros poitanianos, vendeu-a ao mercador de Koth, Zorathus.

— Hah! — Conan estava de pé, em regozijo. — E quanto a Zorathus?

— Quatro dias atrás, ele cruzou o Alimane em direção a Argos, com um pequeno grupo de servos armados.

— Ele é um tolo de cruzar a Zíngara em épocas como estas — disse Trócero.

— Sim, são tempos de tumulto além do rio. Mas Zorathus é um homem destemido e imprudente na sua forma de ser. Está com pressa de chegar até Messantia, onde espera encontrar um comprador para a joia. Talvez espere vendê-la na Stygia. Talvez tenha adivinhado a verdadeira natureza dela. Seja como for, em vez de seguir a grande estrada que margeia as fronteiras sinuosas de Poitain e culmina em Argos, longe de Messantia, ele tomou uma linha reta para o leste pela Zíngara, seguindo uma rota mais curta e direta.

Conan golpeou a mesa com o punho cerrado, fazendo a grande prancha tremer.

— Então, por Crom, a sorte finalmente lançou seus dados para mim! Um cavalo, Trócero, e os trajes de um Companheiro Livre! Zorathus tem uma boa vantagem, mas não boa o bastante para que não o alcance, se tiver de segui-lo até o fim do mundo!

XII
A Presa do Dragão

Ao amanhecer, Conan conduziu seu cavalo pelas águas rasas do Alimane e seguiu a larga estrada de caravanas que ia para o sul. Atrás dele, em uma margem distante, Trócero permanecia sentado em seu corcel, silencioso, à frente de seus cavaleiros com malhas de aço, com o leopardo de Poitain flutuando suas longas pregas acima de sua cabeça ante a brisa matinal. Em silêncio permaneceram, aqueles homens de cabelos negros em armaduras brilhantes, até que a figura do rei desaparecesse no azul da distância que empalidecia com o nascer do sol.

Conan cavalgava um belo garanhão preto, presente de Trócero. Não vestia mais a armadura da Aquilônia. Suas roupas o denotavam como um veterano dos Companheiros Livres, que eram de todas as raças. Seu capacete era um morrião simples, amassado e surrado. O couro e a cota de malha estavam desgastados, como que usados em muitas campanhas, e o manto escarlate, esvoaçando descuidadamente de seus ombros, era esfarrapado e manchado. Ele tinha o aspecto do guerreiro de aluguel, que conhecia as vicissitudes da fortuna, pilhagem e riqueza em um dia, e uma bolsa vazia e um cinto apertado na cintura no seguinte.

E mais do que representar esse papel, ele o sentia; o despertar de velhas lembranças, o ressurgir dos dias loucos e selvagens de glória de antigamente, antes que seus pés tomassem o caminho imperial; quando era um mercenário errante, foliando, brigando, bebendo, se aventurando sem pensar no amanhã, e nenhum desejo a não ser cerveja espumante, lábios vermelhos e uma espada afiada para usar em todos os campos de batalha do mundo.

Inconscientemente, voltou ao antigo comportamento; uma nova arrogância tornou-se evidente em seu semblante, na forma como se sentava no cavalo; praguejos meio esquecidos surgiram em seus lábios e, enquanto cavalgava, murmurava antigas canções que havia cantado em coro ao lado de companheiros desleixados em muitas tavernas, vias poeirentas e campos ensanguentados.

Passava por uma terra inquieta. As cavalarias que geralmente patrulhavam o rio, alertas para ataques de Poitain, não estavam à vista em lugar algum. Conflitos internos haviam deixado as fronteiras inseguras. A longa estrada branca se estendia nua de horizonte a horizonte. Nada de comboios de camelos carregados, vagões estrondosos ou o gemido de rebanhos a se mover por ela agora; somente grupos ocasionais de homens a cavalo, vestindo couro e aço, com rostos de falcão e olhos brutos, que permaneciam unidos e cavalgavam com cautela. Eles mediam Conan com olhares minuciosos, mas seguiam em frente, pois a aparência daquele cavaleiro solitário sugeria somente golpes brutais e nada de pilhagem.

Vilarejos estavam desertos e em cinzas, campos e pradarias sem uso. Somente os mais corajosos passariam por tais estradas naqueles dias, e a população nativa havia sido dizimada nas guerras civis e por ataques do outro lado do rio. Em épocas mais pacíficas, a estrada ficava lotada de mercadores indo de Poitain para Messantia, em Argos, ou voltando. Agora, esses julgavam ser mais sábio seguir a estrada que passava a leste de Poitain, e então virar para o sul, rumo a Argos. Era um caminho mais longo, porém mais seguro. Somente um homem tremendamente descuidado arriscaria sua vida e bens naquela estrada para Zíngara.

O horizonte era orlado com chamas na noite e, durante o dia, pilares dispersos de fumaça flutuavam para o alto; nas cidades e planícies ao sul, homens estavam sendo mortos, tronos derrubados e castelos incendiados. Conan sentiu a velha tentação do mercenário profissional de virar seu cavalo e mergulhar na luta, pilhagem e saques, como outrora. Por que deveria se dar ao trabalho de recuperar a soberania de um povo que já o havia esquecido?

Por que correr atrás de uma coisa obscura e perseguir uma coroa que poderia estar perdida para sempre? Por que não se render ao esquecimento, perder-se nas marés vermelhas da guerra e rapinar como o fizera tantas vezes? Não poderia ele esculpir outro reino para si? O mundo estava entrando em uma era de ferro, uma era de guerra e ambição imperialista; um homem forte poderia se erguer sobre as ruínas de nações como conquistador supremo. Por que não ele? Assim seu demônio familiar sussurrava em seus ouvidos, e os fantasmas de seu passado sangrento e sem lei se abarrotavam em cima de si. Mas ele não deu meia-volta; continuou cavalgando em frente, empreendendo uma busca que se tornava cada vez mais obscura conforme avançava, até parecer que ele perseguia um sonho que jamais ocorrera.

Forçou o garanhão o máximo que ousava, mas a longa estrada branca continuava nua à sua frente, de um horizonte a outro. Zorathus tinha uma boa vantagem, mas Conan se manteve firme, sabendo que viajava mais rápido do que os mercadores cheios de cargas poderiam. Então, chegou ao castelo do conde Valbroso, empoleirado como o ninho de um urubu sobre uma colina com vista para a estrada.

Valbroso desceu com um guerreiro, um homem magro, soturno, de olhos brilhantes e nariz como um bico predatório. Vestia uma couraça preta e era seguido por trinta lanceiros, falcões de bigode negro das guerras fronteiriças, tão avarentos e impiedosos quanto ele próprio. Ultimamente, o pedágio das caravanas havia se tornado mirrado, e Valbroso amaldiçoava as guerras civis que despiram as estradas de seu tráfego, mesmo quando as abençoava pela ajuda que lhe haviam prestado com relação aos seus vizinhos.

Não esperava muito do cavaleiro solitário que vira da torre, mas qualquer coisa viria a calhar. Com um olhar apurado que lançou sobre a malha escura e desgastada do homem de rosto coberto por cicatrizes, suas conclusões foram as mesmas dos demais cavaleiros que haviam passado pelo cimério na estrada: uma bolsa vazia e uma lâmina pronta para ser usada.

— Quem é você, patife? — Ele perguntou.

— Um mercenário, cavalgando para Argos — Conan respondeu. — De que importam os nomes?

— Está indo na direção errada para alguém dos Companheiros Livres — grunhiu Valbroso. — Ao sul a luta é boa, assim como a pilhagem. Junte-se à minha companhia. Você não passará fome. A estrada está carente de mercadores ricos para serem roubados, mas pretendo levar meus homens mais a sul para vender nossas espadas ao lado que parecer mais forte.

Conan não respondeu de imediato, sabendo que, se recusasse sem reservas, poderia ser atacado na hora pelos guerreiros de Valbroso. Antes que pudesse se decidir, o zíngaro tornou a falar:

— Vocês, tratantes dos Companheiros Livres, sempre conhecem truques para fazer os homens falar. Tenho um prisioneiro... o último mercador que peguei. Por Mitra, é o único que vi em uma semana, e o miserável é teimoso. Ele tem uma caixa de ferro, cujo segredo nos desafia, e fui incapaz de convencê-lo a abri-la. Por Ishtar, pensei que conhecia todos os tipos de persuasão que existem, mas talvez você, como veterano dos Companheiros Livres, saiba de alguns que eu não sei. Seja como for, venha comigo e veja o que pode fazer.

As palavras de Valbroso imediatamente fizeram Conan se decidir. A chance de ser Zorathus era grande. O bárbaro não conhecia o mercador, mas qualquer homem que fosse teimoso o bastante para tentar cruzar as estradas de Zíngara em dias como aqueles provavelmente também o era para desafiar a tortura.

Ele cavalgou junto a Valbroso pela estrada que levava ao topo da colina onde ficava o desolado castelo. Como guerreiro, ele deveria ter cavalgado atrás do conde, mas a força do hábito o tornou descuidado, e Valbroso não deu importância. Anos vivendo ali o ensinaram que a fronteira não era a corte real. Estava ciente da independência dos mercenários, cujas espadas tinham aberto caminho para o trono de muitos reis.

Havia um fosso seco, meio cheio de detritos em algumas partes. Eles passaram tinindo pela ponte levadiça e pelo arco do portão. A grade caiu com um som estridente atrás deles. Chegaram a um pátio vazio, com tufos de grama crescendo e um poço no centro. Choupanas para os guerreiros se espalhavam ao longo da muralha, e mulheres, desleixadas ou enfeitadas com adereços berrantes, espiavam pelas portas. Guerreiros em armaduras enferrujadas jogavam dados nos pavilhões sobre os arcos. Parecia mais com o reduto de bandidos do que o castelo de um nobre.

Valbroso desmontou e fez um sinal para que Conan o seguisse. Passaram por uma entrada e um longo corredor abobadado, onde foram interpelados por um homem com cicatrizes, aparência bruta e cota de malha, que vinha descendo uma escadaria de pedra; evidentemente o capitão da guarda.

— E então, Beloso — indagou Valbroso. — Ele falou?

— Ele é cabeça-dura — resmungou Beloso, disparando um olhar de suspeita para Conan.

Valbroso praguejou e subiu furiosamente a escada em caracol, seguido por Conan e o capitão. Ao que subiam, os grunhidos de um homem em agonia mortal se tornaram audíveis. A sala de tortura do conde ficava logo acima do pátio, em vez de um calabouço abaixo. Naquela câmara, um homem peludo, bestial e esquelético, vestindo calças de couro, se agachava roendo vorazmente um osso de carne, junto a máquinas e aparelhos de tortura, lâminas, ganchos e todos os implementos que a mente humana concebera para dilacerar a carne, quebrar ossos e romper e rasgar veias e ligamentos.

Em um aparelho, um homem estava estendido nu, e bastou um olhar para que Conan soubesse que ele estava morrendo. O alongamento não natural ao qual seu corpo e membros tinham sido submetidos era evidente pelas articulações destruídas e rupturas inomináveis. Ele era moreno, um rosto aquilino inteligente e olhos escuros serelepes. Agora eles estavam vidrados e vermelhos de dor, e o orvalho da agonia cintilava em sua face. Seus lábios haviam sido puxados para trás das gengivas enegrecidas.

— Aí está a caixa — Valbroso chutou brutalmente um pequeno, porém pesado baú de ferro que estava no chão próximo a si. Ele era intricadamente esculpido, com pequenas caveiras e dragões contorcidos curiosamente entrelaçados, mas Conan não viu trinco ou ferrolho que pudessem destrancá-lo. As marcas de fogo, de machado, marreta e talhadeira só tinham deixado arranhões.

— Esta é a caixa do tesouro do cão — disse Valbroso, zangado. — Todos os homens do sul já ouviram falar de Zorathus e sua caixa de ferro. Só Mitra sabe o que há dentro dela. Mas ele não quer abrir mão de seu segredo.

Zorathus! Era verdade, então; o homem que ele buscava estava à sua frente. O coração de Conan bateu sufocantemente ao se inclinar sobre a forma contorcida, apesar de não demonstrar evidências da dolorosa ansiedade.

— Afrouxe esses laços, servo! — Ele ordenou com rispidez ao torturador, e Valbroso e seu capitão olharam espantados. No esquecimento do momento, Conan usara seu tom imperial, e o bruto vestindo couro obedeceu por instinto ao gume que havia no comando daquela voz. Ele o fez gradualmente, pois afrouxar as cordas era um tormento tão grande para as articulações quanto estirá-las mais.

Apanhando uma caneca de vinho que estava próxima, Conan colocou a borda nos lábios do infeliz. Zorathus tomou um gole espasmodicamente, o líquido derramando sobre seu peito arfante.

Nos olhos injetados veio um vislumbre de reconhecimento, e os lábios manchados de espuma se abriram. Deles partiu um murmúrio pranteado em kothico.

— Então isto é a morte? A longa agonia terminou? Pois este é o rei Conan, que morreu em Valkia, e estou entre os mortos.

— Você não está morto — Conan afirmou. — Mas está morrendo. Não será mais torturado. Resolverei a situação. Mas não posso ajudá-lo além disso. Contudo, antes que morra, diga-me como abrir sua caixa de ferro!

— Minha caixa de ferro — murmurou Zorathus em frases desconexas e delirantes. — A arca forjada em fogo profano nas chamas da montanha de Khrosha; o metal que nenhum cinzel pode cortar. Quantos tesouros ela portou por toda a extensão e amplitude do mundo! Mas nenhum como o tesouro que guarda agora.

— Diga como abri-la — urgiu Conan. — Ela não poderá mais ajudá-lo, mas pode ser de grande valia para mim.

— Sim, você é Conan — murmurou o kothiano. — Eu o vi sentado em seu trono no grande salão público de Tarantia, com a coroa na cabeça e o cetro na mão. Mas você está morto. Morreu em Valkia. Por isso, sei que meu fim está chegando.

— O que o cão está dizendo? — perguntou Valbroso, impaciente, sem entender a língua. — Ele vai dizer como abrir a caixa?

Como se a voz tivesse despertado uma faísca de vida no peito retorcido, Zorathus virou os olhos vermelhos na direção do interlocutor.

— Só direi para Valbroso — ele falou engasgando, em zíngaro. — A morte está sobre mim. Aproxime-se, Valbroso!

O conde o fez, seu rosto sombrio iluminado pela cobiça; atrás dele, seu sinistro capitão, Beloso, também se aproximava.

— Aperte as sete caveiras no rebordo, uma após a outra — disse Zorathus. — Pressione a cabeça do dragão que se contorce sobre a tampa. Então pressione a esfera que está nas garras do dragão. Isso abrirá a trava secreta.

— Rápido, a caixa! — Valbroso berrou, praguejando.

Conan a apanhou e colocou em um estrado, Valbroso ao lado dele.

— Deixe-me abrir! — gritou Beloso, se adiantando.

Valbroso o amaldiçoou e empurrou, a ganância queimando nos olhos escuros.

— Ninguém além de mim vai abri-la! — Ele berrou.

Conan, cuja mão havia instintivamente buscado seu cabo, encarou Zorathus. Os olhos do homem estavam vermelhos e embaçados, mas mantinham-se fixos em Valbroso com intensidade avassaladora; e era aquilo o esboço de um sorriso distorcido nos lábios do moribundo? Foi somente quando soube que estava morrendo que o mercador revelou o segredo. Conan virou-se para observar Valbroso da mesma forma que o homem o fazia.

Ao longo da borda da tampa, sete caveiras estavam esculpidas entre galhos entrelaçados de estranhas árvores. Um dragão incrustado passava por sobre ela, entre arabescos ornamentados. Valbroso pressionou as caveiras apressadamente e, quando enfiou o polegar sobre a cabeça esculpida do dragão, soltou um palavrão agudo e puxou a mão, balançando-a em irritação.

— Uma ponta afiada nas gravuras — ele rosnou. — Eu piquei meu polegar.

Ele pressionou a esfera dourada mantida pelas garras do dragão, e a tampa se abriu abruptamente. Seus olhos foram deslumbrados por uma chama dourada. Pareceu para a mente entorpecida deles que a caixa esculpida estava cheia de incandescência, que se derramava pela borda em flocos palpitantes. Beloso gritou e Valbroso prendeu o fôlego. Conan perdeu a fala, seu cérebro enlaçado pelo brilho.

— Mitra, que joia! — A mão de Valbroso mergulhou no baú e emergiu com uma esfera rubra pulsante que preencheu a sala com um brilho suave. O olhar penetrante de Valbroso parecia o de um cadáver. E o moribundo no aparelho riu selvagem e repentinamente.

— Tolo! — Ele gritou. — A joia é sua! Eu lhe dei a morte junto a ela! O arranhão em seu dedão... olhe para a cabeça do dragão, Valbroso!

Todos se viraram e observaram. Algo pequeno e brilhante havia se levantado da boca aberta esculpida.

— A presa do dragão! — Zorathus exultou. — Mergulhada no veneno do escorpião negro stygio! Tolo, tolo de abrir a caixa de Zorathus com a mão nua! Morte! Você é um homem morto agora!

E, espumando sangue, ele morreu. Valbroso cambaleou, choramingando:

— Ah, Mitra, eu não valho nada! Nas minhas veias corre um líquido infernal! Minhas juntas ardem como se estivessem sendo separadas! Morte! Morte! — Ele recuou e caiu de cabeça. Houve um instante de horríveis convulsões, nas quais os membros se retorceram em posições pavorosas e não naturais, e então o homem congelou naquela postura, seus olhos vítreos estáticos levemente revirados, os lábios retraídos, as gengivas enegrecidas.

— Morto! — Conan murmurou, abaixando-se para apanhar a joia de onde havia rolado, caída da mão rígida de Valbroso. Ela estava no chão como uma palpitante piscina de fogo da cor do poente.

— Morto! — Beloso ecoou, com loucura estampada nos olhos. Então, ele se moveu.

Conan foi pego de guarda baixa, seus olhos deslumbrados, o cérebro encantado pelo fulgor da grande gema. Ele não percebeu a intenção de Beloso até que algo se chocou com força terrível contra seu elmo. O brilho da joia foi salpicado por uma flama ainda mais vermelha, e ele caiu de joelhos ante o golpe.

Escutou o som de pés, um mugido como o de um boi em agonia. Estava atordoado, mas não completamente desacordado, e percebeu que Beloso tinha apanhado a caixa de ferro e golpeado sua cabeça com ela. Somente o bacinete salvou seu crânio. Ele cambaleou, desembainhando a espada e tentando afastar dos olhos a falta de clareza. A sala flutuava diante de seu olhar desequilibrado. Mas a porta estava aberta e passos em fuga foram ouvidos descendo as escadas. No chão, o brutal torturador arfava por sua vida com um enorme ferimento no peito. E o Coração de Ahriman havia desaparecido.

Conan saiu da câmara, espada em punho, sangue escorrendo pela sua face por sob o elmo. Desceu os degraus como um bêbado, escutando um tilintar de aço no pátio abaixo, gritos e então o frenético rufar de tambores. Apressando-se para lá, viu um grupo de homens armados lutando desordenadamente, enquanto mulheres gritavam. O portão traseiro estava aberto e um soldado deitado em suas lanças com a cabeça partida. Cavalos, ainda com arreios e selas, corriam relinchando pelo pátio, o garanhão negro de Conan entre eles.

— Ele enlouqueceu! — Uivou uma mulher, torcendo as mãos enquanto vagueava de forma insensata. — Saiu do castelo como um cachorro louco, lacerando para todos os lados! Beloso está louco! Onde está o senhor Valbroso?

— Para qual lado ele foi? — Rugiu Conan. Todos se viraram e olharam para o estranho com o rosto sujo de sangue e a espada à mostra.

— Saiu pela poterna! — Gritou uma mulher, apontando para leste, e outra berrou:

— Quem é esse patife?

— Beloso matou Valbroso! — Conan afirmou, dando um salto e puxando pela crina o garanhão, enquanto os guerreiros avançavam incertos em sua direção. Um choro selvagem explodiu ante a notícia que ele trouxera, mas a reação deles foi exatamente a que ele havia antecipado. Em vez de fecharem os portões para fazê-lo prisioneiro ou perseguir o assassino em fuga para vingar seu senhor, foram lançados em confusão ainda maior por suas palavras. Lobos unidos somente pelo medo de Valbroso, eles não deviam aliança ao castelo ou uns aos outros.

Espadas começaram a colidir no pátio, e as mulheres se esgoelavam. Em meio a tudo, ninguém reparou quando Conan passou velozmente pela poterna e desceu a colina como um trovão. As planícies selvagens se abriam à sua frente e, além da colina, a estrada se dividia; uma trilha seguia para o sul, outra para o leste. E, na que ia para leste, ele viu outro cavaleiro, curvado e esporando firme sua montaria. A planície vertiginava o olhar de Conan, a luz do sol era uma densa neblina vermelha, e ele titubeou na sela, agarrando a crina esvoaçante com as mãos. Sua malha estava respingada pelo sangue que vertia do ferimento na cabeça, mas ele ainda assim impulsionou o garanhão em frente.

Atrás de si, fumaça começou a surgir do castelo na colina, onde o corpo do conde jazia esquecido e ignorado ao lado de seu prisioneiro. O sol estava se pondo; contra um céu vermelho lúrido as duas figuras escuras fugiam.

O garanhão não estava descansado, mas o cavalo de Beloso também não. Contudo, o grande animal respondia poderosamente, evocando suas reservas de vitalidade. Por que o zíngaro fugia de um só perseguidor, Conan não impôs ao seu cérebro ferido para adivinhar. Talvez pânico irracional, nascido da loucura que espreitava na joia flamejante, conduzisse Beloso. O sol desapareceu; a estrada branca era um brilho fraco em um crepúsculo fantasmagórico que desaparecia na escuridão roxa muito adiante.

O cavalo ofegava por causa da empreitada árdua. A terra se transformava, convocando o anoitecer. Planícies nuas cederam lugar a aglomerados de carvalhos e amieiras. Colinas baixas se pronunciavam ao longe. Estrelas começavam a brilhar. O garanhão ofegou e diminuiu o ritmo. Mas, à frente, avolumava-se uma densa mata que se estendia até as colinas no horizonte e, entre ela e Conan, ele divisou a forma do fugitivo. O rei imprimiu urgência na esgotada montaria, pois viu que estava alcançando sua presa, jarda após jarda. Acima da copa das árvores um som estranho surgiu das sombras, mas nem perseguidor nem perseguido deram importância.

Ao alcançarem a parte da estrada que era coberta por ramos, estavam quase lado a lado. Um grito feroz saiu dos lábios de Conan quando sua espada subiu; um rosto pálido e oval voltou-se em sua direção, uma lâmina brilhou em uma mão que mal podia ser vista, e Beloso ecoou o grito... então, o cansado garanhão, com um solavanco e um gemido, tropeçou nas trevas e caiu, virando de cabeça para baixo e arremessando seu atordoado condutor da sela. A cabeça de Conan colidiu contra uma pedra, e as estrelas se tornaram um borrão na noite densa.

Conan jamais soube quanto tempo permaneceu desacordado. Sua primeira sensação ao recobrar a consciência foi a de estar sendo arrastado pelo braço sobre o chão duro e pedregoso, e por entre os arbustos densos. Em seguida, a de ser jogado descuidadamente, e talvez o abalo o tenha trazido de volta a si.

Seu elmo desaparecera e a cabeça doía abominavelmente; ele tinha uma sensação de enjoo, e o sangue havia coagulado em seus cabelos negros. Mas, com a vitalidade da natureza selvagem, vida e consciência lhe voltaram, e ele ficou ciente de suas cercanias.

Uma enorme lua vermelha brilhava por entre as árvores, pela qual ele sabia que já era bem depois da meia-noite. Permanecera desacordado por horas, tempo suficiente para se recuperar daquele golpe terrível que Beloso lhe aplicara e da queda que o desacordara. Seus pensamentos pareciam mais claros do que durante a perseguição desenfreada ao fugitivo.

Notou com surpresa que não estava deitado ao lado da estrada, conforme o local onde se encontrava começou a ser gravado em suas percepções. A trilha não estava à vista. Jazia sobre grama, em uma pequena clareira cercada por uma parede negra de ramos e galhos de árvores emaranhados. Seu rosto e mãos estavam arranhados e lacerados, como se tivesse sido arrastado por espinheiros. Virando o corpo, olhou ao redor. Então, teve um violento sobressalto... algo se agachava sobre ele.

No início Conan duvidou de sua consciência, pensando ser apenas o delírio de sua imaginação. Decerto não podia ser real, aquela estranha criatura cinza imóvel, que se agachava em suas ancas e o afrontava com olhos sem alma que não piscavam.

Conan se assentou e o encarou, meio que esperando que desaparecesse como a imagem de um sonho; então, um arrepio de reconhecimento percorreu sua espinha. Memórias quase esquecidas ressurgiram, contos sombrios sussurrados que falavam de formas que assombravam aquelas florestas desabitadas no sopé das colinas que marcavam a fronteira entre Zíngara e Argos. *Carniçais* era como os homens os chamavam, comedores de carne humana, crias das trevas, filhos da união profana de uma raça perdida e esquecida com demônios do submundo. Em algum lugar daquelas florestas primitivas estavam as ruínas de uma cidade antiga e amaldiçoada e, entre suas tumbas, se esgueiravam sombras cinzentas antropomórficas. Conan estremeceu fortemente.

Ele continuou a encarar a cabeça malformada que mal se discernia à sua frente, e com cautela levou a mão para a espada. Com um grito horrível que o homem involuntariamente ecoou, o monstro estava sobre seu pescoço.

Conan jogou o braço direito na frente e mandíbulas como as de cachorros se fecharam, pressionando os elos da malha para dentro da carne. As mãos disformes, embora ainda humanas, buscaram sua garganta, mas ele se esquivou com um empurrão e um movimento do corpo inteiro, sacando ao mesmo tempo o punhal com a mão esquerda.

Eles rolaram sobre a grama, batendo e rasgando. Os músculos nodados sob aquela pele cinzenta que parecia a de um cadáver eram fortes e duros como cabos de aço, superando a força do homem. Mas o vigor de Conan também era de ferro, e sua malha o salvou das presas pontiagudas e garras por tempo o bastante para que estocasse seu punhal diversas vezes. A terrível vitalidade da monstruosidade semi-humana parecia inexaurível, e a pele do rei se arrepiou ante a sensação daquela carne úmida e pegajosa. Pôs toda a sua repugnância e repulsa selvagem na lâmina que mergulhava, até que, de repente, o monstro arquejou numa convulsão quando a ponta encontrou o coração terrível, e então permaneceu imóvel.

Conan se levantou, tremendo de náusea. Ficou no centro da clareira, inseguro. A espada em uma mão e o punhal na outra. Não havia perdido seu senso de direção instintivo no que dizia respeito aos pontos cardeais, mas não sabia para que lado ficava a estrada. Não tinha como saber em que direção o carniçal o arrastara. O cimério olhou para as matas escuras, silenciosas e salpicadas pela luz do luar que o anelavam, e sentiu orvalho sobre sua pele. Estava sem cavalo e perdido em meio àquelas florestas assombradas, e a coisa deformada aos seus pés era uma evidência muda dos horrores que estavam à espreita. Ele quase segurou o fôlego em dolorosa intensidade, forçando os ouvidos em busca de qualquer barulho de galho quebrando ou farfalhar na grama.

Quando captou um som, reagiu violentamente. De repente, no ar da calada da noite, irrompeu o relincho aterrorizado de um cavalo. Seu garanhão! Havia panteras nas florestas ou... carniçais comiam animais da mesma forma que comiam homens.

Ele atravessou os arbustos em direção ao ruído, dando um assobio agudo enquanto corria, o medo afogado pela raiva furiosa. Se seu cavalo fosse morto, morria com ele sua última chance de seguir Beloso e recuperar a joia. Tornou a escutar o garanhão amedrontado e furioso em algum lugar próximo. Houve um som de cascos e algo que cedeu ao ser golpeado fortemente.

Conan desembocou na ampla estrada branca sem aviso e viu o garanhão empinar e recuar sob a luz do luar, as orelhas viradas para trás, olhos e dentes cintilando perversamente. Ele atacava com os cascos uma sombra furtiva, que se abaixava e sacudia à sua volta; então outras sombras se moveram em torno de Conan, sombras cinzentas e sinistras que o cercaram de todos os lados. Um cheiro horrível de casa mortuária podia ser sentido no ar noturno.

Com uma ofensa, o rei golpeou para todos os lados com sua grande espada, estocou e rasgou com o punhal. Presas gotejantes brilharam à luz do luar, patas sórdidas o seguraram, mas ele abriu caminho até o garanhão, agarrou a rédea e saltou sobre a sela. Sua lâmina subia e descia, um arco congelado na lua, espirrando sangue ao separar cabeças deformadas e atingir corpos bamboleantes. O garanhão empinava, mordendo e chutado. Eles abriram caminho e trovejaram pela estrada. De ambos os lados, por um curto espaço de tempo, desfilaram horríveis sombras cinzentas. Então essas também ficaram para trás, e Conan, superando a crista arborizada, viu uma vasta expansão de encostas se delinear à sua frente.

XIII
Um Fantasma Vindo do Passado

Logo após o nascer do sol, Conan cruzou a fronteira para Argos. Não havia rastros de Beloso. Ou o capitão escapara enquanto o rei estava desacordado, ou tinha caído nas garras dos cinzentos comedores de homens das florestas de Zíngara. Mas Conan não viu sinais que indicavam esta última possibilidade. O fato de ele ter permanecido sem ser molestado por tanto tempo parecia indicar que os monstros se concentraram na fútil perseguição ao capitão. E, se o homem estava vivo, Conan tinha certeza de que cavalgava ao longo da estrada em algum ponto à sua frente. A não ser que pretendesse ir para Argos, jamais teria tomado a estrada para o leste em primeiro lugar.

Os guardas da fronteira não questionaram o cimério. Um único mercenário vagando não precisava de passaporte ou salvo-conduto, ainda mais quando sua malha sem adornos mostrava que não estava a serviço de senhor algum. Cavalgou pelas colinas baixas e gramadas, onde as correntezas murmuravam e carvalhos mosqueavam a relva com luzes e sombras, seguindo a longa estrada que surgia e declinava diante de si sobre vales pequenos e elevações no distante céu azul. Era uma estrada muito antiga, que ia de Poitain até o mar.

Argos estava em paz; comboios de carros de bois ressoavam ao longo da estrada, e homens de braços musculosos, bronzeados e sem pelos trabalhavam em pomares e campos que se contorciam sob os braços das árvores à beira da estrada. Idosos plantados debaixo de longos galhos de carvalhos na frente de pousadas cumprimentavam o viajante.

Dos homens que trabalhavam nos campos, aos velhos tagarelas nas estalagens onde ele saciou sua sede com grandes odres de couro cheios de cerveja espumante, e até os mercadores de olhares aguçados vestidos com seda que encontrou na estrada, Conan buscou saber sobre Beloso.

As histórias eram conflitantes, mas o bárbaro descobriu que um zíngaro magro, de perigosos olhos negros e bigodes do povo do oeste, estava em algum trecho da estrada adiante, aparentemente indo para Messantia. Era um destino lógico; todos os portos de Argos eram cosmopolitas, em forte contraste com as províncias do interior, e Messantia era o mais poliglota de todos. Navios de todas as nações marítimas atracavam em sua baía, e refugiados e fugitivos de diversas terras se reuniam ali. As leis eram frouxas, pois Messantia prosperou pelo comércio dos mares, e seus cidadãos julgaram ser lucrativo fazer vista grossa em seus tratos com os homens do mar. Não era apenas escambo legítimo que fluía em Messantia; contrabandistas e bucaneiros tinham seus papéis. Conan sabia de tudo isso muito bem, pois não havia ele, em seus dias como pirata baracho, viajado durante a noite para a baía de Messantia para descarregar estranhos carregamentos? A maioria dos piratas das Ilhas Barachas, pequenas ilhas na costa sul de Zíngara, era de Argos, e desde que focassem sua atenção em navios de outras nações, as autoridades argoseanas não seriam rígidas na interpretação das leis do mar.

Mas Conan não limitara suas atividades às dos barachos. Ele também havia velejado com bucaneiros zíngaros, e até mesmo com os selvagens corsários negros que singraram das distantes costas ao sul para saquear o litoral norte, e isso o colocava além do âmbito de qualquer lei. Se fosse reconhecido em qualquer parte de Argos, isso lhe custaria a cabeça. Mas, sem hesitar, cavalgou para Messantia, parando de dia ou de noite somente para descansar o seu corcel, e para ele mesmo tirar algumas poucas sonecas.

Adentrou a cidade sem ser questionado, misturando-se às massas que se moviam continuamente para dentro e para fora daquele grande centro comercial. Não havia muros cercando Messantia. O mar e seus navios guardavam a grande cidade sulista de escambo.

Era noite quando Conan cavalgou calmamente pelas ruas que levavam até o mar. No fim delas, podia ver o cais e os mastros e velas dos navios. Sentiu o cheiro de água salgada pela primeira vez em anos, escutou o arranhar de cordas e o ranger de mastros na brisa que trazia a capa branca das ondas além dos promontórios. Novamente, o desejo de vagar deu uma fisgada em seu coração.

Mas não seguiu para o cais. Virou para o lado e subiu um lance íngreme de degraus de pedra desgastados que levava a uma rua ampla onde mansões brancas ornamentadas faziam frente com a orla e o porto abaixo. Ali moravam os homens que enriqueceram a partir dos lucros obtidos dos mares; alguns capitães velhos que encontraram tesouros distantes, muitos mercadores e comerciantes que jamais trilharam os deques nem conheciam o rugido da tempestade ou da luta no mar.

Conan virou seu cavalo para certo portão dourado todo trabalhado e passou por um pátio onde uma fonte tilintava e pombos flutuavam de cumeeiras para placas de mármore. Um pajem vestindo um saiote de seda recortado e uma calça justa se adiantou, inquiridor. Os mercadores de Messantia lidavam com muitas personalidades estranhas e brutas, mas a maioria vinha do mar. Era incomum que um cavaleiro mercenário cavalgasse tão livremente pelo pátio de um senhor do comércio.

— O mercador Publio vive aqui? — Foi mais uma afirmação do que uma pergunta, e algo no timbre da voz fez com que o pajem tirasse seu chapéu com penas enquanto se curvava e respondia:

— Sim, ele vive, meu capitão.

Conan desmontou e o pajem chamou um servo, que veio correndo para pegar as rédeas do garanhão.

— Seu mestre está lá dentro? — Conan tirou suas manoplas e bateu o pó da estrada de seu manto e malha.

— Sim, meu capitão. Quem devo anunciar?

— Eu mesmo me anunciarei — grunhiu Conan. — Conheço bem o caminho. Espere aqui.

E, obedecendo àquele comando autoritário, o pajem permaneceu parado, observando Conan subir alguns curtos degraus de mármore e se perguntando qual seria a relação que seu mestre poderia ter com aquele gigante guerreiro que tinha o aspecto de um bárbaro do norte.

Serviçais trabalhando pararam e ficaram de boca aberta quando Conan passou por uma varanda larga e fresca com vista para o pátio e entrou em um grande corredor pelo qual a brisa do mar podia ser sentida. Na metade do trajeto, ele escutou uma pena riscando e entrou em uma sala ampla com várias janelas que davam para o porto.

Publio estava sentado a uma mesa de teca ornada, escrevendo em caros pergaminhos com uma pena dourada. Era um homem baixo, de cabeça maciça e olhos escuros velozes. Seu roupão azul era da melhor seda, tecido com fios de ouro, e sobre o grosso pescoço trazia pendurada uma pesada corrente dourada.

Quando o cimério entrou, o mercador olhou para cima com um gesto de perturbação. Ele congelou no meio do movimento. Seu queixo caiu; encarava como se visse um fantasma vindo do passado. Descrença e medo brilharam em seus olhos.

— Bem... — disse Conan. — Não tem palavras de cumprimento, Publio?

Publio umedeceu os lábios.

— Conan! — Sussurrou, incrédulo. — Mitra! Conan! *Amra!*

— Quem mais? — O cimério desafivelou seu manto e jogou-o com as manoplas sobre a mesa. — E então, homem? — Exclamou, irritadiço. — Não pode ao menos me oferecer uma taça de vinho? Minha garganta está seca pelo pó da estrada.

— Sim, vinho! — Publio ecoou, mecanicamente. Suas mãos buscaram um gongo por instinto, então se recolheram como se tocassem carvão quente, e ele estremeceu.

Enquanto Conan o observava com uma centelha de diversão sombria, o mercador se levantou e apressadamente fechou a porta, antes esticando o pescoço no corredor para ter certeza de que nenhum escravo estava passando. Então, retornando, apanhou um jarro dourado de vinho de uma mesa próxima e estava prestes a encher uma taça esbelta quando Conan impacientemente o tomou dele e, erguendo-o com ambas as mãos, bebeu com gosto.

— Sim, de fato é Conan — murmurou Publio. — Homem, você ficou louco?

— Por Crom, Publio — disse o cimério, abaixando o jarro, mas sem largá-lo. — Você mora em vizinhanças diferentes daquelas do passado. Só mesmo um mercador argoseano para ficar rico com uma pequena loja à beira-mar que fedia a peixe podre e vinho barato.

— Os velhos dias ficaram para trás — resmungou Publio, envolvendo-se em seu roupão com um ligeiro tremor involuntário. — Eu me despi do passado como um manto usado.

— Certo... — replicou Conan. — Mas não pode se despir de mim como um manto usado. Não é muito o que quero, mas preciso de uma coisa. E você não pode recusar. Tivemos muitos negócios nos velhos tempos. Acha que sou tolo a ponto de não saber que esta mansão foi construída graças ao meu suor e sangue? Quantos carregamentos de minhas galés passaram por sua loja?

— Todos os mercadores de Messantia lidaram com piratas do mar numa ocasião ou outra — murmurou Publio nervosamente.

— Mas não com corsários negros — Conan respondeu, num tom sinistro.

— Pelo amor de Mitra, cale-se! — O mercador bradou, suor escorrendo de sua fronte. Seus dedos puxaram o rebordo dourado de seu manto.

— Bem, eu só queria trazer isso de volta à sua mente — respondeu Conan. — Não seja tão medroso. Você assumiu vários riscos no passado, quando lutava pela riqueza e pela vida naquela pequena loja torpe próxima ao cais, e cooperava com todo bucaneiro, ladrão e pirata daqui até as Ilhas Barachas. A prosperidade deve tê-lo amolecido.

— Eu sou respeitável — Publio começou a dizer.

— O que significa que é rico para diabo — resfolegou Conan. — Por quê? Por que enriqueceu tão mais rápido que seus concorrentes? Foi porque fez um grande negócio com marfim, penas de avestruz, cobre, peles, pérolas, enfeites de ouro e outras coisas vindas da costa de Kush? E onde você os conseguiu tão baratos, enquanto outros mercadores pagavam seu peso em prata para os stygios? Direi a você, caso tenha esquecido; você os comprou de mim, a um valor consideravelmente menor do que valiam, e eu os apanhei das tribos da Costa Negra e dos navios da Stygia... eu e os corsários negros.

— Em nome de Mitra, pare! — Publio implorou. — Eu não me esqueci. Mas o que faz aqui? Sou o único homem em Argos que sabe que o rei da Aquilônia outrora foi Conan, o bucaneiro. Mas veio do sul a notícia da queda da Aquilônia e da morte do rei.

— Meus inimigos já me assassinaram cem vezes com rumores — grunhiu Conan. — Ainda assim, cá estou, sentado e me empanturrando de vinho de Kyros. — E ele adequou o ato à fala. Abaixando o jarro, agora quase vazio, disse:

— É apenas uma pequena coisa que peço a você, Publio. Sei que tem ciência de tudo o que ocorre em Messantia. Preciso saber se um zíngaro chamado Beloso, ou seja lá como se apresenta, está na cidade. Ele é alto e magro como todos de sua raça, e é provável que tente vender uma joia muito rara.

Publio balançou a cabeça:

— Não ouvi falar de tal homem. Mas milhares vêm e vão de Messantia. Se estiver aqui, meus agentes o descobrirão.

— Bom, peça que o procurem. Enquanto isso, cuide de meu cavalo e me sirva comida aqui, nesta sala.

Publio assentiu tagarelando. Conan esvaziou o jarro de vinho, jogou-o de modo descuidado em um canto e caminhou até uma janela próxima, expandindo o peito involuntariamente para respirar fundo o ar salgado. Fitou as ruas sinuosas de frente para o mar, logo abaixo. Varreu com um olhar de apreciação os navios na baía, então ergueu a cabeça e mirou além dela, para as brumas azuladas ao longe, onde céu encontrava mar. E sua memória acelerou além do horizonte, para os mares dourados do sul, sob sóis escaldantes, onde as leis não existiam e a vida corria viçosa. Algum odor característico de temperos ou de palmeiras lhe despertou imagens nítidas de praias estranhas, onde manguezais cresciam e tambores ressoavam; de navios presos em batalhas e deques vertendo sangue; de fumaça e chamas e do som da matança... Perdido em seus pensamentos, ele mal notou quando Publio saiu do cômodo.

Envolto em seu manto, o mercador se apressou pelos corredores até chegar a um determinado quarto, onde um homem alto e lúgubre, com uma cicatriz na têmpora, escrevia continuamente em um pergaminho. Havia algo naquele homem que fazia sua ocupação de escritório parecer incoerente. Publio se endereçou a ele abruptamente:

— Conan retornou!

— Conan? — O homem magro parou e a pena caiu de seus dedos. — O corsário?

— Sim!

O homem ficou lívido:

— Ele enlouqueceu? Se for descoberto aqui, estaremos arruinados! Eles enforcarão um homem que abriga ou negocia com um corsário tão rapidamente quanto o próprio corsário! E se o governador descobrir nossas velhas conexões com ele?

— Ele não vai — respondeu Publio severamente. — Mande seus homens aos mercados e ao cais para checar se um tal Beloso, um zíngaro, está em Messantia. Conan disse que ele tem uma joia, que provavelmente tentará vender. Se alguém sabe dele, devem ser os mercadores de gemas. E aqui vai outra tarefa para você: reúna uma dúzia de patifes confiáveis e desesperados que possam dar cabo de um homem e em seguida se calar. Você me entendeu?

— Entendi — o outro assentiu lenta e sombriamente.

— Eu não roubei, trapaceei, menti e batalhei meu caminho da sarjeta até o topo para ver tudo ser desfeito por um fantasma do meu passado — Publio resmungou, e a sinistra escuridão em suas feições naquele momento teria surpreendido os nobres ricos e as donzelas que compravam peças de seda e pérolas em suas várias tendas. Mas, quando ele voltou a Conan pouco depois, trazendo nas próprias mãos uma bandeja com frutas e carnes, apresentava um rosto plácido para seu indesejável convidado.

Conan ainda estava na janela, olhando para a baía e para as velas púrpuras, carmesins, escarlates e vermelhas das galés, naus, galeões e navios.

— Lá está uma galé stygia, se não estou cego — ele notou, apontando para um barco negro longo, baixo e delgado, que estava separado dos demais, ancorado ao largo da praia ampla que fazia uma curva arredondada no distante promontório. — Há paz, então, entre a Stygia e Argos?

— O mesmo tipo que havia antes — respondeu Publio. — Portos stygios estão abertos temporariamente para nossos navios, assim como os nossos para os deles. Mas que nenhuma das minhas naus encontre suas galés amaldiçoadas fora da vista da terra! Aquela ali chegou à baía na noite passada. O que seus mestres desejam, eu não sei, pois eles nem compraram nem venderam. Não confio naqueles demônios de pele escura. A traição nasceu naquela terra crepuscular.

— Eu os fiz uivar — disse Conan despreocupadamente, saindo da janela. — Em minha galé tripulada por corsários negros, me arrastei na calada da noite até os bastiões dos castelos à beira-mar de muros negros, em Khemi, e queimei os galeões ancorados lá. E, falando de esparrela, caro anfitrião, sugiro que você experimente essas iguarias e beberique um pouco do vinho, só para me mostrar que seu coração está do lado certo.

Publio cumpriu tão prontamente o pedido que as suspeitas de Conan desapareceram e, sem mais hesitação, ele sentou-se e devorou o suficiente para três homens.

E, enquanto comia, indivíduos se moviam pelos mercados e ao longo do cais, buscando um zíngaro que tivesse uma joia para vender ou que buscasse um navio para levá-lo a portos estrangeiros. E um homem alto e magro, com uma cicatriz na têmpora, sentou-se apoiando os cotovelos numa mesa manchada de vinho em um porão sujo, com uma lanterna de bronze pendurada em uma haste esfumaçada acima da cabeça, onde travou conversações com bandidos desesperados, cujo sinistro semblante e roupas esfarrapadas entregavam sua profissão.

Quando as primeiras estrelas piscaram, elas o fizeram sobre um estranho bando esporando suas montarias ao longo da estrada branca que levava de Messantia para o oeste. Eram quatro homens, altos, delgados, trajados com mantos negros encapuzados, e eles não falavam. Forçavam seus corcéis impiedosamente em frente, e os animais eram magros assim como eles, manchados de suor e cansados da longa viagem e da distante peregrinação.

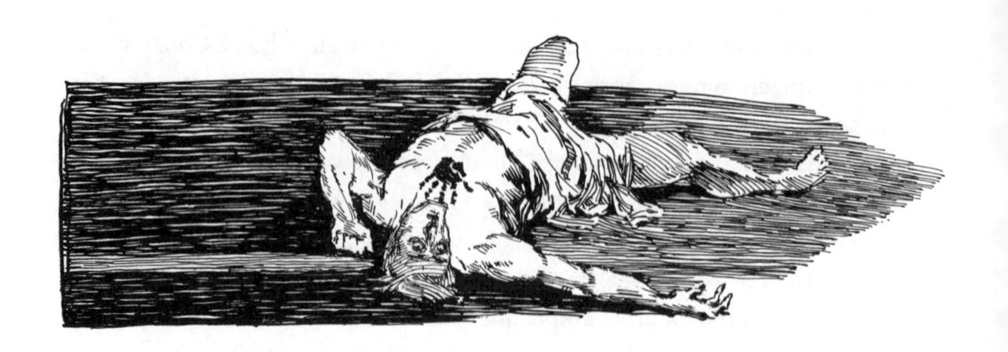

XIV
A Mão Negra de Set

Conan despertou de um sono barulhento tão rápido e instantaneamente quanto um gato. E, como um gato, estava de pé antes que o homem que o havia tocado tivesse tempo para se afastar.

— Que notícias traz, Publio? — Perguntou, reconhecendo o anfitrião. A lamparina dourada queimava fraca, jogando uma luz branda sobre as grossas tapeçarias e os caros revestimentos do sofá em que repousava. Publio, recuperando-se do susto devido à repentina ação de seu hóspede, replicou:

— O zíngaro foi localizado. Ele chegou ontem, ao amanhecer. Poucas horas atrás, tentou vender a enorme e estranha joia para um mercador shemita, mas este não quis nada com ele. Os homens dizem que ele empalideceu por trás de sua barba negra ante a visão do objeto e, fechando sua barraca, saiu como se fugisse de algo amaldiçoado.

— Tem que ser Beloso — murmurou Conan, sentindo o pulsar em suas têmporas bater com ânsia impaciente. — Onde ele está agora?

— Dormindo na casa de Servio.

— Conheço o local de tempos passados — grunhiu Conan. — Melhor me apressar antes que algum desses ladrões de beira-mar corte a garganta dele pela joia.

Ele apanhou seu manto e jogou sobre os ombros, vestindo a seguir um capacete que Publio havia lhe arrumado.

— Peça para selarem e deixarem meu garanhão de prontidão no pátio. Pode ser que eu retorne com pressa. Não vou esquecer esta noite de trabalho, Publio.

Alguns momentos depois, Publio, parado em frente a uma pequena porta externa, observava a figura alta do rei descer a rua sombria.

— Até breve, corsário — murmurou o mercador. — Esta deve ser uma joia notável para ser procurada por um homem que acabou de perder um reino. Gostaria de ter pedido aos meus lacaios para deixá-lo a salvo até que completasse o trabalho. Mas algo poderia dar errado. Que Argos se esqueça de Amra e que meus negócios com ele sejam enterrados no pó do passado. A viela atrás da casa de Servio é onde Conan deixará de ser uma ameaça para mim.

A casa de Servio, uma pousada suja e mal-afamada, ficava próxima ao cais, de frente para o mar. Era uma construção malfeita de pedra e pesadas hastes de navios, e uma viela longa e estreita corria paralelamente a ela. Conan foi até a viela e, ao chegar à casa, teve uma desconfortável sensação de estar sendo observado. Olhou atentamente para as sombras das construções esquálidas, mas nada viu, apesar de ter chegado a escutar um barulho fraco de roupa ou couro raspando a carne. Mas não era nada estranho. Ladrões e mendigos proliferavam por aquelas ruelas a noite toda, e era improvável que o atacassem após uma olhadela no seu tamanho e vestimenta.

De repente, uma porta se abriu na parede à sua frente, e ele deslizou para a sombra de um arco. Uma figura surgiu da porta aberta e moveu-se pela ruela, não furtivamente, mas com um silêncio natural, como o dos animais da floresta. A luz das estrelas iluminava a alameda o suficiente para demarcar a silhueta do homem ao passar pela soleira de onde Conan espiava. O estranho era stygio. Não havia como confundir aquela cabeça raspada e o rosto de falcão, mesmo sob a luminosidade tênue, nem o manto que usava sobre seus ombros largos. Ele cruzou a ruela em direção à praia, e Conan supôs que carregasse uma lanterna entre suas bugigangas, pois capturou um lampejo suave de luz no momento em que o homem desaparecia.

Mas o cimério se esqueceu do estranho ao notar que a porta pela qual ele saíra permanecera aberta. Conan pretendia ir pela entrada principal e forçar Servio a mostrar-lhe em qual quarto o zíngaro dormia, mas seria bem melhor se pudesse entrar na casa sem chamar atenção de ninguém.

Algumas passadas o levaram até a porta e, ao que suas mãos tocaram a fechadura, ele sufocou um grunhido involuntário. Seus dedos experientes, treinados entre os ladrões de Zamora muito tempo atrás, lhe disseram que a fechadura havia sido forçada, aparentemente por uma forte pressão externa, que retorcera e entortara os pesados trincos de ferro, separando as cavidades dos batentes da porta. Como tal dano violento poderia ter sido infligido sem despertar todos na vizinhança, Conan não conseguia imaginar, mas ele tinha certeza de que aquilo havia ocorrido naquela noite. Uma fechadura quebrada, se descoberta, não seria deixada sem conserto na casa de Servio, naquela vizinhança cheia de ladrões e assassinos.

Conan entrou furtivamente, punhal em mãos, perguntando-se como faria para encontrar o quarto do zíngaro. Tateando nas trevas, ele se deteve subitamente. Pressentiu a morte naquela sala como uma fera selvagem sente; não a presença de uma ameaça, mas de uma coisa morta, algo assassinado recentemente. Na escuridão, seu pé tocou e se recolheu por instinto ao perceber algo pesado e imóvel. Com um repentino pressentimento, ele tateou a parede até encontrar a prateleira onde ficava a lamparina de bronze, com uma pederneira, aço e combustível bem ao lado. Alguns segundos depois, uma luz incerta e trêmula se espalhou, e ele olhou atentamente em volta.

Um beliche construído junto à parede de pedra, uma mesa lisa e um banquinho completavam a mobília do cômodo miserável. Uma porta interna fechada e trancada. E, no chão sujo e batido, estava Beloso. Deitado de costas, com a cabeça puxada para trás entre os ombros de modo que ele parecia olhar com seus grandes olhos vidrados para as vigas cheias de fuligem e teias de aranha do teto. Seus lábios estavam escancarados e os dentes à mostra em um sorriso congelado de agonia. A espada jazia próxima de si, ainda na bainha. A camisa estava aberta e, no peito pardo musculoso, havia impressa uma mão negra, dedão e quatro dedos claramente distintos.

Conan observou em silêncio, sentindo um arrepio nos pelos da nuca.

— Crom! — Murmurou. — A mão negra de Set!

Ele conhecia aquela marca há tempos, o sinal de morte dos sacerdotes negros de Set, o culto sombrio que tinha governado a tenebrosa Stygia. Então lembrou-se de repente daquele curioso lampejo que havia visto do misterioso stygio que saíra do quarto.

— O Coração, por Crom! — Conan resmungou. — Ele o carregava por baixo do manto. Roubou-o. Arrebentou aquela porta com magia e matou Beloso. Era um sacerdote de Set!

Uma rápida investigação confirmou pelo menos parte das suspeitas. A joia não estava junto ao corpo do zíngaro. Um sentimento de inquietação de que aquilo não fora acaso, mas premeditado, surgiu em Conan; uma convicção de que a misteriosa galé stygia havia chegado ao porto de Messantia com uma missão decisiva. Como os sacerdotes de Set sabiam que o Coração tinha rumado para o sul? Ainda assim, o pensamento não era mais fantástico do que a necromancia que poderia assassinar um homem armado pelo toque de uma mão vazia.

Uma pisada furtiva do lado externo o pôs em alerta como um grande felino. Com um movimento, apagou a luz da lamparina e sacou sua espada. Seus ouvidos lhe diziam que homens lá fora nas trevas cercavam a porta. Assim que seus olhos começaram a se acostumar com a escuridão repentina, ele pôde enxergar figuras sombrias se aproximando da entrada. Não sabia a identidade deles, mas, como sempre, tomou a iniciativa dando um súbito salto adiante e passando pela porta, sem esperar pelo ataque.

Seu movimento inesperado pegou os atacantes de surpresa. Ele sentiu e escutou os homens rodeando-o, viu uma figura mascarada sob a luz das estrelas diante de si; então sua espada acertou o alvo, e ele já fugia ruela abaixo antes que o pensamento lento e a ação vagarosa de seus atacantes pudessem interceptá-lo.

Enquanto corria, escutou de algum lugar à sua frente um fraco rangido de remos, e esqueceu-se dos homens que o perseguiam. Um barco se movia na baía! Cerrando os dentes, aumentou a velocidade, mas, antes que chegasse até a praia, escutou o raspar e ranger de cordas, e o trabalho árduo do grande leme em seu encaixe.

Nuvens carregadas vindas do mar obscureciam as estrelas. Na densa treva, Conan chegou até a costa, forçando os olhos ao longo da agitada água negra. Algo se movia lá, uma forma longa e baixa que recuava na escuridão, ganhando ímpeto conforme avançava. Seus ouvidos captaram o estalido ritmado de remos compridos. Ele pressionou os dentes em fúria desamparada. Era a galé stygia e ela partia para o mar, levando consigo a joia que para ele significava o trono da Aquilônia.

Com um vociferar selvagem, ele deu um passo na direção das ondas que chicoteavam a areia, segurando sua cota e pretendendo rasgá-la para nadar até o navio que partia. Então, o barulho de um calcanhar na areia o trouxe de volta a si. Tinha se esquecido de seus perseguidores.

Figuras escuras o cercaram com o som de pés arrastando na areia. O primeiro caiu ante a espada do cimério, mas os outros não vacilaram. Lâminas assobiaram nas trevas, passando perto ou triscando sua malha. Sangue e entranhas espirraram em suas mãos e alguém gritou quando ele deu um golpe fatal de baixo para cima. O murmúrio de uma voz estimulava o ataque, soando vagamente familiar. Conan abriu caminho retalhando as formas na direção da voz. Uma luz suave brilhando momentaneamente através das nuvens que passavam lhe mostrou um homem magro e alto com uma grande e lívida cicatriz na têmpora. A espada do cimério atravessou seu crânio como se fosse um melão maduro.

Então, um machado brandido cegamente no escuro golpeou o elmo do rei, enchendo seus olhos com faíscas de fogo. Ele cambaleou e investiu, sentiu a espada penetrar fundo e ouviu um grito de agonia. Então, tropeçou em um cadáver e um ataque arrancou o elmo amassado de sua cabeça; no instante seguinte, um cassetete golpeou em cheio seu crânio desprotegido.

O rei da Aquilônia dobrou-se nas areias úmidas. Sobre si, figuras lupinas arfavam na escuridão.

— Corte a cabeça dele — murmurou um deles.

— Deixe-o — grunhiu outro. — Ajude-me a atar minhas feridas antes que eu sangre até a morte. A maré vai levá-lo para a baía. Veja, ele caiu na beira da água. Seu crânio está partido; nenhum homem continuaria vivo após um golpe daqueles.

— Ajude-me a despi-lo — disse outro. — Sua armadura deve valer algumas peças de prata. E rápido. Tibério está morto, e escutei homens do mar cantando enquanto passavam o carretel ao longo da costa. Vamos embora daqui.

Seguiu-se uma apressada atividade nas trevas e, então, o som de passos recuando. A cantoria bêbada dos pescadores ficou mais alta.

Em seu quarto, Publio andava de lá para cá impaciente diante de uma janela que fazia frente para a baía escura, quando girou repentinamente sobre os calcanhares, seus nervos formigando. Tinha certeza de que a porta havia sido fechada por dentro, mas agora estava aberta e quatro homens adentravam o recinto. Diante da visão deles, sua pele se arrepiou. Publio já havia visto muitos seres estranhos na vida, mas ninguém como eles. Eram altos e magros, vestindo mantos negros, e seus rostos eram ovais e amarelados sob a sombra das toucas. Não podia dizer muito sobre suas características e ficou estranhamente feliz com isso. Cada um portava um bastão longo e curiosamente mosqueado.

— Quem são vocês? — Ele perguntou, e sua voz soou oca e frágil. — O que querem aqui?

— Onde está Conan, aquele que era o rei da Aquilônia? — Exigiu saber o mais alto dos quatro, num tom de voz monótono e sem vida, que fez Publio estremecer. Era como o timbre vazio do sino de um templo de Khitai.

— Não sei o que quer dizer — gaguejou o comerciante, seu costumeiro equilíbrio abalado pelo aspecto inquietante dos visitantes. — Não conheço tal homem.

— Ele esteve aqui — retornou o outro sem mudar a entonação. — Seu cavalo está no pátio. Diga-nos onde ele está antes que lhe causemos algum mal.

— Gebal! — Publio gritou loucamente, encolhendo-se até agachar-se contra a parede. — *Gebal!*

Os quatro khitanianos o observaram sem emoção ou mudança de expressão.

— Se convocar seu escravo, ele morrerá — avisou um deles, o que só serviu para aterrorizar Publio ainda mais.

— Gebal! — Gritou. — Onde está você, maldito? Ladrões vieram matar seu mestre!

Passos rápidos foram ouvidos no corredor do lado de fora, e Gebal adentrou o quarto; um shemita de estatura média e constituição poderosa, sua barba negra e encaracolada eriçada, e uma espada curta em punho.

Observou num estúpido assombro o quarteto invasor, incapaz de entender a presença dele, vagamente lembrando-se que dormitou de maneira inexplicável na escada que guardava e pela qual o grupo devia ter passado. Jamais havia dormido em serviço. Mas seu mestre gritava com uma nota de histeria na voz, e o shemita investiu como um touro contra os estranhos, o braço musculoso se recolhendo para dar uma estocada capaz de desentranhar, mas o golpe jamais foi desferido.

Um braço coberto pelas mangas negras se moveu, estendendo o longo bastão. Sua extremidade mal tocou o musculoso peito do shemita e foi instantaneamente resgatada. O golpe foi horrível, como o bote e a recolhida de uma serpente.

Gebal estancou em meio à investida, como se tivesse encontrado uma sólida barreira. Sua cabeça de touro caiu na frente do peito, a espada escorregou dos dedos, e ele *deslizou* lentamente para o chão. Foi como se todos os ossos de sua estrutura tivessem subitamente se tornado flácidos. Publio empalideceu.

— Não volte a gritar — alertou o mais alto. — Seus servos dormem um bom sono, mas, se os acordar, morrerão, e você com eles. Onde está Conan?

— Ele foi para a casa de Servio, próximo ao cais, em busca do zíngaro Beloso — arquejou Publio, toda sua capacidade de resistir drenada. O mercador não carecia de coragem, mas aqueles estranhos visitantes transformaram seu tutano em água. Ele parou convulsivamente ante um ruído súbito de passos correndo pela escada lá fora, altos no silêncio ameaçador.

— Seu servo? — Perguntou o khitaniano.

Publio balançou a cabeça mudo, sua língua congelada no palato. Ele não conseguia falar. Um dos homens apanhou uma capa dourada que havia sobre o sofá e jogou sobre o cadáver. Então, eles se esconderam atrás das tapeçarias, mas, antes que o homem mais alto desaparecesse, murmurou:

— Fale com este homem que vem e o dispense rapidamente. Se nos trair, nem ele nem você viverão para chegar até aquela porta. Não tente mostrar a ele que não está sozinho. — E, erguendo sugestivamente o bastão, o homem amarelo desapareceu atrás das cortinas.

Publio estremeceu e suprimiu um desejo de vomitar. Podia ser um truque da luz, mas parecia que aqueles bastões se moviam por vontade própria, como se possuídos por uma vida inominável.

Ele se recompôs com um poderoso esforço e apresentou um aspecto calmo ao rufião esfarrapado que adentrava o quarto.

— Fizemos conforme desejava, meu senhor — exclamou o homem. — O bárbaro está morto nas areias à beira da água.

Publio sentiu um movimento no pano atrás de si e quase explodiu de medo. O homem prosseguiu negligentemente.

— Seu secretário, Tibério, está morto. O bárbaro o assassinou, assim como quatro de meus companheiros. Nós entregamos seus corpos para as ondas. Não havia nada de valor com o bárbaro, exceto algumas moedas de prata. Há outras ordens?

— Nenhuma! — Ofegou Publio, com os lábios esbranquiçados. — Pode ir!

O malfeitor se curvou e saiu apressadamente, com um vago sentimento de que Publio era tanto um homem de poucas palavras quanto de estômago fraco.

Os quatro khitanianos saíram de trás das tapeçarias.

— De quem aquele homem falava? — Perguntou o mais alto.

— De um vagabundo estrangeiro que me prejudicou — respondeu Publio.

— Mentiroso — disse o homem calmamente. — Ele falava do rei da Aquilônia. Eu li em sua expressão. Sente-se naquele divã e não se mova ou fale. Permanecerei contigo enquanto meus três companheiros vão procurar o corpo.

Publio obedeceu e tremeu aterrorizado com a figura silenciosa e inescrutável que o vigiava, até que os três khitanianos retornaram ao quarto com a notícia de que o corpo de Conan não estava na praia. Publio não sabia se deveria sentir pesar ou alegria.

— Encontramos o local da luta — disseram. — Havia sangue na areia. Mas o rei desapareceu.

O quarto khitaniano desenhou símbolos imaginários no carpete com seu bastão, que refletiam vagamente a luz da lamparina.

— Vocês não leram nada nas areias? — Perguntou.

— Sim — eles disseram. — O rei está vivo e partiu para o sul em um navio.

O khitaniano alto ergueu a cabeça e encarou Publio, de forma que o mercador começou a suar profusamente.

— O que querem de mim? — Ele gaguejou.

— Um navio — respondeu o homem. — Um navio bem equipado para uma longa viagem.

— Quão longa? — Perguntou Publio, sem jamais pensar em recusar.

— Até o fim do mundo, talvez — respondeu o khitaniano. — Ou aos mares infernais fundidos que ficam além da linha do horizonte.

XV
O Retorno do Corsário

A primeira sensação que Conan teve ao recuperar a consciência foi a de movimento; embaixo dele não havia solidez, mas um incessante subir e descer. Então, escutou ventos zumbindo pelas cordas e mastros, e soube que estava a bordo de um navio mesmo antes de sua vista enevoada clarear. Ouviu o murmúrio de vozes e um balde de água o inundou, trazendo-o imediatamente à plena consciência. Ele se levantou amaldiçoando raivosamente, firmou as pernas e olhou ao redor, com uma explosão de gargalhadas grosseiras em seus ouvidos e o cheiro forte de corpos sujos nas narinas.

Estava na popa de uma grande galé que navegava ao vento que açoitava do norte, sua vela listrada formando uma barriga pelo tecido esticado. O sol nascia num deslumbrante queimar dourado, azul e verde. À esquerda, o litoral era uma sombra púrpura escura. À direita, mar aberto. Tudo isso Conan viu numa olhadela que incluiu a nau em si.

Ele era longo e estreito, um típico navio de comércio das costas do sul, com tombadilho e popa altos e cabines em cada extremidade. Conan olhou para baixo, no centro, de onde pairava um odor nauseante abominável que conhecia de tempos remotos. Era o cheiro de remadores acorrentados aos seus bancos. Eram todos negros, quarenta homens de cada lado, cada um confinado por uma corrente na altura da cintura, com a extremidade ligada a um pesado anel preso a uma viga sólida que corria entre as bancadas, de mastro a mastro. A vida de um escravo a bordo de uma nau argoseana era um horror incomensurável. A maioria destes era kushita, mas uns trinta deles, que descansavam agora em seus remos ociosos e encaravam o estranho com descabida curiosidade, eram das distantes ilhas do sul, lar dos corsários. Conan os reconheceu pelas feições mais retas e, claro, pela constituição esguia dos membros. E viu entre eles homens que o seguiram nos tempos passados.

Mas tudo isso viu e reconheceu em uma varredura abrangente enquanto se levantava, antes de voltar a atenção para as figuras que o cercavam. Retrocedendo um pouco ao se colocar de pé, os punhos furiosamente cerrados, encarou as pessoas que se aglomeravam em torno de si. O navegador que o acordara estava em pé, sorrindo, o balde vazio ainda em suas mãos, e Conan o amaldiçoou venenosamente, buscando por instinto o cabo de sua arma. Então, descobriu que estava nu e desarmado, exceto por suas roupas de baixo de couro.

— Que porcaria de banheira é esta? — Ele rugiu. — Como vim parar a bordo?

Os marujos riram zombeteiros, homens barbados de Argos, e um deles, cujas vestes ricas e ar de comando proclamavam-no como o capitão, cruzou os braços e disse dominantemente:

— Encontramos você caído na areia. Alguém golpeou sua cabeça e roubou suas roupas. Como precisamos de um homem a mais, nós o trouxemos a bordo.

— Que navio é este? — Perguntou Conan.

— O *Venturer*, vindo de Messantia com uma carga de espelhos, mantos de seda escarlates, escudos, capacetes dourados e espadas para trocar com os shemitas por cobre e ouro bruto. Eu sou Demétrio, capitão desta nau e seu senhor daqui por diante.

— Então estou indo na direção que queria no final das contas — Conan murmurou, sem se importar com o último comentário. Eles iam na direção sul, contornando a longa curva da costa argoseana. Aqueles navios de comércio jamais se aventuravam longe da linha costeira. Em algum lugar à frente deles, sabia que aquela galé stygia de corpo baixo estava acelerando rumo ao sul.

— Você viu uma galé Stygia...? — Conan balbuciou, mas a barba do corpulento capitão de rosto brutal se arrepiou. Ele não tinha o menor interesse em qualquer pergunta que seu prisioneiro pudesse fazer, e achou que já era hora de colocar aquele vagabundo saliente no seu devido lugar.

— Em frente! — Ele rugiu. — Já perdemos tempo demais com você! Fiz o favor de trazer-lhe até a popa para ser revivido e já respondi o suficiente de suas perguntas infernais. Saia daqui agora! Você vai trabalhar a bordo deste navio.

— Vou comprar seu navio... — Conan começou a dizer, antes de se dar conta de que era um viajante sem um centavo. Um rugido de gozação seguiu-se àquelas palavras e o capitão corou, achando que estava fazendo papel de ridículo.

— Porco rebelde! — Ele berrou, dando um passo ameaçador à frente, enquanto buscava a faca em seu cinto. — Saia daqui antes que mande açoitá-lo! Mantenha um tom de civilidade na boca ou, por Mitra, farei com que seja acorrentado entre os negros para remar!

O temperamento vulcânico de Conan, raramente paciencioso, entrou em erupção. Fazia anos, mesmo antes de tornar-se rei, que um homem havia falado com ele daquela forma e permanecido vivo.

— Não erga a voz para mim, cão do mar! — Bradou num tom tão tempestuoso quanto o vento náutico, enquanto os marinheiros olhavam estupefatos, de boca aberta. — Saque esse brinquedo para mim e vai virar comida de peixe!

— Quem você pensa que é? — Ofegou o capitão.

— Vou mostrar! — Urrou o cimério enlouquecido, e deu meia-volta e foi em direção à balaustrada, onde armas estavam penduradas em suportes.

O capitão sacou a faca e correu na direção dele aos berros, mas, antes que pudesse golpear, Conan agarrou seu punho e deu um puxão que destroncou o braço. O capitão gritou como um boi em agonia, rolando pelo convés ao ser arremessado com desprezo por seu atacante. Conan apanhou um machado pesado do suporte e virou-se como um felino, pronto para ir de encontro aos marinheiros. Eles choveram sobre ele, latindo como cães, desajeitados e inábeis em comparação ao cimério que se movia como uma pantera. Antes que pudessem alcançá-lo com suas facas, ele saltou entre eles, golpeando para direita e esquerda com muita rapidez para o olho seguir, e sangue e miolos borrifaram ao que dois corpos caíram no convés.

Lâminas se agitaram selvagemente no ar ao que Conan irrompeu pela multidão ofegante e trôpega, alcançando a estreita ponte no centro do navio que ligava a popa à proa, pouco acima dos escravos presos. Atrás dele, o punhado de marinheiros na popa fluiu em sua direção, intimidado pela morte de seus companheiros. O resto da tripulação, em torno de trinta homens armados, veio correndo pela ponte em sua direção, portando armas.

Conan postou-se confinado na ponte, permanecendo estoico acima dos escravos, o machado erguido, a juba negra soprada pelo vento.

— Quem sou eu? — Ele gritou. — Olhem, cães! Olhem, Ajonga, Yasunga, Laranga! *Quem sou eu?*

E do centro veio um grito que inflou até tornar-se um poderoso rugido:

— Amra! É Amra! O Leão retornou!

Os marinheiros, entendendo o ônus daquela incrível mensagem, empalideceram e recuaram, observando em repentino temor a selvagem figura que estava na ponte. Seria verdade que aquele era o bicho-papão sanguinário dos mares do sul que havia desaparecido misteriosamente anos atrás, mas ainda vivia em lendas sangrentas? Os negros espumavam loucamente, debatendo-se, rompendo os grilhões e gritando o nome de Amra como uma invocação. Kushitas que jamais haviam visto Conan também gritaram. Os escravos na pocilga sob a cabine do capitão começaram a esmurrar as paredes, esgoelando-se como se amaldiçoados.

Demétrio, apoiando-se ao longo do convés em uma só mão e nos joelhos, lívido de agonia com seu braço deslocado, gritou:

— Vão e matem-no cães, antes que os escravos se soltem!

Levados ao desespero pela frase que era o maior pavor para qualquer marinheiro, eles investiram contra a ponte, vindos de ambos os lados. Mas, como um leão acuado, Conan saltou e pousou com a leveza de um felino no corredor entre os bancos.

— Morte aos mestres! — Ele reverberou, e seu machado se ergueu e desceu golpeando os grilhões da manilha, partindo-os como se fossem madeira. Num instante um escravo estava livre aos gritos, estilhaçando seu remo para torná-lo um cassetete. Os homens corriam freneticamente na ponte acima, e terror e tumulto irromperam no *Venturer.* O machado de Conan subia e descia sem pausa e, a cada golpe, um gigante negro gritando e espumando se libertava, louco de ódio e com a fúria da vingança e da liberdade.

Marinheiros que saltaram da ponte para enfrentar ou tentar ferir o gigante branco que destruía as correntes como se estivesse possuído foram sufocados pelas mãos dos escravos que ainda não estavam soltos, enquanto os demais, usando as correntes partidas como chicotes, subiram como uma torrente cega, gritando demoniacamente, golpeando com remos quebrados e pedaços de ferro, rasgando e despedaçando com unhas e dentes. No meio da batalha, os escravos na pocilga quebraram as paredes e ganharam o convés, e, com cinquenta negros libertados, Conan abandonou a ação de cortar ferro e retornou à ponte para somar seu machado entalhado aos cassetetes de seus companheiros.

Foi um massacre. Os argoseanos eram fortes, robustos e destemidos, como todos de sua raça, treinados na escola brutal do mar. Mas não podiam fazer frente àqueles gigantes ensandecidos, liderados pelo bárbaro selvagem. Maus tratos, abusos e sofrimento infernal foram vingados em um rompante vermelho de fúria, que assolou como um tufão de uma extremidade do navio até a outra. Quando tudo terminou, só havia um homem branco vivo a bordo do *Venturer,* o gigante manchado de sangue, em volta do qual os negros se aglomeravam, cantando e prostrando-se no convés escarlate, batendo a cabeça na madeira em êxtase de adoração ao seu herói.

Conan, o peito largo arfando e brilhando de suor, o machado vermelho apertado na mão ensanguentada, olhou ao redor como o primeiro líder de homens deve ter feito em algum amanhecer primordial, e jogou para trás a cabeleira preta. Naquele momento, não era o rei da Aquilônia; voltara a ser o senhor dos corsários negros, tendo aberto caminho para o poder supremo através de chamas e sangue.

— Amra! Amra! — Os escravos cantavam em delírio, aqueles que sobraram para cantar. — O Leão voltou! Agora os stygios uivarão como cães na noite, e também os cães negros de Kush! Agora as vilas arderão em chamas e navios hão de naufragar! *Sim,* haverá o pranto das mulheres e o trovão das lanças!

— Parem com esse falatório, cães! — Conan rugiu com uma voz que afogou o estrondo das velas ao vento. — Dez de vocês vão para baixo e libertem os remadores que ainda estão acorrentados. O resto guarneça a área e preparem os remos. Demônios de Crom, não viram que ficamos à deriva até a costa durante a luta? Vocês querem encalhar e ser capturados novamente pelos argoseanos? Joguem essas carcaças para fora. Vamos com isso, patifes, ou vou entalhar seus couros!

Com gritos e risadas e uma cantoria selvagem, eles saltitaram para cumprir seus comandos. Os cadáveres, brancos e negros, foram rolados para fora, onde barbatanas triangulares já cortavam as águas.

Conan ficou na popa, a testa franzida para os negros que o observavam com expectativa. Seus pesados braços bronzeados estavam cruzados, os longos cabelos escuros crescidos ao longo de suas andanças sopravam ao vento. Uma figura mais bárbara e selvagem jamais trilhou a ponte de um navio e, naquela ferocidade de corsário, poucos conterrâneos da Aquilônia teriam reconhecido seu rei.

— Há comida na despensa — bradou. — Armas suficientes para todos, pois este navio levava lâminas e armaduras para os shemitas que vivem na costa. Há o bastante de nós para manejar o navio, sim, e para lutar! Vocês remaram acorrentados para os cães de Argos... remarão agora como homens livres por Amra?

— *Sim!* — Eles bramiram. — Somos seus filhos! Lidere-nos para onde quiser!

— Então desçam e limpem esta nau — ele ordenou. — Homens livres não trabalham nesta sujeira. Três de vocês venham comigo e peguem a comida que há na cabine posterior. Por Crom, eu vou engordar suas costelas antes que esta jornada termine!

Outro brado de aprovação lhe respondeu, ao que os negros famintos correram para cumprir a ordem. A vela formou uma barriga quando o vento varreu as ondas com força renovada, fazendo suas cristas esbranquiçadas dançarem. Conan plantou os pés na elevação do convés, respirou profundamente e abriu seus poderosos braços. Rei da Aquilônia podia não ser mais; rei do oceano azul ainda era.

XVI
As Muralhas Negras de Khemi

O *Venturer* velejou para o sul como uma coisa viva, seus remos impulsionados agora por mãos livres e dispostas. Havia sido transformado de um pacífico navio mercante a uma nau de guerra, o tanto quanto fora possível. Homens se sentavam nos bancos com espadas à mão e elmos dourados na cabeça. Escudos foram pendurados ao longo dos corrimãos, e feixes de lanças, arcos e flechas adornavam o mastro. Até mesmo os elementos pareciam trabalhar em prol de Conan; a larga vela púrpura inflava ao ser soprada consistentemente por uma brisa firme, precisando de pouca ajuda dos remos.

Mas, ainda que Conan mantivesse um homem de vigia no mastro dia e noite, eles não avistaram nenhuma galé longa e baixa, fugindo para o sul à frente. Dia após dia as águas azuis continuavam vazias, salvo por navios de pesca que fugiam deles como pássaros assustados ao verem os escudos pendurados ao longo das balaustradas. A estação de escambo do ano em questão estava praticamente encerrada, e eles não avistaram outras naus.

Quando o vigia viu uma vela, era ao norte, não ao sul. Distante na linha do horizonte atrás deles apareceu um galeão veloz, com sua vela púrpura plenamente estirada. Os negros pediram que Conan desse meia-volta e o saqueasse, mas ele balançou a cabeça. Em algum lugar ao sul, uma embarcação preta e delgada seguia para os portos da Stygia. Naquele dia, antes que a noite caísse, o vigia captou um último lampejo da embarcação no horizonte e, ao amanhecer, ela ainda estava em seu rastro, distante, minúscula ao longe. Conan se perguntou se o galeão o seguia, apesar de não conseguir pensar em nenhum motivo lógico para a suposição. Mas deu pouca atenção ao caso. Cada dia que o levava mais ao sul o enchia de feroz impaciência. Dúvidas nunca o assaltavam. Assim como acreditava no nascer e pôr do sol, acreditava que um sacerdote de Set havia roubado o Coração de Ahriman. E para onde um sacerdote de Set o levaria, senão para a Stygia? Os negros sentiam sua impaciência e labutaram como jamais o fizeram, mesmo quando estavam sob a chibata, embora ignorassem as motivações do seu líder. Eles previam uma série de pilhagens e saques sanguinários, e estavam contentes. Os homens das ilhas do sul não conheciam outro modo de vida; e os kushitas da tripulação se juntaram de coração aberto à perspectiva de saquear o próprio povo com a peculiar insensibilidade de sua raça. Laços de sangue tinham pouco significado; um líder vitorioso e ganho pessoal tinham muito.

Logo as características da costa mudaram. Eles não velejavam mais por rochedos íngremes com colinas azuis às suas costas. Agora, a orla tinha os contornos de amplas campinas que mal se erguiam acima do nível do mar e desapareciam na distância nebulosa. Havia poucos ancoradouros e portos, mas a planície verde era pontilhada com cidades shemitas; mar verde envolvendo planícies verdes e os zigurates das cidades brilhando alvos sob o sol, alguns pequenos ao longe.

Rebanhos de gado e cavaleiros atarracados de ombros largos, com elmos cilíndricos e barba azul encaracolada, trazendo arcos em punho, moviam-se pelos pastos. Essa era a orla das terras de Shem, onde não havia lei, já que cada cidade-estado podia impor a sua própria. Mais a leste, Conan sabia, as campinas davam lugar a um deserto onde não existiam cidades, e as tribos nômades vagavam sem obstáculos.

Ao dobrarem para o sul, deixando o panorama das campinas pontilhadas de cidades, o cenário tornou a mudar. Aglomerados de tamarindos surgiram e as palmeiras ficaram mais densas. A costa tornou-se mais fragmentada, uma muralha verde de frondes e árvores, e atrás dela lisas colinas de areia se avultavam. Córregos desaguavam no mar e, ao longo da orla úmida, a vegetação crescia espessa e variada.

Então, enfim passaram pela foz de um largo rio que misturava seu fluxo ao oceano, e viram as grandes muralhas e torres negras de Khemi se levantarem contra a linha sul do horizonte.

O rio era o Styx, a verdadeira fronteira da Stygia. Khemi era seu maior porto e, na época, sua cidade mais importante. O rei já vivera em Luxur, que era mais antiga, mas em Khemi reinava o sacerdócio; embora os homens dissessem que o centro de sua religião sombria ficava mais no interior do país, em uma misteriosa e deserta cidade próxima às margens do Styx. Aquele rio, nascendo de alguma fonte obscura nas desconhecidas terras ao sul da Stygia, corria para o norte por milhares de quilômetros antes de fazer uma curva e fluir para oeste por mais centenas de quilômetros até finalmente desaguar no oceano.

O *Venturer*, com as luzes apagadas, passou pelo porto durante a noite e, antes que a alvorada o descobrisse, ancorou em uma pequena baía alguns quilômetros ao sul da cidade. Estava cercado por brejo, um emaranhado verde de manguezais, palmeiras e cipós, repleto de crocodilos e serpentes. Era extremamente improvável que fosse descoberto. Conan conhecia o local de antigamente; já tinha se escondido lá em seus dias de corsário.

Ao passarem silenciosamente pela cidade, cujos grandes bastiões negros se erguiam da terra escarpada e cercavam a baía, viram o brilho lúrido de tochas e escutaram o ruído grave de tambores. O porto não estava cheio de navios como em Argos. Os stygios não baseavam seu poder e glória em navios e frotas. De fato, tinham barcos de escambo e galés de guerra, porém não proporcionalmente à força terrestre. Muitas de suas embarcações subiam e desciam o grande rio em vez de seguir pela costa marítima.

Os stygios eram uma raça antiga, um povo sombrio e inescrutável, poderoso e impiedoso. Tempos atrás, sua governança se estendia muito ao norte do Styx, além das campinas de Shem, até as férteis terras altas, agora habitadas pelos povos de Koth, Ophir e Argos. Suas fronteiras se expandiram junto àquelas da antiga Acheron. Mas Acheron caiu, e os ancestrais bárbaros dos hiborianos vieram do sul, vestindo peles de lobo e elmos caseiros, e varreram os outrora governantes da terra. Os stygios não tinham se esquecido disso.

O *Venturer* ficou o dia inteiro ancorado na pequena baía, acastelado por galhos verdejantes e cipós emaranhados, pelos quais pássaros com plumas de cores vivas e voz alta voavam e por onde deslizavam répteis silenciosos, de escamas brilhantes. Perto do pôr do sol, um pequeno barco fluiu para fora da nau e desceu a costa, buscando e encontrando o que Conan queria, um pescador stygio em seu bote raso e de proa plana.

Eles o levaram ao deque do *Venturer*. Um homem alto, moreno e bem constituído, pálido de medo de seus captores, que eram ogros para aquela costa. Estava nu, exceto por suas calças de seda, pois, assim como os hirkanianos, até mesmo as pessoas comuns e escravos vestem seda na Stygia; em seu bote havia um manto largo, que os pescadores jogam sobre os ombros para se protegerem do frio da noite. Ele caiu de joelhos diante de Conan, esperando tortura e morte.

— Fique de pé, homem, e pare de tremer — disse o cimério impacientemente, pois achava difícil entender tal terror abjeto. — Você não será ferido. Diga-me o seguinte: um galeão de corrida retornando de Argos aportou em Khemi nos últimos dias?

— Sim, meu senhor — respondeu o pescador. — Somente ontem ao amanhecer o sacerdote Thutothmes retornou de uma distante viagem ao norte. Homens dizem que ele esteve em Messantia.

— O que ele trouxe de Messantia?

— Ai de mim, senhor, eu não sei.

— Por que ele foi a Messantia? — Inquiriu Conan.

— Não, meu senhor, não sou nada além de um homem do povo. Quem sou eu para saber dos assuntos dos sacerdotes de Set? Só posso falar sobre aquilo que vi e o que escutei os homens sussurrarem pelo cais. Dizem que notícias de grande importância vieram do sul, ainda que ninguém saiba quais são, e é de conhecimento público que o senhor Thutothmes desceu de seu galeão negro com grande pressa. Agora está de volta, mas o que fez em Argos ou que carregamento trouxe, ninguém sabe, nem mesmo os marinheiros que conduziram sua nau. Os homens dizem que ele se opôs a Thoth-Amon, que é o mestre de todos os sacerdotes de Set e vive em Luxur, e que Thutothmes busca poderes ocultos para destronar o Formidável. Mas quem sou eu para dizer? Quando sacerdotes guerreiam entre si, um homem comum só pode deitar de bruços e esperar que nenhum pise nele.

Conan rosnou em exasperação nervosa ante a filosofia servil e voltou-se aos seus homens:

— Vou para Khemi sozinho para encontrar esse ladrão, Thutothmes. Mantenham este homem prisioneiro, mas não o machuquem. Demônios de Crom, parem com esses latidos. Acham que podemos navegar até o ancoradouro e tomar a cidade de assalto? Tenho que ir sozinho.

Silenciando o clamor dos protestos, ele tirou suas roupas e calçou as sandálias, as calças de seda e a faixa de cabelo do prisioneiro, mas desprezou a faca de pescador. Stygios comuns não podiam portar espadas, e o manto não era volumoso o suficiente para esconder a longa lâmina do cimério, mas Conan afivelou à cintura uma faca ghanata, uma arma feita pelos ferozes homens do deserto que viviam ao sul dos stygios; uma arma larga, pesada e levemente curvilínea, feita do mais fino aço, afiada como uma navalha e longa o suficiente para desmembrar um homem. Então, deixando o stygio guardado pelos corsários, Conan foi para o barco do pescador.

— Esperem-me até o amanhecer — disse. — Se eu não voltar até lá, jamais virei. Portanto, rumem para o sul em direção aos seus lares.

Enquanto ele subia na amurada, eles iniciaram uma triste lamentação ante sua partida, até que ele virou a cabeça para trás e praguejou, exigindo silêncio. Então, saltando para dentro do bote, apanhou os remos e conduziu a pequena embarcação por sobre as ondas mais rápido do que seu próprio dono jamais o fizera.

XVII
"Ele Matou o Filho Sagrado de Set"

O ancoradouro de Khemi ficava entre dois grandes pontos salientes de terra no oceano. Ele circulou o ponto ao sul, onde grandes castelos negros se erguiam como colinas feitas pelo homem, e adentrou a baía no ocaso, quando ainda havia claridade suficiente para os vigias reconhecerem o barco e o manto do pescador, mas não o bastante a ponto de perceberem detalhes que poderiam traí-lo. Sem contratempos, ele singrou por entre as enormes galés de guerra, silenciosas e sem luzes, e seguiu até um lance de degraus largos de pedra que saíam da beirada da água. Lá, atou o barco a um anel de ferro na pedra, assim como numerosas outras embarcações similares. Não havia nada de estranho em um pescador deixar seu barco ali. Ninguém, além de um pescador, poderia encontrar alguma utilidade para tal embarcação, e eles não roubavam uns dos outros.

Ninguém lançou mais do que uma olhadela casual para ele enquanto subia os longos degraus, discretamente evitando as tochas que iluminavam em intervalos acima da água escura. Conan parecia um pescador comum voltando de mãos vazias após um dia infrutífero ao longo da costa. Se alguém o observasse com atenção, perceberia que seu andar era de certo modo demasiado ágil e seguro, a postura muito altiva e confiante para um modesto pescador. Mas ele passou rapidamente, mantendo-se nas sombras, e o povo comum da Stygia não era mais dado a análises do que qualquer pessoa de raças menos exóticas.

Sua constituição não era tão diferente das castas guerreiras dos stygios, que eram altos e musculosos. Bronzeado pelo sol, era quase tão moreno quanto muitos deles. Seu cabelo negro, de corte quadrado e confinado por uma bandana cor de cobre, aumentava a semelhança. As características que o distinguiam eram as diferenças sutis na forma de andar, os traços particulares e olhos azuis.

Mas o manto era um bom disfarce e ele se mantinha o máximo possível nas sombras, virando a cabeça cada vez que um nativo passava próximo demais.

Era um jogo desesperado, e ele sabia que não podia manter a discrição por muito tempo. Khemi não era como os portos navais dos hiborianos, onde tipos de todas as raças se misturavam. Os únicos estrangeiros ali eram escravos negros e shemitas; e ele se parecia tanto com esses quanto com os próprios stygios. Estranhos não eram bem-vindos nas cidades da Stygia; eram tolerados somente quando vinham como embaixadores ou mercadores licenciados. Mas, mesmo que fosse o caso, esses últimos não podiam estar em terra após o anoitecer. E agora não havia sequer navios hiborianos no ancoradouro. Uma estranha inquietação corria pela cidade, um buliçoso de ambições antigas, um sussurro que ninguém conseguia definir, exceto aqueles que sussurraram. Isso era algo que Conan sentia muito mais do que sabia, seus afiados instintos primitivos percebendo o desassossego ao redor.

Se fosse descoberto, seu destino seria pavoroso. Eles o matariam meramente por ser um estrangeiro; se fosse reconhecido como Amra, o chefe dos corsários que tinha varrido suas costas com aço e chamas... Um tremor involuntário contraiu a musculatura dos seus largos ombros. Ele não temia inimigos humanos, nem qualquer morte vinda do aço ou fogo. Mas aquela era uma terra sombria de feitiçaria e horrores inomináveis. Os homens diziam que Set, a Velha Serpente, banida há muito tempo pelas raças hiborianas, ainda espreitava nas sombras dos templos secretos, e terríveis e misteriosas eram as ações realizadas nos santuários ao cair da noite.

Ele havia se afastado das ruas que faziam frente às águas com seus largos degraus e adentrara as longas vias escuras da parte principal da cidade. Não havia nada como o que ofereciam as cidades hiborianas; nada da iluminação de lamparinas e fogaréus, com pessoas vestindo roupas alegres, rindo e passeando pelos pavimentos, e lojas e barracas abertas com seus produtos à mostra.

Lá, as barracas eram fechadas ao anoitecer. As únicas luzes ao longo das ruas eram tochas, brilhando fumacentas em longos intervalos. As pessoas andando eram comparativamente poucas; elas caminhavam apressadas e em silêncio, e a sua quantidade caía a cada hora que passava. Conan achou a cena melancólica e irreal; a quietude do povo, sua pressa furtiva, as enormes paredes pretas de pedra que se elevavam de cada lado das ruas. Havia uma solidez sinistra na arquitetura stygia que era opressiva e avassaladora.

Poucas luzes apareciam, exceto nas partes mais altas dos prédios. Conan sabia que a maioria das pessoas ficava nos telhados planos, entre as palmeiras de jardins artificiais sob a luz das estrelas. Havia o murmúrio de uma estranha música vinda de algum lugar. Em uma ocasião, uma carruagem de bronze ribombou pelas ruas, e um breve lampejo dela revelou um nobre alto com rosto de falcão, envolto em um manto de seda e uma bandana dourada com o emblema da cabeça de uma serpente prendendo os cabelos; o condutor ébano e nu equilibrava as pernas nodosas contra a tensão dos ferozes cavalos stygios.

Quem ainda andava a pé pelas ruas era gente comum, mercadores, prostitutas e trabalhadores, e mesmo esses foram minguando na medida em que ele progredia. Ia em direção ao templo de Set, onde sabia ser provável encontrar o sacerdote que procurava. Acreditava que reconheceria Thutothmes se o visse, apesar de seu único vislumbre do homem ter sido na escuridão da ruela, em Messantia. Tinha certeza de que o indivíduo que vira lá era o sacerdote. Só ocultistas que haviam galgado ao alto escalão dos labirintos do Anel Negro possuíam o poder da mão negra, que causava morte pelo toque; e só um homem assim ousaria desafiar Thoth-Amon, a quem o mundo ocidental conhecia somente como uma imagem de terror e mito.

A rua ficou mais larga e Conan sabia estar entrando na parte da cidade dedicada aos templos. As grandes estruturas avultavam seus corpanzis negros contra as estrelas turvas, sombrias, indescritivelmente ameaçadoras sob a luz das tochas escassas. Súbito, ele escutou o grito abafado de uma mulher vindo do outro lado da rua, em algum ponto à frente; uma cortesã nua, vestindo as típicas plumas altas de sua classe na cabeça. Ela estava encolhida contra a parede, encarando algo que ele não conseguia ver o que era. Diante de seu grito, as poucas pessoas na rua pararam repentinamente, como se congelassem. No mesmo instante, Conan percebeu o deslizar sinistro de algo adiante. Então, do canto escuro de um edifício do qual se aproximava, apontou uma cabeça hedionda em forma de cunha e, seguindo-a, fluiu espiral após espiral, ondulando em um tronco reluzente.

O cimério recuou, lembrando-se de histórias que escutara... Serpentes eram sagradas para Set, deus da Stygia, que os homens diziam ser ele próprio uma cobra. Monstros como aquele eram mantidos nos templos de Set e, quando tinham fome, podiam vagar pelas ruas para apanhar qualquer presa que desejassem. Seus banquetes medonhos eram considerados um sacrifício ao deus escamoso.

Os stygios que Conan viu caíram de joelhos, homens e mulheres, e passivamente aguardavam sua sina. A grande serpente selecionaria algum deles, envolveria numa espiral escamosa, esmagaria até tornar uma polpa vermelha e engoliria como uma jiboia engole um rato. Os demais viveriam. Essa era a vontade dos deuses.

Mas não era a de Conan. O píton deslizou em direção a ele, sua atenção provavelmente atraída pelo fato de ele ser o único humano à vista ainda de pé. Segurando firme o grande punhal sob o manto, Conan torceu para que a fera viscosa passasse reto. Contudo, ela parou à sua frente e se ergueu horrivelmente sob a trêmula luz da tocha, sua língua bifurcada ondulando para dentro e para fora, os olhos gelados brilhando com a antiga crueldade do povo das serpentes. O pescoço se arqueou, mas, antes que desse o bote, Conan sacou a faca debaixo do manto e golpeou como um relâmpago. A larga lâmina partiu aquela cabeça em forma de cunha e tosquiou fundo no pescoço grosso.

O cimério libertou sua faca e deu um pulo enquanto o grande corpo se atava, enrolava e chicoteava em seus espasmos mortais. No momento em que o encarava com mórbido fascínio, o único som era o baque e o açoite do rabo da serpente contra as pedras. Então, dos devotos chocados partiu um terrível grito:

— Blasfemador! Ele matou o filho sagrado de Set! Matem-no! Matem! Matem!

Pedras zumbiram sobre ele e os enlouquecidos stygios foram em sua direção, gritando histericamente, enquanto, de todos os lados, outros surgiam de suas casas e se juntavam ao protesto. Conan praguejou, deu meia-volta e correu para a boca escura da viela. Escutou o aranzel dos pés descalços nas lajes atrás de si ao que corria mais por instinto do que por visão, e as paredes ecoavam os gritos vingativos de seus perseguidores. Então, sua mão esquerda encontrou uma brecha na parede, e ele fez uma curva fechada para outra rua estreita. De ambos os lados havia grandes paredes negras de pedra. No alto podia ver uma fina linha de estrelas. As gigantescas paredes, ele sabia, eram as divisas dos templos. Escutou o bando passar atrás de si aos gritos, e os berros foram ficando distantes até minguarem. Eles tinham passado reto pela pequena viela e seguido direto para a escuridão. Ele também se manteve em frente, apesar de estremecer ao pensar que poderia encontrar outro dos "filhos" de Set nas trevas.

Foi quando, em algum ponto adiante, capturou um brilho se movendo, como o de um vaga-lume rastejando. Ele se deteve, apertou-se contra a parede e segurou firme a faca. Sabia o que era: um homem se aproximando com uma tocha. Agora ele estava tão próximo que o bárbaro podia ver a mão morena que a segurava, e o rosto ovalado e sombrio. Mais alguns passos e o homem certamente o veria. Uma porta foi brevemente delineada pela luz, enquanto o portador da tocha a apalpava. Então, ela se abriu, a figura alta desapareceu em seu interior e novamente a escuridão se acercou na ruela. Havia uma sinistra sugestão de furtividade naquela figura entrando pela porta da ruela escura, talvez retornando de alguma incumbência tenebrosa.

Mas Conan tateou até a porta. Se o homem viera por aquela ruela com uma tocha, outros também poderiam vir a qualquer instante. Recuar por onde tinha vindo poderia significar dar de cara com a multidão da qual estava fugindo. Eles podiam retornar a qualquer momento, encontrar a ruela estreita e adentrá-la aos uivos, perseguindo-o. Ele se sentiu sufocado por aquelas paredes inescaláveis de pedra, desejoso de escapar, mesmo se a fuga significasse invadir algum prédio desconhecido.

A pesada porta de bronze não estava trancada. Ela abriu sob seus dedos e ele espiou pela fresta. Viu uma grande câmara quadrada, feita de pedra negra maciça. Uma tocha ardia sem chama em um nicho na parede. O local estava vazio. Ele passou pela porta laqueada e fechou-a atrás de si.

Seus pés calçados não faziam som algum ao cruzarem o chão de mármore preto. Uma porta de teca encontrava-se parcialmente aberta e, ao atravessá-la, faca em punho, ele foi parar em um enorme e obscuro local cujo teto majestoso era apenas uma insinuação nas trevas acima de si, onde as paredes negras desapareciam. De ambos os lados, entradas arqueadas divisavam para um silencioso salão ainda maior. Estava iluminado por curiosas lamparinas de bronze que criavam uma luz fosca e estranha. Do outro lado do salão, uma ampla escadaria de mármore sem corrimão marchava para o alto, perdendo-se na obscuridade e, acima dele, de todos os lados, galerias turvas penduravam-se como parapeitos de pedra negra.

Conan estremeceu; ele estava no templo de algum deus stygio. Se não do próprio Set, então de alguém tão cruel quanto. E o santuário não carecia de ocupante. No meio do salão havia um altar de pedra negra, maciço, sombrio, sem esculturas ou ornamentos, e sobre este se enrolava uma das grandes serpentes, seus anéis iridescentes difusos sob a luz das lamparinas. Ela não se moveu, e Conan lembrou-se de histórias de que os sacerdotes mantinham essas criaturas drogadas a maior parte do tempo. O cimério deu um passo ressabiado da porta, então recuou repentinamente, não para dentro da sala da qual acabara de sair, mas para trás de um recesso, coberto por uma cortina de veludo. Ele tinha ouvido um passo suave em algum lugar próximo.

De um dos arcos escuros surgiu uma figura alta e poderosa, trajando sandálias e uma tanga de seda, com um largo manto preso nos ombros. Mas o rosto e a cabeça estavam ocultos por uma máscara monstruosa, um semblante meio humano, meio bestial, com uma massa de plumas de avestruz que flutuava a partir da crista.

Os sacerdotes stygios frequentavam determinadas cerimônias mascarados. Conan esperava que o homem não o descobrisse, mas algum instinto avisou o stygio. Ele desviou-se abruptamente de seu destino, o qual parecia ser as escadas, e foi direto para o recesso. Quando puxou o veludo para o lado, uma mão surgiu das trevas, esmagou seu grito na garganta e arrastou-o para a alcova de cabeça, e a faca o empalou.

A ação seguinte de Conan foi a sugestão óbvia da lógica. Apanhou a máscara e colocou sobre sua cabeça. Cobriu o corpo do sacerdote com o manto do pescador, ocultando-o atrás das cortinas, e jogou as vestes que sua vítima usava sobre seus próprios ombros. O destino havia lhe dado um disfarce. Khemi inteira poderia estar procurando o blasfemador que ousou se defender do ataque de uma cobra sagrada, mas quem sonharia em procurá-lo sob a máscara de um sacerdote?

Ele saiu corajosamente da alcova e foi em direção às portas arqueadas ao acaso; mas nem sequer havia dado uma dúzia de passos quando tornou a dar meia-volta; todos os seus sentidos captando perigo.

Um bando de figuras mascaradas surgiu na boca da escadaria, vestido exatamente como ele. Pego desprevenido, Conan hesitou e ficou parado, mas confiou em seu disfarce, apesar do suor gelado se acumular em sua testa e nas costas das mãos. Nenhuma palavra foi dita. Como fantasmas eles desceram para o grande salão e passaram por ele em direção ao arco negro. O líder levava um bastão escuro que sustentava uma caveira branca sorridente, e Conan sabia que era uma das procissões ritualísticas, inexplicáveis aos estrangeiros, mas que desempenhavam um papel forte e em geral sinistro na religião da Stygia. A última figura virou lentamente a cabeça para o cimério imóvel, como se esperasse que ele os seguisse. Não fazer o que era esperado teria levantado suspeitas e Conan entrou na fila atrás do último homem, adequando sua marcha ao passo deles.

Passaram por um corredor longo, escuro e abobadado no qual Conan notou com inquietação que a caveira do bastão brilhava fosforescente. Sentiu um ímpeto irracional, um pânico animal selvagem que o incitava a sacar seu punhal e massacrar todas aquelas bizarras figuras para fugir loucamente daquele templo tenebroso e escuro. Mas conteve-se, combatendo as sinistras intuições monstruosas que surgiam no fundo de sua mente e povoavam a obscuridade com formas sombrias de horror; e então, mal foi capaz de abafar um suspiro de alívio quando passaram por uma grande porta de duas folhas que era três vezes mais alta que um homem, e saíram sob a luz das estrelas.

Conan se perguntou se ousaria desaparecer em alguma ruela escura, mas hesitou, inseguro, e o grupo desceu por uma longa rua caminhando em silêncio, enquanto pessoas que os encontravam viravam a cabeça e fugiam. A procissão era mantida longe das paredes; fazer uma curva e adentrar qualquer uma das vielas pelas quais passaram teria sido muito conspícuo. Enquanto ele vociferava e se encolerizava mentalmente, eles chegaram a um portão baixo arqueado na parede sul e o atravessaram. À frente e ao lado jaziam conjuntos de casas de barro, de teto reto e baixo, e de palmeiras difusas sob a luz das estrelas. Agora, mais do que nunca, pensou Conan, era hora de escapar de suas silenciosas companhias.

Mas, no instante em que o portão ficou para trás, as figuras deixaram de ser silenciosas. Começaram a murmurar excitadamente entre si. A marcha mensurada e ritualística foi abandonada, o bastão com a caveira foi posto sem cerimônia sob o braço do líder, e o grupo inteiro rompeu com a fila, apressando-se adiante. E Conan foi junto, pois, em meio aos murmúrios que escutou, uma palavra o arrebatara. A palavra era *"Thutothmes"!*

XVIII
"Sou a Mulher que Nunca Morreu"

Conan encarou seus companheiros mascarados com urgente interesse. Um deles devia ser Thutothmes, ou, no mínimo, o destino do bando era um encontro com o homem que ele buscava. E ele soube qual era esse destino quando, além das palmeiras, viu de relance um volume negro triangular brilhando contra o céu escuro.

Eles passaram pela linha de cabanas e arvoredos, e se algum homem os observava, foi cuidadoso o suficiente para não ser visto. As cabanas estavam escuras. Atrás delas, as torres negras de Khemi apontavam para as estrelas, que eram espelhadas nas águas da baía; à frente o deserto se alongava na noite nebulosa. Em algum lugar um chacal ganiu. O passo rápido das sandálias dos silenciosos neófitos não fazia sons na areia. Eles poderiam ser fantasmas, movendo-se em direção àquela pirâmide colossal que se erguia do negrume do deserto. Não havia nenhum ruído por toda aquela terra adormecida.

O coração de Conan bateu mais rápido quando ele viu a sombria cunha negra delineada contra as estrelas, e sua impaciência de se encontrar com Thutothmes, qualquer que fosse o conflito que o encontro significasse, não estava dissociada do medo do desconhecido. Nenhum homem podia se aproximar de uma daquelas pilhas de pedras tétricas sem ficar apreensivo. Seu próprio nome era um símbolo de horror repelente entre as nações do norte, e lendas diziam que os stygios não as tinham construído, mas que elas já estavam lá quando o povo de pele escura chegou à terra do grande rio, em uma época antiga e imensurável.

Ao se aproximarem da pirâmide, ele vislumbrou um brilho fraco próximo à base que logo revelou ser uma passagem, com leões de pedra com cabeça de mulher de ambos os lados. Pesadelos crípticos e inescrutáveis cristalizados em pedra. O líder do bando foi direto para a passagem, no fundo da qual Conan avistou uma presença sombria.

O líder parou por um instante ao lado daquela figura obscura, desaparecendo a seguir no breu, seguido um a um pelos demais. Ao que cada sacerdote mascarado passava pelo sorumbático portal, era brevemente detido pelo misterioso guardião e alguma coisa era passada entre eles, alguma palavra ou gesto que Conan não conseguia perceber. Ao ver isso, o cimério propositadamente ficou para trás e, curvando-se, fingiu ter dificuldades com as tiras da sandália. Só depois que o último dos indivíduos mascarados havia desaparecido ele se endireitou e aproximou-se do portal.

Questionou-se com inquietação se o guardião do templo era humano, lembrando-se de alguns contos que tinha ouvido, mas suas dúvidas foram postas de lado. Um fogaréu de bronze brilhando bem na entrada do portal iluminava um longo corredor estreito que desaparecia na escuridão e um homem de pé em silêncio à sua frente, envolto em um manto escuro. Não havia mais ninguém à vista. Obviamente, os sacerdotes mascarados tinham desaparecido no corredor.

Sobre o manto que envolvia a parte baixa de suas feições, os olhos agudos do stygio examinaram Conan minuciosamente. Ele fez um gesto curioso com a mão esquerda e Conan aventurou-se a imitá-lo. Mas evidentemente outro gesto era esperado. A mão direita do stygio veio de baixo de seu manto com um lampejo de aço, e sua punhalada assassina teria penetrado o coração de um homem comum.

Mas ele lidava com alguém cuja velocidade dos músculos se equiparava à de um gato selvagem. No momento em que o punhal brilhou sob a fraca luz, Conan apanhou o braço poeirento e esmagou a mandíbula do stygio com seu punho direito crispado. A cabeça do homem bateu contra a parede de pedra com um ruído surdo que denunciava um crânio fraturado.

Ficando um instante sobre ele, Conan escutou com atenção. O fogaréu queimando fraco jogava sombras vagas sobre a porta. Nada se movia nas trevas, embora ao longe e abaixo dele tivesse captado a nota fraca e abafada de um gongo.

O cimério se abaixou e arrastou o corpo para trás da grande porta de bronze, aberta para dentro, e desceu o corredor com cautela, porém rapidamente, rumo a um destino que nem sequer tentava adivinhar.

Ele não tinha ido longe quando parou, perplexo. O corredor se dividia em dois e ele não tinha como saber por onde os sacerdotes encapuzados haviam seguido. Ao acaso, escolheu a esquerda. O chão se inclinava ligeiramente para baixo e possuía um desgaste sutil, como que feito por muitos pés. Aqui e ali um fogaréu lançava uma luz crepuscular fraca e torturante. Conan perguntou-se apreensivo para que propósito aquelas estruturas colossais teriam sido criadas, e em qual época esquecida. Aquela era uma terra muito, muito antiga. Nenhum homem sabia quantas eras os templos negros da Stygia viram passar.

Ocasionalmente, estreitos arcos escuros se abriam para as estrelas de ambos os lados, mas ele se manteve no corredor principal, embora uma convicção de que havia pegado o caminho errado começasse a assaltá-lo. Mesmo com a vantagem que tinham, ele já deveria ter alcançado os sacerdotes àquela altura. Foi ficando nervoso. O silêncio era como algo tangível, e havia também a sensação de que não estava sozinho. Mais de uma vez, passando por um arco obscuro, pareceu sentir o brilho de olhos ocultos sobre si. Fez uma pausa, meio decidido a retornar para o corredor onde havia encontrado a bifurcação. Virou-se abruptamente, o punhal erguido, cada um de seus nervos formigando.

Uma garota na boca do túnel menor o encarava fixamente. Sua pele de marfim a denunciava como sendo stygia de alguma antiga família nobre, e como todas as mulheres assim, era alta, delicada, de contornos voluptuosos, os cabelos uma grande massa de espuma negra, entre os quais brilhava um rubi reluzente. Exceto pelas sandálias de veludo e pelo largo cinturão incrustado com joias sobre a cintura, ela estava nua.

— O que faz aqui? — Ela inquiriu.

Responder significaria entregar sua verdadeira origem. Ele permaneceu estático, uma figura sombria e ameaçadora na máscara hedionda, com as plumas flutuando acima de si. Seu olhar alerta vasculhou as sombras atrás dela e as encontrou vazias. Mas poderia haver hordas de guerreiros ao alcance do chamado da moça.

Ela avançou em sua direção, aparentemente sem apreensão ou suspeita.

— Você não é um sacerdote — disse. — É um guerreiro. Mesmo com essa máscara, isso é óbvio. Há tanta diferença entre você e um sacerdote quanto há entre um homem e uma mulher. Por Set! — Ela exclamou, detendo-se repentinamente, seus olhos se arregalando. — Não creio nem que seja stygio!

Com um movimento rápido demais para os olhos acompanharem, as mãos dele se fecharam na garganta cilíndrica dela, leves como um carinho.

— Nem mais um som — ele murmurou.

Sua pele macia era gelada como mármore, mas não havia medo nos belos olhos escuros que o encaravam de volta.

— Não tema — ela respondeu calmamente. — Não vou traí-lo. Mas é louco de vir aqui. Um estranho e estrangeiro, no templo proibido de Set?

— Procuro o sacerdote Thutothmes — ele respondeu. — Ele está neste templo?

— Por que você o procura? — Ela esquivou-se.

— Ele tem algo meu que foi roubado.

— Levarei você até ele. — Ela se voluntariou tão prontamente que as suspeitas dele foram instantaneamente despertadas.

— Não brinque comigo, garota.

— Não estou brincando. Não nutro amor por Thutothmes.

Ele hesitou, então acabou se decidindo; afinal, estava à mercê dela tanto quanto ela dele.

— Ande ao meu lado — ele ordenou, soltando o pescoço da moça e segurando seu punho. — Mas caminhe com cuidado. Se fizer um movimento...

Ela o conduziu por um corredor oblíquo, sempre descendo, até que não havia mais fogaréus, e ele apalpou seu caminho nas trevas, ciente menos pela visão e mais pelo tato e pela orientação da mulher ao seu lado. Ao falar com ela, a stygia virou-se em sua direção e ele ficou assustado ao ver seus olhos brilhando como fogo dourado na escuridão. Dúvidas obscuras e suspeitas vagas e monstruosas o assombraram, mas ele a seguiu por um confuso labirinto de corredores negros que atordoaram seu primitivo senso de direção. Ele se amaldiçoou mentalmente como sendo um tolo, ao permitir ser levado para dentro da misteriosa abadia negra, mas agora era tarde demais para voltar. Novamente sentiu vida e movimento nas trevas que o cercavam, pressentiu perigo e fome queimando impacientemente no negror. A menos que seus ouvidos o enganassem, captou um fraco ruído de algo deslizando que cessou e recuou ante um comando murmurado pela garota.

Enfim, ela o conduziu a uma câmara iluminada por sete candelabros com braços, nos quais velas negras queimavam estranhamente. Ele sabia que estavam bem abaixo da superfície. A câmara era quadrada, com paredes e teto feitos de mármore negro polido e mobiliada à maneira dos antigos stygios; havia um divã de ébano coberto com veludo escuro e, em um estrado de pedra preta, jazia um sarcófago de múmia esculpido.

Conan ficou esperando com expectativa, observando os diversos arcos negros que davam para a câmara, mas a garota não demonstrou que seguiria além. Estirando-se no sofá com maleabilidade felina, ela cruzou os dedos atrás da cabeça e considerou-o por um tempo, olhando por sob seus longos cílios.

— Bem — ele exigiu, impaciente. — O que está fazendo? Onde está Thutothmes?

— Não há pressa — ela respondeu preguiçosamente. — O que é uma hora, um dia, um ano ou um século para este assunto? Tire a máscara. Deixe-me ver seu rosto.

Com um grunhido de perturbação, Conan arrancou a volumosa cobertura da cabeça, e a garota acenou como se aprovasse, enquanto esquadrinhava o rosto coberto de cicatrizes e os olhos ardentes do cimério.

— Há força em você... uma grande força. Poderia estrangular um boi.

Ele se movia sem parar, suas suspeitas crescendo. Com a mão no cabo, espiou os arcos funestos e disse:

— Se me trouxe para uma armadilha, não viverá para gozar de sua artimanha. Vai sair desse divã e fazer conforme prometeu ou eu terei que...

A voz dele se extinguiu. Estava olhando para o sarcófago da múmia, no qual as feições do ocupante estavam esculpidas em marfim com a deslumbrante vivacidade de uma arte esquecida. Havia uma familiaridade inquietante na máscara gravada e, com algo similar a um choque, ele percebeu o que era: havia uma semelhança desconcertante entre a imagem e a face da garota refestelando-se no sofá. Ela poderia ter servido como modelo para a escultura; entretanto, Conan sabia que o retrato tinha séculos de idade. Hieróglifos arcaicos estavam rabiscados por toda a tampa laqueada e, buscando em sua mente por dicas aprendidas aqui e ali em decorrência de uma vida de aventuras, ele as soletrou e disse em voz alta:

— Akivasha!

— Você ouviu falar da princesa Akivasha? — Perguntou a garota no sofá.

— Quem nunca ouviu? — Ele rosnou. O nome daquela bela, maléfica e antiga princesa ainda vivia no mundo através de canções e lendas, apesar de dez mil anos terem encerrado seus ciclos desde que a filha de Thuthamon se empanturrara em banquetes púrpuras em meio aos salões negros da antiga Luxur.

— O único pecado dela foi amar a vida e todos seus significados — disse a garota stygia. — Para ganhar a vida, cortejou a morte. Não suportava a ideia de envelhecer e ficar desgastada e murcha, e morrer, enfim, como morrem as feias. Ela cortejou a escuridão como um amante, e seu presente foi a vida... vida que não é a vida como conhecem os mortais, que pode envelhecer e desvanecer. Ela foi para as sombras para enganar a idade e a morte...

Conan a fitou com olhos que se tornaram repentinamente fendas em chamas. Deu meia-volta e arrancou a tampa do sarcófago. Estava vazio. Atrás de si, a garota estava rindo, e o som congelou o sangue em suas veias. Ele voltou-se para ela, os pelos em sua nuca eriçados.

— *Você* é Akivasha! — Ele sussurrou.

Ela gargalhou, jogou para trás os cachos brilhantes e abriu os braços sensualmente.

— Eu sou Akivasha! Sou a mulher que nunca morreu, que nunca envelheceu! Que os tolos dizem que foi tirada da Terra pelos deuses, no pleno florescer da juventude e beleza, para reinar para sempre em algum lugar celestial! Não, é nas sombras que os mortais encontram a imortalidade! Dez mil anos atrás eu morri para viver para sempre! Dê-me seus lábios, homem forte!

Levantando-se agilmente, ela foi até ele, ficou nas pontas dos pés e abraçou o pescoço taurino. Olhando carrancudo para suas belas feições, ele ficou ciente de um fascínio temeroso e um medo congelante.

— Ame-me! — Ela sussurrou, a cabeça atirada para trás, olhos fechados e lábios abertos. — Dê-me seu sangue para renovar minha juventude e perpetuar minha vida eterna! Farei de você imortal também! Ensinarei a sabedoria de todas as épocas, todos os segredos que perduraram pela eternidade na escuridão abaixo destes templos negros. Farei de você o rei daquela horda assombrosa que se refestela entre as tumbas dos antigos, quando a noite vela o deserto e morcegos voam em direção à lua. Estou cansada de sacerdotes e feiticeiros, e de garotas capturadas arrastadas gritando pelos mortíferos portais. Eu desejo um homem. Ame-me, bárbaro!

Ela pressionou sua cabeça contra o poderoso peito, e ele sentiu uma aflição aguda na base da garganta. Com uma praga a afastou e atirou-a sobre o divã.

— Vampira amaldiçoada! — Sangue estava escorrendo de uma pequenina ferida em seu pescoço.

Ela ficou em pé sobre o sofá como uma serpente pronta para atacar, todas as chamas douradas do Inferno queimando em seus olhos arregalados. Os lábios se recolheram, revelando dentes brancos pontiagudos.

— Tolo! — Ela gritou. — Acha que pode escapar de mim? Você vai viver e morrer nas trevas! Eu o trouxe muito abaixo no templo. Jamais encontrará sozinho o caminho de volta. Jamais passará por aqueles que guardam os túneis. Se não fosse por minha proteção, já estaria nas barrigas dos filhos de Set há muito tempo. Tolo, eu ainda beberei seu sangue!

— Afaste-se ou vou cortá-la ao meio — ele rosnou, a pele arrepiada de repulsa. — Você pode ser imortal, mas ainda assim vou desmembrá-la.

Ao que ele recuava em direção ao arco pelo qual havia entrado, a luz se apagou subitamente. Todas as velas foram extintas de uma vez, embora ele não soubesse como, já que Akivasha não as havia tocado. Mas a gargalhada da vampira emergiu zombeteiramente atrás dele, doce e venenosa como as violas do Inferno, e ele suava enquanto tateava nas trevas procurando pelo arco, quase em pânico. Seus dedos encontraram uma abertura e ele passou por ela. Não sabia se era o arco pelo qual havia entrado, mas também não se importava. Seu único pensamento era sair da câmara assombrada que havia sido o lar daquela linda e hedionda morta-viva por tantos séculos.

Vagar por aqueles túneis escuros foi um pesadelo transpirante. Atrás e nas laterais ele escutava o som débil de coisas deslizando e rastejando, e uma vez também o eco daquela doce gargalhada infernal que testemunhara na câmara de Akivasha. Golpeava ferozmente ante os sons e movimentos que escutava ou imaginava ter escutado no escuro, e sua espada chegou a cortar alguma tênue substância que poderia ser teias de aranha. Tinha a sensação desesperada de que estavam brincando consigo, atraindo-o cada vez mais para a noite derradeira, antes de ser levado por garras e presas demoníacas.

E, através de seu medo, veio a nauseante repulsa de sua descoberta. A lenda de Akivasha era muito antiga e, entre as malignas narrativas, fluía um contorno de beleza e idealismo, de juventude eterna. Para muitos sonhadores, poetas e amantes, ela não era apenas a princesa má das lendas stygias, mas o símbolo da imortal juventude, brilhando para sempre em algum reino distante dos deuses. Porém, aquela era a horripilante realidade. Aquela perversão nauseabunda era a verdade sobre a vida eterna. Em sua aflição física, sentiu despedaçar um sonho de idolatria do homem, seu ouro brilhante provando ser apenas lodo e sujeira cósmica. Uma onda de futilidade se abateu sobre Conan, um medo nebuloso da falsidade de todos os sonhos e idolatrias humanas.

E agora ele sabia que seus ouvidos não estavam pregando-lhe peças. Estava sendo seguido, e seus perseguidores se aproximavam. Nas trevas ressoavam evasões e arrastares que não podiam ser feitos por pés humanos; não, nem por pés de qualquer animal convencional. Talvez o submundo também tivesse sua vida bestial. Eles o estavam perseguindo. Virou-se para encará-los, embora não pudesse ver coisa alguma, e lentamente recuou. Então, os sons sossegaram, mesmo antes de ele virar a cabeça e ver em algum lugar no longo corredor um lampejo de luz.

XIX
No Salão da Morte

Conan moveu-se com cautela na direção da luz que tinha visto, seus ouvidos atentos por cima dos ombros. Porém, não havia nenhum som de perseguição, ainda que ele sentisse a escuridão transbordar com vida senciente.

O brilho não era estacionário; ele se movia, balançando grotescamente. Então, avistou sua fonte. O túnel que estava atravessando cruzava outro corredor largo, um pouco mais à frente. E junto a esse outro túnel vinha uma bizarra procissão de quatro homens altos vestindo mantos negros encapuzados, apoiando-se em bastões. O líder segurava uma tocha acima da cabeça, que queimava com uma curiosa chama constante. Como fantasmas, eles passaram por seu limitado campo de visão e desapareceram, deixando somente um brilho evanescente para dizer que estiveram ali. Sua aparência era indescritivelmente sobrenatural. Não eram stygios, nem coisa alguma que Conan já vira. Duvidava se eram humanos. Pareciam fantasmas negros, espreitando ao longo dos túneis assombrados.

Mas sua situação não poderia ficar mais desesperadora do que aquilo. Antes que os passos inumanos atrás de si pudessem retomar seu avanço úmido para onde a luz fraca não alcançava, Conan já estava acelerando pelo corredor. Ele desembocou no outro túnel e viu, ao longe, pequena por causa da distância, a bizarra procissão se movimentando na esfera brilhante. O bárbaro rumou silenciosamente atrás dela, então se encolheu contra a parede num súbito movimento quando os viu parar e se aglomerar como se conferissem algum assunto. A seguir retornaram, como se refizessem seus passos, e ele escorregou para dentro do arco mais próximo. Tateando nas trevas, às quais àquela altura já havia se acostumado, descobriu que o túnel não seguia reto, mas em meandros, e voltou atrás para além da primeira curva, de forma que a luz dos estranhos não recaísse sobre si quando eles passassem.

Porém, enquanto estava ali, escutou um baixo zumbido vindo de algum ponto atrás de si, como o murmúrio de vozes humanas. Movendo-se pelo corredor nessa direção, confirmou sua primeira suspeita. Abandonando a intenção original de seguir os viajantes espectrais para qualquer que fosse o destino deles, optou por ir em direção àquelas vozes.

Foi quando viu uma centelha de luz à frente e, virando pelo corredor de onde esta provinha, avistou um arco amplo preenchido por um brilho ofuscante na outra extremidade. À esquerda, uma estreita escada de pedra ia para o alto, e precaução instintiva o fez subi-la. As vozes que escutou vinham de além daquele arco.

Os sons se afastavam dele conforme subia, e, enfim, passou por uma porta baixa e arqueada para um vasto espaço aberto brilhando com uma irradiação estranha.

Estava em uma galeria sombria, abaixo da qual via um salão opaco de proporções colossais. Era um salão dos mortos, que poucos, além dos sacerdotes silenciosos da Stygia, tinham visto. Ao longo das paredes negras erguia-se fileira sobre fileira de sarcófagos pintados e esculpidos. Cada qual ficava em um nicho na pedra poeirenta, e as fileiras se organizavam para o alto, perdendo-se no breu. Milhares de máscaras esculpidas encaravam impassivelmente o grupo que estava no centro do salão, tornado fútil e insignificante por aquela vasta congregação de mortos.

Deste grupo, dez eram sacerdotes e, apesar de terem descartado as máscaras, Conan sabia que se tratava do grupo que ele havia acompanhado até a pirâmide. Eles estavam de frente para um homem alto com rosto de falcão ao lado de um altar negro, no qual jazia uma múmia em ataduras podres. E o altar parecia estar no coração de uma chama viva que pulsava e tremulava, gotejando fagulhas douradas na pedra negra. Aquele resplendor deslumbrante emanava de uma grande joia vermelha que se encontrava sobre o altar, cujo reflexo deixava o rosto dos sacerdotes cinzento e com aparência cadavérica. Enquanto observava, Conan sentiu a pressão de todas as exaustivas léguas e dos dias e noites cansativos de sua longa busca, e estremeceu ante a louca urgência de atacar aqueles sacerdotes mudos, abrir caminho a poderosos golpes de aço nu e apanhar a gema vermelha em seus dedos tensos e entusiasmados. Mas se conteve, agachando-se à sombra de um balaustrado de pedra. Um relance mostrou-lhe uma escadaria que levava até o salão abaixo, costeando a parede, meio escondida nas sombras. Ele considerou a falta de clareza do amplo local e buscou outros sacerdotes ou devotos; entretanto, só vislumbrou o grupo sobre o altar.

Naquele grande vazio, a voz do homem sobre o altar soou assustadora e espectral:

— E a notícia veio do sul. O vento da noite a sussurrou, os corvos a grasnaram enquanto voavam, e os sombrios morcegos contaram para as corujas e serpentes que espreitam nas antigas ruínas. Lobisomens e vampiros souberam, e os demônios de corpos sujos que perambulam pela noite. A Noite do Mundo, adormecida, mexeu-se e sacudiu sua pesada cabeleira, e começou o rufar de tambores na escuridão profunda, e os ecos de distantes gritos estranhos amedrontaram os homens que caminhavam no crepúsculo. Pois o Coração de Ahriman voltou ao mundo para cumprir seu enigmático destino. Não me perguntem como eu, Thutothmes de Khemi, e a Noite, escutamos a palavra antes de Thoth-Amon, que chama a si próprio de o príncipe de todos os magos. Há segredos que não são encontrados por ouvidos como os dele, e Thoth-Amon não é o único senhor do Anel Negro.

— Eu soube, e fui de encontro ao Coração que veio do sul. Foi como um ímã que me atraía, infalivelmente. Ele migrou de morte a morte, velejando em um rio de sangue humano. Sangue o alimenta, sangue o atrai. Seu poder é ainda maior quando há sangue nas mãos que o seguram, quando é deturpado pela matança de seu portador. Onde quer que ele brilhe, sangue é derramado e reinos caem, e as forças da natureza são colocadas em um turbilhão. E eis que estou aqui, o mestre do Coração, e os chamei para esta reunião secreta, vocês que são meus fiéis, para partilhar o reinado sombrio que se erguerá. Esta noite, vocês testemunharão o rompimento com os grilhões de Thoth-Amon que nos escravizam, e o nascimento do império. Quem sou eu, mesmo eu, Thutothmes, para saber quais poderes espreitam e sonham nestas profundezas vermelhas? Ele encerra segredos esquecidos há três mil anos. Mas os aprenderei. Eles se desvelarão para mim!

Ele acenou em direção às formas silenciosas que se alinhavam no salão:

— Vejam como eles dormem, encarando-nos por detrás de suas máscaras esculpidas! Reis, rainhas, generais, sacerdotes, magos, as dinastias e a nobreza da Stygia por dez mil anos! O toque do Coração os despertará de seu longo torpor. Faz muito, muito tempo que o Coração palpitou e pulsou na antiga Stygia. Este foi seu lar nos séculos antes que viajasse para Acheron. Os antigos conheciam seu pleno poder e me contarão quando eu lhes restaurar a vida para que trabalhem em meu nome. Eu os despertarei, os acordarei, aprenderei sua sabedoria esquecida, o conhecimento trancafiado naqueles crânios brancos. Pela erudição dos mortos nós escravizaremos os vivos! Sim, reis, generais e magos dos tempos idos serão nossos ajudantes e escravos. Quem vai se opor a nós?

— Olhem! Esta coisa seca e murcha no altar foi outrora Thothmekri, um alto sacerdote de Set, que morreu três mil anos atrás. Ele era um adepto do Anel Negro. Ele conhecia o Coração. E nos revelará seus poderes.

Erguendo a grande joia, o palestrante a depositou sobre o peito da múmia, e levantou a mão ao mesmo tempo em que começou um encantamento. Mas suas palavras nunca foram terminadas. Com as mãos erguidas e os lábios separados, ele congelou, olhando além de seus acólitos, que se viraram para a direção na qual estava fitando.

Pelo arco negro da porta, quatro formas esqueléticas trajando mantos negros adentraram o grande salão. Seus rostos eram amarelos e ovalados sob as sombras dos capuzes.

— Quem são vocês? — Thutothmes inquiriu num tom tão impregnado de perigo quanto o silvo de uma cobra. — Enlouqueceram, para invadir o santuário sagrado de Set?

O mais alto dos estranhos falou, e sua voz era atonal como o sino do templo de Khitai.

— Nós buscamos Conan, da Aquilônia.

— Ele não está aqui — respondeu Thutothmes, sacudindo o manto de sua mão direita com um gesto curiosamente ameaçador, como uma pantera mostrando as garras.

— Você mente. Ele está no templo. Nós o rastreamos desde um cadáver atrás da porta de bronze no portal externo ao longo destes corredores sinuosos. Estávamos seguindo sua trilha tortuosa quando nos tornamos cientes deste conclave. Agora a retomaremos, mas, antes, entregue o Coração de Ahriman.

— A morte é o quinhão dos loucos — murmurou Thutothmes, movendo-se para perto do orador. Seus sacerdotes se aproximavam com passos leves, mas os estranhos não pareciam ter medo.

— Quem pode fitá-lo sem desejo? — Disse o outro. — Em Khitai ouvimos falar dele. Ele nos dará poder sobre os povos que nos expulsaram. Glória e maravilha espreitam em suas profundezas escarlates. Entregue-o para nós antes que matemos todos.

Um grito feroz ecoou quando um sacerdote saltou, o aço resplandecendo. Antes que pudesse golpear, um bastão incrustado o atingiu no peito, e ele caiu morto. Em um instante, as múmias estavam assistindo a uma cena de sangue e horror. Punhais curvos reluziam, e bastões ensanguentados e traiçoeiros avançavam e recuavam, e sempre que tocavam um homem, ele gritava e morria.

No primeiro golpe, Conan dera um salto e já estava correndo escadaria abaixo. Captou apenas vislumbres daquela breve luta demoníaca; viu homens gingando, trancafiados na batalha e vertendo sangue; viu um khitaniano ser cortado em pedaços, porém ainda permanecer em pé e enfrentar a morte, quando Thutothmes o feriu no peito com sua mão vazia aberta e ele caiu morto, apesar de o aço puro não ter sido suficiente para destruir sua soberba vitalidade.

No momento em que os pés apressados de Conan deixaram os degraus, a luta estava quase acabada. Três dos khitanianos estavam caídos, lacerados e cortados em tiras e desentranhados, mas dos stygios somente Thutothmes permanecia em pé.

Ele investiu contra o oponente remanescente, a mão vazia erguida como arma, e ela estava escura, como se pertencesse a um homem negro. Mas, antes que pudesse atacar, o bastão do khitaniano alto estocou, parecendo se alongar ao golpe do homem amarelo. A ponta tocou o peito de Thutothmes e ele cambaleou; mais uma vez, e outra, o bastão golpeou, até que Thutothmes recuou e caiu morto, seus traços maculados em uma onda de escuridão que fez com que toda sua cor ficasse igual à da mão encantada.

O khitaniano voltou-se em direção à joia que queimava no peito da múmia, mas Conan estava diante dele.

Em uma tensa quietude os dois se encararam, em meio àquela carnificina, com as múmias esculpidas assistindo-os de cima para baixo.

— Desde longe eu o sigo, ó, rei da Aquilônia — disse calmamente o khitaniano. — Descendo o grande rio e sobre as montanhas, por entre Poitain e a Zíngara, pelas colinas de Argos e até a costa. Não foi fácil rastrear sua trilha desde Tarantia, pois os sacerdotes de Asura são astutos. Nós o perdemos na Zíngara, mas encontramos seu elmo nas matas aos pés das colinas fronteiriças, onde enfrentou os carniçais das florestas. Quase perdemos novamente a trilha nestes labirintos.

Conan refletiu que fora abençoado ao voltar da câmara da vampira por outra rota em vez daquela pela qual fora levado. De outro modo, teria dado de encontro com esses demônios amarelos, e não apenas visto-os de longe, enquanto o rastreavam como cães de caça humanos, com qualquer que fosse o dom bizarro de que dispunham.

O khitaniano balançou levemente a cabeça, como se lesse sua mente.

— Isso não importa; a longa caçada acaba aqui.

— Por que me perseguiu? — Conan perguntou, pronto para mover-se em qualquer direção com a rapidez de um disparo.

— Era um débito a ser pago — respondeu o khitaniano. — Para você, que está prestes a morrer, não negarei conhecimento. Éramos vassalos do rei da Aquilônia, Valerius. Nós o servimos por muito tempo, mas deste serviço estamos livres agora; meus homens pela morte, e eu pelo cumprimento da obrigação. Devo retornar à Aquilônia com dois corações: para mim, o Coração de Ahriman; para Valerius, o coração de Conan. Um beijo do bastão que foi feito a partir da Árvore Viva da Morte...

O bastão investiu como o ferrão de uma vespa, mas o corte da faca de Conan foi mais rápido. O bastão caiu em metades contorcidas, houve outra tremulação do aço afiado como um jato de luz, e a cabeça do khitaniano rolou no chão.

Conan deu meia-volta e estendeu a mão em direção à joia, então se encolheu, seus pelos arrepiados e o sangue totalmente congelado.

Pois não era mais uma coisa murcha e marrom que jazia no altar. A joia brilhava sobre o peito pleno e cheio de um homem vivo e nu, envolto em bandagens podres. Vivo? Conan não conseguia se decidir. Os olhos eram como vidro opaco e escuro que brilhavam de modo inumano.

Lentamente o homem se levantou, apanhando a joia na mão. Ele ficou em pé ao lado do altar, empoeirado, nu, com o rosto como uma imagem esculpida. Mudo, estendeu a mão para Conan, segurando a joia que latejava como um sol vivo. O bárbaro a apanhou com uma sensação lúgubre ao receber presentes da mão de um morto. De algum modo, percebeu que os encantamentos adequados não haviam sido feitos, a conjuração não fora completada, e a vida não fora plenamente restaurada ao cadáver.

— Quem é você? — Perguntou o cimério.

A resposta veio numa frase sem tom, como o pingo de água de estalactites de cavernas subterrâneas.

— Eu era Thothmekri; eu estou morto.

— Bem, você poderia me levar para fora deste templo maldito? — Conan pediu com a pele crepitando.

Com passos mensurados e mecânicos, o morto moveu-se na direção do arco negro. Conan o seguiu. Uma olhadela para trás mostrou uma vez mais o grande e escuro salão, com suas fileiras de sarcófagos, os mortos espalhados sobre o altar; a cabeça do khitaniano que ele tinha matado olhava cega para o alto, para as sombras que se adensavam.

O brilho da joia iluminava os túneis negros como uma lamparina enfeitiçada, pingando fogo dourado. Conan captou de relance uma pele de mármore nas sombras e acreditou ter visto a vampira que foi Akivasha se encolhendo pelo brilho da gema; e, com ela, outras formas menos humanas cambaleavam ou se afundavam na escuridão.

O morto seguiu em frente, sem olhar para a direita ou esquerda, seu passo tão imutável quanto a marcha do destino. Suor frio se acumulava na pele de Conan. Dúvidas congelantes o assolavam. Como poderia saber se aquela figura terrível do passado o estava guiando para a liberdade? Mas ele sabia que, se deixado por conta própria, poderia nunca desvendar aquele emaranhado enfeitiçado de corredores e túneis. Ele seguiu seu guia horrível pela negritude que assomava diante e atrás da dupla, e que estava repleta de formas ocultas de horror e insanidade, encolhidas ante o brilho do Coração.

Então a porta de bronze estava à sua frente, e Conan sentiu o vento da noite soprar pelo deserto e viu as estrelas e o tapete de areia sobre o qual a sombra da pirâmide incidia. Thothmekri apontou silenciosamente para o deserto, e então voltou-se e penetrou em silêncio nas trevas. Conan observou aquela figura muda desaparecer, os pés inexoráveis como quem se move para um destino inevitável ou que retorna para um sono eterno.

Com uma blasfêmia, o cimério saiu pela porta e correu para o deserto como se perseguido por demônios. Não olhou para trás, para a pirâmide ou para as torres negras de Khemi, reluzindo turvas nas areias. Rumou direto para a costa ao sul, e correu como os homens correm quando estão em pânico desgovernado. O violento esforço libertou seu cérebro das teias de aranha enegrecidas; o vento limpo do deserto soprou os pesadelos de sua alma, e sua repulsa mudou para uma maré selvagem de júbilo antes mesmo que o deserto desse lugar a um emaranhado pantanoso do qual ele viu a água escura adiante e o *Venturer* ancorado.

Ele afundou até o quadril no charco cercado de vegetação; mergulhou de cabeça nas águas profundas, sem se preocupar com tubarões e crocodilos, nadou até a galé e já subia a corrente até o deque, gotejando e exultante, antes que o vigia o visse.

— Acordem, cães! — Conan rugiu, espalmando para a lateral a lança que o assustado vigia apontava para seu peito. — Levantem a âncora! Aos seus postos! Deem um capacete cheio de ouro para o pescador e deixem-no na margem! Logo o amanhecer chegará e, antes disso, precisamos singrar para o porto mais próximo da Zíngara!

Ele girou a grande joia acima da cabeça, que lançava borrifos de luz que salpicavam o deque com fogo dourado.

XX
"Do Pó, Acheron se Levantará"

O inverno havia passado pela Aquilônia. Folhas brotavam nos galhos das árvores e a grama fresca sorriu ao toque da brisa quente do sul. Mas muitos campos permaneciam inativos e vazios, muitas pilhas de cinzas carbonizadas marcavam o ponto onde os vilarejos orgulhosos e as prósperas cidades outrora existiram. Lobos perambulavam abertamente pelas estradas sobre as quais a grama havia crescido, e bandos de homens magros e sem senhores vagavam nas florestas. Somente em Tarantia havia banquetes, riqueza e ostentação.

Valerius governava como se tocado pela loucura. Mesmo diversos barões que tinham recebido bem seu retorno protestavam contra ele agora. Os coletores de impostos esmagavam ricos e pobres sem distinção; a riqueza de um reino inteiro saqueado se derramava em Tarantia, que se tornou menos uma capital, e mais uma terra tomada por tropas conquistadoras. Seus mercadores enriqueceram, mas era uma prosperidade precária, pois ninguém sabia quando poderia receber uma acusação forjada de traição e ver todos os seus bens confiscados, ser jogado na prisão ou levado ao bloco manchado de sangue.

Valerius nem sequer tentava agradar aos seus súditos. Ele se mantinha no poder por meio do exército nemédio e graças a mercenários desesperados. Sabia que não passava de uma marionete de Amalric. Sabia que governava somente pela tolerância do nemédio. Sabia que jamais poderia ter esperança de unir a Aquilônia sob sua governança e renunciar ao jugo de seus senhores, pois as províncias mais distantes resistiriam a ele até a última gota de sangue. E os nemédios o arrancariam do trono à menor tentativa de consolidar o reino. Estava preso em seu próprio jogo. O amargor do orgulho derrotado corroía sua alma, e ele se atirou em um reinado de devassidão, como alguém que vive um dia após o outro, sem consideração ou cuidados para com o amanhã.

Contudo, havia sutileza em sua loucura, tão profunda que nem mesmo Amalric poderia adivinhar. Talvez os anos selvagens e caóticos vagando como exilado tivessem despertado nele uma amargura além do conceito convencional. Quem sabe o asco que tinha de sua condição atual tivesse aumentado essa amargura até levá-la a algum tipo de loucura. O que quer que fosse, ele vivia com um desejo: levar a ruína para todos com quem havia se associado.

Estava ciente de que seu reinado estaria acabado no instante em que tivesse servido aos propósitos de Amalric; também compreendia que, enquanto continuasse a oprimir seu reino nativo, o nemédio o suportaria, pois Amalric queria esmagar a Aquilônia até a derradeira submissão, destruir o último farrapo de independência e, por fim, confiscá-la, reconstruí-la de acordo com seus próprios padrões usando sua vasta riqueza e utilizar seus homens e recursos naturais para despir a coroa da Nemédia de Tarascus. Pois a ambição final de Amalric era o trono de imperador, e Valerius tinha ciência disso. Não tinha certeza se Tarascus suspeitava daquilo, mas estava certo de que o rei da Nemédia aprovava aquele curso implacável. Tarascus odiava a Aquilônia com um ódio oriundo das antigas guerras. Ele desejava nada mais do que a destruição do reino ocidental.

E Valerius pretendia arruinar o país tão completamente que nem mesmo a riqueza de Amalric poderia reconstruí-lo. Odiava o barão tanto quanto qualquer aquiloniano, e esperava estar vivo no dia em que a Aquilônia caísse em sua ruína final, o que lançaria Tarascus e Amalric em uma desesperada guerra civil que destruiria por completo a Nemédia.

Acreditava que a conquista das províncias de Gunderlândia e Poitain, e das regiões bossonianas, marcariam o fim de seu reinado. Ele então teria servido ao propósito de Amalric e poderia ser descartado. Portanto, atrasava o acontecimento, restringindo suas atividades a invasões e saques sem propósito, para cumprir as demandas de Amalric por ação com todos os tipos de objeções e adiamentos plausíveis.

Sua vida era uma série de banquetes e orgias selvagens. Encheu o palácio com as garotas mais belas do reino, por vontade delas ou não. Blasfemava diante dos deuses e caía bêbado no chão do salão de refeições, vestindo a coroa dourada e manchando os mantos púrpuros reais com vinho derramado. Em rompantes de sede de sangue, enfeitou as forcas na praça do mercado com cadáveres pendurados, fartou os machados dos executores e enviou seus cavaleiros nemédios trovejando pela terra para pilhar e queimar. Levado à loucura, o país se encontrava em um estado constante de agitação e revolta, sendo brutalmente suprimido. Valerius saqueava, violentava, pilhava e destruía num nível que até mesmo Amalric protestou, avisando-o de que ele empobreceria o reino além do reparo, sem saber que aquele era justamente o propósito do homem.

Mas, enquanto na Aquilônia e na Nemédia os homens falavam sobre a loucura do rei, nesta última também se falava muito sobre Xaltotun, o encapuzado. Contudo, poucos o haviam visto nas ruas de Belverus. Os homens diziam que ele ficava muito tempo nas colinas, em conclaves curiosos com remanescentes de uma antiga raça, um povo negro e silencioso que afirmava descender de um antigo reino. Os homens sussurravam sobre tambores que soavam distantes nos topos das colinas, sobre chamas brilhando nas trevas e estranhos cânticos carregados pelos ventos. Cantos e rituais esquecidos há séculos, a não ser como fórmulas sem sentido murmuradas ao lado das lareiras em vilas montanhosas, cujos habitantes diferiam estranhamente dos povos dos vales.

O motivo para esses conclaves ninguém sabia, talvez apenas Orastes, que acompanhava com frequência o pythoniano, e em cujo rosto uma sombra desfigurada crescia.

Mas, com o começo da primavera, um súbito sussurro chegou ao reino que afundava e despertou a terra para uma vida desejosa. Ele veio do sul como um zumbido do vento, acordando os homens mergulhados na apatia do desespero. Entretanto, como chegou inicialmente, ninguém sabia dizer. Alguns falavam de uma estranha e sombria senhora que desceu das montanhas com seu cabelo soprado pelo vento e um enorme lobo cinzento seguindo-a como um cachorro. Outros cochichavam sobre os sacerdotes de Asura que vagavam como fantasmas furtivos da Gunderlândia até as áreas de Poitain, e para os vilarejos dos bossonianos nas matas.

Independentemente de como a notícia tenha surgido, a revolta ardeu como uma chama por toda a fronteira. Guarnições nemédias distantes foram atacadas e colocadas sob o fio da espada, salteadores pilhando foram despedaçados; o oeste pegou em armas, e havia uma atmosfera diferente nos insurgentes, uma resolução feroz que inspirava ira em lugar do frenético desespero que havia motivado as revoltas anteriores. E não era só a plebe; os barões estavam fortificando seus castelos e lançando desafios para os governadores das províncias. Bandos de bossonianos foram vistos se movendo ao longo das fronteiras dos territórios; homens resolutos e atarracados trajando couraças e elmos de aço, com arcos longos nas mãos. Saído da estagnação inerte, da dissolução e da ruína, o reino estava repentinamente vivo, vibrante e perigoso. Então, Amalric mandou às pressas chamar Tarascus, que veio com um exército.

No palácio real de Tarantia, os dois reis e Amalric discutiam o levante. Não haviam mandado buscar Xaltotun, imerso em seus estudos enigmáticos nas colinas da Nemédia. Não tinham requisitado o auxílio de sua magia desde aquele dia sangrento no vale de Valkia, e ele se mantivera afastado, interagindo pouco com eles, aparentemente indiferente às suas intrigas.

Também não chamaram Orastes, mas ele veio mesmo assim, e estava branco como espuma soprada por uma tempestade. Ficou estático na câmara dourada e abobadada onde os reis travavam seu colóquio, e eles contemplaram com assombro seu olhar fatigado, o medo que jamais supuseram que a mente de Orastes poderia abrigar.

— Você está abatido, Orastes — disse Amalric. — Sente-se neste divã e farei com que um escravo lhe traga vinho. Sua cavalgada foi difícil...

Orastes declinou o convite acenando para o lado.

— Eu matei três cavalos para vir de Belverus até aqui. Não posso beber vinho, não posso descansar, até que eu diga o que tenho para dizer.

Ele andou para a frente e para trás como se algum fogo interior não o deixasse ficar imóvel, então parou diante de seus surpresos companheiros:

— Quando usamos o Coração de Ahriman para trazer o morto de volta à vida — Orastes disse abruptamente —, não pesamos as consequências de adulterar as areias escuras do passado. A culpa é minha, assim como o pecado. Pensamos apenas em nossas ambições, esquecendo-nos de quais ambições aquele homem teria para si próprio. E libertamos um demônio sobre a Terra, um diabo inexplicável para os seres humanos comuns. Eu mergulhei fundo no mal, mas há um limite até o qual eu ou qualquer homem de minha raça e idade podemos alcançar. Meus ancestrais eram homens puros, sem qualquer mácula demoníaca; fui o único que afundou nos poços, e só posso pecar na extensão de minha individualidade pessoal. Mas, por trás de Xaltotun, há milhares de séculos de magia negra e diabolismo, uma antiga tradição de maldade. Ele está além da nossa concepção, não só por ser ele próprio um mago, mas também por ser filho de uma raça de magos. Eu vi coisas que amaldiçoaram minha alma. No coração das colinas adormecidas, eu vi Xaltotun comungar com as almas dos amaldiçoados e invocar os demônios anciões da esquecida Acheron. Vi os descendentes blasfemos daquele império maldito adorá-lo como seu alto sacerdote. Vi o que ele planeja... e lhes digo que não é menos do que a restauração do antigo reinado sombrio de Acheron!

— O que você quer dizer? — Amalric perguntou. — Acheron virou pó. Não há sobreviventes o bastante para constituir um império. Nem mesmo Xaltotun pode dar forma ao pó de três mil anos.

— Você sabe pouco sobre os poderes sombrios dele — respondeu Orastes, com severidade. — Eu vi essas mesmas colinas assumirem um aspecto antigo e alienígena sob seus feitiços e encantos. Entrevi, como sombras por trás da realidade, as formas sinistras e contornos dos vales, florestas, montanhas e lagos que não são mais como na atualidade, mas sim como eram naquele passado lúgubre... cheguei a sentir, e não apenas vislumbrar, as torres púrpuras da esquecida Python reluzindo como vultos de névoas no crepúsculo. E, no último conclave que acompanhei, enfim compreendi a feitiçaria dele, enquanto os tambores batiam e os adoradores com forma de bestas uivavam no pó. Digo-lhes que ele vai restaurar Acheron através de sua magia, pela feitiçaria de um gigantesco sacrifício de sangue como o mundo jamais viu. Ele vai escravizar todo o mundo e, com um dilúvio de sangue, *lavará o presente e trará de volta o passado!*

— Você ficou louco! — Exclamou Tarascus.

— Louco? — Orastes lançou um olhar desvairado para ele. — Pode qualquer homem ter visto o que vi e permanecer são? Contudo, digo a verdade. Ele planeja o retorno de Acheron, com suas torres e magos, e reis e horrores, tal qual o era muito tempo atrás. Os descendentes de Acheron serão o núcleo sobre o qual ele a erigirá, mas são o sangue e os corpos do mundo de hoje que fornecerão a argamassa e as pedras para a reconstrução. Não posso lhes dizer como. Meu próprio cérebro cambaleia quando tento. *Mas eu vi!* Acheron será Acheron novamente, e até mesmo as florestas, colinas e rios tornarão ao antigo aspecto. Por que não? Se eu, com meu pequeno conhecimento armazenado, pude devolver vida a um homem morto há três mil anos, por que o maior mago do mundo não pode trazer de volta um reino morto há três mil anos? Do pó, Acheron se levantará sob o comando dele.

— Como podemos impedi-lo? — Perguntou Tarascus, impressionado.

— Só há uma maneira — respondeu Orastes. — Temos que roubar o Coração de Ahriman!

— Mas eu... — Tarascus começou a dizer involuntariamente, mas então fechou a boca. Ninguém reparou, e Orastes prosseguiu:

— É um poder que pode ser usado contra ele. Com ele em mãos, posso desafiá-lo. Mas como o roubaremos? Ele o escondeu em algum local secreto, do qual nem ladrões zamoranos poderiam furtá-lo. Não sei onde. Se ao menos ele voltasse a dormir o sono da lótus negra, mas a última vez foi após a batalha de Valkia, quando estava cansado por causa do grande feitiço que conjurou e...

A porta estava fechada e trancada com o trinco, mas se abriu silenciosamente e Xaltotun estava diante deles, sereno, tranquilo, acariciando sua barba patriarcal; mas as luzes cintilantes do Inferno brilhavam em seus olhos.

— Eu ensinei-lhe coisas demais — ele disse calmamente, apontando um dedo como um indicador de desgraça para Orastes. E, antes que qualquer um pudesse se mover, ele jogou um punhado de pó no chão próximo aos pés do sacerdote, que ficou estático como que transformado em mármore. O pó se incendiou, um ardor sem chamas; uma serpentina azul ergueu-se e oscilou para cima, envolvendo Orastes em um espiral delgado. E, quando havia passado acima dos ombros, enrolou-se no pescoço com a brusquidão de uma chicotada, como o bote de uma cobra. O grito de Orastes foi sufocado na garganta até tornar-se um gorgolejo. Suas mãos voaram para o pescoço, os olhos distendidos, a língua projetada. A fumaça era como uma corda azulada ao redor de seu pescoço; então ela esvaneceu e desapareceu, e Orastes caiu morto no chão.

Xaltotun espalmou uma mão na outra e dois homens entraram, homens frequentemente vistos acompanhando-o, pequenos, repulsivos, de olhos vermelhos e oblíquos, e dentes pontiagudos como ratos. Eles não falaram. Erguendo o cadáver, levaram-no embora. Encerrando o assunto com um movimento de mão, Xaltotun sentou-se à mesa de marfim junto aos pálidos reis e perguntou:

— Por que se reuniram?

— Os aquilonianos se insurgiram no oeste — respondeu Amalric, recuperando-se do solavanco terrível que a morte de Orastes havia lhe dado. — Os tolos acreditam que Conan está vivo e que virá de Poitain encabeçando um exército para reivindicar o reino. Se ele tivesse reaparecido imediatamente após Valkia ou se tivesse circulado um rumor de que ele ainda estava vivo, as províncias centrais não teriam se levantado sob o comando dele, pois também temem seus poderes. Contudo, ficaram tão desesperadas diante do desgoverno de Valerius que estão dispostas a seguir qualquer homem que possa uni-las contra nós, e preferem a morte súbita à tortura e miséria contínuas. Claro que a história de que Conan não foi realmente morto em Valkia continuou pairando teimosamente, mas só recentemente as massas a aceitaram. Mas Pallantides voltou do exílio em Ophir, jurando que o rei estava em sua tenda doente naquele dia e que um guerreiro vestiu sua armadura, e um escudeiro que se recuperou recentemente de um golpe de maça recebido em Valkia confirma a história... ou finge confirmá-la.

— Uma velha com um lobo como mascote tem vagado por todos os lados — ele prosseguiu —, proclamando que o rei Conan ainda vive e retornará para reivindicar sua coroa. Por último, os amaldiçoados sacerdotes de Asura cantam a mesma canção. Eles afirmam que a notícia de que Conan está retornando para reconquistar seus domínios os alcançou por meios misteriosos. Não consigo pegá-la e nem a eles. Isso é, certamente, um truque de Trócero. Meus espiões me dizem que há evidências irrevogáveis de que os poitanianos estão se juntando para invadir a Aquilônia. Acredito que Trócero trará algum enganador que alegará ser o rei Conan.

Tarascus riu, mas não havia convicção na risada. Ele sentiu veladamente uma cicatriz sob a malha e lembrou-se de corvos que crocitaram na trilha de um fugitivo; lembrou-se do corpo de seu escudeiro, Arideus, trazido das fronteiras das montanhas horrivelmente dilacerado por um grande lobo cinzento, de acordo com seus aterrorizados soldados. Mas também se recordou de uma joia vermelha roubada de um cofre dourado enquanto um mago dormia, e nada disse.

E Valerius lembrou-se de um nobre moribundo que escarrou uma história de medo, e de quatro khitanianos que desapareceram nos labirintos do sul, sem jamais retornar. Mas conteve a língua, pois medo e suspeita de seus aliados o devoravam por dentro como vermes, e ele não desejava nada além de ver a queda de ambos, rebeldes e nemédios, trancafiados pelo abraço da morte. Mas Amalric exclamou:

— É absurdo sonhar que Conan vive!

Em resposta, Xaltotun colocou um rolo de pergaminho sobre a mesa. Amalric o apanhou e examinou. De seus lábios explodiu um grito furioso e incoerente. Ele leu:

Para Xaltotun, grande faquir da Nemédia: Cão de Acheron,
eu estou retornando ao meu reino, e minha intenção é pendurar
sua pele em um espinheiro.

CONAN

— Uma falsificação! — Exclamou Amalric.

Xaltotun balançou a cabeça.

— É genuíno. Eu a comparei com a assinatura nos documentos reais nas bibliotecas da corte. Ninguém poderia imitar esse rabisco grosseiro.

— Então, se Conan está vivo — murmurou Amalric —, esta revolta não será como as outras, pois ele é o único que pode unificar os aquilonianos. Mas... isso não é do feitio de Conan. Por que ele nos deixou alertas com todo esse alarde? O correto seria nos atacar sem aviso, ao estilo dos bárbaros.

— Já fomos avisados — pontuou Xaltotun. — Nossos espiões nos falaram dos preparativos de guerra em Poitain. Ele não poderia cruzar as montanhas sem que soubéssemos; então nos enviou seu desafio de forma característica.

— Por que a você? — Perguntou Valerius. — Por que não a mim ou a Tarascus?

Xaltotun lançou seu olhar inescrutável sobre o rei.

— Conan é mais sábio que você — disse, afinal. — Ele já sabe o que vocês, reis, ainda precisam aprender... que não é Tarascus, nem Valerius ou Amalric, mas Xaltotun o verdadeiro mestre das nações do oeste.

Eles não responderam; ficaram sentados olhando para ele, assolados pela entorpecedora percepção da verdade naquela asserção.

— Não há caminho para mim além da estrada imperial — disse Xaltotun. — Mas, antes, temos que esmagar Conan. Não sei como ele escapou de mim em Belverus, porque conhecimento do que ocorre enquanto estou adormecido pela lótus negra me é negado. Mas ele está no sul, reunindo seu exército. É seu último e desesperado golpe, tornado possível somente pelo desalento do povo, que sofreu nas mãos de Valerius. Deixe-os se rebelar; eu os tenho na palma da mão. Esperaremos até que venha em nossa direção e o destruiremos de uma vez por todas. Então, esmagaremos Poitain, a Gunderlândia e os estúpidos bossonianos. Depois deles, Ophir, Argos, Zíngara,

Koth... Vamos fundir todas as nações do mundo em um vasto império. Vocês governarão como meus sátrapas e, sendo meus capitães, serão maiores do que reis são hoje. Eu não posso ser derrotado, pois o Coração de Ahriman está escondido onde nenhum homem poderá usá-lo contra mim novamente.

Tarascus evitou o olhar dele, temendo que Xaltotun lesse seus pensamentos. Sabia que o mago não havia olhado o cofre dourado com suas serpentes esculpidas, que pareciam adormecidas, desde que pusera o Coração em seu interior. Por mais estranho que parecesse, Xaltotun não sabia que o Coração havia sido roubado; a estranha joia estava além ou fora do alcance de sua sabedoria obscura; seus talentos singulares não lhe avisaram que o cofre estava vazio. Tarascus não acreditava que Xaltotun conhecesse a plena extensão das revelações de Orastes, pois o pythoniano não havia mencionado a restauração de Acheron, mas tão somente a construção de um novo império terreno. Também não acreditava que Xaltotun estivesse seguro de seu poder; se eles precisaram do auxílio dele para suas ambições, ele também precisava da ajuda deles. Afinal, magia depende, em certa medida, de golpes de espadas e estocadas de lanças. Tarascus leu a verdade em um olhar furtivo de Amalric; permita que o mago use suas artes para ajudá-los a derrotar um inimigo mais perigoso. Haveria tempo suficiente depois para que se voltassem contra ele. Ainda poderia existir uma forma de enganar aqueles poderes sombrios que haviam despertado.

XXI
Tambores de Perigo

A confirmação da guerra chegou quando o exército de Poitain, dez mil homens armados, marchou pelas passagens ao sul com bandeiras oscilando e o brilho do aço. À frente dele, os espiões juravam, cavalgava uma figura gigante de armadura negra, com o leão real da Aquilônia desenhado em ouro sobre o peito de sua rica túnica de seda. Conan estava vivo! O rei vivia! Não havia dúvida disso na mente dos homens agora, fossem amigos ou inimigos.

Com as notícias sobre a invasão do sul também chegou a palavra, trazida por mensageiros que cavalgaram firmemente, de que uma tropa de homens da Gunderlândia movia-se do lado sul, reforçada pelos barões do nordeste e pelos bossonianos ao norte. Tarascus marchava com trinta mil homens para Galparan, no rio Shirki, que os gunderlandeses precisariam cruzar para atacar as cidades ainda mantidas pelos nemédios. O Shirki era um rio turbulento e de corredeiras rápidas, que seguia para sudoeste por gargantas rochosas e desfiladeiros, e havia poucos lugares onde um exército poderia cruzá-lo naquela época do ano, quando a correnteza quase transbordava as margens por causa do derretimento da neve. Todo o país ao leste do Shirki estava nas mãos dos nemédios, e era lógico presumir que os gunderlandeses o atravessariam ou em Galparan ou em Tanasul, que ficava ao sul de Galparan. Reforços eram esperados diariamente da Nemédia, até que veio a notícia de que o rei de Ophir estava enfrentando demonstrações hostis na fronteira ao sul da Nemédia, e dispensar mais tropas significaria expor a Nemédia ao risco de uma invasão pelo sul.

Amalric e Valerius saíram de Tarantia com vinte e cinco mil homens, deixando para trás uma guarnição tão grande quanto ousaram, para desencorajar as revoltas nas cidades durante sua ausência. Eles queriam encontrar e esmagar Conan antes que pudesse se juntar às forças rebeldes do reino.

O rei e seus poitanianos haviam cruzado as montanhas, mas não houve de fato conflito armado, nenhum ataque a cidades ou fortalezas. Conan tinha aparecido e desaparecido. Aparentemente, havia feito uma curva a oeste pela região montanhosa selvagem e pouco colonizada, e entrou nas regiões bossonianas, reunindo recrutas no caminho. Amalric e Valerius com sua tropa, nemédios, aquilonianos renegados e mercenários ferozes, se moveram ao longo da terra em perplexa ira, buscando por um inimigo que não apareceu.

Amalric descobriu ser impossível obter mais do que informações vagas e gerais sobre os movimentos de Conan. Batedores pardos cavalgavam para jamais retornar, e não era raro encontrar um espião crucificado em um carvalho. O interior do país estava desperto e em combate, ao que camponeses e plebeus atacavam com brutalidade, fatais e às escondidas. Tudo que Amalric sabia com certeza era que uma enorme força de gunderlandeses e bossonianos nortenhos estava em algum lugar ao norte de si, além do Shirki, e que Conan, com uma força menor de poitanianos e bossonianos do sul, estava em algum ponto a sudeste deles.

Ele começou a temer que, se avançasse com Valerius mais para o interior do selvagem país, Conan poderia iludi-los completamente, marchar à sua volta e invadir as províncias centrais atrás de si. Amalric recuou do vale do Shirki e acampou em uma planície a um dia de distância de Tanasul. Lá, ele esperou. Tarascus manteve a posição em Galparan, pois temia que as manobras de Conan tivessem intenção de atraí-lo para o sul e permitir que os gunderlandeses adentrassem o reino pela passagem norte.

Xaltotun chegou ao acampamento de Amalric em sua carruagem puxada pelos estranhos e incansáveis cavalos e entrou na tenda de Amalric, onde o barão conferenciava com Valerius sobre um mapa aberto em cima de uma mesa de marfim.

Xaltotun amassou o mapa, jogou-o para o lado e disse:

— O que seus batedores não conseguem descobrir, meus espiões me contaram, apesar de as informações serem estranhamente borradas e imperfeitas, como se forças invisíveis trabalhassem contra mim. Conan está avançando para o rio Shirki com dez mil homens poitanianos, três mil bossonianos do sul e barões do oeste e do sul, com partidários que somam cinco mil. Um exército de trinta mil gunderlandeses e bossonianos do norte segue para o sul para juntar-se a ele. Eles se contataram por meios secretos de comunicação usados pelos malditos sacerdotes de Asura, que parecem estar se opondo a mim. Eu os darei de comer para a serpente quando a batalha tiver terminado, juro por Set! Ambos os exércitos vão em direção a Tanasul, entretanto, não acredito que os gunderlandeses cruzarão o rio. Acho que Conan é quem fará isso e se juntará a eles.

— Por que Conan cruzaria o rio? — Perguntou Amalric.

— Porque é do interesse dele adiar a batalha. Quanto mais tempo esperar, mais forte se tornará, e mais precária será nossa posição. As colinas do outro lado do rio estão repletas de pessoas leais e apaixonadas por sua causa, homens abatidos, refugiados, fugitivos da crueldade de Valerius. Gente de todo o reino corre para juntar-se ao seu exército, isoladamente ou em grupos. Todos os dias porções de nossas forças são emboscadas e dizimadas pelos interioranos. A revolta cresce nas províncias centrais e logo explodirá em uma rebelião aberta. As guarnições que deixamos não serão suficientes para detê-las, e não podemos esperar reforços da Nemédia por enquanto. Vejo a mão de Pallantides neste confronto com a fronteira de Ophir. Ele tem parentes em Ophir. Se não apanharmos e esmagarmos Conan rapidamente, as províncias se incendiarão em revolta contra nós. Teremos que retornar a Tarantia para defender o que já tomamos; e é possível que sejamos obrigados a abrir caminho por um país em insurreição, com a força inteira de Conan em nossos calcanhares, e então suportar um cerco na cidade em si, com inimigos dentro e fora. Não, não podemos esperar. Temos que esmagar Conan antes que seu exército cresça demais, antes que as províncias centrais se insurjam. Com a cabeça dele pendurada acima do portão de Tarantia, vocês verão a velocidade com que a rebelião se fragmentará.

— Por que não jogar um feitiço sobre seu exército para que eles matem uns aos outros? — Perguntou Valerius, meio em troça. Xaltotun encarou o aquiloniano como se lesse toda a extensão da loucura zombeteira que espreitava naqueles olhos desobedientes.

— Não se preocupe — disse, enfim. — Minha magia esmagará Conan como um lagarto sob os cascos do cavalo. Mas até mesmo a feitiçaria precisa da ajuda de lanças e espadas.

— Se ele cruzar o rio e assumir sua posição nas Colinas Goralianas, pode ser difícil desalojá-lo — Amalric afirmou. — Mas, se o apanharmos no vale deste lado do rio, poderemos aniquilá-lo. A que distância Conan está de Tanasul?

— Na velocidade de sua marcha, deve alcançar o cruzamento em algum momento amanhã à noite. Seus homens são valentes e ele está exigindo bastante deles. Deve chegar pelo menos um dia antes dos gunderlandeses.

— Bom! — Amalric bateu na mesa com o punho cerrado. — Posso chegar a Tanasul antes dele. Enviarei um cavaleiro até Tarascus, pedindo que me siga a Tanasul. Quando Conan chegar, eu terei cortado sua passagem e destruído. Então nossas forças combinadas poderão atravessar o rio e lidar com os gunderlandeses.

Xaltotun balançou a cabeça impacientemente.

— Um plano bom o bastante, se você não estivesse lidando com alguém como Conan. Mas vinte e cinco mil homens não são suficientes para destruir seus dezoito mil antes que os gunderlandeses cheguem. Eles lutarão com o desespero de panteras feridas. E suponha que os gunderlandeses apareçam com suas tropas bem no momento em que as nossas estiverem engajadas no combate? Você seria pego entre duas frentes e destruído antes que Tarascus pudesse vir. Ele chegaria a Tanasul tarde demais para ajudá-lo.

— E então? — Amalric perguntou.

— Mova-se com todas as suas forças em direção a Conan — respondeu o homem de Acheron. — Envie um cavaleiro a Tarascus pedindo que se junte a nós aqui. Esperaremos a chegada dele. Então, marcharemos juntos para Tanasul.

— Mas, enquanto esperamos — protestou Amalric —, Conan cruzará o rio e se juntará aos gunderlandeses.

— Conan não cruzará o rio — respondeu Xaltotun.

A cabeça de Amalric se ergueu e ele olhou para os enigmáticos olhos escuros.

— O que quer dizer?

— Suponha que chuvas torrenciais vindas do norte caiam na nascente do Shirki. Suponha que o rio fique tão cheio que torne intransitável o cruzamento em Tanasul. Não poderíamos trazer todas as nossas forças, apanhar Conan deste lado do rio, esmagá-lo e, então, quando a inundação baixasse, o que eu penso que seria no dia seguinte, não poderíamos cruzar o rio e destruir os gunderlandeses? Assim usaríamos nossa força completa contra essas duas forças menores, uma por vez.

Valerius riu como sempre fazia ante o prospecto da ruína, fosse de amigo ou inimigo, e jogou sua mão inquieta sobre os rebeldes cachos amarelos. Amalric olhou para o homem de Acheron com um misto de medo e admiração.

— Se apanharmos Conan no vale do Shirki com as cristas das colinas à sua direita e o rio inundado à esquerda — ele admitiu —, sem sombra de dúvida poderemos aniquilá-lo. Você acha... Você tem certeza... que tais chuvas cairão?

— Vou para minha tenda — respondeu Xaltotun, levantando-se. — Necromancia não é alcançada com um aceno de mão. Envie um mensageiro para Tarascus. E não deixe ninguém se aproximar de minha tenda.

Aquela última ordem era desnecessária. Homem algum naquela tropa poderia ser subornado para se aproximar do misterioso pavilhão de seda negra, cujas portas estavam sempre cerradas. Ninguém, além de Xaltotun, já havia entrado ali, contudo, vozes eram frequentemente ouvidas vindas de dentro; suas paredes às vezes ondulavam mesmo sem vento, e uma estranha música era tocada no interior. Às vezes, na calada da noite, as paredes de seda ficavam vermelhas pelo ardor de chamas, delineando silhuetas amorfas que passavam para lá e para cá.

Deitado em sua própria tenda naquela noite, Amalric escutou o rufar constante de um tambor no pavilhão de Xaltotun; ele soou consistentemente pelas trevas e, de vez em quando, o nemédio podia jurar que uma voz grave e grasnante se misturava ao pulso do tambor. E estremeceu, porque sabia que aquela voz não era de Xaltotun. O tambor ribombava e murmurava como um trovão escutado ao longe, e antes do amanhecer, Amalric olhou de sua tenda e viu o brilho vermelho de relâmpagos no distante horizonte ao norte. Em todas as outras partes do céu, as estrelas brilhavam brancas. Porém, o relampejo distante cintilava incessantemente, como o fulgor vermelho da luz do fogo em uma pequena lâmina sendo girada.

Ao pôr do sol do dia seguinte, Tarascus veio com suas tropas, empoeiradas e cansadas pela difícil marcha, os homens a pé, horas atrás dos cavaleiros. Eles se assentaram na planície próxima ao acampamento de Amalric e, ao amanhecer, o exército combinado moveu-se para oeste.

À sua frente seguia um grupo de batedores, e Amalric esperava impacientemente pelo retorno deles e das notícias dos poitanianos sendo aprisionados por uma furiosa inundação. Mas, quando os batedores encontraram a coluna, foi com a notícia de que Conan havia cruzado o rio!

— O quê? — Exclamou Amalric. — Ele cruzou antes da inundação?

— Não houve inundação — responderam os batedores, intrigados. — Ele chegou tarde da noite a Tanasul e conduziu seu exército pelo rio.

— Nenhuma inundação? — Xaltotun rugiu, surpreendido pela primeira vez aos olhos de Amalric. — Impossível! Houve chuvas poderosas sobre as nascentes do Shirki na noite passada e também na anterior!

— Isso pode ser, senhor — respondeu o batedor. — É verdade que a água estava barrenta e o povo de Tanasul disse que o rio subiu talvez um pé ontem; mas não bastou para impedir que Conan o atravessasse.

A feitiçaria de Xaltotun havia falhado! O pensamento martelou o cérebro de Amalric. O horror que tinha daquele estranho homem vindo do passado crescera bastante desde aquela noite em Belverus quando tinha visto uma múmia marrom e enrugada inchar-se e tornar-se um homem vivo. E a morte de Orastes transformara horror latente em medo ativo. Em seu coração havia uma convicção macabra de que aquele homem ou demônio era invencível. Entretanto, agora tinha provas irrefutáveis do fracasso dele.

Contudo, até mesmo o maior de todos os feiticeiros pode falhar ocasionalmente, pensou o barão. De qualquer modo, não ousaria se opor ao homem de Acheron; não ainda. Orastes estava morto, contorcendo-se em algum inferno que somente Mitra conhecia, e Amalric sabia que sua espada não prevaleceria onde a sabedoria sombria do sacerdote havia falhado. A abominação medonha que Xaltotun planejava ficaria para o imprevisível futuro. Conan e suas tropas eram uma ameaça atual contra a qual a feitiçaria de Xaltotun poderia muito bem ser necessária antes que o jogo acabasse.

Eles chegaram a Tanasul, um pequeno vilarejo fortificado numa área onde um rochedo formava uma ponte natural por cima do rio, sempre transitável, exceto talvez em épocas de grandes enchentes. Batedores trouxeram a informação de que Conan havia assumido sua posição nas Colinas Goralianas, que começavam poucos quilômetros além do rio. Pouco antes do alvorecer, os gunderlandeses tinham chegado ao acampamento.

Amalric olhou para Xaltotun, inescrutável e repugnante sob a luz das tochas em chamas. A noite havia caído.

— E agora? Sua mágica falhou. Conan nos confrontará com um exército quase tão forte quanto o nosso, e ainda tem a vantagem da posição. Temos de escolher entre dois males: acampar aqui e esperar por seu ataque, ou retornar a Tarantia e esperar reforços.

— Estaremos arruinados se esperarmos — respondeu Xaltotun. — Cruze o rio e acampe na planície. Atacaremos ao amanhecer.

— Mas a posição dele é forte demais! — Amalric protestou.

— Tolo! — Uma rajada de ardor rompeu o verniz de calma do mago. — Você se esqueceu de Valkia? Porque algum princípio elemental obscuro evitou a inundação, você me julga indefeso? Eu pretendia que suas lanças exterminassem nossos inimigos; mas não tema... são minhas feitiçarias que esmagarão as tropas deles. Conan está em uma armadilha; ele jamais verá outro pôr do sol. Cruze o rio!

Eles cruzaram à luz de tochas. Os cascos dos cavalos retiniam contra a ponte rochosa, salpicada por água rasa. O brilho das tochas nos escudos e couraças refletia diretamente na água escura. A ponte de pedra por onde cruzaram era larga, mas, mesmo assim, já havia passado da meia-noite antes que a tropa acampasse na planície além. Acima deles podiam ver fogueiras queimando vermelhas ao longe. Conan estava a uma distância segura nas Colinas Goralianas, que mais de uma vez servira como último local de resistência para um rei aquiloniano.

Amalric deixou seu pavilhão e caminhou irrequieto pelo acampamento. Um estranho brilho vinha da tenda de Xaltotun e, de tempos em tempos, um grito demoníaco cortava o silêncio, e havia um murmúrio baixo e sinistro de tambores que sussurravam em vez de ribombar.

Amalric, seus instintos afiados pela noite e pelas circunstâncias, sentiu que Xaltotun encontrava uma oposição que ia além da força física. Dúvidas sobre o poder do mago o assaltavam. Olhou para as fogueiras bem acima de si, e seu rosto delineou linhas sombrias. Estava bem no centro de um país hostil junto de seu exército. Lá no alto, entre aquelas colinas, havia milhares de figuras lupinas cujas almas e corações tinham sido despidos de toda esperança e emoção, exceto do ódio colérico por seus conquistadores, um louco desejo de vingança. Derrota significaria aniquilação e bater em retirada numa terra infestada de inimigos sedentos de sangue. Ao amanhecer, ele deveria lançar suas tropas contra o mais terrível combatente das nações ocidentais e sua horda desesperada. Se Xaltotun falhasse agora...

Meia dúzia de guerreiros saiu das sombras. A luz das fogueiras reluzia em suas couraças e na crista de seus elmos. Entre eles, meio traziam, meio arrastavam uma figura esquelética trajando trapos. Curvando-se, disseram:

— Meu senhor, este homem veio aos postos de vigia e disse que desejava ter uma palavra com o rei Valerius. Ele é aquiloniano.

Ele se parecia mais com um lobo; um lobo cujas armadilhas haviam deixado cicatrizes. Antigas chagas que somente grilhões causam eram vistas nos punhos e tornozelos. Uma grande marca, a marca de ferro quente, desfigurara sua face. Seus olhos brilharam por detrás dos cabelos emaranhados ao que ele rastejou até o barão.

— Quem é você, cão imundo? — Perguntou o nemédio.

— Chamo-me Tiberias — respondeu o homem, e seus dentes trincaram em um espasmo involuntário. — Vim dizer-lhe como você pode agarrar Conan.

— Um traidor, hã? — Reverberou o barão.

— Dizem que você tem ouro — falou o homem, tremendo sob seus trapos. — Dê-me um pouco! Dê-me ouro e mostrarei como derrotar o rei! — Seus olhos se arregalaram selvagemente, as mãos estendidas e arrebitadas como garras trêmulas.

Amalric encolheu os ombros de desgosto. Mas ferramenta alguma era demasiada vil para seu uso.

— Se você diz a verdade, terá mais ouro do que será capaz de carregar — ele falou. — Se for um mentiroso e espião, farei com que seja crucificado de cabeça para baixo. Tragam-no.

Na tenda de Valerius, o barão apontou para o homem que se arrastava tremendo diante deles, envolvendo-se em seus trapos.

— Ele diz que conhece uma maneira de nos ajudar amanhã. Precisaremos de auxílio se o plano de Xaltotun não for melhor do que tem se mostrado até o momento. Fale, cão.

O corpo do homem se contorceu em convulsões estranhas. As palavras vieram em rápidos tropeços:

— Conan acampa na cabeça do Vale dos Leões. Ele tem a forma de uma presa, com colinas íngremes de ambos os lados. Se você o atacar amanhã, terá que marchar direto até o topo do vale. Não é possível escalar as colinas de ambos os lados. Mas, se o rei Valerius estiver disposto a aceitar meus serviços, eu o guiarei pelas colinas e mostrarei como chegar ao rei Conan por trás. Só que, para tanto, temos que partir imediatamente. São muitas horas de cavalgada, pois é preciso seguir vários quilômetros a oeste, depois vários a norte, então fazer uma curva a leste e chegar ao Vale dos Leões pela retaguarda, usando o mesmo trajeto que os gunderlandeses.

Amalric hesitou, coçando o queixo. Naqueles tempos caóticos, não era raro encontrar homens dispostos a vender a alma por algumas peças de ouro.

— Se você me desnortear, morrerá — disse Valerius. — Está ciente disso, não?

O homem estremeceu, mas seus olhos não vacilaram.

— Se o trair, mate-me!

— Conan não ousará dividir sua força — ponderou Amalric. — Precisará de seus homens para repelir nosso ataque. Ele não pode dispor de ninguém para prevenir emboscadas nas colinas. Além disso, este companheiro sabe que sua pele depende de nos liderar conforme prometeu. Um cão como ele se sacrificaria? Não faz sentido! Não, Valerius, acredito que o homem seja honesto.

— Ou o maior de todos os ladrões, pois venderá seu libertador — riu Valerius. — Muito bem. Seguirei o cão. Quantos homens você pode me ceder?

— Cinco mil devem bastar — respondeu Amalric. — Um ataque surpresa na retaguarda os deixará confusos, e isso será o bastante. Aguardarei seu ataque por volta do meio-dia.

— Você saberá quando eu investir — Valerius respondeu.

Quando Amalric retornou ao seu pavilhão, notou com satisfação que Xaltotun ainda estava em sua tenda, a julgar pelos gritos de gelar o sangue que estremeciam no ar da noite de tempos em tempos. Quando escutou o tilintar do aço e o agito de arreios nas trevas exteriores, sorriu severamente. Valerius serviria ao seu propósito. O barão sabia que Conan era como um leão ferido que rasga e despedaça mesmo diante de golpes mortais. Quando Valerius atacasse sua retaguarda, o contragolpe desesperado do cimério poderia muito bem aniquilá-lo da existência antes que ele próprio sucumbisse. O que seria ainda melhor. Amalric sentia que podia dispensar Valerius assim que ele tivesse pavimentado o caminho para a vitória da Nemédia.

Os cinco mil cavaleiros que acompanhavam Valerius eram, em sua maior parte, aquilonianos renegados durões. À luz das estrelas eles deixaram o acampamento adormecido, seguindo em direção às grandes massas escuras a oeste. Valerius cavalgou na frente; ao seu lado estava Tiberias, um laço de couro prendendo-lhe os punhos, segurado por um guerreiro que cavalgava bem ao seu lado. Os outros se mantinham bem próximos atrás, com espadas desembainhadas.

— Engane-nos e morrerá instantaneamente — Valerius pontuou. — Eu não conheço todas as trilhas de ovelhas nestas colinas, mas conheço o suficiente sobre a configuração geral do país para saber as direções que temos que tomar para sairmos atrás do Vale dos Leões. Certifique-se de que não nos levará ao extravio.

O homem assentiu com a cabeça e seus dentes batiam enquanto assegurava loquazmente lealdade ao seu captor, olhando de forma estúpida para a bandeira que flutuava acima de si, a serpente dourada da antiga dinastia.

Contornando as extremidades das colinas que cercavam o Vale dos Leões, eles fizeram uma volta ampla a oeste. Após uma hora de cavalgada, viraram para o norte, atravessando colinas selvagens e íngremes, seguindo trilhas obscuras e caminhos tortuosos. O amanhecer os encontrou alguns quilômetros a noroeste da posição de Conan, e ali o guia virou para sudeste, conduzindo-os por um emaranhado de labirintos e penhascos. Valerius consentiu, considerando a posição em que estavam pelos diversos picos que se elevavam acima dos demais. Ele conservara a paciência de forma geral e sabia que ainda estava indo na direção certa.

Então, sem aviso, uma massa cinzenta velosa veio crescendo do norte, contornando as encostas, espalhando-se pelos vales. Ela bloqueou o sol; o mundo tornou-se um vácuo cego cinzento no qual a visibilidade se limitava a poucos metros. O avanço tornou-se uma confusão de tropeços e tatear no escuro. Valerius praguejou. Não conseguia mais ver os picos que o orientavam. Dependia totalmente do traidor. A serpente dourada caiu naquele ar sem vento.

Logo, o próprio Tiberias parecia confuso; fez uma pausa e olhou em volta, incerto.

— Você está perdido, cão? — Questionou Valerius, ríspido.

— Ouça!

Em algum lugar à frente deles, uma fraca vibração começou, o rufar rítmico de um tambor.

— Os tambores de Conan! — Exclamou o aquiloniano.

— Se estamos próximos o bastante para escutarmos os tambores — disse Valerius —, por que não escutamos os gritos e o clangor dos exércitos? Certamente a batalha começou.

— Os desfiladeiros e ventos nos pregam peças — respondeu Tiberias, os dentes batendo com a característica típica do homem que passou tempo demais em calabouços úmidos subterrâneos. — Ouça!

— Eles estão combatendo lá embaixo, no vale! — gritou Tiberias. — Os tambores tocam nas alturas. Temos que nos apressar!

Ele cavalgou direto em direção ao som dos distantes tambores como uma pessoa que, enfim, reconhece suas imediações. Valerius seguiu-o, amaldiçoando a neblina. Então ocorreu-lhe que ela iria mascarar seu avanço. Conan não poderia vê-lo chegando. Ele estaria nas costas do cimério antes que o sol do meio-dia dispersasse as brumas.

Naquele instante, ele era incapaz de dizer o que havia do outro lado, quer fossem rochedos, moitas ou desfiladeiros. Os tambores soavam sem parar, cada vez mais altos conforme avançavam, porém nada escutavam da batalha. Valerius não fazia ideia de qual direção cardeal seguiam. Ele assustou-se ao ver paredes de rocha cinzentas se avolumarem em meio aos rochedos esfumaçados de ambos os lados, e percebeu que estavam cavalgando por uma passagem estreita. Mas o guia não mostrava qualquer sinal de nervosismo, e Valerius ficou aliviado quando as paredes se alargaram e tornaram-se invisíveis na neblina. Eles atravessaram a passagem; se uma emboscada tivesse sido planejada, teria sido feita lá.

Então Tiberias tornou a parar. Os tambores soavam mais altos, e Valerius não conseguia determinar de qual direção o som estava vindo. Uma hora parecia estar à frente, noutra atrás, depois de um lado ou de outro. Ele olhou ao redor impaciente, sentado em seu cavalo de guerra com tufos de névoa envolvendo-o e o orvalho reluzindo em sua armadura.

— Por que parou, cão? — Ele perguntou. O homem parecia escutar os tambores fantasmagóricos. Lentamente ele se endireitou na sela, virou a cabeça e encarou Valerius, e o sorriso em seus lábios era terrível de ser visto.

— A neblina está enfraquecendo, Valerius — ele disse com uma voz renovada, apontando seu dedo ossudo. — Veja!

O tambor estava silencioso. A neblina desaparecia. Primeiro, as cristas dos rochedos ficaram à vista acima das nuvens cinzentas, altas e espectrais. As brumas baixavam cada vez mais, encolhendo-se e evanescendo. Valerius ergueu-se nos estribos com um grito que os cavaleiros ecoaram logo atrás. Por todos os lados estavam cercados por rochedos. Eles não se encontravam em um vale aberto e amplo, conforme supunham. Estavam em uma garganta cega, murada por penhascos com centenas de pés de altura. A única entrada ou saída era a estreita passagem por onde tinham vindo.

— Cão! — Valerius golpeou Tiberias direto na boca com o punho cerrado e coberto pela luva de aço. — Que truque infernal é este?

Tiberias cuspiu sangue e oscilou com uma gargalhada amedrontadora.

— Um truque que livrará o mundo de uma besta! Veja, cão!

Valerius tornou a gritar, mais de fúria do que de medo. O desfiladeiro estava bloqueado por um bando de homens terríveis e selvagens que permaneciam silenciosos como imagens; centenas de homens esfarrapados e abalados, portando lanças. E, no topo dos rochedos apareceram outros rostos, milhares deles, bravios, magros e ferozes, marcados por fogo, aço e fome.

— Um truque de Conan! — Valerius se exaltou.

— Conan nada sabe sobre isto! — Riu Tiberias. — Foi o plano de homens destruídos, arruinados e transformados em animais. Amalric estava certo. Conan não dividiu seu exército. Somos a plebe que o segue, os lobos que se escondem nestas colinas, homens sem lares, homens sem esperança. Este plano foi nosso, e os sacerdotes de Asura nos ajudaram com sua neblina. Olhe para eles, Valerius! Cada qual ostenta a marca de sua mão, no corpo ou no coração! Olhe para mim! Não me reconhece por causa desta cicatriz que seu executor me infligiu? Mas outrora me conheceu. Já fui o senhor de Amilius, cujos filhos você assassinou, cuja filha seus mercenários estupraram e mataram. Você disse que eu não me sacrificaria para atraiçoá-lo? Deuses todo-poderosos, se eu tivesse mil vidas, daria todas para comprar a sua desgraça!

— E a comprei! — Ele prosseguiu. — Olhe para os homens que você esmagou, mortos que no passado eram como reis! A hora deles chegou! Este desfiladeiro é a sua tumba. Tente escalar os rochedos; eles são lisos e altos. Tente lutar de volta até a passagem: lanças bloquearão seu caminho e pedras o esmagarão do alto! Desgraçado! Vou te esperar no Inferno!

Jogando a cabeça para trás, ele riu até que as pedras badalaram. Valerius se inclinou em sua sela e o atravessou com sua grande espada, retalhando o osso do ombro e o peito. Tiberias caiu no chão, ainda rindo em engasgos, em meio a um gorgolejo de sangue jorrando.

Os tambores reiniciaram, cercando o local com um trovão gutural; as pedras vieram abaixo; acima dos gritos agudos de homens moribundos zuniram dos penhascos as flechas em nuvens cegantes.

XXII
A Estrada para Acheron

A alvorada esbranquiçava o leste quando Amalric conduziu suas tropas para a boca do Vale dos Leões. O local era flanqueado por colinas baixas, roliças, porém íngremes, e o chão coberto por uma série de plataformas irregulares. Na parte mais alta delas, o exército de Conan mantinha sua posição, esperando pelo ataque. As tropas que haviam se juntado a ele, marchando desde a Gunderlândia, não eram compostas exclusivamente de lanceiros. Com elas haviam vindo vários milhares de arqueiros bossonianos e quatro mil barões e seus partidários do norte e oeste, inchando as alas da cavalaria.

Os lanceiros estavam desenhados em formação compacta em forma de cunha na estreita cabeça do vale. Havia dezenove mil deles, a maioria gunderlandeses, apesar de algo em torno de quatro mil serem aquilonianos de outras províncias. Eram cercados de ambos os lados por cinco mil arqueiros bossonianos. Atrás das alas de lanceiros, os cavaleiros encontravam-se em seus corcéis, imóveis, lanças erguidas; dez mil cavaleiros de Poitain, nove mil aquilonianos, barões e partidários.

Era uma posição forte. Os flancos não podiam ser invadidos, pois isso significaria escalar as íngremes colinas sob as garras das flechas e espadas dos bossonianos. Seu acampamento estava diretamente atrás deles, em um vale estreito e escarpado que, de fato, nada mais era do que um prolongamento do Vale dos Leões, em um nível um pouco mais elevado. Conan não temia ser surpreendido pela retaguarda, porque as colinas atrás estavam repletas de refugiados e homens alquebrados, cuja lealdade a ele era inquestionável.

Mas, se sua posição era difícil de ser abalada, era igualmente difícil de abandonar. Era tanto uma armadilha quanto fortaleza para os defensores, uma última e desesperada resistência de homens que não esperavam sobreviver, a não ser que fossem vitoriosos. A única linha possível de retirada era através do estreito vale atrás deles.

Xaltotun subira até uma colina do lado esquerdo do vale, próxima à larga boca. Ela era mais alta que as demais, conhecida como Altar dos Reis, por motivos há muito esquecidos. Só Xaltotun as conhecia, e sua memória datava de três mil anos.

Ele não estava só. Seus dois companheiros silenciosos, peludos, furtivos e sinistros estavam com ele, e traziam consigo uma garota aquiloniana com as mãos e pés amarrados. Eles a deitaram sobre uma antiga pedra, que se parecia curiosamente com um altar e coroava o topo da colina. Ela estivera lá por longos séculos, sendo desgastada pelos elementos, até que muitos passaram a suspeitar que não fosse nada além de uma interessante formação natural de rochas. Mas o que ela era, e por que ali estava, Xaltotun lembrava de outrora. Os seus companheiros se afastaram, as costas curvadas, como gnomos silenciosos, e Xaltotun ficou sozinho ao lado do altar de pedra, a barba negra soprada pelo vento, olhando o vale do alto.

Ele podia ver claramente o outro lado do sinuoso Shirki e, no alto das colinas além, a cabeça do vale. Podia ver a cunha de aço reluzente postada na cabeça das plataformas, as vestes dos arqueiros refletindo a luz do sol entre rochas e arbustos, os silenciosos cavaleiros parados nos corcéis, seus penachos flutuando acima dos capacetes e as lanças erguidas como moitas eriçadas.

Olhando na direção oposta, viu as longas linhas serrilhadas dos nemédios movendo-se para a entrada do vale em alas de aço brilhante. Atrás deles, os pavilhões coloridos dos lordes e cavaleiros, e as tendas tediosas dos soldados comuns que se espalhavam quase até o rio.

Como uma torrente de aço fundido, as tropas nemédias fluíram para o vale, o grande dragão escarlate oscilando acima delas. Primeiro marcharam os arqueiros em alas pares, bestas semilevantadas, virotes posicionados e dedos nos gatilhos. Depois vinham os lanceiros e, atrás deles, a verdadeira força do exército: os cavaleiros, bandeiras desfraldadas ao vento, lanças erguidas, tocando seus grandes corcéis como se rumassem para um banquete.

Lá no alto dos rochedos, a tropa aquiloniana, que era bem menor, permanecia em severo silêncio.

Havia trinta mil cavaleiros nemédios e, tal qual na maior parte das nações hiborianas, a cavalaria era a espada do exército. Os homens a pé eram usados apenas para abrir caminho para o ataque dos cavaleiros de armadura. Havia vinte e um mil desses, lanceiros e arqueiros.

Os arqueiros começaram a se espaçar conforme avançavam, sem quebrar as alas, lançando seus virotes com um zunido e ardor. Mas os projéteis não alcançavam os alvos ou atingiam inofensivamente os escudos sobrepostos dos gunderlandeses. Antes que as bestas pudessem entrar na linha de alcance letal, os arcos longos dos bossonianos estavam fazendo estragos em suas fileiras.

Bastou um pouco disso, uma tentativa fútil de trocar fogo, e os arqueiros nemédios começaram a recuar em desordem. Suas armaduras eram leves e as armas não eram páreo para os arcos longos dos bossonianos. Os arqueiros ocidentais estavam protegidos por rochas e arbustos. Além disso, os homens nemédios a pé careciam do moral dos cavaleiros, sabendo que eram usados meramente como ferramenta para abrir caminho.

Os besteiros recuaram e, entre suas linhas abertas, lanceiros avançaram. Eram na maioria mercenários, e seus senhores não tinham remorso em sacrificá-los. A intenção deles era mascarar o avanço dos cavaleiros até que estes últimos estivessem na distância de combate corporal. Então, enquanto os besteiros lançavam seus virotes de longe, de ambos os flancos, os lanceiros marcharam para os dentes da explosão que vinha de cima; atrás deles, seguiam os cavaleiros.

Quando os lanceiros começaram a fraquejar diante da selvagem saudação mortal que assobiava de cima dos rochedos, uma trombeta soou, seus companheiros se dividiram para a direita e esquerda e, pelo meio deles, os cavaleiros trovejaram em suas couraças.

Cavalgaram diretamente contra uma nuvem de morte pungente. As flechas encontravam as brechas das armaduras e se alojavam nos corcéis. Os animais se atropelaram nas plataformas gramadas, empinando e caindo para trás, arrastando seus cavaleiros junto. Formas trajando armaduras se amontoaram nos rochedos. O ataque vacilou e recuou.

De volta ao vale, Amalric reagrupou as tropas. Tarascus estava lutando com uma espada sedenta sob o estandarte do dragão escarlate, porém, foi o barão de Tor quem, de fato, comandou naquele dia. Amalric praguejou ao olhar para a floresta de pontas de lanças, visível acima e além dos capacetes dos gunderlandeses. Esperava que sua retirada os atraísse em um ataque rochedos abaixo, onde seriam cercados de ambos os lados pelos arqueiros e sufocados pelo número superior de cavaleiros. Porém, eles não tinham se movido. Servos trouxeram água do acampamento. Cavaleiros tiravam os elmos e mergulhavam a cabeça suada no líquido. Os feridos nos rochedos gritavam em vão pedindo água. Na parte superior do vale, fontes supriam os defensores. Eles não passaram sede naquele dia longo e quente de primavera.

No Altar dos Reis, ao lado daquela antiga pedra esculpida, Xaltotun assistiu à maré de aço ir e vir. Os cavaleiros investiram, com plumas acenando e lanças apontadas, atravessaram uma nuvem sibilante de flechas e colidiram contra uma parede de escudos e lanças eriçada como uma onda trovejante. Machados subiram e desceram sobre os elmos emplumados, e lanças estocaram para cima, derrubando cavalos e cavaleiros. O orgulho dos gunderlandeses não era menos feroz que o dos cavaleiros. Eles não eram dispensáveis para serem sacrificados para a glória de homens melhores. Aquela era a melhor infantaria do mundo, com uma tradição que tornava seu moral inabalável. Os reis da Aquilônia há muito haviam aprendido o valor de uma cavalaria indestrutível. Eles mantiveram sua formação implacavelmente; sobre suas alas reluzentes oscilava a grande bandeira do leão e, na ponta da cunha, uma grande figura de armadura negra rugia e golpeava como um furacão, com um machado gotejante que partia ossos e aço sem distinção.

Os nemédios lutaram tão galantemente quanto suas tradições de alta bravura exigiam, mas não conseguiam romper a cunha de aço, e do cimo dos montes, de ambos os lados, os arqueiros varriam impiedosamente suas alas comprimidas. Seus próprios arqueiros eram inúteis, e seus lanceiros, incapazes de escalar as paredes e enfrentar os bossonianos. Aos poucos, teimosos e taciturnos, os cavaleiros recuaram, contando suas selas vazias. No alto, os gunderlandeses não bradaram de triunfo. Fecharam suas fileiras, escondendo as lacunas deixadas pelo ataque. Suor escorria para dentro dos olhos nos elmos de aço. Seguraram firme as lanças e aguardaram, corações ferozes preenchidos de orgulho por terem um rei lutando a pé ao seu lado. Atrás, os cavaleiros aquilonianos não tinham se movido. Permaneciam sentados em seus corcéis, estáticos.

Um cavaleiro esporou seu cavalo suado até o topo da colina chamada Altar dos Reis e olhou amargamente para Xaltotun.

— Amalric me enviou para dizer que é hora de você usar sua magia, feiticeiro — ele disse. — Estamos morrendo como moscas no vale. Não conseguimos romper a frente deles.

Xaltotun pareceu se expandir, ficar mais alto, espantoso e terrível.

— Retorne a Amalric — ele falou. — Diga-lhe que reagrupe as alas para um ataque, mas que espere por meu sinal. Antes que o sinal seja dado, ele verá algo de que se lembrará até o dia de sua morte!

O cavaleiro saudou como que compelido contra a vontade e desceu a colina a toda velocidade.

Xaltotun postou-se junto ao horrível altar de pedra e olhou vale afora, para os mortos e feridos nas plataformas, para o grupo sombrio manchado de sangue nas cabeças das colinas e para as alas empoeiradas se reagrupando logo abaixo, no vale. Vislumbrou o céu, e depois a figura magra sobre a pedra negra. Erguendo seu punhal ornado com hieróglifos arcaicos, entoou uma invocação imemorial:

— Set, deus das trevas, senhor escamoso das sombras, pelo sangue de uma virgem e pelo símbolo sétuplo, eu invoco seus filhos de baixo da terra negra! Crianças das profundezas, sob a terra vermelha, sob a terra negra, despertem e sacudam suas horríveis jubas! Que as montanhas de pedra e colinas caiam sobre meus inimigos! Que o céu escureça acima deles e a terra se rompa sob seus pés! Que um vento vindo das profundezas escuras os envolva, enegreça e murche.

Ele fez uma pausa, o punhal erguido. No tenso silêncio, o rugido das tropas cresceu lá embaixo, carregado pelo vento.

Do outro lado do altar estava um homem vestindo um manto negro, cujo capuz escondia traços pálidos e delicados, e olhos escuros, serenos e meditativos.

— Cão de Asura! — Xaltotun murmurou, sua voz como o sibilar de uma serpente enfurecida. — Você enlouqueceu a ponto de procurar sua desgraça? Ho, Baal! Chiron!

— Torne a evocar, cão de Acheron! — O outro afirmou e sorriu. — Conclame-os em voz alta. Eles não vão escutá-lo, a não ser que seus gritos reverberem no Inferno.

De um matagal à beira da crista saiu uma soturna velha trajando vestes de camponesa, seus cabelos flutuando sobre os ombros, acompanhada de um grande lobo cinzento.

— Bruxa, sacerdote e lobo — Xaltotun sussurrou sinistramente, dando uma gargalhada. — Tolos de lançarem suas palhaçadas charlatãs contra minhas habilidades! Com um aceno vou varrê-los de meu caminho!

— Suas artes são bambus ao vento, cão de Python — respondeu o asuriano. — Não se perguntou por que o Shirki não encheu e aprisionou Conan na margem oposta? Quando eu vi os relâmpagos na noite, adivinhei seu plano e meus feitiços dispersaram as nuvens que você havia reunido antes que pudessem descarregar suas torrentes. Você nem sequer sabia que sua feitiçaria para fazer chover havia falhado.

— Mentiroso! — Berrou Xaltotun, mas a confiança em sua voz estava abalada. — Eu senti o impacto de uma poderosa feitiçaria contra a minha, mas nenhum homem na Terra poderia desfazer a magia das chuvas uma vez elaborada, a não ser que fosse possuidor do próprio coração da feitiçaria.

— Mas a enchente que planejou não ocorreu — respondeu o sacerdote. — Olhe para seus aliados no vale, pythoniano! Você os levou para o abate! Foram pegos nas presas de uma armadilha, e você não pode ajudá-los. Veja!

Ele apontou. Saído do estreito desfiladeiro do vale superior, atrás dos poitanianos, um cavaleiro vinha rápido a galope, girando algo acima da cabeça que reluzia à luz do sol. Ele desceu negligente os declives, através das alas de gunderlandeses, que emitiram um rugido grave e bateram suas lanças e escudos como trovões nas colinas. Nas plataformas, as tropas ensopadas de suor recuaram, e seu cavaleiro selvagem gritou e brandiu a coisa nas mãos como um demente. Eram os restos rasgados de uma bandeira vermelha, e o sol cintilou sobre as escamas douradas da serpente que neles se contorcia.

— Valerius está morto! — Hadrathus vibrou. — Uma névoa e um tambor levaram-no à sua sina! Eu reuni aquela bruma, cão de Python, e eu a dispersei! Eu, com minha magia que supera a sua!

— De que isso importa? — Rugiu Xaltotun, uma visão terrível, seus olhos ardendo, os traços convulsionados. — Valerius era um tolo. Não preciso dele. Posso esmagar Conan sem auxílio humano!

— Então por que a demora? — Zombou Hadrathus. — Por que permitiu que tantos aliados caíssem, atingidos pelas flechas e empalados pelas lanças?

— Porque o sangue ajuda uma grande magia! — Trovejou Xaltotun, em uma voz que fez as rochas tremerem. Uma nuvem lúrida estava sobre sua cabeça. — Porque nenhum mago desperdiça suas forças impensadamente. Porque eu preferia conservar meus poderes para os grandes dias que virão, em vez de empregá-los nesta luta nas colinas. Mas agora, por Set, hei de liberá-los ao máximo! Observe, cão de Asura, falso sacerdote de um deus fatigado, e veja algo que abalará sua sanidade para todo o sempre!

Hadrathus jogou a cabeça para trás e gargalhou, e o Inferno jazia em sua risada.

— Olhe, demônio sombrio de Python!

Sua mão saiu de dentro do manto segurando algo que ardia e queimava como um sol, modificando a luz para um brilho dourado pulsante sob o qual a pele de Xaltotun pareceu a de um cadáver.

Xaltotun gritou como se tivesse sido esfaqueado.

— O Coração! O Coração de Ahriman!

— Sim! O único poder que é maior que o seu!

Xaltotun pareceu se encolher, envelhecer. Repentinamente sua barba estava granulada como neve, os cachos salpicados de cinza.

— O Coração! — Murmurou. — Você o roubou! Cachorro! Ladrão!

— Não fui eu! Foi uma longa jornada para o sul. Mas agora ele está em minhas mãos, e sua magia negra não pode superá-lo. Tal qual o ressuscitou, ele o mandará de volta para a noite de onde o havia arrastado. Você tomará a estrada sombria de volta a Acheron, que é a estrada do silêncio e das trevas. O império das trevas, não renascido, permanecerá uma lenda e uma memória sombria. Conan reinará novamente. E o Coração de Ahriman voltará para a caverna abaixo do templo de Mitra, para queimar como um símbolo do poder da Aquilônia por milhares de anos!

Xaltotun deu um grito inumano e correu para o altar, punhal erguido; mas, de algum lugar, talvez saído dos céus ou da grande joia que brilhava na mão de Hadrathus, um feixe cegante de luz azul surgiu. Acertando em cheio o peito de Xaltotun, ele resplandeceu, e as colinas ecoaram a concussão. O mago de Acheron caiu como se tivesse sido atingido por um relâmpago e, antes mesmo de tocar o chão, já estava terrivelmente alterado. Ao lado do altar de pedra, não havia um cadáver de carne e osso, mas uma múmia enrugada, pardacenta, seca, uma carcaça irreconhecível espalhada em pó. A velha Zelata lançou-lhe um olhar sombrio e disse:

— Ele não era um homem vivo. O Coração emprestou-lhe um aspecto falso de vida, que enganava até a si próprio. Nunca o vi como outra coisa que não uma múmia.

Hadrathus se inclinou para libertar a garota no altar, quando dentre as árvores surgiu uma singular aparição; a carruagem de Xaltotun puxada por estranhos cavalos. Eles avançaram silenciosamente até o altar e pararam, com as rodas da carruagem quase tocando a coisa marrom seca sobre a grama. Hadrathus ergueu o corpo do mago e o colocou na carruagem. Sem hesitação, os bizarros corcéis deram meia-volta e seguiram em direção ao sul, colina abaixo. E Hadrathus, Zelata e o lobo cinzento os observaram desaparecer na longa estrada para Acheron, que ficava além do alcance da vista dos homens.

Lá embaixo, no vale, Amalric havia enrijecido na sela quando vira aquele selvagem cavaleiro descer os rochedos, acenando a bandeira da serpente manchada de sangue. Então algum instinto moveu sua cabeça para a colina conhecida como Altar dos Reis. E ele ficou boquiaberto. Todos os homens no vale viram; uma coluna de luz ofuscante que se elevou do topo da colina, formando uma cascata de fogo dourado. Bem acima das tropas, ela explodiu em chamas cegantes que momentaneamente empalideceram o sol.

— Aquele não é o sinal de Xaltotun! — Gritou o barão.

— Não! — Respondeu Tarascus. — É um sinal para os aquilonianos! Veja!

Acima deles, as alas estavam, enfim, se movendo rapidamente, e um ribombar trovejante ecoou por todo o vale.

— Xaltotun falhou conosco! — Amalric berrou, furioso. — Valerius falhou conosco! Caímos em uma armadilha! Que Mitra amaldiçoe Xaltotun, que nos trouxe até aqui! Soem a retirada!

— *É tarde demais!* — Tarascus gritou. — *Olhe!*

Do topo dos rochedos, a floresta de lanças mergulhou, nivelada. As alas de gunderlandeses se abriram para a esquerda e direita, como uma cortina. E, com um trovão como o rugido crescente de um furacão, os cavaleiros da Aquilônia desceram a colina.

O ímpeto daquele ataque era irrefreável. Virotes lançados pelos besteiros desmoralizados ricocheteavam nos escudos e capacetes fechados. Plumas e penas deixadas para trás, lanças abaixadas, eles varreram as linhas de lanceiros, ribombando pelos rochedos como um maremoto.

Amalric gritou um comando de ataque, e os nemédios, com coragem desesperada, esporaram seus cavalos para os rochedos. Eles ainda superavam os atacantes em número, contudo, eram homens desgastados em cavalos exaustos, investindo colina acima. Os cavaleiros da Aquilônia não haviam dado um golpe sequer naquele dia. Seus cavalos estavam descansados e vieram colina abaixo como um meteorito. E foi como um meteorito que se engalfinharam às fileiras nemédias, ferindo-os, dispersando-os, fazendo-os em pedaços e arremessando os remanescentes de cabeça dos penhascos.

Seguindo-os a pé vieram os gunderlandeses, sedentos de sangue, enquanto os bossonianos se espalharam pelas colinas, correndo atrás de qualquer inimigo que ainda se movesse.

A maré da batalha desceu as encostas, e os confusos nemédios foram levados pela crista da onda. Seus arqueiros haviam dispensado as bestas e fugiram. Os lanceiros que sobreviveram ao ataque explosivo dos cavaleiros foram retalhados pelos brutais gunderlandeses.

Em selvagem tumulto, a batalha passou pela boca do vale e chegou às planícies além, que foram infestadas por guerreiros fugindo e sendo perseguidos, presos em combates individuais e esmagados por grupos de cavaleiros em corcéis que empinavam e faziam movimentos circulares. Os nemédios foram incapazes de se reagrupar ou de formar uma resistência. Às centenas, eles correram, fugindo para o rio. Muitos o alcançaram, atravessaram e foram para o leste, com todo o país em seu encalço. O povo os caçaria como lobos; poucos chegariam a Tarantia.

O último ato não ocorreu até a queda de Amalric. O barão, lutando em vão para reunir seus homens, cavalgou direto contra o grupo de cavaleiros que seguia o gigante de armadura negra, cuja couraça ostentava o leão real, e acima de quem flutuava a bandeira do leão dourado, com o leopardo escarlate de Poitain ao seu lado. Um guerreiro alto em uma armadura reluzente deitou sua lança e investiu contra o senhor de Tor. Eles se encontraram como dois trovões. A lança do nemédio, atingindo o elmo do inimigo, rompeu parafusos e rebites e o arrancou, revelando as feições de Pallantides. Mas a lança do aquiloniano atravessou o escudo e a armadura para perfurar o coração do barão.

Um bramido fez-se alto quando Amalric foi arrancado da sela, quebrando a lança que o havia empalado, e os nemédios cederam sob o impacto da onda. Eles cavalgaram para o rio em um estampido cego que varreu as planícies como um furacão. A Hora do Dragão havia terminado.

Tarascus não fugiu. Amalric estava morto, o feiticeiro morto e a bandeira real da Nemédia pisoteada em meio a sangue e poeira. A maioria de seus cavaleiros fugia, e os aquilonianos os caçavam; Tarascus sabia que o dia estava perdido, mas com um punhado de seguidores fiéis, investiu pelo meio da peleja com um único desejo: encontrar Conan, o cimério. E, enfim, viu-se de frente para ele.

Formações tinham sido totalmente destruídas, bandos divididos e dissolvidos. As plumas de Trócero brilhavam em uma parte da planície, as de Próspero e Pallantides nas outras. Conan estava sozinho. Os protetores de Tarascus caíram uns após os outros. Até que os dois reis se encontraram de homem para homem.

Quando cavalgavam um em direção ao outro, o cavalo de Tarascus convulsionou e caiu. Conan desceu de seu corcel e foi até ele, enquanto o rei da Nemédia se desvencilhava e levantava. O aço piscou cegando sob o sol e colidiu num clangor. Faíscas azuis voaram; então, um barulho de armadura retinindo, ao que Tarascus despencou na terra ante um poderoso golpe da larga espada de Conan.

O cimério colocou sua bota encouraçada sobre o peito do inimigo e apontou-lhe a espada. Seu elmo havia desaparecido; ele balançou a juba negra, e os olhos azuis ardiam com o fogo de outrora.

— Você se rende?

— Você me poupará? — Perguntou o nemédio.

— Sim. Mais do que fez por mim, cão. Vida para você e todos os seus homens que jogarem fora as armas, ainda que eu deseje partir sua cabeça, seu ladrão infernal — o cimério adicionou.

Tarascus virou o pescoço e olhou para a planície. Os restos das tropas nemédias fugiam pela ponte de pedra com ondas de aquilonianos vitoriosos em seu encalço, golpeando com fúria de farta vingança. Bossonianos e gunderlandeses infestavam o acampamento de seus inimigos, rasgando as tendas em pedaços em busca de pilhagens, fazendo prisioneiros, vasculhando bagagens e derrubando os vagões.

Tarascus blasfemou fervorosamente, então deu de ombros, que era o que podia fazer diante das circunstâncias.

— Muito bem. Não tenho escolha. Quais são suas exigências?

— Entregue a mim todas as suas tropas que ainda resistem na Aquilônia. Ordene que suas guarnições saiam desarmadas dos castelos e cidades que mantêm dominados, e tire seus exércitos infernais da Aquilônia o mais rápido possível. Você também deverá devolver todos os aquilonianos vendidos como escravos e pagar uma indenização que será determinada posteriormente, quando o dano que sua ocupação causou ao país puder ser determinado. Você permanecerá refém até que esses termos sejam cumpridos.

— Muito bem — Tarascus concordou. — Eu entregarei todos os castelos e cidades mantidos por minhas guarnições sem resistência, e todas as outras coisas serão cumpridas. Qual o resgate pelo meu corpo?

Conan riu e tirou o pé do peito encouraçado de seu inimigo, agarrou seu ombro e o colocou de pé. Ele começou a falar, então virou-se ao ver Hadrathus se aproximando. O sacerdote estava mais calmo e tranquilo do que nunca, passando entre fileiras de homens e cavalos mortos.

Conan limpou o pó besuntado de suor de seu rosto com a mão manchada de sangue. Ele havia lutado o dia inteiro, primeiro a pé com os lanceiros, depois na sela, liderando o ataque. Sua túnica estava despedaçada, a armadura ensanguentada e amassada por golpes de espadas, machados e maças. Ele se assomava gigante contra um fundo de sangue e matança, como um sombrio herói pagão mitológico.

— Muito bom, Hadrathus! — Disse com fervor. — Por Crom, fiquei feliz ao ver seu sinal! Meus cavaleiros estavam quase enlouquecidos de impaciência e se devorando por dentro para tomarem parte na batalha. Não poderia tê-los contido por muito mais tempo. E quanto ao mago?

— Ele tomou a estrada sombria para Acheron — respondeu Hadrathus. — E eu irei para Tarantia. Meu trabalho aqui acabou, e tenho uma tarefa a ser cumprida no templo de Mitra. Todo o nosso trabalho aqui está terminado. Nestes campos, salvamos a Aquilônia... e mais do que ela. Sua cavalgada para a capital será uma procissão triunfal por um reino tomado de alegria. Toda a Aquilônia saúda o retorno do rei. Assim, até que nos encontremos novamente no grande salão real, até breve!

Conan ficou em silêncio, observando o sacerdote partir. De várias partes do campo, cavaleiros vinham em sua direção. Ele viu Pallantides, Trócero, Próspero e Servius Galannus; suas armaduras borrifadas de escarlate. O trovão da batalha começava a dar lugar ao clamor do triunfo. Todos os olhos queimando pelo conflito e brilhando de exultação estavam voltados para a grande figura do rei; braços brandiam no alto as espadas manchadas de vermelho. Uma torrente confusa de sons cresceu, grave e retumbante como a rebentação do mar:

— *Salve Conan, rei da Aquilônia!*

Tarascus falou:

— Você ainda não disse qual será o resgate.

Conan riu e embainhou sua espada. Flexionou seus poderosos braços e correu os dedos ensanguentados pelos grossos cachos negros, como se sentisse naquele momento a recuperação da coroa.

— Há uma garota em seu harém chamada Zenóbia.

— Sim, de fato há.

— Pois bem... — O rei sorriu ante uma lembrança extremamente agradável. — Ela será seu resgate e nada mais. Eu voltarei a Belverus por ela, conforme prometi. Na Nemédia, ela era uma escrava; porém, na Aquilônia, farei dela minha rainha!

Pregos Vermelhos

(Red Nails)

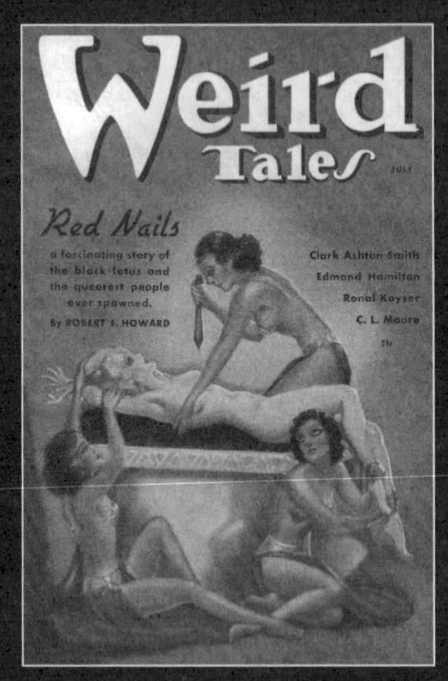

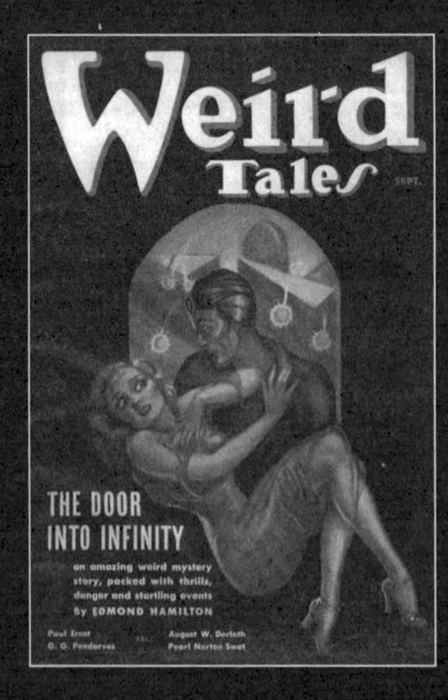

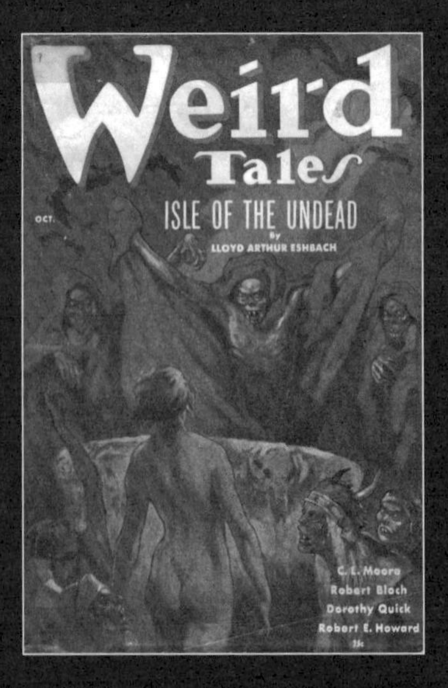

História originalmente publicada em três partes, em *Weird Tales* — julho, setembro e outubro de 1936.

I

A Caveira no Rochedo

A mulher no cavalo fez seu cansado garanhão parar. Ele ficou com as pernas afastadas e a cabeça abaixada, como se achasse demais até mesmo o peso do arreio de couro vermelho e franjas douradas. A mulher tirou a bota do estribo e gingou por cima da sela enfeitada. Amarrou as rédeas à forquilha de uma muda e virou-se com as mãos nos quadris, observando as redondezas.

Elas não eram convidativas. Árvores gigantescas cercavam a pequena poça da qual seu cavalo acabara de beber. Aglomerados de matagais limitavam a visão dela, que vasculhava à sombra crepuscular formada pelos arcos elevados de galhos entremeados. A mulher estremeceu com uma contração muscular e a seguir praguejou.

Ela era alta, de seios fartos, pernas grossas e ombros compactos. Toda a sua silhueta refletia uma força incomum, sem diminuir a feminilidade de sua aparência. Era toda mulher, a despeito do visual e dos trajes. Esses eram incongruentes, visto suas atuais cercanias. Em vez de saias, vestia calções de seda curtos e folgados, que acabavam a um palmo dos joelhos, presos por uma larga faixa de seda desgastada, usada como cinturão. Botas de couro de bico chato chegavam quase até os joelhos, e uma camisa de seda de colarinho e mangas largas completava sua vestimenta. Nos quadris simétricos, trazia de um lado uma espada reta de gume duplo, e do outro, um longo punhal. Os cabelos loiros desgrenhados, de corte reto na altura dos ombros, estavam presos por uma faixa vermelha de cetim.

Ela postou-se contra o cenário sombrio da primitiva floresta com inconsciência pitoresca, bizarra e deslocada. Deveria estar contrastando com um fundo de nuvens marítimas, mastros pintados e gaivotas voando. Seus olhos grandes traziam a cor do mar, e era assim que devia ser, porque ela era Valéria, da Irmandade Vermelha, cujos atos eram celebrados em canções e baladas onde quer que homens do mar se reunissem.

Lutou para ver além do taciturno teto verde formado pelos galhos, onde, presumidamente, o céu estava, mas acabou desistindo com um praguejo balbuciado.

Deixando o cavalo amarrado, andou para o leste, olhando para trás de tempos em tempos, em direção à poça, a fim de memorizar sua rota. O silêncio da floresta a deprimia. Não havia um pássaro sequer cantando nos galhos altos, e nenhum farfalhar nos arbustos indicava a presença de animais pequenos. Viajara léguas por um reino de meditativo silêncio, rompido apenas pelos sons da própria fuga.

Ela tinha matado a sede na poça, mas sentia agora as garras da fome e começou a procurar alguma fruta para se fartar, já que a comida que trouxera em sua sela havia acabado.

Vislumbrou adiante um afloramento de rocha escura que se parecia com um penhasco acidentado erguendo-se por entre a mata. Seu cume não podia ser visto em meio à nuvem de folhas que o cercava. Talvez o pico estivesse acima da copa das árvores e, a partir dele, ela conseguisse ver o que estava além... se, de fato, houvesse alguma coisa além da floresta infinita pela qual cavalgara durante tantos dias.

Uma cordilheira formava uma rampa natural que levava ao topo da face íngreme do penhasco. Após subir uns cinquenta pés, ela alcançou a faixa de folhas que cercava a rocha. Os troncos das árvores não se aglomeravam demais próximo ao rochedo, mas as extremidades dos galhos mais baixos se estendiam sobre ele, velando-o com sua folhagem. Ela abriu caminho pelas folhas, incapaz de ver acima ou abaixo delas, mas, enfim, vislumbrou o céu azul e, um instante depois, saiu à luz clara e quente do sol e viu a cobertura da floresta se estendendo aos seus pés.

Estava em uma larga saliência, quase na altura do topo das árvores, e dela se erguia um pináculo que representava o cume derradeiro do penhasco. Mas algo mais chamou sua atenção naquele momento. Seu pé tinha tocado um amontoado de folhas mortas que acarpetava a saliência. Ela as chutou para o lado e observou o esqueleto de um homem. Correu seu olhar experiente pela estrutura esbranquiçada, mas não viu ossos quebrados ou qualquer sinal de violência. O homem devia ter morrido de forma natural, ainda que o motivo pelo qual havia escalado até o topo do rochedo ela não conseguisse imaginar.

Foi até o cimo do pináculo e olhou para o horizonte. A cobertura da floresta, que daquele ponto parecia chão, era tão impenetrável quanto vista de baixo. Não conseguia nem sequer ver a poça onde deixara seu cavalo. Mirou o norte, a direção de onde tinha vindo. Viu apenas o oceano verde se desvelando sem interrupções, com uma vaga linha azul ao longe insinuando a cadeia montanhosa que cruzara dias antes para mergulhar naquela vastidão de folhas.

A leste e oeste a vista era a mesma, embora nessas direções a linha azul de cordilheiras não existisse. Mas, ao voltar os olhos para o sul, enrijeceu e perdeu o fôlego. A um quilômetro e meio naquela direção, a floresta se afinava e cessava abruptamente, dando lugar a uma planície pontilhada de cactos. E, no meio dela, avolumavam-se as torres e muralhas de uma cidade. Valéria vociferou, espantada. Aquilo era inacreditável. Não teria ficado surpresa ao ver outro tipo de habitações humanas... cabanas em forma de colmeia do povo negro ou a misteriosa raça de pele morena das colinas, que as lendas diziam habitar parte daquela região inexplorada. Mas foi uma experiência arrebatadora topar com uma cidade murada ali, a tantas semanas de marcha dos postos avançados mais próximos de qualquer tipo de civilização.

Com as mãos cansadas de se agarrar ao pináculo espiralado, ela permitiu-se relaxar na saliência, franzindo a testa, indecisa. Tinha ido longe desde o campo de mercenários perto da cidade fronteiriça de Sukhmet, em meio a prados planos, onde aventureiros desesperados de muitas raças protegiam a fronteira da Stygia contra ataques que vinham de Darfar como uma onda vermelha. Sua fuga fora às cegas, adentrando um país que desconhecia por completo. Agora, ela oscilava entre a necessidade de rumar diretamente para aquela cidade na planície e o instinto de precaução, que a compelia contorná-la amplamente e prosseguir sua fuga solitária.

Seus pensamentos foram dispersos pelo farfalhar de folhas abaixo. Virou-se como uma felina, segurando sua espada; então, estancou congelada, encarando o homem que estava à sua frente.

Tinha quase a estatura de um gigante, os músculos definidos sob a pele tornada marrom pelo sol. Suas vestes eram similares às dela, exceto pelo grande cinto de couro que ele usava em vez de um cinturão. Uma espada larga e um punhal pendiam dele.

— Conan, o cimério! — A mulher bradou. — O que *faz* me seguindo?

Ele deu um sorriso rude e os ferozes olhos azuis arderam com uma luz que qualquer mulher poderia compreender, enquanto examinavam aquela magnífica figura, detendo-se nos fartos seios sob a camisa leve e na pele alva à mostra no espaço entre as botas e as calças.

— Não sabe? — Ele riu. — Não deixei clara a admiração que sinto por você desde que a conheci?

— Um garanhão não teria deixado mais claro — ela respondeu, com desdém. — Mas não esperava encontrá-lo tão longe dos barris de cerveja e pratos de carne de Sukhmet. Você realmente me seguiu desde o acampamento de Zarallo ou foi chicoteado e expulso por algum patife?

Ele riu diante da insolência e flexionou os poderosos bíceps.

— Sabe, Zarallo não tinha patifes suficientes para me chicotear e expulsar do acampamento — ele sorriu. — Claro que a segui. Sorte sua, garota! Quando esfaqueou aquele oficial stygio, perdeu o favoritismo e a proteção de Zarallo, e tornou-se procurada pelos stygios.

— Eu sei — ela afirmou, taciturna. — Mas o que mais poderia fazer? Sabe como fui provocada.

— Claro — ele concordou. — Se estivesse lá, eu mesmo o teria esfaqueado. Mas, se uma mulher decide viver em um acampamento de homens, deve esperar esse tipo de coisa.

Valéria pisou firme e praguejou.

— Por que os homens não me deixam viver uma vida de homem?

— Isso é óbvio! — Os olhos ávidos dele tornaram a devorá-la. — Mas você foi sábia ao fugir. Os stygios a teriam esfolado. O irmão daquele oficial a seguiu; mais rápido do que você imaginava, sem dúvida. Ele não estava muito para trás quando o alcancei. Tinha um cavalo melhor do que o seu. Mais alguns quilômetros e a teria alcançado e cortado seu pescoço.

— E? — Ela perguntou.

— E o quê? — Ele parecia confuso.

— E o stygio?

— O que acha? — Ele respondeu, impaciente. — Eu o matei, claro, e deixei a carcaça para os abutres. Isso me atrasou, e quase perdi a sua trilha quando atravessou os picos rochosos das colinas. Se não fosse isso, eu já a teria alcançado há muito tempo.

— E agora você acha que pode me arrastar para o acampamento de Zarallo? — Ela escarneceu.

— Não diga besteiras. Fique calma, garota, não seja tão irascível. Sabe, não sou como o stygio que você esfaqueou.

— É um vagabundo sem um centavo — ela provocou. Ele riu:

— E o que diz de si mesma? Não tem dinheiro suficiente nem para comprar novos fundilhos para suas calças. Seu desdém não me engana. Sabe que já comandei navios maiores e mais homens do que você jamais teve. Quanto a não ter um centavo... que pirata não é assim a maior parte do tempo? Já esbanjei ouro suficiente nos portos do mundo para encher um galeão. E você sabe disso também.

— E onde estão os belos navios e os bons rapazes que comandava neste momento? — Ela zombou.

— A maior parte no fundo do mar — ele respondeu alegremente. — Os zíngaros afundaram minha última nau na costa shemita... foi quando me juntei aos Companheiros Livres de Zarallo. Mas vi que tinha me dado mal quando marchamos para a fronteira de Darfar. Pagavam pouco, o vinho era azedo e não gosto muito de mulheres negras. E elas eram as únicas que iam ao nosso acampamento em Sukhmet... anéis no nariz e dentes afilados... bah! Por que você se juntou a Zarallo? Sukhmet está bem longe da água salgada.

— Ortho, o Ruivo, queria que eu me tornasse sua amante — ela respondeu, carrancuda. — Certa noite, pulei do navio e nadei até a praia quando ancoramos na costa kushita, em Zabhela. Um comerciante shemita me disse que Zarallo havia levado seus Companheiros Livres ao sul, para proteger a fronteira de Darfar. Não havia nenhum emprego melhor em vista, então juntei-me à caravana que seguia para leste e, mais tarde, cheguei a Sukhmet.

— Foi loucura mergulhar para o sul da maneira como fez — Conan comentou. — Mas também foi inteligente, pois as patrulhas de Zarallo não pensaram em procurá-la nesta direção. Só o irmão do homem que matou seguiu seu rastro.

— E o que você pretende fazer agora? — Ela inquiriu.

— Ir para oeste — ele respondeu. — Já estive tão longe assim a sul, mas não a leste. Muitos dias viajando para oeste nos levará às savanas abertas, onde as tribos negras criam gado. Tenho amigos entre elas. Chegaremos até a costa e encontraremos um navio. Cansei da selva.

— Então pode seguir caminho — ela aconselhou. — Tenho outros planos.

— Não seja tola! — Ele demonstrou irritação pela primeira vez. — Não pode continuar vagando por esta floresta.

— Eu posso, se quiser.

— Mas o que pretende fazer?

— Isso não é da sua conta — ela afirmou.

— É, sim — ele respondeu com calma. — Acha que a segui até aqui para dar a volta e ir embora de mãos vazias? Seja sensata, garota. Eu não vou machucá-la.

Ele deu um passo na direção de Valéria, que deu um pulo para trás e desembainhou a espada:

— Fique longe, cão bárbaro! Vou retalhá-lo que nem um porco assado!

Ele parou relutante e perguntou:

— Quer que eu arranque esse brinquedo de você e a espanque com ele?

— Palavras! Só palavras! — Ela zombou. Luzes como o brilho do sol sobre águas azuis dançavam em seus olhos inconsequentes.

Ele sabia que era verdade. Nenhum homem poderia desarmar Valéria, da Irmandade, com as mãos nuas. Ele fez cara feia, suas sensações um emaranhado de emoções conflitantes. Estava zangado, contudo, espantado e cheio de admiração pelo espírito da moça. Ele ardia de desejo de agarrar aquela esplêndida figura e apertá-la com seus braços de ferro, mas nunca a machucaria. Estava dividido entre o desejo de sacudi-la para fazer com que caísse em si e de acariciá-la. Sabia que, se chegasse mais perto, a espada dela seria cravada em seu coração. Tinha visto Valéria matar homens suficientes em conflitos na fronteira e em brigas nas tavernas para ter qualquer ilusão. Sabia que ela era rápida e feroz como uma tigresa. Poderia desembainhar sua espada e tentar desarmá-la, arrancar a lâmina de sua mão, mas a ideia de sacar uma espada contra uma mulher, mesmo sem intenção de feri-la, era-lhe extremamente repugnante.

— Maldita seja a sua alma, garota! — Ele exclamou, exasperado. — Eu vou tirar essa...

Ele começou a ir até ela, sua raiva apaixonada tornando-o descuidado, e ela posicionou-se para desferir uma estocada mortal. Foi quando veio uma surpreendente interrupção à cena, ao mesmo tempo perigosa e absurda.

— *O que foi isso?*

Valéria foi quem exclamou, mas os dois haviam estancado bruscamente. Conan virou-se com a espada em punho. Na floresta, uma pavorosa mistura de gritos eclodira... gritos dos cavalos em terror e agonia. Em meio a eles, escutaram o som de ossos sendo partidos.

— São leões matando os cavalos! — Valéria berrou.

— Leões, nada! — Conan rosnou, os olhos ardendo. — Escutou algum rugido? Eu, não! Ouça esses ossos sendo quebrados... nem mesmo um leão poderia fazer um barulho desses ao matar um cavalo.

Ele desceu às pressas a ponte natural, seguido por ela, o conflito pessoal engolido pelo instinto aventureiro de se unirem contra um perigo em comum. Os gritos já haviam cessado quando chegaram mais abaixo, atravessando o véu verde de folhas que roçava a rocha.

— Encontrei seu cavalo amarrado ao lado de uma poça, lá atrás — ele murmurou, andando tão silenciosamente que agora ela não se perguntava mais como ele a surpreendera no rochedo. — Prendi o meu junto a ele e segui o rastro das suas botas. Tome cuidado agora!

Eles haviam saído do cinturão de folhas e olhavam direto para os recessos mais baixos da floresta. Acima, o teto verde abria seu dossel crepuscular. Abaixo, a luz do sol era filtrada apenas o bastante para criar uma penumbra manchada de jade. Os enormes troncos de árvores a menos de cem metros dali pareciam difusos e espectrais.

— Os cavalos deveriam estar depois daquele matagal, logo ali — Conan sussurrou, e sua voz poderia ser uma brisa passando pelos galhos. — Ouça!

Valéria já tinha ouvido, e um arrepio percorreu suas veias; inconscientemente, ela tocou com a mão branca o braço musculoso e moreno do companheiro. Por detrás do matagal soava o barulho de ossos sendo esmagados e carne despedaçada, junto dos sons de trituração e lambidas de um horrível banquete.

— Leões não fariam esse barulho — Conan sussurrou. — Algo está devorando os cavalos, mas não é um leão... Crom!

O ruído parou repentinamente e o cimério praguejou. Uma leve brisa começou a soprar, indo diretamente na direção em que o assassino oculto estava.

— Lá vem! — Conan murmurou, erguendo ligeiramente a espada.

O matagal se agitou violentamente e Valéria segurou firme o braço do bárbaro. Embora não conhecesse a selva, sabia que nenhum animal que já tinha visto poderia sacudir as matas daquela maneira.

— Deve ser grande como um elefante — Conan disse, ecoando os pensamentos dela. — Que diabos... — Sua voz desapareceu num silêncio estupefato.

Do matagal apontou uma cabeça que era um pesadelo alucinante. Mandíbulas abertas ostentavam fileiras de presas amarelas salivando; sobre a boca um focinho sáurio se projetava. Olhos enormes, como os de um píton mil vezes potencializados, encaravam sem piscar os humanos petrificados, agarrados à rocha acima. Sangue manchava os lânguidos lábios escamosos e pingava da boca enorme.

A cabeça, maior do que a de um crocodilo, culminava em um longo pescoço coberto de escamas, sobre o qual havia fileiras de placas ósseas serrilhadas e, abaixo, esmagando sarças e arbustos, bamboleava o corpo de um titã; um gigantesco torso com uma barriga em forma de barril, apoiado sobre pernas absurdamente curtas. O ventre branco quase raspava no chão, enquanto a coluna dentada se erguia mais alto do que Conan conseguiria alcançar na ponta dos pés. Uma longa cauda perfurante, como a de um escorpião, vinha logo atrás.

— Volte para o penhasco, rápido! — Conan urgiu, empurrando a garota. — Não creio que ele possa escalá-lo, mas é capaz que fique sobre duas patas e nos alcance aqui...

Com os estalos de arbustos partindo, o monstro arremeteu do matagal, mas eles fugiram rochedo acima como folhas sopradas pelo vento. Ao mergulhar na tela verde, Valéria olhou para trás e viu o titã empinar audaciosamente sobre as maciças pernas traseiras, da maneira como Conan previra. Ao fazê-lo, a fera pareceu mais gigantesca do que nunca; seu focinho se pronunciando em meio às árvores. Então, a mão de ferro de Conan fechou-se em volta do pulso da moça e ela foi arremessada no emaranhado de folhas, tornando a sair sob a luz do sol bem quando o monstro pendia para a frente, as patas dianteiras sobre o penhasco, com um impacto que fez a rocha vibrar.

Atrás dos fugitivos, a enorme cabeça atravessou os galhos e, por um instante horrível, eles olharam para baixo, encarando uma visão de pesadelos

emoldurada em meio a folhagem verde, olhos chamejantes e mandíbulas abertas. Então as presas fecharam futilmente e a cabeça se retirou, desaparecendo da vista, como se tivesse afundado em uma piscina.

Espiando pelos galhos quebrados que triscavam a rocha, eles viram a criatura se acocorar aos pés do rochedo e encará-los, sem piscar.

Valéria estremeceu.

— Quanto tempo acha que ele ficará ali, agachado?

Conan deu um chute na caveira coberta de folhas que estava na saliência.

— Este sujeito deve ter subido aqui para fugir dele ou de outro igual a ele. Deve ter morrido de fome. Não há ossos quebrados. Aquela coisa deve ser um dragão, como os negros contam em suas lendas. Se for, não sairá daqui até que nós dois estejamos mortos.

Valéria o encarou com olhos vazios, o ressentimento esquecido. Combateu um pânico iminente. Já havia provado sua coragem milhares de vezes em batalhas selvagens no mar e na terra, nos conveses tornados escorregadios pelo sangue de naus de guerra incendiadas, na pilhagem de cidades muradas e nas areias pisoteadas das praias onde os homens desesperados da Irmandade Vermelha banhavam suas facas uns nos corpos dos outros nas lutas por liderança. Mas a possibilidade que a confrontava agora congelou seu sangue. Um golpe de cutelo no coração da batalha não era nada; mas sentar-se ociosa e indefesa em uma rocha nua até morrer de fome, cercada por uma monstruosidade que sobreviveu a uma era antiga... esse pensamento mandou vibrações de pânico para o cérebro dela.

— Ele tem que sair para comer e beber — ela disse.

— Ele não precisa ir muito longe — Conan pontuou. — Acabou de se empanturrar com carne de cavalo e, como uma cobra, deve poder ficar bastante tempo sem voltar a comer e beber. Mas parece que, diferentemente de uma cobra de verdade, não dorme após comer. Seja como for, não consegue escalar este penhasco.

Conan falou decididamente. Ele era um bárbaro, e a paciência terrível da natureza selvagem e de seus filhos era tão inerente a ele quanto sua cobiça e fúria. Conan era capaz de suportar uma situação como aquela com uma frieza inviável para uma pessoa civilizada.

— Será que não podemos nos embrenhar nas árvores e escapar, passando de galho em galho como macacos? — Ela perguntou, desesperada. Ele meneou a cabeça:

— Pensei nisso. Os galhos que encostam no penhasco são finos demais. Quebrariam com nosso peso. Além disso, acho que aquele diabo conseguiria arrancar qualquer uma dessas árvores.

— Bem, vamos sentar os traseiros aqui, como ele, até morrermos de fome? — Ela gritou furiosamente e chutou o crânio saliência abaixo. — Não farei isso! Vou lá embaixo arrancar a cabeça daquela coisa...

Conan havia se sentado em uma projeção da rocha, aos pés do pináculo. Olhava com um lampejo de admiração para os olhos ardentes e o corpo tenso da moça; contudo, ao perceber que ela estava prestes a cometer uma loucura, não permitiu que sua voz denotasse a admiração que sentia.

— Sente-se — grunhiu, segurando-a pelo punho e puxando-a para baixo. Ela ficou surpresa demais para resistir quando ele tirou a espada de suas mãos e a embainhou. — Sente-se e fique calma. Você só quebraria seu aço naquelas escamas. Ele a engoliria de uma só vez ou a esmagaria como um osso com aquele rabo pontudo. Vamos sair desta enrascada de alguma maneira, mas não conseguiremos se formos mastigados e deglutidos.

Ela não respondeu nem tentou tirar o braço dele, que envolveu sua cintura. Estava assustada, e a sensação era nova para Valéria, da Irmandade Vermelha. Assim, sentou-se sobre o joelho de seu companheiro, ou captor, com uma docilidade que teria espantado Zarallo, que a chamara de mulher-demônio saída de um harém do Inferno.

Conan brincou à toa com os cachos enrolados e amarelos da moça, repentinamente ciente de sua conquista. Nem o esqueleto aos seus pés ou o monstro acocorado abaixo perturbava sua mente ou diminuía seu interesse.

Os olhos irrequietos dela, examinando a folhagem, descobriram borrifos coloridos em meio ao verde. Eram frutas; globos grandes, de cor vermelho-escura, pendurados nos galhos de uma árvore cujas folhas largas eram de um verde peculiarmente vívido. Ela percebeu que estava com fome e sede, muito embora a sede não a tivesse assolado até que se desse conta de que não poderia descer do penhasco para encontrar água e comida.

— Não precisamos passar fome — disse. — Podemos alcançar aquelas frutas.

Conan olhou para onde ela apontava.

— Se comermos aquilo, não precisaremos da mordida de um dragão — ele grunhiu. — Aquilo é o que o povo de Kush chama de Maçãs de Derketa. Derketa é a Rainha dos Mortos. Tome um pouco daquele suco ou derrame-o na sua pele e estará morta antes de atingir a base deste penhasco.

— Oh!

Ela caiu em profundo silêncio. Refletiu que parecia não haver saída daquela situação. Não via como fugir e a única preocupação de Conan parecia ser com sua cintura e seus cabelos encaracolados. Se estava elaborando um plano de fuga, ele não demonstrava. Enfim, ela disse:

— Se você tirar as mãos de mim o bastante para subir até aquele pico, verá algo que o deixará surpreso.

Ele lançou um olhar questionador, mas a seguir deu de ombros e obedeceu. Subindo ao pináculo, olhou por cima da cobertura da floresta.

Ficou em silêncio por um longo período, parado como uma estátua de bronze sobre a rocha.

— Sem dúvida, é uma cidade murada — disse, enfim. — Era para lá que você estava indo quando tentou me dispensar para ir sozinha até a costa?

— Eu a vi antes que você aparecesse. Não sabia dela quando saí de Sukhmet.

— Quem pensaria em encontrar uma cidade aqui? Não creio que os stygios tenham vindo tão longe. Será que os negros construíram uma cidade como aquela? Não vejo rebanhos ou plantações, nenhum sinal de cultivo ou de pessoas movendo-se por lá.

— Como espera ver tudo isso de tão longe? — Ela perguntou.

Ele ergueu os ombros e desceu até a saliência.

— Bem... o povo da cidade não pode nos ajudar agora. E talvez não o fizesse, mesmo se pudesse. Em geral, o povo dos países negros é hostil com estrangeiros. É provável que nos espetasse com lanças...

Ele parou de falar e ficou quieto, como se tivesse se esquecido do que dizia, enquanto encarava as esferas vermelhas brilhando em meio às folhas.

— Lanças! — Murmurou. — Que maldito idiota sou por não ter pensado nisso antes! Isso mostra o que uma mulher bonita consegue fazer com a cabeça de um homem.

— Do que está falando? — Ela perguntou.

Sem responder, ele desceu até o cinturão de folhas e olhou através delas. A grande fera continuava acocorada, olhando para o penhasco com a apavorante paciência do povo réptil. Outro da espécie dele podia ter olhado da mesma maneira para os ancestrais trogloditas deles, refugiados em uma árvore de algum rochedo alto, no alvorecer das eras. Conan o amaldiçoou de forma impessoal e começou a cortar galhos, puxando-os e decepando o mais longe da extremidade que conseguia. A agitação das folhas deixou o monstro inquieto. Ele se levantou e chicoteou com a hedionda cauda, derrubando árvores como se fossem palitos de dentes. Conan o observava com o canto dos olhos e, logo quando Valéria acreditava que o dragão tornaria a se arremessar contra o rochedo, o cimério recuou e tornou a subir até a plataforma, trazendo os galhos cortados. Havia três deles, fustes longos, com dois metros de comprimento, mas não mais largos do que o dedão do homem. Ele também havia cortado diversos cipós grossos.

— Galhos leves demais para servir de lança e trepadeiras mais finas que cordas — ele pontuou, mostrando a folhagem em volta do penhasco. — Não aguentariam nosso peso... mas existe força na união. Era isso que os renegados aquilonianos costumavam dizer a nós, cimérios, quando chegaram às colinas para juntar um exército para invadir seu próprio país. Mas nós sempre lutamos em clãs e tribos.

— Que diabos isso tem a ver com essas varetas? — Ela perguntou.

— Espere e verá.

Juntando os galhos num feixe compacto, ele prendeu o cabo de seu punhal entre eles em uma extremidade. A seguir, amarrou tudo com os cipós e, ao completar a tarefa, tinha uma lança resistente, com uma ponta robusta, de dois metros de comprimento.

— De que isso vai adiantar? — Ela quis saber. — Você disse que lâminas não conseguem penetrar as escamas dele...

— Ele não possui escamas em todos os lugares — Conan respondeu. — Existe mais de um jeito de esfolar uma pantera.

Indo até a beirada das folhas, ergueu a lança e, com cuidado, estocou uma das Maçãs de Derketa, ficando de lado para evitar as gotas roxas escuras que pingaram da fruta perfurada. A seguir, removeu a lâmina e mostrou para ela o aço azulado, manchado por um carmesim insosso.

— Não sei se dará certo ou não — ele disse. — Aqui tem veneno suficiente para matar um elefante, mas... bem, vamos ver.

Valéria seguiu logo atrás dele quando se inclinou entre as folhas. Segurando cuidadosamente a ponta envenenada a distância, ele enfiou a cabeça entre os galhos e se dirigiu à criatura.

— O que está esperando aí embaixo, sua cria bastarda de pais questionáveis? — Foi um de seus melhores xingamentos. — Enfie sua cabeça feia aqui de novo, fera pescoçuda... ou quer que eu desça aí e chute esse seu traseiro espinhoso?

E teve mais... um bocado tão eloquente que até fez Valéria arregalar os olhos, a despeito de sua educação profana em meio a marinheiros. E causou efeito no monstro. Assim como os latidos incessantes de um cachorro enfurecem animais mais silenciosos, a voz clamorosa do homem despertava medo no seio de certas feras e uma fúria insana em outras. De repente, com espantosa velocidade, a besta mastodôntica se ergueu nas patas traseiras e alongou o pescoço e o corpo num furioso esforço para alcançar o vociferante pigmeu, cujo alvoroço perturbava o silêncio primitivo de seu reino ancestral.

Mas Conan tinha julgado com precisão a distância. A um metro e meio abaixo, a poderosa cabeça arremeteu de modo terrível, porém fútil, dentre a folhagem. E, ao que a monstruosa boca se abriu como o de uma grande cobra, Conan enfiou a lança no canto vermelho do maxilar. Estocou para baixo com toda a força dos braços, enfiando o longo punhal até o cabo através da pele, tendões e ossos.

As mandíbulas se fecharam instantaneamente, despedaçando a lança tripla e quase derrubando Conan de onde estava. Ele teria caído se não fosse pela garota, que segurou seu cinturão e o puxou. Ele se agarrou a uma projeção da rocha e sorriu para ela em agradecimento.

Lá embaixo, o monstro se contorcia como um cachorro com pimenta nos olhos. Ele balançava a cabeça de um lado para o outro, dava patadas e abria a boca repetidamente à extensão máxima.

Logo, pôs a enorme pata dianteira no toco de lança e conseguiu arrancar a lâmina. Então, levantou a cabeça, a bocarra escancarada vertendo sangue, e olhou para o cume do penhasco com tamanha fúria concentrada e inteligência que Valéria estremeceu e sacou sua espada. As escamas em suas costas e flancos mudaram de um marrom enferrujado para vermelho lúrido. Ainda mais horrível, o monstro quebrou seu silêncio. Os sons que saíram daquelas mandíbulas vertendo sangue não se pareciam com algo que pudesse ser produzido por uma criatura deste planeta.

Com rugidos brutais e dissonantes, o dragão se arremessou contra o rochedo que era a cidadela dos seus inimigos. Repetidamente a poderosa cabeça subiu por entre os galhos, abocanhando em vão o ar. Ele trombou o corpanzil contra a rocha, fazendo-a vibrar da base ao cume. E, apoiando-se nas patas de trás, agarrou a elevação feito um homem, e tentou escalá-la como se estivesse numa árvore.

A demonstração de fúria primitiva congelou o sangue de Valéria, mas Conan estava próximo demais do primitivismo para sentir algo que não fosse um abrangente interesse. Para o bárbaro, ao contrário da concepção da guerreira, não existia um abismo tão grande que distanciasse ele e os outros homens dos animais. Para o guerreiro, o monstro abaixo era apenas uma forma de vida que diferia de si principalmente em termos físicos. Conan atribuía à fera características similares às suas, e via na ira dela uma contraparte à sua; via nos rugidos e gemidos dela os equivalentes reptilianos ao praguejar que ele próprio despejava contra ela. Sentindo certa identificação com todas as coisas selvagens, até mesmo dragões, era impossível para ele experimentar o mesmo horror que assaltou Valéria diante da visão da ferocidade do animal.

Ele sentou-se tranquilamente e apontou as diversas mudanças que começavam a ocorrer nos grunhidos e ações da criatura.

— O veneno está se espalhando — disse com convicção.

— Não acredito. — Para Valéria, parecia irracional supor que alguma coisa, por mais letal que fosse, tivesse qualquer efeito naquela montanha de músculos e fúria.

— Há dor na voz dele — Conan declarou. — Antes só estava furioso por causa da picada na boca. Agora está sentindo o efeito do veneno. Veja! Está cambaleando. Em mais alguns minutos estará cego. Que foi que eu te disse?

Súbito, o dragão balançou e disparou pelos arbustos.

— Está fugindo? — Valéria perguntou, insegura.

— Ele foi para a poça! — Conan deu um pulo, entrando em plena atividade. — O veneno o deixou com sede. Vamos! Estará cego em poucos instantes, mas pode farejar o caminho de volta até o penhasco e, se nosso odor continuar aqui, ficará ali sentado até morrer. E seus gritos podem atrair outros de sua espécie. Vamos!

— Lá embaixo? — Valéria estava apavorada.

— Claro! Vamos para a cidade! Podem cortar nossas cabeças lá, mas é nossa única chance. Mesmo com a possibilidade de encontrarmos outros mil dragões no caminho, é melhor correr o risco do que ficar aqui. Se o esperarmos morrer, podemos ter de lidar com uma dúzia de outros. Siga-me, depressa!

Ele desceu a rampa rápido como um macaco, parando apenas para ajudar sua companheira menos ágil que, até ter visto o cimério escalar, julgava ser capaz de fazer qualquer coisa tão bem quanto qualquer homem, fosse no convés de um navio ou na beira de um precipício.

Eles alcançaram a penumbra sob os galhos e deslizaram silenciosamente até o chão, embora Valéria sentisse que seu coração batendo poderia ser escutado de longe. O barulho de lambidas e gorgolejos além do matagal denso indicava que o dragão bebia da poça.

— Assim que estiver de barriga cheia, ele vai voltar — Conan murmurou. — Pode levar horas para que o veneno o mate... se é que o fará.

Em algum lugar além da floresta, o sol afundava no horizonte. As matas eram um local enevoado, de sombras escuras e panoramas sombrios. Conan segurou o pulso de Valéria e afastou-se do sopé do rochedo. Fez menos barulho do que uma brisa soprando entre os troncos das árvores, mas Valéria sentia que suas botas os traíam enquanto caminhavam pela vegetação.

— Acho que ele não consegue seguir uma trilha — Conan afirmou. — Mas, se um vento soprar contra nós, poderá farejar nosso cheiro.

— Que Mitra impeça o vento de soprar! — Valéria suspirou. Seu rosto estava pálido na penumbra. Ela apertou firme a espada, mas a sensação do cabo envolvido por couro só lhe inspirava uma sensação de impotência.

Ainda estavam a alguma distância dos limites da floresta quando ouviram o barulho de algo partindo e batendo mais atrás. Valéria mordeu os lábios para reprimir um grito.

— Ele está em nosso encalço! — Ela sussurrou ferozmente.

Conan balançou a cabeça.

— Ele não nos farejou na rocha e está andando às cegas pela floresta para tentar captar nosso cheiro. Vamos! Agora é a cidade ou nada! Conseguirá despedaçar qualquer árvore em que a gente subir. Se ao menos o vento continuar fraco...

Eles andaram até que as árvores começaram a minguar. Atrás deles, a floresta era um oceano impenetrável de sombras. Os barulhos ominosos ainda soavam, enquanto o dragão descrevia seu curso errático.

— A planície está logo à frente — Valéria suspirou. — Mais um pouco e nós...

— Crom! — Conan praguejou.

— Mitra! — Valéria sussurrou.

Do sul, um vento soprou.

Ele foi na direção da floresta negra que eles deixavam para trás. Imediatamente, um rugido horrível sacudiu as matas. Os sons aleatórios de coisas partindo se transformaram num romper constante ao que o dragão veio como um furacão em direção ao ponto em que o odor de seus inimigos flutuava.

— Corra! — Conan rugiu, seus olhos ardendo como os de um lobo aprisionado. — É só o que podemos fazer!

Botas de marinheiros não são feitas para correr, e uma vida de pirataria não prepara corredores. Uma centena de metros e Valéria estava ofegante e descompassada. Atrás deles, o barulho tornou-se um trovão quando o monstro irrompeu do matagal e ganhou campo aberto.

O braço de ferro de Conan em volta da cintura da mulher praticamente a levantou; seus pés mal tocavam o chão ao ser impelida numa velocidade que não teria alcançado sozinha. Se conseguissem ficar fora do caminho da fera por mais um tempo, talvez aquele vento que os traíra mudasse de direção... mas o vento se sustentou, e uma rápida olhadela por sobre o ombro mostrou a Conan que o monstro estava quase sobre eles, arremetendo como um galeão de guerra frente a um furacão. O bárbaro arremessou Valéria com tamanha força que a mandou a três metros de distância, fazendo-a aterrissar sobre uma pilha de folhas aos pés da árvore mais próxima, e virou-se para ficar no caminho do titã trovejante.

Convencido de que sua hora havia chegado, o cimério agiu em conformidade com seus instintos e investiu contra a pavorosa face que caía sobre ele. Saltou e retalhou, sentindo sua espada cortar fundo as escamas que protegiam aquele poderoso focinho... Então, um impacto avassalador o nocauteou, fazendo-o decolar e rolar por 15 metros, sentindo todo o fôlego e metade da vida serem arrancados de seu corpo.

Como o atordoado cimério voltou a ficar de pé, nem ele próprio saberia dizer. O único pensamento presente em seu cérebro era a mulher caída, aturdida e indefesa, quase no caminho daquele demônio. Antes mesmo que o fôlego retornasse ao peito, ele estava de pé, com a espada em punho.

Ela continuava onde ele a tinha jogado, lutando para posicionar-se sentada. Nem presas afiadas ou patas tentavam esmagá-la. Tinha sido um ombro ou a pata dianteira que atingira Conan, e o monstro cego continuou em frente, esquecendo-se das vítimas cujo odor vinha seguindo na agonia repentina de seus espasmos mortais. Ele prosseguiu em seu curso até que a cabeça abaixada colidiu contra uma enorme árvore em seu caminho. O impacto arrancou a árvore pela raiz e provavelmente danificou o cérebro no interior daquele crânio malformado. Árvore e monstro tombaram juntos, e os humanos atônitos viram os galhos e folhas sacudirem pelas convulsões da criatura que cobriam... até tranquilizarem-se.

Conan ajudou Valéria a se levantar, e juntos começaram a se afastar numa corrida aos tropeços. Alguns momentos depois, emergiram no crepúsculo silencioso da planície desnuda.

Conan parou por um instante e olhou para trás, para a solidez de ébano que haviam deixado. Nenhuma folha se mexia, nenhum pássaro chilreava.

Estava tão quieto quanto deveria ser antes da criação do homem.

— Vamos — Conan murmurou, segurando a mão da companheira. — Temos que ir agora. Se mais dragões saírem das matas atrás de nós...

Ele não precisou terminar a sentença.

A cidade parecia muito distante na planície, mais ainda do que quando vista do rochedo. O coração de Valéria pulsava a ponto de sentir que a estrangularia. A cada passo ela esperava escutar o barulho dos arbustos sendo arrebentados e ver outro pesadelo colossal cair sobre eles. Mas nada perturbou o silêncio.

Após deixarem as matas um quilômetro para trás, Valéria respirou aliviada. Sua autoconfiança jovial começou a retornar. O sol tinha se posto e as trevas pairavam sobre a planície, levemente iluminada pelas estrelas, que transformavam os cactos espalhados em fantasmas atrofiados.

— Nenhum gado ou campos de cultivo — Conan disse. — Como essas pessoas vivem?

— Talvez o gado seja levado a currais durante a noite — Valéria sugeriu. — E os campos e pastagens fiquem do outro lado da cidade.

— Talvez — ele grunhiu. — Mas não vi nenhum do penhasco.

A lua surgiu por trás da cidade, delineando em preto os muros e torres sob o brilho amarelado. Valéria estremeceu. Enegrecida contra ela, a estranha cidade tinha um visual sombrio e sinistro.

Talvez um sentimento similar tivesse acometido Conan, pois ele parou, olhou à sua volta e resmungou:

— Vamos parar aqui. Não adianta chegar aos portões durante a noite. É provável que não nos deixem entrar. Além disso, precisamos descansar e não sabemos como seremos recebidos. Algumas horas de sono nos deixarão em melhor forma para lutar ou fugir.

Ele foi na frente até um canteiro de cactos que cresciam em círculos; um fenômeno comum em um deserto do sul. Com sua espada fez uma abertura e sinalizou para Valéria entrar.

— De qualquer modo, estaremos a salvo de cobras aí.

Ela olhou um pouco assustada na direção da linha escura que indicava a floresta a uns oito quilômetros dali.

— E se um dragão sair da mata?

— Vamos montar guarda — ele respondeu, embora não tivesse sugerido o que fazer caso aquilo ocorresse. Estava olhando para a cidade, alguns quilômetros adiante. Nenhuma luz brilhava nas cumeeiras ou torres. Uma grande massa enegrecida de mistério, ela se avolumava enigmaticamente contra o céu iluminado pela lua.

— Deite e durma. Eu fico com o primeiro turno.

Ela hesitou, mirando-o com incerteza, mas ele sentou-se com as pernas cruzadas de frente para a planície, a espada sobre os joelhos, de costas para ela. Sem dizer mais nada, a moça deitou-se nas areias dentro do círculo de espinhos.

— Acorde-me quando a lua atingir seu apogeu.

Ele não respondeu nem olhou para ela. A última impressão da moça antes de adormecer foi a daquela silhueta musculosa, imóvel como uma estátua esculpida em bronze, delineada em contraste com o céu estrelado.

II
Sob o Brilho das Joias de Fogo

Valéria despertou num sobressalto, dando-se conta de que um alvorecer cinzento estava sobre a planície.

Ela sentou-se, esfregando os olhos. Conan estava de cócoras ao lado de um cacto, cortando suas grossas peras e removendo habilmente os espinhos.

— Você não me acordou — ela acusou. — Deixou-me dormir a noite toda!

— Você estava cansada — ele respondeu. — Vocês, piratas, não estão acostumados a andar a cavalo.

— E quanto a você? — Ela retorquiu.

— Fui kozaki antes de ser pirata — ele disse. — Eles vivem em selas. Tiro sonecas igual a uma pantera ao lado de uma trilha, esperando um cervo passar. Meus ouvidos montam guarda, enquanto os olhos dormem.

E, de fato, o gigante bárbaro parecia tão revigorado quanto se tivesse dormido a noite inteira em uma cama de ouro. Tendo tirado os espinhos e despelado a planta, entregou para a garota uma grossa e suculenta folha de cacto.

— Raspe os dentes nessa pera. É comida e bebida para um homem do deserto. Já fui líder dos zuagires... nômades que vivem saqueando caravanas.

— Tem alguma coisa que você ainda não fez? — A garota inquiriu, meio em escárnio, meio em fascínio.

— Nunca fui rei de um reino hiboriano — ele sorriu, dando uma enorme mordida no cacto. — Mas mesmo isso sonho em ser. Quem sabe eu não seja um dia? Por que não deveria?

Ela balançou a cabeça, espantada pela tranquila audácia do homem, e pôs-se a devorar a pera. Achou que não tinha sabor agradável ao palato, mas era cheia de sumo fresco, que matava a sede. Ao terminar a refeição, Conan limpou as mãos na areia, ficou de pé, correu os dedos pela cabeleira grossa e prendeu o cinto da espada, dizendo:

— Bem, vamos. Se o povo da cidade vai cortar nossos pescoços, é melhor que o faça agora, antes que o dia fique quente.

Seu humor sombrio era inconsciente, mas Valéria julgou que poderia ser profético. Ela também atou o cinturão ao se levantar. Os terrores da noite passada tinham ficado para trás. Os rugidos dos dragões na distante floresta eram como um sonho nebuloso. Havia uma arrogância em seus passos ao postar-se ao lado do cimério. Quaisquer que fossem os perigos que estivessem adiante, seus inimigos seriam homens. E Valéria, da Irmandade Vermelha, jamais temera homem algum.

Conan a observou, caminhando com passadas que se equiparavam às suas.

— Você anda mais como montanhesa do que marinheira — ele comentou. — Deve ser aquiloniana. Os sóis de Darfar não bronzearam sua pele branca. Muitas princesas a invejariam.

— Eu venho da Aquilônia — ela respondeu. Os elogios não a irritavam mais. A evidente admiração de Conan a satisfazia. Ela teria se enfurecido se outro homem tivesse feito a vigília enquanto ela dormia; sempre se ressentiu ferozmente de qualquer um que tentasse protegê-la ou defendê-la por causa de seu sexo. Contudo, havia descoberto um prazer secreto no fato de que aquele homem o fizera. E ele não tinha se aproveitado do medo dela, nem da fraqueza resultante. No final das contas, refletiu, seu companheiro não era um homem comum.

O sol se levantou atrás da cidade, transformando as torres em um sinistro carmesim.

— Na noite passada, preto frente ao luar — Conan grunhiu, seus olhos enevoados pela superstição abismal dos bárbaros. — Vermelho-sangue como uma ameaça contra o sol da manhã. Não gosto desta cidade.

Mas eles seguiram em frente e, conforme andavam, Conan destacou o fato de que não havia nenhuma estrada saindo da cidade da direção norte.

— Nenhum gado andou pela planície deste lado da cidade — afirmou. — Nenhum arado toca a terra há anos, talvez séculos. Mas veja... no passado, a planície foi cultivada.

Valéria viu os antigos sulcos de irrigação que ele indicou, parcialmente preenchidos em alguns pontos e cobertos por cactos. Ela franziu a testa com perplexidade conforme seus olhos varriam a planície que se estendia em todas as direções da cidade até os limites da floresta, que desfilava num extenso anel escuro. A visão não conseguia ir além daquele ponto.

Olhou para a cidade com inquietação. Não havia elmos ou pontas de lanças brilhando nas ameias, nenhuma trombeta soara, nem gritos de desafio vindos das torres. Um silêncio tão absoluto quanto o da floresta pairava sobre os muros e minaretes.

O sol já estava alto no horizonte a leste quando eles chegaram ao grande portão na face norte, à sombra da enorme muralha. Ferrugem corroía as braçadeiras de ferro do poderoso portal de bronze. Grossas teias de aranha cobriam as dobradiças, a soleira e o painel aparafusado.

— Não é aberta há anos! — Valéria exclamou.

— Uma cidade morta — Conan murmurou. — Por isso os sulcos estavam cobertos e a planície intocada.

— Mas quem a construiu? Quem morava aqui? Para onde foram e por que a abandonaram?

— Quem pode dizer? Pode ser que um clã de stygios exilados a tenha construído. Talvez não. Não se parece com arquitetura stygia. Quem sabe, o povo tenha sido varrido por inimigos ou extinto por alguma praga.

— Se for o caso, seus tesouros ainda podem estar acumulando pó e teias de aranha aí dentro — Valéria sugeriu, os instintos de aquisição de sua profissão despertos, assomados a uma curiosidade feminina. — Podemos abrir esse portão? Vamos entrar e explorar um pouco.

Conan olhou para o portal com incerteza, mas forçou o ombro maçudo contra ele e empurrou com toda a força das coxas e panturrilhas. O portão moveu-se para dentro com um guincho agudo das dobradiças enferrujadas; o cimério se endireitou e desembainhou a espada. Valéria olhou por cima dos ombros dele e emitiu um som de surpresa.

Não estavam olhando para uma rua aberta ou um pátio, como era de se esperar. O portão, ou porta, desembocava diretamente em um salão amplo e comprido, que se pronunciava até a vista ficar indistinta, ao longe. Possuía proporções heroicas, e o chão, de uma curiosa pedra vermelha, cortado em lajes quadradas, parecia arder como se fosse o reflexo de chamas. As paredes eram feitas de algum material verde.

— É jade, ou sou um shemita! — Conan afiançou.

— Não nessa quantidade! — Valéria protestou.

— Já pilhei caravanas de Khitai o suficiente para saber do que estou falando — ele assegurou. — Isso é jade!

O teto abobadado era feito de lápis-lazúli, adornado por conjuntos de joias verdes que brilhavam com irradiância venenosa.

— Joias verdes de fogo — Conan grunhiu. — É assim que o povo de Punt as nomeia. São supostamente os olhos petrificados de cobras pré-históricas, que os antigos chamavam de serpentes douradas. Brilham como olhos de gato no escuro. À noite este salão deve ficar iluminado por elas, mas é um brilho estranho e infernal. Vamos olhar por aí. Talvez encontremos joias escondidas.

— Feche a porta — Valéria aconselhou. — Detestaria ter que fugir de um dragão neste salão.

Conan sorriu e respondeu:

— Não creio que os dragões saiam da floresta.

Mas ele consentiu e apontou para a tranca quebrada do lado de dentro.

— Pensei mesmo ter escutado algo partir quando empurrei. Essa tranca acabou de ser quebrada. A ferrugem a devorou quase que inteira. Se as pessoas fugiram, por que ela foi trancada por dentro?

— Sem dúvida saíram por outra porta — Valéria sugeriu.

Ela perguntou-se quantos séculos haviam se passado desde que a luz do dia adentrara o grande salão pela porta aberta. Mas, de alguma maneira, o sol conseguia iluminar o local, e eles logo viram qual era a fonte. No teto, claraboias estavam dispostas em aberturas parecidas com frestas; folhas translúcidas de alguma substância cristalina. Nos borrões de sombras entre elas, as grandes joias piscavam como os olhos de felinos furiosos. Aos pés deles, o chão lúrido apresentava mudanças de matizes e cores. Era como pisar no chão do Inferno, com as estrelas brilhando acima.

Três galerias balaustradas corriam de cada lado do salão, umas sobre as outras.

— Um sobrado de quatro andares — Conan grunhiu. — E este salão chega até o teto. Acho que estou vendo uma porta na extremidade oposta.

Valéria não deu importância:

— Então seus olhos são melhores dos que os meus, embora entre os homens do mar, eu seja tida como dona de uma visão aguçada.

Eles entraram aleatoriamente em uma porta aberta e atravessaram uma série de câmaras vazias, com o piso igual ao do salão e as paredes feitas do mesmo jade verde, ou de mármore, marfim ou calcedônia, adornadas por frisos de bronze, ouro ou prata. Nos tetos, as joias de fogo verde estavam dispostas, e seu fulgor era tão espectral e ilusivo quanto Conan previra. Os intrusos moveram-se sob aquele brilho flamejante como fantasmas.

Algumas câmaras não possuíam iluminação, e seus batentes se apresentavam pretos como a entrada do Inferno. Conan e Valéria as evitaram, atendo-se às câmaras iluminadas.

Havia teias de aranha nos cantos, mas não um acúmulo perceptível de pó no chão, ou nas mesas e cadeiras de mármore, jade ou cornalina que ocupavam as câmaras. Aqui e ali viram tapetes da seda conhecida como khitana, que é praticamente indestrutível. Não encontraram nenhuma janela ou portas que se abrissem para ruas ou pátios. Cada porta dava em outra câmara ou salão.

— Por que não encontramos nenhuma rua? — Valéria resmungou. — Este palácio... ou seja lá no que estamos, deve ser tão grande quanto o harém do rei de Turan.

— Eles não devem ter morrido por uma praga — Conan disse, meditando sobre o mistério da cidade vazia. — Ou teríamos encontrado esqueletos. Quem sabe o lugar tenha se tornado assombrado e todos tenham fugido. Talvez...

— Talvez, o diabo! — Valéria o interrompeu rudemente. — Nunca saberemos. Olhe para aqueles tecidos de lã. Eles retratam homens. A que raça pertencem?

Conan os examinou e balançou a cabeça:

— Nunca vi um povo exatamente como este. Mas eles têm um pouco dos homens do leste... Vendhya, talvez. Ou Kosala.

— Você já foi rei em Kosala? — Ela perguntou, disfarçando a curiosidade com escárnio.

— Não. Mas fui um chefe-guerreiro dos afghulis, que vivem nas montanhas himelianas, acima das fronteiras da Vendhya. Este povo se parece com os kosalanos, mas por que construiriam uma cidade tão distante a oeste?

As figuras retratadas eram de homens e mulheres esguios, de pele azeitonada, e feições exóticas e belamente cinzeladas. Vestiam mantos transparentes e muitas joias delicadas como ornamentos, e eram mostrados em geral banqueteando-se, dançando ou fazendo amor.

— É gente do leste, com certeza — Conan murmurou. — Mas não sei de onde. Devem ter vivido de forma pacífica, ou haveria cenas de batalhas e guerras. Vamos subir as escadarias.

Era uma espiral de marfim que cortava a câmara onde estavam. Subiram três lances e saíram num cômodo amplo, no quarto andar, que parecia ser o mais alto do edifício. Claraboias no teto iluminavam a sala, onde a luz das joias de fogo piscava palidamente. Olhando para as portas, eles viram, com exceção de um lado, uma série de câmaras similarmente iluminadas. Uma outra porta abria para uma galeria balaustrada que se projetava em um salão bem menor do que aquele que recentemente haviam explorado no térreo.

— Inferno! — Valéria sentou-se desgostosa em um banco de jade. — As pessoas que saíram desta cidade devem ter levado todos os tesouros junto. Estou cansada de vagar por estas salas vazias aleatoriamente.

— Todas essas câmaras superiores parecem ser iluminadas — Conan disse. — Queria encontrar alguma janela com vista para a cidade. Vamos dar uma olhada naquela porta ali.

— Olhe você — Valéria falou. — Vou ficar aqui e descansar meus pés!

Conan desapareceu na porta oposta àquela que se abria para a galeria, e Valéria recostou-se com as mãos entrelaçadas atrás da cabeça e estendeu as pernas. Aquelas salas e corredores silenciosos, com seus conjuntos reluzentes de ornamentos e pisos brilhantes, começavam a deprimi-la. Desejou que eles encontrassem um caminho para fora daquele labirinto e saíssem em alguma rua. Perguntou-se ociosamente quais pés furtivos haviam passado por aqueles chãos nos séculos idos, quantos atos de crueldade e mistério haviam sido banhados pela luz emitida pelas joias no teto.

Foi um leve ruído que a tirou de suas reflexões. Estava de pé com a espada em punho antes mesmo de dar-se conta do que a havia perturbado. Conan não tinha retornado, e ela sabia que não fora ele quem escutara.

O som tinha vindo de algum lugar além da porta que se abria para a galeria. Silenciosa nas botas de couro, passou por ela, atravessou o terraço e espiou por entre as largas balaustradas.

Um homem cruzava sorrateiramente o salão.

A visão de um ser humano naquela cidade supostamente vazia foi um choque e tanto. Agachando-se atrás das balaustradas de pedra, sentindo cada nervo formigar, Valéria observou a forma furtiva.

De maneira alguma o homem se assemelhava às figuras retratadas nos tecidos. Sua altura era pouco mais do que mediana, a pele morena, porém não negra. Estava nu, exceto por uma pequena tanga de seda que cobria seus quadris musculosos e por um cinturão de couro de um palmo de largura que circundava a cintura esguia. Os longos cabelos escuros pendiam em fios lisos sobre os ombros, conferindo-lhe uma aparência selvagem. Ele era magro, mas nós e cordas de músculos se destacavam nos braços e pernas, sem aquele preenchimento de pele que apresenta uma agradável simetria de contornos. Sua constituição possuía uma economia que era quase repelente.

Contudo, não foi tanto seu físico, mas a atitude, que impressionou a mulher. Ele se esgueirava, inclinando-se quase agachado, a cabeça virando de um lado para outro. Segurava uma lâmina larga na mão direita e ela a viu tremer pela intensidade emocional que o dominava. Estava com medo, receoso nas garras de algum pavor. Quando ele virou a cabeça, ela captou o brilho de olhos selvagens entres os fios lisos e pretos.

Ele não a viu. Atravessou o salão na ponta dos pés e desapareceu pela porta aberta. Um momento depois, ela escutou um grito abafado e, então, o silêncio tornou a cair.

Consumida pela curiosidade, Valéria cruzou a galeria até chegar a uma porta acima daquela pela qual o homem passara. Ela se abria para outro passadiço menor que cercava uma câmara maior.

Aquela câmara ficava no terceiro andar e seu teto não era tão alto quanto o do salão. Era iluminada apenas pelas joias de fogo, e seu estranho brilho verde lançava sombras nos espaços sob o terraço.

Os olhos de Valéria se arregalaram. O homem que havia visto ainda estava na câmara.

Jazia caído de rosto para baixo sobre um tapete vermelho-escuro, no meio do cômodo. Seu corpo estava flácido, os braços abertos. A espada curva, próxima.

Ela perguntou-se por que ele estaria deitado, tão imóvel. Então, seus olhos se premeram quando observou o tapete onde ele estava. Sob e ao redor dele, o tecido mostrava uma cor levemente diferente, um carmesim mais vivo e brilhante.

Estremecendo levemente, ela abaixou-se mais atrás da balaustrada, examinando com atenção as sombras na galeria. Elas não entregavam nenhum segredo.

Súbito, outra figura chegou àquele drama. Era um homem similar ao primeiro, que entrou pela porta oposta à que dava para o salão.

Os olhos dele se arregalaram ao ver o homem no chão e ele falou algo em um *staccato* que soou como "Chicmec!". O outro não se moveu.

O homem apressou o passo, abaixou-se, segurou o ombro do que estava caído e o virou. Um grito grave escapou quando a cabeça pendeu para trás, mole, revelando um pescoço que havia sido cortado de orelha a orelha.

O homem deixou o cadáver cair de volta no tapete manchado de sangue e se levantou, tremendo como uma folha soprada pelo vento. Seu rosto era uma máscara de medo cinzenta. Mas, com um joelho já flexionado para fugir, ele congelou repentinamente, ficando imóvel como uma estátua, olhando através da câmara com olhos dilatados.

Nas sombras abaixo do terraço uma luz fantasmagórica começou a brilhar e crescer, uma luz que não vinha das joias de fogo. Valéria sentiu seus cabelos se eriçarem enquanto observava, pois, vagamente visível no brilho pulsante, um crânio humano flutuava, e era dele... um crânio humano, mas terrivelmente disforme... que a luz parecia emanar. Ele permaneceu ali como uma cabeça sem corpo, conjurado da noite e das trevas, ficando cada vez mais distintivo; humano, contudo, não humano da maneira como ela conhecia a humanidade.

O homem permaneceu imóvel, a personificação do horror paralisado, olhando fixamente para a aparição. A coisa afastou-se da parede e uma sombra grotesca moveu-se com ela. Aos poucos a sombra ficou visível como a silhueta de um homem, cujos membros e torso nus brilhavam alvos, da tonalidade de ossos descorados. O crânio que estava sobre os ombros sorriu sem olhos em meio ao seu nimbo profano, e o homem que o confrontava parecia incapaz de desviar o olhar. Permaneceu estático, a espada pendendo em dedos sem força, no rosto a expressão de alguém arrebatado pelos feitiços do mesmerismo.

Valéria percebeu que não era somente o medo que o paralisava. Alguma qualidade infernal naquele fulgor pulsante havia roubado dele o ímpeto de agir e pensar. Ela mesmo, em segurança no alto, sentiu o impacto sutil de uma emanação inominável que era uma ameaça à sanidade.

O horror foi em direção a sua vítima que, enfim, moveu-se, mas apenas para soltar a espada e cair de joelhos, cobrindo os olhos com as mãos. Ele ficou tolamente aguardando o golpe da lâmina que, agora, brilhava na mão da aparição e era erguida para o alto, como o triunfo da Morte sobre a humanidade.

Valéria agiu de acordo com o primeiro impulso de sua natureza indômita. Com um movimento de tigresa, subiu na balaustrada e saltou para o chão, atrás da forma pavorosa. A coisa virou-se ao baque das botas macias no piso, mas, bem quando o fazia, a lâmina afiada descerrou e uma exultação feroz varreu a guerreira ao sentir o gume abrir caminho por carne e ossos sólidos.

A aparição gritou gorgolejando e caiu, decepada através do ombro, tórax e espinha, e, conforme ia ao chão, o crânio brilhante rolou, revelando um amontoado de cabelos pretos sujos e um rosto moreno, contorcido em convulsões de morte. Sob a pavorosa máscara havia um ser humano, um homem parecido com aquele ajoelhado no chão.

Este levantou a cabeça ao som do golpe e do grito, e agora observava com espantados olhos arregalados a mulher de pele branca que estava de pé sobre o cadáver, segurando uma espada gotejando.

Ele se levantou aos tropeços, balbuciando como se a visão quase tivesse lhe arrancado a razão. Ela ficou pasma ao ver que o compreendia. Ele murmurava na língua stygia, embora o dialeto fosse desconhecido para ela.

— Quem é você? De onde veio? O que faz em Xuchotl? — Então apressou-se, sem esperar que ela respondesse. — Mas você é amiga... deusa ou diaba, não faz diferença! Matou a Caveira Flamejante! No final, era só um homem debaixo dela! Achávamos que fosse um demônio que eles haviam conjurado das catacumbas! *Ouça!*

Ele estancou e enrijeceu, forçando os ouvidos com intensidade dolorosa. A garota não escutava nada.

— Temos que nos apressar! — Ele sussurrou. — *Eles* estão a oeste do Grande Salão! Podem estar ao nosso redor! Podem estar nos espreitando neste instante!

Ele apanhou o punho dela num aperto convulsivo do qual ela teve dificuldade de se soltar.

— Quem são "eles"? — Ela quis saber.

Ele a encarou por um instante com expressão de incompreensão, como se achasse difícil entender a ignorância dela.

— Eles? — Gaguejou vagamente. — Ora... o povo de Xotalanca! O clã do homem que matou. Os que vivem próximos ao portão leste.

— Está dizendo que esta cidade é habitada? — Ela perguntou.

— Sim, sim! — Ele estava se contorcendo na impaciência da apreensão. — Venha! Vamos, rápido! Temos de voltar a Tecuhltli!

— Onde fica isso? — Ela inquiriu.

— O quartel junto ao portão oeste! — Ele segurava o punho dela e a puxava na direção da porta pela qual chegara. Gotas de suor pingavam da testa morena, e seus olhos cintilavam de terror.

— Espere um pouco! — Ela rosnou, desvencilhando-se do aperto dele. — Tire as mãos de mim ou vou partir sua cabeça ao meio. O que é isto tudo? Quem é você? Aonde está me levando?

Ele se recompôs, lançando olhadelas para todos os lados, e começou a falar tão rápido que as palavras tropeçaram umas nas outras.

— Meu nome é Techotl. Eu sou de Tecuhltli. Eu e este homem que está com o pescoço cortado viemos aos Salões do Silêncio para tentar emboscar alguns xotalancas. Mas nos separamos e voltei para cá, só para encontrá-lo degolado. Foi a Caveira Flamejante, eu sei, assim como teria me matado também se não fosse por você. Mas talvez não estivesse sozinha. Outros podem estar vindo de Xotalanca! Os próprios deuses empalidecem ante o destino que sofrem aqueles que são apanhados com vida!

Ele estremeceu àquele pensamento e sua pele ficou lívida. Valéria o encarou, intrigada. Sentia inteligência por trás daquela ladainha, mas nada daquilo fazia sentido para ela.

Ela virou-se para o crânio, que ainda brilhava e pulsava no chão, e estava prestes a tocá-lo com a ponta da bota, quando o homem que se chamava Techotl deu um pulo para a frente, com um grito.

— Não toque nisso! Nem olhe para isso! Loucura e morte espreitam nele. Os magos de Xotalanca compreendem seu segredo... Descobriram-no nas catacumbas, onde jazem os ossos dos reis terríveis que governavam Xuchotl nos sombrios séculos do passado. Olhar para ele congela o sangue e murcha o cérebro de quem não compreende seus mistérios. Tocar causa loucura e destruição.

Ela olhou para o homem, incerta. Ele não era uma figura reconfortante, com seu corpo esguio e musculoso, e mechas ofídias. Em seus olhos, por trás do brilho do terror, ardia um estranho cintilar que ela jamais vira no semblante de qualquer pessoa totalmente sã. Contudo, ele parecia sincero em seus protestos.

— Vamos! — Ele implorou, buscando a mão dela, mas então recolhendo-se ao lembrar-se do aviso. — Você é uma estrangeira. Não sei como chegou aqui, mas, se fosse uma deusa ou diaba vinda para ajudar Tecuhltli, saberia todas as coisas que me perguntou. Deve vir de além da grande floresta, de onde vieram nossos ancestrais. Mas é nossa amiga, ou não teria matado meu inimigo. Vamos, rápido... antes que os xotalancas nos encontrem e nos matem.

Ela desviou o olhar do rosto exaltado e repelente dele para o crânio sinistro, ardendo e brilhando no chão, próximo do morto. Era como um crânio visto em um sonho, sem dúvida humano, mas com distorções e malformações perturbadoras nos contornos e perfil. Em vida, o dono daquele crânio devia ter um aspecto alienígena e monstruoso. Vida? O crânio parecia possuir vida própria. Suas mandíbulas se abriram e fecharam. O brilho aumentou, ficou mais vívido, assim como a impressão de ser um pesadelo; era um sonho; toda a vida era um sonho... Foi a urgência na voz de Techotl que arrancou Valéria dos abismos sombrios em que estava mergulhando:

— Não olhe para o crânio! Não olhe para o crânio! — Era um grito distante, que cruzou vácuos desconhecidos.

Valéria se sacudiu como um leão sacode a juba. Sua visão ficou clara. Techotl estava tagarelando:

— Em vida, essa coisa abrigou o cérebro terrível de um rei dos magos! Ainda contém a vida e o fogo da magia, extraídos do espaço sideral!

Valéria praguejou e deu um pulo, e o crânio se partiu em fragmentos flamejantes sob o golpe de espada que ela desferiu. Em algum ponto da sala, ou no vácuo, ou nos recessos sombrios de sua consciência, uma voz inumana gritou de dor e ódio. A mão de Techotl estava puxando-a pelo braço, enquanto ele falava:

— Você quebrou! Você destruiu! Nem todas as artes negras de Xotalanca podem recriá-lo! Vamos! Vamos rápido, agora!

— Mas não posso ir — ela protestou. — Tenho um amigo em algum lugar aqui perto...

O brilho nos olhos dele desapareceu ao olhar além dela com expressão lívida. Valéria virou-se bem quando quatro homens entravam, cada um por uma porta, convergindo para a dupla no centro da câmara.

Eram como os outros que ela tinha visto, os mesmos músculos definidos em membros esguios, o mesmo cabelo liso preto-azulado, o mesmo olhar insano nos olhos selvagens. Estavam armados e vestidos como Techotl, mas no peito de cada um havia um crânio branco pintado.

Não houve desafios ou brados de guerra. Como tigres sedentos de sangue, os homens de Xotalanca saltaram sobre seus inimigos. Techotl os recebeu com a fúria do desespero, desviou-se do golpe de uma lâmina que mirava sua cabeça e se engalfinhou com o portador dela, levando-o ao chão, onde rolaram, lutando em mortífero silêncio.

Os outros três caíram sobre Valéria, seus estranhos olhos injetados como os de cães raivosos.

Ela matou o primeiro que se aproximou antes que ele pudesse desferir um golpe, sua longa lâmina partindo o crânio enquanto a espada dele ainda era erguida. A seguir, desviou para o lado, bloqueando um corte. Seus olhos dançavam e os lábios sorriam, sem misericórdia. Ela tornara a ser Valéria, da Irmandade Vermelha, e o assobio de seu aço era como uma canção nupcial aos ouvidos.

Sua espada furou a defesa de uma lâmina e alojou sua ponta de quinze centímetros no diafragma. O homem resfolegou, agonizou e caiu de joelhos, mas seu colega alto arremeteu num silêncio feroz, despejando golpe atrás de golpe com tanta fúria, que Valéria não teve chance de revidar. Ela recuou, aparando os ataques e aguardando a chance de estocar com precisão. Ele não poderia continuar aquele tufão de golpes por muito tempo. Seu braço cansaria, o fôlego faltaria; ele ficaria fraco, cometeria um erro e a lâmina dela afundaria macia no coração. Uma olhadela para o lado mostrou Techotl ajoelhando no peito de seu antagonista e lutando para quebrar a pressão dele contra seu próprio pulso, para afundar seu punhal.

Suor escorria pela testa do homem que enfrentava Valéria e seus olhos pareciam brasas. Por mais que ele atacasse, não conseguia vencer a guarda da guerreira. Seu fôlego começou a ser expelido tempestuosamente, e os golpes ficaram erráticos. Ela recuou para atraí-lo... e sentiu suas coxas serem agarradas numa pegada de ferro. Havia se esquecido do homem ferido no chão.

De joelhos, ele a segurou com ambos os braços e envolveu suas pernas; seu companheiro coaxou em triunfo e investiu pela lateral esquerda, trabalhando os golpes. Valéria se contorceu selvagemente, mas em vão. Ela poderia livrar-se da ameaça que a segurava com um único golpe de espada, mas, assim que o fizesse, a lâmina curva do guerreiro despedaçaria seu crânio. O homem ferido começou a morder sua coxa como se fosse uma fera selvagem.

Com a mão esquerda, ela o puxou pelos longos cabelos, forçando sua cabeça para trás, de modo que os dentes brancos e olhos se revirassem para ela. O alto xotalanca deu um berro feroz e investiu com toda a força. Ela bloqueou o ataque de uma forma desajeitada que, pelo ímpeto, fez a parte plana de sua própria lâmina bater em sua cabeça, lançando faíscas na vista, e ela cambaleou. A espada subia novamente, acompanhada de um rugido grave de triunfo... então, uma forma gigante se avultou atrás do xotalanca, e aço reluziu como um relâmpago azulado. O grito do guerreiro foi interrompido como o de um boi sob o cutelo, o cérebro vazando do crânio que havia sido aberto até a garganta.

— Conan! — Valéria bradou. Num impulso de fúria, ela voltou-se para o xotalanca, cujos longos cabelos continuavam agarrados por sua mão esquerda. — Cão do Inferno! — Sua lâmina sibilou ao cortar o ar num arco descendente que a tornou um borrão, e o corpo sem cabeça caiu, vertendo sangue. Ela arremessou a cabeça decepada pelo cômodo.

— Que diabos está acontecendo aqui? — Conan transpôs o cadáver do homem que matara, espada em punho, encarando-o com espanto.

Techotl se levantava do último xotalanca, balançando as gotas vermelhas de seu punhal. Sua coxa sangrava de um profundo ferimento. Ele encarou Conan com olhos dilatados.

— O que é isso tudo? — Conan tornou a inquirir, ainda não recuperado da surpresa de encontrar Valéria envolvida em uma batalha selvagem ao lado daquela figura fantástica em uma cidade que ele julgava inabitada e vazia. Retornando de uma exploração aleatória nas câmaras superiores, viu que a guerreira não estava no cômodo onde a deixara, mas seguiu os sons do confronto que eclodiu.

— Cinco cães mortos! — Techotl exclamou, seus olhos atiçados refletindo uma sinistra exultação. — Cinco mortos! Cinco pregos vermelhos para o pilar negro. Que os deuses do sangue sejam louvados!

Ele ergueu as mãos trêmulas e, com uma expressão diabólica, cuspiu nos cadáveres e pisou em seus rostos, dançando em júbilo abismal. Seus novos aliados o observaram atônitos, e Conan perguntou na língua aquiloniana:

— Quem é esse doido?

Valéria deu de ombros:

— Diz que seu nome é Techotl. Pelos seus balbucios, descobri que seu povo vive em uma extremidade desta cidade maluca, e que esses sujeitos vivem na outra. Talvez seja melhor irmos com ele. Parece amigável... e é fácil perceber que o outro clã não é.

Techotl havia parado de dançar e tornara a escutar, a cabeça pendida para o lado, como um cachorro, o triunfo lutando contra o medo em suas feições.

— Vamos, agora! — Ele sussurrou. — Já fizemos o bastante! Cinco cães mortos! Meu povo os receberá bem! Eles os honrarão! Mas temos que ir! Estamos longe de Tecuhltli. A qualquer momento, xotalancas podem vir em números grandes demais até para suas espadas.

— Vá na frente — Conan grunhiu.

Imediatamente, Techotl subiu uma escadaria que levava até a galeria, fazendo um sinal para que o seguissem, o que eles fizeram, movendo-se rapidamente para acompanhar as passadas do homem. Chegando à galeria, ele passou por uma porta que se abria a oeste, atravessando uma câmara após a outra, todas iluminadas por claraboias ou pelas joias de fogo.

— Que tipo de lugar é este? — Valéria murmurou.

— Só Crom sabe! — Conan respondeu. — Mas já vi a raça dele. Eles vivem às margens do Lago Zuad, perto da fronteira de Kush. São um tipo de stygios mestiços, a mistura de outra raça que foi do leste para a Stygia séculos atrás e acabou sendo absorvida. São chamados de tlazitlanos. Mas aposto que não foram eles que construíram esta cidade.

O medo de Techotl não pareceu diminuir conforme se afastavam do local onde estavam os mortos. Ele continuava movendo a cabeça de um lado para outro, buscando sons de perseguição, e olhava com urgente intensidade para o interior de cada porta que passavam.

Valéria estremeceu involuntariamente. Ela não temia homem algum, mas o estranho chão sob seus pés, as singulares joias no alto que dividiam as sombras entre eles, o terror e a desconfiança de seu guia... Tudo a impressionou com indizível apreensão, uma sensação de estar sendo espreitada por um perigo inumano.

— Eles podem estar entre a gente e Tecuhltli — ele chegou a murmurar. — Temos de tomar cuidado caso estejam nos esperando!

— Por que não saímos deste palácio infernal e vamos para as ruas? — Valéria perguntou.

— Não há ruas em Xuchotl — ele respondeu. — Não há praças ou pátios abertos. Toda a cidade foi construída como um gigantesco palácio sob um grande teto. O que mais chega perto de uma rua é o Grande Salão, que corta a cidade do portão norte para o sul. As únicas portas que se abrem para o mundo externo são os portões da cidade, pelos quais nenhum homem vivo passou nos últimos cinquenta anos.

— Há quanto tempo você vive aqui? — Conan perguntou.

— Eu nasci no castelo de Tecuhltli há trinta e cinco anos. Nunca pus os pés fora da cidade. Pelo amor dos deuses, vamos seguir em silêncio! Estes corredores podem estar cheios de demônios à espreita. Olmec vai contar tudo quando chegarmos a Tecuhltli.

Assim, eles seguiram em silêncio sob a luz verde das joias de fogo e as lajes chamejantes sob seus pés, e Valéria teve a sensação de estarem fugindo pelo Inferno, guiados por um duende de rosto moreno e cabelos lisos.

Contudo, foi Conan quem os deteve ao passarem por uma câmara estranhamente larga. Seus ouvidos criados na natureza eram mais aguçados que os de Techotl, por mais que estes fossem estimulados por uma vida de guerrilhas naqueles corredores silenciosos.

— Você acha que pode haver inimigos adiante, preparando uma emboscada contra nós?

— Eles vagam por estes cômodos o tempo todo — Techotl respondeu. — Assim como nós. Os salões e câmaras entre Tecuhltli e Xotalanca são uma área de disputas, que nenhum homem possui. Chamamos de Salões do Silêncio. Por que pergunta?

— Porque há homens nas câmaras à frente — Conan explicou. — Escutei um retinir de aço contra a pedra.

Um tremor voltou a se apossar de Techotl e ele cerrou os dentes para impedi-los de bater.

— Talvez sejam aliados — Valéria sugeriu.

— É melhor não arriscar — ele arfou, e moveu-se em atividade frenética. Dobrou numa esquina e passou por uma porta à esquerda, que levou a uma câmara onde uma escada de marfim desaparecia nas trevas. — Isto nos levará a um corredor escuro abaixo de nós — ele sussurrou. Grandes rios de suor destacando-se em sua fronte. — Podem estar nos esperando lá também, e tudo isso pode ser um truque para nos apanhar, mas temos que considerar que talvez tenham armado a emboscada nos cômodos acima. Vamos rápido agora!

Silenciosos como fantasmas, eles desceram as escadas e chegaram à boca do corredor, preto como a noite. Ficaram acocorados ali por um momento, escutando, e então se misturaram às trevas. Conforme se moviam, Valéria sentiu um arrepio entre os ombros pela expectativa de receber um golpe de espada vindo do escuro. Se não fosse pelos dedos de ferro de Conan segurando seu braço, ela não teria qualquer reconhecimento físico de seus companheiros. Nenhum deles fez mais barulho do que um gato teria feito. A escuridão era absoluta. Com uma mão estendida, ela tocava a parede e, ocasionalmente, sentia uma porta sob os dedos. O corredor parecia interminável.

Súbito, eles foram tomados por um som vindo de trás. Valéria tornou a se arrepiar, pois o reconheceu como uma porta sendo aberta. Homens tinham ganhado o corredor atrás deles. Bem quando pensou naquilo, tropeçou em algo que se parecia com um crânio humano. A coisa rolou pelo chão com um ruído horrível.

— Corram! — Techotl gritou com uma nota de histeria na voz, e disparou pelo corredor como um espectro em fuga.

Valéria tornou a sentir o braço de Conan envolvendo-a e conduzindo-a ao que corriam atrás de seu guia. O bárbaro não enxergava no escuro melhor do que ela, mas possuía um forte instinto que tornava seu curso inequívoco. Sem seu apoio e orientação, ela teria caído ou trombado com uma parede. Eles aceleraram, enquanto o ruído de pés correndo ficava mais próximo, até que Techotl disse:

— As escadas estão aqui! Venham atrás de mim! Rápido!

Sua mão surgiu na escuridão e agarrou o pulso de Valéria, que tropeçou às cegas pelos degraus. Ela sentiu-se ser levada, ligeiramente erguida, pela sinuosa escadaria, quando Conan a soltou e virou-se, seus instintos alertando-o de que os inimigos estavam bem às suas costas. *E os sons não eram todos de pés humanos.* Algo vinha se contorcendo pelos degraus, algo que deslizava e farfalhava, trazendo um ar gelado consigo. Conan cortou com sua espada e sentiu a lâmina passar por alguma coisa que deveria ser carne e ossos, e afundar no degrau abaixo.

Algo encostou em seu pé, gelando-o como o toque de uma geada; então, as trevas sob ele foram perturbadas por terríveis contorções, e um homem gritou em agonia.

No instante seguinte, Conan já subia pelas escadas, cruzando uma porta que estava aberta no topo.

Valéria e Techotl já tinham entrado, e o homem bateu a porta, travando-a com uma pesada tranca... a primeira que Conan via desde que tinham atravessado o portão externo.

Depois disso, Techotl virou-se e correu pela câmara bem iluminada onde estavam, e, conforme passavam pela abertura oposta, Conan olhou para trás e viu a porta ranger e ser forçada ante uma pesada pressão, aplicada pelo lado de fora.

Embora não tivesse diminuído a velocidade ou a precaução, Techotl parecia mais confiante agora. Tinha os ares de um homem que adentrava território familiar, ao alcance de amigos. Mas Conan renovou o terror dele ao inquirir:

— O que era aquela coisa contra a qual lutei na escadaria?

— Homens de Xotalanca — ele respondeu, sem olhar para trás. — Eu disse que os corredores estavam cheios deles.

— Aquilo não era um homem — Conan grunhiu. — Era algo que rastejava, e seu toque foi frio como gelo. Acho que o feri. Caiu sobre os homens que nos seguiam e deve ter matado um deles enquanto se debatia mortalmente.

A cabeça de Techotl virou-se, seu rosto novamente pálido. Ele acelerou o passo convulsivamente.

— Era o Rastejante! Um monstro que trouxeram das catacumbas para auxiliá-los! Não sabemos o que é, mas encontramos nosso povo hediondamente massacrado por ele! Em nome de Set, apressem-se! Se o puseram no nosso encalço, ele nos seguirá até as portas de Tecuhltli!

— Duvido — Conan afirmou. — Desferi um ataque perfeito quando estava nas escadarias.

— Rápido! Rápido! — Techotl disse.

Eles correram por uma sucessão de câmaras com iluminação esverdeada, atravessaram um salão amplo e pararam diante de uma gigantesca porta de bronze. Techotl disse:

— Aqui é Tecuhltli!

III

O Povo da Contenda

Techotl bateu à porta de bronze com o punho crispado e virou-se de lado, para olhar ao longo do corredor.

— Homens já foram mortos diante desta porta quando pensavam estar seguros — disse.

— Por que não abrem a porta? — Conan perguntou.

— Estão nos observando pelo Olho — Techotl respondeu. — Estão intrigados por causa de vocês. — Ele ergueu a voz e falou. — Abra a porta, Xecelan! Sou eu, Techotl, com amigos que vêm do mundo além da floresta... Eles vão abrir — reassegurou aos seus aliados.

— É melhor que seja rápido — Conan afirmou, sombrio. — Ouço algo rastejando além do corredor.

Techotl ficou pálido novamente e atacou a porta com os punhos, berrando:

— Abram, seus idiotas, abram! O Rastejante está nos nossos calcanhares!

Enquanto ele batia e gritava, a grande porta de bronze abriu-se para dentro sem fazer barulho, revelando uma pesada corrente transversal na entrada, sobre a qual pontas de lança se eriçavam e rostos ferozes os observaram atentamente por um instante. Então, a corrente foi descida e Techotl agarrou os braços de seus companheiros num frenesi nervoso, arrastando-os pela soleira. Quando a porta fechava, Conan olhou para trás e viu, na extremidade oposta do corredor escuro, uma forma ofídia contorcendo-se lentamente, até ficar à vista, fluindo de modo maçante pela entrada de uma câmara, sua hedionda cabeça manchada de sangue bamboleando. Então, a porta fechou, tirando-a do alcance da visão.

Do lado de dentro da câmara quadrada onde estavam, pesadas trancas foram arrastadas pelo chão e a corrente recolocada. A porta era construída para aguentar as pancadas de um aríete. Quatro homens estavam de guarda, com os mesmos cabelos lisos e pele morena de Techotl, portando lanças nas mãos e espadas na cintura. Na parede junto à porta havia um complicado jogo de espelhos que Conan julgou ser o Olho, mencionado por Techotl, disposto de forma que uma estreita fenda com painéis de cristal do lado de dentro conseguia mostrar o exterior sem ser discernível por fora. Os quatro guardas olharam para os estrangeiros intrigados, mas não fizeram perguntas, e Techotl também não forneceu qualquer informação. Ele se movia confiante agora, como se tivesse removido o manto da indecisão e do medo no instante em que cruzara a soleira.

— Venham! — Ele urgiu para os novos amigos, mas Conan olhou para a porta.

— E quanto aos sujeitos que estavam nos seguindo? Não vão tentar arrombar a entrada?

Techotl balançou a cabeça:

— Sabem que não podem quebrar a Porta da Águia. Vão voltar para Xotalanca com seu demônio rastejante. Venham! Vou levá-los aos governantes de Tecuhltli.

Um dos guardas abriu a porta oposta àquela pela qual tinham entrado e eles atravessaram um saguão que, como a maior parte dos cômodos daquele nível, era iluminado por claraboias parecidas com frestas e aglomerados de joias de fogo. Mas, diferente dos outros locais pelos quais tinham passado, este mostrava sinais de ocupação. Tapeçarias de veludo adornavam as paredes de jade brilhantes, tapetes ricos cobriam o piso carmesim, e bancos e divãs eram atolados por almofadas de cetim.

O saguão culminava em uma porta ornada, diante da qual não havia guardas. Sem cerimônia, Techotl a abriu e conduziu os amigos a uma câmara ampla, onde uns trinta homens e mulheres recostados em divãs cobertos de cetim se sobressaltaram com exclamações de espanto.

Todos os homens, com exceção de um, tinham a mesma etnia de Techotl, e as mulheres eram igualmente morenas, de olhos estranhos e belas à sua maneira. Vestiam sandálias, corpetes dourados e saias curtas de seda, presas por cinturões cravejados de joias. Suas cabeleiras pretas tinham corte reto na altura dos ombros nus, amarradas por aros de prata.

Um homem gordo e uma mulher que diferiam sutilmente dos outros estavam sentados em um largo assento de marfim, sobre uma plataforma de jade. Ele era um gigante, de peito largo e ombros como os de um touro. Diferente dos demais, tinha uma grossa barba preto-azulada que chegava quase até seu cinturão largo. Vestia um manto de seda roxo que refletia as mudanças no brilho de cores a cada movimento, e uma manga larga, puxada até a altura do cotovelo, revelava um antebraço compacto, de musculatura definida. Os cabelos pretos eram presos por uma faixa adornada com joias reluzentes.

A mulher ao lado dele ficou de pé com uma exclamação de surpresa quando os desconhecidos entraram, e seus olhos, passando por Conan, fixaram-se com intensidade imperiosa em Valéria. Ela era alta e esguia, de longe a mais bonita do cômodo. Suas roupas eram mais escassas que as das outras, pois em vez de saia, usava meramente uma larga faixa roxa com detalhes dourados que chegava até abaixo dos joelhos, presa no meio do cinturão. Outra faixa na parte de trás completava a vestimenta, que ela usava com indiferença cínica. O corpete e o aro que trazia em volta das têmporas eram adornados por gemas. De todo aquele povo de pele morena, só nos olhos dela o brilho da loucura não estava à espreita. Ela não disse mais nada após a primeira exclamação; permaneceu de pé, tensa, as mãos crispadas, encarando Valéria.

O homem no assento de marfim não tinha se levantado.

— Príncipe Olmec... — Techotl falou, fazendo uma ampla reverência, com os braços estendidos e as palmas das mãos voltadas para cima — ...trago aliados do mundo além da floresta. Na Câmara de Tezcoti, a Caveira Flamejante matou Chicmec, meu companheiro...

— A Caveira Flamejante! — Foi um sussurro de medo em meio ao povo de Tecuhltli.

— Sim! Encontrei Chicmec caído, com a garganta cortada. Antes que pudesse fugir, a Caveira Flamejante estava sobre mim e, quando olhei para ela, meu sangue gelou e o tutano dos meus ossos derreteu. Não conseguia nem lutar nem correr. Então, esta mulher de pele branca apareceu e a atacou com sua espada; e, pasmem, era só um cão xotalanca com tinta branca sobre a pele e o crânio de um antigo mago na cabeça! Agora aquele crânio jaz em mil pedaços e o cão que o vestia está morto!

Uma exultação indescritivelmente feroz permeou a última frase, e foi ecoada nas exclamações graves e selvagens dos ouvintes na multidão.

— Esperem! — Techotl exclamou. — Tem mais! Enquanto falava com a mulher, quatro xotalancas nos atacaram. Eu matei um... esta punhalada na minha coxa é prova do quanto a luta foi desesperada. A mulher matou dois. Mas estávamos em uma situação difícil, quando esse homem entrou no confronto e partiu o crânio do quarto! Sim! Cinco pregos vermelhos têm que ser presos ao pilar da vingança!

Ele apontou para uma coluna preta de ébano que ficava atrás da plataforma. Centenas de pontos carmesins feriam sua superfície polida; as cabeças brilhantes e escarlates dos pesados pregos de cobre enfiados na madeira escura.

— Cinco pregos vermelhos para cinco vidas xotalancas! — Techotl exultou, e a horrível exaltação nas faces dos ouvintes as tornava inumanas.

— Quem são essas pessoas? — Olmec perguntou, e sua voz foi como o mugido grave de um touro distante. Ninguém do povo de Xuchotl falava alto. Era como se tivessem absorvido em suas almas o silêncio dos salões vazios e câmaras desertas.

— Eu sou Conan, da Ciméria — o bárbaro respondeu brevemente. — Esta mulher é Valéria, da Irmandade Vermelha, uma pirata aquiloniana. Somos desertores de um exército da fronteira de Darfar, longe ao norte, e estamos tentando chegar até a costa.

A mulher na plataforma falou alto, as palavras tropeçando na pressa:

— Jamais chegarão à costa! Não existe escapatória de Xuchotl! Vocês vão passar o resto da vida nesta cidade!

— Como assim? — Conan grunhiu, levando a mão ao cabo da espada e dando um passo de lado, para ficar de frente para a plataforma e o resto do cômodo. — Está dizendo que somos prisioneiros?

— Ela não quis dizer isso — Olmec se intrometeu. — Somos seus amigos. Não os prenderíamos contra a vontade. Mas temo que outras circunstâncias tornarão impossível que saiam de Xuchotl.

Os olhos dele brilharam sobre Valéria e ele os abaixou rapidamente.

— Esta mulher é Tascela — ele disse. — É a princesa de Tecuhltli. Mas tragam comida e bebida para nossos convidados. Sem dúvida estão com fome e cansados da longa viagem.

Ele indicou uma mesa de marfim e, após uma troca de olhares, os aventureiros se sentaram. O cimério estava desconfiado. Seus ferozes olhos azuis rodavam pela câmara, e ele mantinha a espada ao alcance da mão. Mas nunca recusava um convite para comer e beber. Seus olhos continuavam caindo sobre Tascela, mas a princesa só tinha olhos para a sua companheira de pele clara.

Techotl, que tinha amarrado uma faixa de seda na coxa ferida, foi à mesa para atender as vontades de seus amigos, parecendo considerar uma honra e um privilégio cuidar das necessidades deles. Inspecionou a comida e bebida que outros trouxeram em vasilhas e louças de ouro, e provou todos os alimentos diante dos convidados. Enquanto comiam, Olmec sentou-se em silêncio em seu assento de marfim, observando-os carrancudo. Tascela estava sentada ao seu lado, o queixo sobre as mãos e cotovelos apoiados nos joelhos. Seus olhos escuros e enigmáticos, ardendo com um brilho misterioso, nunca se desviavam do corpo esbelto de Valéria. Atrás dela, uma bela moça balançava um leque de plumas de avestruz num ritmo lento.

A comida consistia em frutos de um tipo exótico, que os forasteiros não conheciam, mas bastante palatável, e a bebida era um vinho leve e vermelho, cujo cheiro era inebriante.

— Vocês vêm de longe — Olmec disse, enfim. — Li os livros dos nossos pais. A Aquilônia fica além das terras dos stygios e dos shemitas, além de Argos e da Zíngara; e a Ciméria fica além da Aquilônia.

— Temos pés errantes — Conan respondeu, desatento.

— Como passaram pela floresta é um mistério para mim — Olmec comentou. — Em dias idos, mil guerreiros mal conseguiram abrir uma vereda através dos perigos dela.

— Encontramos uma monstruosidade de pernas curtas do tamanho de um mastodonte — o bárbaro falou casualmente, segurando sua taça de vinho, a qual Techotl encheu com evidente prazer. — Mas, depois que a matamos, não tivemos mais problemas.

O vasilhame de vinho escorregou das mãos de Techotl e se espatifou no chão. Sua pele morena ficou pálida. Olmec pôs-se de pé, uma imagem de espanto entorpecido, e os demais emitiram um grave suspiro de terror. Alguns caíram de joelhos, como se as pernas não conseguissem mais suportá-los. Só Tascela parecia não ter escutado aquilo. Conan olhou surpreso ao redor.

— Qual o problema? Por que estão de queixo caído?

— V-v-você matou um deus dragão?

— Deus? Matei um dragão. Por que não? Estava tentando nos devorar.

— Mas dragões são imortais! — Olmec exclamou. — Eles se matam entre si, mas nenhum homem jamais matou um dragão! Nossos mil ancestrais guerreiros que abriram caminho até Xuchotl não conseguiram vencê-los! Suas espadas se quebravam contra as escamas!

— Se os seus ancestrais tivessem pensado em mergulhar a ponta das lanças no suco das Maçãs de Derketa — Conan explicou, com a boca cheia —, e os tivessem espetado nos olhos, na boca ou em algum outro lugar assim, teriam visto que dragões não são mais imortais do que qualquer outro naco de carne. A carcaça está no limite das árvores, pouca coisa mata adentro. Se não acredita em mim, veja por si mesmo.

Olmec balançou a cabeça, não em descrença, mas espantado. Ele disse:

— Foi por causa dos dragões que nossos ancestrais se refugiaram em Xuchotl. Eles não ousaram atravessar a planície e mergulhar na selva além dela. Muitos foram apanhados e devorados pelos monstros antes de conseguirem chegar aqui.

— Então não foram seus ancestrais que construíram Xuchotl? — Valéria perguntou.

— A cidade já era antiga quando chegaram a esta terra. Há quanto tempo estava aqui, nem mesmo seus habitantes deteriorados sabiam.

— Seu povo vem do Lago Zuad? — Conan questionou.

— Sim. Há mais de um século, uma tribo dos tlazitlanos se rebelou contra o rei stygio e, sendo derrotada em batalha, fugiu para o sul. Eles vagaram por muitas semanas por planícies gramadas, desertos e colinas, até que, enfim, chegaram à grande floresta; mil guerreiros, com suas mulheres e crianças. Foi na floresta que os dragões os atacaram e fizeram em pedaços. O povo a atravessou em pânico e, ao alcançar a planície, os sobreviventes viram a cidade de Xuchotl no centro dela.

— Eles acamparam diante da cidade — ele prosseguiu — sem ousarem deixar a planície, pois a noite era assustadora com o ruído dos monstros se engalfinhando na floresta. Eles brigam sem parar uns com os outros, mas não vêm para a planície. Os habitantes da cidade fecharam os portões e dispararam flechas contra nosso povo dos muros. Os tlazitlanos ficaram presos na planície, como se os limites da floresta fossem uma grande muralha, pois se aventurar nas matas teria sido uma enorme loucura. Naquela noite, um escravo chegou em segredo ao acampamento deles, um do nosso sangue, que há tempos havia se embrenhado na floresta com um grupo de soldados, quando ainda era jovem. Os dragões tinham devorado todos os seus companheiros, mas ele acabou sendo preso e levado para a cidade, para uma vida de servidão. Chamava-se Tolkemec.

Uma chama brilhou nos olhos escuros ante a menção do nome, e algumas pessoas murmuraram obscenamente e cuspiram.

— Ele prometeu abrir os portões para os guerreiros. Pediu apenas que todos os prisioneiros fossem entregues deliberadamente em suas mãos. Ao amanhecer, cumpriu o prometido. Os guerreiros entraram e os salões de Xuchotl ficaram vermelhos. Somente algumas centenas viviam na cidade, sobreviventes decadentes de uma grande raça de outrora. Tolkemec disse que eles tinham vindo do leste há muito tempo, da antiga Kosala, quando os ancestrais daqueles que vivem lá hoje vieram do sul e afugentaram os habitantes originais da região. Eles vagaram para o leste e finalmente encontraram esta planície anelada pela floresta, habitada na época por uma tribo de homens negros. Eles os escravizaram e começaram a construir a cidade. Trouxeram o jade das colinas a leste, e também o mármore, o lápis-lazúli, o ouro, a prata e o cobre. Manadas de elefantes proveram o marfim. Quando a cidade estava completa, mataram todos os escravos, e seus feiticeiros fizeram uma magia terrível para protegê-la. Usando artes necromânticas, eles recriaram os dragões que outrora habitaram esta terra perdida e cujos ossos monstruosos encontraram na floresta. Dotaram de carne e vida os ossos, e as feras tornaram a caminhar pela terra tal qual o faziam quando o tempo era jovem. Mas os feiticeiros também lançaram uma magia que os mantinha na floresta, impedindo-os de vir até a planície.

— Assim, por muitos séculos, o povo de Xuchotl viveu na cidade — ele continuou —, plantando na planície fértil, até que os sábios descobriram como cultivar frutas em seu interior, frutas que não eram plantadas no solo, mas que obtinham sua nutrição do ar. Eles abandonaram os canais de irrigação, que secaram, e cada vez mais mergulharam numa indolente luxúria, até serem alcançados pela deterioração. Era uma raça moribunda quando nossos ancestrais irromperam da floresta e ganharam a planície. Seus magos estavam mortos e o povo havia se esquecido da antiga necromancia. Não eram capazes de lutar nem com espadas nem com magia. Nossos pais mataram o povo de Xuchotl, exceto por uma centena, entregue nas mãos de Tolkemec, seu antigo escravo. Durante muitas noites e muitos dias, os corredores ecoaram os gritos de tortura e agonia dos sobreviventes. Assim, por um tempo, os tlazitlanos viveram em paz, governados pelos irmãos Tecuhltli e Xotalanca, e por Tolkemec, que tomou uma moça da tribo como esposa e, por ter aberto os portões e também por conhecer muitas das artes dos habitantes de Xuchotl, dividiu a soberania da tribo com os irmãos, os líderes da rebelião e da luta. Eles viveram em paz por alguns anos, fazendo pouco mais do que comer, beber, fazer amor e criar seus filhos. Não havia necessidade de ir até a planície, pois Tolkemec os ensinou a cultivar as frutas que devoravam ar. Além disso, os xuchotlanos quebraram o feitiço que confinava os dragões à floresta, e eles vinham à noite e bramiam diante dos portões da cidade. A planície ficou vermelha com o sangue de sua guerra eterna, e foi aí que...

Ele mordeu a língua no meio da sentença, continuando logo a seguir, mas Conan e Valéria sentiram que achara sábio omitir alguma coisa.

— Eles viveram em paz por cinco anos. Então... — Os olhos de Olmec descansaram brevemente na mulher ao seu lado. — Xotalanca tomou uma mulher como esposa, uma mulher desejada tanto por Tecuhltli quanto pelo velho Tolkemec. Em sua loucura, Tecuhltli a roubou do marido. E, sim, ela consentiu de bom grado. Para provocar Xotalanca, Tolkemec auxiliou Tecuhltli. Xotalanca exigiu que ela fosse devolvida e o conselho da tribo concluiu que o assunto deveria ser decidido pela mulher, que escolheu ficar com Tecuhltli. Em sua ira, Xotalanca tentou recuperá-la à força, e os apoiadores de cada irmão trocaram socos no Grande Salão. Havia muito rancor. Sangue foi derramado de ambos os lados. A briga tornou-se uma contenda, e a contenda uma guerra aberta. Três facções emergiram do confronto... Tecuhltli, Xotalanca e Tolkemec. Eles já tinham dividido a cidade entre si nos dias de paz. Tecuhltli vivia no quadrante oeste, Xotalanca no leste e Tolkemec e sua família junto ao portão sul. Raiva, ressentimento e ciúme se tornaram derramamento de sangue, estupro e assassinato. Uma vez desembainhada a espada, não havia mais volta, pois sangue exigia sangue e a vingança veio rápido nos calcanhares da atrocidade. Tecuhltli lutou contra Xotalanca, e Tolkemec ajudou o primeiro, depois o outro, traindo cada facção conforme fosse adequado aos seus propósitos. Tecuhltli e seu povo se recolheram para o quartel no portão oeste, onde estamos agora. Xuchotl foi construída em formato oval. Tecuhltli, cujo nome é uma homenagem ao seu príncipe, ocupa a extremidade oeste do ovo. As pessoas bloquearam os corredores que a conectam ao resto da cidade, exceto por um em cada andar, que poderia ser facilmente defendido. Foram aos poços e construíram um muro que vai da extremidade oeste até as catacumbas, onde estão os corpos dos antigos xuchotlanos e dos tlazitlanos mortos na disputa. Eles viviam num castelo cercado, fazendo incursões e ataques contra seus inimigos.

— O povo de Xotalanca se fortificou do mesmo jeito no lado leste da cidade — ele explicou. — E Tolkemec fez o mesmo no lado sul. A parte central foi deixada nua e desabitada. Esses corredores e câmaras vazias se tornaram um terreno de batalha, uma região de puro terror. Tolkemec guerreou com ambos os clãs. Era um demônio em forma de homem, pior do que Xotalanca. Conhecia muitos segredos da cidade que nunca contou aos demais. Pilhou os sombrios sigilos dos mortos nas criptas, nas catacumbas... segredos de reis e magos antigos, há muito esquecidos pelos corrompidos xuchotlanos, mortos por nossos ancestrais. Mas toda a sua magia não pôde ajudá-lo na noite em que invadimos seu quartel e massacramos seu povo. Torturamos Tolkemec por dias a fio.

A voz dele afundou até tornar-se um murmúrio brando, e um olhar distante cresceu em sua vista, como se visse uma cena de anos atrás que lhe despertava intenso prazer.

— Sim, nós o mantivemos vivo até implorar pela morte, assim como sua noiva. Finalmente o tiramos da câmara de torturas e o jogamos em um calabouço para que os ratos o devorassem conforme morria. Mas, de algum modo, ele conseguiu fugir e se arrastou até as catacumbas, onde, sem sombra de dúvida, morreu, pois a única forma de deixar as catacumbas sob Tecuhltli é através de Tecuhltli, e ele jamais saiu por lá. Seus ossos nunca foram encontrados, e os supersticiosos entre nosso povo juram que o fantasma dele assombra as criptas até hoje, lamentando-se em meio às ossadas dos mortos. Há doze anos matamos o povo de Tolkemec, mas o confronto entre Tecuhltli e Xotalanca prosseguiu, como o fará até que o último homem e mulher estejam mortos. Faz cinquenta anos que Tecuhltli roubou a esposa de Xotalanca. A contenda já dura meio século. Eu nasci nela. Todos nesta câmara nasceram, com exceção de Tascela. E esperamos morrer nela. Somos uma raça moribunda, iguais àqueles xuchotlanos que nossos ancestrais mataram. Quando a contenda começou, cada facção tinha centenas de membros. Agora, os números de Tecuhltli compreendem somente esses que vocês veem e os guardas que protegem as quatro portas. Somos quarenta. Não sei quantos xotalancas existem, mas duvido que sejam muitos mais do que nós. Há quinze anos não nascem crianças em nosso meio e não vimos nenhuma entre os xotalancas. Estamos morrendo, mas, antes disso, mataremos tantos deles quanto os deuses permitirem.

E, com seus estranhos olhos queimando, Olmec falou muito sobre aquele confronto sombrio, travado nas câmaras silenciosas e corredores escuros sob o brilho das joias de fogo e sobre pisos que reluzem com as chamas do Inferno, ensopados por um carmesim ainda mais vívido, oriundo de veias abertas. Toda uma geração pereceu naquele massacre. Xotalanca já se fora há muito tempo, morto em uma luta numa escadaria de marfim. Tecuhltli estava morto, esfolado vivo pelos insanos xotalancas que o haviam capturado.

Sem emoção, Olmec narrou batalhas hediondas em corredores negros, emboscadas nas escadarias sinuosas e massacres indizíveis. Com um brilho vermelho e abismal naqueles olhos escuros, falou sobre homens e mulheres flagelados vivos, mutilados e desmembrados, sobre prisioneiros uivando sob torturas tão pavorosas que até mesmo o cimério grunhiu. Não era surpresa que Techotl tremera de horror diante da possibilidade de ser capturado! Mesmo assim, adiantara-se para matar caso conseguisse, impulsionado por um ódio que era mais forte do que ele. Olmec continuou a falar, sobre assuntos ainda mais misteriosos e sombrios, a respeito de magia negra e feitiçaria, conjuradas das trevas das catacumbas, e sobre criaturas bizarras invocadas pelos terríveis aliados. Nessas coisas, os xotalancas levaram vantagem, pois eram nas catacumbas a leste que ficavam os ossos dos maiores magos dos antigos xuchotlanos, com seus segredos imemoriais.

Valéria escutou com fascínio mórbido. A contenda tinha se tornado um terrível poder elemental que conduzia o povo de Xuchotl inexoravelmente à sina e extinção. Ela preenchia suas vidas. Tinham nascido dentro dela e nela esperavam morrer. Jamais deixavam a proteção de seu quartel, exceto para ir até os Salões do Silêncio, que se interpunham a ambas as fortalezas, para matarem e serem mortos. Às vezes, os batedores retornavam com prisioneiros alvoroçados ou com símbolos sinistros de vitória. Às vezes, eles não retornavam, ou então eram devolvidos na forma de membros decepados, atirados diante das portas de bronze. Era uma existência pavorosa e irreal, um pesadelo vivido por aqueles povos isolados do restante do mundo, presos como ratos hidrófobos na mesma armadilha, massacrando uns aos outros por anos, rastejando e espreitando nos corredores sem luz, onde assassinavam, torturavam e desmembravam.

Enquanto Olmec falava, Valéria sentia o olhar ardente de Tascela fixo em si. A princesa não parecia ouvir o que Olmec dizia. Sua expressão, ao que ele narrava as vitórias ou derrotas, não espelhava a ira selvagem ou a exaltação feroz que se alternava no rosto dos outros tecuhltlis. A contenda, uma obsessão para os membros de seu clã, parecia não ter significado para ela. Valéria achou a indiferença dela mais repugnante que a ferocidade nua de Olmec.

— E não podemos deixar a cidade — Olmec afirmou. — Por cinquenta anos ninguém o fez, exceto aqueles... — Mais uma vez ele se inibiu, continuando a seguir:

— Mesmo sem o perigo dos dragões, nós, que fomos nascidos e criados na cidade, não ousaríamos deixá-la. Nunca pusemos os pés do lado de fora. Não somos acostumados ao céu aberto e ao sol desnudo. Não... nascemos em Xuchotl e aqui morreremos.

— Bem — Conan disse. — Com sua licença, nós nos arriscaremos com os dragões. Esta luta não é da nossa conta. Se nos levar até o portão oeste, seguiremos caminho.

Tascela crispou as mãos e começou a falar, mas Olmec a interrompeu:

— Já está anoitecendo. Se perambularem pela planície de noite, certamente cairão presas dos dragões.

— Nós a cruzamos na noite passada e dormimos a céu aberto sem ver nenhum — Conan respondeu. Tascela deu um sorriso amargo:

— Vocês não ousariam sair de Xuchotl!

Conan a encarou com antagonismo instintivo; ela não estava olhando para ele, mas sim para a mulher ao seu lado.

— Acho que ousariam — Olmec declarou. — Mas, vejam, Conan e Valéria... os deuses devem tê-los mandado até nós para nos conceder a vitória a Tecuhltli! São guerreiros profissionais... Por que não lutam por nós? Temos riquezas em abundância... joias preciosas são tão comuns em Xuchotl quanto paralelepípedos nas cidades do mundo. Algumas os xuchotlanos trouxeram de Kosala. Outras, como as joias de fogo, foram encontradas nas colinas a leste. Ajudem-nos a acabar com os xotalancas e lhes daremos todas as joias que conseguirem carregar!

— E nos ajudarão a acabar com os dragões? — Valéria perguntou. — Com arcos e flechas envenenadas, trinta homens conseguiriam matá-los na floresta.

— Sim! — Olmec respondeu de imediato. — Esquecemos como usar arcos nesses anos de combate corpo a corpo, mas podemos aprender novamente.

— O que acha? — A pirata perguntou para Conan.

— Nós dois somos vagabundos sem um centavo. — Ele deu um sorriso bruto. — Poderia matar xotalancas tanto quanto qualquer um.

— Então estão de acordo? — Olmec inquiriu, enquanto Techotl abraçou a si mesmo em deleite.

— Sim. Agora, creio que nos levará a aposentos onde possamos dormir, para estarmos descansados amanhã e darmos início à matança.

Olmec assentiu e acenou. Techotl e uma mulher conduziram os aventureiros por um corredor que começava em uma porta à esquerda da plataforma de jade. Valéria olhou para trás e viu Olmec sentado no trono, o queixo sobre o punho, olhando fixo para eles. Seus olhos ardiam com uma estranha chama. Tascela recostou-se em seu assento, sussurrando para sua criada de rosto taciturno, Yasala, que se inclinou sobre seu ombro, encostando a orelha nos lábios em movimento da princesa.

O corredor não era tão largo quanto a maior parte dos outros por onde haviam passado, mas era longo. Enfim, a mulher parou, abriu uma porta e ficou de lado para que Valéria entrasse. Conan resmungou:

— Espere um pouco. Onde vou dormir?

Techotl apontou para um cômodo do lado oposto, uma porta adiante. Conan hesitou e pareceu inclinado a protestar, mas Valéria deu um sorriso de desprezo para ele e fechou a porta. Ele murmurou algo nada lisonjeiro sobre mulheres em geral e seguiu Techotl pelo corredor.

Na câmara ornamentada onde deveria dormir, olhou para as claraboias em forma de fendas. Algumas eram largas o bastante para permitir que um garoto ou um homem magro passassem, supondo que o vidro fosse quebrado.

— Por que os xotalancas não vêm pelo telhado e quebram aquelas claraboias? — Perguntou.

— Elas não podem ser quebradas — Techotl respondeu. — Além do mais, seria difícil escalar pelos telhados. São, em sua maioria, domos, espirais e cumeeiras íngremes.

Ele deu mais informações sobre o "castelo" de Tecuhltli. Como o resto da cidade, tinha quatro andares, ou níveis de câmaras, com torres se projetando dos tetos. Cada nível possuía um nome; na verdade, o povo de Xuchotl tinha um nome para todas as câmaras, corredores e escadarias da cidade, como as pessoas de cidades convencionais designam ruas e quarteirões.

Em Tecuhltli, os andares eram chamados de Andar da Águia, Andar do Macaco, Andar do Tigre e Andar da Serpente, nesta ordem enumerada, sendo o Andar da Águia, o quarto, o mais alto.

— Quem é Tascela? — Conan perguntou. — Esposa de Olmec?

Techotl deu de ombros e olhou furtivamente ao redor, antes de responder.

— Não. Ela é... Tascela! Era a esposa de Xotalanca... a mulher que Tecuhltli roubou e que deu início à contenda.

— Do que está falando? — Conan protestou. — Aquela mulher é bela e jovem. Está me dizendo que era a tal esposa cinquenta anos atrás?

— Sim! Eu juro! Já era adulta quando os tlazitlanos viajaram do Lago Zuad. Foi porque o rei da Stygia a queria como concubina que Xotalanca e seu irmão se rebelaram e fugiram para a selva. Ela é uma bruxa que possui o segredo da juventude eterna.

— E qual é ele? — Conan inquiriu.

Techotl tornou a fazer um muxoxo:

— Não pergunte! Não ouso dizer. É sombrio demais, até mesmo para Xuchotl.

E, tocando os lábios com o dedo, ele deixou o cômodo.

IV
O Aroma da Lótus Negra

Valéria desafivelou o cinturão da espada e colocou-o com a arma embainhada no divã onde pretendia dormir. Reparou que as portas tinham ferrolhos e perguntou-se para onde levavam.

— Elas dão para as câmaras adjacentes — respondeu a mulher, indicando as portas à esquerda e à direita. — Aquela — ela apontou para uma porta de cobre oposta à que se abria para o corredor — leva para um corredor que termina em uma escadaria para as catacumbas. Não tenha medo; nada pode feri-la aqui.

— Quem falou em medo? — Valéria atiçou. — Só gosto de saber em que tipo de baía estou lançando minha âncora. E não quero que você durma aqui, aos meus pés. Não estou acostumada a ter serviçais... pelo menos, não mulheres. Você tem minha permissão para partir.

Sozinha no cômodo, a pirata fechou as trancas de todas as portas, tirou as botas e se espreguiçou luxuriosamente no divã. Imaginou Conan às voltas com algo parecido do outro lado do corredor, mas sua vaidade a levou a vê-lo fazendo cara feia e resmungando com desgosto, enquanto se deitava em seu divã solitário. Sorriu divertidamente com malícia ao preparar-se para dormir.

Lá fora, a noite havia caído. Nos salões de Xuchotl, as joias verdes de fogo reluziam como os olhos de gatos pré-históricos. Em algum lugar em meio às torres escuras, o vento da noite gemia como um espírito agitado. Pelas passagens obscuras, figuras sorrateiras começaram a se mover, como sombras desencarnadas.

Valéria acordou de repente. Sob o brilho difuso esmeralda que vinha das joias de fogo, viu uma silhueta curvar-se sobre si. Por um instante atordoante, a aparição pareceu fazer parte de um sonho que estava tendo. A guerreira parecia estar deitada no divã, da forma como realmente estava, enquanto no alto palpitava uma gigantesca flor negra desabrochando, tão enorme que ocultava o teto. Um perfume exótico invadiu seu ser, induzindo uma moleza deliciosa e sensual que era algo mais e menos do que um sonho. Estava mergulhada em fragrâncias perfumadas num êxtase inconsciente quando algo tocou seu rosto. Seus sentidos entorpecidos estavam tão supersensíveis, que o toque da luz foi como o deslocar de um impacto, arremessando-a rudemente ao despertar pleno. Foi quando viu não um botão colossal, mas uma mulher de pele morena em pé sobre ela.

Com a compreensão vieram a fúria e a ação imediatas. A mulher virou-se agilmente, mas, antes que pudesse fugir, Valéria já havia se levantado e agarrado o seu braço. Ela resistiu como uma gata selvagem por um instante, mas, ao sentir-se esmagada pela força superior da oponente, entregou-se. A pirata virou-a para encará-la, segurou seu queixo com a mão livre e forçou a prisioneira a fitar os seus olhos. Era a amuada criada de Tascela, Yasala.

— Que diabos está fazendo aqui, em cima de mim? O que é isso na sua mão?

A mulher não respondeu, mas tentou jogar o objeto longe. Valéria torceu o braço dela e a coisa caiu no chão... um exótico botão escuro sobre um caule verde como jade, do tamanho da mão de uma mulher, porém, pequeno em comparação com a exagerada visão que ela tivera.

— A lótus negra! — Valéria disse, entredentes. — A flor cuja fragrância induz um sono profundo. Você estava tentando me drogar! Se não tivesse tocado meu rosto com as pétalas sem querer... Por que fez isso? Me diga o que está tramando!

Yasala manteve um silêncio carrancudo. Valéria bradou e a virou de costas, forçou-a a ficar de joelhos e torceu seu braço.

— Fale! Ou vou quebrar o seu braço!

Yasala se contorceu de angústia ao que o membro foi forçado de forma excruciante entre as escápulas, mas um violento tremular da cabeça foi sua única resposta.

— Vadia! — Valéria a empurrou, esparramando-a no chão. A pirata encarou a figura prostrada com olhos ferozes. Temor e a lembrança do olhar ardente de Tascela sobre seu corpo a atiçaram, despertando seus instintos felinos de autopreservação. Aquele era um povo decadente; era esperado encontrar todo tipo de perversidade entre ele. Mas Valéria sentia que algo se movia nos bastidores ali, algum terror secreto, mais macabro do que a degeneração comum. Ela teve receio e repulsa daquela cidade bizarra. Aquelas pessoas não eram sãs ou normais; começou a duvidar até mesmo de que fossem humanas. A loucura ardia nos olhos de todos... exceto nos de Tascela, que encerravam segredos e mistérios mais abismais do que a loucura.

Ergueu a cabeça e escutou atentamente. Os salões de Xuchotl estavam silenciosos, como se ali fosse, de fato, uma cidade-fantasma. As joias verdes banhavam a câmara com uma luz espectral, sob a qual os olhos da mulher no chão resplandeciam estranhamente. Um sentimento de pânico irrompeu em Valéria, removendo o último vestígio de misericórdia da sua alma.

— Por que me drogou? — Ela murmurou, segurando os cabelos pretos da mulher e forçando a cabeça para trás, para encarar seus olhos sombrios, cobertos pelos longos cílios. — Foi Tascela quem a mandou?

Nenhuma resposta. Valéria amaldiçoou venenosamente e estapeou a mulher em uma bochecha, e depois na outra. Os golpes ressoaram pelo cômodo, mas Yasala não gritou.

— Por que você não grita? — Valéria inquiriu, selvagemente. — Tem medo que alguém a escute? De quem tem medo? Tascela? Olmec? Conan?

Yasala não respondeu. Ela se encolheu, observando sua captora com olhos sinistros como os de um lagarto. A teimosia do silêncio sempre desperta a ira. Valéria virou-se e apanhou um punhado de cordas de uma tapeçaria pendurada próxima de si.

— Sua vadia emburrada! — Resmungou. — Vou arrancar suas roupas, amarrá-la no divã e chicoteá-la até que me diga o que faz aqui e quem a mandou!

Yasala não protestou verbalmente, nem ofereceu qualquer resistência, já que, logo depois, Valéria arrastou-a com uma fúria só acentuada pela obstinação da cativa. A seguir, por um tempo, não houve qualquer som na câmara, exceto pelo assobio e estalar de cordas de seda entrelaçadas golpeando a pele nua. Yasala não conseguia mover as mãos e os pés amarrados. Seu corpo se contorcia e tremia sob o castigo, a cabeça girava de um lado para o outro, ritmada aos golpes. Os dentes haviam afundado nos lábios inferiores e um fio de sangue começou a escorrer dele, conforme a punição prosseguia. Mas ela não gritou.

As cordas flexíveis não emitiam som ao tocarem o corpo tiritante da prisioneira; somente um estalar agudo, mas cada corda deixava um vergão vermelho na pele de Yasala. Valéria infligiu o castigo com toda a força de seu braço embrutecido pela guerra, com toda a crueldade adquirida ao longo de uma vida em que dor e tormento eram acontecimentos corriqueiros, e com a engenhosidade cínica que só uma mulher consegue mostrar por outra. Yasala sofreu mais, física e mentalmente, do que se tivesse sido chicoteada por um homem, mesmo se este fosse mais forte.

Mas foi a aplicação deste cinismo feminino que, enfim, a domou.

Um choro grave escapou de seus lábios e Valéria parou, o braço erguido, jogando para trás um cacho amarelo úmido:

— E então? Decidiu falar? Posso fazer isso a noite toda se for necessário.

— Piedade! — Sussurrou a mulher. — Eu conto tudo.

Valéria cortou as cordas dos pulsos e tornozelos, e a pôs de pé. Yasala afundou no divã, meio reclinada sobre um lado nu do quadril, apoiando-se sobre o braço e estremecendo ante o contato da pele ferida com o tecido. Todos os membros de seu corpo tremiam.

— Vinho! — Ela implorou, os lábios secos, apontando com a mão vacilante para um jarro dourado sobre uma mesa de marfim. — Deixe-me beber. Não aguento a dor. Depois te contarei tudo.

Valéria apanhou o jarro e Yasala ficou de pé, titubeando para recebê-lo. Ela o balançou, ergueu até os lábios... e jogou o conteúdo diretamente no rosto da pirata. Valéria recuou, limpando e esfregando o líquido que ardia em suas vistas. Por trás da visão nublada, viu Yasala atravessar o quarto, puxar um ferrolho, abrir a porta de cobre e fugir pelo corredor. Com espada em mão e instinto assassino no coração, seguiu-a imediatamente.

Mas Yasala tinha uma boa vantagem, e correu com a agilidade frenética de alguém que acabara de ser chicoteada a ponto de atingir um frenesi histérico. Dobrou em um canto no corredor, metros à frente de Valéria, e, quando a pirata fez o mesmo, viu apenas uma sala vazia e, na extremidade oposta, uma porta que se abria para a escuridão. Um odor úmido e bolorento provinha dali, e a pirata estremeceu. Devia ser a porta que levava para as catacumbas. Yasala tinha ido se refugiar entre os mortos.

Valéria avançou e mirou um lance de degraus de pedra que conduzia para baixo, desaparecendo rapidamente na mais profunda treva. Sem dúvida, era um caminho que culminava nos poços sob a cidade, sem se abrir para nenhum dos outros andares inferiores. Ela estremeceu levemente ante a ideia de milhares de corpos deitados nas criptas de pedra, envoltos em suas roupas mofadas. Não tinha intenção nenhuma de descer tateando às cegas aqueles degraus. Yasala certamente conhecia todas as curvas e atalhos daqueles túneis subterrâneos.

Estava voltando, furiosa e frustrada, quando um grito soluçante emergiu das trevas. Pareceu ter vindo de uma grande profundidade, mas palavras humanas eram vagamente discerníveis, e a voz era de uma mulher. "Oh, socorro! Ajude-me, em nome de Set! Ahhhh!" Então desapareceu e Valéria pensou ter captado o eco de um riso fantasmagórico.

A pirata sentiu um arrepio. O que acontecera com Yasala naquela escuridão? Não havia dúvidas de que o grito fora dela. Mas que perigo lhe acometera? Será que algum xotalanca estava lá, à espreita? Olmec tinha garantido que as catacumbas sob Tecuhltli eram isoladas das outras, seguras demais para que seus inimigos atravessassem. Além disso, aquele riso em nada se parecera com algo humano.

Valéria voltou correndo pelo corredor, sem parar para fechar a porta que se abria para as escadas. Em seu cômodo, bateu a porta e a aferrolhou. Vestiu as botas e afivelou o cinturão. Estava determinada a ir ao quarto de Conan e pedir que se juntasse a ela, caso ainda estivesse vivo, em uma tentativa de abrir caminho à força para fora daquela cidade dos infernos.

Mas, quando chegava à porta que dava para o corredor externo, um longo grito de agonia ecoou pelos salões, seguido pelo ruído de pés correndo e um alto colidir de espadas.

V

Vinte Pregos Vermelhos

Dois guerreiros descansavam na sala de guarda, no piso conhecido como Andar da Águia. Sua atitude era casual, ainda que habitualmente alerta. Um ataque vindo de fora contra a grande porta de bronze sempre era uma possibilidade, mas há muitos anos nenhum dos lados tentava tal investida.

— Os forasteiros são aliados fortes — disse um deles. — Acredito que Olmec se moverá contra o inimigo amanhã.

Ele falava como um soldado falaria em uma guerra. No mundo em miniatura de Xuchotl, cada punhado de guerreiros era um exército, e os salões vizinhos entre as fortalezas eram o país sobre o qual levavam a cabo sua campanha.

O outro meditou por um instante, então disse:

— Suponha que, com a ajuda deles, a gente destrua os xotalancas. E então, Xatmec?

— Como assim? — Xatmec perguntou. — Colocaremos pregos vermelhos para todos. Os prisioneiros nós queimaremos, esfolaremos e esquartejaremos.

— E depois? — O outro insistiu. — Depois de matarmos todos? Não será estranho não ter um oponente para lutar? Eu enfrentei e odiei os xotalancas por toda a vida. Com o fim da contenda, o que restará?

Xatmec deu de ombros. Seus pensamentos nunca tinham ido além da destruição de seus inimigos. Não podiam ir além disso.

Súbito, os dois enrijeceram ante um barulho do lado de fora.

— Vá para a porta, Xatmec! — Sussurrou o segundo guerreiro. — Vou espiar através do Olho...

Xatmec, empunhando a espada, inclinou-se contra a porta de bronze, forçando o ouvido para tentar escutar algo pelo metal. Seu colega olhou pelo espelho e teve um sobressalto. Homens estavam amontoados do outro lado, sinistros, com as espadas presas nos dentes... *e os dedos enfiados nos ouvidos.* Um, que usava um cocar de penas, trazia um conjunto de flautas que levou aos lábios e, bem quando as sentinelas de Tecuhltli iam gritar para dar um alerta, as flautas começaram a soar.

O grito morreu na garganta dos guardas ao que o estranho e agudo som passou pela porta de metal e alcançou seus ouvidos. Xatmec permaneceu congelado à porta, como se estivesse paralisado. Seu rosto era o de uma estátua de madeira, a expressão como a de quem está horrorizado. O outro guarda, embora bem mais distante da fonte do som, também sentia o terror do que ocorria, a macabra ameaça que pairava naquela flauta demoníaca.

Ele sentiu a estranha pressão arrancando os tecidos de seu cérebro como se fossem dedos invisíveis, preenchendo-o com emoções externas a seu ser e impulsos insanos. Mas, com um esforço de destroçar a alma, quebrou o feitiço e deu um grito de alerta numa voz que não reconheceu como sendo a sua.

Assim que gritou, a música mudou para um guincho insuportável que era como uma faca nos tímpanos. Xatmec deu um berro de agonia, e toda a sanidade desapareceu de seu rosto igual a uma chama soprada pelo vento. Agindo como um louco, tirou a corrente, abriu a porta e arremeteu para o corredor com a espada em punho, antes que seu companheiro pudesse impedi-lo. Uma dúzia de lâminas o abateu e, por cima do cadáver mutilado, os xotalancas surgiram na sala de guarda, com um uivo longo e sanguinário, reverberado pelos ecos.

Ainda atordoado pelo choque, o guarda restante saltou de encontro a eles com sua lança em riste. O horror da feitiçaria que acabara de testemunhar foi engolido pela compreensão de que o inimigo estava em Tecuhltli. E, quando a ponta de sua lança rasgou um ventre de pele morena, ele deixou de existir, pois uma espada esmagou seu crânio no mesmo instante em que guerreiros de olhos selvagens adentraram a sala, advindos das câmaras mais atrás.

Foram os gritos dos homens e o colidir do aço que fizeram Conan dar um pulo de seu divã, desperto e segurando a espada. Em um instante, ele estava à porta aberta, olhando para o lado de fora, no corredor, bem quando Techotl se aproximava, os olhos ardendo loucamente. Ele deu um grito numa voz quase inumana:

— Os xotalancas! *Eles passaram pela porta!*

Conan disparou pelo corredor, quando Valéria saiu de seu quarto e perguntou:

— Que diabos está acontecendo?

— Techotl disse que os xotalancas entraram — ele respondeu, apressado. — E, pelo barulho, parece que foi isso mesmo.

Seguido pelo tecuhltli, eles foram até a sala do trono, onde se depararam com uma cena que transcendia o mais frenético sonho de sangue e fúria. Vinte homens e mulheres, os cabelos escuros esvoaçando e os crânios brancos brilhando nos peitos, travavam combate com o povo de Tecuhltli. As mulheres de ambas as facções lutavam tão ferozmente quanto os homens, e aquele cômodo e o corredor além já estavam amontoados de corpos.

Olmec, vestindo apenas uma tanga, combatia diante do trono, e, quando os aventureiros entraram, Tascela surgiu de uma câmara interna com uma espada na mão.

Xatmec e seu companheiro estavam mortos, então não havia ninguém para revelar como os inimigos tinham entrado na cidadela. Nem havia nada a dizer sobre o que os levara àquela investida insana. Mas as perdas dos xotalancas tinham sido maiores, e sua situação era mais desesperada do que os tecuhltlis imaginavam. A morte dos já escassos aliados, a destruição da Caveira Flamejante e as notícias, cuspidas por um homem moribundo, de que misteriosos aliados de pele branca tinham se juntado aos inimigos os levaram ao auge do desespero e à determinação selvagem de morrer, levando consigo alguns de seus antigos oponentes.

Os tecuhltlis, recuperando-se do choque atordoante da surpresa que os fizera recuar até o trono e deixara o chão repleto de corpos, agora revidavam com a mesma fúria desesperada, enquanto os guardas das portas dos andares inferiores vinham correndo para jogarem-se na peleja. Foi a luta mortal de lobos raivosos, cegos, cansados e impiedosos. A massa se movia para frente e para trás, da plataforma até a porta, lâminas assobiando e cortando a carne, sangue vertendo e pés pisando o chão carmesim sobre o qual poças ainda mais vermelhas se formavam. Mesas de marfim foram viradas, bancos partidos ao meio e tapeçarias de veludo manchadas de sangue. Foi o clímax letal de meio século de confronto, e todos os presentes sabiam disso.

Mas a conclusão era inevitável. Os tecuhltlis superavam os invasores em quase dois para um, e sentiram-se mais encorajados por saberem disso e pela participação dos novos aliados de pele clara no confronto.

Estes juntaram-se à luta com o efeito devastador de um furacão atravessando uma plantação de mudas. Em termos de força bruta, nem três tlazitlanos eram páreo para Conan e, a despeito de seu peso, ele era mais rápido do que qualquer um deles. Movia-se pelo turbilhão de pessoas com a certeza e a eficiência letal de um lobo cinzento em meio a um bando de cachorros domésticos, e sua passagem deixou um rastro de figuras esmagadas.

Valéria lutou ao lado dele, lábios sorrindo e olhos queimando. Ela era mais forte do que um homem comum, e bem mais rápida e feroz. Em sua mão, a espada parecia uma coisa viva. Enquanto Conan vencia os oponentes pelo impacto e força dos golpes, partindo lanças, abrindo crânios e peitos de cima a baixo, a pirata apresentava uma sutileza no manuseio da espada que deslumbrava e espantava seus antagonistas antes que caíssem mortos por suas mãos. Guerreiro após guerreiro, ao erguer sua pesada lâmina, encontrava a ponta dela na jugular antes de poder atacar. Conan, destacando-se mais do que todos no conflito, caminhava distribuindo golpes para a esquerda e direita, mas Valéria se movia como um fantasma ilusivo, constantemente mudando de posição, estocando e cortando. Espadas não conseguiam acertá-la, e os guerreiros atingiam o ar vazio e morriam com a lâmina dela em seu coração ou pescoço e a gargalhada zombeteira nos ouvidos.

Nenhum dos combatentes enlouquecidos levou em consideração sexo ou capacidade. Cinco mulheres xotalancas tinham caído com o pescoço cortado antes mesmo que Conan e Valéria se juntassem à luta, e, quando um homem ou mulher ia ao chão, sempre havia uma faca pronta para rasgar a garganta indefesa, ou um pé calçado ávido para esmagar o crânio prostrado.

De parede a parede, de porta a porta, as ondas do combate se desenrolaram, derramando-se para as câmaras adjacentes. Até que somente os tecuhltlis e seus aliados de pele branca estavam de pé na sala do trono. Os sobreviventes olharam uns para os outros de forma inexpressiva e fria, como se tivessem escapado da destruição do mundo no Dia do Julgamento. Com as pernas bem abertas, as mãos segurando firmemente espadas ensanguentadas e cegas, e sangue escorrendo pelos braços, encararam uns aos outros em meio aos cadáveres destroçados de amigos e inimigos. Não havia sobrado fôlego para que gritassem, mas um uivo bestial e insano eclodiu de seus lábios. Não foi um brado humano de triunfo; foi o uivo raivoso de uma matilha de lobos entre os corpos de suas vítimas.

Conan segurou o braço de Valéria e virou-a para si, grunhindo:

— Você foi esfaqueada na panturrilha.

Ela olhou para baixo, ciente pela primeira vez de uma pontada na musculatura da perna. Algum moribundo no chão a tinha atacado com seu punhal num derradeiro esforço.

— E você parece um açougueiro — ela divertiu-se.

Ele sacudiu um aguaceiro vermelho das mãos.

— Não é meu sangue. Ah, tem um arranhão aqui, outro ali, nada para se preocupar. Mas é melhor pôr uma bandagem nessa panturrilha.

Olmec veio pelo amontoado de corpos, parecendo um demônio com seus largos ombros nus cobertos de sangue e a barba preta embebida em carmesim. Seus olhos estavam vermelhos como o reflexo de uma chama em águas negras.

— Vencemos! — Ele coaxou, deslumbrado. — A contenda terminou! Os cães de Xotalanca estão mortos! Ah, como queria um prisioneiro para esfolar vivo, mas é bom olhar para seus rostos mortos. Vinte cães caíram... vinte pregos vermelhos para a coluna preta!

— É melhor cuidar dos seus feridos — Conan grunhiu, afastando-se dele. — Aqui, garota... deixe-me ver sua perna.

— Espere um pouco! — Ela o afastou, impaciente. O fogo da luta ainda ardia em sua alma. — Como sabemos que esses são todos que restaram? Poderiam ter vindo em uma incursão por conta própria.

— Eles não dividiriam o clã em um ataque como este — Olmec falou, balançando a cabeça e recuperando parte de sua inteligência habitual. Sem o manto roxo, o homem se parecia menos com um príncipe e mais com um repugnante animal de rapina. — Eu afirmo com segurança que matamos todos. Havia menos deles do que eu pensava e deviam estar desesperados. Mas como entraram em Tecuhltli?

Tascela se adiantou, limpando a espada na coxa nua e segurando na outra mão um objeto que havia tirado do corpo do líder emplumado dos xotalancas.

— As flautas da loucura — falou. — Um guerreiro me disse que Xatmec abriu a porta para os xotalancas e foi retalhado quando eles invadiram a sala da guarda. Esse guerreiro chegou lá pelo corredor interno bem em tempo de ver isso acontecer e de escutar as últimas notas da estranha música, que congelou sua alma. Tolkemec costumava falar sobre essas flautas, que os xuchotlanos juravam estarem escondidas em algum lugar nas catacumbas, com os ossos dos antigos magos que as utilizavam. De algum jeito, os cães xotalancas as encontraram e descobriram seus segredos.

— Alguém deveria ir até Xotalanca e ver se ainda há alguém vivo — Conan disse. — Eu vou se alguém me guiar até lá.

Olmec olhou para os remanescentes de seu povo. Só havia vinte com vida e, desses, vários gemiam, caídos no chão. Tascela era a única de Tecuhltli que escapara sem ser ferida. A princesa estava ilesa, embora tivesse lutado com tanta coragem quanto qualquer outro.

— Quem irá com Conan até Xotalanca? — Olmec perguntou.

Techotl se adiantou. O ferimento em sua coxa tornara a sangrar e ele tinha outro corte nas costelas.

— Eu vou!

— Não, não vai — Conan vetou. — E nem você, Valéria. Em pouco tempo essa perna vai estar rígida.

— Eu vou — voluntariou-se um guerreiro que enrolava uma bandagem em seu antebraço cortado.

— Certo, Yanath. Vá com o cimério. E você também, Topal. — Olmec indicou outro guerreiro, cujos ferimentos eram superficiais. — Mas, antes, ajudem a pôr os feridos naqueles divãs, onde poderão ser socorridos.

O que foi feito rapidamente. Enquanto eles se curvavam para apanhar uma mulher que tinha sido ferida por uma maça, a barba de Olmec resvalou no ouvido de Topal. Conan teve a impressão de que o príncipe havia murmurado algo para o guerreiro, mas não tinha certeza. Alguns momentos depois, seguia pelo corredor junto de seus companheiros.

Ao sair pela porta, o bárbaro deu uma olhadela para trás, para a carnificina sobre o piso brilhante, membros morenos manchados de sangue, contraídos em posturas de feroz esforço físico, rostos congelados em máscaras de ódio, olhos vítreos mirando as joias verdes de fogo que banhavam a cena espectral com uma luz esmeralda crepuscular. Em meio aos mortos, os vivos se moviam sem direção, como pessoas em transe. Conan escutou Olmec chamar uma mulher e pedir que ela enfaixasse a perna de Valéria. A pirata a seguiu até uma câmara adjunta, já começando a mancar um pouco.

Com cuidado, os dois tecuhltlis conduziram Conan pelo corredor além da porta de bronze e passando por uma câmara após a outra, brilhando sob o fogo verde. Não viram ninguém nem escutaram som algum. Após atravessarem o Grande Salão que dividia a cidade, o cuidado foi redobrado por estarem próximos ao território inimigo. Mas as câmaras e salões permaneciam nus aos seus olhos desconfiados e, enfim, eles chegaram a um grande saguão vazio e pararam diante de uma porta de bronze, parecida com a Porta da Águia em Tecuhltli. Testaram-na com cautela, e ela se abriu silenciosamente. Espantados, adentraram as câmaras além. Por cinquenta anos, nenhum tecuhltli tinha entrado naqueles salões, salvo um prisioneiro levado para seu hediondo destino. Ir para Xotalanca seria o pior horror a cair sobre um homem do castelo do lado oeste. O medo daquilo espreitara seus pesadelos desde que eram crianças. Para Yanath e Topal, a porta de bronze era como um portal para o Inferno.

Eles recuaram, terror irracional em seus olhos, e Conan passou por eles, entrando em Xotalanca.

A dupla o seguiu timidamente. Quando cada um deles pôs o pé na soleira, olhou ao redor, mas a única coisa que perturbava o silêncio era sua respiração acelerada.

Haviam entrado na sala da guarda, tal qual a que existia atrás da Porta da Águia de Tecuhltli, e, similarmente, um corredor levava dela para uma larga câmara que era a contraparte da sala do trono de Olmec.

Conan examinou o local com seus tapetes, divãs e tapeçarias penduradas, e pôs-se a escutar com atenção. Não ouviu nada, e a sala transmitia uma sensação de vazio. Ele não acreditava que ainda houvesse algum xotalanca vivo em Xuchotl.

— Vamos — murmurou, e seguiu pelo corredor.

Não tinha ido longe quando percebeu que apenas Yanath o seguia. Virou-se e viu Topal de pé em uma postura de horror, um braço estendido, como que para apartar alguma ameaça, os olhos fixos com intensidade hipnótica em algo saliente atrás de um divã.

— Que diabos? — Então, Conan viu para o que Topal estava olhando, e sentiu sua pele se arrepiar entre os ombros. Uma cabeça monstruosa se pronunciava por trás da mobília, uma cabeça reptiliana, larga como a de um crocodilo, com presas curvas iguais às de um cão, que se projetavam por sobre a mandíbula inferior. Mas havia uma flacidez naquela coisa que não era natural, e os medonhos olhos estavam vítreos.

Conan espiou atrás do divã. Uma enorme serpente jazia morta, mas uma serpente cujo tipo ele jamais vira em suas andanças. Ela emanava o cheiro forte e arrepiante daquelas terras, e sua cor era de uma tonalidade indeterminada, que mudava a cada novo ângulo que ele examinava. Um grande ferimento no pescoço denotava a causa da morte.

— É o Rastejador! — Yanath sussurrou.

— É a coisa que atingi nas escadarias — Conan grunhiu. — Depois de ter nos seguido até a Porta da Águia, arrastou-se até aqui para morrer. Como os xotalancas controlavam uma fera dessas?

Os tecuhltlis estremeceram e menearam as cabeças.

— Eles a trouxeram dos túneis escuros *sob* as catacumbas. Descobriram segredos desconhecidos para Tecuhltli.

— Bem, seja como for, está morta e, se tivessem mais alguma, teriam levado junto para Tecuhltli. Vamos.

Eles seguiram de perto o bárbaro, que cruzou o corredor e alcançou uma porta com entalhes de prata, na extremidade oposta.

— Se não encontrarmos ninguém neste andar — ele disse —, vamos para os inferiores. Vamos explorar Xotalanca de cima até as catacumbas. Se ela for como Tecuhltli, todos os salões e corredores deste andar serão iluminados por... que diabos!

Eles haviam entrado na ampla sala do trono, bem parecida com a de Tecuhltli. A mesma plataforma de jade e o assento de marfim estavam lá, os mesmos divãs, tapetes e tapeçarias. Não havia nenhuma coluna preta com marcas vermelhas, mas não faltavam evidências da sombria contenda.

Na parede atrás da plataforma estavam alinhadas várias fileiras de prateleiras protegidas por vidro e, sobre elas, centenas de cabeças humanas perfeitamente preservadas encaravam os invasores pasmos com olhos sem vida, assim como o fizeram por sabe-se lá quantos meses e anos.

Topal praguejou, mas Yanath ficou em silêncio, a luz da loucura brilhando em seus olhos. Conan fez uma careta, sabendo que a sanidade do tlazitlano estava por um fio.

Então, Yanath apontou com o dedo trêmulo para as pavorosas relíquias.

— Ali está a cabeça do meu irmão! — Murmurou. — E ali o irmão mais novo de meu pai! E logo depois, o primogênito da minha irmã!

Então, começou a chorar a olhos secos, com soluços fortes e altos que balançavam seu corpo. Ele não desviou o olhar das cabeças. Os soluços ficaram mais estridentes, tornaram-se uma gargalhada aguda e apavorante, que por sua vez transformou-se em um grito insuportável. Yanath estava louco.

Conan pôs a mão em seu ombro e, como se o toque tivesse libertado todo o frenesi de sua alma, Yanath berrou e virou-se, atacando o cimério com sua espada. Conan defendeu o golpe e Topal tentou segurar o braço do colega, mas o desvairado o evitou e, espumando, enfiou fundo sua lâmina no corpo de Topal. O homem caiu com um grunhido e o agressor debateu-se por um instante como um asceta fora de si; então correu para as prateleiras e começou a golpear o vidro com sua espada, gritando blasfêmias.

Conan saltou sobre ele pelas costas, tentando apanhá-lo desprevenido e desarmá-lo, mas o louco virou-se e arremeteu contra ele, uivando como uma alma perdida. Percebendo que Yanath estava além da sanidade, o cimério desviou-se e, quando o agressor passou, desferiu um golpe que cortou a escápula e o peito, derrubando-o morto ao lado de sua vítima, ainda agonizante.

O bárbaro curvou-se sobre Topal ao ver que o homem dava seus últimos suspiros. Era inútil tentar estancar o sangue que vertia do horrível ferimento.

— É o fim da linha para você, Topal — Conan disse. — Quer dizer alguma coisa para o seu povo?

— Chegue mais perto — Topal ofegou e Conan aquiesceu... e, um segundo depois, segurou o pulso do homem quando ele atacou seu peito com um punhal.

— Crom! — O bárbaro berrou. — Ficou maluco também?

— Foi ordem de Olmec — confessou o moribundo. — Não sei por quê. Quando pusemos os feridos nos divãs, ele sussurrou para mim... pediu que o matássemos quando voltássemos para Tecuhltli... — E, com o nome de seu clã nos lábios, Topal morreu.

Conan o observou, intrigado. Tudo aquilo tinha um aspecto de insanidade. Será que Olmec também ficara louco? Seriam todos os tecuhltlis mais insanos do que pensara? Ele deu de ombros, cruzou o corredor e saiu pela porta de bronze, deixando ambos caídos diante dos olhos sem vida das cabeças de seus conterrâneos.

O bárbaro não precisava de guia para retornar pelo labirinto que havia atravessado. Seu senso de direção primitivo o conduziu sem erro pela rota por onde viera. Seguiu com tanta precaução quanto na vinda, espada em punho e os olhos examinando ferozmente cada canto escuro; pois eram seus antigos aliados que ele temia agora, e não os fantasmas dos xotalancas mortos.

Passou pelo Grande Salão e ganhou as câmaras seguintes, quando escutou algo movendo-se à sua frente, algo que ofegava e arfava, fazendo um estranho ruído de debater-se conforme se mexia. Logo a seguir, viu um homem vir se arrastando pelo chão flamejante em sua direção, deixando um largo rastro de sangue pela superfície. Era Techotl e seus olhos já estavam ficando anuviados; de um profundo talho no peito o sangue escorria, passando entre os dedos de sua mão que tentava tapar o ferimento. Com a outra, ele se puxava e impelia para a frente.

— Conan! — Ele deu um grito sufocado. — Conan! Olmec apanhou a mulher de cabelos dourados!

— Então foi por isso que ele mandou Topal me matar! — Conan murmurou, ajoelhando-se ao lado do homem que, de acordo com sua experiência, estava morrendo. — Olmec não está tão louco quanto pensei.

Os dedos de Techotl puxaram o braço de Conan. Na vida fria, sem amor e totalmente hedionda que os tecuhltlis levavam, sua admiração e afeição pelos forasteiros formava um caloroso oásis humano, constituindo um elo que o conectava a uma humanidade mais natural que era ausente nos seus companheiros, cujas únicas emoções eram o ódio, a luxúria e a necessidade de uma crueldade sádica.

— Tentei me opor a ele — Techotl disse, sangue espumando de seus lábios. — Mas ele me abateu. Achou que tinha me matado, mas rastejei para longe. Ah, Set... quanto rastejei no meu próprio sangue! Cuidado, Conan! Olmec pode ter armado uma emboscada para seu retorno. Mate-o! Ele é um animal. Pegue Valéria e saia daqui! Não tenha medo de atravessar a floresta. Olmec e Tascela mentiram sobre os dragões. Eles mataram uns aos outros há muitos anos, com exceção do mais forte. Há uma dúzia de anos, só existe um dragão. Se você deu cabo dele, nada na floresta poderá feri-lo. Ele era o deus que Olmec idolatrava, oferecendo sacrifícios humanos... velhos e jovens, amarrados e jogados pela muralha. Rápido! Olmec levou Valéria para a câmara de...

Sua cabeça despencou, e ele estava morto antes que ela descansasse no chão.

Conan se levantou, os olhos ardendo como brasas vivas. Então, aquele era o joguinho de Olmec, tendo primeiro usado os estrangeiros para acabar com seus oponentes. O bárbaro devia ter desconfiado de que algo do gênero se passava naquela mente degenerada.

Seguiu para Tecuhltli rapidamente e sem tomar cuidado. Recordou-se da quantidade de seus antigos aliados. Apenas vinte e um, contando Olmec, tinham sobrevivido à batalha infernal na sala do trono. Três morreram desde então, o que deixava dezessete inimigos com quem lidar. Em sua ira, Conan sentia-se apto a enfrentar o clã inteiro de uma só vez.

Mas a habilidade inata da natureza selvagem ascendeu para guiar sua fúria desenfreada. Ele lembrou-se do alerta de Techotl sobre uma emboscada. Era bem provável que o príncipe tomasse tais providências, para o caso de Topal falhar em cumprir sua ordem. Olmec estaria esperando seu retorno pela mesma rota que tomara para ir a Xotalanca.

Conan olhou para a claraboia sob a qual estava passando e captou o brilho borrado das estrelas. Elas ainda não tinham começado a empalidecer pela alvorada. Os eventos da noite tinham se desenrolado num espaço de tempo comparativamente curto.

Ele desviou-se do curso direto que seguia e desceu por uma escadaria sinuosa até o andar inferior. Não sabia onde estava a porta lá embaixo que levaria ao castelo, mas sabia que conseguiria encontrá-la. Não fazia ideia de como forçaria as trancas; acreditava que todas as portas de Tecuhltli estariam trancadas e aferrolhadas, mesmo que somente por um hábito mantido há séculos, mas a única coisa que podia fazer era tentar.

Empunhando a espada, seguiu em silêncio por um labirinto de salas e salões, escuros ou iluminados pela luz verde. Sabia que devia estar perto de Tecuhltli, quando um som o fez estancar. Reconheceu o que era... um ser humano tentando gritar através de uma mordaça sufocante. Tinha vindo de algum lugar adiante e à esquerda. Naquelas câmaras estáticas como a morte, um som fraco se propagava bastante.

Conan fez uma curva e seguiu o som, que continuava a se repetir. Logo estava olhando por uma porta para uma estranha cena. No chão havia uma estrutura baixa de ferro como uma cremalheira e, sobre ela, uma figura gigante estava prostrada, amarrada. Sua cabeça se encontrava apoiada em uma cama feita de pontas de ferro, que já estavam manchadas de sangue onde haviam furado o escalpo. Ela estava presa por uma espécie de arreio, enrolado de tal forma que a tira de couro não protegia seu crânio das pontas. O arreio se conectava por uma corrente fina a um mecanismo que sustentava uma enorme bola de ferro, suspensa sobre o peito peludo do prisioneiro. Enquanto o homem se forçasse a ficar imóvel, a bola de ferro permanecia no lugar. Mas, sempre que a dor das pontas de ferro o fazia levantar a cabeça, ela descia alguns centímetros. Em pouco tempo, os doloridos músculos do pescoço não aguentavam mais segurar a cabeça naquela posição pouco natural e ela tornava a cair sobre as pontas. Era óbvio que, em algum momento, a bola o esmagaria de forma lenta e inexorável. A vítima estava amordaçada e, sobre a mordaça, seus grandes olhos, negros como os de um touro, rolaram selvagemente na direção do homem parado na porta, que a observava deslumbrado. O homem na cremalheira era Olmec, príncipe de Tecuhltli.

VI
Os Olhos de Tascela

— Por que me trouxe até esta câmara para enfaixar minha perna? — Valéria perguntou. — Não podíamos ter feito isso na sala do trono?

Ela sentava-se em um divã, com a perna ferida estendida, e a mulher tecuhltli tinha acabado de passar as bandagens de seda. A espada da pirata, manchada de sangue, estava no divã ao seu lado.

Ela fez cara feia ao falar. A mulher cumprira a tarefa em silêncio e eficientemente, mas Valéria não gostava nem dos dedos finos que a acariciavam com persistência nem da expressão nos olhos dela.

— Eles levaram os demais feridos para outras câmaras — a mulher respondeu à maneira suave que falavam as mulheres de Tecuhltli que, de algum modo, não soava gentil ou suave para quem ouvia. Há pouco Valéria tinha visto aquela mesma mulher esfaquear uma xotalanca no peito e arrancar as órbitas de um homem ferido com pisadas.

— Eles levarão os corpos para as catacumbas — ela acrescentou. — A não ser que os fantasmas tenham fugido para as câmaras e fiquem vagando por lá.

— Você acredita em fantasmas? — Valéria perguntou.

— Sei que o fantasma de Tolkemec vive nas catacumbas — ela respondeu, estremecendo. — Eu o vi certa vez quando me agachava em uma cripta entre os ossos de uma rainha morta. Ele passou por mim na forma de um velho de cachos e barba branca, e olhos luminosos que brilhavam nas trevas. Era Tolkemec; eu o vi vivo quando era criança e estava sendo torturado.

A voz dela tornou-se um sussurro assustado:

— Olmec ri, mas *sei* que o fantasma de Tolkemec mora nas catacumbas! Dizem que os ratos roem a carne dos ossos dos mortos... mas fantasmas comem carne. Quem sabe o que...

Ela olhou rapidamente para o alto, quando uma sombra caiu sobre o divã. Valéria levantou o olhar e encontrou Olmec encarando-a. O príncipe tinha limpado o sangue das mãos, torso e barba, mas não fizera o mesmo com o manto, e seu corpanzil e braços morenos e sem pelos renovavam a impressão de possuírem uma força bestial. Os profundos olhos pretos ardiam com uma luz mais primordial, e havia a sugestão de contração nos dedos que puxavam a barba preto-azulada.

Ele olhou fixamente para a mulher, que se levantou e saiu da câmara. Ao passar pela porta, ela deu uma olhadela plena de cinismo e zombaria obscena para Valéria.

— Ela fez um serviço ruim — o príncipe criticou, aproximando-se do divã e examinando de perto as bandagens. — Deixe-me ver...

Com uma rapidez impensável para alguém do seu tamanho, ele apanhou a espada da pirata e a arremessou para o outro lado do cômodo. Sua ação seguinte foi tomá-la em seus gigantescos braços.

Por mais que o movimento tenha sido veloz e inesperado, ela quase se igualou a ele; pois no instante em que o homem a segurou, o punhal dela estava em sua mão, esfaqueando violentamente o pescoço dele. Mais por sorte do que por habilidade, ele segurou o pulso dela, e uma briga brutal teve início. Valéria o enfrentou com os punhos, pés, joelhos e unhas com toda a força que possuía e todo o conhecimento de combates corporais adquiridos nos anos de lutas e andanças no mar e na terra. De nada serviu contra aquela pura força bruta. Ela perdeu o punhal no primeiro momento de contato, vendo-se incapaz de infligir qualquer dor relevante ao gigante.

O fogo nos olhos negros dele não se alterou, mas sua expressão preencheu-se de fúria, arejada pelo sorriso sardônico que parecia curvar-se naqueles lábios barbados. Aqueles olhos e o sorriso continham todo o cinismo cruel que fervilhava sob a superfície de uma raça sofisticada e degenerada. Pela primeira vez na vida, Valéria temeu um homem. Era como enfrentar uma força elemental; os braços de ferro frustraram os esforços dela com uma facilidade que fez o pânico percorrer seus membros. Ele parecia impérvio a qualquer dor que ela pudesse causar. Olmec só reagiu uma vez, quando ela afundou os dentes no punho dele, arrancando sangue. E a reação foi esbofeteá-la brutalmente na lateral da cabeça, fazendo com que estrelas piscassem na sua vista, desorientando-a.

A camisa dela tinha se rasgado durante a luta e, com crueldade cínica, ele esfregou a barba grossa nos seios nus, fazendo com que a pele alva dela ficasse vermelha, e arrancando um berro de fúria e ultraje. Mas a resistência convulsiva era inútil; ela estava esmagada no divã, desarmada e ofegante, encarando-o como uma tigresa aprisionada.

No momento seguinte ele saiu da câmara com ela nos braços. Valéria não tentou resistir, mas o ardor em seus olhos denotava que era um espírito inconquistável. Ela não gritou. Sabia que Conan não estava próximo e não lhe pareceu que algum tecuhltli se oporia ao príncipe. Mas percebeu que Olmec foi furtivo, a cabeça pendendo para um lado, como que para escutar sons de perseguição, e ele não retornou à câmara do trono. Levou-a por uma porta oposta àquela pela qual entrara, cruzou mais uma sala e seguiu por um corredor. Ao se convencer de que o homem temia alguma oposição ao rapto, levantou a cabeça e gritou a plenos pulmões.

Sua recompensa foi um tapa que a atordoou, e Olmec acelerou o passo para um trote cambaleante. Mas o grito tinha ecoado e, torcendo o pescoço para os lados, Valéria viu, em meio a lágrimas e estrelas que parcialmente a cegavam, Techotl mancando atrás dela.

Olmec virou-se com um rosnado, trocou a mulher para uma posição desconfortável e humilhante, e a segurou com um só braço, enquanto ela se contorcia e chutava o ar em vão.

— Olmec! — Techotl protestou. — Não pode ser um cão a ponto de fazer algo assim! Ela é a mulher de Conan! Ela nos ajudou contra os xotalancas e...

Sem nada dizer, Olmec cerrou o punho livre e atingiu o guerreiro, estirando-o desacordado no chão. Inclinando-se, sem ser atrapalhado pela resistência e imprecações da prisioneira, sacou a espada de Techotl da bainha e estocou o guerreiro no peito. A seguir, jogando a arma para um canto, fugiu pelo corredor. Não viu uma mulher de rosto sombrio espiando-o com cautela por detrás de uma tapeçaria pendurada na parede. Ela desapareceu e logo Techotl grunhiu e se mexeu, levantou-se entorpecido e seguiu cambaleando, chamando o nome de Conan.

Olmec passou pelo corredor e desceu uma sinuosa escadaria de marfim. Atravessou diversos corredores e parou, enfim, em uma ampla câmara cujas portas eram veladas por grossas tapeçarias, com uma exceção... uma pesada porta de bronze, parecida com a Porta da Águia, no andar superior. Ele apontou para ela e ribombou:

— Aquela é uma das portas externas de Tecuhltli. Pela primeira vez em cinquenta anos está desguardada. Não precisamos de sentinelas agora, pois Xotalanca não existe mais.

— Graças a Conan e a mim, seu patife sanguinário! — Valéria rosnou, sacudindo de fúria e de vergonha pela coerção física. — Cão traiçoeiro! Conan vai cortar sua garganta por isso!

Olmec não se deu ao trabalho de dizer que acreditava que a garganta de Conan estava degolada àquela altura, de acordo com a ordem que havia sussurrado. Era cínico demais para se interessar pelos pensamentos e opiniões dela. Seus olhos incendiados a devoravam, consumindo as generosas porções da pele branca exposta, onde a camisa e as calças dela tinham sido rasgadas no confronto.

— Esqueça Conan — ele disse grosseiramente. — Olmec é o senhor de Xuchotl. Xotalanca não existe mais. Não haverá mais luta. Vamos passar o resto da vida bebendo e fazendo amor. Primeiro vamos beber.

Ele sentou-se a uma mesa de marfim e puxou-a sobre seus joelhos, como um sátiro de pele morena com uma ninfa branca nos braços. Ignorando as profanidades da moça, que de ninfa não tinha nada, ele a submeteu, envolvendo sua cintura com um braço, enquanto o outro alcançou uma jarra de vinho, do outro lado da mesa.

— Beba! — Ele ordenou, forçando o líquido aos lábios da moça, que se contorcia para escapar.

O licor se derramou, ardendo nos lábios e caindo sobre os seios.

— Sua convidada não gosta do nosso vinho, Olmec — disse uma voz sardônica e fria.

Olmec enrijeceu; o medo cresceu em seus olhos. Ele virou lentamente a cabeça e encarou Tascela, que atravessou a porta com cortinas, uma mão sobre o quadril. Valéria se contorceu naquele abraço de ferro e, ao encontrar o olhar ardente de Tascela, um arrepio percorreu sua espinha. Novas experiências inundavam a alma orgulhosa da pirata naquela noite. Recentemente, tivera medo de um homem pela primeira vez; agora, conhecia o medo de uma mulher.

Olmec ficou sentado, imóvel, uma palidez surgindo em sua pele. Tascela tirou a outra mão de trás das costas e exibiu uma pequena jarra de ouro.

— Tinha receio de que ela não fosse gostar do nosso vinho, Olmec — ronronou a princesa. — Por isso, trouxe um pouco do meu, do tipo que trouxe há muito tempo das margens do Lago Zuad... você me entende, Olmec?

A testa de Olmec suava profusamente. Seus músculos relaxaram e Valéria se libertou, pondo a mesa entre ambos. Mas, embora a razão mandasse que ela saísse da sala, algum fascínio que não podia compreender a manteve parada, observando a cena.

Tascela foi até o príncipe sentado com passos ondulantes que eram, em si, uma zombaria. Sua voz era suave, quase uma carícia, mas os olhos brilhavam. Os dedos magros acariciaram levemente a barba dele.

— Você é egoísta, Olmec — ela disse, sorrindo. — Queria guardar nossa bela convidada para si, embora soubesse que eu gostaria de entretê-la. Foi uma falta grave, Olmec!

A máscara caiu por um instante; os olhos reluziram, o rosto dela se contorceu e, com uma aterradora demonstração de força, sua mão trancou-se convulsivamente na barba e arrancou um grande tufo. Aquela prova de força sobrenatural não foi menos aterradora do que a momentânea exibição de fúria infernal que possuiu a branda superfície da mulher.

Olmec se levantou rugindo e ficou oscilando como um urso, as poderosas mãos se abrindo e crispando.

— Vagabunda! — A voz trovejante preencheu o cômodo. — Bruxa! Mulher-demônio! Tecuhltli deveria tê-la matado há cinquenta anos! Parta daqui! Já aguentei coisas demais de você! Esta rameira de pele branca é minha! Saia antes que acabe com você!

A princesa riu e jogou os fios manchados de sangue no rosto dele. A risada foi mais impiedosa do que o contato do sílex no aço.

— Você já disse o contrário, Olmec — ela provocou. — Quando era jovem, disse palavras de amor. Sim, você foi meu amante anos atrás e, porque me amava, dormiu em meus braços sob a lótus encantada... pondo assim, nas minhas mãos, as correntes que o escravizaram. Sabe que não pode resistir a mim. Sabe que só preciso olhar nos seus olhos, com o poder místico que me foi ensinado há muito por um sacerdote stygio, para que fique indefeso. Lembre-se daquela noite debaixo da lótus negra que oscilava sobre nós, soprada por uma brisa de outro mundo; sinta novamente os perfumes que o envolveram e escravizaram. Não pode lutar contra mim. É meu escravo agora, assim como foi naquela noite... como será enquanto viver, Olmec de Xuchotl!

A voz dela tinha baixado para um murmúrio, como o barulho de um córrego sob o céu da noite estrelada. Ela inclinou-se sobre o príncipe e espalmou a mão delgada no peito colossal do homem. Os olhos dele brilharam e as mãos despencaram nas laterais, moles.

Com um sorriso de malícia cruel, Tascela ergueu a jarra e levou aos lábios dele:

— Beba!

O príncipe obedeceu de forma mecânica. Imediatamente, o brilho nos olhos dele se transformou em fúria, compreensão e um terrível pavor. A boca se abriu, mas nenhum som saiu dela. Por um instante, ele bamboleou sobre joelhos instáveis e, a seguir, caiu com um baque seco.

A queda arrancou Valéria de sua paralisia. Ela virou-se e correu para a porta, mas, com um movimento que teria feito uma pantera se envergonhar de seu salto, Tascela postou-se diante dela. A pirata a golpeou com o punho fechado, pondo toda a força de seu corpo. A pancada teria nocauteado um homem, contudo, com uma leve contorção no tronco, Tascela desviou-se do ataque e apanhou o braço em pleno ar. No instante seguinte, a mão esquerda de Valéria estava presa e, segurando os dois punhos com uma só mão, a oponente calmamente a prendeu com uma corda que tirou de seu cinturão. A pirata julgava que já tinha provado o máximo de humilhação naquela noite, mas a vergonha de ter sido dominada por Olmec não foi nada, comparada com as sensações que sacudiam seu corpo agora. Valéria sempre foi inclinada a desprezar outras mulheres, e foi avassalador encontrar uma que conseguisse lidar com ela como se fosse uma criança. Ela mal resistiu quando Tascela a forçou até uma cadeira e, prendendo seus punhos debaixo dos joelhos, os amarrou a ela.

Passando casualmente por cima de Olmec, Tascela foi até a porta de bronze, tirou o ferrolho e a abriu, revelando um corredor. Ela dirigiu-se à sua companheira feminina pela primeira vez:

— Além deste salão há uma câmara que, nos velhos tempos, era usada como sala de tortura. Quando recuamos até Tecuhltli, trouxemos alguns aparatos conosco, mas tinha uma peça pesada demais para mover. Ainda está funcionando e acho que virá bem a calhar agora.

Os olhos de Olmec brilharam com uma compreensão terrível. Tascela voltou até ele e o segurou pelos cabelos.

— Ele está paralisado temporariamente — pontuou de modo casual. — Pode escutar, pensar e sentir... sim, ele pode, de fato, sentir tudo!

Com essa observação sinistra, ela começou a seguir para a porta, arrastando o corpanzil gigante com facilidade tal, que fez os olhos da pirata dilatarem. Ela passou para o corredor sem hesitar, logo desaparecendo da visão da prisioneira dentro de uma câmara. Pouco depois, o retinir de ferro pôde ser ouvido vindo de lá.

Valéria praguejou e se contorceu em vão, com os braços presos à cadeira. As cordas que a atavam pareciam inquebráveis.

Tascela retornou sozinha; atrás dela, um grunhido abafado vinha da câmara. Fechou a porta, sem trancá-la. A princesa não se deixava afetar pelo lugar-comum, assim como estava além do toque dos instintos e emoções dos demais humanos.

Valéria se sentava desengonçada, observando a mulher em cujas mãos magras, a pirata percebeu, se encontrava seu destino.

Tascela agarrou os cachos loiros da pirata e puxou sua cabeça para trás, olhando de forma impessoal para o rosto da prisioneira. Mas o brilho em seus olhos não era nada impessoal.

— Eu a escolhi para uma grande honra — disse. — Você restaurará a juventude de Tascela. Ah, está me encarando! Minha aparência é de uma jovem, mas, nas minhas veias, flui o arrepio vagaroso da idade se aproximando, tal qual senti mil vezes antes. Eu sou velha... tanto que não me recordo da minha infância. Mas já fui uma garota, e um sacerdote stygio me amou e me deu o segredo da imortalidade e da juventude eterna. Ele morreu... alguns dizem que envenenado. Mas vivi em meu palácio, às margens do Lago Zuad, e os anos não me alcançaram. Enfim, fui cobiçada por um rei da Stygia, e meu povo se rebelou e me trouxe para esta terra. Olmec chamou-me de princesa, mas não possuo sangue real. Sou maior do que qualquer princesa. Eu sou Tascela, cuja juventude a sua vitalidade há de restaurar.

A língua de Valéria raspou o céu da boca. Ela sentia ali um mistério mais sombrio do que a degeneração que havia antecipado.

A mulher mais alta soltou os pulsos da aquiloniana e a pôs de pé. Não foi o medo da força superior que espreitava nos membros da princesa que transformou Valéria em uma prisioneira trêmula e indefesa nas mãos dela. Foram os terríveis e hipnóticos olhos ardentes de Tascela.

VII
Ele Vem da Escuridão

— Ora, veja só isso... quero ser um kushita.

Conan olhava para o homem na cremalheira de ferro.

— Que diabos você está fazendo nessa coisa?

Sons incoerentes vieram por baixo da mordaça e Conan se inclinou e a puxou, arrancando um bramido de medo do prisioneiro, pois sua ação fez com que a bola de ferro descesse, quase tocando seu peito largo.

— Cuidado, em nome de Set! — Olmec implorou.

— Por quê? — Conan inquiriu. — Acha que me importo com o que acontece com você? Só queria ter tempo de ficar aqui e ver esse pedaço de ferro fazê-lo botar as entranhas para fora, mas estou com pressa. Onde está Valéria?

— Solte-me! — Olmec urgiu. — Eu vou contar tudo!

— Conte primeiro.

— Nunca! — As teimosas mandíbulas do príncipe se trancaram.

— Tudo bem — Conan sentou-se em um banco próximo. — Eu a encontrarei sozinho, depois que você tiver sido reduzido a geleia. Acho que posso acelerar esse processo se enfiar a ponta da minha espada na sua orelha — ele acrescentou, apontando a arma experimentalmente.

— Espere! — As palavras saíam agitadas dos lábios pálidos do prisioneiro. — Tascela a tirou de mim. Nunca fui nada além de uma marionete nas mãos dela.

— Tascela? — Conan inquiriu e deu uma cusparada. — Aquela rameira...

— Não, não — Olmec arfou. — É pior do que você pensa. Tascela é velha... tem séculos de idade. Ela renova a sua vida e juventude sacrificando mulheres belas e jovens. Foi uma das coisas que reduziu o clã à sua condição atual. Ela vai sugar a essência vital de Valéria para seu próprio corpo, e florescerá linda e revigorada.

— As portas estão trancadas? — Conan perguntou, testando com o dedão o gume da espada.

— Sim! Mas sei de uma maneira de entrar em Tecuhltli. Só Tascela e eu a conhecemos, e ela acha que estou indefeso e que você está morto. Liberte-me e juro que o ajudarei a resgatar Valéria. Sem minha ajuda, você não conseguirá entrar na cidade, pois, mesmo que me torture para revelar o segredo, não conseguirá fazê-lo funcionar. Solte-me e vamos atraiçoar Tascela e matá-la antes que faça seu feitiço... antes que consiga fixar os olhos em nós. Uma faca nas costas funcionará. Devia tê-la matado há muito tempo, mas temia que, sem ela para nos ajudar, os xotalancas venceriam. Ela também precisava de mim; foi o único motivo pelo qual me deixou viver por tanto tempo. Agora, um não precisa do outro, e um de nós tem que morrer. Juro que, assim que tivermos matado a bruxa, você e Valéria estarão livres para partirem ilesos. Meu povo me obedecerá quando Tascela estiver morta.

Conan se curvou e cortou as amarras do príncipe, e Olmec deslizou cautelosamente para fora da linha de alcance da bola e ficou de pé, balançando a cabeça como um touro e murmurando imprecações, enquanto passava o dedo na cabeça lacerada. Lado a lado, ambos apresentavam um quadro formidável de força primitiva. Olmec era tão alto quanto Conan, e mais pesado; mas havia algo de repelente no tlazitlano, algo abismal e monstruoso que contrastava com a solidez compacta e bem esculpida do cimério. Conan tinha se livrado dos farrapos sujos de sangue de sua camisa e estava com a impressionante musculatura à vista. Seus ombros eram tão largos quanto os de Olmec, e de contornos mais definidos, e o enorme peito fazia uma curva maior, culminando em uma cintura que não possuía a mesma barriga densa de Olmec. Poderia ser uma imagem de força primordial talhada em bronze. Olmec era mais escuro, mas não por ser bronzeado pelo sol. Se Conan era uma figura saída do alvorecer do tempo, Olmec era uma forma sombria, egressa das trevas que o antecederam.

— Mostre o caminho — Conan exigiu. — E fique na minha frente. Não confio em você mais do que num touro puxado pelo rabo.

Olmec virou-se e seguiu adiante, uma mão se contraindo levemente ao puxar a barba emaranhada.

Ele não levou Conan de volta à porta de bronze, a qual o príncipe supunha que Tascela havia naturalmente trancado, mas a uma câmara que ficava nos limites de Tecuhltli.

— Este é um segredo guardado há meio século — disse. — Nem nosso próprio clã sabia sobre ele, e os xotalancas jamais o descobriram. O próprio Tecuhltli construiu esta passagem e, depois, matou os escravos que fizeram o trabalho, pois temia que um dia acabasse trancado para fora de seu reino, considerando o desprezo de Tascela, cuja paixão por ele logo se transformou em ódio. Mas ela descobriu o segredo e, certa vez, barrou a porta secreta quando ele voltava de um ataque malsucedido. Foi quando os xotalancas o apanharam e esfolaram. Só que, em uma ocasião, quando a espiava, eu a vi entrar em Tecuhltli por esta rota, descobrindo seu segredo.

Ele pressionou um ornamento de ouro na parede e um painel virou para dentro, revelando uma escada de marfim que levava para cima.

— Esta escada foi construída dentro da parede. Ela conduz a uma torre no telhado, de onde outra escadaria desce até diversas câmaras. Rápido, agora!

— Depois de você, colega! — Conan retorquiu satiricamente, brandindo sua lâmina enquanto falava, e Olmec deu de ombros e subiu os degraus. Conan o seguiu, e a porta fechou-se atrás de ambos. Lá em cima, um aglomerado de joias de fogo tornava a escadaria uma fonte crepuscular de luz draconiana.

Subiram até Conan estimar que estivessem acima do nível do quarto andar, e a seguir desembocaram em uma torre cilíndrica, no telhado abobadado em que estavam as joias de fogo que iluminavam o ambiente. Através de janelas com grades de ouro, presas com painéis de cristal inquebrável, as primeiras janelas que via em Xuchotl, Conan captou um vislumbre de cumes altos, domos e mais torres, avultando-se pretos contra as estrelas. Estava olhando os telhados de Xuchotl.

Olmec não olhou pelas janelas. Seguiu para uma das diversas escadarias que saíam da torre e, quando haviam descido alguns degraus, ela tornou-se um estreito corredor que continuou sinuosamente por certa distância. Ele se deteve em um íngreme lance de degraus que levava para baixo. Ali, Olmec parou.

De cima para baixo, inequivocamente, veio o grito de uma mulher, repleto de medo, fúria e vergonha. E Conan reconheceu a voz de Valéria.

Na ira veloz despertada pelo grito e no espanto de perguntar-se qual perigo poderia arrancar um guincho como aquele dos lábios implacáveis da pirata, o bárbaro esqueceu-se de Olmec. Passou pelo príncipe e começou a descer. Seus instintos o fizeram cair em si bem quando Olmec o atingiu com o punho fechado como uma marreta. O ataque, silencioso e feroz, mirava a nuca, mas o cimério virou-se em tempo de receber o golpe na lateral do pescoço. O impacto teria quebrado as vértebras de um homem menos capaz. Conan apenas recuou e, ao fazê-lo, soltou a espada, inútil naquela curta distância, e agarrou o braço estendido de Olmec, arrastando o príncipe consigo ao cair. Eles mergulharam de cabeça pelos degraus num redemoinho de membros, troncos e cabeças. Enquanto caíam, os dedos de ferro de Conan encontraram e se fecharam no pescoço taurino de Olmec.

O pescoço e o ombro do bárbaro estavam dormentes por causa do impacto do punho, que aplicou toda a força do antebraço maciço, do tríceps grosso e do ombro largo, mas isso não afetou sua ferocidade. Ele continuou segurando firme como um bulldog, até que ambos bateram contra uma porta com painel de marfim no final das escadarias, atingindo-a com força tal que a despedaçaram e atravessaram seus destroços. Mas Olmec já estava morto, pois aqueles dedos de ferro haviam expulsado a vida do corpo, quebrando o pescoço na queda.

Conan se levantou e se sacudiu para tirar as lascas dos ombros, piscando para tirar o pó e o sangue da vista.

Estava na grande sala do trono. Havia quinze pessoas no local, além de si. A primeira que viu foi Valéria. Existia um curioso altar preto sobre a plataforma do trono. Alinhadas ao redor, sete velas pretas sobre candelabros dourados lançavam espirais de uma densa fumaça verde de odor perturbador. As espirais se uniam em uma nuvem perto do teto, formando um arco esfumado acima do altar, onde Valéria estava nua, a pele branca reluzindo em um chocante contraste com a pedra de ébano. Ela não estava amarrada. Jazia deitada com os braços estendidos acima da cabeça. Um jovem ajoelhado imobilizava firmemente os punhos dela, e uma mulher, na extremidade oposta, segurava os tornozelos. A pirata não conseguia se levantar ou mover.

Onze homens e mulheres de Tecuhltli se ajoelhavam mudos em um semicírculo, assistindo à cena com olhos ardentes e lascivos.

Tascela se refestelava no trono de marfim. Tigelas de bronze com incenso desenrolavam suas espirais em torno dela; os tufos de fumaça envolviam os braços nus como dedos acariciando-a. Ela não conseguia sentar-se reta; contorcia-se e mudava de posição com um abandono sensual, como se sentisse prazer no contato do marfim com a pele macia.

O barulho da porta quebrando-se ao impacto dos corpos não causou alterações na cena. Os homens e mulheres ajoelhados olharam curiosamente para o cadáver de seu príncipe e para o homem que se levantou dos escombros da porta. Então desviaram o olhar vorazmente de volta para a forma branca sobre o altar preto. Tascela olhou para ele com insolência e se esparramou no assento, gargalhando zombeteiramente.

— Rameira! — Conan via tudo vermelho na sua frente. As mãos crisparam, tornando-se martelos de ferro, ao que ele arremeteu contra ela. Ao primeiro passo, alguma coisa soou alta e o aço mordeu brutalmente sua perna. Ele tropeçou e quase caiu, freando a longa passada. As mandíbulas de uma armadilha de ferro tinham se fechado em sua perna, os dentes mergulhando fundo na carne. Foi a musculatura fibrosa de sua panturrilha que impediu o osso de se partir. A coisa amaldiçoada tinha brotado do chão esfumaçado sem aviso. Agora ele via as fendas no piso, onde as mandíbulas estavam perfeitamente camufladas.

— Tolo! — Tascela zombou. — Achou que eu não me protegeria contra seu possível retorno? Cada porta desta câmara é guardada por armadilhas como essa. Agora fique aí e assista, enquanto concretizo o destino de sua linda amiga! Só depois decidirei qual será o seu.

As mãos de Conan buscaram seu cinto por instinto, somente para encontrar a bainha vazia. Sua espada tinha ficado nas escadas, atrás dele. O punhal estava na floresta, onde o dragão o arrancara de sua mandíbula. O dente de aço em sua perna queimava como brasa, mas a dor não era tão selvagem quanto a fúria que fervia em sua alma. Ele caíra como um lobo em uma armadilha. Se estivesse com a espada, deceparia sua perna e rastejaria pelo chão para matar Tascela. Os olhos de Valéria caíram sobre ele com um apelo mudo, e sua própria impotência enviou ondas escarlates de loucura para seu cérebro.

Ajoelhando-se sobre a perna livre, ele se esforçou para colocar os dedos entre as mandíbulas da armadilha, para separá-las valendo-se de força bruta. Sangue começou a escorrer por entre suas unhas, mas as mandíbulas tinham se encaixado em volta da perna em um círculo cujos segmentos se uniam perfeitamente, contraídas até não haver espaço entre a carne dilacerada e as presas de ferro. A visão do corpo nu de Valéria acrescentava mais labaredas à sua fúria flamejante.

Tascela o ignorou. Levantando preguiçosamente de seu assento, varreu as fileiras de súditos com um olhar inquiridor e perguntou:

— Onde estão Xamec, Zlanath e Tachic?

— Eles não voltaram das catacumbas, princesa — um homem respondeu. — Como o restante de nós, levaram corpos para as criptas, mas não retornaram. Talvez o fantasma de Tolkemec os tenha pegado.

— Quieto, tolo! — Ela ordenou bruscamente. — O fantasma é um mito.

Ela desceu da plataforma, brincando com um fino punhal de cabo de ouro. Seus olhos queimavam mais do que qualquer coisa no lado de cá do Inferno. Ela parou perto do altar e falou numa quietude angustiante.

— Sua vida me tornará jovem, mulher! Vou me inclinar sobre seu peito, colocar meus lábios sobre os seus e, lentamente... ah, lentamente... afundar a lâmina no seu coração, de modo que sua vida, fugindo de seu corpo enrijecido, entre no meu, fazendo com que eu volte a florescer com juventude e vida eternas.

Devagar, como uma serpente arqueando sobre sua vítima, ela curvou-se em meio à fumaça, cada vez mais próxima da mulher imóvel que a encarava com os olhos arregalados... o olhar mais largo e intenso, ardendo como luas negras sob o turbilhão de fumaça.

O povo ajoelhado apertou as mãos e prendeu a respiração, apreensivo pelo clímax sangrento, e o único som era a feroz respiração de Conan, que lutava para libertar a perna da armadilha.

Todos os olhos estavam grudados no altar e na figura branca que lá estava; o estrondo de um raio não poderia ter rompido o feitiço. Contudo, foi o som de um brado grave que despedaçou a imutabilidade da cena e fez com que todos se virassem... um brado grave, porém capaz de fazer os cabelos se arrepiarem. Eles olharam... e viram.

Emoldurada na porta à esquerda da plataforma estava uma figura saída de pesadelos. Era um homem de cabelos brancos emaranhados e uma barba branca que cobria o peito. Farrapos escondiam parcialmente o corpo magro, revelando braços nus de aparência estranhamente inatural. A pele era diferente da pele de qualquer humano normal. Havia uma sugestão *escamosa*, quase como se o dono tivesse vivido por muito tempo sob condições opostas àquelas em que a vida humana normalmente prospera. E não havia nada de humano nos olhos que ardiam sob aquele emaranhado de fios brancos. Eram grandes discos brilhando que encaravam sem piscar, luminosos, pálidos e sem qualquer insinuação de sanidade ou de alguma emoção normal. A boca se abriu, mas sem emitir palavras coerentes... somente uma risada aguda.

— Tolkemec! — Tascela sussurrou, lívida, enquanto os demais se agacharam em inominável pavor. — Então, não era mito nem fantasma. Você viveu nas trevas por doze anos! Doze anos entre os ossos dos mortos! Que comida terrível encontrou? A que existência insana e grotesca você se entregou na escuridão completa da noite eterna? Agora vejo por que Xamec, Zlanath e Tachic não voltaram das catacumbas... e jamais o farão. Mas por que demorou tanto para atacar? Estava procurando algo nos poços? Alguma arma secreta que sabia estar escondida lá e que encontrou afinal?

Aquela hedionda risada foi a única resposta de Tolkemec, que deu um longo salto para dentro do cômodo, passando por cima de uma armadilha secreta diante da porta... por acaso ou por alguma lembrança do modo de ser de Xuchotl. Ele não estava louco tal qual um homem fica. Tinha vivido afastado da humanidade por tanto tempo, que não era mais humano. Apenas um filete de memória inquebrável, personificado pelo ódio e pela necessidade de vingar-se, o conectava com a humanidade da qual fora separado e o mantivera espreitando de perto o povo que odiava. Só aquele filete o impedira de correr e cabriolar para sempre nos corredores escuros e reinos do mundo subterrâneo, os quais descobrira há tanto tempo.

— Você procurava algo escondido! — Tascela sussurrou, recuando. — E encontrou! Você se lembra da contenda! Depois de todos esses anos de escuridão, ainda se lembra!

Pois, na mão magra de Tolkemec, agora oscilava uma curiosa varinha de cor jade, em cuja extremidade brilhava uma protuberância carmesim, moldada como uma romã. Ela se desviou para o lado quando ele estocou como se fosse uma lança, e um feixe de fogo vermelho foi disparado da romã. Ele errou Tascela, mas a mulher que segurava os tornozelos de Valéria estava no caminho. Atingiu-a entre as escápulas. Houve um som agudo de algo se rompendo e o raio brilhou através do peito dela, atingindo o altar negro e lançando faíscas azuis. A mulher caiu para o lado, murchando e enrugando como uma múmia.

Valéria rolou do altar para o lado oposto e engatinhou até a parede, pois o inferno tinha eclodido na sala do trono do falecido Olmec.

O homem que segurava as mãos de Valéria foi o próximo a morrer. Ele virou-se para correr, mas, antes que tivesse dado meia dúzia de passos, Tolkemec, com agilidade surpreendente para sua estrutura corporal, posicionou-se de forma a ficar entre ele e o altar. A rajada de fogo tornou a ser disparada e o tecuhltli caiu sem vida, enquanto o feixe concluiu sua trajetória com uma explosão de faíscas azuis no altar.

A seguir, teve início a matança. As pessoas começaram a correr pela câmara gritando insanamente, trombando umas com as outras, tropeçando e caindo. E, entre elas, Tolkemec saltava e se pavoneava, distribuindo a morte. Elas não podiam fugir pelas portas, pois, aparentemente, o metal delas atuava como o altar de pedra, com seus veios metálicos completando o circuito condutor daquele poder infernal que era disparado na forma de raios pela varinha mística brandida pelo ancião. Quando apanhava um homem ou mulher entre a varinha e a porta, ou o altar, era morte instantânea. Não escolhia nenhuma vítima em especial. Aceitava-as como vinham, com seus farrapos esvoaçando ao redor dos braços que giravam selvagemente, e os ecos tempestuosos de suas gargalhadas se sobrepunham aos gritos no cômodo. E os corpos caíram como folhas em volta do altar e das portas. Em desespero, um guerreiro arremeteu contra ele segurando um punhal, somente para cair antes que pudesse golpeá-lo. Mas os demais eram como gado enlouquecido, sem pensar em resistir, sem chance de escapar.

O último tecuhltli, com exceção de Tascela, tinha caído quando a princesa alcançou o cimério e a garota que tinha se refugiado ao lado dele. Tascela se abaixou e tocou o chão, pressionando um desenho sobre ele. Imediatamente, as mandíbulas de ferro soltaram a perna ensanguentada e afundaram no piso.

— Mate-o, se puder! — Ela arfou, entregando-lhe uma faca pesada. — Minha magia não faz frente à dele!

Com um grunhido, Conan saltou diante da mulher, sem ligar para a perna lacerada no calor do combate. Tolkemec estava indo na direção dele, os estranhos olhos ardendo, porém, hesitou ao ver a faca na mão de Conan. Então, um jogo sinistro começou, ao que Tolkemec buscava circular Conan e pôr o bárbaro entre ele e o altar, ou uma porta de metal, enquanto o cimério tentava evitar isso e estocá-lo com a faca. Tensa, a mulher observava, prendendo o fôlego.

Não havia som, exceto o arrastar dos passos velozes. Tolkemec havia parado de saltar e se vangloriar. Percebera estar diante de um oponente mais perigoso do que as pessoas que tinham morrido aos berros, tentando fugir. Na chama elemental dos olhos do bárbaro, ele lia uma intenção tão mortífera quanto a sua. Eles trançavam para a frente e para trás e, quando um se mo-

via, o outro também o fazia, como se fios invisíveis os atassem. Mas o tempo todo Conan se aproximava cada vez mais do seu inimigo. Os músculos de suas coxas já estavam se preparando para saltar, quando Valéria gritou. Por um instante fugidio, uma porta de bronze estava alinhada ao corpo em movimento do cimério. O feixe vermelho foi disparado, cauterizando o flanco de Conan, que se esquivou contorcendo-se. E, no mesmo instante em que se movia, arremessou a faca. O velho Tolkemec caiu, finalmente morto, o cabo vibrando em seu peito.

Tascela deu um salto; não na direção de Conan, e sim para a varinha que brilhava no chão como se estivesse viva. Mas Valéria pulou ao mesmo tempo que ela, com um punhal que apanhara de um morto. A lâmina, impelida com toda a força dos músculos da pirata, empalou a princesa de Tecuhltli, de modo que a ponta se pronunciou entre seus seios. A mulher gritou uma vez e caiu morta, e Valéria empurrou o corpo inerte com o calcanhar.

— Tinha de fazer isto em nome de meu autorrespeito — disse, olhando para Conan por sobre o cadáver.

— Bem... isso põe fim à contenda — ele grunhiu. — Foi uma noite infernal! Onde essas pessoas guardam a comida? Estou faminto!

— Você precisa enfaixar essa perna. — Valéria rasgou uma tira de seda de uma tapeçaria pendurada e envolveu sua cintura; a seguir, rasgou tiras menores, que usou para enfaixar com eficiência o membro lacerado do bárbaro.

— Eu consigo andar — ele assegurou. — Vamos embora daqui. Já amanheceu fora desta cidade maldita. Cansei de Xuchotl. Foi bom que o povo daqui exterminou a si mesmo. Não quero nenhuma dessas joias amaldiçoadas. Devem ser assombradas.

— No mundo tem bastante pilhagem imaculada para nós dois — ela disse, endireitando-se para ficar de pé e esplêndida diante dele.

A velha chama voltou aos olhos do cimério e, desta vez, Valéria não resistiu quando ele a apanhou em seus braços ferozes.

— É um longo caminho até a costa — ela disse, enfim, separando seus lábios dos dele.

— E daí? — Ele riu. — Não há nada que não possamos conquistar. Estaremos com os pés no convés de um navio antes que os stygios abram seus portos para a temporada de comércio. E vamos mostrar ao mundo o que é pilhar de verdade!

Extras

Notas sobre vários povos da Era Hiboriana

Aquilonianos

Era uma raça mais ou menos puro-sangue, embora modificada pelo contato com os zíngaros no sul e, de forma menos acintosa, com os bossonianos no leste e no norte. A Aquilônia, como o mais ocidental dos reinos hiborianos, manteve tradições fronteiriças que só o reino mais antigo da Hiperbórea e o Reino da Fronteira também conseguiram preservar. Suas províncias mais importantes eram Poitain ao sul, Gunderlândia ao norte, e Attalus a sudeste. Os aquilonianos compreendiam uma raça de alta estatura, com uma média de 1,75 m, e costumavam ser esguios, embora nas gerações mais recentes os habitantes das cidades tivessem inclinação à corpulência. Suas feições variavam amplamente de acordo com a localidade. Geralmente, o povo da Gunderlândia possuía olhos cinzentos e cabelos loiros, enquanto o de Poitain era quase uniformemente tão moreno quanto seus vizinhos zíngaros. Todos tinham tendência a serem dolicocéfalos, salvo os camponeses que viviam ao longo das fronteiras bossonianas, cujas características haviam sido modificadas pela miscigenação com os bossonianos, e partes mais primitivas do reino, onde remanescentes de raças aborígenes não classificadas ainda existiam e foram absorvidos pela população que as cercara. O povo de Attalus alcançara os maiores avanços em termos de comércio e cultura, embora todo o nível geral da civilização aquiloniana fosse invejável. Sua linguagem se assemelhava bastante à de outros povos hiborianos, e seu principal deus era Mitra. No auge do poder, sua religião era de um tipo refinado e imaginativo, que não praticava o sacrifício humano. Na guerra, sua principal arma era a cavalaria, cujos guerreiros eram fortemente armados. Os lanceiros vinham, em geral, da Gunderlândia, enquanto os arqueiros costumavam vir das fronteiras bossonianas.

Gunderlandeses

Outrora a Gunderlândia foi um reino independente, mas acabou sendo anexado, menos pela conquista e mais por tratados. Seu povo nunca se considerou exatamente aquiloniano e, após a queda do grande reino, a Gunderlândia ainda existiu por várias gerações, retomando a condição anterior de principado independente. Seu modo de ser era mais rude e primitivamente hiboriano do que dos aquilonianos, e a principal concessão que fizeram aos hábitos de seus vizinhos mais civilizados ao sul foi a adoção do deus Mitra no lugar do primitivo Bori, uma adoração à qual retornaram uma vez que a Aquilônia caiu. Ao lado dos hiperboreanos, era a raça hiboriana de maior estatura. Eram bons soldados, inclinados a longas andanças exploratórias. Mercenários gunderlandeses costumavam ser encontrados em todos os exércitos dos reinos hiborianos, em Zamora e nos reinos mais poderosos de Shem.

Cimérios

Este povo descendia dos antigos atlantes, embora eles próprios não soubessem disso, tendo evoluído por méritos próprios a partir da condição simiesca à qual seus ancestrais haviam regredido. Era uma raça de estatura alta e poderosa, com uma média de 1,80 m. Tinham cabelos pretos e olhos azuis ou cinza. Eram dolicocéfalos de pele escura, mas não tanto quanto os zíngaros, zamorianos ou pictos. Eram bárbaros e bélicos, e jamais haviam sido conquistados, ainda que, próximo do fim da Era Hiboriana, invasões nórdicas os tenham expulsado de suas terras. Era uma raça temperamental e taciturna, cujos deuses eram Crom e sua prole. Não praticavam sacrifício humano, pois, na sua crença, os deuses eram indiferentes ao destino dos homens. Costumavam lutar a pé e faziam incursões selvagens contra seus vizinhos a leste, norte e sul.

O Vale das Mulheres Perdidas

(*The Vale of Lost Women*)

História originalmente publicada em
Magazine of Horror 15 — primavera de 1967.

Um fugiu, um morreu, um dormiu numa cama de breu

Antiga rima

I

O ribombar dos tambores e dos grandes chifres feitos de marfim de elefante era ensurdecedor, mas, aos ouvidos de Lívia, o clamor parecia apenas um confuso balbucio, maçante e distante. Deitada em uma angareb, dentro da grande cabana, sua condição beirava o delírio e a semiconsciência. Sons e movimentos externos mal invadiam os seus sentidos. Toda a sua visão mental, embora entorpecida e caótica, continuava centrada com hedionda assertividade na figura negra e contorcida do seu irmão, sangue vertendo de suas coxas trêmulas. Contra um cenário de pesadelos formado por um entremear de silhuetas e sombras crepusculares, aquela forma branca se destacava com uma clareza terrível e impiedosa. O ar parecia estático, até pulsar com um grito de agonia, misturado e obscenamente entrelaçado ao ruído de uma gargalhada demoníaca.

Ela não tinha consciência de ter sensações enquanto indivíduo. Encontrava-se separada e distinta do resto do cosmo. Estava afogada num grande golfo de dor... deixou de ser quem era para se tornar dor cristalizada e manifesta na carne. Então, permaneceu deitada sem movimento ou pensamento conscientes, ao passo que, lá fora, os tambores berravam, os chifres rugiam e vozes bárbaras elevavam cânticos medonhos, enquanto pés nus batiam contra o chão duro e palmas suaves marcavam o tempo.

Mas, atravessando seu raciocínio suspenso, a consciência individual começou, enfim, a aparecer. Uma surpresa fastidiosa, por seu corpo ainda não ter sido ferido, se manifestou. Ela aceitou o milagre sem expressar gratidão. A questão parecia não ter importância. Agindo de forma mecânica, ela sentou-se na angareb e olhou estupidamente a sua volta. Suas extremidades davam indícios de movimentos débeis, como se respondessem cegamente ao despertar dos nervos. Seus pés nus raspavam nervosos o chão sujo, duro e batido. Seus dedos contraíam convulsivamente a saia da precária túnica que era sua única vestimenta. De modo impessoal, ela lembrou-se de que, certa vez, o que parecia ser há muito tempo, mãos brutas tinham arrancado os trajes de seu corpo, e ela chorara de medo e vergonha. Agora, parecia estranho que uma injúria tão pequena tivesse causado tanto pesar. Afinal, como tudo o mais, a magnitude do ultraje e da indignidade era apenas relativa.

A porta da cabana se abriu e uma mulher negra entrou; uma criatura magra e felina, cujo corpo delgado brilhava como ébano polido, adornado somente por um punhado de seda que envolvia seus lombos. O branco dos seus olhos refletia a luz do fogo do lado de fora, enquanto ela os movia com intenções malignas.

Ela trazia um prato de bambu com comida, carne defumada, inhame assado, farinha de milho e fatias grossas de pão nativo, e um vasilhame de ouro amassado cheio de cerveja yarati. Colocou-os sobre a angareb, mas Lívia não prestou atenção; permaneceu encarando apalermada a parede oposta, onde esteiras de brotos de bambu estavam penduradas. A jovem negra deu um sorriso diabólico, expondo os dentes brancos e, com um sibilo de desprezo obsceno e uma carícia zombeteira que era mais grosseira do que a língua que falava, virou-se e saiu da cabana, expressando uma insolência mais provocativa com os movimentos dos quadris do que qualquer mulher civilizada poderia fazer com insultos falados.

Nem as ações ou as palavras da mulher atiçaram a superfície da consciência de Lívia. Todas as suas sensações ainda estavam voltadas para dentro. A vivacidade de suas imagens mentais continuava a fazer com que o mundo visível se parecesse com um panorama irreal de fantasmas e sombras. Ela comeu e bebeu de forma mecânica, sem saborear.

E foi mecanicamente que, enfim, levantou-se e andou cambaleante pela cabana, para espiar através de uma fenda entre os bambus. Foi a abrupta mudança no soar dos tambores e no timbre dos chifres que causou uma reação em alguma parte obscura de sua mente, fazendo-a buscar a causa sem uma vontade consciente.

De início não compreendeu nada do que via; tudo estava caótico e coberto pelas sombras, formas movendo-se e misturando-se, contorcendo-se e revirando-se, blocos negros disformes recortados contra um cenário vermelho-sangue que brilhava e entorpecia. Então, ações e objetos assumiram suas proporções adequadas, e ela percebeu homens e mulheres que se moviam em torno das fogueiras. A luz vermelha reluzia nos ornamentos de prata e marfim; plumas brancas oscilavam sob o fulgor; silhuetas nuas faziam poses empertigadas, formas esculpidas das trevas e retratadas em carmesim.

Em um banco de marfim, flanqueado por gigantes com plumas nas cabeças e cintas feitas de pele de leopardo, sentava-se uma forma gorda e atarracada, um ser parecido com um sapo negro, cheirando à podridão das selvas e pântanos escuros. As mãos rechonchudas da criatura descansavam sobre o arco lustroso formado pela barriga; sua nuca era uma dobra de gordura suja que parecia apontar sua cabeça em forma de projétil para a frente. Os olhos brilhavam à luz do fogo como brasas vivas num tronco enegrecido e morto. A aparente vitalidade deles desmentia a sugestão de inércia daquele corpo nojento.

Quando o olhar da garota se fixou na repulsiva figura, seu corpo enrijeceu e tensionou, como se o frenesi da Vida tivesse ressurgido dentro dela. De uma automação estúpida, ela subitamente mudou para um molde senciente de vida, a carne estremecendo, pinicando e queimando. A dor foi afogada por um ódio tão intenso, que o próprio ódio se transformou em dor; ela sentiu-se rígida e insegura, como se o seu corpo estivesse virando aço. Percebeu o ódio fluir de modo quase tangível diante de seu campo de visão; com força tal que, para ela, pareceu que o o alvo de sua revolta poderia cair morto de seu banco entalhado.

Mas, se Bajujh, rei dos bakalahs, sentiu qualquer desconforto psíquico por conta da atenção de sua prisioneira, ele não demonstrou. Continuou a abarrotar a boca anfíbia com a mesma quantidade que sua mão conseguia tirar da vasilha cheia de milho que uma mulher ajoelhada segurava à sua frente, enquanto encarava um largo corredor que estava sendo formado de ambos os lados pela ação dos seus súditos.

Por essa fileira, cercada de negros cobertos de suor, Lívia percebeu vagamente que algum personagem importante passaria, a julgar pelo clamor estridente dos tambores e chifres. E, ante o seu olhar, ele veio.

Três colunas de homens marchando lado a lado avançaram na direção do banco de marfim, uma linha densa de plumas oscilando e lanças reluzindo, que serpenteava em meio à multidão matizada. À frente dos lanceiros vinha uma figura cuja visão fez Lívia ter um violento sobressalto; seu coração pareceu parar, apenas para voltar a bater de forma sufocante. Contra o pano de fundo crepuscular, aquele homem se destacava com vívida distinção. Estava vestido como seus seguidores, com uma tanga de pele de leopardo e plumas na cabeça; contudo, era um homem branco.

Não foi com os trejeitos de um subordinado ou de um suplicante que andou até o banco, e um repentino silêncio tomou conta da multidão quando ele parou diante da figura atarracada. Lívia sentiu a tensão, embora soubesse apenas levemente o que ela pressagiava. Por um instante, Bajujh sentou-se virando a grande cabeça para cima como um grande sapo; então, como que puxado contra a vontade pelo olhar firme do outro, levantou-se e balançou a grotesca cabeça raspada.

A tensão foi imediatamente quebrada. Um brado tremendo emergiu da massa de aldeões e, a um gesto do estranho, seus guerreiros ergueram as lanças e saudaram o rei Bajujh. Quem quer que fosse ele, Lívia soube que o homem, sem dúvida, era poderoso naquela terra selvagem, uma vez que Bajujh, dos bakalahs, se levantara para cumprimentá-lo. E poder significava prestígio militar; violência era a única coisa respeitada por aquelas raças ferozes.

Lívia continuou com os olhos grudados na fenda da cabana, observando o estranho branco. Seus guerreiros se misturaram aos bakalahs, dançando, comendo e bebendo cerveja. Ele, junto de um punhado de outros chefes, sentou-se com Bajujh e os líderes da tribo nas esteiras, pernas cruzadas, comendo vorazmente. Ela viu as mãos dele mergulharem fundo dentro das panelas ao lado das dos demais, viu sua boca beber da mesma jarra de cerveja da qual Bajujh bebia. Também percebeu que foi oferecido a ele o respeito devido a um rei. Uma vez que ele não tinha banco, Bajujh abriu mão do seu, sentando-se na esteira com o convidado. Quando uma nova jarra de cerveja foi trazida, o rei dos bakalahs deu um gole, antes de oferecê-la ao homem branco. Poder! Toda aquela cortesia cerimoniosa apontava para poder... força... prestígio! Lívia tremeu agitada enquanto um plano esbaforido começou a se formar em sua mente.

Então, observou o homem branco com intensidade dolorosa, reparando em cada detalhe da sua aparência. Ele era alto; sua altura ou corpulência não eram excedidas pela maioria dos gigantes negros. Mesmo assim, movia-se com a leveza de um felino. Quando a luz das fogueiras capturava seus olhos, eles queimavam como fogo azul. Os pés eram guarnecidos por sandálias amarradas, e uma espada numa bainha de couro estava pendurada no largo cinturão. A aparência dele era estranha e desconhecida; Lívia jamais vira alguém parecido. Mas não se esforçou para classificá-lo entre as raças da humanidade. Para ela, bastava que sua pele fosse branca.

As horas passaram e, aos poucos, o barulho da folia diminuiu, ao que homens e mulheres adormeciam, bêbados. Enfim, Bajujh se levantou cambaleado e ergueu as mãos, não tanto um sinal para que o banquete fosse encerrado, mas sim para indicar que estava se rendendo naquela competição de comer e beber. Titubeando, foi apoiado por dois guerreiros que o acompanharam até sua cabana. O homem branco também se levantou, aparentemente em condições parecidas, visto a quantidade incrível de cerveja que bebera, e foi escoltado para a cabana dos convidados, assim como alguns dos líderes dos bakalahs que ainda conseguiam cambalear. Ele desapareceu dentro da cabana, e Lívia percebeu que uma dúzia dos lanceiros dele cercou a estrutura com as armas de prontidão. Ficou claro que o estranho não estava disposto a se arriscar, a despeito da amizade de Bajujh.

Lívia olhou ao longo do vilarejo que se parecia levemente com uma crepuscular Noite do Julgamento, com as ruas dispersas abarrotadas de corpos bêbados. Sabia que homens plenamente sóbrios guardavam os limites da comunidade, contudo, os únicos guerreiros despertos que viu do lado de dentro foram os que estavam ao redor da cabana do homem branco... e mesmo alguns deles começavam a bocejar e se inclinar sobre as lanças.

Com o coração batendo como um martelo, ela foi até a parte de trás de sua prisão e saiu, passando pelo guarda adormecido que Bajujh deixara para tomar conta dela. Como uma sombra de mármore, Lívia cruzou o espaço que separava a sua cabana daquela ocupada pelo estranho. Engatinhando, foi até a parte de trás da cabana. Um negro gigantesco estava agachado ali; a cabeça coberta por plumas afundada entre os joelhos. Ela se contorceu para passar por ele e chegar à parede da cabana. Havia sido anteriormente aprisionada naquele local, e uma estreita abertura na parede, escondida na parte interna por uma esteira pendurada, representava sua fraca e patética tentativa de fuga. Ela localizou a abertura, virou de lado, agachou-se e espremeu o corpo magro através dela, empurrando a esteira pelo lado de dentro.

O fogo vindo de fora iluminava levemente o interior da cabana. No instante em que empurrou a esteira, escutou uma praga ser murmurada, sentiu algo como um torno agarrar seus cabelos e foi arrastada abertura adentro, sendo posta de pé.

Pasma com o quanto tudo fora repentino, ela se recompôs e tirou os cabelos desordenados da frente dos olhos, encarando com espanto o rosto sombrio e coberto de cicatrizes do homem que se avultava à sua frente. Ele empunhava a espada e seus olhos ardiam como bolas de fogo; se por raiva, desconfiança ou surpresa, ela não sabia dizer. Ele falava em uma língua que ela não compreendia, uma língua que não era o verbete gutural dos negros, mas que também não possuía uma sonoridade civilizada.

— Oh, por favor — ela implorou. — Não fale tão alto. Eles vão nos escutar.

— Quem é você? — Ele inquiriu, falando em ophireano com um sotaque bárbaro. — Por Crom, nunca imaginei que encontraria uma garota branca nesta terra infernal.

— Meu nome é Lívia — ela respondeu. — Sou uma prisioneira de Bajujh. Escute, por favor, me escute... não posso ficar muito tempo. Preciso voltar antes que deem pela minha falta na cabana. Meu irmão... — Um soluço a sufocou, antes que prosseguisse. — Meu irmão era Theteles, e nós pertencíamos à casa de Chelkus, nobres e cientistas de Ophir. Por uma permissão especial do rei da Stygia, meu irmão pôde ir a Kheshatta, a cidade dos magos, para estudar suas artes. Eu o acompanhei. Ele era só um garoto, mais jovem do que eu... — A voz dela vacilou e cessou. O estranho não disse nada, mas continuou a observá-la com aqueles olhos de fogo, o rosto carrancudo e indecifrável. Havia algo selvagem e indomável nele que a assustava, deixando-a nervosa e insegura. Enfim, ela prosseguiu:

— Os kushitas saquearam Kheshatta. Estávamos nos aproximando em uma caravana de camelos. Nossos guardas fugiram e os saqueadores nos apanharam. Contudo, eles não nos feriram, dizendo que conversariam com os stygios e aceitariam um resgate em troca de nosso retorno. Mas um dos chefes quis o resgate todo para si, e ele e seus seguidores nos sequestraram do acampamento certa noite, fugindo para longe, a sudoeste, para as fronteiras de Kush. Lá, foram atacados e dizimados por um bando de bakalahs. Theteles e eu fomos arrastados para este covil de feras... — Ela soluçou convulsivamente. — Esta manhã, meu irmão foi mutilado e massacrado na minha frente. — Por um instante, ela silenciou, momentaneamente cega pela lembrança. — Eles alimentaram os chacais com seu corpo. Não sei dizer quanto tempo fiquei desmaiada...

As palavras lhe faltaram. Ela ergueu os olhos para o rosto franzido do estranho. Uma fúria cega a arrebatou; ela ergueu os punhos e esmurrou futilmente o peito largo dele, causando um incômodo que, para ele, foi igual ao zumbido de uma mosca.

— Como pode ficar aí parado, que nem um bruto idiota? — Ela disse, num sussurro de pavor. — Não passa de uma fera que nem os outros? Ah, Mitra... outrora eu pensei que havia honra nos homens. Agora sei que todos têm o seu preço. Você... o que você sabe sobre a honra... ou sobre o perdão e a decência? É um bárbaro, que nem os outros... só a sua pele é branca; sua alma é escura como a deles. Não se importa que um homem que possui a mesma cor que você tenha sido massacrado por estes cães... e que uma mulher seja feita escrava deles.

Ela se afastou dele ofegante, transfigurada pela fúria.

— Vou dar-lhe um prêmio — disse, arrancando a túnica que cobria os seios de mármore. — Não sou bela? Não sou mais bonita do que estas rameiras com cor de fuligem? Não sou uma recompensa digna para que sangue seja derramado? Uma virgem de pele alva não é um prêmio pelo qual valha a pena matar? Mate aquele cão negro, Bajujh! Deixe-me ver a maldita cabeça dele rolar pelo chão ensanguentado! Mate-o! Mate-o! — Ela tornou a crispar os punhos em intensa agonia. — Então pode me tomar e fazer o que quiser comigo. Serei sua escrava!

Ele não falou nem por um momento, mas permaneceu como uma enorme figura meditativa, perigosa e destrutiva, tateando o cabo da espada.

— Você fala como se fosse livre para se entregar ao seu bel-prazer — ele disse. — Como se entregar seu corpo tivesse poder para derrubar reinos. Por que deveria matar Bajujh para obtê-la? Mulheres são baratas como bananas nesta terra, e a disposição ou não delas não tem importância. Você se valoriza demais. Se eu a quisesse, não precisaria lutar contra Bajujh para tê-la. Ele preferiria dá-la a mim do que lutar.

Lívia ofegou. O ardor havia desaparecido e a cabana parecia oscilar vertiginosamente diante dos seus olhos. Ela cambaleou e sentou-se numa pilha de tecido amarrotada sobre a angareb. O fel esmagava sua alma conforme percebia o quão brutalmente indefesa estava. A mente humana se agarra inconscientemente a valores e ideias familiares, mesmo em meio a condições e cercanias que não tenham relação com os ambientes em que tais valores e ideias sejam aplicáveis. A despeito de tudo que Lívia tinha vivido, ainda supunha instintivamente que o consentimento de uma mulher fosse um pivô para o jogo que tinha se proposto a jogar. Ficou pasma ao dar-se conta de que nada mais dependia dela. Não podia mover homens como peões em um jogo; ela era o peão impotente.

— Enxergo o absurdo de eu ter suposto que qualquer homem neste canto do mundo agiria de acordo com as regras e costumes que existem em qualquer canto do planeta — ela murmurou, pouco consciente do que estava dizendo, que era, de fato, apenas a estruturação vocal do pensamento que a possuíra. Atordoada por aquela nova guinada do destino, permaneceu imóvel, até que os dedos de ferro do bárbaro fecharam-se sobre seu ombro e tornaram a pô-la de pé.

— Você disse que sou um bárbaro — ele ralhou, rispidamente —, e isso é verdade, graças a Crom. Se você tivesse homens das terras selvagens protegendo-a em vez de fracotes brancos civilizados, não seria escrava do porco negro esta noite. Eu sou Conan, um cimério, e vivo pelo gume da minha espada. Mas não sou canalha a ponto de deixar uma mulher nas garras daquele cão; e, embora tenha me chamado de ladrão, nunca me forcei a uma mulher contra seu consentimento. Costumes diferem entre os países, mas, se um homem for forte o suficiente, ele é capaz de fazer valer alguns dos seus costumes em qualquer lugar. E ninguém nunca me chamou de fracote! Mesmo que você fosse feia como o abutre de estimação de um demônio, eu a livraria das mãos de Bajujh... apenas por ter a cor de minha pele. Mas você é jovem e bela, e já estou cansado destas rameiras. Vou participar do seu jogo amanhã, mas apenas porque alguns dos seus instintos correspondem aos meus. Volte para a sua cabana. Bajujh está bêbado demais para procurá-la esta noite e cuidarei para que esteja ocupado amanhã. E, na noite seguinte, será a cama de Conan que você aquecerá, não a de Bajujh.

— Como fará isso? — Ela tremia numa mistura de emoções. — Esses guerreiros são tudo o que têm?

— Eles bastarão — ele grunhiu. — São todos bamulas. Amamentados nas tetas da guerra. E vim aqui a pedido de Bajujh. Quer que me junte a ele num ataque contra os jihijis. Esta noite, ceamos. Amanhã, teremos um conclave. Quando acabar com ele, estará fazendo conclaves no Inferno.

— Você vai quebrar o pacto?

— Nesta terra, pactos são feitos para serem quebrados — ele respondeu de modo soturno. — Ele vai quebrar a trégua com os jihijis. E, depois que tenhamos saqueado a cidade juntos, acabará comigo na primeira oportunidade que me pegar de guarda baixa. O que seria a traição mais sinistra em outra terra é astúcia aqui. Eu não abri caminho sozinho, na marra, até a posição de chefe dos bamulas sem aprender as lições que este país ensina. Agora, volte para a sua cabana e durma, sabendo que não é para Bajujh, mas para Conan, que preservará sua beleza!

II

Com os nervos tensos e tremendo, Lívia observava através da fenda na parede de bambu. O dia inteiro, desde o acordar tardio, olhos turvos e pesados por causa da festança da noite anterior, o povo negro preparava o banquete para a noite seguinte. Ao longo do dia, Conan, o cimério, sentara-se na cabana de Bajujh, e o que transcorrera entre ambos, Lívia não sabia. Ela tinha lutado para combater a euforia diante da única pessoa que entrara em sua cabana, a garota negra vingativa que fora levar comida e bebida. Mas a obscena mulher estava grogue demais por conta da bebedeira da noite anterior para reparar na mudança de comportamento da cativa.

Agora, a noite tornara a cair, fogueiras iluminavam a vila e, mais uma vez, os chefes haviam deixado a cabana do rei e se agachavam ao ar livre entre as cabanas para o banquete e para um derradeiro conselho cerimonioso.

Desta vez não houve tanto consumo de cerveja. Lívia reparou nos bamulas casualmente convergindo em direção ao círculo onde os chefes estavam sentados. Ela viu Bajujh e, sentado de frente para ele, do outro lado dos recipientes de cozimento, Conan, rindo e conversando com o gigante Aja, chefe de guerra de Bajujh.

O cimério roía um grande osso e, diante dos olhos dela, ele lançou uma olhadela por sobre os ombros. Como se fosse um sinal para aqueles que esperavam, todos os bamulas olharam na direção de seu líder. Conan se levantou ainda sorrindo, como se quisesse alcançar um recipiente de comida próximo; então, veloz como um gato, acertou Aja com um pesado golpe usando o osso. O chefe de guerra dos bakalahs caiu com o crânio esmagado e, imediatamente, um brado terrível eclodiu nos céus, ao que os bamulas entraram em ação como panteras sedentas de sangue.

Panelas viradas, escaldando as mulheres abaixadas, paredes de bambu curvadas ante o impacto de corpos arremessados, gritos de agonia cortando a noite e, acima de tudo, ergueu-se o exultante "Yee! Yee! Yee!" dos bamulas enlouquecidos; a flama das lanças que brilhavam carmesins sob o brilho lúrido.

Bakalah tornou-se uma insana carnificina. A ação dos invasores paralisou os azarados aldeões, visto quão inesperada havia sido. Eles jamais imaginaram que seus convidados poderiam atacá-los. A maior parte das lanças estava guardada nas cabanas, e vários guerreiros já estavam um pouco ébrios. A queda de Aja foi um sinal que fez as lâminas reluzentes dos bamulas mergulharem em uma centena de corpos desavisados; depois disso, foi um massacre.

Lívia ficou congelada de onde espiava, branca como uma estátua, seus cachos dourados puxados para trás e presos num amontoado por ambas as mãos junto às têmporas. Seus olhos estavam dilatados, o corpo todo rígido. Os gritos de dor e fúria atingiam seus nervos torturados como se fossem um impacto físico; as formas que se contorciam à sua frente ficavam indistintas, então, voltavam a um pavoroso reconhecimento. Ela viu lanças afundarem nos corpos negros, derramando vermelhidão. Viu maças serem giradas e atingirem com força brutal cabeças encolhidas. Carvões foram chutados para fora das fogueiras, espalhando brasas; a palha das cabanas se incendiava. Gritos estridentes de angústia cortaram o clamor ao que vítimas vivas eram arremessadas de cabeça para dentro das estruturas em chamas. O odor de carne queimada pairou no ar nauseabundo, já carregado do cheiro de sangue e suor.

Os nervos de Lívia se entregaram. Ela gritou repetidamente, alaridos arrepiantes e atormentados, perdidos no rugido das chamas e da matança. Bateu em suas têmporas com os punhos fechados. Sua razão titubeou, mudando seus gritos para uma gargalhada pavorosa e histérica. Em vão, tentou conservar diante de si o fato de que eram seus inimigos que morriam de modo horroroso, que aquilo era o que ela insanamente ansiara e planejara, que aquele sacrifício arrepiante não passava de retribuição pelas injúrias que foram feitas a ela e aos seus. Um terror desesperado a apanhou num contrassenso.

Ela percebeu que não havia misericórdia para as vítimas, atacadas pelas lanças gotejantes. Sua única emoção era o medo cego, rígido, insensato. Ela viu Conan; o corpo branco contrastando com as formas negras. Viu a espada dele brilhar, enquanto homens caíam ao seu redor. Agora, um confronto se desenrolava em volta de uma fogueira e ela vislumbrou uma silhueta gorda e atarracada se contorcendo no meio dele. Conan se lançou a ele e saiu da vista, oculto pelas figuras negras que se engalfinhavam. Do âmago do combate eclodiu um insuportável guincho agudo. As formas pressionadas se separaram por um instante, e ela teve um vislumbre assombroso de uma figura desesperada recuando, vertendo sangue. Então, a multidão tornou a cercá-la e o aço brilhou como relâmpagos no céu crepuscular.

Um grito bestial foi ouvido, aterrador em sua exultação primitiva. Os contornos altos de Conan abriram caminho em meio à multidão. Ele andava em direção à cabana onde a garota se encolhia, trazendo na mão uma hedionda relíquia... a luz do fogo reluziu vermelha na cabeça decepada do rei Bajujh. Os olhos pretos, agora vítreos em vez de vivos, revirados, revelando apenas branco; a mandíbula pendurada como que em um sorriso idiota; gotas escarlates chovendo pelo chão.

Lívia emitiu um grito lamentoso. Conan havia pago o preço e vinha para reclamá-la, trazendo o símbolo medonho de seu pagamento. Ele a seguraria com os dedos manchados de sangue e esmagaria seus lábios com a boca ainda ofegante pela matança. Com o pensamento, veio o delírio.

Lívia deu um grito, correu pela cabana e se arremessou contra a porta na parte de trás. Ela se escancarou, e a mulher saiu correndo pelo espaço aberto, um espectro branco fugidio num reino de sombras negras e chamas vermelhas.

Algum instinto obscuro a levou até o cercado onde os cavalos eram guardados. Um guerreiro havia acabado de derrubar as barras que separavam o cercado do curral principal, e ele deu um grito de espanto quando ela passou correndo por ele. Suas mãos escuras a seguraram, fechando-se na gola da túnica. Ela se libertou com um empurrão exaltado, deixando a veste em suas mãos. Os cavalos bufaram e passaram por ela, derrubando o negro no chão; corcéis kushitas esguios e hirsutos, já em polvorosa por causa do fogo e do cheiro de sangue.

Às cegas, ela agarrou uma crina esvoaçando, foi arrancada do chão, tornou a pisar nas pontas dos pés e deu um pulo alto, subindo no lombo do cavalo. Aterrorizado, o animal atravessou as chamas, os cascos espalhando brasas em uma chuva ofuscante. O povo negro, surpreso, teve um vislumbre de uma garota nua agarrada à crina do garanhão, que corria como o vento, esvoaçando a cabeleira loira de sua condutora. Então, o animal arremeteu diretamente contra o curral, planou de maneira surpreendente no ar e desapareceu na noite.

III

Lívia não fez nenhuma tentativa de guiar seu corcel, nem sentiu qualquer necessidade de fazê-lo. Os gritos e o brilho do fogo desapareciam atrás dela; o vento soprava seus cabelos e acariciava seus membros nus. Ela tinha ciência apenas de uma vaga necessidade de segurar a crina oscilante e cavalgar, cavalgar e cavalgar, passando pelo rebordo do mundo e para longe de toda a agonia, dor e horror.

E, por quatro horas, o corcel cavalgou, até que, ao alcançar um cume iluminado pelas estrelas, ele tropeçou e derrubou sua condutora de cabeça no chão.

Ela caiu sobre grama macia e ficou deitada por um instante, um pouco pasmada, escutando vagamente o trotar de sua montaria se afastando. Quando ficou de pé, a primeira coisa que a impressionou foi o silêncio. Era quase algo tangível, um veludo macio e sinistro após aquele incessante retumbar de chifres e tambores bárbaros que a enlouquecera por dias. Ela observou as grandes estrelas brancas agrupadas no céu azul-marinho. Não havia Lua, contudo, a luz das estrelas iluminava a terra, ainda que de modo ilusivo, com inesperados aglomerados de sombras. Ela ficou naquela elevação gramada, de onde as colinas gentilmente se afastavam, suaves como veludo sob a luz tênue. Ao longe, ela discerniu uma linha densa de árvores que delineava uma distante floresta. Onde estava, havia apenas a noite, uma quietude arrebatadora e uma brisa suave que soprava sob as estrelas.

A terra parecia vasta e adormecida. As carícias quentes da brisa a tornaram cientes de sua nudez, e ela se contorceu preocupada, passando as mãos pelo corpo. Então, sentiu a solidão da noite e a intuição do isolamento. Estava só; permaneceu nua no cume, sem ninguém à vista; nada além da noite e do sussurro do vento.

Súbito, sentiu-se alegre pela noite e pela solidão. Não havia ninguém para ameaçá-la ou para agarrá-la com mãos rudes e violentas. Olhou à sua frente e viu que a colina descerrava até tornar-se um vale amplo; lá, frondes ondulavam densamente e a luz das estrelas refletia branca em diversos pequenos objetos espalhados ao longo do vale. Ela achou que eram grandes botões brancos e o pensamento despertou uma lembrança vaga; ela pensou em um vale sobre o qual os negros falavam com temor; um vale para onde tinham fugido as jovens mulheres de uma estranha raça de pele marrom que habitava a terra antes da chegada dos ancestrais dos bakalahs. Os homens diziam que lá elas tinham se tornado flores brancas, transformadas pelos deuses antigos para escaparem de seus perseguidores. Nenhum homem negro ousaria ir até lá.

Mas Lívia, sim. Ela desceria aquelas colinas relvadas, macias como tecidos sob seus pés; viveria lá, em meio aos botões brancos, e nenhum homem jamais apareceria para pôr as mãos brutas nela. Conan tinha dito que pactos existiam para serem quebrados; ela quebraria o pacto que fizera com ele. Ela iria até o vale das mulheres perdidas... e se perderia na solidão e no silêncio. Enquanto aqueles pensamentos desconjuntados e devaneios flutuavam por sua consciência, ela já descia a colina, e as camadas de paredes do vale começavam a ficar mais altas de ambos os lados.

Mas a descida era tão suave que, ao chegar ao fundo do vale, não teve a sensação de estar aprisionada por paredes escarpadas. Ao seu redor, mares de sombras flutuavam, e os grandes botões brancos assentiam e sussurravam para ela. Vagou a esmo, abrindo a folhagem com suas pequeninas mãos, escutando os sons do vento através das folhas e encontrando prazer infantil no borbulhar de um córrego oculto. Movia-se como num sonho, nas garras de uma estranha irrealidade. Um pensamento continuava a se reiterar: lá ela estava a salvo da brutalidade dos homens. Lívia chorou, mas eram lágrimas de alegria. Deitou-se na relva e agarrou a grama macia, como se quisesse esmagar o recém-encontrado refúgio contra o peito e lá segurá-lo para sempre.

Arrancou as pétalas dos grandes botões e as moldou como uma grinalda para seus cabelos dourados. O perfume deles estava em conformidade com todas as outras coisas do vale, onírico, sutil e encantador.

Enfim, desembocou numa clareira no meio do vale, onde viu uma grande pedra, esculpida como que por mãos humanas e adornada por samambaias, botões e flores. Ficou olhando para a pedra; então, houve movimento e vida ao redor dela. Virando-se, viu figuras surgindo das sombras densas; mulheres morenas, magras, nuas, com botões em seus cabelos pretos como a noite. Elas a cercaram como criaturas saídas de um sonho, sem nada dizer. Súbito, o terror agarrou Lívia quando olhou nos olhos delas. Eram olhos luminosos e radiantes à luz das estrelas; mas não eram olhos humanos. As formas eram humanas, mas nas almas, uma estranha mudança havia ocorrido; uma mudança que se refletia no brilho dos olhos. O medo desceu como uma onda sobre Lívia. A serpente erguia sua terrível cabeça em seu recém-encontrado Paraíso.

Mas ela não podia fugir. As mulheres estavam em volta dela. Uma, mais amável que as demais, foi em silêncio até a garota trêmula e a envolveu com seus braços morenos e delgados. Seu peito trazia o mesmo perfume que saía dos botões brancos que balançavam à luz das estrelas. Seus lábios se pressionaram contra os de Lívia num longo e terrível beijo. A ophireana sentiu o frio fluir pelas suas veias; seus membros ficaram frágeis; ela permaneceu nos braços de sua captora como uma estátua de mármore, incapaz de falar ou de se mover.

Mãos velozes e macias a ergueram e depositaram na pedra-altar, em uma cama de flores. As mulheres deram as mãos em um anel e moveram-se levemente em torno do altar, em uma dança estranha e sinistra. Jamais o sol ou a lua viram uma dança como aquela; e as grandes estrelas brancas ficaram

mais brancas, e brilharam com uma luz mais cintilante, como se aquela magia negra reverberasse nas coisas cósmicas e elementais.

E um cântico grave surgiu, que era menos humano do que o borbulhar das águas do distante córrego; um farfalhar de vozes que era como o sussurro dos grandes botões brancos que oscilavam sob o firmamento. Lívia permaneceu deitada, consciente, mas sem conseguir se mover. Não lhe ocorreu duvidar da sua sanidade. Ela não buscou racionalizar ou analisar; ela existia, e aquelas criaturas estranhas que dançavam ao seu redor também; uma percepção estúpida da existência e do reconhecimento da realidade do pesadelo a possuiu, enquanto permanecia impotente mirando o céu polvilhado de estrelas, de onde, de algum modo, sabia que alguma coisa viria para buscá-la da mesma forma que fizera há tanto tempo, transformando aquelas mulheres morenas nos seres sem alma que eram agora.

Primeiro, bem no alto, ela viu um ponto preto em meio às estrelas, que cresceu e se expandiu; ele se aproximou, inchando até virar um morcego; e continuou a crescer, embora sua forma não tenha se alterado muito mais. Planou sobre ela e despencou como um prumo, suas grandes asas abertas; Lívia permaneceu deitada sob sua tenebrosa sombra. Ao redor dela, o cântico se elevou, até tornar-se um suave hino despido de alegria, uma saudação para um deus que vinha reclamar um sacrifício fresco; fresco e róseo como uma flor borrifada de orvalho na alvorada.

Agora ele estava dependurado diretamente sobre ela, e sua alma estremeceu, arrepiando-se e apequenando-se ante aquela visão. Suas asas eram como as de um morcego; mas seu corpo e o rosto sombrio que a encarava não se pareciam com nada do mar, da terra ou do ar. Ela sabia que olhava para o horror derradeiro, em consequência da imundície cósmica nascida nos abismos sombrios da noite, além do alcance dos sonhos mais loucos de um lunático.

Rompendo os grilhões invisíveis que a mantinham atordoada, ela deu um grito pavoroso. Este foi respondido por um berro grave e ameaçador. Ela ouviu o barulho de passos apressados; ao seu redor, tudo era um redemoinho de águas turbulentas; os botões brancos balançaram selvagemente e as mulheres morenas desapareceram. Sobre ela, a grande sombra negra pairava, e ela viu uma figura branca e alta, com plumas oscilando, arremetendo em sua direção.

— Conan! — O grito irrompeu de forma involuntária dos seus lábios. Com um alarido feroz e inarticulado, o bárbaro deu um salto no ar, cortando para o alto com sua espada, que cintilou à luz das estrelas.

As grandes asas negras se ergueram e caíram. Lívia, pasma de horror, viu o cimério ser envolvido pela sombra suspensa acima dele. O homem estava ofegante; seus pés carimbavam a terra, esmagando os botões brancos no chão. O impacto despedaçador de seus golpes ecoava pela noite. Ele era arremessado para a frente e para trás como um rato na boca de um cão de caça; sangue grosso espirrava sobre a relva, misturando-se com as pétalas brancas que jaziam estendidas como um tapete.

Então a garota, assistindo à batalha diabólica como se fosse um pesadelo, viu a coisa de asas negras vacilar e tombar em pleno ar; um ruído de asas arruinadas batendo e o monstro havia se desvencilhado, tornando a ascender, e no ar se misturou e desapareceu entre as estrelas. Seu conquistador cambaleou tonto, a espada sopesada, pernas espaçadas, olhando para cima estupidamente, espantado pela vitória, mas pronto para retomar a pavorosa luta.

Um instante depois, Conan se aproximou do altar, ofegante, pingando sangue a cada passo que dava. Seu peito largo arfava, brilhando de suor. Sangue vertia pelos braços, pescoço e ombros. Ao tocá-la, o feitiço sobre a garota desapareceu, e ela deu um pulo e desceu do altar, fugindo do toque dele. O bárbaro se recostou à pedra e ficou a encará-la, encolhida aos seus pés.

— Os homens a viram cavalgar para fora da vila — ele disse. — Eu a segui assim que pude e encontrei seu rastro, embora não tenha sido uma tarefa fácil rastreá-lo à luz de tochas. Segui-a até o local onde seu cavalo a derrubou e, apesar de as tochas já terem se exaurido àquela altura e de não conseguir encontrar pegadas de seus pés nus na grama, tinha certeza de que você havia descido até o vale. Meus homens não me seguiram, então vim só, a pé. Que vale demoníaco é este? E o que era aquela coisa?

— Um deus — ela sussurrou. — O povo negro fala sobre ele... um deus vindo de longe e de muito tempo atrás!

— Um demônio da Escuridão — ele grunhiu. — Ah, não são tão incomuns. Eles espreitam, tão numerosos quanto moscas, do lado externo do cinturão de luz que cerca este mundo. Já escutei os sábios de Zamora falarem sobre eles. Alguns conseguem chegar à Terra e, ao fazê-lo, precisam adotar uma forma terrena e algum tipo de carne. Um homem como eu, com uma espada, é páreo para quaisquer presas e garras, infernais ou terrenas. Venha... meus homens me aguardam do lado de fora do vale.

Ela permaneceu agachada, incapaz de encontrar palavras, enquanto ele franzia a testa. Enfim, ela disse:

— Eu fugi de você. Planejava passá-lo para trás. Não pretendia manter a promessa que fiz. De acordo com nossa barganha, eu deveria ser sua, mas fugiria de você se pudesse. Pode me punir da forma que quiser.

Ele sacudiu o suor e sangue dos seus cachos, e embainhou a espada.

— De pé — resmungou. — Foi uma barganha estúpida que fiz. Não me arrependo do que fiz com aquele cão, Bajujh, mas você não é uma meretriz para ser comprada e vendida. O modo de ser dos homens muda de uma terra para outra, mas um homem não precisa ser um porco, esteja ele onde estiver. Após pensar um pouco, percebi que obrigá-la a cumprir a barganha seria o mesmo que me forçar a você. Além disso, você não é dura o bastante para esta terra. É uma criança das cidades, dos livros e da forma de ser civilizada... o que não é culpa sua, mas morreria rápido se seguisse o tipo de vida em que prospero. Uma morta não teria utilidade para mim. Vou levá-la até a fronteira com a Stygia. Os stygios a mandarão para seu lar, em Ophir.

Ela ficou encarando-o, como se não tivesse escutado direito.

— Lar? — Repetiu de forma mecânica. — Lar? Ophir? Meu povo? Cidades, torres, paz, meu lar?

Súbito, lágrimas rolaram de seus olhos e, caindo de joelhos, ela abraçou as pernas dele.

— Crom, garota! — Conan grunhiu, embaraçado. — Não faça isso. Pode achar que estou lhe fazendo um favor ao pô-la para fora deste país, mas não expliquei que você não é o tipo de mulher apropriada para o chefe de guerra dos bamulas?

Os três artistas que contribuíram com ilustrações para esta coleção, Mark Schultz, Gary Gianni e Gregory Manchess, originalmente as produziram para uma série de livros lançados pela editora Del Rey, que se propôs a resgatar a obra original de Robert E. Howard. Cada um deles também foi convidado a escrever um prefácio para cada volume, os quais estão reproduzidos a seguir na íntegra.

Prefácio originalmente escrito para *The Coming of Conan, the Cimmerian*

Bem. Foi uma longa trajetória.

Enquanto me sento aqui, revisando os desenhos e pinturas com os quais contribuí para este livro, trabalho que levou bem mais de um ano e meio, devo admitir que tenho uma mistura de emoções.

Em geral, basta saber que você é apto a capturar a essência visual da criação mais famosa de um de seus autores favoritos, um marco literário que o tem atraído repetidamente desde a infância... contanto que você não precisasse de fato produzir esses visuais. Acredite, houve muitas, muitas ocasiões nos últimos trinta anos em que me satisfiz no jogo do "e se" — e, em todas elas, fiquei impressionado pelas perfeitas ilustrações-fantasma de Conan que criei, atravessando o mundo nebuloso por trás de minhas pálpebras.

Mas, quando se trata de alcançar o nível esperado, fazer pra valer, em vez de ficar apenas sonhando, e concretizar todas as noções e grandes *designs* que passaram por aquela mente feliz e descompromissada... sim, esse é o maior problema.

O Conan de Robert E. Howard não foi tão fácil de ilustrar quanto imaginei que seria. Acho que isso ocorre em parte porque, embora Conan e sua Era Hiboriana sejam trabalhos nominalmente de heroísmo épico, apresentando tropas de bravos guerreiros, campos de batalhas selvagens e atos de força, bravura e arrojo, como na tradição heroica de fantasia, o que os tornam maiores é um contexto mais profundo e sombrio. Howard os escreveu num estilo personalizado que é bastante pós-heroico e seguindo uma boa parte da tradição literária do Século XX, que evita o floreio, galanteio e nobreza da causa associada ao épico.

Howard apanhou os elementos nominais da ficção heroica, mas não os escreveu com as sensibilidades finas habitualmente associadas ao gênero. Não, diabos... ele usou esses elementos como um verniz, sob o qual criou seu próprio esquema, que incluía provir suas circunstâncias pessoais; liberar com um uivo e um rosnado literário as limitações e frustrações do mundo que conhecia — as florestas de carvalho e campos de petróleo na isolada região central do Texas.

O que estou tentando dizer é que, embora as histórias de Howard existam na moldura da fantasia heroica clássica, seu cerne — o coração que move a fera — é de uma sensibilidade bem mais pessoal.

Elas são elaboradas e compassadas no famoso ritmo de Howard por um direcionamento áspero e a atitude direta de "não faça prisioneiros" que lhe é característica; uma expressão de ira diante do mundo que o cercava. A escrita de Howard não é rápida, furiosa e sinistra meramente porque ele gostava que fosse assim; ela é rápida, furiosa e sinistra porque isso era uma expressão verdadeira de quem ele era. A genialidade de Howard foi o fato de ele apanhar formas literárias das quais gostava e acrescentar, subtrair ou moldar em entidades que refletiam de modo sombrio suas mais profundas crenças pessoais; sua visão da vida como uma luta sem fim e como a derradeira futilidade. Mas oferecendo uma viagem e tanto ao longo do caminho, se você tiver sorte.

Nós temos sorte, pois obtivemos a tradição do épico heroico advinda do Velho Mundo interpretada pelas sensibilidades de um texano atolado no lamaçal de seu estado natal — a história violenta de suas contendas sanguinárias e guerras contra indígenas, além das ricas tradições orais do sul dos Estados Unidos, com todos os seus fantasmas e horrores dos pântanos.

Essa mistura levou a algo novo e a uma jornada incrível, mas também tornou, para mim, um pouco difícil de interpretar Conan visualmente — para retornar ao meu pensamento original. De um lado, sou atraído pelas vívidas descrições que Howard faz sobre pompa e valentia, atraído pela espantosa grandeza e escopo da Era Hiboriana e pela história de Conan como épico; e meu desejo era fazer justiça a tudo isso por meio das maiores tradições da ilustração clássica. Em contrapartida, há a espontaneidade de Howard do Novo Mundo, sua explosão emocional de homem branco e o ritmo incansável que fazem essas histórias funcionar, que lhes conferem vida bem além da dos seus contemporâneos. E capturar isso de forma apropriada exige visuais audaciosos, imediatos e crus.

Não há como confundir uma história de Howard. Ninguém jamais escreverá Conan, ou qualquer outra criação de espada e feitiçaria, com a ferocidade e incrível beleza que ele fez. Jamais existirá um Conan de verdade que não tenha sido escrito por Howard. Conan é uma criação pessoal demais, embrulhada pelas forças, falhas e idiossincrasias do próprio Howard, o que torna fácil reconhecer porque Conan é, de longe, sua obra mais conhecida.

Howard prezava primeiro, e acima de tudo, a história — não há desonra nisso — mas, com Conan, ele parece ter alcançado um ponto de crescimento como narrador em que apreciava a importância de desenvolver um texto completamente redondo.

O público em geral pode gostar uma ou duas vezes de um conceito literário particular, apresentando um mundo imaginário que gire em torno de uma trama bem graciosa, mas se o autor quiser que ele retorne repetidamente a esse mundo, é necessário que haja um personagem singular e atrativo para ancorá-lo, que seja mais do que um mero construto. Howard conseguiu isso com Conan, tomando emprestada a personalidade dos arruaceiros texanos que conhecia bem, e criou uma série de histórias que eclipsaram, em termos de popularidade, todos os seus outros belos mundos.

Conan tem um aspecto raro na literatura fantástica: um herói que de fato muda e cresce de uma história para a outra. O Conan adolescente e inseguro que mata um homem por provocá-lo em *A Torre do Elefante* não é o mesmo valentão forte que tem o coração partido em *A Rainha da Costa Negra*, que não é o mesmo mercenário veterano que começa a compreender que talvez tenha dentro de si o que é necessário para chegar ao topo em *Colosso Negro*, que não é igual ao Conan que, como rei, apadrinha as artes (as artes, em nome de Crom!), reconhecendo que a poesia viverá bem depois que ele tenha morrido, em *A Fênix na Espada*.

Conan cresce e amadurece, e é uma infelicidade que a visão popular do personagem seja amplamente restrita à de uma máquina de matar musculosa, de cara feia e dentes cerrados. Howard o escreveu como muito mais do que isso. Sim, ele luta e mata, mas também reflete e ri — de si e dos outros —, ama e perde, duvida e erra, age de forma altruísta e simpatiza com seres alienígenas. Ele é, acima de tudo, totalmente carismático; nenhum forasteiro surge para comandar exércitos e nações sem inspirar verdade, lealdade e devoção. Ele não é um mero bruto; é um personagem multidimensional, e dei o meu melhor para refletir isso, retratando-o numa variedade de humores e atitudes.

Nem toda história deste volume é sensacional. Howard estava escrevendo para uma publicação mensal em um ritmo acelerado, e nunca é possível ser perfeito nessas circunstâncias.

Mesmo assim, esforços menores como *O Vale das Mulheres Perdidas* oferecem passagens de prosa maravilhosa — a visão de Lívia diante do massacre no vilarejo é o retrato de horror mais compacto e convincente que já vi em ficção, ou a descrição da espectral beleza lunar da descida de Lívia ao vale assombrado.

Mas o grosso das histórias é ótimo, e *A Torre do Elefante* e *A Rainha da Costa Negra* são clássicos inquestionáveis da ficção fantástica, que merecem ser reconhecidos e apreciados fora do gênero.

O homem sabia escrever, e Conan é Howard no auge. Minha esperança é que, se você não gostar da interpretação que fiz das palavras dele, consiga olhar além dela e aprecie Conan em seu mundo e a prosa frenética de Howard pela perspectiva do seu próprio olhar interior.

Mark Schultz
2002

Prefácio originalmente escrito para *The Bloody Crown of Conan*

Quando eu era criança, vi um homem derrubar uma casa com uma marreta. Não era exatamente uma casa — uma cabana seria uma descrição mais adequada. Lembro-me vividamente daquela tarde. Os garotos da vizinhança se reuniram no quintal do meu amigo Joe, porque o pai dele estava prestes a demolir uma velha cabana nos fundos da sua propriedade. Que moleque de oito anos de idade não gostaria de testemunhar isso?

Quando cheguei, o senhor Lill já estava dimensionando o trabalho com a enorme marreta sobre os largos ombros. A estrutura se avolumava diante dele, numa demonstração de desafio. Talvez o homem tenha sentido a zombaria, pois explodiu em ação. Ele era uma máquina de destruição. Com os braços girando como um moinho de vento, desferiu golpes mortais para infligir o máximo de dano ao seu oponente vacilante. As nuvens de pó se combinaram a tábuas gemendo para criar a ilusão de uma fantástica batalha ocorrendo. Eu, de minha feita, fui encantado pelo espetáculo, e me pergunto agora quantos daqueles moleques lutaram indiretamente naquela batalha, com os dentes cerrados e punhos crispados. Quando a última coluna perpendicular foi reduzida a uma pilha de destroços, o homem subiu em cima dela, inclinou-se sobre a marreta e examinou sinistramente sua obra.

Em retrospecto, foi um momento transcendente, um combate na vida real com a personificação de John Henry, Hércules e Sansão. De uma forma ou de outra, todos têm experiências semelhantes a essa, e tais lembranças podem ser melhor descritas como "Realismo Heroico", termo cunhado pelo escritor Louis Menand. Tirando os elementos fantásticos, esta é a qualidade que mais me interessa em meu trabalho com *Conan* — a sensação de perigo real, romance e intriga, calcados em uma realidade tangível.

Quando adolescente, anos depois daquela cabana ter vindo abaixo, topei com um livro, cuja ilustração da capa mostrava um homem inclinado sobre uma larga espada no topo de uma pilha de oponentes derrotados. De algum modo, nos recessos profundos das minhas memórias, a imagem trouxe uma sensação de familiaridade.

Pensei naquela tarde e um arrepio me arrebatou. O poder das imagens.

O livro, claro, era *Conan the Adventurer*, de Robert E. Howard, e a capa era pintada por Frank Frazetta. Foi minha introdução ao barbarismo ficcional de Howard.

Isso foi há muito tempo, e diversos artistas talentosos retrataram as aventuras de Conan. Estava contente por ficar de lado e apreciar o trabalho deles, mas, após ter ilustrado dois outros grandes heróis de Howard — Solomon Kane e Bran Mak Morn — a oportunidade surgiu. Como poderia resistir?

Senti-me privilegiado de retratar esses personagens e, agora, junto-me à célebre lista de ilustradores que tiveram a chance de interpretar Conan. É um tributo adequado à habilidade de escrita de Robert E. Howard, que, independentemente de quantos artistas contribuam para a mitologia de Conan em livros, quadrinhos e filmes, são as histórias originais em si e o poderoso imaginário que elas evocam que, no fim, deixarão o leitor eletrizado.

Gary Gianni
2003

Prefácio originalmente escrito para *The Conquering Sword of Conan*

Eu nunca conheci Conan. Ah, eu vi os filmes, estudei as pinturas e achava que sabia tudo sobre o personagem. Aí, li as histórias apresentadas aqui.

Até então, eu não conhecia quase nada. Isso vale para qualquer um que não tenha lido Howard. Porque, trancada dentro desses arroubos de fúrias, dessas criptas de fantasia masculina indomável, está a verdadeira *persona* do personagem que tantos capturaram em telas. Agora era minha vez, e dei pulos por conseguir essa oportunidade. Acreditei que o verdadeiro personagem ganharia vida através do olho da minha mente de uma forma distinta daquela à qual eu havia sido exposto. De um jeito intuitivo, eu sabia que não estava compreendendo o panorama completo.

Comecei a ler, com a assustadora tarefa à minha frente de tentar capturar um ângulo de Conan que fosse uma abordagem completamente minha. Conforme lia, fui conquistado pela composição de palavras de Howard. As palavras que ele escolhia para retratar certas passagens eram, em si, descritivas e visuais. Faziam com que eu olhasse no dicionário.

Quanto mais eu lia, mais percebia que aquelas histórias haviam se tornado clássicos num sentido mais amplo do que o gênero *pulp*. Eu as vi de uma maneira como N.C. Wyeth talvez tenha absorvido *A Ilha do Tesouro,* ou como Mead Schaeffer tenha visualizado *Lorna Doone*. Uma aventura em grande escala com toda a seriedade de que ilustradores da Era de Ouro dotavam suas imagens. Um clássico livro de aventuras ilustrado. Eu queria que Conan pertencesse a mim da mesma maneira que aqueles caras possuíam suas interpretações de personagens adorados.

Tinha tanta coisa para escolher. As imagens se sobrepunham e desciam em cascatas, em ondas de posturas, luzes e movimentos. Ao atravessar noites a fio fazendo esboços, surgiu Conan escalando largas rochas no leito de um riacho, a caminho ou retornando de muitas aventuras presentes nesta coleção. Isso tornou-se a espinha dorsal, apresentando o retrato essencial de Conan. Alerta, confiante e solitário.

Eu queria uma amplitude de emoções. A pintura seguinte veio do meu desejo de retratar o lado furtivo e felino do cimério. Assim, ele anda no topo de um muro em *As Negras Noites de Zamboula,* numa missão para educar alguém sobre como o mundo funciona. Acrescentei mais uma cena noturna porque queria ver aquelas ruas de Zamboula e encontrar Conan resgatando Naferta-ri, esgueirando-se, sempre vigilante, para evitar os perigosos canibais.

A seguir temos a história de piratas. Tão aventureiro e mítico quanto *Capitão Blood*, de Sabatini, Conan entra na história *O Estranho de Preto* plenamente paramentado como pirata. Eu tinha de mostrá-lo de uma maneira que provavelmente ninguém o vira até então. Os melhores ornamentos piratas, como se Howard tivesse acabado de descobrir um velho baú no sótão empoeirado de seu avô. O retrato de Sarono foi feito à maneira das cores limitadas da Era de Ouro: vermelho, preto e branco, e executado com o mesmo espírito. Cada pintura em preto e branco dos capítulos foi uma desculpa para aproveitar minha chance de ilustrar uma antiga história de piratas. E me rejubilei.

Também sabia que tinha de mostrar Conan como o guerreiro furioso e rude que assalta a mente no mesmo instante em que isso é mencionado nas histórias. De fato, não era contra retratá-lo dessa maneira, apenas tinha de encontrar meu ponto de vista particular para a insanidade das batalhas. Ele veio em duas partes. Uma foi Conan enfrentando um picto igualmente musculoso; uma imagem que se tornou a sobrecapa. Queria mostrar alguma tensão na luta, e não uma visão clara de Conan vencendo. E precisava apresentar seu físico dinâmico. Isso levou à segunda cena de combate, com Conan cercado e se transformando numa máquina de matar. Os corpos funcionam como um elemento ascendente e rodopiante em direção a Conan, capturado na meia-luz de um relâmpago vindo de fora da imagem. Eu o acrescentei para carregar a cena e dar nitidez à luta. Outra chance de capturar a grande musculatura de Conan veio em *As Joias de Gwahlur.* Pude vê-lo subindo aquelas escadarias atrás de Muriela, suor escorrendo pelas costas, ainda com vários lances para transpor. O visual de *Além do Rio Negro* foi especialmente concebido no modo clássico de Conan, mas tornei a optar por uma cena noturna de guerreiros furtivos em modo de ataque. Eu estava lá, no topo daquela colina, quando aqueles malignos mercenários, assim como as unidades de operações secretas atuais fazem, subiam a orla em sua missão mortífera. Em contraste, escolhi um dia claro e ensolarado para ver os pictos serem detonados com qualquer coisa que caiba em uma catapulta. Parecia ironicamente trágico ser morto num dia de sol tão lindo.

Pregos Vermelhos poderia ser repintada repetidamente (e espero que seja, por muitos outros!), mas, ainda que tenha me afastado de mostrar monstros em demasia por temer desviar os leitores de fazer sua própria interpretação exagerada, fui obrigado a ver aquele velho decrépito com seu bizarro instrumento letal. Além disso, era uma desculpa para pintar aquela gata, Tascela.

Guardei a obra final para a página título. Queria que fosse um ícone do personagem de Conan, o cimério: aventureiro, guerreiro e explorador da estranha forma de ser da Hiperbórea. Várias influências minhas gritaram, mas escutei a voz particular de Leyendecker, e segui a arte tendo a eficiência dele em mente. Foi uma forma divertida e apropriada para que eu homenageasse meus heróis e concluísse minha própria aventura no mundo de Howard.

Gregory Manchess
2005

Posfácio

Demorou três anos para que este projeto fosse levado a cabo, mas, enfim, com um senso de missão cumprida, a jornada terminou. Quando a editora Pipoca & Nanquim definiu que seu primeiro livro seria *Conan, o Bárbaro*, estávamos decididos a não sermos atingidos pelos atropelos comerciais que acometeram nossas predecessoras, mas sempre existe o receio de publicar uma obra de mais de mil páginas, por período tão extenso de tempo, ainda mais para uma empresa que era, na época, iniciante.

Por outro lado, toda vez que confabulávamos sobre o assunto, tínhamos a mesma sensação: era inadmissível que a maior parte da obra de um dos escritores mais brilhantes e influentes de seu gênero continuasse inédita no Brasil. Conan é um dos personagens mais conhecidos no mundo, contudo, os brasileiros não o tinham lido ainda; não *de verdade*. Por esse motivo, a despeito dos riscos, levamos a empreitada adiante e, felizmente, deu tudo certo.

Agora, com o trabalho realizado, podemos respirar aliviados. A obra-prima de um gênio de seu ofício está disponível em sua totalidade — o que nos enche de orgulho.

O que pode ser dito do trabalho de Howard que as próprias histórias contidas nestes volumes não digam? De fato, elogiá-lo é chover no molhado, então vou me limitar a citar dez adjetivos que definem sua escrita.

Criativa. Enérgica. Sombria. Furiosa. Meticulosa. Selvagem. Realista. Sincera. Visionária. Definidora.

Se isso é o melhor que posso fazer neste texto, é porque não sou Howard, que provavelmente teria criado uma imagem cem vezes mais evocativa e poderosa com bem menos. Por mais controverso que sejam certos aspectos de sua escrita, deslocados no mundo mais inclusivo em que vivemos hoje, as qualidades do escritor são inegáveis. Seja como for, com esta coleção tentamos fazer uma homenagem digna ao homem, algo que fosse fiel ao espírito indomável dele. Optamos por deixar de fora esboços, sinopses, fragmentos e histórias inacabadas, pois nos pareceu redundante e aquém ao talento do escriba.

Alguns desses textos foram completados posteriormente por outros escritores, como *Snout in the Dark* (fragmento concluído por L. Sprague de Camp e Lin Carter, em 1967), *Drums of Tombalku* (fragmento concluído por L. Sprague de Camp, em 1970), *Hall of the Dead* (sinopse concluída por L. Sprague de Camp, em 1967) e *Hand of Nergal* (fragmento concluído por Lin Carter, em 1966). Contudo, jamais cogitaríamos publicar essas versões em uma coleção exclusiva de Howard. Simplesmente não seria certo.

Mesmo *Wolves Beyond the Border*, uma trama periférica de Conan da qual o escritor criou dois esboços relativamente longos, mas nunca chegou a concluir (isso ficou a cargo de L. Sprague de Camp, em 1967), ficaria deslocada dentro da proposta desta coleção. Não obstante, nossos extras incluem todas as histórias completas publicadas postumamente, um poema e um ensaio. Esse é realmente o corpo da produção do autor, e a leitura dos três volumes justifica o motivo pelo qual Howard é tão celebrado.

Conan foi retratado em várias mídias e passou pelas mãos de um sem-número de criadores, muitos extremamente competentes, mas as histórias nesta coleção foram a origem de tudo. Foram elas que o eternizaram. E, por Crom, você acabou de descobrir porquê.

Alexandre Callari
2019

Robert E. Howard.